# 施尼茨勒作品集

## I

### 古斯特少尉

（短篇·中篇）

人民文学出版社

图书在版编目（CIP）数据

施尼茨勒作品集：全3册/（奥）阿图尔·施尼茨勒著，韩瑞祥选编；韩瑞祥等译.—北京：人民文学出版社，2016
ISBN 978-7-02-012245-5

Ⅰ.①施… Ⅱ.①阿…②韩… Ⅲ.①中篇小说—小说集—奥地利—现代②短篇小说—小说集—奥地利—现代 Ⅳ.①I521.45

中国版本图书馆CIP数据核字（2016）第323602号

责任编辑　仝保民
装帧设计　李思安
责任印制　王景林

出版发行　人民文学出版社
社　　址　北京市朝内大街166号
邮政编码　100705
网　　址　http://www.rw-cn.com

印　　刷　三河市西华印务有限公司
经　　销　全国新华书店等

字　　数　900千字
开　　本　880毫米×1230毫米　1/32
印　　张　35.625　插页17
印　　数　1—4000
版　　次　2017年9月北京第1版
印　　次　2017年9月第1次印刷

书　　号　978-7-02-012245-5
定　　价　189.00元（全三卷）

如有印装质量问题，请与本社图书销售中心调换。电话:010-65233595

阿图尔·施尼茨勒

普拉特尔大街

父亲约翰·施尼茨勒、母亲露易丝·施尼茨勒和阿图尔·施尼茨勒。

阿图尔·施尼茨勒和他的弟弟
尤里乌斯、妹妹吉塞拉在一起。

阿图尔·施尼茨勒,约1878。

为期一年的志愿兵,穿军服的
见习军医施尼茨勒,1882。

阿图尔·施尼茨勒,约1885。

施尼茨勒的父亲约翰·施尼茨勒教授

奥托·布拉姆、菲利克斯·萨尔滕、胡戈·封·霍夫曼斯塔尔、阿图尔·施尼茨勒。

坐者：胡戈·封·霍夫曼斯塔尔、阿图尔·施尼茨勒；
站者：理查德·贝尔-霍夫曼、赫尔曼·巴尔。

## 施尼茨勒——时代的灵魂

> 他是弥足珍贵的时代灵魂,无与伦比的维也纳心声。
> ——海因里希·曼

阿图尔·施尼茨勒(Arthur Schnitzler,1862—1931)是维也纳现代派的核心人物。他出生于一个犹太家庭,父亲是著名的医生。他于1879年入维也纳大学学医,1893年开办私人诊所,后来弃医从文,专事创作。他以表现意识、下意识和内心情感为宗旨的心理艺术风格,为德语现代派文学的发展奠定了深厚的基础,因此也成为世纪转折时期德语现代派文学最杰出的代表之一。

一

施尼茨勒的文学创作根植于一个错综复杂的历史和文化氛围之中,并且在这种特殊的历史和文化环境中形成了其独有的内涵。十九世纪末,多瑙河王朝步入了风烛残年的末世,一个被理化了的"长治久安"的约瑟夫时代走上了矛盾重重、危机四伏的绝境。1867年出现的奥匈二元统治实际上是外强中干、色厉内荏的皇权统治由于民族矛盾的日益激化而妥协退让的政治产物,也标志着名存实亡的哈布斯堡王朝彻底分崩离析的开始。这个政治上行将灭亡的时代却也孕育着一种让人眼花缭乱的文化动力,带来了这个时期五光十色的精神潮流和文化现象。无论从正面还是反面来说,奥地利文化开始迸发出一种前所未有的辐射力。这个时期的奥地利文化不仅在欧洲,而且在世界范围内,不仅对当时的,而且对后来的,以至当今的文化都产生了深刻的影响:格奥尔格·门德尔(Georg Mendel,1822—1884)1867年创立的遗传学到1900年间引起了举世的瞩目;西格蒙德·

1

弗洛伊德(Sigmund Freud,1856—1939)和约瑟夫·布洛尔(Josef Breuer,1842—1925)共同创立的精神分析学开拓了人类认识自我的新路子；特奥多尔·赫尔兹尔(Theodor Herzl,1860—1904)以其小说《犹太国》(Der Judenstaat,1896)奠定了犹太复国主义的基础，成为犹太复国主义的精神领袖；鲁道夫·施泰纳(Rudolf Steiner,1861—1925)创立了人类学研究等。这许许多多的精神现象相互依存，或者相互对立，并于世纪之交达到了高潮。这些精神现象的出现标志着一个新的个性理解的崛起，一个很快就反映到艺术和科学各个领域的自我意识。伴随着对弗洛伊德心灵与意识学说的认识和恩斯特·马赫(Ernst Mach,1838—1936)对现实相对阐释的感觉复合论，形成了一个以挖掘灵魂为己任的艺术风格，它试图借助梦幻去揭示人与世界的联系，通过对瞬间的捕捉表现现实的虚伪，透过表象展示心灵那一丝一毫的骚动。正因为如此，在世纪交替前后几十年间，奥地利文坛上出现了持续的多变现象。

在当时的都市维也纳，奥匈帝国在政治上的沉沦衰落使整个维也纳社会沉浸于逢场作戏、醉生梦死的氛围里，《蓝色多瑙河》①响彻帝国大地，无度的欢乐掩饰着灭亡的恐惧，矫揉造作的行为模式成为一种普遍性的化装儿戏或者舞台表演，人们从行将解体的政治现实中逃遁到一个轻歌剧式的纵情享乐的"人间天堂"里。各种艺术的发展自然免不了受到这种"欢乐的末世气息"②的深刻影响：世纪末日的恐慌占据了不少艺术家的心灵，怀旧的感伤充斥着他们的作品，哈布斯堡神话的迷雾笼罩着他们对现实的审度。面对现实，他们感受到的是一个世界不可阻挡地走向灭亡，苦闷彷徨，忧郁感伤，茫然中便无可奈何地寄情于那遥远的哈布斯堡神话里。正是在这种多变的文化现象中，维也纳现代派代表着奥地利文学发展的主流，涌现出了像施尼茨勒、霍夫曼斯塔尔、克劳斯等在文学上独领风骚的时代人物。这个新的文学现象既是对传统的反叛，也是文学艺术对社会现

---

① 奥地利音乐家约翰·施特劳斯(1825—1899)创作的圆舞曲《蓝色多瑙河》。在世纪转折时期的维也纳，这个舞曲成为怀旧享乐的代名词。

② 赫尔曼·布洛赫：《文学与认识》，散文集1，苏黎世，1955年，第76页。

实新的审度,同时也是文学艺术对自身的挑战。

## 二

施尼茨勒的文学创作与这一时期三位划时代的人物密不可分:文学评论家巴尔(Hermann Bahr,1863—1934)、哲学家马赫和精神分析学家弗洛伊德。正是在他们创造的思想沃土中,施尼茨勒才在文学上取得了影响深远的成就。

1891年,巴尔在维也纳《现代评论》(Moderne Rundschau)杂志上发表了著名的"论现代派"(Die Moderne)一文,标志着维也纳现代派的开始。作为维也纳现代派的代言人,其纲领性的理论著作《现代派的批判》(Zur Kritik der Moderne,1890)、《克服自然主义》(Die Überwindung des Naturalismus,1894)等在奥地利文学史上具有划时代的意义。他对现代派的论述为"青年维也纳"的产生和发展奠定了基础。巴尔在全面系统研究当时盛行于欧洲文坛上的自然主义和绘画上的印象主义的基础上,指出了维也纳现代派既不会效仿柏林的模式,也不会循蹈巴黎的老路,而是要走出现代派自己的路来。1893年,巴尔发表了著名的《克服自然主义》一文,宣告维也纳现代派与自然主义的彻底决裂,取而代之的是摆脱和超越了自然主义的,强调表现人的精神、意识、下意识、心理和情感的"新理想主义"①,也被称作维也纳"心理艺术"派。

自从巴尔作为"现代派的组织者"宣布了他的新艺术思想以后,施尼茨勒便和维也纳一些作家(霍夫曼斯塔尔、阿尔藤贝格、克劳斯、贝尔-霍夫曼等)不定期地相邀聚会于维也纳的艺术沙龙格林斯坦咖啡馆②里,介绍自己的新作品,共同探讨文学问题,寻求新的感受,开始新的探索。维也纳现代派的作家虽然在创作风格上各有千

---

① 赫尔曼·巴尔:《克服自然主义——1887到1904年论文集》(主编:哥特哈特·翁贝格),斯图加特,1968年,第88页。
② 格林斯坦咖啡馆(Cafe Griensteidl),1847年由药剂师海因里希·格林斯坦(Heinrich Griensteidl)先生开办,成为当时文人雅士的聚会场所。

秋,但他们有一个共同的认识,那就是世界上的事物无一不处在不可阻挡的消失和变化过程中;永恒的运动、永恒的变化是一切事物的本质。现实是飘忽不定的、瞬息万变的,因此,艺术创作的意义不再是忠实地再现客观事物,而是把外在的生活引入到内在的精神中去,表现人在一个又一个瞬间的主观感受,使感觉的信号在大脑中变化、相撞、拥抱、排列、交织,使之变成心理语言,创造鲜明的象征,也就是说,使艺术表现从客观性转向主观性,既摆脱了理性逻辑的限制,又打破了约定俗成的形式与规范,让心灵投入到变幻无穷的流动的世界中去。这样一来,创作形式不被任何标准所束缚,艺术拥有无穷的可能性。艺术包容了一切对立矛盾,是自由自在的游戏。

与此同时,马赫的哲学构成了施尼茨勒文学创作的思想基础。巴尔称马赫的哲学为"印象主义哲学"[1]。马赫认为,物是感觉的复合。世界是人们感觉的总和,没有绝对永恒的物体;组成物体的各种要素(颜色、声音、温度、压力、空间、时间等)仅存在于人的感觉中,所以都是变化不定的、非永恒的。从其感觉复合论出发,马赫把人的自我看作是一个相对稳定的复合体,始终处于不断的变化之中,故得出"自我是不可救的"[2],也就是说,人不可能感觉到自我是一个统一体,只会感觉到瞬间的复合。当自然主义把文学当作表现环境决定性格的工具时,施尼茨勒追求的则是无因果关系的模仿,也就是无逻辑限制的心理状态的表现。观察着的、感受着的、受到刺激而心理反应着的自我,作为文学作品的主体(无论是叙述者还是主要人物)只是一个接一个印象的中心,展示给读者的只是一个个感受和情绪的瞬间。因此,施尼茨勒在创作中大都采用片段式的表现形式,长篇大作也不过是情绪瞬间的排列。内心独白是最常用的手法,其形式和风格渗透着接受美学的意图,要读者通过联想去完成作品的"另一半"[3]。

---

[1] 赫尔曼·巴尔:《克服自然主义——1887到1904年论文集》(主编:哥特哈特·翁贝格),斯图加特,1968年,第198页。

[2] 恩斯特·马赫:《反形而上学论》,见哥特哈特·翁贝格主编《维也纳现代派——1890到1900年间的文学、艺术和音乐》,斯图加特,1984年,第142页。

[3] 阿图尔·施尼茨勒:《书信集》,法兰克福,1974年,第224页。

再就是施尼茨勒被称为弗洛伊德在文学上的"双影人"。弗洛伊德通过临床发现,许多精神病的产生都与意愿和情绪受到过度压抑,得不到正常发泄有关。他治病用的"疏导疗法",让病人大脑自由活动,吐露真情实感,把被压抑在无意识中的意愿和情绪带到意识领域,使之得到发泄,从而达到治疗精神病的目的。弗洛伊德把这一原理推而广之,由精神病患者的特殊案例扩大到一般人的普遍情形,在这个基础上建立起关于人类心理和行为的一套理论。按照这种理论,人的精神活动好像冰山,只有很小部分浮现于意识领域,其决定意义的绝大部分都淹没在意识水平之下,处于无意识状态。与此同时,弗洛伊德从"自我分析"出发①,最终发现梦幻是欲望的实现,一个被压抑的欲望的实现,他替代了行为②。梦幻在这里被赋予了现实地位,因为"梦幻图像是一种记忆","具有隐秘的意义"。③ 面对千变万化、光怪陆离的维也纳社会现实以及由此而扭曲的形形色色的变态心灵和感伤纵情的末世气息,施尼茨勒把心理分析方法运用于文学创作,以探索灵魂和梦幻那"遥远的国度"④为宗旨,把"自由联想"作为文学创作的基本方法,真实地记录下灵魂那变幻莫测的"意识流轨迹",让读者去体会那内在的联系,感受那内在的心声,追求那根本的诗意。弗洛伊德在读到施尼茨勒"优美的作品"时,"总是觉得在诗的外表后面找到了同样的假设、兴趣和结果,它们对我来说,熟悉得就像是自己写的一样"⑤。

## 三

施尼茨勒被视为维也纳世纪转折时期一个融感伤与纵情为一体

---

① 西格蒙德·弗洛伊德:《致威廉·弗里斯》,见哥特哈德·翁贝格主编《维也纳现代派——1890到1900年间的文学、艺术和音乐》,第154页。
② 参见西格蒙德·弗洛伊德:《梦幻是愿望的实现》,见哥特哈德·翁贝格主编《维也纳现代派——1890到1900年间的文学、艺术和音乐》,第158—171页。
③ 同上,第170页。
④ 施尼茨勒1911年写的一出剧名。
⑤ 引自于哈特穆特·舍贝尔:《施尼茨勒》,汉堡,1983年,第143页。

的风俗作家。他的作品很少涉及什么重大社会问题,自称表现爱情与死亡是其文学创作的主题。它们大都描写当时没落贵族、资产阶级和市民阶层在无度的享乐中对待爱情、婚姻、家庭和性生活的扭曲心理,从各种不同的视角,以独特的艺术手法展示了十九世纪末二十世纪初帝国灭亡前维也纳社会充满危机的现实和趋于崩溃的文化价值。

施尼茨勒当过医生,对人的观察十分细致,善于深入人的内心世界,刻画人物的心理活动。他在描写时,往往把现实与幻觉、真实与假象融为一体,给作品蒙上一层怪诞的色彩。他通过这种手法表现人物的苦闷、彷徨、悲观、无聊、没落等情感。他是世界文坛上最早运用意识流表现技巧的少数作家之一。施尼茨勒的创作既有印象主义的印记,又开创了意识流的先河,同时充满对人的生存危机深切的关注。

表现爱情与死亡是施尼茨勒创作最典型的主题之一,反映了一个似乎放荡纵情而垂死挣扎的时代。在花花公子与维也纳"甜妞"形形色色的生活片断中,这种纵情享乐的挣扎融解于若即若离的情感气氛之中。在表现社会特征和行为方式上的匠心独运使得人物世界的"轮舞"显示为一定的历史现实。其社会分析的尖锐性之所以不能一下子就看得出来,是与施尼茨勒娴熟而独到的艺术特点分不开的:追求间接作用的技巧、暗示和讽喻。这些艺术准则也决定了他的创作形式变化多端的跨度。

施尼茨勒一生钟爱戏剧创作,特别是独幕剧。在他完成的四十四部剧本中,有二十七部是独幕剧。即使他创作的三幕或五幕剧,也大都是由相对独立的片段结构起来的舞台作品。他自己认为,独幕组剧是最适合于他的戏剧形式。施尼茨勒的戏剧深深地根植于他所熟悉的环境里:维也纳现实;人物和冲突都来自于作者对社会现实的经历和感受中。

施尼茨勒早期的剧作在借鉴自然主义描写手法的同时,则把艺术的目光从传统的外在描写投向隐秘的内心世界,他也不主张把戏剧变成公开批评的论坛。这些剧作(如《不受法律保护的人》,1896;《遗言》,1898)虽然潜藏着浓厚的倾向性,但可以看出来,作品不谋求直接表现控诉和呐喊,或者具体的社会变革。这也是维也纳现代派共有的特征。施尼茨勒的作品更多的则是对那个世界抱有一种怀疑的态度,倾心于把现实中人与人之间扭曲破裂的关系表现为普遍的现象,从而引申出对人的最根本的感受。出于这种怀疑,施尼茨勒的艺术流露出某些听天由命的特征:被压抑的痛苦神态,无所适从的情感。尽管作者表现的是稍纵即逝、转瞬即止的情感变化,但其对社会关系的理解不断地创造出一定的模式和人物,他所描写的人物的全部矛盾性中蕴含着深刻的社会批判意识。

组剧《阿纳托尔》(Anatol,1893)是施尼茨勒的成名作。这出剧是由七个相互联系又相互独立的独幕剧组成的,贯穿全剧的中心人物是阿纳托尔,一个名副其实的维也纳花花公子。而在其中不断变换的则是一个个频繁出现在施尼茨勒众多作品中的"甜妞"角色。这里没有戏剧情节,也没有戏剧行为,只有主人公与一个个"甜妞"之间发生的一场场对话。而正是通过这些不同的对话片段从心灵深处表现了阿纳托尔爱情不需要忠诚,只"相信无意识状态"的心理危机[1]。在这个自称为"轻浮而多愁善感的人"看来[2],他周围世界的人的行为显得"很典型",也就是说适合于一种千篇一律的感觉。在这里,施尼茨勒首先关注的是心灵的展示。那些多愁善感、充满病态的对话模式深深地渗透着一种醉生梦死的生存的空虚和一切价值走向崩溃的维也纳世界的脆弱。正如霍夫曼斯塔尔在为这出剧写的序言中说的,《阿纳托尔》表现的是"我们心灵的戏剧,/我们感觉中的昨日和今天,/将美妙的形式赋予险恶的事物,/直白的话语,多彩的画面,/隐秘而断片的体验,/临死的挣扎,一段段插曲……"[3]

独幕剧《发问命运》构成了《阿纳托尔》全剧的核心。剧中的阿纳托尔当着自己朋友马克斯的面,对女友克拉施以催眠术,目的是要弄明白女友是否忠实于他。他既想以此"获得真实",却又认为"除

---

[1] 阿图尔·施尼茨勒:《戏剧》卷1,法兰克福,1978年,第38页。
[2] 同上,第46页。
[3] 同上,第29页。

了偶然之外,什么都不存在"①,因为他害怕克拉说出欺骗他这个"真正的真实"。《发问命运》看似以文学的方式展示了弗洛伊德在医学上所研究的催眠术,但作者借以要表现的是主人公面对一个纵情享乐的社会现实,陷入了一种无法克服的心理危机和矛盾之中。《阿纳托尔》以这种方式表现的逢场作戏的"角色"完全融进了习俗与尔虞我诈的社会现实之中,为表现充满危机的个性与充满矛盾的社会状态开辟了新的路子,也是作者后来描写的一系列类似题材最成功的开端。

三幕剧《儿戏恋爱》(Liebelei, 1895)和组剧《轮舞》(Reigen,写于1896—1903年)是施尼茨勒通过戏剧方式所描绘的世纪转折时期维也纳社会风俗画的代表作。它们所描写的主题都是所谓的爱情,同样都遭到来自方方面面的种种非议,甚至引起轩然大波,被斥之为伤风败俗的色情剧。施尼茨勒在反驳一些批评家对《儿戏恋爱》这出剧随心所欲地滥发议论时指出:"我在这部戏里表现了一个平民姑娘与一个豪门出身的大学生的爱情,描写了这个姑娘的幸福、痛苦和结局,因为那个依然缠绵于旧情的年轻人打一开始就以轻浮放荡的态度对待与姑娘的关系,因此,我称这出戏为儿戏恋爱,其中赋予了不会让人听而不闻的讽刺意味。"②可以说,《儿戏恋爱》和《轮舞》都是这种意义上的儿戏恋爱。

在《儿戏恋爱》中,施尼茨勒把充满感情的维也纳大众戏剧变成了一种社会心理剧。这出剧表现的是出身豪门的维也纳大学生弗里茨和天真的平民姑娘克里斯蒂娜的爱情关系。对克里斯蒂娜来说,弗里茨就是她全部的幸福,因为在他之前,她没有爱过任何男人,即使弗里茨不爱她了,她也不会再爱任何别的男人。而弗里茨玩的则是儿戏恋爱,因为他要借这种瞬间的快乐从与一个贵夫人艰辛的"爱情悲剧"中得到恢复,正像他的朋友台奥多所说的,"女人不必有情趣,而应该让你舒服","她们的存在就是使你有所享受!""这就是

---

① 阿图尔·施尼茨勒:《戏剧》卷1,法兰克福,1978年,第33页。
② 阿图尔·施尼茨勒:《散文集》,法兰克福,1994年,第243页。

更深一层的意义所在"①。克里斯蒂娜意味着能够使弗里茨在这样的幸福感受中逃脱那单调的空虚。他唯独相信的是感受的"瞬间",因为这种瞬间会"给自己的周围喷洒上一种永恒的香气"②。最后,克里斯蒂娜得知弗里茨为了争夺另外一个女人在角斗中丧命,她对他来说"不过是一种消遣"③,便绝望地冲出屋子结束了自己的一生。在一个把蒙骗、尔虞我诈和不负责任的陈规陋习视为生存准则的世界里,平民姑娘克里斯蒂娜遭受感情玩弄的命运便使得这个准则的反常在一种潜在的讽刺中暴露无遗。玩儿戏恋爱导致了弗里茨的死亡。而在克利斯蒂娜身上表现出的是那种绝对的、天真无邪的、不愿意流俗于那种准则的情感,因此最终也只有走上绝望。按照题材和人物布局,这个剧带有市民悲剧的特点,但克利斯蒂娜的悲惨结局绝非是一个挣脱了社会桎梏的理想的升华,最终只是无所适从的绝望。作品的结局象征性地投射到克里斯蒂娜房间的一幅画上:一个姑娘从窗户向外望去,外面是冬天。这张画的题目是:"孤独"④。在这出剧中,严肃与诙谐、讽刺与荒诞并存,使施尼茨勒的戏剧更趋于悲喜剧。

《轮舞》是世纪转折时期描写维也纳风俗画的高潮。这出被斥之为伤风败俗的"色情剧"发表后一直遭到禁演,直到1920年,全剧才得以在柏林首次上演,可是演出引起的风波一波未平一波又起。而施尼茨勒本人对那一切反对上演《轮舞》的非议根本不屑一顾。《轮舞》的精美构思可谓在世界戏剧文学中绝无仅有。全剧由十个情景组成,有十个人物登场。他们没有姓名,只有身份和地位,上到伯爵,下到妓女,相互交替组成性爱伙伴。

这个轮舞从妓女引诱士兵(1)开始,经过士兵设法接近女佣(2),女佣中年轻先生的计(3),年轻先生与年轻太太享受柔情蜜意的时刻(4),年轻太太被其丈夫"诱奸"(5),丈夫在酒店雅间陪伴甜

---

① 阿图尔·施尼茨勒:《戏剧》卷1,第219页。
② 同上,第252页。
③ 同上,第262页。
④ 同上,第250页。

妞(6),甜妞经历与诗人的甜言蜜语(7),诗人在女演员家里过夜(8),女演员诱惑伯爵(9),直到伯爵清晨醒来时躺在妓女家的长沙发上(10),轮舞结束。在这出不同凡响的戏剧中,施尼茨勒有意识地表现了这些无名无姓、只有等级和类别的人物,着意描写的是他们性爱前后的对话和行为。作者当然不是以描写伤风败俗的花柳桃色为目的,而是以短小精辟的艺术形式,展示出典型的行为方式。这场几乎包罗了社会各个阶层的轮舞,其意义不在于无度的纵情享乐抹去了社会等级区别,而最根本的是这种身体的行为使得社会典型和个性化的表现方式有机地结合在一起。施尼茨勒在以心理学家透视的目光虚构的对话中,让人物不知不觉地、自然而然地自我突现出来。无论是丈夫与其太太那"神圣"的对话,还是诗人与甜妞那掩饰淫荡的甜言蜜语,或者年轻太太与年轻先生那卿卿我我的暧昧,这些经典的戏剧对话都极具讽刺性地表现了人物扭曲的内心世界,无情地揭示出了价值的空虚、爱情的卑劣、道德的沦丧、人性的虚伪。

《阿纳托尔》《儿戏恋爱》和《轮舞》在主题和风格上奠定了施尼茨勒戏剧创作的基础。他后来创作的戏剧始终着眼于一个试图把谎言标榜为道德的社会,让人窥见与谎言共生或者对付谎言的必然。它绝大多数都表现了婚姻范围内的冲突和危机,因为他视婚姻和性爱为社会关系最根本的交错点。剧本《孤独之路》(Der einsame Weg,1904)、《插曲》(Zwischenspiel,1905)和《遥远的国度》(Das weite Land,1911)似乎构成了这种婚姻的三部曲,它们从各个不同的视角深刻地表现了形形色色的人物丑陋的心理,揭示出道德的卑劣和婚姻的虚伪。其中悲喜剧《遥远的国度》是一个包罗万象的整体。主人公霍夫莱特夫妇把爱情和婚姻当作命运的游戏场。在忠贞的幌子下,他们都在逢场作戏,随心所欲地追求着各自瞬间的情感。围绕着有物质和社会地位的霍夫莱特夫妇,爱情与婚姻呈现为一个类似轮舞的社会游戏。这个作品的情节和错综交织的关系大多表露于人物的对白之中;人物的自我"描写"寓于其自欺欺人的只言片语里。结构上纷繁有序,形似散而神不散,是施尼茨勒后期最成功的剧作之一。

施尼茨勒的戏剧很少直接表现政治题材,唯有1912年发表的五幕喜剧《伯恩哈迪教授》(Professor Bernhardi)深深地触及了当时维也纳最敏感的社会政治问题——反犹太主义,在政治上引起了很大的轰动,因此在奥地利长期遭到禁演。直到哈布斯堡王朝覆灭之后,这出剧才于1920年在维也纳上演。这出政治与人际阴谋喜剧的起因是,某医院院长、犹太籍教授贝恩哈迪出于医学和人道主义等原因,拒绝神父对一位垂死的病人进行所谓的临终关怀,病人不久死亡。他因此而遭到敌对者莫须有的中伤,备受各种凌辱。就因为他是犹太人,他的反对者把他的行为看作是对宗教感情的中伤,并且作为重大的政治事件公之于众。他们对他提出诉讼,贝恩哈迪以妨碍宗教罪被判处两个月监禁。贝恩哈迪的反对者以这场令人啼笑皆非的诉讼搬起石头砸了自己的脚,因为公众在贝恩哈迪身上看到了一个殉难者形象。就连自由派新闻也把他称为"教会阴谋的政治牺牲品,是一个医学界的德雷福斯事件"①。贝恩哈迪最后获得了道义上的胜利,但这个事件的政治象征意义却显而易见;尽管施尼茨勒不愿意让人把这出剧理解为带有政治倾向的喜剧,但在这个以自由主义为宗旨的社会现实背后,却始终在上演着一出永无休止的反犹太丑剧。在贝恩哈迪这个犹太医生身上,读者也许或多或少地会看到作者经历了同样命运的父亲的影子。

在施尼茨勒的戏剧中,独幕怪诞剧《绿鹦鹉酒馆》(Der grüne Kakadu,1899)的地位是比较特殊的;它是作者针对世纪转折时期独霸舞台的自然主义戏剧而进行的反幻想戏剧尝试。这出精心构思的怪诞剧发生在法国大革命前夜的巴黎:1879年7月14日晚,当巴黎街头上的人民群众正准备着冲击巴士底狱时,在"绿鹦鹉酒馆"里却上演着一场不寻常的怪诞剧,酒店的贵族常客们像往日一样沉浸在无忧无虑的享乐中。演出团的明星亨利扮演的是一个被欺骗的丈夫,他要杀死勾引自己老婆的公爵。而亨利的老婆正好和一个公爵保持着暧昧关系。当在座的贵族常客们把一切都看作是一场扣人心弦的表演时,这个被欺骗的丈夫却呆若木鸡地面对着这个被人欺骗的现实。就在这个时刻,那个公爵走进酒馆,亨利随之刺死他。这

---

① 阿图尔·施尼茨勒:《戏剧》卷6,第238页。

时,拥入酒馆的民众把亨利推崇为"人民的朋友"、革命英雄。在剧尾,作者不无讽刺地让哲学家格拉塞特高呼:"无论在什么地方,'自由万岁'的口号都不会比在一个公爵的尸体旁响彻得更加美妙。"①这出怪诞剧以巧妙娴熟和近乎玩世不恭的戏剧手法使得假象与真实、诙谐与严肃、喜与悲相互交织,令人眼花缭乱。作者在这里着意要突出的怪诞就是现实与人的自我理解之间不协调的关系。

　　戏剧是施尼茨勒文学创作的核心,小说是核心的衍射。同戏剧一样,他的小说创作也打破了传统的模式,无论在形式还是内容上都形成了新的风格。在虚构与真实之间,小说创作融会了各种叙述文学的风格,出现了独具特色的小说类型。施尼茨勒的小说创作始终与世纪转折时期的维也纳精神分析学和马赫的感知哲学息息相通。

　　在长达三十余年的小说创作中,施尼茨勒为后世留下了丰厚而广泛流传的佳作。小说《死》(Sterben,1894)、《死者无言》(Die Toten schweigen,1897)、《古斯特少尉》(Leutnant Gustl,1900)、《瞎子基罗尼莫和他的哥哥》(Der blinde Geronimo und sein Bruder,1900)、《贝尔塔·卡尔兰夫人》(Frau Berta Garlan,1901)、《通往自由之路》(Der Weg ins Frei,1908)、《卡萨诺瓦还乡记》(Casanovas Heimfahrt,1918)、《埃尔泽小姐》(Fräulein Else,1924)、《梦幻记》(Traumnovelle,1926)、《拂晓的赌博》(Spiel im Morgengrauen,1927)、《特蕾莎:一个女人一生的编年史》(Therese. Chronik eines Frauenlebens,1928)等都是德语和世界文学的经典之作。施尼茨勒的小说大都表现出对人的个性经历持久执着的兴趣。爱情与死亡构成了其创作题材的基础,捕捉人物的心理瞬间是他艺术表现风格的根本所在。由于他的艺术注意力更多地趋于再现人的心理感受,崇尚一种在逻辑上无规律可循的心理表现,因此,作者往往以强有力的形象语言、细腻分明的感受和鲜明的价值对比,展现了多愁善感的主人公的回忆、预感和梦境。具体的感受描写往往赢得了相对的独立性,仿似一幅幅若即若离的语言油画。施尼茨勒的小说虽然在形式上或多或少地

---

① 阿图尔·施尼茨勒:《戏剧》卷3,第43页。

保留了十九世纪小说的传统,但在表现手法上开辟了一代新的风格。他是德语文学中第一位采用意识流(内心独白)表现手法的作家。这种表现手法后来在爱尔兰作家乔伊斯的小说《尤利西斯》中得到更加广泛的应用,并且发展成为现代小说十分重要的艺术技巧。

《死》是施尼茨勒自认为艺术上最成功的第一篇小说,是批评家巴尔所倡导的"心理艺术"最早的典范之作。这篇小说捕捉的是一个病入膏肓的年轻人最后在爱情关系上的行为和心理变化。作者从一个陌生的角度,几乎以心理学家的兴趣描绘了主人公在死亡直接威胁下的生存心理。身患肺结核的主人公费利克斯得知自己已经时日不多,他的女友玛丽决定和他死在一起。这个决心在有意无意地发生着变化,两个相爱的人的关系也随之相互日益疏远。施尼茨勒在这里以敏锐的感受力和小说形式对人物相互交织的心理状态进行了惟妙惟肖的"临床诊断":一方面是费利克斯的希望、沮丧和突然爆发的残酷的自私自利,另一方面是玛丽无私的爱的奉献、日益冷漠的同情和再次赢得自己的生存意志。在小说颇有戏剧性高潮的结尾,费利克斯突然死于大咯血,而玛丽则躲进前来施救的医生的怀抱里。每当情节进入高潮时,烘托氛围的外在情景描写突转为内心独白,让人物的意识和心理状态自然而然地得以直接而充分的表露:无论是玛丽不断增长的情感疑虑、她的动摇和最终断然的解脱,还是慢慢走向死亡的费利克斯的内心冲突迭起的图像和幻影,都是以这种别具一格的方式展现出来的。这种表现手法几乎贯穿施尼茨勒后来的全部小说创作之中,特别在《古斯特少尉》和《埃尔泽小姐》中,可以说运用到了炉火纯青的地步。

继《死》之后,《古斯特上尉》无疑是影响最深远的代表作。这篇小说以辛辣的讽刺揭示了奥匈帝国军官的"荣誉观念"的虚伪,作者因此被撤销了预备军官职务。在这之前的小说中,施尼茨勒只是片断地运用了内心独白手法,而到了《古斯特少尉》,内心独白便成为贯穿始终的叙述原则;外在的情节仅仅来自于主人公下意识的动态回忆中:古斯特少尉一次听完音乐会后,在衣帽间由于他愚蠢的傲慢被一个地位低下的面包师斥为"无赖",他不能与之角斗,便要以自杀来保全体面,以维护奥地利军官的荣誉。然而,黎明时他得知那个面包师午夜中风身亡，于是他如释重负，从耻辱中得到解脱。这篇小说没有脉络清晰、冲突跌宕的故事情节，施尼茨勒借用自然主义的表现手法，刻意记录的是主人公在其荣誉观念受到伤害后转瞬即止、稍纵即逝、飘忽不定、琢磨不透的心理活动，外在的情节自始至终融化于少尉神经过敏的内心独白中。通过跳跃不定的心理语言描写，那些互不关联的心理过程仅仅表现为相互交错的回忆片断，时断时续的情绪瞬间，一系列的幻觉和梦境，突如其来的意识逆转和违反常理的荒诞念头，下意识的冲动，只言片语的讲话方式等。在这里，古斯特的自由联想代替了逻辑思维，意识活动充满随意性；"心理时间"取代了"空间时间"，打破了传统的时空概念。展现在读者面前的是一个由直觉与幻觉、记忆与印象、想象与幻想、梦境与现实交织成的万花筒。《古斯特少尉》以充满梦幻的意识流手段，从"内部"勾画出一个异化的自我、一个变态的心灵、一个分裂的主体。这部小说深刻的讽刺意义在于，不用叙述者解释或者制定价值标准，仅仅通过少尉的自我意识流动，便把主人公置于十分可笑可悲的境地。《古斯特少尉》创造了一个新的艺术典范；小说的主人公也成为具有社会历史意义的典型：女人、马、赌债、角斗，这就是一个意识的境界，其骇人听闻的空虚代表着一个世纪转折时期属于奥匈帝国社会支柱的阶层。

施尼茨勒晚期的小说《埃尔泽小姐》把作者在《古斯特少尉》中运用的内心独白手法发展到了极致。从叙述结构来看，这篇小说由于完全放弃了传统的叙述者，从而消解了任何形式的审美距离，整个叙述仅仅限定在一个人物的感知世界中；一切外在的东西都被主人公的心理感知内在化。小说的基本线索是：与亲戚一起在意大利度假的埃尔泽小姐不得不遵从母亲的电告，去向在同一地度假的艺术商人道斯戴借一笔巨款，以使其父摆脱经济困境，免遭破产和牢狱之灾。可道斯戴借款的条件是要能够观赏她那裸在"星光中"的"倩影"。埃尔泽小姐因此陷入极度痛苦的心理冲突中。而在母亲的再三逼迫下，她不得不接受屈辱的条件。于是，她身上仅裹着一件黑色睡袍，在宾馆里四处去寻找道斯戴。她当着那些聚集在音乐沙龙里的客人脱光衣服。她的精神彻底崩溃了。她最终在房间里服下了早已准备好的毒药。弥留之际,她那渐渐逝去的意识重新回到了越来越遥远、越来越幸福的童年时期,直到完全消失。在《埃尔泽小姐》中,施尼茨勒以小说形式表现了精神分析学关于神经病的认识和弗洛伊德的释梦理论,并且把社会批判意图融贯到这个别具风格的心理案例中;在主人公瞬间感知的联想中,始终反射着那个值得令人反思的外在世界。

小说《梦幻记》是施尼茨勒以文学形式对人的深层心理颇具挑战性的探寻和发掘,表现了"那些无意识真实的震撼,人的情欲天性的震撼"①,深受弗洛伊德的赞美。这部小说描写的对象是婚姻危机:弗里多林和阿贝蒂娜夫妻觉得被一种强大的力量深深触动,使得他们面临着被抛出这个有序的婚姻世界,而陷入既充满巨大诱惑又充满死亡危险的境地。于是他们的关系相互疏远,双方都鬼使神差地去追寻那所错过的东西:他试图在一个梦幻般的现实中去寻求心理的满足,而她则在一个近乎现实的梦幻中去实现心灵的需求。他们在经历着一个个梦幻般的诱惑。弗里多林亲身感受了一个秘密社团那放荡无比的疯狂后回到家里,正好把妻子从一个激动的梦境中唤醒。她说,她在梦境中将自己许给了另一个男人,同时又眼睁睁地看着弗里多林在遭受着十字架折磨的痛苦。在一个个的夜晚经历中,那种长久被压抑的诱惑在他们身上得以实现,那种长久被压抑的性欲需要也得以释放,心灵让他们经历着在外在现实中不会成为事实的东西。施尼茨勒在这里象征性地把夜晚与下意识联系在一起。最终通过夫妻双方对心灵深处那种欲望的倾诉,他们克服了下意识所带来的情感伤害,认识到"一个夜晚的真实,甚至不用说一个整个人生的真实,同样也意味着人生最内在的真实"②。

《特蕾莎:一个女人一生的编年史》是施尼茨勒晚年创作的最后一部小说,在其"整个创作中占有特殊地位"③。这篇小说分为

---

① 西格蒙德·弗洛伊德1926年5月25日致施尼茨勒的信。转引自:哈特穆特·舍贝尔:《施尼茨勒》,第121页。
② 阿图尔·施尼茨勒:《梦幻小说》,见施尼茨勒《小说》卷2,法兰克福,1970年,第503页。
③ 转引自:哈特穆特·舍贝尔:《施尼茨勒》,第124页。

106个短小章节,讲述了特蕾莎一生的历程。作者在这里采用了传统的编年史式的结构形式,却又打破了小说原本的统一性和情节发展的连续性。小说的章节就像电影里的蒙太奇一样,相互之间没有必然的联系,人物的经历自然也没有了符合逻辑的发展主线,其认同感支离破碎。小说描写从特蕾莎十六岁时的经历开始,直到她死于儿子的暴力,一个个情节都充满着偶然性。年轻的特蕾莎面对家庭不可挽回的衰败,漠然置之地走上自己的生存之路。在孤独和单调的职业经历中,她成了一个毫无生活中心的人,试图靠着偶然的爱情关系来安慰自己孤独的心理。她首先遇到了画家和音乐家陀庇什,和他生了一个儿子。后来她觉得与玩弄谎言成性的陀庇什的关系根本改变不了她那不可克服的寂寞:"无论是有他的爱情还是没有他的爱情——她都一样孤独。"①当儿子弗兰茨日益堕落成小偷和皮条客时,特蕾莎在继续着自己偶然的爱情经历。结果她偶然继承了一小笔遗产。施尼茨勒早期的短篇小说《儿子》的情节构成了这部小说的结尾:堕落的儿子屡次向母亲索要钱。特蕾莎拒绝之后遭到儿子的毒打和捆绑。儿子被逮捕。特蕾莎临终时认识到自己对儿子危害社会的堕落行为负有不可推卸的责任,并且求自己的情人去替儿子说情。

在这部小说中,施尼茨勒把个人的命运与社会现状有机地联系在一起。他以独特而客观的叙述视角,表现了一个"被社会分裂的自我"(布洛赫)的命运的偶然性。小说只是由施尼茨勒所称道的瞬间的真实组合而成的,但正是从人物这些平平常常的瞬间经历中读者感受到一个社会和道德现实那五光十色的全景图像。

## 四

世纪转折时期维也纳特殊的文化氛围造就了施尼茨勒这个独具风格和审美价值的作家。他同霍夫曼斯塔尔一起为这个时期的奥地

---

① 阿图尔·施尼茨勒:《特蕾莎:一个女人一生的编年史》,见施尼茨勒《小说》卷2,第809页。

利文学带来了令人瞩目的辉煌,赢得了崇高的世界声誉。随着时间的流逝,他的作品越来越受到世界文坛的关注,越来越为各国读者所喜爱。特别是从二十世纪七十年代兴起的施尼茨勒热潮以来,这位作家对西方现代派文学所产生的影响也得到了应有的认识和重视。时至今日,施尼茨勒的作品已经被翻译成许多语言在世界范围内广泛流传。我们的邻国日本和韩国都分别翻译出版了施尼茨勒全集和文集,并且在研究方面也取得了国际德语文学研究界公认的成果。

在二十世纪德语文学中,奥地利文学具有举足轻重的作用,因为从维也纳现代派以来,它一次又一次地开创了新文学潮流的先河,一次又一次地让世界对德语文学刮目相看。其实,奥地利作家对我国读者来说并不陌生,如卡夫卡、里尔克、茨威格等早就在我国读者的心里占有了一席之地。改革开放以来,我们国内对奥地利文学的认识也在不断地发生变化,特别是奥地利女作家耶利奈克获得2004年度诺贝尔文学奖之后,就更加引起了我国读者对奥地利文学的兴趣和关注。近年来,除了耶利奈克之外,又有一些奥地利作家的作品相继被翻译介绍到我国,如穆齐尔、贝恩哈德、巴赫曼、汉特克等。这些作家都是二十世纪奥地利文坛上闪亮的明星。然而,要了解和认识二十世纪奥地利文学,施尼茨勒和霍夫曼斯塔尔是不可或缺的,因为他们是这个举世瞩目的辉煌的奠基者,是其最杰出的代表。

实际上,施尼茨勒的作品在我国早就有介绍。二十世纪二十到三十年代,他的作品就受到中国学界的关注,一些戏剧和小说相继翻译介绍到我国。[①] 此后好长时间,这位奥地利作家几乎再也无人问津。直到二十世纪八十年代,我们国内才又出版了《施尼茨勒中短篇小说集》。总体来看,我们对这位作家的介绍和认识还是很欠缺的。作为一个对德语现代派文学的产生和发展具有重大影响的作家,施尼茨勒的作品形式多样,内涵丰富,风格独特。我觉得很有必要把这位作家比较全面地介绍给中国读者。人民文学出版社现在推出的三卷本《施尼茨勒作品集》是在对这位作家的全部创作系统梳理

---

[①] 参见卫茂平:《德语文学汉译史考辨》,上海外语教育出版社,2004年,第146—151页。

的基础上精选而成的。文集包括三个部分:小说(短篇、中篇和长篇)、戏剧和箴言。在编选过程中,编者既考虑到这位作家各个创作时期曾经产生过重要影响的代表作,又顾及作者整个创作中在主题、形式和表现手法上的变化,力图提供一个概括性的全貌。出版这套文集的初衷,就是让我国读者更好地了解和认识这位维也纳现代派文学的开路人,追寻二十世纪奥地利文学辉煌之源。但愿这套文集能够给读者带来新的阅读感受和愉悦,并从中有所收益。由于我们水平有限,选编和翻译疏漏难免,敬请批评指正。

韩瑞祥<br>2013 年 1 月 28 日

# 目　次

## 第　一　卷

古斯特少尉（短篇・中篇）

死 …………………………………………………… 3
小小的喜剧 ………………………………………… 77
告别 ………………………………………………… 106
死者无言 …………………………………………… 120
古斯特少尉 ………………………………………… 137
瞎子基罗尼莫和他的哥哥 ………………………… 165
陌生的女人 ………………………………………… 186
希腊舞女 …………………………………………… 194
单身汉之死 ………………………………………… 204
卡萨诺瓦还乡记 …………………………………… 213
埃尔泽小姐 ………………………………………… 291

# 第 一 卷

## 古斯特少尉

短篇・中篇

# 死

  暮色渐渐降临,玛丽从长凳上站起身来。她在这里已经坐了半个钟头。起初,她一直在埋头读书,然后将目光投向林荫道入口,因为费利克斯平时总是从那里过来。往常,他从未让她等过这么长时间。天气渐渐凉了起来,但是空气中仍然夹杂着正在流逝的五月的温煦。

  河滩公园①里已经没有多少游人,散步的人们都朝着即将关闭的公园大门移动。玛丽慢慢走近出口,这时,她看见了费利克斯。尽管他已经来迟了,可是走起来仍然慢条斯理的,直到他们俩的目光相交,他才稍微加快了一点步伐。她站在原地等他。当他笑吟吟地握住她那漫不经心伸过去的手时,她用温和的、带着一丝不满的口气问道:"难道你不得不工作到现在吗?"他伸出手臂让她挽着,一句话也没有说。"是这么回事儿吗?"她追问道。"是的,亲爱的,"他说,"我完全忘了看表。"她扭头从侧面望着他,觉得他的脸色要比平时苍白。"难道你不认为,"她含情脉脉地说道,"你现在最好还是把自己更多地献给你的玛丽吗?暂时把你的工作搁到一边去吧。我们这会儿多溜达溜达,好吗?你从现在起应该经常和我一起在户外活动。"

  "是吗?……"

  "当然!费利克斯,我可再也不让你单独一人了。"他猛地扭过头来,像是吃了一惊似的,盯着她。"你怎么啦?"她问道。

  "没怎么!"

  他们走近出口处。入夜的大街上,人声嘈杂,四周乱哄哄的。城市的上空飘浮着不知隐藏着什么东西的云彩,春天总是将这种云彩铺展在城市的上空。"我提议,我们现在可以去干一件事。"他说。

---

 ① 维也纳近郊的一个公园,位于多瑙河水渠和多瑙河之间,建于1775年。

"什么事?""去普拉特公园①。"

"那可不行,现在去那儿可冷啦。"

"但是,你瞧,大街上又闷又热,我们只好立刻就回家。走吧!"他断断续续、心不在焉地说道。

"费利克斯,你说话怎么这样?"

"怎么啦?"

"你到底在想什么?你是和我在一起,和你的女朋友在一起。"

他目光呆滞、神情恍惚地盯着她。

"喂!"她害怕地叫出了声,把他的手臂挽得更紧了。

"好了,好了,"他竭力集中思想,"这里实在又闷又热。我并没有心不在焉!倘若真是这样,请你千万不要见怪。"他们走上了那条穿过许多街道通往普拉特公园的小路。费利克斯比平时更加沉默。路灯已经亮了。

"你今天去过阿尔弗雷德那儿吗?"她突然问道。

"干吗去他那儿?"

"你曾经有过这种打算。"

"为了什么呢?"

"昨天晚上你觉得自己十分虚弱。"

"当然。"

"你真的没去过阿尔弗雷德那儿吗?"

"真的没有。"

"瞧你,昨天还在生病,现在就想去又潮又湿的普拉特公园。这可真是太欠考虑了。"

"嗐,反正也无所谓了。"

"你可别这么说,你会把自己给毁掉的。"

"我求求你,"他换了一种几乎要哭出来的声音说道,"我们还是去吧,我很想念普拉特公园,真想回到那个不久前还姹紫嫣红的地方。我建议,就去花园沙龙吧,那儿肯定不会这么冷。"

"好吧!"

---

① 维也纳近郊的一个大型自然公园,建于 1766 年。

"真的不冷！再说，今天的天气也挺热，我们说什么也不能现在就回家，实在太早了一点。我不想在城里用晚餐，我今天一点情绪都没有，不愿意坐在饭店的四堵墙壁中间，也不想看到那么多人，嘈杂的声音真叫我感到难受。"他起初说得很快，声音要比平常高一些，但是最后几句话却降低了音调。玛丽握紧他的胳膊，她有些害怕，什么也没有说，她感到只要自己一说话，眼泪就会流出来。他对普拉特公园幽静的酒店以及绿色和恬静之中的春天的夜晚的向往深深地感染了她。两人沉默了片刻之后，她发现他的嘴角渐渐露出一丝淡淡的微笑。他朝她转过身来，试图以微笑来表达愉快的心情。她对他了如指掌，立刻就感觉到他是在强颜欢笑。

他俩来到普拉特公园。从主干道分岔的第一条林荫道几乎完全笼罩在黑暗之中，这条道通往他们的目的地，那儿有一家简陋的酒店。酒店的院子很大，光线幽暗，餐桌上没摆餐具，椅子紧靠在桌边。漆成绿色的细长灯柱上面，球形路灯闪烁着暗红色的亮光。两三个客人坐在那里，酒店老板也混在其间。玛丽和费利克斯从他们旁边走过，老板站起身，脱帽表示欢迎。他们推开花园沙龙的大门，只见几盏火头很小的煤气灯燃着火苗，一个身材矮小的年轻伙计坐在角落里打瞌睡。见有人进来，他赶紧站起身来，将煤气灯旋亮，然后帮着两位客人脱下外套。玛丽和费利克斯在一个灯光幽暗的角落里坐下，两人的椅子紧靠在一起。他们未加选择地随意点了几样酒菜。屋里只有他们两人，街灯暗红色的亮光穿过大门照射进来。店堂里的各个角落都显得朦朦胧胧。

两人一直沉默不语。玛丽终于忍不住了，心烦意乱地用颤抖的声音问道："费利克斯，你倒是说话呀，你到底是怎么啦？求求你，告诉我吧！"

他的嘴角又露出那种微笑。"没什么，亲爱的，"他说，"你就别问了。我的脾气你也知道……难道你现在还不了解我吗？"

"噢，我当然知道你的脾气，不过，你今天不是脾气不好，而是情绪低落，这我看得出来。这里面肯定是有什么原因。我求你，费利克斯，到底是为了什么，你就告诉我吧，求求你了！"

他脸上露出一副不耐烦的样子，正巧这时伙计走了进来，端上了他们要的酒菜。她又重复了一遍:"你就告诉我吧,求求你!"他扫了一眼年轻伙计,做了一个表示不悦的手势。伙计退了出去。"现在只有我们两人了。"玛丽说着又朝他凑近了一些,将他的双手握在自己的手里,"你怎么啦?你到底是怎么啦?我一定要知道原因。难道你不再爱我了吗?"他仍然一声不吭。她吻他的手。他慢慢地把手抽了回去,眼睛像在寻求帮助似的环顾四周:"好了,好了!我求求你,饶了我吧!别再追问,别再折磨我!"她松开他的手,紧盯着他的脸:"我要知道原因。"他站了起来,深深地吸了一口气,然后用双手挠了挠头,说道:"你都把我搞得精神错乱了。别再问了。"他眼睛发直,站立了好一会儿。她惶惑地追随着他那投向虚无的目光。少顷,他重新坐下,呼吸渐渐平缓下来,脸上露出了温柔、疲倦的表情。几秒钟之后,他的所有惊恐神色都一扫而光了。他亲切地对玛丽低声说道:"你用点酒菜吧。"

她顺从地拿起刀叉,畏葸地问道:"你怎么不吃?""我吃,我吃。"他答应道,但却一动不动地坐在那里,根本没有动手。"那我也不吃。"她说。他这才吃了一点菜,喝了几口酒,可是没过一会儿,他又默默地放下刀叉,用手撑着头,连看也不看玛丽一眼。她咬着嘴唇,盯着他看了一会儿,然后把他那只遮住脸的手抽开。她看见他的眼里闪烁着泪花,就在她喊出"费利克斯!费利克斯!"的那一刹那,他哭了起来,情绪非常激动,不停地抽泣。她把他的头贴在自己的胸前,抚摩着他的头发,吻着他的面颊,想用嘴唇抹去他的泪水。"费利克斯!费利克斯!"他的哭声渐渐低了下去。"你怎么啦,亲爱的?我唯一的心肝宝贝,你倒是说话呀!"他的头仍然贴在她的胸前,因此他说起话来显得瓮声瓮气的,传入她的耳朵也不那么真切:"玛丽,玛丽,这件事我一直不想告诉你,还有一年时间,然后一切就结束了。"说完他又激动地放声哭了起来。她什么也不明白,也不想明白,两只眼睛睁得大大的,脸色像死人一样苍白,恐惧和惊骇使她透不过气来,她高声喊着:"费利克斯!费利克斯!"然后跪在他的面前,紧盯着他那挂满泪水、神色慌张的脸。他把脸从她的胸前移开,望着跪在自己面前的她,嗫嚅道:"快起来!快起来!"她机械地顺从他的话,站起来坐到他的对面。她什么也不敢说,什么也不敢问。沉默了几秒钟之后,他突然抬头仰望着上方,像是对悬在他头顶上的什么不可捉摸的东西,高声喊道:"可怕! 可怕!"

她又恢复了平常的声音:"过来! 过来!"但是,她的话没有起什么作用。"我们走吧!"他做了一个手势,好像是要从自己身上抖掉什么东西。他叫来伙计,付了账,两人匆匆离开了酒店。

户外,悄然无声的春夜包围着他们俩。在漆黑的林荫道上,玛丽停住脚步,紧握着情人的手说:"你现在可以向我解释一下了吧?"

他已经完全平静下来了。他打算对她说的话,听起来非常简单,好像本来就没有什么特别似的。他把手抽了出来,抚摸着她的面颊。天很黑,以至于他俩几乎都看不清对方。

"你不必害怕,小猫咪,一年很长很长,我还能再活一年。"

"你疯了! 你疯了!"她喊道。

"我把这件事告诉你,既卑鄙,又愚蠢。但是,你可知道,把这件事闷在肚子里,孤独地打发时间,始终想着……我也许再也坚持不下去了。让你知道这一事实,也许会好一些的。过来! 我们干吗这么站着? 玛丽,我早就产生这种想法了,很长时间以来,我已不再相信阿尔弗雷德了。"

"这么说,你没有去阿尔弗雷德那儿? 可是,别的医生根本不了解情况呀!"

"瞧你说的,亲爱的。几个星期以来,我一直受着怀疑的折磨,现在总算好了,至少我知道了真相。我去找过贝尔纳德大夫,他把真实情况告诉了我。"

"不,他告诉你的不是真的。他一定是想吓唬吓唬你,好让你今后小心一些。"

"亲爱的,我和这位先生的谈话是非常严肃的。我必须了解真相。你知道,这也是为了你。"

"费利克斯! 费利克斯!"她张开双臂抱住他。"你在说什么呀? 没有你我一天也活不下去,一个钟头也活不下去。"

"好啦,安静些吧!"他平静地说道。他们来到普拉特公园的出口,这里又开始热闹起来,四周人声嘈杂,灯光明亮。大街上车辆来来往往,有轨电车的哨声和铃声不绝于耳。一列火车隆隆地驶过他们头顶上的高架桥。玛丽大吃一惊。所有这些充满生气的东西突然带上了讽刺和敌意的色彩,深深地刺痛了她。她拉着他,朝家走去。他们没有走那条宽阔的大街,而是选择了一些小街小巷。

她突然想到他应该乘坐马车,但是却又犹豫不决,没有说出口。他可以慢慢地走嘛。

"你不会死的,不会,不会。"她低声说道,把头靠在他的肩膀上,"没有你我也活不下去。"

"亲爱的,你会改变想法的。我已经把一切都考虑过了,真的,你知道,我们之间就像突然划出了一条界线,我看得很清楚。"

"不存在什么界线。"

"当然存在,亲爱的。人们没法相信,我自己此刻也不相信。这是令人难以置信的事情,不是吗?你想一想,我就在你的身边,大声说着话,你也听见我在说话。但是,一年之后,我将长眠不醒,身体变得冰凉,也许很快就会腐烂。"

"别说了!别说了!"

"而你,看上去还是像现在这样,一模一样,也许脸色会因为哭泣而显得苍白。夜复一夜,夏去秋来,冬去春来……那时我已经死去一年了,尸体变得冰凉。就是这样!你怎么啦?"

她哭得伤心极了,泪水顺着她的面颊流到了脖子下面。

他脸上露出了一丝绝望的微笑,从牙缝里吐出了三个声音沙哑而生硬的字眼:"对不起!"

两人继续朝前走着,她仍在抽泣,他则沉默不语。他们经过城市公园①,穿过漆黑、寂静、宽阔的街道,公园里的丁香送来了一阵清淡的令人伤心的香气。他们走得很慢。街道的另一边全是清一色的灰色和黄色的高层建筑。他们走近卡尔教堂②,雄伟的圆顶直插蓝色的夜空。他俩拐入一条岔道,很快就来到他们居住的那幢房子。他们登上灯光昏暗的楼梯,从走廊的窗户和门背后传来女用人的闲聊和笑声。几分钟之后,他们就进了房间,关上了门。窗户开着,床头

---

① 维也纳市内的一个公园,建于1862年。
② 维也纳市内卡尔广场附近的一座教堂,建于1739年。

柜上放着一只普通的花瓶,几枝深色的玫瑰散发出的香味充满了整个房间。从大街上传来一阵轻轻的歌声。他俩走近窗口,对面的那幢房子悄然无声,一片黑暗。他在沙发上坐下。她放下百叶窗,拉上窗帘,然后又点亮蜡烛,把它放在桌子上。他没有看她在做什么,而是坐在那里陷入了沉思。她走到他的身边,轻声唤道:"费利克斯!"他抬起头来,微笑着问道:"什么事,亲爱的?"尽管他说话的声音低沉、柔和,她还是感到一种无限的恐惧。不,她不愿失去他。绝不!绝不!绝不!这不是真的,这根本不可能。她想说话,要把心里想的全部告诉他,可是却没有一点说话的力气。她扑倒在他的面前,把头枕在他的怀里,呜呜地哭了起来。他把两只手搁在她的头上,亲切地低声说道:"别哭了,小猫咪,别哭了。"她抬起头,仿佛在她的头顶上出现了一种神奇的希望:"这不是真的,是吗?不是真的?"他吻着她的嘴唇,长久而狂热。然而,他却用近乎冷酷的声音说道:"这是真的。"说罢便站了起来,走到窗前,他的整个身体置于黑暗之中,唯独双脚泛着烛光。过了一会儿,他才开了腔:"你必须习惯这种想法。你干脆就以为我们早已分手。你根本没有必要知道我将不久于人世。"

她把脸贴在沙发靠背上,似乎并没有在听他说话。他继续说道:"如果从哲学的角度来考虑这件事,那就没什么可怕的了。我们毕竟还可以度过许多幸福的时光,不是吗,小猫咪?"

突然,她抬起那双大大的、已经没有泪水的眼睛,跳起来扑到他的面前,张开双臂紧紧地把他抱在怀里。她轻声地说:"我要同你一起去死。"他莞尔一笑:"真是孩子气。我可不是像你想象的那么狭隘。再说,我也根本没有权利让你随我同去。"

"没有你我将无法生活。"

"过去没有我你已经生活了多久?我在一年前认识你的时候,我就已经病入膏肓了。虽然当时我并不清楚病情,但是已经预感到了。"

"你现在仍然不清楚病情。"

"不,我已经一清二楚。因此,我今天就解除我们的婚约。"

她把他抱得更紧了。"接受事实吧!接受事实吧!"他说。她没有吭声,仰起头望着他,似乎没有明白他的意思。

"哦,你真美!这么健康。你对生活拥有庄严的权利。离开我吧!"

"我和你共同生活过,我也要和你一块儿去死!"她大声喊道。

他吻着她的额头:"你不能这样,我禁止你这么做。你必须彻底打消这种念头。"

"我向你发誓……"

"不要发誓。也许有一天你会求我,同意你收回你的誓言。"

"这就是你对我的信任吗?!"

"哦,你爱我,这我知道。你不会离开我的,直到……"

"是的,我绝不离开你。"他摇了摇头。她依偎着他,捧起他的双手吻了起来。

"你真好,"他说,"这使我非常难过。"

"别难过。不管发生什么事,我们俩将生死与共。"

"不行!"他严肃而坚决地说道,"别这样!我和其他人不同,我不愿意这样。这一切我都可以理解。我要是再听你说下去,真是太可悲了,我会让你的这些因最初的痛苦而想起的话语所陶醉。我必须离开,而你则必须留下。"

她又哭了起来。他抚摸着她,吻她,好让她平静下来。两人站在窗前,什么也没有再说。时间一分一秒地流逝,蜡烛越燃越短。

过了一会儿,费利克斯从她身边走开,坐到沙发上。他感到极其疲惫。玛丽走到他的跟前,紧挨着他坐下。她轻轻地捧起他的头,把它搁在自己的肩膀上。他含情脉脉地望着她,然后闭上了眼睛。他渐渐地进入了梦乡。

早晨悄悄地来临,天色灰蒙蒙的,凉意袭人。费利克斯醒了,他的头仍然枕着她的胸脯。她睡得很沉。他轻手轻脚地从她身边走开,来到窗前,望着下面的大街。在朦胧的晨雾中,大街上空无一人。他打了一个寒战。几分钟之后,他和衣躺在床上,两眼直直地盯着天花板。

当他再次醒来时,天色已经大亮。玛丽坐到床边,是她把他吻醒的。两人相视而笑。难道这一切不都是一个可怕的梦吗?他觉得自己现在身体健康,精力充沛。户外,阳光灿烂,从大街上传来各种嘈杂的声音。一切都如此生机勃勃。对面那幢房子的四扇窗户全都开着。桌上已经摆好了早餐,一如每天早晨。屋子里亮堂极了,阳光洒满了每一个角落,尘埃在阳光中闪烁飘移,到处都充满了希望,希望,希望!

下午,阿尔弗雷德大夫正在吸烟,有人通报一位女士来访。看病的时间就要到了,阿尔弗雷德大夫感到有些恼火。当他看见进来的人时,惊讶地喊出了声:"玛丽!"

"请不要见怪,我这么早就来打扰您。哦,您尽管继续吸烟。"

"假如您允许的话……究竟出了什么事?您到底是怎么啦?"

她站在他的面前,一只手撑着写字台,另一只手握着阳伞。"费利克斯真是病得那么严重吗?"她急切地问道,"啊,您的脸色苍白。您为什么不告诉我,为什么?"

"您想到哪儿去了?"他在屋子里踱来踱去,"您真是疯啦!快请坐下。"

"请您回答我。"

"他的确有病,这对您并不是什么新鲜事。"

"他已病入膏肓!"她大声喊道。

"不是这么回事!"

"我全都知道了,他也知道了。昨天,他去找过贝尔纳德教授,是他告诉他的。"

"教授有时也会出错的。"

"您经常给他看病,就请告诉我真实病情吧。"

"在这种事情上没有绝对的真实。"

"因为他是您的朋友,所以您不愿意说,是不是?这我能从您的脸上看出来。这么说是真的,这是真的!上帝!上帝啊!"

"亲爱的孩子,请您冷静一些。"

她猛地抬起头来望着他:"这是真的吗?"

"现在情况就是这样,他的确有病,这您是知道的。"

"嗐……"

"可是,干吗要把这些告诉他呢？另外……"

"现在怎么办？现在怎么办？假如毫无希望,就请您不要再唤起我的希望。"

"人们不可能对此做出肯定的预测。也许会拖上很久。"

"我都知道了,只剩下一年时间。"

阿尔弗雷德咬紧嘴唇:"您说,他究竟为什么要去找另外一位大夫？"

"这很简单,因为他知道,您是不会把真实情况全告诉他的。"

"这太愚蠢了！"大夫突然提高了嗓门,"这太愚蠢了！我真不理解！难道他真的迫切需要去随便找上一个人……"

这时,门被推开了,费利克斯走了进来。

"让我猜中了。"他看见了玛丽。

"我认为你干的都是蠢事,"大夫脱口喊道,"蠢事,真的。"

"别来这一套了,亲爱的阿尔弗雷德。"费利克斯说道,"我衷心地感谢你的好意,你真够朋友,你的行为无可指责。"

玛丽插了一句:"他说,教授也会……"

"得了吧！"费利克斯打断了她的话,"要是这样下去,你们会让我一直待在幻想之中。从现在起,这将是一出乏味的喜剧。"

"你真是个孩子,"阿尔弗雷德说道,"有许多人围着维也纳慢跑,他们中间有不少早在二十年前就被医学宣判了死刑。"

"但是,他们中间的绝大多数人都已经长眠于地下了。"

阿尔弗雷德在屋里踱来踱去。"首先,你要记住,事情不可能在昨天和今天之间就发生变化。你应该爱惜身体,这是最重要的,你要比现在更加听从我的嘱咐,这会有益处的。就在八天前,有一位五十多岁的先生来找过我……"

"我已经知道了,"费利克斯说,"这位五十多岁的先生还是二十多岁的小伙子的时候,曾经被医生认为没有希望了,可如今看上去容光焕发,已经有了八个健壮的孩子。"

"事情往往就是这样,这是不容置疑的。"阿尔弗雷德说道。

"你知道,"费利克斯接着又说,"我不属于这一类会出现奇迹的人。"

"奇迹?"阿尔弗雷德大声说道,"这纯粹是自然而然的事情。"

"您倒是看看他,"玛丽说,"我觉得,他现在的气色要比冬天好多了。"

"你必须注意调养,"阿尔弗雷德站在费利克斯的面前,说道,"你现在应该去山区,在那儿好好地休息休息。"

"我们应该什么时候动身?"玛丽急忙问道。

"这毫无意义。"费利克斯说。

"秋天我们应该去南方。"

"明年春天呢?"费利克斯用嘲讽的口吻问道。

"但愿你那时已经恢复健康了。"玛丽大声说道。

"恢复健康!"费利克斯哈哈大笑,"恢复健康!再也不受疾病的折磨。"

"我说过多少遍,"大夫喊了起来,"那些大医院的大夫并不都是心理学家。"

"因为他们没有认识到,我们忍受不了知道真相。"费利克斯说。

"我已经说过,根本就没有什么真相。那个人自认为,必须吓唬吓唬你,才能使你不再轻举妄动。这恐怕就是他的思想动机。假如他的预言不灵,你仍然恢复了健康,那时对他也绝不是一件丢面子的事。他只不过是警告你一下罢了。"

"我们别再继续这种幼稚的空谈,"费利克斯说,"我和那位先生的谈话是非常严肃的,我清清楚楚地告诉他,我必须得到肯定的答复。这对维系家庭关系至关重要!我必须坦率地向你承认,不知详情实在是太可悲了。"

"似乎你现在已经知道了详情。"阿尔弗雷德有些发火。

"是的,我现在知道详情,你现在所做的努力全是徒劳的。现在需要考虑的仅仅是如何尽可能明智地打发这最后的一年。你将会看到,亲爱的阿尔弗雷德,我会笑着告别这个世界。喂,小猫咪,不要哭了!你现在根本就不可能想象,没有我,你仍然会觉得这个世界是多么美好。怎么样,阿尔弗雷德,你不相信吗?"

"走开!你这样折磨这位姑娘,实在有些过分。"

"这是实话,或许痛痛快快地结束更加明智。离开我吧,小猫咪！你走吧,让我一个人去死。"

"请您给我毒药!"玛丽突然喊了起来。

"你们俩都发疯了。"大夫大声喊道。

"给我毒药！我不愿比他多活一秒钟。他应当相信我,可他不愿意相信我。为什么不？为什么不？"

"小猫咪,我现在告诉你,如果你再这么胡说,哪怕再说**一次**,我立刻就离开你,消失得无影无踪。那时你就甭想再见到我。我没有权利把你的命运和我的拴在一起,我也不想承担这种责任。"

"你知道吗？亲爱的费利克斯,"大夫说道,"你最好今天就动身,别再拖到明天。这种情形不能再继续下去了。今晚我送你们去火车站,但愿新鲜的空气和平静的生活使你们俩重新恢复理智。"

"我是完全同意的,"费利克斯说道,"我反正已经无所谓了,无论是在什么地方……"

"那好,"阿尔弗雷德打断他的话,"目前还没有任何绝望的理由,你应该把这些悲观的议论扔在一边。"

玛丽擦干眼泪,感激地望着大夫。

"伟大的心理学家,"费利克斯微笑地说道,"如果医生粗暴地对待病人,病人就会觉得自己很快就将恢复健康。"

"我是你的朋友,你应该知道……"

"出门旅行,明天,到山区去!"

"好啦,就这么决定了。"

"不管怎么说,我非常感谢你。"费利克斯说着和他的朋友握了握手,"现在我们要走了,外面已经有病人在咳嗽了。走吧,小猫咪。"

"谢谢您,大夫。"玛丽在告别时说道。

"没什么好谢的。您要理智一点,多多照顾他。好吧,再见啦。"

在楼梯上,费利克斯突然说道:"这位大夫真可爱,是不是?"

"哦,是这样。"

"他又年轻又健康,也许还能活上四十年,或许一百年。"

他们来到大街上,周围全是行人。人们有说有笑,享受着生活,谁也不会想到死的问题。

他们搬进湖畔的一幢别墅,它远离村庄,是沿着湖畔的一溜别墅中间的最后一幢。房子的后面是一片起伏不平的草地,远处是一片盛开着夏季花卉的田野,再往远处,可以隐隐约约地看见层层叠叠的山峦。从房间出来是一个平台,它由四根从清澈的水底升起来的褐色石柱支撑着。站在平台上可以看见对面岸边一长排巉岩峭壁,沉默的天空在它们上面罩上了一层黯淡的光。

在来到这里的最初几天里,他们感到极其平静,几乎平静得让人不可思议,好像命运只是在他们熟悉的居住地点才能支配他们似的。曾经在另外一个世界纠缠着他们的厄运,在这儿,在新的环境里,全都不起任何作用了。自从他们相识以来,还从未感到过如此恬静悠闲。他们常常默默地相对而视,好像现在谁也不准重提他们之间发生的任何一件诸如吵嘴或误解的小事。费利克斯对晴朗的夏日感到非常适意,来到这里之后不久他就想重新开始工作。玛丽不同意他这样做。"你还没有完全康复。"她微笑着说。小桌子上堆放着费利克斯的书籍和稿纸,阳光在上面闪烁。从湖面飘来的一丝柔和的轻风从窗户钻了进来,它对世间的不幸毫无所知。

一天傍晚,他们像平时一样雇了一个上了年纪的船夫,乘船到湖上兜风。这是一条船底较宽的上等游船,上面的座位都装有软垫。玛丽坐在软垫上,费利克斯躺在她的脚旁,身上裹着一条暖和的灰色毛毯,它既当垫子又当被子。他把头搁在她的膝盖上面。宽阔而平静的水面飘浮着轻柔的薄雾,暮色仿佛从湖底慢慢地升起,渐渐拉大了小船与岸边的距离。费利克斯今天大胆地点了一支雪茄。他的目光越过波浪投向远处的悬崖绝壁,一缕残阳把它们抹成了金黄色。

"告诉我,小猫咪,"他说,"你敢不敢朝那上面看?"

"朝哪儿看?"

他用手指了指天空:"就是那儿,深蓝色的天空。我是不敢看的,我觉得阴森可怕。"

她仰起头看了几秒钟。"我觉得挺惬意的。"她说。

"是吗?每当天气像今天这么好,我总是不敢朝天上看。远方,令人害怕的远方!每当天空阴云密布,我则没有这么难受,云是属于我们的……那时我一定会亲切地盯着它们瞧的。"

"明天恐怕有雨,"船夫这时插话说,"今天,那些山峰好像离得很近。"他放下船桨,让小船轻悠悠地随着波浪滑行。

费利克斯清了清嗓子:"真奇怪,就连这种雪茄我也受不了。"

"干脆扔掉算了!"

费利克斯把燃着的雪茄夹在手指中间来回转了几圈,然后才扔到水里。他并没有朝玛丽转过身去,说道:"怎么样,我是不是还没有完全康复?"

"去你的!"她用手轻轻地抚摩着他的头发,没有搭理他。

"如果下起雨来,我们干什么呢?"费利克斯问道,"你得让我工作。"

"你不能工作。"

她弯下身子,看着他的眼睛。她发现他的两颊微微发红。"我真想立刻就把这些顽皮的想法从你的脑瓜里面赶走!现在我们回去好吗?有些冷了。"

"有些冷了吗?我一点也不感到冷。"

"那当然啰,你裹着厚厚的毛毯。"

"哎呀,"他叫了起来,"我真是只顾自己,完全忘了你只穿着夏装。"他对船夫说道,"划回去吧!"船夫划了几百下桨之后,他们就到了住所的跟前。这时,玛丽发现费利克斯用右手捏着左手手腕。"你怎么啦?"

"小猫咪,我真的还没有完全康复。"

"那当然。"

"我有些发烧。嗯哼……太傻了!"

"你一定是搞错了。"玛丽生气地说,"我当然愿意立即就去请大夫。"

"那当然,我现在很需要他。"

他们靠到岸边,上了陆地。房间里面光线很暗,白天的余热尚未完全消退。玛丽忙着准备晚餐,费利克斯静静地坐在靠背椅上。

"喂,"他突然说道,"我们已经来了八天啦。"

她在桌子上摆好餐具,快步走到他的跟前,用胳膊搂着他,问道:

"你又怎么啦？"

他挣脱开来："别来这一套！"他站了起来，坐到餐桌旁边。她跟在他的后面。他用手指敲着桌子："我感到自己毫无抵抗能力，突然之间又染上了疾病。"

"别这样，费利克斯，费利克斯。"她把自己的椅子拖到他的旁边。

他睁大眼睛环顾室内，然后气恼地摇了摇头，像是没法理解什么似的，从牙缝里吐出了几句话："毫无抵抗能力！毫无抵抗能力！没有人能够帮我。这件事情本身并不那么可怕，但是，我真的毫无抵抗能力！"

"费利克斯，我求求你，不要过于激动，肯定不会有什么问题的。你要是愿意……只是为了让你放心，我这就去把大夫请来，好吗？"

"我求你，就让我这样吧！请原谅，我的病又给你添麻烦了。"

"但是……"

"不会再有什么事了。去给我倒一杯！对，对，倒一杯酒！……谢谢。现在随便谈点什么吧。"

"好吧。谈什么呢？"

"随你的便。要是想不出什么可谈的，你就为我读一段书吧。啊，对不起，当然是在吃过饭以后。你吃呀，我也吃。"他开始动手，"我的胃很好，饭菜完全合我的口味。"

"你瞧，我是怎么说来着。"玛丽笑得有些勉强。

两人开始进餐。

在以后的几天里一直下着热雨。他们有时坐在屋里，有时坐在平台上，直到夜幕降临。两人或者读书，或者眺望窗外景致；当她做起针线活儿的时候，他总是盯着她看。他们有时也玩纸牌，他也教她一些下棋的基本知识。有时，他也躺在沙发上，她坐在旁边为他读书。他们就这样度过了几个清静的白天和晚上。费利克斯觉得非常愉快，恶劣的天气没有给他带来任何不适，他感到很高兴，另外，他也没有再发过高烧。

一天下午，他们坐在平台上。天空在久雨之后第一次晴朗起来。

费利克斯并非有意想联系到从前的某次谈话,而是随便地说:"实际上,地球上到处都有被宣判了死刑的人。"

玛丽停下手中的活儿,抬头望着他。

"情况就是这样,"他继续说道,"举例来说吧,有人告诉你:尊敬的小姐,您将在一九七〇年五月一日死去。这样你将怀着一种对一九七〇年五月一日莫名的极度恐惧的心情度过今后的一生,尽管你现在并不一定真正相信自己能活上一百岁。"

她没有搭话。

他望了一眼湖面,继续说着话。破云而出的阳光在湖面闪烁。

"有的人现在自豪而健康地四处转悠,可是几个星期之后,厄运将会突然攫住他们。这些人甚至从未想到过死,是不是?"

"瞧你,"玛丽说道,"抛开这些愚蠢的念头吧。你自己现在必须清楚地认识到,你不久将会恢复健康。"

他微微一笑。

"事实就是如此。你恰恰是那些不久将会恢复健康的人们中的一个。"

他放声大笑起来:"好孩子,你确实以为我可以违抗命运吗?你以为这种表面的健康就能骗得了我吗?大自然现在就是用这种表面的健康来让我高兴。我只是偶然得知自己目前的状况。死亡将至的念头使我像其他一些伟大的人物一样成为哲学家。"

"你现在应该闭嘴了!好吗?"

"哦,我的小姐,我是注定要死的人啦,难道你不能稍微耐心一点,听听我谈些什么吗?"

她扔下手中的活儿,跑到他跟前。"我觉得,你永远是我的。"她用真诚的、令人信服的语气说道,"你根本不可能对自己能否恢复健康做出判断。你现在不应该再想这些,这样,那个凶恶的幽灵就会从我们的生活中消失。"

他久久地注视着她。"你显然绝对不能理解这些。应该给你举个显而易见的例子。你看这儿。"他随手拿起一张报纸,"这儿登的是什么?"

"一八九〇年六月十二日。"

"是的,一八九〇年。现在请你想想,假如这里不是一八九〇年,而是一八九一年,那么一切就已经完结了,是不是?现在你该听懂了吧?"

她从他手里一把夺过报纸,气呼呼地扔在地上。

"报纸何罪之有。"他心平气和地说道。突然,他动作利索地站了起来,仿佛毅然决然地将所有这些想法统统抛在了脑后,大声地说道:"快看,多美啊!太阳悬挂在水面上……再看那边,"他从平台上向外探出身子,朝着相反方向的平原眺望,"田野在飘动!我想出去走走。"

"外面太潮湿了吧?"

"走吧,我得到户外去。"

她不敢违抗他的意见。

两人拿起帽子,穿上外套,走上那条通向田野的小路。天空几乎晴朗无云,只有远处的山峰上方飘着几团奇形怪状的白云。白云似乎将这片地围了起来,绿色的草地仿佛被泛着金黄色的白云吞没。他们来到一条四周长满谷物的田间小径,谷物的茎秆擦着他们的外套,发出窸窸窣窣的响声,两人必须一前一后地走着。他们很快就拐入路边一片不很茂密的阔叶树林,林间的小路养护得很好,隔不多远就有一条供游人休息的长凳。他俩手挽手地走着。

"这儿不美吗?"费利克斯说道,"香气袭人!"

"你不认为,雨后……"玛丽插了一句,但却并没有把话说完。

他不耐烦地摇了摇头:"得了吧,这就么重要?总是被人提醒,真叫人心里不痛快。"

他们继续往前走着,树林渐渐稀疏起来。穿过树林可以看见湖光闪烁。再走了不到一百步,他们就来到了湖边。一条狭长的陆地伸入水里,树林在这儿终止,只剩下几丛稀稀落落的灌木。这儿摆着几张冷杉木的凳子和桌子,紧挨着湖边用木头围起了一道栅栏。一阵轻柔的晚风吹来,激起层层波浪拍击湖岸。风儿掠过灌木丛和树林,湿漉漉的树叶上又开始落下水珠。水面泛着夕阳的余晖。

"我从未想到,这儿的一切是如此美妙。"费利克斯说道。

"是的,这里真让人着迷。"

"你并不知道这一点,"费利克斯大叫起来,"你肯定不可能知道这一点,因为你用不着和这里的一切诀别。"他慢慢地朝前走了几步,用双手撑在细长细长的栅栏上面,湖水从四面冲刷着栅栏细细的木桩。他久久地注视着波光粼粼的水面,然后转过身来。玛丽站在他的背后,目光沉郁,眼里噙着热泪。

"你瞧,"费利克斯用开玩笑的口吻说道,"所有这一切我都留给你啦,是的,是的,因为这都是属于我的。这是内心世界的隐秘,我发现了这个隐秘,人的占有欲是巨大的、毫无止境的。我可以随心所欲地安排这一切。我能够让那边光秃秃的岩石上开出鲜花,我可以驱散天空的朵朵白云。但是,我并不这样做,因为所有这一切是多么美好啊!我亲爱的孩子,只有当你孤零零的时候,你才能理解我的意思。是的,你肯定也会产生这种感觉,仿佛所有这一切统统为你所拥有。"

他用一只手把她拉到自己身边,然后伸出另一只手,就像是在向她指点世间的一切壮丽景色似的,说道:"这一切,这一切。"她始终沉默不语,眼睛睁得大大的,已经没有泪水了。他突然收住话头,冷淡地说道:"我们回去吧!"

暮色渐浓。他们选择了湖滨小道,沿着这条路很快就可以回到他们的住处。"这是一次美好的散步。"费利克斯说道。

她默默地低垂着脑袋。

"我们以后可以经常这样散步,小猫咪!"

"好的。"她应了一声。

"另外,"他又用一种同情的口吻补充道,"我以后再也不在精神上折磨你了。"

在以后的一个下午,他决定重新开始他的工作。当他头一回重新握起铅笔想要在纸上写字的时候,他禁不住怀着一种诡谲的好奇心朝玛丽望去,他想看看她是否会阻拦他。可是,她一声未吭。过了不一会儿,他就将纸笔搁在一边,随便抓起一本书读了起来。读书可以更好地为他消闲解闷。现在他还不适于工作。他首先必须彻底厌倦人生,而后才能像圣人那样面对默默的永恒泰然自若,写下自己最后的遗言。这就是他想做的事情。他要写的遗言不同于一般人的遗言,后者总是含蓄地流露出对于死亡的恐惧。他的遗言也不涉及可以看得见和摸得着的东西,因为它们终究也会步他的后尘走上毁灭的道路。**他的**遗言应该是一首诗,默默地带着微笑与被他战胜的世界告别。他一点儿也没有对玛丽谈起过这种想法,因为她恐怕是不会理解他的。他和她的感受全然不同。在那些漫长的下午,她常常会趴在书上打起瞌睡,每当这时他总是怀着某种自豪感坐在她的对面。蓬松的鬈发耷拉在她的额前。当他想到有许多事情可以向她隐瞒的时候,自尊心便又得到了增强。他是多么的寂寞,又是多么的高大。

那天下午,当她的眼皮刚刚合上,他便蹑手蹑脚地溜出了房间。他信步走进树林,四周笼罩着郁闷的夏日午后所特有的沉静。他很清楚,今天可能就会发生那件事情。他做着深呼吸,感到十分轻松和畅快。他在浓密的树荫下面走着,冒着热气的阳光照在他身上,使他觉得非常舒适。他能够感觉到这一切,诸如幸福、树荫、寂静、和风。他享受着这一切。他对将失去生活中的这些美好的东西,并不感到痛苦。"失去,失去。"他低声地自言自语。他深深地吸了一口气,温馨的气息轻松而舒畅地进入他的胸腔。在这当儿,他几乎难以理解自己竟然会抱病在身。但是,他的确身患顽疾,而且病入膏肓。突然,他觉得眼前豁然一亮。他有些不相信,但这是真的,他感到胸中舒畅、轻松,今天,那个时刻终于来到了。并非他战胜了生的欲望,而是死的恐惧已离他而去。他再也不相信自己会死了。他知道,他是那些即将恢复健康的人们中的一个。他仿佛觉得,在他心灵深处一个隐秘的角落里,一些沉睡的东西在深深地呼吸,重又苏醒过来。他必须把眼睛睁得更大,迈开更大的步子,朝着前方走去。天空更加晴朗,生活更加充满活力。事情就是这样!事情真是这样吗?为什么呢?他为什么突然又被希望所陶醉?啊,希望!这不仅仅是希望,这是确凿的事实。今天早晨,它还在折磨着他,使他难以喘息,然而,现在,现在他是健康的,他是健康的。他大声地喊了起来:"健康了!"他这时正站在树林的尽头,面前是静静的深蓝色的湖水。他在一条长凳上坐下,心里感到非常惬意,目光扫视着水面。他在想,这是多么奇妙啊,痊愈的欢乐甚至将他准备骄傲地与尘世告别的乐趣都隐藏了起来。

他的身后发出一阵窸窣的响声。他还没来得及转过身去,玛丽就出现在他的身旁。她的眸子闪闪发亮,她的脸庞泛着淡淡的红晕。

"你这是怎么啦?"

"你为什么跑出来了?为什么把我一个人撇下?我真吓坏了。"

"啊,是吗?"他拉她坐到自己旁边,冲着她微笑,吻她。她的嘴唇温热、丰腴。"来吧。"他轻轻地说道,让她坐到自己的膝上。她紧紧地偎依着他,双手搂住他的脖子。她真美啊!那头金黄色的秀发飘出一股醉人的芳香,他从心底里对怀里的这个迷人的尤物升起无限的柔情。他的眼里充满了热泪,他捧起她的双手,吻了起来。他是多么爱她啊!

从湖面传来一阵咝咝的响声。他俩抬头四下张望,然后站了起来,手挽手地走到湖边。远处出现了一艘汽船。他们一直等到汽船驶近,可以看清甲板上的乘客时,才转过身来,穿过树林,朝住处走去。他们俩手挽手,慢悠悠地走着,不时地相视而笑。他们重又捡起过去的话题——初恋时的话题。猜疑、温存、甜蜜的问话和谄媚、宽慰、真挚的回答在他们之间飘来荡去。他们兴高采烈、情绪高昂,犹如两个孩子。这就是幸福。

酷热沉闷的夏天来到了。白天,阳光灼热炙人,夜晚,气温柔和宜人。日复一日,夜复一夜,时间仿佛停止了。这里只有他们俩。他们关心的仅仅是他们自己。树林,湖泊,小屋……这就是他们的世界。他们处于一种舒适的氛围之中,以至于忘记了思想。一个个无忧无虑、充满欢笑的夜晚和一个个疲惫不堪、温情脉脉的白天从他们身边逝去。

有一天夜里,蜡烛燃到了深夜。玛丽睁着眼睛躺在床上,支起半截身子,注视着情人熟睡的脸庞,倾听着他的呼吸。现在已经确信无疑了:每一个小时都使他更接近于康复之日。一种不可言状的情感充满了她的内心。她朝他俯下身子,想用自己的面颊感受一下他呼出的气息。啊,生活是多么美好!他,唯有他才是她的全部生活。现在,她重又得到了他,她重又得到了他,她重又得到了他,直至永远!

突然,沉睡者的呼吸变得与起先完全不同,她吃了一惊。这是一声轻微的、被压抑着的呻吟。他的嘴唇微微张开,四周露出痛苦的表情。她惊骇地发现,他的额头上沁出了汗珠。他把头稍微转向一侧,然后闭紧了嘴唇,脸上重新出现安详平和的表情,在几次急促的呼吸之后,又恢复为均匀的、几乎毫无响声的呼吸。但是,玛丽却感到一种令人痛苦的不安。她真想把他唤醒,依偎在他身旁,感受他的体温、他的生命、他的存在。一种罕见的负疚感袭上她的心头,她像走火入魔似的突然乐于相信他的康复了。这会儿,她想说服自己,这并不是坚定的信念,而只是一种模糊的、感激的希望,为此她不应该受到如此严厉的惩罚。她暗暗发誓,不再这样耽于下意识的幸福之中。她猛然觉得,心醉神迷、兴高采烈之时可能已经犯下了轻率鲁莽、追悔莫及的过错。肯定是的!会是什么过错呢?对于他们是否可以例外?爱情也许可以创造奇迹?逝去的那些夜晚,难道不会把健康重新还给他吗?

费利克斯的嘴里发出一声可怕的呻吟,他睡眼惺忪地从床上坐了起来,脸上充满恐怖的神情,眼睛睁得大大的,呆呆地发愣,直到玛丽大声喊他的名字,他才完全清醒过来。"怎么啦?怎么啦?"他嚷道。玛丽没有说话。"你刚才叫喊了吗,玛丽?我听见有人喊叫的声音。"他的呼吸非常急促。"我好像要窒息了似的。我刚才做了个梦,现在已经想不起来了。"

"我吓了一大跳。"她结结巴巴地说道。

"你知道吗,玛丽?我现在浑身发冷。"

"那当然啰,"她说,"如果你刚做了一场噩梦。"

"啊,这是怎么搞的?"他恼怒地仰望着上方,"我刚才又发烧了,就是这么回事。"他的牙齿咯咯打战。他重又躺下,盖上了被子。

她迟疑地环顾四周:"要我陪你吗?你想要……"

"什么都不想要,你去睡吧!我累了,也要睡了。蜡烛就让它燃着吧。"他闭上眼睛,将被头拉上来盖住了嘴巴。玛丽不敢再问他什么,她知道,每当他感到不舒服的时候,同情会使他更为恼火。几分钟以后,他就睡着了,然而她却再也没有一点睡意。过了不多久,灰蒙蒙的曙光就潜入了房间。清晨的第一束淡淡的光线使玛丽感到非常愉快,就好像是有一些朋友笑吟吟地前来看望她似的。她的心里产生了一种奇特的欲望,想去迎接早晨的到来。她轻手轻脚地下了床,迅速披上晨衣,来到了平台上。天空,山峦,湖泊,一切都还笼罩着朦胧的雾霭,若隐若现。她感到一种少有的乐趣,竭力睁大眼睛,想看清眼前景物的轮廓。她坐在靠背椅上,目光投向朦胧的晨光。夏日的早晨悄悄来临,玛丽靠着椅背,沉浸在一片寂静之中,一种难以言状的舒适感慢慢爬上了她的心头。周围的一切宁静、柔和、永恒。走出那间狭小阴暗的屋子,在这个沉寂的氛围里独自待上一会儿是多么美妙啊!她的脑子里突然闪过一个念头:她早就想从他身边走开了;她想待在这儿;她想独自一人!

整个白天,昨天夜里的那些想法始终萦绕在她的脑海,虽然没有在黑夜中那么让人肝肠寸断,那么令人阴森可怖,但却更加清楚明晰,更加毋庸置疑。她首先决定尽一切可能拒绝他对做爱的狂热要求。她不明白自己为何这么长时间未想过这件事。当然,她应该态度和蔼,措词机敏,使得她的行动不像是拒绝,而是一种新颖的、更加美好的爱。

然而,她并不需要多少和蔼和机敏。自从那一夜以后,他的所有激情似乎都消退了。他对玛丽仍旧温情脉脉,但却显得漫不经心。起初她不以为然,后来也大为不解。白天,他把大部分时间用来读书,或者他仅仅是做做样子,因为她经常发现,他的目光总是越过书本注视着远处。他们谈话的内容都是一些无足轻重的日常琐事。玛丽觉得,他不再向她暴露自己心里的秘密。这一切都是自然而然的,好像他的情绪低沉和态度冷漠只是正在恢复健康的病人身体虚弱的表现。早晨,他总是在床上躺得很久,而她则已经习惯在第一道曙光中来到户外。她要么坐在平台上,要么漫步到湖边。她常常坐在一只小船上听凭微微碧波轻轻荡漾,但是从未离开过岸边。有时,她也去树林散步。通常,她都是在结束晨间漫步回到屋里之后,才把他叫醒。他的睡眠很正常,为此她感到高兴,并且将此视为一个吉兆。她并不知道他常常在夜里醒来,也从未看见过他那充满无穷哀怨的目光,当她沉浸在健康的青年特有的那种深沉的睡梦之中时,这种目光正在注视着她。

有一天早晨,她又来到小船上。初升的太阳把最初的金色光线洒在湖面上。她突然来了兴致,大胆地把小船划向那片清澈明净、波光闪闪的水面。她划出了好长一段。她几乎从未划过桨,所以划得格外吃力,但这也使她对划桨的乐趣有增无减。清晨的湖面上,她不再是孤零零的了。玛丽遇到几条小船,她觉得,有些完全是故意划到她这儿来的。一条漂亮的龙骨式小船擦着她的船帮飞快地掠过,划桨的是两个小伙子,他们抽回船桨,摘下帽子,微笑着彬彬有礼地向她致意。

玛丽睁大眼睛瞧着这两个小伙子,下意识地说道:"早上好。"她的目光不知不觉地紧随着他们。这两个年轻人把小船又划了回来,再一次向她致意。这时,她突然感到自己的举止有些不妥,于是就使出她全部那点儿可怜的划桨技术,尽可能快地朝他们的住地划去。她花了大约半个钟头才回到岸边,这时她已浑身冒汗,头发披散着。还未下船,她就看见费利克斯坐在平台上。她急匆匆地跑回住所,径直上了平台。她神情有些恍惚,像是意识到自己的过失似的。她从背后抱住费利克斯,用开玩笑的口气问道:"你猜猜是谁?"

他慢慢地掰开她的手,平心静气地侧过身子看着她:"你怎么啦?怎么这么开心?"

"因为我又得到了你。"

"你怎么这么激动?你身上都发烫!"

"哎呀,上帝!我这是快活,是高兴,是喜悦!"她忘情地摘下盖在他膝上的毛毯,坐到他的怀里。为了掩饰自己的窘态,她探身向他那张怏怏不乐的面孔,吻他的嘴唇。

"你究竟为什么这么高兴?"

"难道我没有理由高兴吗?我是如此的幸福。"她停顿了一下,接着说道,"这种幸福全是从你这儿得到的。"

"什么?"他的问话中带有一丝疑惑。

她不得不再把话题扯得更远一些,但这也无济于事。"那就是因为恐惧。"

"你是指死的恐惧吗？"

"你不可以这样说话！"

"你为什么说是从**我**这儿得到的呢？其实，恐怕还是从**你**那儿得到的呢，是不是？"他的眼里射出审视和狡黠的目光。她没有回答，只是用两只手来回地挠着他的头发，同时把嘴贴近他的额头，而他却把头朝后仰了一点，淡淡地、毫无表情地说道："这就是你想要说的吗？我的命运也应该是你的命运？"

"就是这样。"她欢快地答道。

"不，这样不行。"他严厉地打断了她的话，"我们为什么要自己欺骗自己？'幸福'不是从我这里得到的，它越来越近，我已经感觉到了。"

"但是……"她不知不觉地从他身上下来了，把身子倚在平台的栏杆上。他站了起来，来回踱起步子。

"是的，我已经感觉到它了。把这种感觉告诉你，毕竟还是我的义务。假如它突然来到你的面前，你也许会感到过于惊异。所以我提醒你注意，我的期限已经过去了四分之一。我说服自己，必须告诉你……仅仅是出于胆怯，我才这么做的。"

"我把你一个人撇下，你是不是生气了？"她怯生生地问道。

"胡扯！"他断然否认，"我完全可以对你的这种快活情绪**泰然处之**，因为正像我对自己了解的那样，我也是快快活活地等待着命中注定的那一天。但是，坦白地说，你的这种**兴高采烈的情绪**我实在无法忍受。因此，我决定，从今以后把你的命运同我的命运彻底分开。"

"费利克斯！"她用双手抱住踱来踱去的费利克斯，但他却甩开了她的手。

"最可悲的时刻来临了。在这之前，我一直是一个很有趣的病人，脸色略微发白，有些轻微的咳嗽，还有一点忧郁感伤。这些大概还足以赢得一个女士的好感。但是，现在的情况则不同了，亲爱的，你最好还是省点事儿吧！否则将会彻底毁掉你对我的美好回忆。"

她搜索枯肠，想寻找一个合适的回答，但是毫无所获，只得无可奈何地望着他。

"接受这个建议是很困难的，你一定是这么想的吧？这看起来似乎冷酷无情,甚至有些卑鄙。我想告诉你,这些都是根本谈不上的,其实,你要是接受了我的建议,才是为我和我的虚荣心帮了一个大忙。因为我希望,至少你今后想起我时会感到悲伤,会为我流下真挚的眼泪。我所不希望的是,你日日夜夜守在我的床前,心里却总在想:但愿这一切早些结束吧!当这一切都结束时,当我同你分手时,你会感到像是重新获得了新生。"

她竭力寻找回答的话,最后说道:"我要和你在一起,永远在一起。"

他没有注意她的话。"我们别再谈这些了吧。我想八天以后就回维也纳去。我还有些事情需要办理。在我们离开这所房子之前,我还要向你提一个问题,不,是一个请求。"

"费利克斯!我……"

他粗暴地打断了她的话:"我不允许你在我离开这里之前再提起这个话题。"他说完就离开了平台,朝屋里走去。她本想跟着他一起进屋,他却和颜悦色地说道:"请别跟着我,我想一个人待一会儿。"

她留在平台上,两眼注视着碧波闪闪的湖面,眼里没有一点泪水。费利克斯回到卧室,躺在床上,久久地仰望着天花板。他紧咬着嘴唇,拳头攥得紧紧的,他用嘴唇做了一个自嘲的动作,轻轻地说道:"服从命运吧!服从命运吧!"

从这以后,他俩之间产生了一些陌生感,与此同时,他们也神经质地想同对方多多交流。他们无休止地谈论日常琐事。每当结束谈话时,他们总感到惴惴不安。笼罩着山峰的乌云从何而来?明天的天气如何?水为何因时间不同而呈现出不同的颜色?他们就诸如此类的问题进行了长时间的交谈。他们现在散步时,要比过去更加经常地离开住所四周这块狭小的范围,走上那条通向住户较多的湖岸小路。因此,他们常常有机会对路上遇到的行人发表各自的见解。如果他们遇上的是年轻男子,玛丽的举止就格外拘谨矜持。如果费利克斯对某个划船男运动员或登山男运动员的夏装加以评论,她顶多也就回答一句从未见过这些人罢了,尽管她并非故意要隐瞒真相。

她总是勉强答应在下次遇上这些人时注意观察一下。但是,遇到这种场合,对方投向她的目光又使她感到尴尬。于是,他俩又开始长时间默默不语地并排走着。他们有时也一声不吭地坐在平台上。玛丽只得不加掩饰地以为他读报作为解闷的办法。即使她发现他并不在听,她也仍然乐此不疲,她对听见自己的声音感到开心,为他们之间不再是悄然无声感到高兴。然而,纵然付出了这么多努力,他们俩仍然各自想各自的心思。

费利克斯心里承认,他近来在玛丽的面前表演了一出可笑的喜剧。假如他真的希望让她免受那将到来的痛苦,那么,最好的办法就是他从她身边悄然离去。他完全可以找到一个清静的地方,在那里平静地死去。他自己也感到奇怪,对于这件事,他竟能完全平心静气地加以思考。但是,当他开始认真考虑如何实施这项计划,并且在一个漫长的不眠之夜就每一个步骤提出具体设想时,他却感到头晕目眩。——第二天拂晓起身,不向玛丽告别,来到一个荒僻的地方,静静地死去,把玛丽独自撇在这个充满阳光和欢笑,而他却已毫无兴趣的世界上。他深深地感到,他不能这样做,他绝不能这样做。那么,怎么办呢?怎么办呢?这一天终究是要来的,它将毫不留情地一天天逼近,那时他将不得不辞别人生,把她一个人留在尘世。他的全部生活是在等待着这一天的到来,这是一个令人难熬的期限,它甚至比死亡本身更加恶劣。他年轻的时候要是没有学过如何进行自我医疗观察那该多好啊!否则,他的疾病的所有征兆都会被忽略过去,或者只会引起很小的注意。他的记忆中出现了一些熟人的身影,这些人也患着同他一样的致命的疾病,然而,他们却在临死的前几个星期仍然对未来非常乐观,充满希望。他懊悔自己找过那个医生,当初,不了解真相的苦恼促使他去找那个医生,经过他长时间的用欺骗和伪誓的纠缠,医生终于对他说出了全部真情。他这个受到成百次诅咒的人现在甚至远远不如被判死刑的囚犯,他们毕竟还知道刽子手总是在凌晨将死囚押赴法场,而他——这一点他十分清楚——则在任何时候也不可能清楚自己对生存怀有的全部恐惧。他内心的每一个角落都潜伏着一种阴险而狡黠的希望,这种希望从来都不愿完全离开他。但是,他的理智占了上风,为他提出了一个明了而冷酷的建议,并且一而再、再而三地告诫着他。在那些不眠的漫长黑夜,在那些疾速流逝的白天,他几十次、成百次、上千次地听见这个建议,他只有一条出路,只有一种得救的可能,那就是不要继续等待,哪怕是一个钟头、一秒钟也不要再等,自己结束自己吧,这样也许就不会那么悲悲切切的啦。这对他几乎可以说是一种安慰,他不再感到等待是一种负担。只要他愿意,他随时都可以结束自己的生命。

但是她,她!当他们并肩散步或者她给他读报的时候,尤其是在白天,他常常觉得与这个女人分手并非那么困难。她对他来说不再是生活的一部分,她只属于他现在必须撇下的生活,而不属于他。但是,在其他时候,尤其是在夜里,当她两眼紧闭,脸上焕发着青春的美,在他身边熟睡的时候,他对她的爱恋达到了无以复加的地步。她睡得越是平静,越是远离尘世,她那正在梦游的灵魂越是远离他那彻夜不休的烦恼,他对她的爱慕之情就越加疯狂。在他们离开湖滨别墅的前一天夜里,他心里产生了一种不可抑制的愿望,真想把她从甜蜜的,在他看来好似一种幸灾乐祸的不忠行为的睡梦中摇醒,冲着她的耳朵大声喊道:"你要是爱我,就同我一起去死,现在就死。"但是,他让她继续静静地睡着,他想明天再告诉她,明天,或许……

他越来越经常地感到,她在夜里感觉到了他在注视着她;他也越来越经常地觉得,她是在装睡,因为她有时眯缝着眼睛看着朦胧的卧室里他那端端正正地坐在床上的身影,但是一种折磨人的恐惧阻止她把眼睛完全睁开,她不愿意放弃对最后那次严肃的谈话的记忆,她害怕他在某一天又向她提出那个问题。她为什么害怕这个问题?答案是明摆着的嘛。耐心地和他在一起,直到最后一秒钟;须臾不离他的左右;吻去他嘴边的每一声呻吟,吻去他睫毛上的每一滴痛苦的泪水!难道他不相信她吗?难道会有另外一种答案吗?怎么?什么样的答案?或许是这样:"你说得对,我要离开你。我愿意永远保存着对一个有趣的病人的回忆。我现在离开你,完全是为了能够对你怀着更加美好的记忆。"那么,以后呢?她自然而然地要考虑在做出这个回答之后必然会出现的一切。她冷峻地微笑着盯着眼前的他。他朝她伸出手,说声"谢谢你",然后就转过身去。她匆匆离去。这是一个夏天的早晨,万物苏醒,一切都在欢快地闪光。她奔向金光灿灿的早晨,渐渐远去,这仅仅是为了尽可能迅速地离开他。她一下子摆脱了身上的所有束缚。她又是一个人了,再也不用怜悯谁了。她再也不会感到那种正在注视自己的悲哀、疑惑、垂死的目光,几个月以来,这种目光已经使她备受折磨。她属于欢乐,属于生活,她完全可以重新变得年轻。她匆匆远去,晨风在她身后发出阵阵欢快的笑声。

当她重又沉入这种混乱的梦境,就会觉得自己忍受的是双重的痛苦。她得忍受这些确实出现过的事实的折磨。

每当她想到,他已了解真情,他已失去了希望,她就会感到极其恐怖,对他的同情无休止地折磨着她的心灵。她是多么爱他啊! 她不得不离开他的那一天越来越近,她对他的爱就越来越真挚。啊,这是毋庸置疑的,她准会做出下面的回答:永远待在他的身边,和他共同忍受折磨——这是多么微不足道的啊! 和他一起迎接死亡的来临,品尝数月之久的恐惧的滋味,这一切都是微不足道的。她愿意为他做更多更多,甚至去做那件最美好、最崇高的事。即使她答应他要在他的坟前自尽,他在离开人间时也准会怀疑她是否真的会这么去做。她应该同他一起死,不,**在他之前**死去。当他向她提出这个问题时,她应该有勇气说:"让我们彻底结束这种痛苦吧! 我们一起去死,我们立刻就去死!"当她仍然沉迷于梦幻之中的当儿,她感到那个女人是多么低贱、多么卑鄙。她刚刚还见过那个女人,她急匆匆地穿过田野,裹挟着轻柔的晨风,迎向生活和欢乐。那个女人实际上就是她自己。

天亮了,这一天是他们打算起程的日子。早晨的天气暖得出奇,就像春天重又回归大地似的。费利克斯走出起居室,看见玛丽已经坐在平台上了,早餐已准备就绪,他深深地吸了几口气:"啊,天气真好!"

"是吗?"

"玛丽,我想跟你说点事。"

"什么事?"她像是要从他嘴里抢走回答似的赶忙接着说道,"我们还在这里待下去吗?"

"不是这个,只是我们不必立即就回维也纳。我今天感觉不错,完全不那么糟糕。我们可以在途中什么地方逗留几日。"

"只要你愿意,亲爱的。"她突然感到心里一阵愉快,这是很久以来所没有过的。他已经整整一周没有这样无拘无束地说过话了。

"我想,亲爱的,我们在萨尔茨堡住几天吧。"

"完全听你的。"

"我们现在就回维也纳为时尚早,是不是?另外,我也嫌坐火车的时间太长。"

"那当然好,"玛丽快活地说道,"我们也不必如此匆忙。"

"小猫咪,一切都收拾妥当了吗?"

"早就收拾妥当了,我们立刻就可以动身。"

"我想我们还是坐马车吧,行驶四到五个钟头,这要比乘火车舒服多了,因为火车车厢里始终还残留着前一天的余热。"

"一切都听你的,亲爱的。"她催促他喝完牛奶,然后把他的注意力引到湖面波浪泛出的美丽的点点银光。她说了许多话,兴致高极了。他也愉快和蔼地搭着她的话。最后,她表示要去预订马车,中午就起程去萨尔茨堡。他微笑着答应了。于是,她动作敏捷地戴上宽边草帽,在费利克斯的嘴上吻了几下,然后就跑上了大街。

他什么也没有问,也不打算问。从他那张快活的脸上一眼就可以看出其中的原因。今天,在他和蔼的态度中没有夹杂任何恶意的成分,平时,他总是故意说上一句恶言恶语破坏一次和谐的谈话。每当发生这种事的时候,她总能预先感觉出来,因此她觉得这一次是他给予她的一种巨大的恩惠。在他的温和态度中潜藏着某种赦免和谅解的成分。

她重新回到平台时,看见他正在看报。报纸是在她外出的时候送来的。

"玛丽,"他用眼睛示意她走近一些,"报上有件特别的消息。"

"什么消息?"

"你看这!那个人,就是贝尔纳德教授,已经死了。"

"谁?"

"就是我去找过的那个人,哎呀,就是对我的未来做出悲观预测的那位大夫。"

她从他手里接过报纸。"怎么,贝尔纳德教授?""他死有余辜"几个字已经到了她的嘴边,但她没有说出来。两个人开心极了,好像这件事对于他们具有极其重要的意义。是的,这个曾经凭借他的全部智慧和不可动摇的健康,夺走了一个求助者全部希望的人,如今自己反倒在几天之后命赴黄泉。此时此刻,费利克斯才感到他是多么恨这个家伙。命运的报复终究落到了他的头上,这使患病的费利克斯产生了一种吉祥的预兆。他觉得,带来灾难的恶魔正在从他身边离去。玛丽扔掉报纸,说道:"是啊,我们这些凡夫俗子怎能预知未来的事情呢?"

他迫不及待地接过她的话头:"我们怎能预知明天的事情呢?我们毫无所知,毫无所知!"稍停了一会儿,他冷不丁地提起另外一件事,"你把马车订好了吗?"

"是的,"她说,"马车十一点钟来。"

"这么说,我们在此之前还可以去湖边走走,你觉得怎么样?"

她挎起他的胳膊,两人信步朝着游船码头走去。他们觉得,这对他们是一种理所应当的补偿。

黄昏时分,他们到了萨尔茨堡。他们感到惊奇的是,城里所有房屋都挂上了彩旗,路上的行人穿着节日的服装,有的还戴着饰有国家标志的帽徽。在下榻的旅馆里,他们才得知城里正在举行一次大型歌咏音乐节。有人给了他们两张音乐会的票子,音乐会定于晚上八点在灯火通明的疗养公园举行。他们租了一间二楼的房间,从这里可以望见僧侣山①,萨尔茨河从窗户下面流过。他们在途中睡了很久,因此这会儿感到精力充沛。他们在屋里稍事休息,就在夜幕降临之前又来到了大街上。

整个城市沉浸在欢乐的气氛之中。所有的市民似乎都走上了大街,一队队情绪高昂的歌手佩戴着各自的徽章漫步其间。外国游客随处可见。从周围的村庄也来了不少农民,他们身穿节日盛装,穿行在人群中间。萨尔茨堡的彩色市旗在屋顶上随风飘扬,主要街道扎

---

① 僧侣山是萨尔茨堡市内的一座小山。

起了许多用鲜花装点的彩门,喧闹的人流涌过大小街道,一个芬芳沁人、温和恬适的夏夜正在慢慢地降临。

费利克斯和玛丽从静悄悄的萨尔茨河畔来到喧闹的市中心。当他们在恬静的湖畔度过一段单调的生活之后,已经不习惯这种喧闹,几乎有些头昏脑涨。然而,他们很快就显露出对此颇有经验的大城市人的优越感,自然而然地重新适应了眼前的热闹场面。费利克斯仍然像从前一样并不为众人的欢乐所感染。玛丽却似乎很快就来了兴致,像个孩子似的一会儿停下看看穿着萨尔茨堡地方服装的女人,一会儿又瞧瞧从他们身边走过的那些身材高大、佩戴绶带的歌手。时而,她抬头仰望,赞叹某座建筑物的华丽装饰;时而,她也扭头对走在旁边、毫无兴致的费利克斯兴奋地说上一句:"你快瞧,多漂亮啊!"然而,费利克斯除了默默不语地点点头,没有回答一句话。

"你倒是说话呀,"她终于忍不住地说道,"难道我们来得不是时候吗?"

他瞥了她一眼,这道目光让她琢磨不透。他总算开口了:"你大概也非常想去疗养公园听音乐会吧?"

她先是微微一笑,然后说道:"好啦,我们不该继续瞎逛了。"

她的微笑让他感到很不舒服。"你完全可以要求我这样做!"

"你这是想到哪儿去了!"她感到大吃一惊。但是,眼睛很快又转向街道的另一侧,一对衣着入时、相貌堂堂的男女谈笑风生地正从那里经过,看上去像是两个来度蜜月的游客。玛丽紧挨着费利克斯走着,但是没有挽着他的胳膊。他俩时常被熙来攘往的人群冲散。当她重新找到他时,他总是沿着房子的山墙走着。他显然不愿意与这些行人有较近的接触。天渐渐黑了,街灯亮了起来。市里的一些地方,尤其是沿着彩门,挂上了许多彩色的灯笼。行人大多是朝疗养公园方向走着。音乐会就要开始了。起初,费利克斯和玛丽还是随着人流向前走的,后来,他突然拉住她的胳膊拐入旁边的一条狭窄的巷子。他们很快就来到市区一个僻静的、灯光稀疏的地方。他们一声不吭地又向前走了几分钟,便到了萨尔茨河的一段非常偏僻的河岸,河水发出单调的哗哗声。

"我们干吗上这儿来?"她问。

"别出声!"他几乎是用命令的口气说道,见她并未做出任何反应,又神经质地说道,"那儿不是我们去的地方。五颜六色的灯光,快乐的歌声,欢笑的年轻人不是为我们准备的。**这儿**才是我们的地方,听不见欢呼,四周静悄悄的。我们是属于这里的。"最后,他将压抑的声调换成冷嘲热讽,说道,"至少**我**是属于这里的。"

他说这番话的时候,她感到自己并不像平时那么深受感动。她暗暗对自己解释道:她是听多了,而他显然也有些夸大其词。她用和解的口吻对他说:"我可不应该在这儿,不。"

"对不起。"他阴沉沉地说道。他现在常常这样说话。她挎起他的胳膊,尽量把他拉向自己:"**我们俩**都不属于这里。"

"属于这里!"他几乎高声喊了起来。

"不属于这里。"她语气温和地说,"我也不想回到杂乱的人群中去,我和你一样讨厌这些。但是,我们为什么要逃走,就好像我们是被人驱赶出来似的?"

这时突然响起了浑厚的音乐,这是由清新无风的空气传过来的,几乎每一个音符都听得一清二楚。这是长号齐奏的一支节日序曲,一定是音乐会开始了。

他们停下脚步,倾听了一会儿。突然,费利克斯说道:"我们走吧,世界上没有什么比远处传来的音乐更让我们感到悲伤。"

"是的,"她随声附和,"听上去非常忧郁。"

他们快步朝市中心走去。这儿的音乐声没有河边那么清楚。当他们再次来到灯火通明、人来人往的大街上时,玛丽感到对情人的那种温情和爱情重新回到了她的心里。她理解他,原谅了他的一切。"我们回去吗?"她问。

"不!你怎么啦?瞌睡了吗?"

"噢,没有!"

"我们在户外再待上一会儿,好吗?"

"当然好,只要你愿意就行。这会儿是不是有些凉?"

"天气闷热,甚至都可以说,天气炎热,"他心情烦躁地说,"我们就在外面吃晚饭吧?"

"那敢情好!"

他们来到疗养公园附近。这时乐队已经演奏完序曲,从亮如白昼的公园里传出观众们聊天、欢笑的嘈杂声音。三三两两的去听音乐会的行人从他们身边匆匆走过。两个迟到的男歌手迅速从他们身边跑过。玛丽望了一眼他们的背影,然后赶紧把目光转向费利克斯。她的神色显得慌慌张张,像是要弥补一次过失似的。费利克斯咬着嘴唇,从他的额头上可以看出一种竭力压抑着的怒气。她认为,他一定要说些什么,但他却一声未吭。他那阴沉的目光从她身上移开,投向那两个男歌手,只见他俩很快就消失在公园入口处的后面。他意识到自己感觉到的是什么。在他面前发生的事,正是他深恶痛绝的。当他不再存在的时候,他们仍会在这里;当他不再能够欢笑和哭泣的时候,他们却仍然年轻,充满活力和欢乐。这会儿,在他的身边走着这样一个充满欢乐和活力的年轻女子,她意识到自己的过错,比以前更紧地挽着他的胳膊,她本能地感到了他们之间的这种亲缘关系。他知道这一点,他的心里感到极其难受。有好一会儿,他们俩都没有说话。最后,他终于从嘴里吐出了一声长长的叹息。她想看他的脸,而他却把脸转向一边。他冷不丁地说道:"这儿真是太好了。"她没有明白他的意思:"你说什么?"

他们来到一家露天餐馆,这里离疗养公园很近,四周长着许多高大的树木,枝叶在铺着白色台布的餐桌上方摇曳,路灯射出微弱的光线。今天,这里客人不多,他们可以随意选择座位。最后,他们在院子的角落里坐了下来。就餐的总共不到二十位客人,在他们旁边坐着他们今天已经遇到过一次的那对衣着入时的年轻人。玛丽立刻就认出了他们。公园里,合唱队开始了演唱。传过来的歌声虽然有些减弱,但是非常悦耳动听,雄浑欢快的歌声好像是从那些飒飒摇曳的树叶上方飘过来的。费利克斯要了一瓶上好的莱茵葡萄酒。他坐在那儿,眼睛微闭,嘴里含着一口酒,完全沉迷在音乐的魔力之中,他没有想过,音乐是从何处飘来的。玛丽紧挨着他,两人的膝盖靠在一起,他可以感觉到她的体热。在经过前一段时间可怕的激动之后,他突然产生了一种无所谓的感觉,他很高兴能够通过他的意志使自己对一切都感到无所谓。当他们在桌子旁边坐下来之后,他立刻就决定要战胜自己内心的痛苦。他太疲劳了,以至于不可能再进一步探讨他的意志在战胜内心痛苦时究竟起了多大的作用。现在,有一些考虑使他平静下来:他把玛丽的那种目光想象得要比实际上坏得多,其实,她看任何人也许都是用这种眼光,她现在看邻桌的这对陌生男女不是与先前看那两个男歌手没有什么不同吗?

葡萄酒味美甘甜,音乐舒缓动人,温和的夏夜令人陶醉。费利克斯朝玛丽望去,在她的眼睛里,他看见了善和爱在闪光。他真想将自己的全副身心投入到眼前的这一时刻之中。他向自己的意志提出了最后一个请求:让他摆脱过去和未来的一切吧。他渴望幸福,至少也想沉醉在幸福的幻觉之中。突然,他产生了一种全新的、出人意料的感觉,这种感受对他来说甚至包含着某种解脱:结束自己的生命,现在已经无须他再痛下决心了。是的,现在,立刻行动。这完全随他的便。像现在这样的氛围并非随意可得。音乐、陶醉、身边有一个漂亮的姑娘……啊,这是玛丽。他在思索:他现在也许会同样喜欢任何其他一个姑娘。他动作优雅地呷了一口酒。过了不一会儿,费利克斯就得再要一瓶了。他有很长时间没有这么高兴过了。他向自己解释,这一切归根结底都应该归功于超出他平时酒量的那一点点酒精。可是,这有什么关系呢?但愿真的有些关系。这是真话,因为死对他来说已不那么可怕了。嗐,一切都已无所谓了。

"怎么啦,小猫咪?"他问。

她偎依在他身边。

"你究竟想知道什么?"

"一切都已无所谓了!不是吗?"

"是的,一切,"她答道,"除了我对你永恒的爱。"

她说话的样子十分严肃,这让他感到非常特别。她这个人对他几乎已经不重要了。她与其他的一切混为一体。是的,这样倒不错,人们必须这样处理事情。啊,不!让他迷惑的东西不是酒精,它只能从我们身上取走那些平时让我们感到难堪和胆怯的东西。它从人和物那里索取重要的东西。现在,取一点点白色的粉末,放进酒杯……这是多么简单啊!这时,他感到自己的眼里含着几滴泪水。他有些被自己感动了。

公园里的合唱结束了,可以听见鼓掌和欢呼的声音。在一阵低沉的嘈杂声之后,乐队开始演奏一首欢快热烈的波罗乃兹舞曲。费利克斯用手打着拍子,脑海里闪过一个念头:"啊,生活!我要尽可能地活下去。"他的想法不含任何恐惧的成分,倒有不少骄傲和威严。怎么?恐惧地等待着每个人都必然要经历的最后一次呼吸吗?就用这些无聊乏味的苦思冥想来打发日日夜夜吗?他从内心深处感到,他有准备也还有力气去享受一切;他感到,音乐使他精神振奋,葡萄酒味美香甜,他真想把这个如花似玉的姑娘抱在怀里,尽情地吻她。不,现在就扫自己的兴,为时太早!在对他来说既无热情又无欲望的时刻来临的时候,他会骄傲而庄严地自愿结束一切。他拿起玛丽的手,久久地握在自己的手里。他让自己嘴里呼出的气息慢慢地从她手上掠过。

"哎,别这样。"玛丽心满意足地轻轻说道。

他盯着她看了很久。她长得真美!"我们走吧。"他说。

她毫无拘束地问道:"我们不再听一支曲子吗?"

"噢,当然。"他说,"我们回去把窗户打开,让风把歌声送进我们的房间。"

"你累了吗?"她关心地问道。

"是的。"他笑着,逗乐似的摸了摸她的头发。

"那我们就走吧。"

他们站起来,离开了露天餐馆。她挽着他的胳膊,紧紧地偎依在他的身旁,脸颊贴着他的肩头。这时,歌手们开始唱起了一首合唱曲,途中,渐渐远去的歌声一直伴随着他们。在欢快的华尔兹舞曲和高亢的歌声中,他们的脚步不由得变得轻快从容,还有几分钟就可以回到旅店。他们上楼梯时,音乐声一点听不见了,但是一跨进房间,华尔兹舞曲和副歌一下子又灌进了他们的耳朵。

他们发现窗户大开着,月光像轻柔的潮水泻了进来,对面的僧侣山和山上的城堡现出棱角分明的轮廓。屋子里用不着点灯,一道宽宽的、银色的月光洒在地板上,房间的四个角落黑漆漆的,在靠窗户的角落里放着一张靠背椅。费利克斯坐到椅子上,激动地把玛丽拽到身边。他吻她,她也吻他。公园那边的歌声停了下来,然而,掌声持续不断,最后,歌手们只好把歌从头再唱一遍。玛丽突然站了起来,跑到窗前。费利克斯紧随其后。"你这是怎么啦?"他问。

"不行!不行!"

他用脚用力跺着地板:"究竟为什么不行?"

"费利克斯?"她十指交叉,请求地说道。

"不行?"他咬着牙问道,"不行?难道我只配为死亡做准备吗?"

"别这样,费利克斯!"她已经在他面前跪下了,双手紧抱着他的膝盖。

他把她拉起来。"你真是个孩子。"他轻声说道,然后又凑近她的耳边,"我爱你,知道吗?只要一息尚存,我们就要追求幸福。我不愿再去想那充满悲叹和恐惧的一年,只想再活上几个星期,几天,几夜。但是,我要使这些时光充满生机,我不愿放弃任何东西,绝不放弃,从此往后,如果你也愿意的话。"他用一只手搂着她,另一只手指着窗外。萨尔茨河从窗下流过。歌手们已经唱完了,因此这会儿可以听见潺潺的流水声。

玛丽什么也没有回答。她用双手紧紧地搂着他的脖子。费利克斯贪婪地嗅着她的头发的芬芳。他是多么崇拜她啊!是的,还可以享受几天的幸福,然后……

四周静悄悄的,玛丽已经在他的身边睡着了。音乐会早已散场,最后一批观众高声谈笑着从窗下走过。费利克斯心想,这是多么奇怪啊,这些乱喊乱嚷的人竟然就是那些用歌声深深地打动了他的人。最后,这些声音完全消失了,现在他只能听见萨尔茨河低声的呜咽。是的,还有几天,还有几夜,然后……她太想活下去了。她真的敢这么去做吗?她无须冒任何风险,甚至不必知道任何事情。某一个时刻,她会像现在这样在他的怀里入睡,从此将不再醒来。当他完全确认了她将不再醒来时,那么,他也就随后追去。但是,他不会对她吐露一个字,她太想活下去了!她会害怕他的,最后他肯定会落得个孤家寡人……太可怕了!最好现在立刻就……她睡得真甜!在脖子这儿用劲儿一掐,一切就结束了。不,这太愚蠢了!他还可以再享受几个小时的欢乐,他会知道什么时候是最后的时刻。他望着玛丽,觉得怀里搂着的是他的正在熟睡的女奴……

终于做出的这个决定使他平静下来。在以后的几天里,每当他和玛丽在街上散步,某个男子的目光欣赏地扫视她的时候,他的嘴上就会露出一丝幸灾乐祸的微笑。每当他们一块儿坐马车兜风,每当他们傍晚和夜间坐在花园里,每当他把她抱在怀中,他总感到一种从未有过的占有者的自豪感。只有一件事情不时地困惑着他:她也许并不心甘情愿地随他同去。但是,他有一种预感,他会成功的。她不再敢于反抗他的狂热的要求,她过去从来没有像前几夜那样精神恍惚地委身于他。他高兴地、战战兢兢地看着那一时刻渐渐临近,到了那时他将敢于对她说:"我们今天去死吧。"然而,他把这一时刻推迟了。他时常看见自己的眼前出现了一幅具有浪漫色彩的画面:把匕首刺进她的心窝,她吻着他那可爱的手咽了最后一口气。他反复问自己,她是否真的已经到了这一步。然而,对此他仍然不得不表示怀疑。

一天早晨,玛丽醒来时感到极为惊慌,因为费利克斯不在她的身边。她在床上坐起来,看见他正坐在窗户旁边的靠背椅上,脸色苍白得像死人似的,低垂着脑袋,胸前的衬衫敞开着。她害怕极了,朝他扑了过去:"费利克斯!"

他睁开眼睛。"出了什么事?你怎么啦?"他用手捂着自己的胸口,呻吟着问道。

"你为何不叫醒我?"她绞着双手问道。

"现在已经好些了。"他说。她急忙回到床边,拿了一条毯子盖在他的膝盖上面。"天哪,告诉我,你怎么跑到这儿来啦?"

"我也不清楚,一定是做了一个梦,好像有什么东西掐住我的脖子,使我出不来气。我当时根本就没有想到你!靠在窗户这儿会慢慢好起来的。"

玛丽迅速披上一件衣服,然后关上窗户。外面已经刮起了一阵令人讨厌的风,从灰蒙蒙的天空飘下丝丝细雨,一股潮湿的空气钻进屋里,使得这间屋子一下子失去了夏夜的恬适安谧,变得灰蒙蒙的,完全换了一副模样。一个令人失望的秋天的早晨在突然之间降临了,它使得堕入梦境的一切顿时失去了魅力。

费利克斯完全平静下来了。"你为何害怕得把眼睛瞪成这样?

这有什么呢？我身体好的时候也做过噩梦。"

她的心情无法平静。"我求求你，费利克斯，我们回去吧，我们回维也纳去。"

"可是……"

"反正现在夏天也已经过去了，你看看外面，多么荒凉，多么乏味。要是天气再冷起来，那就更糟了。"

他听得很专心，自己也感到很惊奇，他现在产生了一种非常愉快的感觉，就像一个疲倦的正在复原的病人。他的呼吸平缓均匀，在包裹着他的疲乏无力之中增添了一些甜蜜的、催人入睡的东西。他豁然明白，他们应该离开这个城市。换个地方的想法使他感到亲切，他高兴地期待着，在凉爽的夏天，躺在车厢里，把头靠在玛丽的胸前。

"好吧，"他说，"我们离开这里。"

"今天就走吗？"

"对，今天就走。你要是愿意，就乘中午的那班快车。"

"但是，你不会感到太累了吧？"

"哎呀，瞧你想到哪儿去了！旅行不是什么辛苦的事！怎么？难道你想要把那些使我对旅行倒胃口的东西统统搬出来，是吗？"

她非常高兴这么容易就使他同意离开这里。她立刻动手收拾行李，结清了账，订好了马车，又让人去火车站预订了一个包厢。费利克斯很快穿好衣服，他没有离开房间，整个上午他都是伸展四肢躺在长沙发上的。他看着玛丽在房间里忙忙碌碌，跑来跑去。脸上不时地露出一丝微笑。然而，大部分时间他是睡着了的。他非常虚弱，非常疲倦，每次睁开眼睛，他总感到很高兴，因为他觉得无论在什么地方，她总是和他在一起，他们要安息在一块儿。这些想法始终萦绕在他的脑海，就像是在梦里。"快到时间了，快到时间了。"他想。然而，死神实际上离他并没有那么远了。

正如费利克斯早晨想象的那样，他下午就躺在列车的车厢里，舒舒服服地伸展四肢，头靠在玛丽的胸前，身上盖着毛毯。他透过关着的窗玻璃凝视着外面灰蒙蒙的天地，他望着淅淅沥沥的雨水，目光沉入那不时地从中显现出近处的山梁和房屋的雾霭之中。电线杆箭一般地向后退去,电线上下飞舞,列车偶尔停靠在某个车站,但是,费利克斯从他躺着的位置看不见站台上的任何人,只能听见低沉的脚步、说话、钟声和汽笛声。起初,他让玛丽给他读报,她必须把嗓门提得很高,因此他们立刻就放弃了这件事。两人都很高兴,因为这是在回家的途中。

　　暮色苍茫,细雨绵绵。费利克斯觉得需要考虑一些问题,然而他却无法集中思想。他思索着。这儿躺着一个患重病的人……他现在正在山中,因为那里是身患重病的人们夏天的去处……他的情人也在这里,她忠心耿耿地照料着他,这会儿已经疲惫不堪……她的脸色如此苍白,或许这是灯光照射的缘故?……是啊,灯就在上方亮着,窗外还没有完全黑下来……秋天到了……秋天是如此悲切,如此宁静……今天晚上我们将回到维也纳家中……我觉得就像从未离开过那儿似的……啊,真好,玛丽睡着了,我现在不想听她说话……车上是不是也有从音乐节来的人呢?……我仅仅是累了,根本就没有生病。车上有许多人要比我病得严重得多……啊,也许是孤独所致……今天这一天是怎么过去的呢?今天,我真的在萨尔茨堡一直就躺在沙发上吗?那已经是很久以前的事……是的,时间和空间,我们对此所知几何?……世界之谜……也许,当我们临死的时候,能够解开它……这时,一阵旋律传入了他的耳朵。他以为这是正在疾驰的列车发出的声音……然而,这是一支乐曲……一首民歌……俄国的……曲调单一……优美动听……

　　"费利克斯?费利克斯?"

　　"出了什么事?"

　　"睡得好吗,费利克斯?"玛丽站在他的面前,抚摩着他的面颊。

　　"究竟发生了什么事情?"

　　"还有一刻钟我们就到维也纳了。"

　　"啊,真是不可思议。"

　　"你睡得很安稳,这会对你有好处的。"

　　她开始整理行李,列车继续在黑夜中奔驰,每隔几分钟就鸣响一阵嘹亮的、拖得很长的汽笛声,窗外飞速地闪过几点微弱的灯光。列车穿过许多小站,正在驶近维也纳。

费利克斯坐了起来。"躺了这么久,我浑身都软了。"他说着坐到角落里,然后朝着窗外张望。这时已经可以看见远处城市灯火稀疏的街道。列车放慢了速度。玛丽打开车厢的窗子,把身子探出窗外。列车驶入站台。玛丽把手伸出去挥了几下,然后转向费利克斯,大声说道:"他在那儿,他在那儿。"

"谁?"

"阿尔弗雷德!"

"阿尔弗雷德?"

她继续挥着手,费利克斯已经站了起来,从她的肩上朝外张望。阿尔弗雷德快步到车厢跟前,把手伸向玛丽:"你们好!费利克斯,你好。"

"你怎么会来的?"

"我给他拍了电报,"玛丽连忙说道,"通知了我们到达的时间。"

"你真是我的一个讨人喜欢的朋友。"阿尔弗雷德说,"写信对你来说也许是一件尚不知晓的发明。现在下车吧?"

"我睡了好长时间,以至于现在还是昏昏沉沉的。"费利克斯笑着说道,然后摇摇晃晃地走下车厢的台阶。

阿尔弗雷德搀着他的一只胳膊,玛丽像是要挂在他的身上似的迅速搀起他的另一只。

"你们俩一定很累,是吗?"

"我可是累极了,"玛丽说道,"讨厌的火车旅行真把人累得筋疲力尽,你说是不是,费利克斯?"

他们慢慢地走下台阶。玛丽试图捕捉阿尔弗雷德的目光,可是他却竭力回避。下了火车,阿尔弗雷德招手叫了一辆马车。"我真高兴见到你。费利克斯,"他说,"明天早上我去你那儿,我们好好聊聊。"

"我现在昏昏沉沉的。"费利克斯又说了一遍。阿尔弗雷德想扶他上马车。"噢,还不至于那么糟糕,噢,不至于!"他先上了车,然后把手伸给玛丽,"你瞧我的。"玛丽也上了车。

"好吧,明天见!"玛丽说着把手伸出车窗同阿尔弗雷德握手告别。她的目光里流露出疑惑和恐惧,阿尔弗雷德强迫自己微微一笑。

"好吧,明天见!"他又大声喊道,"我和你们一块儿吃早餐!"马车疾驶而去。阿尔弗雷德在原地伫立了一会儿,脸上的表情非常严肃。

"我可怜的朋友!"他低声地自言自语。

第二天早晨,阿尔弗雷德来得很早,玛丽在门口迎着他。"我必须同您谈谈。"她说。

"您最好还是让我先去看他。等我给他检查完了之后,我们再来谈谈,那会有意义得多。"

"我只想求您一件事,阿尔弗雷德!我恳求您,不管您觉得他怎么样,都别对他说!"

"瞧您这是想到哪儿去啦!好啦,情况还没有这么糟糕。他还在睡吗?"

"不,他已经醒了。"

"夜里的情况怎么样?"

"四点钟以前他一直睡得很沉,以后就睡不安稳了。"

"请让我一个人先去看看他。您得让这张苍白的小脸平静下来,否则我是不允许您去见他的。"他微笑着同她握了握手,然后一个人走进了卧室。

费利克斯把被头拉上来盖住了下巴,朝他的朋友点了点头。阿尔弗雷德坐在他的床边,说道:"你们平平安安地回来了。你恢复得很好,但愿你也把忧郁留在了山里。"

"噢,是这样!"费利克斯脸上毫无表情。

"你不想坐起来一点儿吗?我可是作为医生才这么早就来拜访的呀。"

"请吧。"费利克斯非常冷淡地说道。

阿尔弗雷德给病人做了检查,提了几个问题——回答总是很简短——最后说道:"你瞧,能恢复到这样,我们是很满意的。"

"你别撒谎啦!"费利克斯愤愤地说道。

"你最好还是别犯傻。我们对这件事必须竭尽全力。你必须有恢复健康的决心,不应该装出听天由命的模样,否则对你不会有什么好处的。"

"那我应该怎么办呢?"

"首先,你必须在床上静卧几天,明白吗?"

"反正我也没有兴致起床。"

"这样更好。"

费利克斯显得活跃一些。"有一件事我想了解一下。昨天我到底是怎么啦?说真的,阿尔弗雷德,你得告诉我。我觉得一切就像是一场模模糊糊的梦。乘火车,到站,我是怎么上的马车,睡到了床上……"

"这有什么好说的呢?你又不是童话中的巨人。任何人只要过度疲劳,都会出现这种现象的。"

"不对,阿尔弗雷德。我觉得昨天那样的疲倦感是从未有过的。今天我也感到浑身无力,但是,我的思想已经清楚了。昨天虽然并不那么难受,但是一想起来,我就感到害怕。每当我想到,这种情况还有可能再次出现在我的身上……"

这时,玛丽走进了房间。

"你得谢谢阿尔弗雷德,"费利克斯说道,"他把你称作女看护。从今天起,我得卧床休息,我很荣幸地向你介绍,这是我死时睡的床。"

玛丽脸上露出了惊恐的神色。

"您千万别听信这个傻瓜的胡言乱语,"阿尔弗雷德说道,"他只不过是得卧床休息几天,您最好悉心照料着他。"

"啊,你也许有一种预感,阿尔弗雷德,"费利克斯用讥诮的口吻大声说道,"我的身边有着怎样的一位天使啊。"

阿尔弗雷德嘱咐了费利克斯一些应该注意的事项,最后又说:"我告诉你,亲爱的费利克斯,我每两天作为医生来访一次,再多是没有必要的。其余的时候,我对你的病情只字不提,我只是像过去那样来这里同你聊聊天。"

"啊,天哪!"费利克斯脱口喊道,"这个人是怎样的一位心理学家啊。不过,你还是收起这套对付你其他病人的花招吧,这简直太拙劣了。"

"亲爱的费利克斯,你知道我们的谈话是两人之间的坦率的谈话,你就听我一次话吧。你有病,这是事实;但是,只要医疗护理得好,你也会痊愈的,这同样也是事实。我要对你说的就是这些,一句不多,一句不少。"阿尔弗雷德说完站了起来。

费利克斯用怀疑的目光望着他,说道:"我几乎要相信你的话了。"

"这是你的事情,亲爱的费利克斯。"医生简短地说道。

"怎么,阿尔弗雷德,你现在的情绪又坏了吗?"病人说道,"用这种粗暴的口气对待身患重病的人是……众所周知的花招。"

"明天见!"阿尔弗雷德说着转身朝门走去。玛丽紧随其后,打算送他出去。"请留步。"阿尔弗雷德用命令的口吻轻声对她说道。玛丽在走出去的人身后关上了房门。

"到我这儿来,小家伙!"费利克斯说道。玛丽莞尔一笑,坐在椅子上做起了针线活儿。"是啊,你真是一个听话的、非常听话的乖孩子。"他用生硬苛刻的口气说出这句温存的话。

在以后的几天里,玛丽几乎没有离开过费利克斯的床边,悉心体贴地照看着他。在她身上闪耀着一种平静自然的喜悦,这本该使病人感到愉快——有时也真的使他感到愉快。然而,有的时候,玛丽试图传播给他的那种柔和的快乐情绪又触怒了他。每当她开始谈起报上刚刚刊登的某件新闻,或者谈起在他身上发现的某种好转的迹象,或者谈起他恢复健康以后他们如何安排他们的生活时,他总要打断她的话,请求她最好让他安静,不要打扰他。阿尔弗雷德每天都来,有时甚至一天来两趟,但是他似乎一点儿也不关心朋友的身体情况。他谈他们共同的朋友,谈医院里的事情,也谈一些艺术和文学的问题,他懂得如何使费利克斯不至于说话太多。情人和朋友两人的举止落落大方,以致费利克斯有时费了好大的劲儿才能打消萦绕在他心头的大胆的希望。他对自己说,在他面前演出这幕喜剧是他们俩的义务,自古以来,人们对病入膏肓的人总是演出这种喜剧,有时走运,有时不走运。但是,即使他尽量使自己相信他们的喜剧,并且参与演出,他也一再注意到,自己在谈论世界和人类的时候,就像上帝已经决定他还可以在阳光下,在活着的人们中间再游荡若干年似的。随后,他想起,对他这种病人来说,这种少有的舒服感恰恰经常是死神临近的预兆。他愤然地否定了任何希望。后来,事情甚至发展到了这种地步:他将模模糊糊的恐惧感和忧郁低沉的情绪看成是具有积极意义的状况。甚至有些为此而感到高兴。然而,他又发现,这种逻辑是多么荒谬……最后他才认识到,在这件事上根本就不存在如何知道和确信。他重新开始读书,但是对小说已经毫无兴趣。小说使他感到无聊,有的小说,特别是那些视野开阔,展现欣欣向荣的生活和错综复杂的事件的,更使他的情绪低落。他转向哲学书籍,让玛丽给他从书橱里拿出叔本华和尼采的书。但是,这些哲人也只是在很短的时间里使他保持平静。

一天晚上,阿尔弗雷德来看他。费利克斯刚刚把一本叔本华的书搁在被子上,脸色阴沉,呆呆地发愣。玛丽坐到他的旁边,正忙着做手工活儿。

"我想跟你说点事,阿尔弗雷德,"他冲着走进来的人说道,声音有些激动,"我准备重新开始读小说。"

"这是为什么呢?"

"小说至少是诚心诚意地虚构出来的故事,或好或坏,出自艺术家或者半吊子,而这些先生,"他用眼睛示意搁在被子上面的那本书,说道,"则是一些卑鄙无耻的装腔作势的家伙。"

"啊,是这样!"

费利克斯在床上坐了起来。"假如一个人要是像神仙那样健康,他就可以轻视生命;假如一个人在意大利乘车兜风,周围百花吐艳,五彩缤纷,他就可以平静地正视死亡……我把这些干脆称为装腔作势。人们把这样一位先生送进一间小屋,说他在发烧或者呼吸困难,告诉他,他将会在来年的一月一日和二月一日之间被埋入坟墓,然后让他对人生做出富于哲理性的预言。"

"去你的吧!"阿尔弗雷德说,"这是多么荒谬!"

"这你不懂。你也不可能懂!我对此感到厌恶,他们全是些装腔作势的家伙!"

"那么,苏格拉底呢?"

"他是一个喜剧家。如果人们是一个自然人,就会对不知道的东西怀有恐惧,充其量能够将这种恐惧隐藏起来。我想坦率地告诉你,人们完全歪曲了垂死的人的心理,因为所有那些人们知道是怎么死的世界历史名人,都感到自己有责任为后世演出一幕喜剧。至于我!我要做些什么呢?做些什么呢?当我现在同你心平气和地谈论所有这些可能与我再也没有任何关系的事情的时候,我究竟要做些什么呢?"

"算了吧,别说这么多了,这些都是无稽之谈。"

"我觉得我有义务装出若无其事的样子,然而实际上我怀有一种极大的恐惧,健康的人对此是不可能理解的。所有的人,包括英雄,也包括哲学家,都有恐惧,只不过他们同时也是优秀的喜剧演员罢了。"

"你安静一些吧,费利克斯。"玛丽恳求地说。

"你们俩也许以为,"病人继续说道,"你们可以平静地正视永恒,因为你们对永恒尚一无所知。然而,人们只有像一名罪犯那样受过判决,或者像我这样,然后才能谈论这些。当可怕的魔鬼撒旦镇静自若地在绞架下缓缓而行的时候,当那个创造了许多格言的伟大哲人①在喝光杯里的毒酒之后,当被俘的为自由而战的英雄微笑着正视刺向他的胸腔的长枪的时候,他们都在装模作样,这我知道。他们的冷静,他们的微笑,全是装腔作势,因为他们都有恐惧,在死神面前都感到毛骨悚然,这就像死亡本身一样是自然而然的事!"

阿尔弗雷德静静地坐在床边,等到费利克斯讲完,他才说道:"不管怎么样,你大声地说这么多话,是不明智的。其次,你也太无聊了,就像一个令人讨厌的疑心病患者!"

"你现在的情况很好。"玛丽喊出了声。

"她总不见得真的这么相信吧?"费利克斯转向阿尔弗雷德,说道,"你再开导开导她吧,好吗?"

"亲爱的朋友,"医生说道,"恰恰是你现在需要开导开导。不过,你今天实在太固执,我只好暂时放弃。过两三天,如果你在此期间不再长时间地说话,你就可以从床上起来,那时我们想就你的精神

---

① 指苏格拉底。相传苏格拉底是饮毒酒而亡。

状态进行一次正式的会诊。"

"但愿我不能把你完全看透!"费利克斯说道。

"是的,是的,这样也许更好。"阿尔弗雷德答道,然后转向玛丽,"您不必显得这样委屈。这位先生很快就会恢复理智的。现在请告诉我,为什么一扇窗户也不开呢?户外正是人们所能想象的最美的秋天。"

玛丽站起身,打开了一扇窗子。天色开始暗了下来,吹进来的空气清新怡人,玛丽真想长时间地任其吹拂。她站在窗前,把头探出窗外。她突然感到自己仿佛离开了这间屋子。她觉得自己是在户外,独自一人。她已经好多天没有感到这么惬意了。当她重又把头转向屋内时,迎面扑来的是病房那种潮湿而有霉味的气息,使她感到胸口闷得透不过气来。她看见费利克斯和阿尔弗雷德正在讲话,但是什么也听不清楚,其实,她根本不想加入他们的谈话。她再次探身窗外。巷内静悄悄的,阒无一人,从邻近的那条大街传来一阵低沉的马车声,那边的人行道上有几个人正在悠闲地散步。对面那栋房子门前站着几个女用人,一边闲聊,一边嬉笑。对面的房子里有一个年轻女子也像玛丽一样正朝窗外张望。玛丽此时真不明白,那个女子为何不愿意出去散散步。她嫉妒所有的人,他们都要比她幸福。

温和舒适的九月过去了,夜晚来得很早,但是天气仍然暖和,没有一丝风儿。

玛丽现在已经习惯把她的椅子从病人的床边移开,坐到开着的窗户旁边,尤其是当费利克斯睡着的时候,她在那里一坐就是几个小时。她感到疲倦极了,以至于不知道自己目前的境况,她也根本不想去思考一番。对她来说,在这些时间里既没有往事的回忆也没有未来的憧憬。她坐在那里,眼睛睁得大大的,像在做梦似的,只要从街上飘来一丝清新的空气,拂过她的额头,她也就感到心满意足了。每当从病床那边传来一声轻微的呻吟,她总是吓了一跳。她发现自己已经渐渐失去了同情的禀性。她的同情变成了神经质的过度紧张,她心灵上的痛苦变成了恐惧与冷漠的一种混合物。她当然不必责备自己,即使是在最近一次医生郑重其事地把她称为天使的时候,她几乎也没有感到惭愧。她感到疲倦,她感到累极了。她已经十天或者二十天没有离开过这栋房子了。为什么呢?为什么?她应当仔细考虑考虑。这时,她的脑海里忽然闪过一个念头,她恍然意识到,这恐怕已经伤害了费利克斯。她是愿意和他在一起的,是的。她对他的崇拜丝毫不减当年。她只是感到疲倦,这总还是可以谅解的嘛。她想到户外待几个钟头的渴望越来越迫切。但她又不得不像孩子似的克制自己。他一定会看出来的。她现在明白,她必须更加爱他,因为她想亲自从他心中抹去受到伤害的阴影。她把手上的针线活儿轻轻地搁在地上,朝着已被黑暗笼罩了的靠墙的那张床望了一眼。天已经黑了,病人在平静地度过一个白天之后,已经睡着了。现在她要是出去走走,甚至可以不让他知道。是啊,来到楼下,来到拐角,重又出现在人群中,走进城市公园,走上环形大道,经过灯火通明的歌剧院,在熙熙攘攘的人群中间,她是多么想念熙熙攘攘的人群啊。这一切何时才能回来呢?只有在费利克斯恢复健康之后,这一切才有可能回来。大街、公园、人群对她来说算得了什么!没有他全部生活对她来说算得了什么!

她待在屋里,把椅子移到床边,握住熟睡者的手,默默地哭了起来。她哭啊哭啊,她的思想仿佛早已远远地离开了这个男人,伤心的泪水滴滴答答地落在这只苍白的手上。

下午,阿尔弗雷德来看费利克斯时,发现他的气色要比前几天好多了。"如果照这样下去,"他对费利克斯说,"再过几天我就同意你起床了。"病人仍然是以怀疑的态度来理解别人对他讲的任何话,闷闷不乐地应了几声:"是呀,是呀。"阿尔弗雷德转向坐在桌子旁边的玛丽,说道:"您的气色其实也可以好一些的嘛。"

费利克斯听了这话之后,仔细地看了看玛丽,发现她的脸色格外苍白。他常常会想到她这种自我牺牲的美德,但也已经习惯立刻就驱散这些想法。有的时候,他觉得这种牺牲并不完全是真的,他对她表现出来的那种耐心的表情感到恼火。他有时真希望她再也不想忍耐下去了。他等待着她用一句话、一道目光泄露天机的那一刻,那时,他就可以冲着她的脸说些恶毒的话,告诉她:他一分钟也没有让人欺骗过,她的虚情假意让他感到恶心,她应该让他安安静静地去死。

这会儿,当阿尔弗雷德谈起她的气色时,玛丽脸上露出一点儿红晕,微笑着说道:"我感觉很好。"

阿尔弗雷德朝她走近了一些:"不,没那么简单。假如您也病倒了,费利克斯就难好了。"

"我真的很好。"

"告诉我,您压根儿就不出去呼吸新鲜空气吗?"

"我觉得没有这种需要。"

"你说说,费利克斯,难道她从不离开你的身边吗?"

"这你是知道的,"费利克斯说道,"她是一个天使。"

"但是,请您原谅,玛丽,这实在太愚蠢了。用这种方法耗费精力,既幼稚,而且也没用处。您必须到户外去。我告诉您,这是非常必要的。"

"您到底要求我怎样做?"玛丽莞尔一笑,说道,"我真的一点也没有这种渴望。"

"这倒无关紧要。您根本没有这种渴望,本身就已经是一种不好的预兆。您今天就得到户外去,在城市公园坐上一个钟头,或者假如您觉得哪里不舒服的话,可以雇一辆马车兜风,比如去环行大道。现在那儿美极了。"

"但是……"

"没有什么但是。假如您再这样下去,全副身心地当天使,您会把自己给毁了的。是的,您从镜子里瞧瞧自己吧,您正在渐渐憔悴。"

当阿尔弗雷德讲这番话的时候,费利克斯心里感到一阵刺痛,内心深处不禁升起一股难以压抑的怒火。他觉得从玛丽的面部表情中看到了一种有意在忍受并且要求别人同情的表示。他的大脑里忽然闪过一个念头,似乎有人放肆地敢于更改一条真理:这个女人有责任同他一起受苦,有责任同他一起去死。她日渐憔悴,这是理所当然的。当他就要走到生命尽头的时候,难道她还会有心思让面颊泛红,两眼放光吗?阿尔弗雷德真的相信,这个女人——他的情人有权利去考虑他已面临生命的最后关头之外的事吗？也许她真的敢于……

费利克斯十分恼火地审视着玛丽的面部表情,而医生却仍在不停地重复先前说过的话。

最后,他要求玛丽做出今天一定到户外活动一会儿的保证。他向她解释说,履行这一保证恰恰也是她当看护的一项义务,如同所有其他义务一样。这是因为我已经没有指望了,费利克斯心想,这是因为人们总是对那些反正已经没有希望的人听之任之。当阿尔弗雷德走的时候,费利克斯漫不经心地跟他握手。他从心里恨这个人。

玛丽只把医生送到房门口,然后立即就回到费利克斯的身边。他咬着嘴唇躺在那儿,因为心里窝火,额头上出现了一道深深的皱纹。玛丽明白他的心思,她太了解他了。她微笑着朝他俯下身子。他在呼呼喘气,想说些什么,想冲着她的脸说上一些难听的侮辱性的话。他觉得这恰恰是她应该得到的。她用手轻轻地抚摩着他的头发,脸上始终带着那种疲倦的、耐心的微笑,嘴巴几乎贴着他的嘴唇,温柔地低声说道:"我是不会走的。"

他没有吭声。整个晚上她都坐在他的床边,直到深夜,最后靠在椅子上睡着了。

第二天,当阿尔弗雷德又来的时候,玛丽竭力回避同他交谈。然而,阿尔弗雷德今天似乎对她的气色已经毫无兴趣,只是忙着照料费利克斯。他只字不提很快就能下床的事,病人也因为内心的恐惧而不敢向他问起此事。费利克斯感到今天比前些日子更加虚弱,他一点也没有说话的兴致,这是从未有过的现象。当医生离去时,他感到由衷的高兴。对玛丽的提问,他也只是心不在焉地敷衍几句。傍晚,玛丽在沉默了几个钟头之后再次问道:"你现在感觉怎么样?"他回答道:"没什么要紧的。"他把两臂交叉搁在头上,闭上眼睛,不一会儿就睡着了。玛丽在他的身边仔细地观察了他一会儿,渐渐地,她的思想也模糊起来,她也进入了梦乡。过了一会儿,当她醒来的时候,她觉得四肢有一种奇特的舒服感,她像是刚从甜美的熟睡中醒来似的。她站了起来,拉起放下来的窗幔。今天,从邻近的公园里飘来了一股迟开的鲜花的香气,像是迷了路似的闯进了这条狭窄的小巷。

她从来没有觉得吹进屋里的空气竟是如此美妙宜人。她转身看了看费利克斯,他像从前那样睡着,呼吸均匀平缓。通常,每当这种时候,她的心里总要产生类似同情的情感,这种情感使她走火入魔似的待在屋里,在她的全身传开一种懒散迟钝的忧郁。今天,她的心情很平静,她很高兴费利克斯还在睡着。她并未经过内心斗争就不假思索地决定到户外去活动一个小时,就好像这是每天都有的事似的。她踮着脚尖走进厨房,委托女用人去病人的房间照看一会儿,然后迅速拿起帽子、阳伞,飞也似的下了楼梯。她来到街上,步履匆匆地穿过几条静悄悄的小巷之后,来到了公园。她兴高采烈地看着两边的灌木丛和高大乔木,仰望头顶暮色苍茫的蓝天,这是她思念已久的天空。她在一条长凳上坐下,在她的身边以及附近的几条长凳上坐着一些小保姆。林荫道上有几个小孩儿在玩耍。天色渐渐黑了下来,孩子们的游戏就要结束了。小保姆们招呼着各自的孩子,牵着他们的手离开了公园。很快,这里就几乎只剩下玛丽一个人了。几个行人匆匆走过,偶尔有个男人回过头来朝她看上一眼。

现在她在这儿,在户外。是啊,一切本来应该是什么样的呢?她觉得现在是以不受干扰的眼光去看待现实的时候了。她竭力想找到一些明白清楚的话语来表达自己的心迹。我待在他的身边,是因为我爱他。我不是在做出牺牲,而是因为我别无选择。现在会发生什么事呢?还要持续多久?他已经不可救药了。以后怎么办?以后怎么办?我曾经愿意和他一起去死。我们现在彼此之间为何如此陌生?他更多的是想到他自己。他还想要我一块儿去死吗?她此刻确信他是这么想的。她觉得眼前出现的不是一个想让她永远安睡在他身旁的温柔少年。不是的,她觉得,他在执拗地、妒忌地把她拉向自己,因为她曾经是属于他的。

一个年轻男子走到她的旁边,在长凳上坐了下来,然后注意观察着她。她精神恍惚,不禁先问了一声:"有什么事吗?"然而,她随即就站了起来,匆匆走开了。在公园里遇到的所有人的目光,都使她感到不舒服。她走上环形大道,招手叫住一辆马车,然后坐着马车兜风。这时已经是晚上了,她舒舒服服地靠在角落里,她喜欢这种舒适的不费力气的运动,喜欢从身边一闪而过的黑夜与闪烁的煤气灯相互交替、忽明忽暗的画面。九月的夜晚是美妙的,它把许多人吸引到大街上。玛丽经过人民公园①时,听见了一阵充满活力的军乐声,她不由得想起在萨尔茨堡的那个夜晚。她徒劳地试图说服自己相信,她周围的一切都是微不足道的,都是转瞬即逝的,离开这一切并没有任何关系。她无法将逐渐开始潜入她的全身的舒适感从她心里赶走。她的的确确感到舒适。那边有一座宏伟的剧院②,白色的弧光灯闪闪发亮;从议会公园的林荫道走来一些行人,他们悠闲自得地在大街上溜达;朗特曼咖啡馆前坐着许多人,她对他们的苦恼一无所知,或者他们也许根本就没有苦恼;柔和温暖的空气从她身上拂过,她还可以有许多这样的傍晚,上千个美好的日日夜夜,一种对生活充满乐趣的健康感觉流过她的血管,这一切使她感到心旷神怡。怎么呢?在无数个小时的极度疲劳之后,她可以说是在一分钟之内重又苏醒过来了,难道她要为此而责备自己吗?难道了解自己的存在不是她的正当权利吗?她健康,年轻,生活的欢乐像一百眼泉水从四面八方朝她涌来。这是自然而然的,就像她的呼吸,就像她头顶上的天空……难道她要为此而感到羞愧吗?她想起费利克斯。假如出现奇迹,假如他恢复健康,她一定会和他一道活下去的。她想到他的时候,心里产生了一种柔和的、谅解的痛楚。是该回到他身边去的时候了。难道只有她在他的身边,才合他的意吗?他会对她的温情给予应有的评价吗?他的话语是多么的尖刻生硬!他的目光是多么的咄咄逼人!还有他的接吻!他们已经很久没有接过吻了!她想起他的嘴唇,它们如今总是那么苍白、那么干燥。她现在只想吻他的前额。他的前额冰凉而湿润。疾病是多么可恶啊!

她坐在马车里,身体靠着椅背。她有意识地想把思路从病人身上移开。为了不再去想他,她专心地望着大街,仔细地观察一切,就像是要把它们全部牢牢地记住。

费利克斯睁开眼睛。他的床边燃着一根蜡烛,洒下一片微弱的

---

① 坐落在皇宫剧院和胡浮堡皇宫之间,建于1823年。
② 即皇宫剧院,又称维也纳国家剧院,建于十九世纪。

亮光。上了年纪的女用人坐在他的身边,双手搁在怀里,表情冷漠淡然。当病人叫她时,她不禁吓了一跳。"她在哪儿?"女用人告诉他,玛丽出去了,很快就会回来。

"您可以走了!"费利克斯说道。他见女用人有些犹豫,又补充说道:"您走吧,我不需要您。"

他独自一人,感到一种极其痛苦的、从未有过的不安。

她在哪儿?她在哪儿?他在床上再也躺不住了,但是又不敢起来。突然,一个念头闪过他的脑海:她最终是会离开的!她想把他一个人撇下,让他永远孤零零的。她再也忍受不了在他身边的这种生活。她对他感到害怕。她了解他的思想,或者他曾经说过梦话,大声地说出了他在白天从未吐露过的,始终潜藏在他内心深处的思想。她的确不愿同他一起去死。这些想法在他的大脑里转悠。他又发烧了,每天傍晚他总要发烧。他已经很久没有对她和和气气地说过话了,也许就是因为这个!他耍脾气使性子折磨她,用怀疑的眼光和恶毒的语言伤害她。她需要的是感激!不,不,她需要的仅仅是公正的对待!噢,她要是在这儿该多好呀!他必须得到她!他万分痛苦地认识到:他不能没有她。他将请求她原谅一切,只要能够得到她,他将重新用温情脉脉的眼光望着她,为她寻找发自内心深处的话语。他将对自己的痛苦只字不提,即使胸口堵得透不过气来,他也会面带微笑;即使呼吸艰难,他也要吻她的手。他要向她解释,他在梦中胡思乱想,她听见的梦话是他发高烧时的谵语妄言。他将向她发誓,他崇拜她,他希望并且祝愿她长寿、幸福;她仅仅应该在他身边待到最后一刻,只是不要离开他的床边,她不能让他孤零零地死去。他只要知道她在他的身边,准会清醒地、平静地正视那个可怕的时刻!这个时刻很快就要到了,每天都有可能。因此,她必须始终待在他的身边,因为,如果没有她,他会感到害怕。

她在哪儿?她在哪儿?血液涌进了他的大脑,他的眼睛模糊起来,呼吸越来越困难,没有任何人在他的身边。啊,他为何要把那个女用人打发走呢?她毕竟也是一个通人情的人嘛。现在他无依无靠、孤立无援。他支起身体,感觉自己要比想象的有力得多,只是呼吸仍很困难,折磨得他难受极了,他再也坚持不住了。他一骨碌从床上跳下地,扑到窗前,身上几乎没穿衣服。那儿有空气,空气。他深深地吸了几口,心里感到多么舒畅啊!他披上搭在床背上的宽大的晨衣,坐在一张椅子上。他的思绪乱极了,过了几秒钟,反复闪现的始终是一个念头:她在哪儿?她在哪儿?当他睡着的时候,她是否经常这样离开他?谁知道呢?她想上哪儿去?她仅仅是想逃避几个小时病房的污浊的空气,还是由于他在生病的缘故想逃避他?她讨厌在他的身边吗?她害怕已经在这里飘荡的死神的阴影吗?她渴望活下去吗?她在寻找生活吗?他对她来说已经不再意味着生活了吗?她在寻找什么?她想要什么?她在哪儿?她在哪儿?

流动的思想先是变成了低声絮语,继而又成了高声呻吟,最后则是大喊大叫。他尖声喊道:"她在哪儿?"他仿佛看见她就在自己的眼前,她正要跑下楼梯,嘴上露出获得解脱的微笑,她逃走了,逃向没有疾病、没有讨厌的东西、没有缓慢死亡的地方,逃向任何一个陌生的地方,逃向任何鲜花盛开、香气沁人的地方。他看见她消失了,钻进了一团淡淡的云雾。她藏在云雾之中,清脆的笑声从里面传了出来,这是幸福的笑声,这是欢乐的笑声。云雾渐渐散开,他看见她在翩翩起舞。她旋转啊,旋转啊,她又消失了。这时传来一阵低沉的车轮声,声音越来越近,突然停了下来。她在哪儿?他猛地跳了起来,匆匆奔到窗前。这是一辆马车的车轮声。马车在这幢房子的大门前面停下。是的,他可以看见马车。从马车上下来的是,啊……是玛丽!是她!他必须去迎接她,他奔向黑漆漆的前厅,可是却找不着门把手。这时,钥匙在锁里转动了一下,门被推开了,玛丽走了进来。从过道射过来的微弱的瓦斯灯的亮光照在她的身上。她没能看见他,因此撞在了他的身上,她大叫了一声。他一把抱住她的肩膀,把她拉进房间。他张了张嘴,但是什么话也没能说出来。

"你这是怎么啦?"她害怕地问道,"你发疯了吗?"她使自己挣脱开他。他笔直地站在那儿,就好像他的身躯在增长。他终于开口了。

"你从哪儿来?从哪儿?"

"天啊,费利克斯,你倒是清醒一点儿啊。你怎么能够……我求求你,至少坐下再说。"

"你从哪儿来?"他说话的声音更低了,像是不抱什么希望似的,

"从哪儿？从哪儿？"他又低声重复了两遍。她握住他那两只热得发烫的手。他顺从地、几乎毫无知觉地被她领到沙发跟前，慢慢地坐在沙发一角。他环顾四周，似乎想要使大脑渐渐地重新恢复清醒，接着清晰地、用同一种单调的语气又问了一遍："你从哪儿来？"

她已经基本恢复了平静，把帽子扔到身后的一张椅子上，然后紧靠着他在沙发上坐下，亲热地对他说道："我的宝贝儿，我只是在外面待了一个钟头。我担心自己也会病倒的，那时，我还能帮你些什么呢？我雇了一辆马车，为了能够尽快回到你的身边。"

他坐在沙发一角，显得非常疲惫。他从侧面望着她，什么也没有说。

她亲切地抚摸着他那灼热的面颊，继续说道："你不生我的气，是吗？再说，我委托过女用人，在我回来之前一直待在你的身边。你没有看见她吗？她在哪儿？"

"我把她打发走了。"

"这是为什么，费利克斯？她应该待在这里，直到我回来为止。我可真想你啊！我要是没有你，外面的新鲜空气对我又有什么用处。"

"小猫咪！小猫咪！"他把头枕在她的胸上，活像一个生病的孩子。她还和从前一样用嘴唇亲吻他的头发。他用请求的目光望着她，说道："小猫咪，你得一直待在我身旁，一直，好吗？"

"好的！"她一边回答，一边吻着他那蓬乱的、湿润的头发。她从内心感到痛苦，无穷无尽的痛苦！她真想大哭一场，但是在她的感情中有些东西已经干枯和萎缩了。她从任何地方都得不到安慰，甚至从她自己的痛苦中也得不到。她真妒忌他，因为她看见眼泪流过他的面颊。

在以后的几天里，无论白天还是晚上，她又总是坐在他的床边，给他端来饭菜，喂他吃药。当他头脑清醒，要求听点儿什么的时候，她就给他读报，有时甚至读上一部长篇小说里的一个章节。在她散步的次日清晨，天开始下起雨来。秋天匆匆地来了。毛毛细雨几乎没有停过，一连几个钟头，甚至几天，细细的、灰蒙蒙的雨水从窗玻璃上流下来。近来,玛丽常常在夜里听见病人说些毫无关联的梦话,每当这时,她总是机械地用双手抚摸着他的前额和头发,像是哄着一个心神不安的孩子似的轻声地说道:"睡吧,费利克斯。睡吧,费利克斯。"他明显地日渐衰弱,不过倒不太痛苦。每当短暂的气喘发作过去以后,他大多是进入一种疲惫的状态。气喘使他暴躁地想起他的疾病,而对疲惫他自己却作不出任何解释。他只是常常感到有些奇怪:"我为什么觉得一切都是无所谓的呢?"当他看见外面的毛毛细雨,或许会想:"啊,秋天来了。"但是,他并不探究在这之间的关系。他根本就不去考虑可能的变化,从不考虑结局,从不考虑恢复健康。玛丽在这些日子里也完全失去了对可能出现变化的希望。阿尔弗雷德的来访也成了例行公事。当然,对于他这个从外面来的人来说,生命仍在延续,病房里的景象每天都在变化。他已经不抱任何希望了。他大概也注意到,现在不仅对于费利克斯,而且也对于玛丽,已经开始了一个新的时期。这个时期常常出现在那些经历了极度内心激动的人们身上,这时已经没有任何希望,没有任何恐惧,对未来的展望和对过去的回忆均已消失,对现时的感觉变得迟钝而模糊。他总是怀着一种沉重不安的感觉跨进病房,当他看见他们俩时,就像他离开他们俩时一样,感到非常高兴。因为,当他们被迫想起面临的处境时,肯定又已经过去了一个钟头。

阿尔弗雷德又一次怀着这样的思绪走上楼梯时,发现玛丽脸色苍白,绞着双手站在前厅里。"您请进!您请进!"她说道。他跟着她很快进了里屋。费利克斯直挺挺地坐在床上,凶狠的目光紧盯着进来的人,大声说道:"你们究竟准备拿我怎么办?"

阿尔弗雷德快步走到他的面前,问道:"你哪儿不舒服,费利克斯?"

"我想知道,你准备把我怎么办。"

"这个问题问得多么幼稚啊!"

"你们就让我坏下去吧,让我痛苦地坏下去吧!"费利克斯几乎喊了起来。

阿尔弗雷德走近了一些,想握住他的手。然而,病人猛地把手抽了回去:"让我这样好了。喂,玛丽,别在绞手。我想知道你们准备干什么,我想知道下一步到底会怎么样。"

"下一步当然会更好的。"阿尔弗雷德平静地说道,"假如你不再这样无谓地激动。"

"那好吧,我现在躺下,我已经躺了多久了啊!你们站在一旁看着,让我躺着。你究竟准备拿我怎么办?"他突然转向医生。

"别说蠢话啦。"

"你们压根儿没有为我做什么,根本没有。我已经病入膏肓,而你们却袖手旁观,根本不想法儿驱退病魔!"

"费利克斯!"阿尔弗雷德的声音变得严厉起来。他坐在床边,又想去握住费利克斯的手。

"那好,你就别管我了。你让我躺在这里,让人给我注射吗啡。"

"你还必须再忍耐几天……"

"但是,你瞧瞧,这对我毫无益处!我能感觉出来自己到底怎么样。你们干吗要让我这样无可挽救地衰败下去?你们知道我现在正在走向毁灭。我再也坚持不下去了!肯定还会有一种挽救的可能,任何一种挽救的可能。你好好想想,阿尔弗雷德,你毕竟是一个医生,这是你的义务。"

"当然还有挽救的希望。"阿尔弗雷德说。

"假如没有挽救的希望,也许会出现奇迹。但是,这里不会发生奇迹。我必须离开这里,我想离开这里。"

"只要你恢复了体力,你就可以下床。"

"阿尔弗雷德,我告诉你,那时已经太迟了。我为什么要待在这间可怕的屋子里呢?我想离开这里,我想离开这个城市。我知道我需要什么。我需要春天,我需要南方。当太阳重新普照的时候,我就会恢复健康的。"

"这一切都是很有道理的,"阿尔弗雷德说,"你当然应该去南方,只是你得有点耐心。今天你不能动身,明天也不行。要等到病情稳定以后。"

"我觉得,我今天可以动身。只要我离开了这间可怕的死亡的屋子,我就会变成另外一个人。你让我继续留在这里,每天都会有危险。"

"亲爱的费利克斯,你必须想想,我是你的医生……"

"你是一个医生,你是按照常规做出诊断的。病人自己最清楚他们最需要什么。让我躺在这里,病情越拖越坏,这是轻率和疏忽的行为。在南方有时会出现奇迹。只要存在一线希望,就不能坐以待毙。那里永远会有一线希望。像你们对待我这样,让一个人听天由命,这是不人道的。我想去南方,我想回到春天去。"

"你应该这么做。"阿尔弗雷德说。

"我们明天就可以动身,是吗?"玛丽急忙问道。

"如果费利克斯答应我,平心静气地躺上三天,我就让他走。但是今天,现在……真是罪过!我不能同意,绝对不行。你倒是看看……"他转向玛丽,"这种天气,又是刮风,又是下雨。即使是健康的人,我也不想建议他今天动身。"

"那就明天吧!"费利克斯大声说道。

"要是天气稍微晴朗一些,"医生说道,"那么两三天以后可以动身。听我的话吧。"

病人用审视的目光紧紧地盯着他,然后问道:"你说话算数?"

"当然!"

"瞧,你听见了吗?"玛丽脱口说道。

"你不认为,"病人转向阿尔弗雷德,说道,"我还有得救的希望吗?你是不是想让我死在家乡?这是虚伪的人道主义!当一个人快要死的时候,他就再也没有家乡了。能够活下去,这就是家乡。我不愿意就这样毫无抵抗地死去,我不愿意。"

"亲爱的费利克斯,你很清楚,我是想让你在南方度过整个冬天的。但是,我不能让你在这样的天气出门旅行。"

"玛丽,准备行李。"病人说道。玛丽又害怕又疑惑地望着医生。

"那好吧,"医生说道,"这也许会更好些。"

"你把一切都准备好。我想在一个小时之后起床,一旦出现第一道阳光,我们就动身。"

下午,费利克斯起了床。又要变换住处的想法似乎对他发生了一种好的作用。他是清醒的,这段时间他一直蜷缩在沙发上,他既没有因为绝望而发脾气,也没有沉浸在前些日子那种阴郁的冷漠情绪之中。他对玛丽正在做出门旅行的准备工作饶有兴趣。他提些建议,发些指示,在从书房里取来的一些书籍上做上记号,准备带走。他还亲自从书桌里取出一大摞文稿,这些东西也应该装进箱子。"我想把这些旧稿看一遍。"他对玛丽说道。后来,当玛丽试图把这些文稿装进箱子的时候,他又回到了这个话题。"谁知道这段平静的时间是否对我的精神有益!我感到自己已经成熟了。有的时候,我对过去所想的一切都觉得清清楚楚。"

在一阵狂风暴雨之后,天很快就放晴了。第二天一定会很暖和,完全可以把窗子打开。秋天的下午,一束温和可爱的阳光照在地板上,玛丽跪在箱子前面,光线抚摩着她那波浪形的头发。

就在玛丽小心翼翼地把文稿放进箱子,费利克斯躺在沙发上开始谈起他的计划时,阿尔弗雷德走了进来。

"这难道也是允许的吗?"阿尔弗雷德微笑着问道,"我希望你仍然怀有足够的恐惧,不至于过早地开始工作。"

"噢,这对我来说不是什么工作。"费利克斯说,"无数清新的光线照进了我迄今为止一直处于黑暗之中的思路。"

"这当然很好。"阿尔弗雷德拖长声音说道,同时注意观察病人,只见他眼睛呆呆地凝视着虚空。

"你可别误解了我的意思,"病人接着又说,"其实,我根本就没有什么固定成形的想法,只不过好像有些想法正在酝酿之中。"

"原来如此。"

"你知道吗?我觉得就像听见了一支乐队正在演奏的声音。实际上,这对我产生的影响始终很大。再过一会儿,将会出现完美的和声,所有乐器配合默契。"突然,他跳到另外一个话题,问道:"你把车厢订好了吗?"

"是的。"医生答道。

"那么,明早动身。"玛丽情绪很高地大声说道。她一直在忙碌,从五斗橱走到箱子旁边,又从箱子走到书橱,然后重又回到箱子旁边。忙着整理物品,打点行装。阿尔弗雷德感到很奇怪。难道他是在一对正准备出门旅行的兴高采烈的年轻情侣的身边吗?今天,这间屋子里的气氛显得这样欢快,这样喜悦。当他离开的时候,玛丽送他出去。"天哪!"她脱口喊道,"我们离开这儿是多么明智啊!我太高兴了!自从病情严重以来,他简直完全变成了另外一个人。"

阿尔弗雷德不知道如何回答。他同她握了握手,转身要走,但是又再转过身来,对玛丽说:"您必须答应我……"

"答应什么?"

"我想说,我是一个医生,但更是一个朋友。您知道,我始终听候您的吩咐,您只需要给我拍一份电报。"

玛丽吃了一惊:"您认为,这是必要的吗?"

"我是说,如果必要的话。"说完,他就走了。

她站在原地,沉思了片刻,然后,匆匆回到屋里。她担心费利克斯会对她离开几分钟之久感到不快。然而,他好像仅仅是在等着她进屋以便继续他起先的议论似的。

"你知道吗,玛丽?"他说,"太阳永远对我产生好的影响。如果天气转冷,我们就再往南,到里维埃拉①去,然后,正像你想的那样,去非洲,好吗?在赤道地区,我可以成功地完成这部杰作,这是确定无疑的。"

他就这样滔滔不绝地说着。最后,玛丽走到他跟前,抚摩着他的脸颊,微笑着说道:"现在可以结束了吧?别再这么想入非非。你现在应该上床了,明天还得早起呢。"她看见,他的面颊很红,眼睛闪闪发亮。当她握住他的手,想把他从沙发上拉起来时,她感到这双手热得烫人。

天刚蒙蒙亮,费利克斯就醒来了。他又高兴又兴奋,就像一个准备去度假的孩子。在他们去火车站之前,他在沙发上坐了足足两个小时,随时都准备动身。玛丽早就把一切都准备妥当了。她穿着灰色的轻便大衣,戴着有蓝色面纱的帽子,她站在窗前,以便能够早点看见那辆预订的马车。费利克斯每隔五分钟就要问一遍马车是否来了,他显得很不耐烦,甚至提出要另外订一辆。这时,玛丽喊道:"来了,来了。"

---

① 地中海沿海地区,包括法国的兰岸地区以及意大利的波嫩泰和勒万特。

"喂,"她立刻又补充说,"阿尔弗雷德也来了。"

阿尔弗雷德和马车同时拐过街角,朝楼上亲切地招了招手。他很快就进了房间。"你们早就准备就绪啦?"他说,"你们这么早去火车站干什么?更何况,你们已经吃过早饭了,这我看得出来。"

"费利克斯等得不耐烦了。"玛丽说道。阿尔弗雷德来到病人面前。病人朝他笑着说道:"极好的旅行天气。"

"是的,你们的运气真好。"医生说道,然后从桌子上拿起一片面包干,"可以吗?"

"您还没有吃过早饭?"玛丽吃惊地问道。

"不,吃过了。我喝了一杯白兰地。"

"请稍等一下,壶里还有咖啡。"她亲自动手给阿尔弗雷德把剩下的咖啡倒入杯中,然后离开房间去前厅向女用人交代一些事情。阿尔弗雷德把杯子长时间地拿在嘴边,单独和他的朋友在一起,他感到有些尴尬,甚至不知道说什么好。这时,玛丽又进屋来了,她说再也没有什么阻碍他们离开这间屋子了。费利克斯站起身来,第一个向门口走去。他披着一件灰色的披肩,头上戴着深色软帽,手里握着一根手杖。下楼时,他也想第一个走下去,可是,没等他的手碰到扶手,他的身体就开始摇晃起来。阿尔弗雷德和玛丽赶紧在后面扶住他。"我有点头晕。"费利克斯说。

"这是很自然的事。"阿尔弗雷德说,"如果一个人在床上躺了几个星期之后第一次下床的话。"他扶着病人的一个胳膊,玛丽扶着另外一个,他们就这样扶着他下了楼。当车夫看见病人时,脱帽以示敬意。

在对面那幢房子的几扇窗户里可以看见一些女人,她们的脸上露出同情的表情。阿尔弗雷德和玛丽把脸色苍白的病人扶上马车时,看门人也赶忙跑过来帮他们一把。马车启动之后,看门人和那些富有同情心的女人相互抱以会意的感慨目光。

阿尔弗雷德站在火车车厢的踏板上同玛丽交谈,直到响起最后一遍铃声。费利克斯坐在角落里,显得无动于衷,当火车拉响汽笛时,他似乎才提起了精神,向他的朋友点头告别。列车开动了,阿尔弗雷德站在站台上目送列车远去，过了一会儿他才缓慢地转身离去。

没等列车驶出车站，玛丽就已经紧挨着费利克斯坐下了。她问他是否有什么要求，是否应该为他开一瓶白兰地，是否应该给他拿一本书，是否应该给他读报。他好像是要对这种友情表示感谢，捏了一下她的手，然后问道："我们什么时候能到梅兰①？"因为玛丽也不知道到达梅兰的准确时间，所以他最后只好让她把旅行指南里的所有重要数字读给他听。他想知道中午的时候到哪一站，在什么地方正好天黑，他感兴趣的是许多无关紧要的事情，而在平时他对这些根本不屑一顾。他试图算出整个列车里大概有多少乘客，猜测其中是否有年轻的情侣。过了一会儿，他想喝白兰地，酒精刺激得他剧烈地咳嗽起来，他又生气地请求玛丽绝对不要再给他酒喝，即使他再三要求。后来他让玛丽给他读报上的天气预报，当他听到好天气的预报时，便高兴地点着头。他们正在穿过塞梅林山口②。他注意观察着山冈、树林、草地、山峰，然而他说出的话则仅仅限于轻轻的一声"真美"或"真漂亮"，而且缺少欢快的语调。中午他只吃了一点他们预先准备的冷食，当玛丽拒绝给他白兰地时，他气得大发雷霆。最后，她只好决定把白兰地给他。喝了白兰地，他感到很舒服，大脑也清醒多了，他显得对一切都兴趣十足。他立刻又谈起车窗外面一闪而过的东西，谈起他在车站上的所见所闻。最后还谈到他自己。他说："我读过关于梦游者的书，他们会在梦中找到一种药物，任何医生都不会想到这种药物，服用了它，他们的病就好了。我认为，病人应该服从他自己的愿望。"

"这当然。"玛丽附和道。

"南方！南方的空气！他们认为，根本的区别在于，那儿暖和，花开四季，也许有更多的活性氧，没有暴风雨，从来不下雪。谁知道在南方的空气中飘浮着什么！那里有一些我们尚不知道的神秘元素。"

"你在那儿肯定会恢复健康的。"玛丽说着用双手捧起病人的一

---

① 奥地利蒂罗尔州南部的一个著名的疗养地。
② 下奥地利州与施蒂利亚州之间的一个山口，也是著名的高山疗养地。

只手吻了起来。

他又谈到许多在意大利可能遇上的画家,谈到促使许多艺术家和国王前往罗马的渴望,还谈到他在认识玛丽之前曾经去过一次的威尼斯。最后,他感到疲倦了,想在车厢的座位上伸开四肢躺上一会儿。他就这么躺着,大部分时间处于迷迷糊糊的状态,直到夜幕降临。

她坐在他的对面,观察着他。她感到心里很平静,只有一丝淡淡的怜悯。他的脸色如此苍白,他变得如此衰老。自从春天以来,这张漂亮的脸蛋发生了多大的变化啊!这种苍白与她两颊的苍白截然不同。她的苍白脸色使她更加年轻,几乎像个少女。她要比他好上多少倍啊!她还从未感到这种想法像现在这样清晰。这种想法为什么不使她感到难过?啊,这当然不是缺乏同情,而是因为疲劳过度。许多日子以来,疲惫的感觉就从未离开过她,即使她有时也明显地感到精神焕发。她对自己的疲惫感到高兴,因为一旦她不再感到疲惫,就会对即将来临的痛苦感到恐惧。

玛丽突然从睡梦中惊醒。她环顾四周,到处都是黑蒙蒙的。灯在头顶上方亮着,蒙上了一层纱罩,将暗绿色的光线洒在车厢里。车窗外面是黑夜,黑夜!他们好像是在穿越一条漫长的隧道。她是怎么惊醒的呢?四周静悄悄的,只有千篇一律的车轮声持续不断。她渐渐地习惯了暗淡的灯光,这会儿又可以看清病人的面部表情了。看样子他睡得很安稳,一动不动地躺在那里。突然,他深沉地呻吟了一声,如泣如诉,令人害怕。她的心怦怦直跳。他从前也这样呻吟过,他的呻吟也曾把她弄醒过。但是,现在是为什么呢?她凑近一点看着他。他并没有睡着,眼睛睁得大大的躺在那里,她现在看得非常清楚。她害怕这双呆呆地凝视着虚空,凝视着远方,凝视着黑暗的眼睛。又是一声呻吟,比先前更加悲切。他动弹了一下,又呻吟了一声,但并不显得痛苦,而是显得狂暴。他猛地用双手撑着坐垫,一下子坐了起来,然后掀掉盖在身上的灰色大衣,双脚踩在地上,试图站立起来。火车的晃动使他站立不稳,只好重新坐在角落里。玛丽跳了起来,想去揭掉灯上的绿色纱罩。然而,她感到自己突然被他的两只胳膊抱住了,浑身颤抖着被他拉到他的怀里。"玛丽,玛丽!"他的声音是沙哑的。

她想挣脱开来,但是没有成功。他好像重新恢复了他的全部力气,把她牢牢地搂在怀里。"你准备好了吗,玛丽?"他低声问道,嘴唇紧靠着她的脖子。她不明白他的意思,心里只感到一种巨大的恐惧。她无力反抗,想要大声呼喊。"你准备好了吗?"他又问了一遍,同时把她稍稍放松了一点儿。他的嘴唇、他的呼吸、他的声音,离她远一些了,她可以较为从容地呼吸。

"你想干什么?"她战战兢兢地问道。

"你不明白我的意思吗?"他反问道。

"放开我,放开我。"她喊了起来,但是她的声音被疾速奔驰的列车的轰隆声所吞没了。

他压根儿就没有理会她的呼喊。他松开手,她从他怀里站了起来,坐到对面的角落里。

"你不明白我的意思吗?"他又问了一遍。

"你想要什么?"她坐在角落里,轻声问道。

"我想要一个回答。"他说。

她沉默不语,她在颤抖,她渴望白天的到来。

"那个时刻越来越近,"他的声音更低了,为了让她能够听清他的话,他把身体朝前凑了一点,"我想问问你是否准备好了。"

"什么时刻?"

"我们的!我们的!"

她明白他的意思了。她的喉咙好像给卡住了,一句话也说不出来。

"你想起来了吗,玛丽?"他继续说道,他的声音里含有一些温柔的,几乎是在恳求的成分。他把她的双手握在自己的双手里。"你给过我这样问的权利,"他又低声说道,"你还记得吗?"

这会儿她已经恢复了自制力,因为,当他说完这些可怕的话之后,他的眼睛不再发直,他的声音也不再带有威胁。他像是一个苦苦哀求的人,几乎是哭着问道:"你记起来了吗?"她已经有力气回答了,即使她的嘴唇还在颤抖:"你真是一个孩子,费利克斯!"

他似乎根本就没有听见,就像重新想起什么几乎遗忘了的事似

65

的,用平静的语调说道:"现在就要结束了。我们必须去了,玛丽。我们的时间已经结束了。"这几句话虽然声音很低,但却使人感到不可抗拒、坚定不移、难以回避。但愿他是用一种威胁的口气,那样她还可以更好地进行反抗。当他又向她凑近的一刹那,她感到极度的恐惧。他会扑到她的身上,他会把她掐死。她甚至已经想到要逃到车厢的另一头去,砸碎玻璃,呼喊救命。但是,就在这时,他把她的手松开了,身子朝后一仰,好像什么也不想再说了似的。这时,她说道:

"你究竟说的是什么啊,费利克斯!现在,我们正在去南方,到了那里,你会完全恢复健康的。"他倚着对面的靠背,似乎在沉思。她站了起来,动作迅速地从灯上掀掉绿色纱罩。噢,这使她感到很舒服!亮光一下子使得她心跳慢了下来,她的恐惧也消失了。她重新坐回她这一边的角落里。他刚才一直瞅着地上,现在重又抬起眼睛望着她,慢慢地说道:

"玛丽,早晨再也不会欺骗我了,南方也不会。今天我全明白了。"

他现在为什么这么平静,玛丽心想。他是想先把我稳住吗?他是害怕我试图呼喊救命吗?她拿定主意要留点儿神。她始终凝视着他,几乎没有听见他在说什么,她注意的是他的每一个动作,他的每一道目光。他说:

"你是自由的,即使是你的誓言也不能约束你。难道我可以强迫你吗?你不愿意和我握握手吗?"

她把手伸给他,但是,她的手只是搁在他的手上。

"这一天已经来临了!"他低声说道。

"我想对你说,费利克斯,"她说,"你试着再睡上一会儿吧!马上就是早晨了,再过几个小时,我们就能到梅兰。"

"我不能再睡了!"他说道,然后抬头仰望。此刻,他们的目光相交,他在她的眼里看到潜伏着的不信任的目光。这时他全明白了。她想哄他睡着,以便能够不知不觉地在下一站下车逃走。"你有什么打算?"他高声说道。

"什么也没有。"她吓得缩成一团。

他想站起来。她见状赶紧躲到另一个远离他的角落里去。

"空气!"他高喊着,"空气!"他打开窗子,把头伸到外面,呼吸着夜的气息。玛丽平静下来了,仅仅是由于呼吸困难,他才被迫站起来的。她又回到他的身边,轻轻地把他从窗口拉了回来。"这样对你不会有好处的。"她说。他重新坐在他的座位上,呼吸仍然很困难。她一只手撑着窗框,在他的面前站了一会儿,然后才在他对面的座位上坐下。过了一会儿,他的呼吸渐渐平稳了,他的嘴边露出了一丝淡淡的微笑。她既尴尬又害怕地望着他。"我把窗户关上吧。"她说。他点了点头。"早晨! 早晨!"他喊了起来。地平线上出现了朦朦胧胧的淡红色的晨曦。

他们相对而坐,长时间沉默不语。最后他终于说话了,脸上重又露出了淡淡的笑容:"你没有做好准备!"她想以习惯的方式随便回答几句,譬如,你真是个孩子,或者诸如此类的话。但是,她说不出话来。他的微笑把任何回答都顶了回去。

列车放慢了速度。几分钟之后,它就停靠在一个让乘客吃早餐的车站。站台上,端着咖啡和烘饼的侍者跑来跑去。许多乘客下了车,四下里乱哄哄的,叫喊声不绝于耳。玛丽觉得就像是刚刚从一场深沉的睡梦中醒来。车站里这番热闹繁忙的景象使她感到心情舒畅。她怀着充分的安全感,站起身来,朝着窗外的站台张望。她招呼过来一名侍者,要了一杯咖啡。费利克斯一直看着她喝。玛丽想给他喝一点儿,但他摇头拒绝了。

火车很快又开动了。当它驶出车站时,天色已经大亮了。真美啊! 山峰沐浴着晨晖,玛丽决定再也不为黑夜而感到害怕了。费利克斯兴致盎然地望着窗外,似乎是想避开她的视线。她觉得,他一定是为夜里发生的事感到惭愧。

列车又停靠了几个彼此相距不远的车站。当它驶入梅兰车站时,正好迎来了一个美丽温和的夏日般的早晨。"我们到了。"玛丽喊了起来,"终于到了,终于到了!"

他们租了一辆马车在城里到处转悠,以便找到一个合适的住处。"我们用不着省钱,"费利克斯说,"我的财产还可以维持那么久。"在每一幢别墅前面,他们都叫车夫停车,费利克斯留在车里,玛丽去看看房间和花园。他们很快就找到了一幢满意的房子。这座房子很小,只有一层,外加阁楼,另外还有一个小花园。玛丽请女房东和她一起向坐在马车里的年轻人讲讲这座别墅的各种优点。费利克斯表示赞同。几分钟之后,这对情侣就搬进了别墅。

费利克斯一点也不关心玛丽对这座房子显示出的热心和兴趣,径直进了卧室,环顾四周,这是一间宽敞可爱的房间,墙上贴着淡绿色的壁纸,一扇很大的窗户敞开着,整个房间充满了从花园飘来的香味,正对着窗口摆着两张床。费利克斯感到很疲倦,直挺挺地躺到了床上。

这当儿玛丽正由女房东领着四处转转,她尤其喜欢小花园。花园围着一圈高高的篱笆,人们可以从屋后的一扇小门进来,而不必经过房间。屋后有一条小路直接通往火车站,走这里要比走房子前面的公路节省时间。

玛丽回到把费利克斯独自撇下的房间,发现他正躺在床上。她喊了他一声,他没有答应。她走近一点儿,发现他的脸色比平时更加苍白。她又喊了一声,还是没有回答,他甚至连动也没动一下。她感到极其恐惧,赶紧叫来那个妇人,让她去请一位医生。那个妇人刚走,费利克斯就睁开了眼睛。他撑起身体,想说点什么,然而又立刻倒了下去,脸上由于恐惧已经变了形,呼吸非常困难,从他的唇边流出了血。玛丽不知所措,绝望地俯身看着他,一会儿跑到门口,看看医生来了没有,一会儿又跑到他的身边,喊着他的名字。要是阿尔弗雷德在这儿该多好呀!她想。

医生总算来了,这是一位上了年纪的先生,蓄着灰白色的络腮胡子。"请您救救他吧!请您救救他吧!"玛丽冲着他喊道。然后,她情绪激动地向他述说了有关病情。医生观察了一下病人的脸色,摸了摸他的脉搏,说在咯血之后无法立即进行检查,然后嘱咐了一些必须注意的事项。玛丽在送他出去时问道,她可以期待什么样的结果。"这我也说不准,"医生回答说,"仅仅需要一点耐心。我们愿意怀着希望。"他答应晚上再来一次。他坐在马车上亲切自然地向一直站在屋前的玛丽告别,就像是刚刚结束了一次例行公事的拜访。

玛丽惶惑地在屋前站了一秒钟,在第二秒钟,一个似乎向她许诺有希望得救的念头闯入了她的脑海。她匆匆来到邮局,给阿尔弗雷德拍了一份电报。拍完电报之后,她感到轻松多了。她感谢那个妇人在她离开时照看病人,为他们在第一天就给她带来麻烦表示歉意,并且许诺一定会很好地向她表示感激。

费利克斯仍然穿着衣服,毫无知觉地躺在床上,呼吸已经平缓了。玛丽坐在床头,那个妇人安慰着她,讲起许多在梅兰重又恢复健康的重病人,她还告诉玛丽,她自己在年轻时也身患疾病,后来却神奇般地好起来了。她也经历过许多不幸,她丈夫是在结婚两年后死的,她的几个儿子在世界各地……是啊,人世沧桑,一切都在变化,但是她现在对这幢房子里的工作感到很满意。关于房主,是没有多少好抱怨的,他最多每月从波城来这儿两次,看看是否一切正常。她越说离题越远,兴致高极了。她主动要求整理箱子,玛丽感激地答应了,后来她又把午饭端进了房间。病人的牛奶已经预备好了。病人轻轻地蠕动着,似乎表明他很快就会醒来。

费利克斯终于恢复了知觉,他来回转了几下脑袋,目光停在朝他俯下身子的玛丽身上。他微微一笑,轻轻地捏了捏她的手。"我这是怎么啦?"他问。下午,医生又来了,他觉得病人已经好多了,因此,允许人们为他脱掉衣服,然后再躺到床上。费利克斯平静地任人摆布。

玛丽一刻也未离开病人的床边。这是一个多么漫长的下午啊!窗户按照医生的再三嘱咐敞开着,花园里的温馨香气飘了进来,四下里是多么安静啊!玛丽机械地追随着阳光在地板上的闪光。费利克斯几乎一刻不停地握着她的手。他的手又凉又湿,使得玛丽产生了一种不舒服的感觉。有时,她为了打破沉默,强迫自己说上几句话:"好一些了,是不是?……嗯,你瞧!……别说话!……你不能这样!……后天你就可以到花园里去散步了!"他总是微笑着点点头。玛丽计算着阿尔弗雷德大概什么时候能到。明天晚上他就能到这里。还有一天一夜。要是他已经在这儿那该多好啊!

这个下午像是无限地延长了似的。太阳落山了,屋里渐渐显得朦胧起来。玛丽望着外面的花园,还能看见白色的砾石小路,淡黄色的阳光在篱笆枝条上闪烁。当她刚要把视线投向远处时,突然听见病人的声音:"玛丽。"她连忙把头转向他。

"我这会儿感觉好多了。"他说话的声音很大。

"你不应该大声说话。"她温柔地制止他继续说下去。

"我好多了。"他低声说道,"这一次感觉很好,也许这就是转机。"

"当然是!"她强调地说。

"我把希望寄托在新鲜空气上。若是这一次还不行,我就彻底完了!"

"快别这么说!你瞧,你已经又感到精神焕发了。"

"你真可爱,玛丽,我感谢你。但是,请你好好地照料我,留神一些,留神一些!"

"难道这你还用对我说吗?"她轻声责怪着他。

他声音很低地继续说道:"因为,当我必须走的时候,我要把你一道带去。"

当他说这番话时,一种死的恐惧袭上她的心头。为什么呢?他对谁也不会有任何危险的,他太虚弱了,根本就不可能实施任何暴力行动。她现在要比他强上十倍。他到底在想些什么呢?他用眼睛在空气中,在墙壁上,在虚无中寻找什么呢?他甚至都坐不起来,手边又没有任何武器。也许他有毒药。他是有可能弄到毒药的,也许就带在身边,他要把毒药撒入她喝水的杯子里。可是,他究竟把毒药藏在什么地方呢?她总是帮他脱衣服的。也许藏在皮夹子里?可是,皮夹子在他的上衣口袋里。不!不!不!这只是一些由于发烧引起的呓语,是某种想折磨别人的兴趣所致,除此之外,不会是别的原因。但是,假如发烧可以引出这些**话语**和**想法**,那么为什么不会导致**行动**呢?也许他会利用她睡着的那一会儿把她掐死。这并不需要多少力气。她立刻就会昏过去,然后便丧失了反抗能力。噢,她今天夜里不能睡觉,明天阿尔弗雷德就到了。

黄昏过去之后,黑夜降临了。费利克斯没有再说一句话,嘴角的微笑也完全消失了。他神情忧郁而严肃地望着眼前发愣,屋里完全黑了,那个妇人端着点燃的烛台走了进来,打算把病人旁边的那张床铺收拾一下。玛丽向她做了一个手势,表示这没有必要。费利克斯看见之后,问道:"为什么没有必要?"接着他又说道,"你太好了,玛丽,你该去睡一会儿,我感觉好多了。"她觉得这番话里带有嘲讽的味道。她没有去睡,她要在他的床边度过这个漫长的、令人难熬的夜晚,连眼睛都不准备合一下。费利克斯几乎一直是一动不动地躺在床上。她有时会想,他是不是装出睡着的样子,好让她放下心来。她凑近一些看他,飘忽不定的烛光使得嘴唇的颤动和病人的眼睛更加朦朦胧胧,也使她头晕眼花。有一次,她走到窗前,望着外面的花园。花园沉浸在一种暗淡的蓝灰色之中,她把头探出窗外,仰头朝上望去,可以看见挂在树梢上面的月亮,没有一丝儿风,周围静悄悄的,没有任何动静,她可以清清楚楚地看见篱笆,她觉得篱笆像是在慢慢地向前移动,然后又停了下来。午夜过后,费利克斯醒来了。玛丽为他整理枕头,一个突如其来的灵感引导她借此机会用手指摸索了一下,检查他是否在枕头下面藏了什么东西。她的耳边回响着那个声音:"我要把你一道带去!我要把你一道带去!"他说这话是当真的吗?他有能力去实施这一计划吗?要是那样他恐怕早就会想到不要暴露自己。她真是孩子气十足,竟然让一个病人语无伦次的疯话吓得够呛。她有些瞌睡,把椅子从床边移开了一点——以防万一。但是,她并**不想**睡着!她的思想渐渐模糊起来,从白天的神志清醒的意识转入朦朦胧胧的梦境。往事的回忆浮现出来,她想起那一个个幸福恩爱的日日夜夜,想起被他搂在怀里的时候,每当这时,她就感到房间里流动着一股青春的气息。她产生了一个模糊的感觉,似乎花园里的香气不敢钻进这间屋子,她必须回到窗前,才能呼吸到它。从病人湿润的头发好像散发出一股微甜的霉味,使得屋里的空气混浊难闻。现在怎么办呢?但愿一切都会结束!是的,统统结束!她不再为这种想法感到不安,她想起了那句阴险的话:"但愿他得到拯救!"这句话出自最可怕的愿望,表达了一种虚假的同情。那么以后呢?她看见自己在外面的花园里,坐在一棵大树下面的长凳上,脸色苍白,泪流满面。但是,这种悲哀的标志仅仅留在她的脸上。她的内心感到一种充满喜悦的平静,这是很久很久没有过的。然后,她又看见自己的身影,她站了起来,来到大街上,慢慢地走着。现在,她可以想去哪儿就去哪儿了。

在这种恍恍惚惚的梦幻之中,她仍然保持着足够的清醒,她听见病人的呼吸,听见病人偶尔发出的呻吟。早晨终于临近了。天色刚刚发白,女房东就出现在门口,她亲切地主动表示愿意替玛丽照看几个小时。玛丽答应了,心里感到由衷的高兴。她匆匆扫了费利克斯一眼,离开这间屋子,来到隔壁的房间,那儿已经摆好了一张可以舒舒服服休息一会儿的长沙发。啊,她在这儿是多么的舒服!她连衣服都没有脱就躺了上去,闭上了眼睛。

过了好几个小时,她才醒来。四周朦朦胧胧,她感到很惬意,从关着的百叶窗的缝隙透进来几束狭窄的阳光。她一骨碌站了起来,大脑立刻就清醒了。今天阿尔弗雷德应该到了!这使得她更有勇气去正视以后几个钟头的沉闷氛围。她毫不踌躇地朝隔壁的房间走去。当她推开门的时候,盖在病人床上的白色被子刺得她一时睁不开眼睛。过了一会儿,她才看见了女房东,只见她把一个手指搁在嘴上,从椅子上站了起来,踮着脚尖朝自己走来。"他睡得很熟。"她悄悄地说道,然后又说,病人在一个小时之前一直是醒着的,情绪非常激动,几次问起夫人上哪儿去了。医生一大早就来过了,他认为病人的情况没什么变化。她当时想去把夫人叫醒,可是医生不让,他下午还要再来一趟。

玛丽非常认真地听着这个好心的老人说话,谢过她的关照,然后坐到她的位置上。

白天暖洋洋的,有些闷热。快到中午了,阳光静静地洒在花园里。玛丽朝病床望去,她首先看见的是病人瘦小的手,它们搁在被子外面,在轻轻地颤抖。他的下巴低垂着,脸色像死人一样苍白,嘴唇微微张开。他有几秒钟没有呼吸,接着是一阵短促的发出响声的呼吸。"他最终还是要死在阿尔弗雷德到达之前了。"玛丽心想。费利克斯躺在那儿,脸上重新露出青春活力受到折磨的表情,它像是在经受了不可名状的痛苦之后的疲乏,又像是在经过了毫无希望的搏斗之后的屈服。玛丽突然明白了是什么东西如此严重地改变了他在最后时刻的面部表情,明白了在他最后时刻的面部表情中缺少的是什么。这就是痛苦。如果过去她仔细观察的话,就会发现**这种痛苦清**

楚地表现在他的脸上。现在,他的梦中一定没有仇恨,他又变得美丽了。她希望他这时醒来。她望着他,感到心里充溢着一种无可言状的忧伤,为他的担忧苦苦地折磨着她。此刻正在她眼前慢慢死去的人是她的情人啊。她猛然意识到这意味着什么。这个不可抗拒的可怕的念头给她带来了巨大的悲伤,她一切都明白了。一切。他是她的幸福,他是她的生命,她曾经愿意和他一起去死,现在这个时刻临近了,一切都将无可挽回地成为过去。她心里感到麻木冷漠,无关紧要的日日夜夜对她来说正在汇合成一种模模糊糊、不可捉摸的东西。现在,现在一切都还很好。他还活着,他在呼吸,也许还在做梦。但是,再过一会儿,他就会手脚僵硬地躺在那儿,他死了,人们把他埋葬在某一个僻静的公墓,他在地下深处安息,慢慢地腐烂,而日日夜夜仍将一如既往地延续下去。她将继续活下去,她仍然在人们中间,她知道露天有一座默默无声的坟墓,他安息在那儿……是他!是她曾经爱过的那个人!她的眼泪不可抑制地流了出来,她终于放声痛哭起来。这时他蠕动了一下,就在她连忙用手绢擦脸的当儿,他睁开了眼睛,久久地望着她。他的目光中包含着疑惑,但是他什么也没有说。过了好几分钟,他才轻轻地说道:"过来!"她从椅子上站了起来,朝他俯下身子,他抬起两个胳膊,像是要搂住她的脖子。但是,他又垂下胳膊,问道:

"你哭过?"

"没有!"她急忙否认,同时将垂在前额的头发朝后面捋了捋。

他又严肃地看了她好久,然后才把目光移开。他似乎是在沉思。

玛丽考虑是否应该告诉病人她已经给阿尔弗雷德拍过电报的事。她应该让他对此有所准备吗?不,这又为何呢?她最好还是装出对阿尔弗雷德的到来感到意外。白天剩下的所有时间都是在紧张的等待中度过的。外界发生的事情就像雾似的从她身边飘过。那个医生的拜访很快就结束了。他认为病人完全麻木了,他仅仅是在说出一些无关紧要的问题和愿望时才偶尔从不断呻吟的半睡半醒的状态中醒来。他问时间,要水喝。女房东出去又进来。玛丽一刻也没有离开房间,大部分时间都是坐在病人旁边的椅子上。有时,她也站在床头,两个胳膊撑在床的靠背上;有时,她也走到窗前,望着花园。

花园里的树影渐渐拉长,最后暮色笼罩了草地和小路。这是一个郁闷的晚上,蜡烛放在病人头旁边的床头柜上,烛火几乎一动不动。直到天完全黑下来之后,才吹来一丝微风。月亮挂在远处依稀可辨的灰蒙蒙的山峰上面。微风拂过她的额头,玛丽感到精神一振。风似乎也使病人好受了一些。他动了一下脑袋,睁大眼睛,转向窗口,他终于深深地呼吸起来。

玛丽握住他的一只伸在被子外面的手,问道:"你想要什么?"

他慢慢地把手抽走,说道:"玛丽,过来!"

她凑近了一点儿,把头靠在他的枕头上。他像祈神赐福似的把手搁在她的头发上,轻声说道:"我感谢你,感谢你的所有的爱。"她的头紧靠着他的头枕在枕头上,她的眼泪又流了出来。屋里悄然无声。从远处传来一阵隐隐约约的火车的汽笛声。随后,郁闷的夏夜重又静了下来,沉重,甜蜜,不可捉摸。突然,费利克斯在床上坐了起来,动作又猛又急,吓了玛丽一跳。她把头从枕头上抬起来,凝视着费利克斯的脸。他一下子用双手抱着玛丽的头,就像他经常在粗鲁地表现温存时那样。"玛丽,"他喊了起来,"现在我要让你回想起来。"

"想起什么?"她问道,想把头从他的手里挣脱出来。

"我要让你想起你的诺言,"他急促地说道,"你答应过和我一道死。"他说完便把身体凑到她的旁边。她感觉到他呼出的气息喷在她的嘴上,她无法后退。他在离她很近的地方说话,好像她必须用嘴唇把他的话吞下去似的。"我要把你一道带去,我不愿意一个人走,我爱你,我不让你单独留在这儿!"

她吓得浑身瘫软,喉咙里发出了一声嘶哑的叫喊,声音很闷,就连她自己几乎也没有听见。他的两只手使劲地卡住她的太阳穴和面颊,使她的头动弹不得。他一直在说话,呼出的又热又湿的气息使她脸上发热。

"一道去死!一道去死!这是你的意愿!我也害怕一个人去死。你愿意吗?你愿意吗?"

她用脚蹬倒了自己坐着的椅子,她的头终于从他那钳子似的双手中挣脱出来,就像是挣脱了一个铁箍似的。他的双手仍然举在空中，仿佛她的头仍在两手之间，他呆呆地望着她，似乎无法理解所发生的事情。

"不！不！"她大声叫着"我不愿意"冲向房门。他支起身体，想要跳下床去。但是就在这时，他没有了力气，像一团没有生命的东西砰的一声重新倒在床上。但是，她没有看见这些，用力拉开门，穿过外间跑到门厅。她再也控制不住自己的理智。他想要掐死她！她仍然感觉到他的那些手指正顺着她的太阳穴、脸颊直滑到脖子。她跑到大门口，那里没有任何人。她这才想起，女房东去准备晚餐了。她应该怎么办？她又跑回来，穿过门厅，来到花园。就像有人在追赶她似的，她跑过小路和草坪，一直来到花园的尽头。然后，她转过身来，可以看见她刚刚离开的卧室的那扇开着的窗户。只见烛光在闪烁，此外什么也看不见。"这是怎么回事？这是怎么回事？"她自言自语地说道。她不知道自己应该做什么。她毫无目的地在篱笆旁的小路上走来走去。这时她突然想起了什么。阿尔弗雷德！他就要到了！现在他应该到了！她透过篱笆朝外面洒满月光的那条通向火车站的小路望去。她跑到花园门前，把门拉开。小路躺在她的眼前，泛着白光，阒无一人。他也许走的是另外一条路。不，不，那儿，那儿有一个人影渐渐走近，越来越近，那人走得很快，越来越快，这是一个男人的影子。是他吗？她急忙朝他走了几步。"阿尔弗雷德！""是您，玛丽？"果然是他。她高兴得真想哭出声来。当他来到她眼前时，她真想去吻他的手。"出了什么事？"他问。她什么也没说，拉起他的手就走。

费利克斯一动不动地躺了一会儿，然后支起身子，环顾四周。她走了，他孤零零的一个人！他感到极度的恐惧。只有一点他是清楚的，那就是她必须在这儿，必须在他的身边。他猛地跳下床。但是他根本支不起身子，重又向后倒在床上。他感到大脑嗡嗡作响。他把椅子拉到自己面前，身子支撑在椅子上，慢慢地向前移动。"玛丽，玛丽！"他喃喃地说道，"我不想一个人去死，我不能一个人去死！"她在哪儿？她会在哪儿？他把椅子一直推在身体前面，终于到了窗口。眼前的花园罩上了一层淡蓝色的光，又闷又热的黑夜在微微闪光、嗡嗡作响，草木在翩翩起舞。噢，这是春天，它应该使他恢复健康！空气,空气!假如他一直生活在这样的空气之中,他一定会痊愈的。啊!那儿!那儿是什么?他看见,从那道像在深谷之中的篱笆处,过来一个女人的影子,她走过那条泛着点点白光的砾石小路,身上披着一圈蓝色的月光。她是在飘,她是在飞,然而却没有靠近。玛丽!玛丽!她的身后有一个男人!一个男人和玛丽在一起……他们的身影高大得惊人。篱笆也开始翩翩起舞,渐渐朝他们飘去,黑色的天空也开始翩翩起舞,一切的一切都朝他们飘去。远处传来一阵响声,这是钟声,这是歌声,多美啊,多美啊,他的眼前变成一片漆黑……

　　玛丽和阿尔弗雷德朝房子跑去。玛丽在窗前停下脚步,战战兢兢地向屋里张望。"他不在那儿!"她叫出了声,"床上是空的。"突然,她尖叫了一声,向后一仰倒在阿尔弗雷德的怀里。阿尔弗雷德轻轻地把她挪开,探头朝窗里望去,只见他的朋友倒在窗前的地板上,身上穿着白衬衫,伸展双手,两腿叉得很开,身边倒着一把椅子,他的一只手紧紧地握着椅背。从他的嘴角流出一道鲜血,一直流过下巴。嘴唇和眼睑似乎在颤抖,阿尔弗雷德定睛一看,才发现那是迷惑人的月光在这张苍白的脸上闪烁。

蔡鸿君　译

# 小小的喜剧

阿尔弗雷德·封·维尔默尔斯致那不勒斯的特奥多尔·迪林。

亲爱的特奥多尔：

非常感谢你的来信！真有你的，我好羡慕你呀！你写的那一行行字使我产生了多少追求和向往！你过的生活多么迷人！你竟也学会了单独一个人生活。倘使你随便往外面什么地方看上一个小时，收获会远远超过我们四处旅游一年。

我真心请求你，别把我的状况称作人生的痛苦——那是完全不足挂齿的自我痛苦，不，那也不是自我痛苦，绝对不是，那是无聊，别的什么也不是。我无法隐瞒的是，对我来说，人生和人生的痛苦完全是一回事。刚才，弗里茨打断了我写信。我的天，夜幕又降临了！当时我还很有兴致。这可是我最后一次尝试了。我喝了酒，虽说没有醉，却感到头疼。他的情人向我大献殷勤，不仅没有使我感到高兴，反倒使我非常生气。我告诉你，这是空虚，这实在是一种空虚！

可以肯定，要想使我清醒，必定要发生点什么非常特别的事情。但是，我究竟还能不能发现这种非常特别的事情，假如它真的如愿出现的话？这么一来，怀疑无论如何又会来折磨我的。这种特别的事情会不会就是披着某种外衣的普通事情，而我笨得竟然没有看出来？你瞧，此时此刻我又在哀叹自己没有才能，对什么都没有天赋！此时此刻，我不无羞愧地回想起那些因为你显示了才能，我对你进行嘲笑的时刻。我觉得这是非常不体面的事情：我对所有想有所建树的人都有着一种本能的蔑视。现在，我对你说，要是我只会画肖像，那我已经是幸运的了。我已经完全放弃了照相，因为我从来没有搞出过什么名堂来。我拍的最后两帧艺术作品是：从利奥波尔迪山看卡伦贝格和从卡伦贝格看到利奥波尔迪山。现在，你瞧，我连这唯一的少得可怜的才能也丧失殆尽了。是的，出于害怕，我避免任何可能表现自己才能的机会,因为我的失望实在太大太深了。疼而不醉,这是我的全部存在的缩影。当然,我不会喝得太多,我会保护自己。今天是星期天。现在,当我懒洋洋地躺在沙发上,用铅笔草草地给你写这封信的时候,他们都在下面比赛马车。两点钟,弗里茨在窗下问我,是不是也愿意下去玩玩。我走到窗口,用拒绝的手势做了回答。他坐着马车疾驰而去。他的马车夫施坦尔贝格看到我穿着晨衣倚在窗边,对我眨了一下眼睛。他的意思是:哟,好一个大自然的探险家,睡到下午才起床。啊,什么时候施坦尔贝格才会说对呢!现在已经五点钟了,天气还相当热,我摘下了罗莱克斯手表。房间里没有一点声音,一片寂静。饭后,我睡了一个小时,然后穿上衣服走下楼去,像一个普通的行人那样走进了普拉特公园。途中,我看到了参加赛马归来的人们。

你还记得同那两个可爱的小姑娘一起度过的第一个美好的五月吗?一晃已经过去十年了。那时,我们用了整整一个半小时缠住这两个小姑娘,直到她们的妈妈走得看不见了才罢休。你还记得吗?后来,我们还给她们指了路!其实,她们早就认识这条路!今天,要是也有人给我出主意,让我去花一个半小时追求一个姑娘,那该有多妙啊!这个值得我做出如此牺牲的姑娘又在哪里呢?

在康斯坦丁山上,我见到了弗里茨和魏登塔尔等人。当然,那些女士们也在那里!我没有走到她们那儿去。会不会是米齐骗了弗里茨和别的什么人?可以肯定,对她来说,欺骗比我更重要。不对,我今天没有去康斯坦丁山,我去的是普拉特公园。我不会这么作践自己。我先是来到武斯特尔游乐场前,随便看了一会儿。如果真能看到有人打死犹太人,那我会像裁缝店伙计那样高兴。后来,我去了费洛齐佩德马戏团,那里有穿着七色袜子的女郎在做骑自行车表演。我还去找了算命先生,划了带有船舱的小帆船。我还玩了卡拉法蒂旋转木马。

亲爱的,再见!给我写点什么吧!
代我问候那些漂亮的那不勒斯女士们!

你的阿尔弗雷德

约瑟菲妮·韦宁格尔致巴黎的海伦妮·拜埃尔。

亲爱的好海伦妮：

这可是一大新闻！你已经感觉到，我同埃米尔已经分手了。当然，这总是有点伤心的，因为分手毕竟是分手。说声再见，正如我刚才所写的，是永远的再见，那是莫大的忧伤。但是，当我不去想它的时候，我就会感到轻松愉快多了。这是最近一段时间以来所没有过的。这是些非常不愉快的日子，也是我们相处的最后的日子，直到我们关系破裂才得以解脱。不久前我曾写信告诉过你，我的好海伦妮，我早就感觉到会出现如此结局。每当他晚上到我这里来——每周两次——告诉我，他不能陪我出去之后，常常就让我一个人乘车去普拉特公园，或者把我一个人送进剧场，而他却不在我身边。是啊，谁都清楚，这样已经不存在真正的爱情了！我并不责怪他，因为在最后的这一段时间里，我真的已经完全不去想他，不去追求他了。我要把全部情况告诉你，把最终怎么会出现如此结局的原因告诉你。

上星期二，也就是八天前的晚上七点半，我收到了他的一封信。他在信中告诉我，他不能来了。第二天中午，他抽空问我休息得好不好。你也知道，他这人嘴上总是这么甜的。我非常爱听这种话。他这人从不讲粗话，一次也没有过。当他吻我的手的时候，嘴里总是这样问长问短的。这是一个美好的夜晚，我却感到无聊得可怕。于是我想到坐上马车出去兜兜风。外面天色已晚，但还未全黑。我披上一件大衣奔下了楼。当马车行驶在环形大道上时，我感到惬意极了。空气是那么柔和，那么迷人。我想，实在太好了，这段历史终于结束了。此时此刻，我觉得所有的男人对我都是可有可无的，而且是无关紧要的，不仅仅是他。我早就习惯于一个人了。

我让马车夫慢慢驾车行进。我在城市公园附近下了车，叫他驾着马车跟在我后面。在博物馆那儿我又上了车，然后围着整个码头和环形大道兜圈子。当我回到家里，时间早就过了九点。我兴致勃勃地走上楼去。莉娜对我说："小姐，那位先生已在屋里等了一个钟头了。"什么？我边想边走进会客室。可是，会客室里没有灯光。接着，我走进了亮着红色灯光的房间。他坐在长沙发上，连大衣都没有脱，正用散步手杖敲击着地板。当我走进房间时，他抬起头看看我，问道:"小姐,你上哪儿去了?"他说话的语调非常平静。我如实做了回答,因为我没有理由对他说谎:"你写信告诉我你不来了之后,我就坐马车在环形大道上兜了一圈。真是太美了!""是这样。"他边说边站了起来,身上还穿着大衣。然后,他在房间里踱起步来,连看都不看我。"你怎么啦?"我问。他没有回答。我要他停止走动,然后径自走进了会客室。我听到他还在走来走去。我把大衣交给莉娜,并叫她给我去拿香烟,因为我身边的已经抽完了。说完我又走进了埃米尔待的那个房间,因为我觉得事情毕竟太不可思议了。"亲爱的埃米尔,"我说,"这使我受不了。我出去兜风对你有什么不好呢?我这么告诉你,说明我是问心无愧的。再说,是你写信来告诉我你不来了,我就没有必要把自己关在房间里闷闷不乐。我现在气色不错,正是因为我一个星期能有三次机会这么做。"我还说了些类似的话。这时,他在房间中央突然停住了脚步,并且开始说话了。他把双手交叉着放在身后,他手里拿的散步手杖高高地伸过了他的头顶。"你说得对,"他说,"不能再这样下去了。的确,我也不能对你过于奢望,要求你每星期三个晚上独自待在家里。我总算明白了这一点!"

好啊,我边想边问:"怎么?你想干什么?你为什么拉长了脸?你既然写信告诉我不来了,为什么又要来呢?你既然要来,为什么又要写信说不来呢?"他马上回答说:"佩比,假如我是个不速之客,便能给你带来莫大的愉快。当然,现在已经晚了。"我噘着嘴没有说话。他继续说道:"我早就发现,世界上的事情就是这样。要是我早知道,这会使你感到难受,也许我就不会那么多地拒绝同你外出了。但我有一种感觉,少了我你不会太难过。"他说的几乎全是这样的话。我当时只知道这么说:"以后我不会追求你了。""我也没有要求你这么做,"他说,"而是恰恰相反。"好啊,快把本来想说的话说出来了。我说:"恰恰相反?这是不是说,我不追求你,你觉得很愉快?"这时他做了一个不耐烦的动作,然后走到窗边停住了脚步,用背对着我。他嘟哝着说:"你别曲解了我的意思。"听到这话后,我平静地走到他面前对他说:"好,你还是把想对我说的话痛痛快快地说出来吧!你先是写信说不来了,后来却又来了,现在又感到那么不高兴,这里面肯定是有缘由的。"当我站到他身边时,他突然用双手捧住了我的头,吻我的额头。这一切就发生在窗边,窗上拉着窗帘。他吻了我一次又一次,最后是久久地吻我。我没有拒绝,任他吻了又吻。我只是轻轻地对他说:"你今天是来向我告别的吗?"于是他松开了我。"你想到哪儿去了。"他脸上带着不自然的微笑说。我握住了他的双手说:"我的话使你变得轻松了,你应该高兴才是。说不定以后不会马上就碰得着这种好事的。""是的,当然是的,"他嘴里挤出了这样的话,"因为你自己很高兴这样,因为你自己想同我分手。"他开始责备我,说他早就觉察我根本不爱他,说我的多情只是在演出一幕喜剧,其他还能有什么呢?!实际上根本不是这样的,根本不应该是这样的。但是,一个男人已经觉察到了这一点。最终,这也不是什么值得大惊小怪的事,如果一个女人受到另一方逼迫,如果一个女人追求真正的爱情……我很镇静,而且一直保持镇静。"你说得完全对,"我说,"但我不相信,这是我的责任,或许,也不是你的责任。可能这是事情最后的必然结局,而且这是多种原因造成的结局。我只能对你说,我自始至终一直非常爱你。我希望你能找到一个像我这样爱你的女人,一个能使你幸福的女人。"我还说了在这种情况下别人也会说的话。即便在这个时刻,我仍感觉到,我确实是非常喜欢他的;我还感觉到,如此分手总是非常伤感的,尽管我很久以来一直期待着分手。然后,我们俩一起坐到长沙发上。他终于脱掉了大衣。我们还热烈地聊了起来。我告诉他,在这整整两年时间里我是怎么忠于他的,这两年又是多么美好的时光。他说,他将终身感谢我对他的全部情意和抚爱。在那样的场合,一个人会停止对另一个人的爱,这是完全不可能的。但情况确实如此。不管怎么样,他将永远是我的朋友。正因为他是一个真正的朋友,所以他才一定要向我道别。他把我拉到他的身边,抚摩着我的头发,并且又开始吻我,吻我的额头,吻我的其他地方。老实告诉你,我甚至掉下了眼泪。好海伦妮,你会理解我的。难道不是这样吗?

我们最后真正分手的时候已是十二点钟。当他后来跪在长沙发前吻我手的时候,我感动极了。这是我对他的最后的记忆了,因为在他吻我手的时候,我已经睡着了。当我半夜醒来时,灯光低垂,他已经不在了,他已经走了。

喏,从此以后,我再也没有见到过他,也没有听到过他的消息。我同他的事就到此结束了。你觉得怎么样?如果你问,我该怎么办,或者我想怎么办,就连我自己也不知道。我得到了暂时的完全的满足。我休息得很好,睡得很香,一天抽一包烟,我在想:要是一直这样该有多好啊!一切都是习惯而已。虽然这是我一个人度过的第一个八天,但按我的心愿,我喜欢整个夏天都这样生活。现在我整天看长篇小说,最近刚看完一部,我真心向你推荐这部小说。书中描写了某种我好久好久一直在想的东西,那就是:我们本来是正正经经的女人。是呀,我们并不比别人缺少什么,小说中就这么写着,我们甚至还有更多的东西,因为我们毫不做作,非常自然,这部小说也做了佐证。你一定要读读这部小说。你等着,我让莉娜包好后寄给你。

现在我很想知道,你是不是也会给我写这么长的信?你究竟怎么打发你的时间?常常去看戏吗?你还那么天真可爱地向巴黎的那些先生们大献殷勤吗?

什么,我的好海伦妮,是谁告诉了我们这些情况?天哪,我想到我们最初在草地上一起度过的那些日子,我是那么一本正经地去看戏,我想好好使用每月的五十个金币。我还想到,安东每天晚上来接我的情景:我们走进一家小饭馆,吃上一客土豆烤肉!你问起我母亲的情况,她身体很好。这八天中,她也来看过我一次,她还要我问候你。我相信,现在该结束这封信了。我真心请求你也给我写封长信。问候你的那位!

你们的夏季计划已经订好了吗?愿你们一切如意,不要出什么差错。我有这样的预感:你的路是走对了,这就是说你将成为一个贵妇人。还有,如可能,你留心一些漂亮的巴黎人以作备用,或者根本不看他们一眼。

如果他同你结婚,那你也不必自以为了不起,因为你将会在小说中读到,你现在比以前少了许多许多魅力。

再次问候你,吻你。

你的老朋友约瑟菲妮

阿尔弗雷德·封·维尔默尔斯致那不勒斯的特奥多尔·迪林。

亲爱的朋友和诗人：

我思之再三，觉得夏天留在那不勒斯也不是没有道理。你信中说得那么不露声色，使我一点也猜不透，你是在同一位公主，还是在同一个水果摊女售货员交往；到底是隐现在橄榄树枝间的月亮，还是那蓝色的水晶灯光是"你的欢乐的见证人"。不过，这些毕竟是次要的。想不到在异地他乡的情爱竟有如此这般的特殊魅力！其结局又是那么自由自在；某一天早晨，有一方一走了之；而另一方早在前一天晚上就已离去，无须进行道别。他们中谁也不去追赶谁，因为第一，这要花许多钱；第二，当违约者是不值得的；第三，身边还有其他男人。我尊敬的诗人，至于我的情况，我几乎没有新的消息可以告诉你。要告诉的话，也只有这么一点：自赛马日——我给你的上一封信就是那天写的——以来，我感到越来越孤独了。告诉你，那天我确实去了武斯特尔游乐场，但此行令我难过。在蒸汽浴和香水进入寻常百姓之家以前，我几乎是同他们不能结交的。也许，这是我的不足之处，但我也无能为力！我非常愿意天下所有的人都生活美满。但我又要问：假如幸福的人对世界上还有不幸福的人感到不幸，那么真正幸福的人又在哪里呢？

所谓幸福，这是相对的。我是别人认为幸福的人中的一个。实际上，有些花上四个十字币喝上一杯朗姆酒，并以此得到了生活乐趣的人，要比我幸福得多。在武斯特尔游乐场之后，我还去了康斯坦丁山。噢，对了，开头我想，应该有个明显的对比。我要把这个对比尽量弄得明显些。你看，现在你处在人山人海之中，他们穿着破了的裤子，戴着肥大的帽子，说话声音粗哑，他们抽着廉价香烟，他们在一个星期中没有一天不在奔忙，他们的头发散发着市郊住宅中的霉味；你也处在女人的世界中，她们在厨房里辛苦操劳，她们照料着孩子和所有可能有的"家里人"；你也处在妓女之中，她们今天晚上在普拉特公园的草地上任人爱抚亲昵；现在，你来到了穿着时髦夏装、保养得极好的先生们之中，他们说话声音很低，他们今天早晨洗了澡，他们抽着埃及香烟或粗雪茄，他们喝上十二杯白兰地，脸上却没有半点醉意；你又来到修过指甲、涂过指甲油的女士们中间，她们穿着黑色的丝袜，有的也穿着丝绸的衬衣（弗里茨坚持说是这样的，魏登塔勒尔只是偷偷地笑),她们全身散发着紫罗兰花的香气,她们的全部下流深藏在心间。她们是多么漂亮,她们做得多么策略!因为我并不关心她们的心灵,所以她们感到的只是吃惊。好了,我已说过,我感到高兴,我走上康斯坦丁山,那里有一顶帐篷,里边端端正正坐着所有的人:弗里茨和他的那位,马尔科夫斯基和他的那位,还有一个孤零零的魏登塔勒尔。另外,他们还带来了费尔纳。你是认识他的吧?他学吉拉尔迪①,爱唱波兰的克拉科夫民歌,他比他旁边的那些人要活泼风趣多了,尽管从年龄和地位上来看,他比他们差了五岁和二百金币。

我突然来到他们中间,我与他们的对比相当明显。我吮吸着从女士们窸窣作响的衣裙上、她们的头发上散发出来的香气,我用脚轻轻地敲着用碎石铺就的迷人的小路。这一切都出自所谓的科学的好奇。我倾听着费尔纳唱波兰的克拉科夫民歌,同他们一起笑着。我对自己说:他实在是个可爱的家伙。我同弗里茨的小宝贝亲若兄妹地喝着酒,而弗里茨却一个劲儿对我说着话:怎么,你们那儿只有一个女的?好可笑,同事中只有一个女的。我要给自己弄个女的去,让她跟我亲昵接吻。这在同事中就不是无所谓的事了。我喝了四杯白兰地,这是六星普龙尼酒。我抽了一支粗雪茄。我感到自己产生了一种越来越复杂的感情:是的,这一切根本谈不上舒服。此时天色已晚,马车在下面等着。魏登塔勒尔和马尔科夫斯基同他的那位坐进一辆马车,费尔纳坐到车夫坐的驾驭台上。这岂不成了笑话,好像他否则只能步行回城了。弗里茨和他的多娜把我拉进了另一辆马车,多娜坐在我和弗里茨中间。这时,因为我们实在太高兴了,也因为这个夜晚实在太美了,所以我们的马车飞快地驶过黑魆魆的林荫大道,又一次向游乐场驶去。大道上是那么黑,坐在车中的人连自己心爱的人也看不清。米齐当然会利用这一机会的。后来,我们返回康斯坦丁山。途中,费尔纳坐在驾驭台上唱起了《维也纳之心》。马尔科夫斯基的小宝贝提出要交换位子,就是要魏登塔勒尔坐到我们这辆

---

① 吉拉尔迪(1850—1918),维也纳城堡剧院男演员,曾在施尼茨勒的剧作《儿戏恋爱》中扮演过志汉斯·魏林。

马车上来,要我坐到他们那辆马车上去,但弗里茨的那位不肯放我走。总而言之,大家玩得非常开心！这时,车子已经驶出普拉特公园。上哪儿去？去扎赫尔大饭店,坐在雅座上,在钢琴的伴奏声中跳舞。好,那就去扎赫尔大饭店吧！费尔纳跳下驾驭台,自告奋勇当仆人,打开了马车的车门。女士们先跳下了车。我们走进客厅,里面空无一人,却放着一架钢琴。有人拿来了香槟酒和白兰地。魏登塔勒尔坐到钢琴前,弹了一曲华尔兹。弗里茨很希望我同米齐跳个舞,像兄妹般地跳个舞。于是,我们跳了华尔兹舞。马尔科夫斯基的夫人感到不舒服,就躺在长沙发上休息。魏登塔勒尔解开她的紧身胸衣,大家对她的粉红色胸衣露出了些许惊羡的神色。突然,她说话了:孩子们,我已经没事了,你们继续跳舞吧！费尔纳做了几个了不起的旋转动作,独创了一种又滚又跳的单人舞。他模仿克莱阿人和印度拉特人,最后模仿吉拉尔迪。弗里茨懒散地坐在一个角落里,只是偶尔睁开一会儿眼睛。魏登塔勒尔发疯似的敲打着钢琴键。一个满脸忧愁的招待来到门口。客厅里安静了,大家分组围坐在桌子旁。穿着笔挺的马尔科夫斯基离开客厅,在门口的账台上结了账。我们喝香槟酒,也喝了白兰地,后来把香槟酒和白兰地兑在一块儿喝。美好的节日般的时刻终有尽头,我们大家走出扎赫尔饭店。两对夫妇从马车上向我们挥手致意,衷心祝愿我们生活如意。魏登塔勒尔、费尔纳和我还站在原地。

我们意犹未尽,但饭店已经结束营业,椅子已经放在桌子上,招待们也走了,部分灯光已经熄灭。只有一家通宵咖啡店还开着。魏登塔勒尔和费尔纳没有别的去处,只能去咖啡店。我客气地同他们握手告别,然后离开了他们。我独自一人在环形大道上散步,走了很长时间。东方已经泛白,早晨已经来临,空气是多么清新。我感觉到,应该改变这样的生活,不能再这样下去了。这样的交际圈、这样的情调、这样的空虚、这样的痴呆,统统都不要了,不要了,不要了！女人也好,男人也好,我对他们都感到厌烦了。香水和丝袜并不是一切,纵然它们就是一切,我也不要！我沿着城市公园慢慢地走着。白天的第一缕光亮已经把公园照亮。这时,我陷入了深深的回忆之中:我想起青年时代的爱——我是这么称呼它的。我说的不是柏拉图式的爱,不是在窗下徘徊,把她从某人怀里夺走,然后结婚的那种爱。那时我才十七岁,毕竟还太年轻。不,我说的是另一种爱。这是一种并不十分受人尊崇,但却是一种理智的初恋,这是对市郊某个小姑娘的爱恋。她白天在商店里工作,到了晚上,我就在街角上等她,然后陪她走向玛丽娅希尔夫区或芬夫豪斯区。她的要求不高,只要在星期天能一起外出游玩,或者在晚上听听民间歌手的歌,或者在剧院的第三排占有一席之地,听听新的轻歌剧,或者花一个金币买一副手镯。她要求的是那么深、那么多的爱。不,当时的情形已经够迷人的了!我们坐着公共汽车从希青来到郊区,在魏德林高的树林深处漫步。噢,这是使我感到苦恼的事。简直不能相信的是,自我穿着时髦的衣服,渴望着占有这个穿得那么漂亮的维也纳情人以来,我一直没有食欲。谁能知道,有多少可爱的女性走过我身边,我却毫不在意!又有谁能知道,我在她们的眼中,又算得了什么——她们需要那么多、那么多的爱。她们用女性细腻的自然本能,从我的眼睛里和额头上看出了我的疲倦和魅力。我要再一次成为一个年轻、活泼、开朗的人,有深沉的爱,渴望着花香、春天和温情。啊,她们就是这么看一个人的,她们是可爱的姑娘,是向往着春天和爱情的姑娘。突然之间,会有一种逗人喜爱的东西牵住你的手臂。你有了一个所爱的人,而不是花钱买来的爱。这种渴望使我懂得,我要比我想象的年轻,所以我现在的心情比前一段时间好多了。谁知道,你有了那不勒斯式的爱会不会有这种认识?亲爱的朋友,天色已晚,我已经给你写了三个小时。现在我要上街去散步了。谁知道,说不定哪儿会冒出个冒失鬼来?夜晚的清香透过开着的窗户闯进了我的房间,它使我年轻了十岁,也使我更蠢了。现在,就是现在,在芬夫豪森区或在阿尔泽郊外,也许有一个十六岁的姑娘正对着一面简朴的木框镜子,将一朵鲜花别到胸前,却不知道这朵鲜花是给我的。

假如我知道这个姑娘究竟是在阿尔泽郊外,还是在芬夫豪森区,那该有多好啊!我就是这样,没有一个明确的目标。

祝

好

忠于你的阿尔弗雷德

约瑟菲妮·韦宁格尔致巴黎的海伦妮·拜埃尔。

亲爱的海伦妮:

你问我:有没有新的消息?自给你写了上一封信以后,我就很少出门。我只坐车去兜过几次风,昨天是第一次去看了一回戏。你知道在哪里看的吗?在包厢里,第一排。我觉得在这里看戏比在下面剧场里更没有拘束。这出喜剧的吸引力实在太大了,虽然已经上演了六个星期,但戏票仍销售一空。嘿,观众中甚至还有达官贵人哩!我看到了许多熟人,下面第一排坐着几个有趣的先生。我反复寻思,在这种场合,我到底应该怎么办?你知道,我回想了坐在第一排的所有人的情况。这是非常有意思的事情。在同埃米尔相处的最后一段时间里,不时还有这个或那个男人很讨我喜欢。我今天老实告诉你,有一次我甚至也喜欢上了你过去相好的一个人。他叫查贝尔贝格·卡尔。他的脸蛋确实讨人喜欢,即使他在其他方面没有什么突出的。这个查贝尔贝格也坐在下面前排。但他使我感到不悦,他的那副样子我简直不能向你描绘。他身旁坐着他的一个朋友。我也认识这个人,但不知道他叫什么名字。他很有风度,比查贝尔贝格潇洒多了。再有一个志愿轻骑兵,他长得也不错,还有岑格尔男爵,是个高个子,看戏时竟然睡着了。有两个陌生人看上去显然是罗马尼亚人或意大利人,黑黑的皮肤,洁白的牙齿,穿得非常时髦。还有一个从外表上看年纪稍大一点的先生,除年纪之外,他也非常讨我喜欢。我为什么要对你说这么多呢?我向自己提出了一个问题:这些人中有哪一位现在有机会同你坐在一起呢?得到的回答使我惊讶:一个也没有!

包厢中观众的情况也并没有使我感到愉快。

我告诉你,我对在家里一个人用晚餐感到非常高兴。这是我自己预订好的晚餐。我用一套餐具吃了饭,然后平静地睡着了。

我觉得,那个吉拉尔迪真了不起,他在下面向我打招呼。不然,谁也不会发现我坐在包厢里。戏演完之后,我同大家一起下楼。这是一个美好的、温暖的夜晚!此时此刻,我又不禁清楚地回忆起我爬出舞台的门和安东来接我的情景——这已是好几年前的事了。实在令人难以置信,在这个夜晚,当我离开浑浊的剧场来到清新的空气中时,我竟会想起那么多的事情。我还清晰地回忆起当年的这个冒失鬼。那时,我简直幸福得流出了眼泪。我确实太年轻了。这也不能怪我,这时肯定会出点儿新鲜事的。很清楚,这是青年时代的经历。我又会变得年轻,又会同所有十六七岁的少女一比高低。这一定是个有趣的人。几个星期前,埃米尔带来了一个有趣的所谓艺术家。但他是个平庸无聊的家伙!外表上他同其他人完全一样,只是他很少说话,一说话总说自己头疼。我想象中的艺术家不应该是这样的,他应该没有头疼的毛病,非常有生气,依我的要求,还应该披着长长的头发,穷得不名一文。这才是真正的艺术家。总之,是过去小说中描写的那种艺术家。是的,我喜欢的就是这样的艺术家。昨天晚上要是有这么一个艺术家能坐在我身边就好了!可是,我不禁要问这样的艺术家,你们昨天晚上到哪儿去了呢?有谁能告诉我,如果有这么一个我想象中的艺术家,如果他看到了我,看到我穿着华丽的衣装,耳垂上挂着蓝宝石,他是不是敢于接近我呢?我还擦了粉,甚至涂了淡淡的口红。现在,当我穿着漂亮的晨衣,看到自己在镜子中的模样,我不能不承认,即便不涂脂抹粉,我也不是完全没有魅力的。也许这是一次绝妙的尝试,用这般模样去征服男人。你觉得怎么样?说真的,我觉得这同天真没有多少关系。实际上,我是在追求某种伟大的消遣。你可知道,我已经考虑去巴黎,而且是一个人去。这会怎么样呢?最亲近的人呢?不,我不和他同行。真的,对那些能去巴黎的人,现在我又没有半点勇气叫他们同行。

　　写信告诉我,莉娜寄给你的长篇小说读完了吗?也谈谈其他许多事情。

忠于你的佩比

阿尔弗雷德·封·维尔默尔斯致那不勒斯的特奥多尔·迪林。

亲爱的:

　　你好!

　　今天我有话要对你说。我又年轻了,我把我的事情又看得渺小极了,哈哈。噢,你可能会感到莫名其妙。这我不会责怪你的。这是个星期天,起码说这才刚刚开了个头。这天下午两三点钟的时候,天气很热,太阳还挂在城市上空。住在城郊的人们纷纷来到旷野,来到绿色的世界之中。他们都高兴异常。在我们的这个小故事发生的时候(你觉得我这样的写作风格怎么样?),街上已经没有多少行人了。在那些怡然自得地漫步走向郊外的行人中,有……不,我不行,我不是写小说的料。我只能写写实际发生的情况。好,长话短说。我产生了一个绝妙的想法。我来了兴致,想乔装打扮一番。我想换成另一副模样,因为我对我自己感到厌烦了。于是,我穿上了丝绒外套,配上一条合适的围巾和一条简易领带,戴上一顶软帽,我把手套放在家里没戴,就这样走了出去。你哪里想得到,我如此打扮是何等模样。我看起来像一个流浪汉。当然,这不仅仅出于化装舞会的那种兴趣。我有一个既定的目标。我想知道,我征服人的魅力——如果真有这种魅力的话——是不是在于我的支付能力,或者在于我的对手。我改变了走路的样子,"漫步溜达",让自己带上一点儿天真烂漫、无忧无虑的样子,举止中略带轻佻。真的,别人已经看不出是我了。你只要想想,一顶软帽完全遮住了头,脖子上松松地系着一条领带,谁还会认出我来呢! 三点钟,我来到城乡交界处。我在一盏路灯的灯柱上靠了一会儿,点上了一支烟,看着那些老实巴交的市民和一对对情侣走过我的身旁。也有三五成群的漂亮、可爱的姑娘从我身边走过。这时来了两个姑娘,她们向从路边一幢房子的窗口向下张望的一个中年胖妇人打着招呼。我看到很多人从路边房子的窗口向下张望,他们中有穿短袖衬衫的男子,也有衣着随便的妇女。我站在太阳底下。几个孩子在土堤上玩耍。突然,我心里又感到了几许悲伤。我也不明白为什么会这样。我对星期天的这种平民生活感到了莫大的厌恶和空虚。两个姑娘从我身边走过,渐渐走远。我想象着她们在家里的情形:在厨房中忙碌、洗刷,一边看报一边闲聊。她们的父亲对税收又说又骂。她们感到了今天这个星期天与其他六天的区别。总之,我心里很不是味儿。

  这时,我突然发现了一个令人惊奇的情况。一个不太年轻、约莫二十二三岁的姑娘,独自一人——这太妙了! 她身上穿的是普通的印花布衣服,但式样很好看,头上戴一顶漂亮的宽边草帽。她有一双神奇的眼睛,颀长的身材,柔美的身段,打着一顶阳伞。当她走到我身边的时候,她睁大了眼睛看着我,脸上还带着微笑。而后,她转过身去,从我身边往回走去。但这次却没有看我。走了不到二十步,她又折了回来,噢,她是在等人!我有的是时间等着看个究竟。简直不能相信的是,这个姑娘没有等到她要等的人。我看着她慢慢地向我走过来。实在太动人了!她是那么年轻,那么可爱,谢天谢地,也是那么天真无邪!她眼角上浅浅的皱纹和此时掠过唇边的一丝微笑,说明她给了别人许多的吻。她那柔美的身段也习惯于做出种种柔美的姿态。但在这少女的身姿中却蕴含着许多天真烂漫!太可爱了!而他——她等待的他——却没有来!我向她望去,她只顾散着步,几乎没有注意到我,但似乎带着点媚态。后来,大约过了十分钟,她嘴边掠过半是生气半是轻蔑的神情,迈着急促的步子走了。她没有朝城里走去,而是向郊外的韦林格大道走去。我马上跟了上去,没有一分一秒的迟疑。我想去试试我的运气。我对她说了几句无关紧要的话。她听后向我转过身来,轻声细语地对我说:您想干什么呀?我没有被她吓住。于是,不一会儿我们之间开始了谈话。她本来打算"现在"就到乡下去,因为那儿的空气清新,这比他重要多了。她允许我同她一起散步,如果这能给我带来愉快的话。

奇怪的是,我们竟会那么快地互相愉快地攀谈起来。我对她大献殷勤,表演出色极了!她问我究竟是何许人也。我对她说:您猜猜?她说:您该是个什么样的人呢?噢,是艺术家?我又问:是个怎么样的艺术家?我真的变得非常好奇。"诗人。"她突然说,语气非常肯定。我看了她一眼,意思是说:你不仅非常漂亮,而且也是一个非常聪明的姑娘。喏,我没有猜错吧?她微笑着说。接着她又问我是否已经写了很长时间的诗,写诗是否给我带来愉快,等等。噢,现在我只能对她说谎了,但绝无任何歹意!真不可思议,我对她说了些什么呀!我说的不仅有趣,而且也可信,因为她竟然听得入了神。我谈到我青年时代的奋斗,最后终于精疲力尽地闯了过来;我谈到我住在远方一个小城市里的可爱的母亲;我还谈到那些女士们,谈到我有过的莫大的痛苦,谈到已经埋葬的爱情——我说得确实动人。我心里感到非常难过的只是,我没有能把我所经历的一切仔细记在心里。我们俩很快来到旷野,来到美丽的大自然中。我们漫步走过树林,这里一片沉寂,一片宁静。我们坐到一张椅子上。不时有人从我们身边走过。透过树林,我们看到一片草地,再望过去又是树林。再远一点的地方,是太阳伞下躺着那些情笃意真的星期日游客。有时,从那里传来大声的喊叫和笑声。而后,又是一片寂静。这是一个闷热的、无声的下午。这时,她开始谈她自己——这都是已经过去的事了,但她仍历历在目,非常清晰。她是个刺绣女工,父母已故。直至不久前,她一直同姑妈住在一起。但是这并不是长远之计。从她话语中透露出,她曾经有过那么一段罗曼史——肯定不是她的第一次。看来这段罗曼史已经结束。我问她:你很爱他吗?她低下头,眼睛看着脚下回答说:是的。当然,这里面也有许多习惯方面的原因,她又补充了一句。接着,她突然问我:"您是不是也有一个心爱的宝贝儿呢?"我不想完全拒绝用"宝贝儿"这个词,但可以肯定,这个词伤害了我。不过,对我来说,这件事已经慢慢地消失了。我不想多说什么,她也没有再问。没过多久,我们竟然发现,我们之所以能萍水相逢,也并不能说是完全出于偶然。我们有相似的命运,相见时同样特殊的目光,对逐渐消失的爱情的厌倦。噢,难道这不是命中注定的吗?我们就这样在绿色的树林中闲聊着。天气太闷热了。我们聊了很长时间之后,终于陷入了沉默之中。她坐在我身边,靠我很近很近。实在太美妙了,从这个可爱的姑娘身上散发出一种令人心旷神怡的香气。噢!这个来自郊外的姑娘是那么喜欢交际,这实在太好了!在命名日那天,这个小天使总要别人送给她一瓶高级香水。从她蓬松的头发间还散发出一种她所独有的香气。我把她拉到身边,问她:"困了吧?"她点点头,把头埋在我胸前,真的闭上了眼睛。趁此机会,我吻着她那双可爱的、已经闭上的眼睛。她没有拒绝,任我吻她。后来,我吻她的脸颊,吻她的嘴。她说了声"不过",就吻起我来。有人走过我们身旁,我们站起身来。现在完全可以肯定,是命运中的一种神秘的东西使我们邂逅。这是命运中已经确定了的东西,是会给我们带来幸福的东西。我们说话时都用"你"称呼对方了……我们的心情好得难以描绘。她说她心中一直向往的是找一个诗人。而我的向往呢?我大言不惭地说,我向往的只有她,就是她,就是你这个甜甜美美的小佩比,就是你这个在六月的某个星期天,打着太阳伞,戴着草帽,在韦林格大道与乡村的交界处散步的小佩比。噢,时间过得多快啊！天色开始暗下来了。现在该做什么呢？当然是一起去用晚餐！但她一定要在十点钟前回家。于是我们走进了一家就开在树林出口处路边的小饭馆。这是一家小市民经常光顾的小饭馆,平日里我是无论如何也不会走进这种饭馆的。但是今天一切都变了,一切都变得那么美好。我们走进院子里。这里大树参天。大树下安放着许多餐桌。桌上摆着玻璃灯。隔一定的距离,是高大的路灯。客人并不很多。在几张桌子边坐着好几家人在用餐,看上去非常疲惫和饥渴;还有几张桌子边坐着几对手捏着手的情侣;一些市民百姓东一个西一个地在坐着用餐。当我仔细看时,也发现了一些有身份的顾客,还有在固定餐桌上用餐的避暑团体。我们坐到靠边的小桌子旁。我叫了饭菜。哈哈,这可是一顿简朴的晚餐。不过我们俩胃口极好,吃得非常非常开心。

　　天完全黑了,我们坐在深深的黑影里。我心中不由得升起一种柔情,甚至可以说是一种同情,一种本来就藏在柔情中的同情。她给我讲起了她的家。你想想,四层楼上的一个小房间,能一览无余地看到院子里的一切。当然,这是一间极其简朴的房间,但有一样东西是不可缺少的,那就是花。那时,那个他总给她送花。最近一段时间以来,他不这样做了。所以,她有时自己去买些丁香花插在床头窗台上的小花瓶中。最后,她挽着我的手臂,我们双双走出了饭馆。"这是什么时候了？"她问。"九点半了。"院子门口停着单驾马车,我们坐了进去。她只要马车把她送到韦林格大道与乡村的交界处,她就住在那儿附近。她可不想让马车驶进那狭窄的小巷,她也不愿惊动邻里和房东。也许,还是为了不惊动埃米尔,我说。她半躺在车中,草帽放在膝上,把她的头依偎在我的肩上,她的头发散发着香气。"同埃米尔已经结束了,"她说,"实际上,几星期前就已经断了关系。他已对我毫不关心。这是聪明之举。以后你要是再想见到我,就不要再提埃米尔了。我也不再问你什么。"说完,她沉默了。我们就这样默默地坐在马车上继续赶路。我抚摩着她的脸。一刻钟后我们到了交界处。我们走下马车。我想陪她走到家门口。"亏你想得出来!"她大声说,"这里每个孩子都认识我!"说完,她吻了我一下,就快步走了,把我一个人留在路上。

我步行回家,情绪非常好。我没有直接回家,而是先在外面一家咖啡馆坐了下来,想喝上一杯黑咖啡,因为像我现在这样的装束是不能坐进马车或坐到驾驭台上去的。我坐在咖啡馆里,心中升起了一股喜悦,这是人们对获得新的爱情后常有的喜悦。我对明天的吻,明天的一切——即使作坏的估计,可能是后天——感到高兴。这个明天就是今天,就是我脱下我的假面具——被爱的朋友和诗人——的最好时刻。我要结束我的这封长信了。我高兴的是,不久又能听到你的消息了。

年轻的求爱者阿尔弗雷德

约瑟菲妮·韦宁格尔致巴黎的海伦妮·拜埃尔。

亲爱的海伦妮:

我脱下了罗莱克斯手表,穿着晨衣坐在这里,想静静地给你写信,告诉你一大新闻。

你收到我的信了吗?喏,收到的话就一定知道我这些日子以来脑子里在想些什么,我为什么突然对彻夜狂欢失去了兴趣。不行,我已经想过,他是漂亮的、最亲近的人,但鬼知道他却并不高雅。我现在又想有这么一个可爱的小冒险家,就像过去曾经有过的那样。你想想,我慢慢地产生了一个想法:要再一次把自己打扮成从前的佩比。我从箱子里拿出几年前我曾扮演女用人的角色时穿过一次的印花布衣服,头上戴了一顶普通的草帽。一句话,我把自己打扮得像个郊区姑娘。莉娜一次又一次发出了惊讶的喊声:哟,太漂亮了,太漂亮了!我自己对着镜子照个不停,也感到非常满意。我还让人给如此打扮的我拍了照片。我会寄你一张的。以后我还会穿几次这样的衣服,届时我会马上告诉你的。昨天是星期天,是我第一次这样打扮外出。我有个坚定的目标:今天一定要给自己弄到一个,但要一个气质好的人。我走在韦林格大道上,撑着阳伞看着行人,这条街竟同阿尔泽街一样美,实在是太巧了。喏,我要告诉你,刚开始的时候,我几乎已经失去了再来一段罗曼史的兴趣。最后我终于来到城乡交界处,我的情绪很不好。这里,有一个年轻的男子靠在一根路灯柱上。他看着我,目光中带着某种天真、惊讶。我的第一个印象是,他在等什么人。我的第二个印象是,这是个漂亮的青年,是个艺术家——这是显而易见的。他穿着褐色的丝绒上衣,系着简易领带,尽管衣着绝对谈不上时髦,但皮肤很好看,保养得很好,留着小胡子,举止文雅——这是我需要的人。喏,我当时想,他值得我一试。我也装出在等人的样子,来回走动着,后来我故意走开了。他追上来,同我说话。我告诉你吧,当时我心里觉得特别舒服。我对他有那么点儿不客气。后来我同意他走在我的身边。我们的罗曼史就这么开始了。当然,我的猜测是对的。当我冲着他说,他是个诗人,他感到异常吃惊,他说话时的姿态特别讨人喜欢,声音软软的,充满了媚情,而且总带着一种对人的敬重。他肯定有过许多经历,最近一段时间里一定有某个女士把他当成了可怕的傻瓜。或许我根本不理解这种男人而说错了。至于钱财我不必担心他有没有。在扎赫尔大饭店里用晚餐,以及耀眼的礼物根本不会有。喏,听了我对他说的话后,他非常感动。你也来听听这些话吧!这是一个我已不再喜欢的求爱者的强盗史,也是我同姑妈闹翻了的故事,我是一个善良贫穷的人,住在一个小房间里,如此等等。你想,我们步行出城来到珀茨莱茵村,我们在树林里坐了几个小时。我觉得非常有趣,没有一点点无聊的感觉。他坐在凳子上,挽着我的手臂,吻我,当时我心里感到非常幸福非常舒服。好久好久没有这样了。我真不知道,如果不是在阳光灿烂的下午,如果不是每时每刻都会有人走过我们的身边,那会发生什么事啊!真的,我也是那么动情!我当时想到的是,这么一个穷诗人的日子也真够艰难的,他还要用一半收入养活母亲。当然,他还要去对付竞争对手的追踪和攻击。

晚上,我们一起在一家带花园的饭店里进餐,他是那么含情脉脉!他的一双眼睛是那么迷人!单是他的目光就使我年轻了好几岁。他还那么谦虚,我太高兴了,整个晚上他是那么谦虚,那么寡言少语。这太好了。我相信,他对待未婚妻也不会比对我再好了。我们一起坐车回家时,是那么舒心,是那么迷人。不管你相信不相信,如果他现在强求我的话,那我,尽管我感到可怕,也不会说一句反对的话。他只请求我第二天再见面，就这些，没有别的。在城乡交界处附近，我跳下了马车。我只告诉他，我就住在附近某条小巷的四楼。我至少小跑了一刻钟，才总算找到了一辆马车。到了住所，我心里有种特别异样的感觉，好像换了个人似的。我感到格外幸福，他不仅是个穷鬼，而且是个诗人，是个艺术家。你看，一下子又变成了一出喜剧，我有所收获的喜剧！我得搁笔了，因为一小时后我又要出场表演了。

吻你

忠于你的约瑟菲妮

阿尔弗雷德·封·维尔默尔斯致那不勒斯的特奥多尔·迪林。

亲爱的特奥多尔：

有几天没有给你写信了？一天还是八天？还是一个月？还是好几年？现在我又为什么提起了笔？我为什么不躺在长沙发上，就像我现在常常几个小时地躺在长沙发上，梦想着那美好的时刻那样？这是多么美好的回忆！我随着它回到了自己的家。是谁在一个星期前向我做了这样的预言？啊，现在我至少又回到了我们的时代！今天又是星期天。对，对，最多不会超过八天，现在又开始了。告诉你，亲爱的特奥多尔，我的生活中充满了温馨的田园风光。日复一日，似乎没有尽头。谁能想到还会有开始呢？真的，我过着这样的生活，因为我不再感到我在演戏。每当夜晚我摘下宽边软帽和脱下丝绒外衣的时候，我感到我只能这样生活。每当我和那可爱的姑娘去野外散步，手挽着手走在市郊或者树林里的时候，我几乎不相信我对她说的关于我的一切全是谎话，因为关键的是我说了一句真话：很长很长时间以来，我一直没有像现在这么愉快。

是的，这又是一次青年人的恋爱，是初恋。假如你愿意，假如你是个星期日出世的幸运儿，或者命运愿意对你进行报答，这便是你会一再经历的初恋。你可知道，有时我会以为，近几年来我一直是乔装打扮出入交际界，而现在却脱下了假面具。我自己也不理解，我同她在一起时竟会说出那样的话来。乡村的夜晚是多么美好！最近有一次,当我们早晨在离维也纳不远的一个维也纳人从来不去的地方的一家小旅馆中醒来的时候,明媚的阳光透进窗户向我们微笑致意。我们叫人把桌子搬到小果园里。在这里,我们喝着咖啡,倾听着晨风轻轻掠过树林发出的沙沙声。我们一旦分手,她上她的班,我去做我的所谓的工作。这时,我有个幼稚的心愿,想到她的窗前徘徊,我只想离她近一点。奇怪的是,直到昨天我才知道她的窗口在什么地方。她住的那条小巷我是认识的。但她在哪个窗口工作,得由我自己去寻找——这是她天真的脑袋里一直在盘旋的充满深情的想法。如果我真的爱她,我就一定能找到这个窗口。于是我来到这条小巷,在四楼的七十二扇窗前(我一扇一扇地数过)——你可能要笑话我,如果你想笑话我的话——我找到了我要找的那个窗户。她是非常幸福的,就像我对她说过的那样,我从窗台上放着的花认出了它。我要向你坦白,今天晚上我就在这条小巷里徘徊,我站在窗下的月色中,就像一个愚蠢的男孩。对我来说,事情就是那样新奇:纯洁的初恋和成熟的迷恋相互交织在一起。你只要想想:她爱我完全是为了我!在我同她相处的时刻,她千百次地吻我。我们在郊外的带花园的饭店中共同度过了多少个夜晚!我们坐在一起喝格斯普里茨顿葡萄酒,我向她讲述过去的情况!你一定不会生气吧,如果我向你坦白,我盗用了你的部分生平,盗用了你在慕尼黑当学徒、上大学和恋爱的年代的全部经历?不过,由于我的记忆力实在太差,不得不做了某些变动;我也把你在图林根、瑞士的徒步旅行,特别是在日内瓦同那个英国女画家的罗曼史进行了加工,作为我的经历讲给她听。啊,那时,她紧紧地吻着我的嘴唇,是多么激动啊!接着,我让她给我讲讲她的情况。真的,我有时热泪盈眶!我们经历了多少伤心和甜蜜,多少乏味和欢乐的时刻呀!因为我那深深的爱不是盲目的爱。我深信,世界上还有几百个像我的小约瑟菲妮那样的姑娘。但是我有时感到,好像她现在才明白,她如今到底有些什么变化。我感到,她对我待她的态度非常感激!当我想到她的将来时,我心里充满了一种特殊的痛苦,因为我已知道,我将离开她!也许,这并不使我感到特别的悲伤,而是使我感到痛苦。你看这不有点怪吗?

有时候我也想,倘若我突然以我的真实身份出现在她的面前,她会怎么样呢？过去的一切奇妙的东西会不会成为泡影？她爱的是不是我的假面具？假如她发现在实际生活中我们俩相距那么遥远，她会不会感到痛楚？因为她爱我过去的某些经历，她非常喜欢听我再给她讲一遍我的某些经历。我就给她讲过三四遍一个完全难以置信的、在绝望的几天里发生的故事：在这几天里，我几乎自杀，我几乎饿死。贫困使我们接近。现在，我相信她有足够的收入，眼下并不缺少什么。但是你根本不会知道，有时我很乐意尽快使这个可爱的、贫穷的姑娘变得富裕，变得无忧无虑，但我又确实不敢把我的这个想法告诉她，哪怕是作点暗示也不敢。是的，那样的话，一切都会不一样了！她要我送花给她。最近，我想试试送样小礼物给她，比如一个金鸡心，她可以把它挂在脖子上。好了，其余的我也无法告诉你了。这是青年人的爱情，我找不到别的更合适的字眼了！我不再羡慕你的那不勒斯和你的那些那不勒斯女士。今天晚上，我们又要到乡村去。我真不知道还有什么比在树林中度过迷人的时光和双双乘车回家更令人陶醉的。我们有几次是乘公共汽车从乡村回到城里的。这当然比坐马车便宜。我不必花那么多钱——当我又想叫一辆马车时，她对我这么说。我很少问她，她同我在一起时有些什么感受。我觉得我是她的一种解脱。对于我来说，这已经够了。我可不愿要她把什么都记在心里！她不是我原来想找的人。不，我可不愿要这种姑娘，不愿要这种被我诱骗后跟在我身后流泪的姑娘。不，我可不想成为她成熟经历中的一部分。但愿她最好既不责备自己，也不责怪我。有那么一天，我会突然从她的生活中消失，就像我突然来到她的生活中一样。我感到，一切将要结束，我要走了，我会经常写信给她，但我不告诉她，我本是在演一出喜剧。我愿成为她的一场美梦。好了，我不想再写了。不久你就会听到我的消息，可能不是从维也纳给你写信了，因为我们打算，再一起到乡村里去过几天完全清净的日子，在树荫下做甜蜜的梦，就像诗人对梅拉尼伯爵夫人说的那样。

匆此。祝你愉快。快点给我写信。

你的阿尔弗雷德

约瑟菲妮·韦宁格尔致巴黎的海伦妮·拜埃尔。

最亲爱的海伦妮：

噢,你的信使我禁不住感到好笑！真是的,假如你那么怕我,那我以后恐怕再也不敢给你写什么了！不过,我可仍要冒点险。我爱上了别人,噢,对,甚至可以说已经坠入了情网。他是个美男子。你是不是曾经同一个诗人有过交往？我指的是一个真正的诗人,不是那些演演戏或唱唱轻歌剧的演员,而是那些什么也不是,而且一无所有,甚至也许将来也毫无成就的诗人。这是真正的诗人,既会写诗,又会热烈地追求女人。啊,这实在是一种特殊的人。我不想说这是爱,但这是一种崇拜。如果我们在晚上一起散步,我们太像一对新婚夫妇了。不久前,我们在乡村度过了一个夜晚。那是个多么令人难忘的夜晚啊！于是,我们做出了决定,打算花一个星期或两个星期的时间,到这里来过过完全清净的生活。但愿能这么做！我有点担心,他花的钱说不定是从哪儿借来的。像他这样的人会没有钱,这可真是怪事。但我发现,当我不许他大把大把花钱时,比如不要摆阔气——你现在会笑我了——他显得很高兴。喏,我当然不能向他提任何要求,也没有这么做过！我真的成了个可怜的刺绣女工。噢,假如你知道我的经历,你一定会大吃一惊。喏,我很早就爱过男人,也常常说谎,但还从来没有这么深地爱上某个人,也从未说过那么多谎话。当然,像他对我讲的那些动听的事情,我可不会对他讲——这是不能胡编乱造的。我懒得写很长的信,但是我们如果有机会在一起的话,我一定会把这段经历讲给你听,一定会告诉你,他在柏林的情况。在别的人,特别是女人使他蒙受耻辱之后,我能给他带来一点幸福,这真叫我感到高兴。他感激我,并对我说,他发现我是个与众不同的女人,世界上是会有与众不同的人的……喏,可爱的海伦妮,别怕,他是个非常认真的人,对于把我的命运同他的"朦胧"联结在一起,他显得太认真了。他经常谈到他的模糊不清的命运,那时他是非常的悲伤。我还从来没有这么爱过某个人。亲爱的海伦妮,你的担心是没有意义的。当然,从乡村乘公共汽车回城里是美好的,但这不能是他生活的全部。好了,祝你好运,代我问候利克泽尔,但不要把事情告诉他,什么也别告诉他！这是为了将来。

你的约瑟菲妮

阿尔弗雷德·封·维尔默尔斯致那不勒斯的特奥多尔·迪林。

亲爱的特奥多尔：

你仔细看看邮戳！你不会知道这封信是从什么地方寄出的。首先，这里不送邮件，信是由信使取走的。我们在离维也纳不到两小时路程的地方，但我们住的地方很偏僻，好像离维也纳有一百里路似的。我们住在一家舒适的小旅馆，在公路边的树林里。原先它是一个磨坊的一部分。这里非常清静，只是偶尔有村庄里的人来到这里，平常就只有我们俩，最多在中午的时候旅馆老板坐在我们餐桌旁同我们聊天。我们起得像上帝一样早（这里可以用"上帝一样早"这个词）。早晨，从屋后的树林里飘来阵阵沁人心脾的清香。上午的一半时间，或者整整一个上午我们都待在树林里。我们一起躺在灰色的旅行毛毯上，看着蔚蓝色的天空，呼吸着宁静而又甜美的空气。是啊，我们相互爱得是那么深，正像你承认的那样，人们应该相亲相爱，只有这样方能度过那寂寞的时刻。这儿的生活实在太美了，对这儿的伙食我也无可指责。下午，我们通常待在房间里，她睡她的觉。现在就是这样，她睡着了。我坐在窗台上，让树林中的清香吹拂在我的身上，这也是这儿唯一能有的消遣。但更美妙的是，此时此刻，我再也没有其他任何需求。待她醒来，我们再一块儿去散步。当然是到树林里去，因为这儿除了树林，没有别的地方可以散步。林中有一条树荫浓密的小路，直通邻近的一个村庄。这是个相当贫穷的村子，房子很矮，只有半层楼高。所以村子里也没有避暑的游客。这恰恰是它迷人的地方。那儿，除了农民和乡村中的一切，偌大的村子里没有其他人。我们穿过树林，来到这里，待到傍晚时分，如果林子里太暗的话，我们就从公路上回到我们的旅馆。在公路上，我们碰到邮车和马车，更多的是遇上磨坊的伙计。回到旅馆，我们在院子里用晚餐。只有在星期天，才偶尔有从维也纳来的旅游者迷了路闯到这里来。这时我们当然退避三舍，因为我们到这里来就是为了过上完全清净的生活。确实，这也是有特殊魅力的生活！特别是开头的第一两天，更有着不可言状的吸引力！一个人只要有了爱情，他就能忍受一切。唯一使我感到有点不快的是，我住的房间没有糊墙纸，而是粉刷的。用手粉刷墙壁可是件不舒服的事情。但这样更具有乡村气息，再说我们也很少待在房间里。我们有树林,我们常常待在树林里。一句话,我们在这里度过了非常幸福的时光,而我那甜蜜的爱情(这里的人也可以说"甜美的爱情")是那么温柔、那么美好。此时此刻,我仔细看着她,她躺在床上,微睡的脸上露出了微笑。我想到,这一切即将结束,将同她告别,心里感到非常难过。她翻了一下身。我得结束这封信了。过几分钟她就会醒来,会问我今天写了些什么诗。因为在她睡觉的时候,我总装着在写诗。真的,从开头第一天起,我的确尝试过写点什么,想以此使她高兴。但你知道,这确实并非易事。我还曾经选了一个极为普通的题目:爱情。可还是没有写出什么来。现在,她已经感到非常委屈,她爱上了一个诗人,可是还一直没有……她睁开了眼睛。祝

  好

你的阿尔弗雷德

  约瑟菲妮·韦宁格尔致巴黎的海伦妮·拜埃尔。

我的好海伦妮:

  我只能匆匆给你写几句,因为我没有一分钟时间是单独一个人的。我们在乡下,在很偏僻的农村。因为我们相互还很爱很爱,所以我们来到了农村,没有任何干扰地享受着我们的爱。说到农村,我有许多事情要告诉你。我们住在一个小旅馆里,在树林深处,离人来人往的热闹地方似乎有百里路程。这个地方实在太美了!空气是那么清新,唯一的不足是带点压抑。我用半天时间睡觉。对相爱的人来说,这是非常合适的。我们不受任何干扰,清静得有点不可置信。我们相亲相爱着,这是真正的幸福。否则,我们会无聊得发狂的。真的,他是个非常可爱的人。我觉得,对他来说,在经历了种种命运的磨难之后,能在寂静的树林间休养生息,是非常有益的。唯一使我感到痛苦的是,他根本没有钱。本来,我想象得非常好:我同他一起出去旅游,如果我突然带着我的诗人出现在迪耶普你们的家里时,你们一定会大吃一惊!可是我们实在没有钱外出旅游!我是那么爱他——这是真正的幸福——否则我也许会在夏天到迪耶普去。不,

我不去,这里的生活太好了!被人所爱和爱上别人,这才是真正的幸福。在这种情况下,一个人对什么地方都会喜欢的,即使在荒郊野岭也会喜欢的,我深信这一点。我不得不说的只有一点,那就是不要下雨。因为一下雨,这里的生活就会变得毫无意义了。再给我写信时,把信写到维也纳,因为我们不会在这里久住,我们可是一对穷鬼啊!

吻你,祝

好

你的佩比

阿尔弗雷德·封·维尔默尔斯致那不勒斯的特奥多尔·迪林。

亲爱的特奥多尔:

我们又在维也纳了,是两天前到的。我们在外面待了整整一个星期。每当我现在回忆起这一个星期的生活,我确实不得不说:实在太美了。只有最后一天有点不舒服,从早到晚一个样。可能这是最后一天的缘故吧!仅此而已。你想,我们有好几个小时站在那差劲的房间的窗口,外面一片泥泞,我们不能外出,真是太可怕了!于是我们决定回来。我告诉你,当我们整理行装时,啊,那高兴劲儿,我相信是这八天中所没有过的。看起来,主要是因为我们相互太多情了,所以就少了欢乐。是不是有什么东西在这里起着决定作用呢?有的,那是爱情中的忧郁。我说得不错,我又怀念起这种忧郁了。是忧郁吗?本来是不能这么说的。不过,光说有什么用呢!反正那几天过得太妙了,这是肯定的。这是过去的事吗?不,现在也是这样,但愿以后很长一段时间仍然这样。这你很快就会理解的。在外面的时候,有一点我是清楚的,衣冠不雅、坐公共汽车和尝试写诗的故事是不可能长久的。另外,坐三等车厢也不是我的嗜好。现在,你听我说:我们在傍晚回到维也纳时,我冒险买了头等车票。嘿,你应该看看那个姑娘的脸!火车进站后,我在前面为她引路,我们慢慢地走过前面几节车厢,来到头等车厢。这里当然是空空的。"嘀,你想干什么呀?"她叫了起来。我带着一种似乎要为她过节一般的语调对她说:跟着我,跟我走就是了。于是,我们坐到舒适的、上面罩着白色钩花罩子的丝绒靠椅上。她前后左右看个不停。此时此刻,她真像一个刚跨进沙龙的郊区姑娘。"喵,你怎么啦?"她又一次叫了起来。但她没有对我发火,我起先估计她是会发火的。她一下搂住了我,吻了我一下,然后像一个小孩子似的在车厢里跳来蹦去。最后,终因火车晃动得厉害,她跌倒在我的怀里。这也是我们俩在一起度过的最美好的时刻。现在我可以更大胆了。我在维也纳火车站斗胆叫了辆马车。她看看我,然后对我说:"喂,你发疯了?"我对她解释说:我们从乡下早走了几天,所以有些节余。在她家附近的那个街角上,她含情脉脉地同我告别。当然,马车是不能直接驶到她家门前的。这是昨天的事情。今天该做的事情是:一小时后我要去她那儿,而且是以我的真实身份出现。我豁出去了,因为她爱我。我们像以往一样,约定在城乡交界处附近见面。我今天衣冠楚楚,目光中也没有狂喜。我准备乘马车去,穿一套叫不出名的、花八个金币买的时髦夏装,头戴一顶英国式草帽,想用客气的鞠躬邀请佩比小姐坐到我的身旁。我要向她承认,我向她玩了一个不体面的游戏。我要告诉她,我是个生活优裕的男子,但根本不会写诗。这将会是对她的沉重打击。但她在头等车厢中的举止使我产生了希望:我能够成功地安慰她。一切都准备好了。啊,今天晚上我又能像一个正常的人那样在街上行走了。我有多幸福啊!

  现在,她搁下了手头的工作,在进行散步的准备。可怜的姑娘!要是我现在能像希望的那样,稍稍改善一下她的处境,那会使我高兴。在这段时间里,也就是两星期以来,她爱我,完全是为了我。现在我还会有什么不测呢?太晚了,亲爱的特奥多尔,明天再给你写信。

你的阿尔弗雷德

  约瑟菲妮·韦宁格尔致巴黎的海伦妮·拜埃尔。

我的好海伦妮:

  首先我请求你,在看完这封信的第一页之前别看第二页,否则就没有乐趣了。请你等等,我要想想,我上封信中给你说了些什么。对了,我谈了在乡下的情况。我们在乡下度过了一个星期,后来开始下大雨。你可以想象我们那时的绝望心情。谢天谢地,那里也有马车和火车。就在那天晚上,我们决定回维也纳。现在,你再设想一下,我那可怜的诗人带着我来到了火车站,坐进了头等车厢。我当然想过,他这么慷慨解囊是为了让我们单独在一起。所以,我也就在车厢里又蹦又跳了。我们下了火车,他招来一辆马车。真的,我惊得目瞪口呆。我不得不说,我们是那么引人注目。在这种优裕的情况下,我心里感到非常快慰。当我在城乡交界处附近下车后,不得不像平时那样,乘上另一辆马车回家。当我回到家里,看到那可爱的、漂亮的、裱糊了墙纸的舒适的房间,看到那有天盖的床时,我产生了一个念头:不能这样下去了。我已经想过,喜剧该收场了。可是,为什么这出喜剧中真实的东西也要收场呢?这真实的东西,就是我一直深深地爱着我的诗人,就是我特别清楚地感到,经过这八天的相处,我突然觉得在房间里我是那么孤单,也就是我曾经想到过的,我必须揭去我的假面具,早比晚好。有一个念头一直在折磨着我,使我特别难受:我需要他,在我的身边,在我的这个舒适的房间里,为的是向他表白,我是多么喜欢他。喏,最后,在我入睡之前,我终于决定,第二天就去把一切向他解释清楚。那么你的佩比会在第二天做些什么呢,特别是晚上?她不再穿女用人的衣服,而是穿一套时髦的礼服(你见过的那套深绿色的),头上戴一顶神气的帽子(你没有见到过这顶,是我在六月里买的),还带上一顶莱恩豪森男爵商店里的龟状手柄阳伞,坐着一辆马车向城乡交界处驶去——我同他约定在那里相会。当时是七点半,天已经差不多黑了。我叫马车停下,自己却没有下车。你知道吗,当时我的心怦怦直跳。老实说,我担心事情也许不会成功。我曾经设想过,他穿着丝绒外衣从拐角那儿走来。当他认出我的时候,他阴沉着脸,瞧都不瞧我一眼,或者他会大骂我一顿……我坐在马车里等着。他没有来。天已经差不多全黑了。我不知道他为什么没有来。我猜想,他可能已经看到了我,所以马上走掉了,因为他从来没有让我等过他。这时我发现,在离我约二十步远的地方也停着一辆马车,它一定来了一会儿了,因为我在这几分钟里没有看到有马车来到这里。我看到有一个人走下了马车。他是个穿着时髦体面的先生。他在人行道上来回踱着步子。起初我看不清他的脸。当他快走到我的马车旁边时,我看清楚了。啊,是他!我几乎不敢相信自己的眼睛了。是他,是我的诗人,是那个时髦的男子。他就是从那辆马车上下来的。真的,刚看到他时,我什么也说不出来。我让他从我身边走过。但他又很快转过身来,似乎刚才忘了看看究竟是谁坐在我坐的这辆马车里。他睁大了眼睛,大叫了一声:佩比,是你!我也叫了起来:阿尔弗雷德!阿尔弗雷德!接着,我们俩都大笑了起来。我们笑得那么响,以致过路的行人都停住了脚步。接着,他说:是你,是佩比,是佩比!这怎么可能?海伦妮,你可知道,我们当时的高兴劲儿根本没法形容!后来他扶我下车,让我的马车先回去,然后我们俩一起坐进他的马车,但相互没有说一句话。当我们坐在马车里的时候,天已经全黑了。他又说:啊,这不是一出绝妙的小小的喜剧吗?啊,这不是一出绝妙的小小的喜剧吗?他嘴里重复着这句话,至少有十遍。马车夫满脸疑惑地回过头来朝马车里看看我们俩。对,是这样的。我们到底上哪儿去?我的假诗人又喊了起来。我接口说:上普拉特公园!在途中,我们开始互诉衷肠。你想想看,这是一出喜剧,是我对他演的一出喜剧,也是他对我演的一出喜剧。我们两人相互做了最动听的恭维,尽管我对他总有那么一点小小的怀疑。公园里美极了。我们还去了游乐场。在这里,我们为了取乐,又把在那个星期天——我们第一次见面的那天——发生的整个故事又重演了一遍。九点钟,我们上了康斯坦丁山。

　　坐在小山上的很少有维也纳人。他们大多是外地人。我们叫人搬了一张豪华的沙发到我们的帐篷里,我们好久没有这么做了。我们变得更活泼了。在喝香槟酒时,他答应我,我们一起去迪耶普。这对你来说可是最重要的事情。因为我确实希望,你也能同你的那位到那里去。然后我们可以去巴黎。我相信,这是一大收获。你现在应该想到,我确实非常喜欢他,我在我的这出小小的喜剧中也确实感到愉快。啊,当我想到前天我还把他当成一个诗人的时候,心里有说不出的好笑!

　　我想用康斯坦丁山上的晚餐结束给你的信。我们回家的时候,我因多喝了一点儿香槟酒,几乎在他的怀里睡着了。

祝你好运,我的好海伦妮!我不给你写信了。我会打电话告诉你,我什么时候动身。

吻你

你的约瑟菲妮

阿尔弗雷德·封·维尔默尔斯致那不勒斯的特奥多尔·迪林。

亲爱的朋友:

行装已经准备好,我要动身去旅行了。我不是一个人去。你把信寄到迪耶普。我只想告诉你这个消息。从那儿我会给你写信的,告诉你我这五天里做了些什么。今天我没时间了。同那位可爱的刺绣女工的罗曼史已经结束,是在我扔掉了我的假面具的那个晚上结束的。那天我们笑得很开心,因为她也像我对她那样,对我演出了一场相似的喜剧。噢,特奥多尔,她可从来没有做过刺绣,就像我从来没有写过诗一样。她惯于穿价值五百到一千金币的高级礼服,戴价值八十金币的帽子。她有珠宝钻石。她的身世非常令人感动。我同她一起到迪耶普去。我为她付账。我供她吃用。后天,她也许会欺骗我。你别把我当成乐观主义者,因为我说的是后天。在火车上实在是没有机会了。你看到了,这出小小的喜剧演完了。但是由此可能产生的悲剧,使我不得不及时地逃之夭夭。第一幕(场景:迪耶普)结束之后,我将微笑着消失在布景后面。

你的阿尔弗雷德

桂乾元 译

# 告　　别

　　他已经等了一个钟头,心怦怦地直跳,他有时都觉得自己甚至忘记了呼吸。他做了几次深呼吸,但也并不感到舒服一些。其实,他已经习惯了,每次总是这样,他总要等上一个钟头,甚至两三个钟头,经常还是白等了一场。他也不能责怪她,因为要是她丈夫待在家里,她也不敢外出。只有当她丈夫出门时,她才风风火火、精神恍惚地上这儿来一趟,匆匆在他嘴上吻一吻,然后又立即离去,飞也似的奔下楼梯,又撇下他一个人。每次她走了之后,他总是习惯地躺在沙发上。几个钟头心情激动的等待,使他感到极度疲乏,不可能再去做任何事情,并且这种等待正在慢慢地使他毁灭。这事已经有三个多月了,是从今年春天开始的。每天下午三点钟起,他就在自己放下窗帘的房间里等着,什么事情也无法去做。他没有耐心读书,几乎也没有耐心看报,他不可能写作,除了抽烟什么也干不了,他一支接一支地抽,屋子里弥漫着灰蓝色的烟雾。通向前厅的门始终是开着的,他独自一人待在家里,因为,要是约好她来,男仆是不能在场的。每当门铃突然响了起来,他总是被吓一跳。但是,要是只有**她**一个人,要是真的是她来了,那就太好了。他会觉得如释重负,觉得自己重新变成了一个正常的人。有些时候,他会高兴地流泪,她终于来了,他不用再等了。然后,他就很快把她拉进卧室,关上房门,两人共享鱼水之欢。

　　他每天要在家里等到七点,这是事先约好的,因为七点以后她就**不允许**再出来了。他曾经明确地对她说过,他七点钟总要出去转转,因为等待都使他有点儿神经质了。他一想到刚刚过去的几个钟头,不禁毛骨悚然,回想起去年夏天,他又感到不胜惆怅,因为那会儿,所有时间都是他自己的,在天空晴朗的下午他常常去乡间,八月去海滨浴场,他既健康又幸福。他渴望自由,渴望旅行,渴望远方,渴望孤独。但是,他不能离开她,因为他对她爱慕至深。

他觉得今天是所有这些天中最糟糕的。昨天她没有来，他也没有得到任何她的消息。快要到七点了，但他今天的心情却似乎越来越轻松。他不知道自己下面应该做什么。可怕的是他不能去找她。除了从她家门前走过，在她的窗前徘徊之外，他不能做任何事。他不能去找她，不能派人去她那儿，不能向任何人打听她的情况。任何人都不会觉察出他们俩彼此认识。他们处在一种动荡不安、忧心忡忡、如坐针毡的爱的生活之中，他们担心随时都有可能在别人面前暴露。他也许觉得他们的关系继续保持在极度秘密之中是件好事，但是像今天这种日子也真够折磨人的。

已经过八点了，她还没有来。在过去的一个钟头里，他一直站在门前，不时地从门上的观察小窗朝外面的过道张望。楼梯的煤气灯刚亮起来。他回到卧室，疲惫不堪地躺在沙发上。屋里的灯光很暗，他渐渐地快睡着了。大约过了半个小时，他站了起来，决定出去走走。他有些头疼，两腿也酸痛酸痛的，就好像走了好几个钟头的路。

他走上去她家的那条路。他看见所有的窗帘都是放下来的，心里感到一种莫大的安慰。从餐室和卧室的窗帘缝隙分别射出一束光线。他在她家对面的人行道上徘徊了半个钟头，目光始终盯着这些窗户。街道上行人稀少。当她家门前出现几个女佣和侍女时，他赶紧转身离去，为了不至于引起人们的注意。这一夜他睡得又沉又香。

第二天上午他在床上躺了很久，他事先写了一张条子留在前厅里，告诉男仆不要叫醒他。十点钟他摇了摇小铃。男仆给他端来了早餐，托盘上面搁着刚到的信件。这里面不会有她的信的。但是，他立即又暗自对自己说道，她下午亲自上他这儿来，这要更加安全，现在他可以平心静气地度过三点以前的时间。

三点整，甚至连一分钟也没有提前，他准时吃完午饭回到家里。他坐在前厅的一张椅子上，这样一旦听见楼梯上有动静，他就用不着来回走路了。每当他听见楼下过道里的脚步声，他都感到非常高兴，这毕竟又意味着一个新的希望。然而，每一次都是白高兴一场。四点、五点、六点、七点……她没有来。他开始在房间里走来走去，低声叹息。他感到有些头晕，就躺在了床上。他彻底绝望了，再也不能忍受下去，最好的办法是：一走了之。这种幸福的代价实在太昂贵了!……也许他必须再进行一次改进,比如说,只等**一个**钟头,或者两个钟头,总之再也不能这样下去了,否则他的一切都会给毁掉,精力、健康、还有爱情。他发现自己根本不再去想**她**了,他的思绪就像是在杂乱的梦幻中旋转。他跳下床,拉开窗户,望着楼下的街道,望着朦胧夜色……啊……那儿……在那个拐角处……他以为每一个女人都可能是她。他离开窗口,她不会再来了,时间已经过了。突然,他觉得只把这几个小时用来等她实在愚蠢透顶。也许她恰恰是现在才有机会……也许她今天上午有可能上他这儿来。他想要说的话已经到了嘴边,他自言自语地低声说道:"从现在起,我要全天待在家里等你,从早晨一直到深夜。"但是,他刚刚说完,自己也笑了起来,又自言自语地说道:"我会发疯的,发疯,发疯!"他又跌跌撞撞地上她家去。一切都跟昨天一样。灯光从关闭的窗户里射了出来。他在对面的人行道上来回走了半个钟头,当女佣和侍女从门里出来时,他又赶紧走开了。今天他觉得,她们看见他了。他敢肯定,她们在谈论他,她们会说:这还是昨天这个时间在这儿散步的那位先生。他在附近的小巷里转悠,等到钟楼敲十点,家家关门闭户之后,他又回到这里,凝视着那些窗户,只有最后面的一扇窗户透出一束灯光,那里是卧室。他像着了魔似的望着那里,他茫然地伫立在那儿,什么也不能做,什么也不能问。他对以后的那些时间感到毛骨悚然,一个夜晚,一个早晨,一个白天,直到三点钟。是啊,直到三点钟,然后……要是她还不来呢?……一辆空车从旁边驶过,他叫住车夫,让他载着自己在夜深人静的街道上缓慢地驶来驶去……他回想起前一次与她在一起的情景……不,不,她不会停止爱他的,不,肯定不会!难道是她家里的人产生了怀疑?……不会的,这根本不可能……到目前为止还没有露过一丝痕迹,她是非常谨慎小心的。这么说来只可能有一种原因:她生病了,卧床不起,然而,她却不可能给他送来任何消息……明天她就可以下床了,首先要做的事就是给他写上几行字安慰安慰他……是的,只要她在两天后或者再稍后一些能够下床……假如她病得很厉害……天哪……假如她病得很重……不,不,不……为什么偏偏是她身患重病!……

突然,他产生了一个念头,这使他舒了一口气,要是她真的病了,他今天就可以派个使者去她家,询问一下她的情况。使者本人不必知道,谁是他的委托人,否则,他会错误理解的⋯⋯对,对,就这么办!他想出这个主意,自己也感到很庆幸。

尽管还是没有得到任何消息,他也觉得这一夜和第二天白天过得比较平静,甚至就连整个下午他也没有平时那么激动。他知道,今天即使是到了晚上仍然不会有确切的消息。他对她的思念要比前几天更加柔和而含蓄。

晚上八点,他走出家门。在离得较远的一个拐角处,他截住了一个陌生的男人,他让他跟着一起走,在离她家不远的地方停了下来。他向此人急切而详细地交代了他的委托。

他借着路灯的亮光看了看表,然后开始来回踱步。突然他想到:假如她丈夫产生怀疑,审讯那个人,并让此人把他领到这里来,那该怎么办呢?他赶紧追上那个使者,步伐适度、保持一定的距离跟在他的身后。他看见使者消失在那幢房子里。阿尔伯特离得很远,他的眼睛必须十分用力,才能牢牢地盯住那扇门⋯⋯过了三分钟,他看见那人又出来了⋯⋯他等了几分钟,看看是否有人跟踪。没有任何人出来。于是他迅速追了上去。"怎么样?"他问。"那家先生让我转达美好的问候。"使者说,"夫人的情况仍然没有好转,她可能还要过几天才能下床。"

"您是和谁谈话的?"

"和一个侍女。她走进卧室,很快又出来了,我想,大夫一定在那儿⋯⋯"

"她说了些什么?"他又让使者把这个消息重复了一遍。最终他认识到,他知道的情况几乎并不比事先要多一些。她肯定病得挺厉害,显然各方面的人都来打听情况,所以他的使者也不会引起人们的注意⋯⋯他还可以再大胆些。他约请此人明天在同一时间再来。

她得过几天才能下床⋯⋯更多的情况他就不知道了⋯⋯她是否惦记着他,她是否能够想象出他是如何为她操心⋯⋯他什么都不知道。

他们是否已经猜到,是他派人去询问的呢?⋯⋯先生让转达问候,不是她,而是**他**,他们也许不会把这事告诉她⋯⋯她到底得了什么病？几百种疾病的名称同时涌入他的大脑。过几天她才能下床，如此说来并不是什么严重的疾病……不过，人们总是这么说，他自己的父亲病得快死的时候，人们也是这样说的……他发现自己开始小跑起来，这时他已经来到一条热闹的街道，行人熙来攘往。他知道，从现在到明天晚上这段时间，对他来说是无比漫长的。

时间在一小时一小时地流逝。他根本不能相信他的情人得了重病，对此他自己有时感到惊奇。他的心情如此平静，他觉得这是一种罪过……下午他一直在读一本书——他已经有好长时间没有这样了啊！——仿佛没有什么可担心的，没有什么可希望的。

晚上，当阿尔伯特来到拐角处时，那个人已经站在那儿了。除了和昨天一样的指示之外，此人今天还有一项任务，就是尽可能地跟侍女交谈，争取了解夫人的病情到底怎么样。使者今天在里面待的时间要比昨天长一些，阿尔伯特开始不安起来。差不多过了一刻钟，使者才从房子里面出来。阿尔伯特跑步迎了上去。

"据说夫人的情况很糟……"

"什么？"阿尔伯特叫出了声。

"据说夫人的情况很糟。"那人又说了一遍。

"您是跟谁说的话？他对您怎么说？……"

"侍女对我说，夫人有生命危险……今天大夫已经来了。据说她丈夫已经完全绝望了。"

"说下去……说下去……她到底怎么了？您没有问问吗？我跟您说过……"

"当然问了！……据说是伤寒，两天以来夫人一直昏迷不醒。"

阿尔伯特站在那里，精神恍惚地望着那个人问道：

"除此之外，您还知道些什么？"

那个人又把他了解的从头讲了一遍，阿尔伯特认真听着，仿佛每一个字都给他带来新鲜的东西。然后，他付给那人一些钱，又回到他情人家门前的那条街道。是啊，现在他当然可以不受干扰地站在这里。谁会来注意他呢？他凝视着卧室，他的目光似乎要穿透窗玻璃和窗帘。那是病人的房间，一定是！在这些静悄悄的窗户里面肯定躺着一个身患重病的人，这是毫无疑问的。他怎么没有在第一个晚上就得知这事呢？今天他才认识到,不可能再是别的情况。一辆马车驶到门前,阿尔伯特赶紧凑上前去,他看见下来一位先生,消失在门里,这只可能是医生。阿尔伯特站在离门口很近的地方,等着医生出来,以便能从他的面部表情上看出点什么来……他纹丝不动地站了几分钟,然后慢慢地来回走动起来。他的眼睛闭上了,当他重又睁开时,他觉得自己像是做了几个小时的梦,刚刚才醒来似的。他不能相信,她病得很厉害,而且有生命危险,不……她还这么年轻,这么漂亮,这么可爱……"伤寒"这个词又闯入他的脑海……他不太清楚这究竟是一种什么病。他记得曾经在死者之死因一览表中见过这个词。现在他想象着印刷出来的她的姓名和她的年龄,还有"八月二十日死于伤寒"……这不可能,完全不可能……现在,当他在这儿想象的时候,这是完全不可能的……几天之后,他真的能够看到印刷出来的她的姓名,这也太少有了……他相信自己已经战胜了命运。医生从门里出来了。阿尔伯特差一点儿把他给忘了。这时他屏住了呼吸。医生的面部表情冷静而严肃,他对车夫说了一个地址,然后就上了车。马车载着他驶去。我为什么不问问他,阿尔伯特心想……继而他又为自己没有这么做而感到高兴,因为他也许会听到非常糟糕的消息。现在他还可以希望……他慢慢地从门口走开,他打算至少过上一个钟头再回到这里……他想象着她病好之后第一次到他那儿去的情景……画面如此清晰,他自己也感到惊讶。他甚至都知道,这一天将会有一场蒙蒙细雨。她披着一件雨衣,刚进前厅就让它从肩上滑落在地,然后她扑入他的怀里,只知道哭啊哭啊。你又得到了我……她终于低声说道……我来了！突然,阿尔伯特吓了一跳……他知道这绝不是真的,不是……现在是命运战胜了他！……她再也不会到他这儿来了,五天前她最后一次在他这儿,他让她走了,永远地走了,可他并不知道啊……

他在街上走着,许多念头在他的大脑里闪过,他真渴望能够失去知觉。这会儿他又来到了她家前面……大门还开着,楼上餐室和卧室亮着灯……阿尔伯特赶紧走开了。他明白,如果他再在那儿待一会儿的话,他肯定会冲上去的,到她身边去,到她的床前去,到情人那儿去。按照他的一贯做法,他必须把这件事想完。他看见,她丈夫一下子恍然大悟,冲到躺在那儿一动不动的病人身边,摇晃着她,冲着她的耳朵大声喊道:你的情人来了,你的情人来了!但是,她已经死了……

……在沉睡的梦中,他度过了这一夜,白天的劳累使他感到昏昏沉沉。大约十一点,他又派去一名使者了解情况。现在可以从容不迫地做这件事了,谁会去关心那些来打听消息的人呢?!他得到的消息是:情况没有任何变化……整个下午他都躺在家里的沙发上,他也不知道自己是怎么了。一切在他看来都是无所谓的,他心想,疲惫不堪反倒是美好的……他睡得很多,天黑的时候,他突然惊奇地跳了起来,就像在整个这段狂乱的时间里,只是到了现在他才清醒过来。他非常渴望能够确认一下,今天他必须亲自问问医生。他很快就来到了她家前面,一个女佣站在门口。他走上前去,和蔼地问道:"夫人究竟怎么样了?"他对自己的镇定自若感到惊异。女佣回答说:"噢,她情况很糟,她再也起不来了……"

"啊!这太悲惨了。"阿尔伯特彬彬有礼地说道。

"当然,"女佣说,"这是很悲惨,这样一位年轻漂亮的夫人。"说完她就走进了大门。

阿尔伯特望着她的背影……她从我身上不会看出什么的,他想。这时,那个念头又闯入了他的大脑:因为他只是一个惯于想象的艺术大师,所以他不敢跨进这个住宅……这时,医生的马车正巧停了下来,当他下车时,阿尔伯特向他问好并且得到一声客气的"谢谢"。他感到很高兴……从某种程度上来说,他现在已经算是认识他了,等他从楼上下来时,也许可以问问他……

他一动不动地站在那里,想到医生正在她的身边,他感到宽慰。医生一直没有出来……无论如何一定还有挽救的可能,否则他不会在楼上待这么久的。也许她已经到了弥留之际……也许……啊,走开,走开,走开!他想把这些念头统统赶走,但是却无济于事,这一切都是有可能的。突然,他觉得听到了医生的说话,甚至还听清了他说的话:这是一场危机。他不由自主地仰望那扇关着的窗户。他考虑,在某种情况下,例如,当思想高度集中,感觉极其敏锐的时候,是不是有可能听见从关着的窗户里传出来的人的说话声。是的,他的确是

**听见**了,不是像在想象中听见的那样,而是像真正的说话声……就在这时医生从门里出来了。阿尔伯特朝他跨了一步。医生大概是把他当成了这家的亲戚,从他的眼睛里看出了他没有说出的疑问,朝着他摇了摇头。阿尔伯特没有明白他的意思,说道:"教授先生,请问……"医生的一只脚已经踏在了马车的踏板上,他又摇了摇头……"情况相当糟糕,"他看着年轻人说道,"您是她的兄弟,是吗?""是的。"阿尔伯特答道。医生同情地看看他,然后坐进马车,朝年轻人点了点头,坐着马车走了。

阿尔伯特惴惴不安地目送马车远去,似乎他的最后一线希望也随着马车消失了。他走开了,低声地自言自语,几乎全是毫无意义的句子,牙齿发出格格的响声。今天我们干什么?……去乡下已经太晚了,去乡下已经太晚了。太晚了,太晚了……是的,我很悲伤!我很悲伤吗?我是悲痛欲绝吗?不,我在散步,我没有任何感觉,一点儿也没有。我现在可以去看戏,也可以去乡下……噢,不,我只相信……这都是狂乱之言,因为我受到如此之深的感动。是的……我被感动了,被震动了!这是一个重要的时刻,我必须抓住它!准确地去理解,没有任何感觉……什么也没有……什么也没有。他浑身有些颤抖……回家,回家。我肯定曾经有过类似的经历……那是在什么时候,什么时候?……也许是在梦里?……也许这就是一场梦?……是的,我现在跟以往所有晚上一样正在往家走,就像没有发生任何事情,就像没有发生哪怕是最小的事情。我干吗要使自己相信这些?我不会待在家里的,我将在半夜三更再次跑出来,去情人的家,去生命垂危的情人的家……他的牙齿咬得格格直响。

突然他发现已经来到自己的房间,他记不起是怎么进来的。他开了灯,坐在沙发上。我知道是怎么回事,他对自己说,痛苦在敲门,我不让它进来。我知道,它就站在门外,透过门上的观察小窗我可以看见它。多蠢啊,多蠢啊!……你的情人危在旦夕……是啊,她就要死了,她就要死了!也许我还有希望,因此我才如此平静吗?不,我明确知道这一点。啊,医生把我当成了她的兄弟!要是我回答了他该有多好,我就说,不,我是她的情人;或者说,我是她的多情郎。我是她的深感震动的多情郎……

主啊！他突然大声喊道，跳了起来，在屋里来回走动……我为它打开了门！痛苦已经进来了！……安娜，安娜，我可爱的、我唯一的、我心爱的安娜……我不能和你在一起了！恰恰是我这个唯一属于你的人……也许她根本就没有失去知觉！我们怎么能够知道这些！她在思念着我，可我却不能去，我却不允许去。也许在最后的时候，当她摆脱了所有尘世的顾虑，她会小声地说：为我把他叫来，我还想再见他一面……**他**会怎么做呢？……

过了一会儿，整个过程就浮现在他的眼前。他看见自己快步跑上楼梯，她丈夫接待他，亲自把他领到濒死者的床边，她目光呆滞，冲着他微笑。他朝她俯下身体，她拥抱了他。当他抬起身子时，她呼出了最后一口气……这时她丈夫走过来说：现在请您来一下，先生，我们彼此也许还有话要说……然而，生活并不是这样，不是……这是最美好的，是最最美好的，再见她一面，再一次感受她对他的爱！他一定要再见她一面，无论采取何种方式……是的，不再见上她一面，他是无论如何也不会让她死的。这或许太可怕了！他还没有想出合适的办法。是啊，怎么办呢？马上就要到午夜了。我能够找什么借口上楼去呢？他问自己。我现在需要有一个借口……现在，死亡正在……假如她……死了，我是不是有权利泄露**她**的秘密，玷污她丈夫和她的家人对她的记忆呢？……但是……我可以装出疯疯癫癫的样子。对，我可以装得非常逼真……天哪，这真是一个喜剧式的主意！……不过，假如这个角色演成了，假如整个一生都将被关在疯人院里……也许她是健康的，她将亲自宣布我是一个疯子，她不认识我，从来没有见过我！……噢，我的脑袋，我的脑袋！他一头倒在床上，现在他意识到了包围着他的黑夜与宁静。他对自己说，现在我想静静地思考一下，我还想再见她一面……是的，无论如何……这一点确定无疑。

他的思绪又开始翻腾起来，他看见自己换了上百种伪装走上她家的楼梯，作为教授的助手，作为助理药剂师，作为男仆，作为殡仪馆工作人员，作为乞丐，最后他看见自己作为殓尸工坐在死者的旁边，他似乎并不认识死者，用白布把她裹好，放进墓穴……

他在朦胧的曙光中醒来，窗户一直是开着的，虽然他是穿着衣服躺在床上的,可还感到浑身发抖。外面开始下起小雨,风把雨点带进了房间。

秋天到了,阿尔伯特想。他站起身来,看了一眼手表。难道我已经睡了五个钟头。在这段时间里可能……发生了许多事。他感到浑身颤抖不止。真怪,我突然明白自己应该做什么了。现在我得上那儿去,到她的家门前,把衣领翻起来……亲自……问问……

他给自己倒了一杯白兰地,一口饮尽,然后走到窗前,哎呀,大街上怎么这般光景。现在还早着呢……街上全是人,他们七点钟就忙着去做事了。是啊,今天我也是七点钟就得去做事的人之一。医生昨天说"相当糟糕"……但是她还没有死……我昨天始终有这种感觉,就好像她已经……走吧,走吧……他穿上外套,拿了一件雨衣,走进前厅。男仆的脸上露出惊奇的神色。"我马上就回来。"他说完就走了。

他走得很慢,步子很小。他对亲自到楼上去感到非常为难。他应该说什么好呢?

他越走越近了,已经到了那条街,看见了那幢房子,在他眼里这幢房子是那样陌生,他从来没有在这个钟点看见过这幢房子。蒙蒙细雨给城市的早晨罩上了一层灰白的光,这种灰白的光是多么奇特啊。是啊,人们都要在这种天里死去。假如安娜在那天最后一次在他那儿时就和他告别了的话,他也许今天已经把她给忘了。是啊,肯定忘了。这事儿真让人害怕,他觉得最后一次看见她已经是很久以前的事了。这样一个细雨绵绵的早晨竟然造成了时间的错觉……啊,上帝……阿尔伯特疲惫不堪,精神涣散……他差一点儿从这幢房子前面走过去了。

大门开着,一个手里提着奶罐的小伙子正巧从里面出来,阿尔伯特不动声色地走了几步,跨进了大门。就在他想踏上楼梯时,所有已经发生的和现在将要发生的以及他想要了解的事情倏地闯入他的意识。他觉得,前半段路他一直是处在半睡眠状态的,只是到了现在才突然醒了过来。他用双手捂着胸口,然后继续上楼。原来这就是楼梯啊……他以前从未看见过这个楼梯。这里光线昏暗,墙壁上亮着几盏很小的煤气灯……她家在二层,这是怎么回事……两扇门全开

115

着。他可以看见前厅,但是里面没有人。他犹豫不决地站了一会儿,这时起居室的门开了,一个侍女轻悄悄地走了出来,但是并没有发现他。阿尔伯特朝她迎了上去。

"夫人情况怎么样?"他问。

侍女漫不经心地看了看他。

"她在半个钟头之前去世了。"她说着转身走进了厨房。

阿尔伯特觉得,仿佛整个世界在突然之间变得死一般的寂静,仿佛在这一时刻所有的心脏都停止了跳动,所有的人都停止了行走,所有的车辆都停止了行驶,所有的钟表都停止了摆动。他觉得整个有生命的、运动着的世界一下子停止了生命、停止了运动。他想,原来这就是死亡,我在昨天对此还不理解……

"对不起。"他身边有人说道。这是一位身穿黑色服装的先生,他正从楼梯上来,想要走进前厅,阿尔伯特正巧站在门前,挡住了他的路。阿尔伯特往里面跨了一步,让那位先生过去。那人没有再理会他,很快走进了起居室,仍然让门半开着。阿尔伯特可以看见起居室里面,这里光线很暗,因为窗帘是放下来的,他看见几个人影围坐在一张桌子旁边,他们站起来,向进来的那人问候。他听见他们低声地交谈……然后他们一起走进隔壁的一间屋子。阿尔伯特仍然站在门口,心想:她就躺在那里面……我最后一次把她抱在怀里,是不到一个星期以前的事……我不允许进去。这时他听见楼梯上有响声,上来的是两位妇女,她们从他身边走过。年轻一些的眼睛都哭肿了,她长得很像他的情人。这一定是她的妹妹。她曾经跟他提起过好几次。出来迎接她们俩的是一位上了年纪的女人,她拥抱了两人,低声啜泣着说道:"半个钟头之前……太突然了……"她泪流满面,哽咽得说不下去了。三个人穿过昏暗的起居室,走进隔壁那间屋子,谁也没有注意到他。

我不能待在这里,阿尔伯特心想,我要下楼去,过一个钟头再来。他很快就来到大街上。早晨的喧闹已经开始,人们行色匆匆,车辆穿梭行驶。

再过一个钟头,那里一定会有更多的人,我可以悄悄地混在他们中间。也许是确信带来了安慰,我的心绪比昨天要好一些。尽管她已经去世了……在半个钟头以前……即使再过上一千年,她距离现实生活也不会比现在更加遥远……然而,想到她在半个钟头以前还可以呼吸,我不禁产生一种印象,好像她现在还一定了解一些世上的事情,任何别人预感不到的事情,只要人们还在呼吸……也许我们从生到死过渡的那个不可捉摸的时刻,就是我们不幸的永恒吧……是啊,现在每天下午等待的使命就此结束了……我不用再从门上的观察小窗朝外张望,再也不用了,再也不用了……这时,那些时光又以其无法形容的美妙形态出现在他的眼前,几天前他还是那样幸福,是啊,幸福。那是一种心神不安的、至高无上的幸福。啊,当她步履匆匆跨上最后几级楼梯……当她扑到他的怀里……当他们在那间光线昏暗散发着花香和烟味的房间里,一声不吭地、一动不动地躺在白色的软垫上……结束了,结束了……

我要去旅行,这是我能做的唯一的事情。要是我还能走进我的房间就好了!我一定会痛哭流涕的,我会哭上好几天,我会永远哭下去,永远……

他走过一家咖啡馆,他突然想起,自从昨天中午起,他就没有吃过东西了。他走了进去,吃了一顿早餐。他离开这里时已经是九点多了。现在我可以回去了,我必须再看看她。我在那儿做什么呢?……我可以见到她吗?……我必须见到她……是的,我必须见她最后一面,我的……我的……我的心爱的已经死去的安娜。他们会让我进死者的房间吗?……当然会。那儿的人更多了,所有房间的门都是开着的……

他匆匆走着。女佣站在大门旁边,当他走过时向他问了声好。在楼梯上,他超过了两位和他同时上楼的先生。前厅里站着几个人,房门大开着,阿尔伯特走了进去。窗帘撩开了一些,几束阳光洒在屋里。这里大约有十一二个人,有的坐着,有的站着,都在低声交谈。他见过的那个老年妇女精神恍惚地坐在一张暗红色的沙发上,当阿尔伯特朝她走过来时,她看了看他。阿尔伯特来到她的面前,跟她握了握手,她点了点头,又开始哭了起来。阿尔伯特看了看四周,通向隔壁房间的那扇门紧闭着。他转向站在窗户旁边的一位先生,问道:"她在哪儿?"那人正心不在焉地从窗帘缝隙朝外张望,他用手指了一下右侧。阿尔伯特轻轻地推开门,迎面射来的亮光使他好一会儿看不见东西。他发现自己置身于一间明亮的客厅里,墙上贴着白色和金黄色混杂的壁纸,家具是淡蓝色的,屋里没有任何人,通向里屋的门虚掩着,他走了进去,这里是卧室。

百叶窗紧闭,有一盏灯亮着,死者平躺在床上,被子一直盖到她的嘴唇。在靠她头一方的床头柜上燃着一支蜡烛,耀眼的火光照在死者苍白的脸上。假如事先不知道是她的话,他肯定认不出她来的。他渐渐地认出她来了,她渐渐地变得像安娜了,他的安娜躺在那里,在这可怕的几天里,他第一次感到眼里充溢着泪水,他的胸口感到一阵剧烈的火辣辣的疼痛,他真想大叫,真想扑到她的床前,真想吻她的双手……这时他突然发现,并不是他一个人和她在一起,还有一个人跪在床的脚头,他的头埋在被子上,他的双手紧紧地握着死者的一只手。阿尔伯特朝前跨了一步,想凑近一些,这时那人把头抬了起来。我该怎么对他说呢?但是,就在这时他感到跪在地上的那人握住了他的右手,他听见哽咽的声音轻轻地说道:谢谢!谢谢!然后,这个痛哭流涕的男人又转过身去,把头埋在被子上低声啜泣着,阿尔伯特又站了一会儿,用一种冷峻的神色注意观察死者的面部,他的眼泪还是没有流出来,他的痛苦突然变得空洞贫乏,他知道,他以后总有一天会对这次相会感到既可怕又滑稽,他觉着自己非常可笑,竟然会和这个男人一起在这里痛哭流涕。

他转身走了出去,在门口又停住了脚步,朝身后望着。烛火在燃着,他觉得看见安娜的嘴角带有一丝微笑。他朝她点了点头,像是在向她告别,仿佛她能够看见他似的。现在他想离开这里,但是他又觉得她的微笑牢牢地抓住了他。她的微笑突然变成了一种鄙薄而陌生的微笑,像是在对他说话,可是他却无法理解它。微笑的含义是:我曾经爱过你,可是现在你却像一个陌生人似的站在这儿,不肯承认我。你应该告诉他,我是你的情人,跪在这张床前吻着我的手是**你的权利**。把这些告诉他!你到底为什么不告诉他呢?

但是,他不敢这样做。他把手挡在眼前,以便不再看见她的微笑……他踮起脚尖,转过身去,走出房间,把一道道门关在身后。他毛骨悚然地穿过明亮的客厅,来到昏暗的起居室,大家仍在小声交谈,他不能待在他们中间,悄悄地从他们身边溜了过去。然后,他穿过前厅,跑下楼梯。出了大门之后,他沿着院墙一溜小跑,步子越来越快,似乎有什么东西在驱赶着他离开这幢房子。他深感羞愧地匆匆穿过大街小巷,他觉得他不可能像其他人那样为她哀悼,他死去的情人似乎是被他赶走的,因为他不肯承认她。

蔡鸿君 译

# 死 者 无 言

弗朗茨无法继续平静地坐在马车里了！他跳下车,来回地踱起步子。天色已经麻麻黑了,在这条偏僻而寂静的大街上,只有寥寥几盏路灯,闪烁着微弱的光,在晚风中东摇西晃。雨早就不下了,大街两旁的人行道差不多都干了,只有那没铺石子的快车道还是湿漉漉的,零落地淤积着几处水洼。

太不可思议了！弗朗茨心想,他怎么能够相信,在这个离普拉特大街仅仅百十步的地方,就像是到了某个匈牙利①的小镇呢？……但是不管怎么样,这儿起码是安全的,埃玛不会遇上任何使她感到难堪的熟人。

他看了一下手表：七点整。天已经完全黑了。这一年的秋天来得格外早,还伴着讨厌的暴风雨。

他翻起衣领,不停地踱来踱去。街灯的玻璃罩被风吹得叮当作响。"再等上半个钟头,"他自言自语道,"就可以离开这里了。唉,我真想现在就走。"在大街的拐角处,他停下脚步,从这里可以望见埃玛可能来的那两条大街。

埃玛今天会来的,他一边想,一边抬起手扶了扶头上快要被风吹落的帽子。今天是星期五,教授们照例要参加学术会议,这样她就敢偷偷溜出来,甚至还可以在外面多待上一会儿……一阵有轨马车的铃声打断了他的思绪。这会儿,附近尼波姆克教堂的大钟也敲响了,大街上顿时热闹起来。许多行人从他的身边走过,他觉得,其中绝大多数都是商店的售货员,这些商店都是七点打烊。所有的人都走得很急。狂风使得行走相当艰难,行人不得不顽强地与狂风搏斗着。没有人注意他,只是偶尔有一两个年轻的女店员好奇地抬头朝他瞥

---

① 匈牙利当时属于奥匈帝国。

上一眼。突然,他在人群中看见了一个熟悉的身影正快步朝他走来,他连忙迎了上去。她怎么没有坐车来?弗朗茨暗自想道,这会是她吗?

来人果然是埃玛。她也看见了他,脚步更快了。

"你是走来的?"他问。

"到了卡尔剧场,我就把马车打发走了。我总觉得从前好像坐过那个车夫的车。"

这时,一个男人从他们身边走过,瞟了这个女人一眼。弗朗茨用一种近乎威胁的眼光紧紧地盯着这个人。那人很快就走过去了。埃玛望着那人渐渐远去的背影,心慌意乱地问:"他是谁?"

"不认识!你放心好了,这里不会遇到熟人。好吧,我们该上车了。"

"这是你的车吗?"

"是的。"

"怎么是辆敞篷的?"

"一个钟头以前,天还是挺好的呢。"

两人很快走到马车跟前。埃玛先跨上了车。

"车夫!"弗朗茨喊了一声。

"他上哪儿去了?"埃玛在马车里问。

弗朗茨朝四周望了望。"见鬼!"他大声说,"这家伙会上哪儿去呢?"

"天晓得!"埃玛轻声惊呼。

"你先等等,宝贝儿。他准是到那里去了。"

弗朗茨推开一家小酒店的门。车夫正和几个人围坐在桌边喝酒,见他进来,就站了起来。

"我立刻就到,先生。"说完,他将杯里的残酒一口饮尽。

"你是怎么搞的?"

"请原谅,先生。我这就来。"

车夫踉踉跄跄地朝马车奔去,边跑边问:

"我们去哪儿,先生?"

"普拉特——饭店!"

弗朗茨上了马车。在撑起来的车篷下面,埃玛蜷缩在角落里。弗朗茨握住她的双手。但她却仍旧一动不动。

"难道你连一声晚上好都不愿对我说吗?"

"求求你,别这样。让我先安静一会儿。我还没喘过气来呢!"

弗朗茨靠在车厢里的另一个角落。两人默默不语。马车拐进普拉特大街,驶过泰格特霍夫①纪念碑,不一会儿就来到了宽阔幽暗的普拉特林荫大道。突然,埃玛张开双臂抱住了她的情人。弗朗茨用手轻轻地撩开一直遮住她嘴唇的面纱,吻她。

"我又和你在一起了!"埃玛说道。

"你还记得,我们有多久没见面了?"弗朗茨问。

"是从上个星期日以来吧。"

"不错。可是那天我们彼此只是远远地望了一眼。"

"怎么?你那天不是在我们家里吗?"

"嗯,不错……是在你们家里。啊,再也不能这样下去了!往后,我绝不再登你们家的门!……你这是怎么啦?"

"有一辆马车刚刚从旁边过去!"

"亲爱的宝贝儿,这些坐马车在普拉特公园兜风的人,是绝不会注意我们的。"

"这我相信。可是,偶尔也会有人朝车厢里面张望一眼的。"

"那他也不会认出谁来。"

"求求你,我们还是到别的地方去吧。"

"随你的便。"

弗朗茨招呼了一声车夫,但是,车夫好像根本就没听见。弗朗茨只得躬身向前,伸手碰了碰他。车夫这才转过身来。

"请将马车掉个头。你干吗老是用鞭子抽马?听着,我们没有急事,现在去……你知道,就是通往帝国大桥的那条林荫道。"

"是去帝国大街吗?"

"对,别赶得太快!这没有必要。"

"请原谅,先生。都是因为风太大,马才变得这样不听使唤。"

---

① 威廉·泰格特霍夫(1827—1871),奥匈帝国海军上将,曾任奥匈帝国海军司令。

"当然,都怪这风。"弗朗茨说着重新坐进车厢。

车夫将辕马掉了个头。马车朝着相反的方向驶去。

"昨天我怎么没看见你?"埃玛问。

"怎么有机会呢?"

"我还以为,你也被邀请到我妹妹家去了呢!"

"原来是这事儿。"

"你为什么没上那儿去?"

"我不愿意有别人在场的情况下和你待在一起。不行,绝不能再这样继续下去了!"

埃玛耸了耸肩膀。

"我们这是到哪儿了?"过了一会儿,她问。

马车穿过铁路桥洞,进入帝国大街。

"这条大道一直通到多瑙河。"弗朗茨说,"现在,我们正在去帝国大桥的路上。""在这儿绝对不会遇到熟人的!"他开玩笑似的又补充了一句。

"马车颠得可真厉害啊!"

"是颠得很厉害,现在又上石子路了。"

"他怎么把马车赶得东摇西晃的?"

"也许只是你的感觉如此吧。"

然而,就是弗朗茨自己也觉得马车的确比平时摇晃得厉害些,只是他不愿意承认,免得埃玛更加害怕。

"埃玛,今天,我有许多话,想郑重其事地跟你谈谈。"

"那你就快点说出来吧!我必须在九点钟以前回到家。"

"只要两句话,一切就都能够决定了。"

"上帝!到底是些什么话呢?"埃玛不由得嚷了起来。突然,马车滑进了有轨马车的轨道里。车夫使出浑身的解数,想把马车从轨道里赶出来,但车身猛地拐了个弯,差点把车夫从马车上甩下去,幸亏弗朗茨一把抓住了他身上的外套。"快刹车!"他冲着车夫喊道,"你喝醉了吧?"

车夫费了好大的劲,总算把马车停稳了。"先生……"

"埃玛,就在这儿下车吧。"

"这是到哪儿了?"

"桥边,现在风小多了。我们走一段,好吗?在车厢里真没法谈话。"

埃玛拉下面纱,跟着下了车。

"是你说风不大了吗?"她诧异地问道。因为她刚走下马车,就迎面刮来一阵冷风。

弗朗茨挽起她的胳膊,对车夫大声吩咐道:"马车请跟在后面!"

他俩慢步朝前走着,谁也没有说话。桥面渐渐升高。当他们的脚下响起哗哗的流水声时,两人同时停住了脚步。四周笼罩着黑沉沉的夜色,宽阔的大河在朦胧的夜幕中伸向无边无际的远方。远处,可以依稀看到几星红色的灯火,好像在河面上漂荡,又像是水中映出的倒影。回头望着刚刚离开的河岸,映在水面的灯光时隐时现,闪闪烁烁。对岸,一片漆黑,仿佛滚滚流淌的大河消融在这片黑沉沉的洼地里了。这时,远处传来了一阵隆隆的响声,越来越近。他俩不约而同地朝着红灯闪亮的地方望去,只见一列火车正风驰电掣般地穿过铁架钢梁,从一个个窗口闪射出一长串灯光。列车像是从黑夜中突然钻出,然后又立刻钻进黑夜似的。隆隆声渐渐远去,最后消失了,四周恢复了宁静,只有风时紧时缓地刮着。

弗朗茨沉默了许久,终于开了腔:"我们该走了!"

"当然!"埃玛低声应道。

"我们该走了!"弗朗茨激动地重复了一遍,"我是说,我们应该到很远很远的地方去。"

"这怎么能行呢?"

"就是因为我们太胆小,埃玛,所以才不行。"

"我的孩子怎么办?"

"他会把孩子给你的,我敢肯定。"

"怎么走呢?"埃玛轻轻地问,"就这样在夜幕和浓雾中私奔吗?"

"不,当然不是这样!你什么也不用害怕!直截了当地告诉他,你不能继续同他一起生活了,因为,你已经属于另外一个男人!"

"你发疯了?弗朗茨!"

"如果你同意的话,我可以代你去说,让我来告诉他这一切。"

"千万别这样,弗朗茨!"

弗朗茨想看看她的面部表情,可是在黑暗中,他什么也看不清,只是感到她微微地抬起头,朝他转了过来。

沉默了片刻,弗朗茨平静地说:"别担心,我不会这样做的。"

他们离桥的对岸越来越近了。

"你没听见什么吗?"埃玛问,"这是什么声音?"

"好像是从对面传过来的。"弗朗茨答道。

黑暗中渐渐传来一阵阵嘎吱嘎吱的响声,一小团红色的灯光朝着他们飘来。不一会儿,他俩看清了,那是挂在马车辕杆上的一盏小马灯。他们没有看清头一辆车上是否装运着货物,是否有人搭乘。紧接着又过来了两辆完全相同的马车。这回他们看清了,在后面的一辆车上坐着一个农民装束的汉子,他正在点燃手中的烟斗。马车辚辚驶过之后,四下又是悄然无声,只有那辆出租马车跟在他们身后约二十步远的地方,发出低沉的辘辘声。桥面开始略微向对岸倾斜。他们面前的这条大街夹在两行树木之间,伸向茫茫的黑夜。他们的左右两边是很深的河谷,朝下望去犹如无底的深渊。

又是长时间的沉默。突然,弗朗茨说道:"这是最后一次了……"

"你说什么?"埃玛忧心忡忡地问道。

"这是我们最后一次在一起。你还是留在他身边吧!我该对你说'再见'了。"

"这是你的真心话?"

"是真的。"

"瞧你,咱们只有几个钟头的时间,可是每次总是你让大家扫兴,这可不能怪我吧?"

"是啊,你说得对。"弗朗茨说,"走吧,我们该回去了。"

埃玛把他的胳膊挽得更紧了,含情脉脉地说:"不,现在我不想回去。我可不愿意就这样被人打发走。"

她将弗朗茨拉到自己身边,长时间地吻他。"如果我们顺着这条路一直走下去,会到什么地方?"

"这条路一直通到布拉格,我的小宝贝儿。"

125

"别走那么远,"埃玛微笑着说,"要是你愿意,我们再往前走一段,好吗?"她用手指向漆黑的前方。

"喂,车夫!"弗朗茨喊了一声。车夫显然没有听见。

弗朗茨又喊道:"停下马车!"

马车仍然继续朝前滚动。弗朗茨连跑几步,追了上去。他发现,原来车夫已经睡着了。弗朗茨大声喊了他几遍,才把他唤醒。"我们乘车再朝前走一段,顺着大街走,明白了吗?"

"明白了,先生。"

埃玛先上了车,弗朗茨也跟着跨上去。车夫挥了挥马鞭,辕马沿着松软的大道朝前奔去。马车剧烈地晃动着。车厢里面,两人紧紧地拥抱。

"这样不也很好吗?"埃玛紧贴着他的嘴边低声问道。

就在这时,她感到,马车好像突然飞了起来,自己也被抛到空中,她想抓住什么东西,但抓空了。她紧闭着双眼,感到自己在飞快地旋转。当她清醒过来的时候,她发现自己正躺在冰冷的地上。四周笼罩着无边无际的寂静,仿佛她已经远离尘世,只剩下孤零零的一个人。过了一会儿,她听见离她不远的地方发出一阵嘈杂声:马蹄敲打地面的响声和轻微的呻吟。但她什么也看不见。一种极端的恐惧感攫住了她的心。她禁不住失声惊叫起来。可是,她竟然听不到自己的叫声!恐惧感更加强烈了。她猛然意识到眼前发生了什么:马车撞上了什么东西,也许是块里程碑,然后就翻进沟里,他们都被抛了出来。弗朗茨在哪儿——这是她脑海中闪现的第一个念头。她呼唤着弗朗茨的名字,现在,她听见了自己的喊声,尽管声音很轻,但她毕竟能够听见。没有任何回答。她试着想站起身来,可是费了好大劲,才勉强在地上坐起来。她伸出双手向周围摸索,突然,手触到了身边的一具人体。这会儿,她已经可以依稀看出黑暗中的东西了,只见弗朗茨一动不动地躺在她的旁边。她伸手摸了摸他的脸庞,感到有什么湿漉漉、热乎乎的东西在流动。她的呼吸停滞了,血?……到底发生了什么事?弗朗茨受了伤,而且还昏了过去。车夫呢?他究竟在哪儿?她唤了几声车夫。无人答应。她一直坐在地上。我哪儿也没伤着,她心里想着,尽管她感到四肢十分疼痛。我该怎办?我该怎么办？……太不可思议了，我怎么竟会没有受伤呢？"弗朗茨！"她喊了一声。离她很近的地方，有一个声音答道："您在什么地方，小姐？先生在哪儿？没伤着人吧？请您稍等一下，小姐，我把马灯点上，看看出了什么事。天晓得，这两匹马今天到底是怎么了？这可不是我的过错啊，我敢发誓……是这两匹该死的马自己闯进了碎石堆。"

埃玛强忍着四肢的剧痛，站了起来。看见车夫没有受伤，她多少放心了一些。她听见车夫打开马灯的罩子，划着火柴的声音，忐忑不安地等着灯亮。她不敢再去摸一下躺在面前的弗朗茨，心想：要是什么都没有看见，一切就会显得更加可怕。弗朗茨一定睁着眼睛……不会发生什么意外的。

一道亮光从她的侧面照射过来。首先跃入她眼帘的是那辆马车。她感到吃惊的是，马车不是停在大街上，而是斜着冲进了护路沟，好像还断了一只车轱辘。两匹辕马静悄悄地站在马车旁边。灯光慢慢朝她移动过来，越过里程碑、碎石堆，照进护路沟，接着爬上弗朗茨的双脚和身躯。最后，灯光在弗朗茨的脸上停住了。车夫将马灯搁在离弗朗茨的头很近的地方。埃玛急忙跪下，当她看见那张脸的时候，她感到，似乎自己的心脏已经停止了跳动。这是一张苍白的脸，两只眼睛半睁着，露出了大片的眼白。一股殷红的鲜血从右边的太阳穴淌出来，顺着面颊、脖子，一直流到衣领下面。弗朗茨的牙齿紧紧地咬着下嘴唇。"这不可能！"埃玛喃喃低语道。

车夫也跪了下来，凝视着那张脸。他用双手捧住弗朗茨的头，将他托了起来。"您想干什么？"埃玛瓮声瓮气地问。弗朗茨的头就像是自动起来似的，把她吓了一跳。

"小姐，我想，是发生了一件非常糟糕的车祸。"

"这不是真的！"埃玛喊道，"不，这不可能！您受伤了吗？还有我……"

车夫慢慢放下弗朗茨的头，把它搁在瑟瑟发抖的埃玛的怀里。"要是有人来就好了……也许等几分钟会有农民打这儿经过……"

"我们现在该怎么办？"埃玛的嘴唇颤抖着吐出了几个字。

"小姐，要是马车没有摔坏就好了……可是，现在它已经散架了。我们只能静等有人经过这儿。"车夫不停地说着,也没管埃玛是否听明白他的话。在车夫说话的当儿,埃玛似乎已经恢复了理智,现在她知道,应该怎么办了。

"到离这儿最近的人家有多远?"埃玛问。

"没多远,小姐。前面就是弗朗茨·约瑟夫庄园,要是在白天,我们从这儿都可以望见,只需要五分钟就可以走到那里。"

"那好,请您跑一趟!我留在这里,您去叫几个人来。"

"是的,小姐!不过,我想,我跟您一起留在这里是不是更好一些?反正过不了一会儿工夫就会有人打这里经过,这儿毕竟是帝国大街啊,再说……"

"那就太晚了,肯定太晚了!我们现在急需一位医生。"

车夫瞥了一眼弗朗茨的那张毫无血色的脸,又望了望埃玛,然后摇了摇头。

"您不懂怎样进行急救,"埃玛焦急地嚷道,"我对医道也一窍不通。"

"话是不错,小姐。可是,到了弗朗茨·约瑟夫庄园,我又上哪儿去找一位医生呢?"

"从那里派个人进城去请,或者……"

"小姐,我有办法了。那里也许会有一部电话机,那么我们就可以直接给救护站挂个电话。"

"对啊!这是再好也没有的了。您快点去吧,要跑步!上帝!您可要带些人来呀……另外……您快点走吧,还待在这儿磨蹭什么?"

车夫又望了一眼躺在埃玛怀里的那张苍白的脸。"救护站和医生也不会有多大用处了。"

"您快点走吧!上帝!请您快点去吧!"

"我这就走。可是,小姐,您一个人黑灯瞎火地待在这里,可千万别害怕呀!"车夫说完,很快就跨上了大街,"这不是我的过错,我敢肯定……"他嘴里喃喃地说,"这可真是个好主意,深更半夜到帝国大街来……"

埃玛独自和一动也不动的弗朗茨待在漆黑的大街旁。"现在应该怎么办?"她想。这不可能……这个念头始终萦回在她的脑际……这绝不可能!突然,她好像听见身边有人的呼吸声,赶紧俯下身子,凑近那两片煞白的嘴唇。不是的,这里没有一丝儿气息。太阳穴和两颊上的血都已经凝住了。她盯着弗朗茨那一双眼睛,吓得缩成了一团,眼眶里是两颗破碎的眼珠。我为什么不愿意相信眼前发生的事呢?这一切都是确实无疑的啊!这就是死亡!顿时,她觉得全身战栗起来,愈加强烈地感到:这是一个死人!此刻,我正和一个死人待在一起,而且他就躺在我的怀里!她用颤抖着的双手推开弗朗茨的头,让它重又落在地上。这会儿,她才感到一种可怕的孤独。干吗要把车夫打发走呢?真是太愚蠢了!现在应该怎么办?独自和这个死人待在大街旁吗?要是有人从这儿经过……是啊,要是有人从这儿经过,那该怎么办呢?还得在这儿等上多久啊?她又一次仔细地端详着死者。她突然感到:我并不是独自和他在一起,还有那盏灯。她觉得,那盏灯是那样可爱、那样亲切,她对这团火光真有一种说不出的感激。在这一小团微弱的火焰中,仿佛蕴藏着无数的生命,超过了在笼罩着她的广漠无垠的夜色中所包含的总和。这盏灯仿佛成了她抵御躺在她身边的那个脸色苍白、面目可憎的男人的庇护神。她目不转睛地望着那盏灯,直到眼皮有点颤动,灯光开始跳跃。猛然,她感到自己犹如刚从梦中惊醒。她从地上一跃而起。不行,这绝对不行!不能让别人发现我和他在一起。她仿佛看见自己这会儿正站在大街上,她的脚边躺着一个死人,放着一盏灯。她望着自己的身影,在黑暗中,变得越来越高大。我还在这儿等什么?她暗自想道。各种各样的念头一股脑儿地涌进她的脑海……我在等什么?等人吗?他们需要我干什么?他们马上就要来了。他们准会问:我在这儿干什么?我是谁?我该怎样回答呢?无言可答。如果他们来了,我可以不说话,始终保持沉默。对,我就一声不吭,反正他们总不能强迫我说。

远处传来一阵响声。

是他们来了吗?她提心吊胆地竖起耳朵。声音是从桥的另一端传过来的。这不可能是车夫叫来的人。可是,这会是些什么人呢?他们肯定会看见这盏灯的。这可不行!否则,他们会立刻发现她的。

埃玛一脚踹翻了马灯,灯光立刻就熄灭了。此刻,她站在深沉的夜色中,什么也看不见,连躺在地上的弗朗茨也消失了。只有那堆白色的碎石子闪着微弱的亮光。声音越来越近,她的全身不由自主地颤抖起来。千万别在这儿让人看见。上帝!这可是最要紧的,一切就取决于此了。假如有人知道她是某某的情人,她可就全完了。她抽搐着合起双手,嘴里暗暗祈祷,但愿这些人从大街的那一边走过去,千万别看见她。她侧耳细听着从街对面传来的说话声……他们正在谈论什么?……这是两三个女人的声音,她们一定发现了马车,因为她们正谈论着它。每一个人的讲话,她都能够清楚地辨别出来。一辆马车……翻到沟里了……她们还说了些什么,她就听不清了,因为她们走过去,渐渐走远了。谢天谢地!现在应该怎么办呢?唉,为什么她没有像弗朗茨那样也摔死呢?他是值得羡慕的。对他来说,一切都已经完结了……再也没有任何危险,再也用不着担惊受怕,而她现在则害怕得浑身发抖。她担心在这儿被人看见,担心会有人问她:您是谁……她怕上警察局,怕所有的人都会知道这一切,其中包括她的丈夫,还有她的孩子。

她不明白,自己为什么就像生了根一样,久久地站立在这里……她完全可以离开,反正她留在这儿对谁也没有用,相反会被牵连进这场不幸事件之中。她小心翼翼地挪动了一步……她得穿过护路沟……她又朝上面跨了一步……噢,原来这沟很浅啊!她又跨了两步,就到了大街上。她默默地站立了片刻,朝前方望了望。黑暗中影影绰绰可以辨认出这条灰蒙蒙的道路。那边——这条路的尽头,就是市区了,尽管连市区的影子也看不见,但她知道,这个方向是对的。她转过身去,天并不很黑,能够清楚地看见那辆马车和旁边的两匹马。若是她再稍许费点力气,还可以辨认出躺在地上的一具人体的整个轮廓。她睁大了眼睛,心里感到,仿佛有一股力量紧紧地拉住她,命令她留在这里……这股力量就是躺着的那个死者,是他想把她留在这里。她对这股力量感到异常畏惧,竭力想摆脱它。此刻,她才发觉,地面很湿,她站在又湿又滑的大街上,脚上沾满了稀泥,怎么甩也甩不掉。终于,她又抬起了脚,走得很急,甚至小跑起来。她想尽快地离开这里,跑回家去,回到灯光下,回到喧闹声中,回到人群中去。她顺着大街奔跑着,两只手把裙子提得高高的,以免跌倒。风吹在她的后背上,好像推着她向前。她自己也不知道究竟在逃避什么。她觉得,自己好像不得不逃避那个脸色苍白的男人,他就躺在那里——她身后很远的地方,躺在一条护路沟的旁边。她继而又想到,她实际上是想回避那些活着的人,他们立刻就会赶到那里,他们会到处寻找她。这些人会怎么想?他们会不会来追赶她?可惜,他们已经追不上了!前面就是帝国大桥,她足足领先了一大截子。危险很快就会过去的。他们绝不可能知道她是谁,没有人能够猜出,与这个年轻男人一起乘马车到帝国大街来的少妇是谁。车夫不认识她,即使他以后再看见她,也不会认出来的。大家都不会去关心她是什么人。这关谁的事?她没有待在那里,可真是聪明之举,算不上卑鄙。即使是弗朗茨本人,也会认为她做得对。她得回家呀!她有孩子,还有丈夫。如果让人看见她跟死去的情人在一起的话,她不就全完了吗?帝国大桥到了,大街上显得稍微亮了一些……这会儿,她又听见先前曾听见过的哗哗流水声,又来到他俩曾经手挽手散步的地方。那是什么时候的事?几个钟头以前?总不会太久吧。不太久吗?大概是的。也许她已经失去知觉好半天了,现在也可能早就是午夜时分了吧,天就要亮了,这会儿,家里一定也发现她失踪了。不!不!这不可能!她很清醒,根本就没有失去过知觉。刚才发生的事又历历在目,此刻她远远要比从马车里摔出来之后,乍一恢复知觉的那会儿清醒得多。她目不斜视地跑过大桥,只听见一阵咚咚的脚步声。突然,她发现迎面走过来一个人,赶紧放慢了脚步。朝她迎面走来的人会是谁呢?这是一个身穿制服的男人。埃玛把脚步放得很慢,免得引人注意。她发觉,来人的目光一直紧盯着自己。如果他问她,那该怎么办?她离来人越来越近,看清了他身上的制服,原来是个治安警察。她从警察身边走过去,听见警察在她的身后停了下来。她竭力控制自己,千万别跑起来,否则更容易引起警察的怀疑。她像刚才一样,慢慢地走着。一阵有轨马车的铃声传进了埃玛的耳朵,原来现在离午夜还早着呢。她加快了脚步,朝着市区疾走。这会儿,她已经可以看见铁路桥洞下面街道的灯光,听见从那条街传来的沸沸扬扬的喧闹声。只要穿过这条大街,就算是彻底摆脱危险了。远处传来了一阵刺耳的汽笛声,声音越来越近,越来越尖厉。一辆马车从她身边疾驰而过。她不禁停住脚步,目送着渐渐远去的马车。这是一辆救护马车。她心里明白,它要到什么地方去。来得好快啊!她暗自想道。真像是在变魔术。有好半天,埃玛心里总感到,应该喊住马车,她也要跟着一起去,再回到她刚刚离开的那个地方。一阵巨大的羞愧感强烈地攫住她的心,这种羞愧感是她平生从未感受过的。她也明白,自己的行为既胆怯又卑鄙。然而,当车轮声和汽笛声渐渐远去,渐渐消失之后,她的心里又腾起一阵狂喜。她像一个劫后余生的人,飞快地朝前奔去。人流迎面朝她涌来。在他们的面前,埃玛不再感到害怕,她已经度过了最艰难的时刻。都市的喧嚣声渐渐可以听清楚了,她的眼前也越来越亮,她已经看得见普拉特大街上一排排的建筑物。她预感到,那儿会有潮水般的人流等待着她。一旦到了那里,她立刻就可以无声无息地消失在他们之中。她走到一盏路灯跟前,非常镇静地看了看手腕上的表:差十分九点。她又将表贴在耳朵上听了听,它没有停。她心想:我还活着,安然无恙……甚至连手表也还在不停地走着……而弗朗茨……他却死了……这都是命运的安排……埃玛这么一想,好像她所做的一切都已经得到了宽恕,甚至压根儿就没有过错似的。这是命运的安排,这是命运的安排。她听见,自己说话的声音很高。假如命运之神不是这样安排的话,那会怎么样呢?要是她现在躺在那条护路沟里,而弗朗茨却安然无恙的话,那又会怎么样呢?他一定不会逃走!不会的,他绝不会的。当然,他是一个男子汉,而她却是一个弱女子。她有孩子和丈夫。她做得很对,这完全是应该的,要知道这是她的义务啊!然而,埃玛的心里也很清楚,她并非是为了履行义务才这样做的……但是,这样做毕竟是对的啊!她这样做完全是出于本能,所有明智的人都会这样做的。否则,她现在早就被人发现了。医生准会问她:这是您的丈夫吗,太太?噢,上帝!明天的各家报纸上……她的家庭……那她可就毁了自己的一生,而且,即使如此,她也不能使弗朗茨起死回生。是啊,这才是最要紧的,不然的话,她可就平白无故地毁了自己。她已经来到铁路桥洞下面。再往前……再往前……矗立着泰格特霍夫纪念碑,纵横交错的大街在这儿交叉。今天,在这个冷风凄凄的秋夜,大街上的行人并不比往常多,但她却感到仿佛整个城市都在剧烈地咆哮,因为她刚刚从世界上最可怕、最幽静的地方归来。她知道,她还有足够的时间,丈夫今晚要到十点钟才回家,她甚至还来得及换身衣服。这时,她才想到应该看看自己身上的衣服。埃玛非常吃惊地发现,自己的衣服裙子脏得一塌糊涂。该怎样对女用人说呢?她突然想到:明天,在各家报纸上将会登载有关这次不幸事故的消息,还会提到一位与死者同乘一辆马车的少妇,这位少妇后来却失踪了。到处都可以读到这条消息。想到这里,她又感到不安起来。都怪自己考虑得太不周全了,方才的一切怯懦行动都可能是徒劳的。好在她随身带有家门的钥匙,可以自己开门,尽量不发出一点响声。埃玛上了一辆出租马车。她正在准备把地址告诉车夫,猛然又想到,这样做也许太不明智了,于是就顺口说出了一个正好想到的街名。马车穿过普拉特大街时,她很想能想点儿什么,然而她却做不到。她感到,这会儿她心里只有一个愿望,那就是尽快地赶回家去,置身于安全之中。其他的一切对她来说都是无关紧要的。自从她拿定主意让死去的弗朗茨一个人躺在街旁那时起,所有的忧伤和悲哀就已经深深地埋入了她的心底。此刻,埃玛仅仅为自己感到担心。她并不是一个没有良心的人……噢,绝不是的!她心里明白,总有一天她会感到后悔,感到失望。也许她会就此而走向毁灭。但是,现在她心里只有一个愿望,那就是擦干眼泪,安安静静地坐在家里的小桌子旁边,同丈夫和孩子待在一起,她从车窗望出去,马车穿过内城,这儿灯火通明,人来人往。突然,她产生了一种感觉,好像她在这几个钟头里所经历的事根本就不是真的,而是一场噩梦……如果这都是真的,谁也改变不了的话,那简直太不可思议了!过了环形大道,来到一条僻静的小巷,埃玛让马车停住,自己跳了下来。她飞快地绕过拐角,跳上了另一辆马车。这回她才说出了真正的地址。她觉得,她的大脑根本就无法思考。弗朗茨这会儿在哪儿?这个念头始终浮现在她的脑海里。只要一闭上眼睛,她仿佛就看见弗朗茨躺在她面前的一副担架上,在一辆救护马车里。她觉得自己好像就坐在他的身边,在同一辆马车里。马车剧烈地晃荡起来。她感到害怕,担心像那次一样再被甩出去,禁不住惊叫起来。马车戛然而止,她吓得缩成一团。原来,已经到了她家的门前。埃玛急忙跳下马车,匆匆穿过走廊,蹑手蹑脚地走上楼梯。门房坐在窗户后面,连头也没抬一下。她非常小心地打开房门,以免被人听见响声,然后穿过客厅,溜进了自己的房间。一切都很顺利!她拉开电灯,匆匆忙忙地脱下脏衣服,塞进了衣橱。只要过上一夜,衣服就会干了,明天她再自己动手熨熨,弄弄干净。她洗了洗脸和手,然后套上一件睡衣。

这时,屋外的门铃响了起来。她听见女用人走到门前,打开了门。然后又传来丈夫的说话声和挂拐杖的响声。埃玛感到,自己这会儿必须打起精神,不然,一切努力都将白费了。她赶紧走进餐厅,几乎是在同时,她丈夫也走了进来。

"噢,你已经先回来了?"她丈夫说。

"嗯,"她答道,"已经回来好一会儿了。"

"你是什么时候离开的?我怎么没看见?"她微微一笑,丝毫也不做作。但是她感到,即便是微笑也使她感到非常疲劳。丈夫吻了一下她的前额。

儿子正坐在桌子旁边。他一定等了好久,这会儿已经睡着了。盘子上面搁着一本书,他的脸枕在这本翻开的书上。埃玛在孩子旁边坐下。丈夫坐在她的对面,他拿起一张报纸,匆匆扫了一眼,又放下,说道:

"其他的人现在还在那里接着讨论。"

"都讨论些什么?"她问。

教授打开了话匣子,谈到了今天的会议,滔滔不绝,口若悬河。埃玛频频点头,装作在仔细听的样子。

其实,她什么也没有听进去,根本就不知道丈夫在说些什么。她这会儿的心情就像一个非常侥幸地摆脱了极度危险的人。她只感到:我得救了!我回到家里了!丈夫仍在侃侃而谈。埃玛将椅子朝儿子跟前稍稍挪动了一点,双手捧起他的头,贴在自己的胸前。猛然,她感到一阵不可言状的疲惫,使她失去了自制力,只觉得阵阵睡意向她袭来,不知不觉地合起了双眼。

突然,一个可怕的念头闯入了她的脑海。从爬出护路沟的那会儿起,她从未想到过这种可能性:假如弗朗茨没有死呢?如果他……

啊,不可能,他已经死了,这是毫无疑问的!他那双眼睛……那张嘴……再说,他的嘴里也没有一丝儿呼吸。但是,毕竟也常常会有假死啊!在许多场合下,即使是训练有素的眼睛也会看错的,更何况她根本就不具备那么一双眼睛。假如弗朗茨还活着,等他苏醒过来以后,突然发现自己深更半夜孤零零地躺在大街上,他一定会呼喊她,呼喊她的名字,他一定会担心:她是不是也受了伤?他会对医生说:这儿还有一位女士,她一定被甩到周围什么地方……那么,那么该怎么办呢?大家准会到处寻找。当车夫带着人从弗朗茨·约瑟夫庄园回来之后,他会告诉他们:我走的时候那位女士还在这里。弗朗茨会有预感的,他会明白这一切……他非常了解她,立刻就会明白,她已经逃走了。他一定非常愤怒,为了报复她的行为,他将会说出她的姓名,反正他已经全完了……他肯定会感到极度悲伤,因为在他的弥留之际,她将他孤零零地抛下了。他会无所顾忌地说:她是埃玛太太,我的情人……她既胆小又愚蠢,难道不是这样吗?大夫,如果她请求您为其保密的话,您肯定不会询问她的姓名,而且还会让她悄悄地离开。我也会这样做的,只是她应该待在这里,直到您来到为止。但是,她却如此卑鄙,所以,我要告诉您,她是谁。她是……啊!

"你怎么啦?"教授站起身来,神色严峻地问。

"什么?你说什么?怎么回事?"

"你到底怎么啦?"

"噢,没什么。"埃玛把孩子搂得更紧了。

教授盯着她看了许久。"你知道吗,刚才你已经睡着了,而且……"

"而且什么?"

"而且你还突然大声惊叫起来。"

"真的吗?"

"就像在梦里受到某种压抑,突然惊叫起来那样。你刚才做梦了吗?"

"我不知道,我什么也不知道!"

在她对面的墙壁上挂着一面镜子。在镜子里面,她看见了一张脸,这是一张带着苦笑和怪相的脸。她知道,这就是她自己的脸!她不禁打了个寒战。她还注意到,脸上的表情十分呆滞,嘴角怎么也动弹不得。她心里明白,只要她活着,这种苦笑就会永远挂在她的嘴角上。她想喊。这时,她感到有两只手搁在她的肩膀上。她看见,在她自己的脸和镜子里面的那张脸之间,又挤进了她丈夫的脸。丈夫的双眼死死地盯着她,像在探询更像在威胁。她知道,如果她不能经受住即将到来的这次考验的话,那她就全完了。她觉得自己又坚强起来了,重新控制了自己的表情和四肢,现在她又可以用自己的四肢想干什么就干什么了。她必须利用他,否则就会错过时机,她伸出双手握住丈夫搁在她肩膀上的手,把他拉到自己的身边,两眼闪亮,含情脉脉地望着他。

当她感到丈夫的嘴唇在吻她的额头时,她暗自想到:毋庸置疑,这的确是场噩梦。弗朗茨不会对任何人说的,也绝不会报复,绝对不会……他已经死了,他肯定死了! 死者无言。

"你干吗说这些?"她猛然听见丈夫的声音,大吃一惊。"我刚才说什么了?"她觉得自己已经把一切都说出来了,把今天晚上发生的事情原原本本地在这里,在这张桌子上面和盘托了出来。面对着丈夫那令人生畏的目光,她缩成了一团。畏畏缩缩地又问了一句:"我刚才究竟说了些什么?"

"死者无言。"她丈夫一字一顿地把她的话重复了一遍。

"是啊,是啊……"她喃喃地说。

从丈夫的眼睛里,她看出,自己再也无法瞒住他了。许久,两人都默默地彼此望着对方。"把孩子抱到床上去吧!"丈夫对她说,"我想,你一定还会有话要对我说……"

"是的。"她答道。

她知道,再过一会儿,她就要把事情的全部真相统统告诉这个男人,多少年来,她一直在欺骗着他。

她怀抱孩子,步履蹒跚地朝着里间走去,她感到丈夫的那双眼睛始终盯着自己。此刻,她突然感到十分平静,仿佛一切都会重归于好……

蔡鸿君 译

# 古斯特少尉

　　这音乐会不知要拖到何时呢？我要看看表……也许在这庄重严肃的场合有失体面,太煞风度。可谁去留意这个呢？即使有人留意,不过彼此彼此罢了,当他们面有什么不好意思呢……差一刻才十点？……我仿佛觉得已经熬磨了三个钟头。如此场合,真还不大习惯……这正在演什么呢？我得瞧瞧节目单……对,没错:是圣乐合唱？我还以为是在做弥撒呢。不过这样的音乐只有在教堂里才听得到。教堂也有教堂的好处,来去随便。——要是坐在靠角落的位子上该多好啊。甭想啦,沉住气,捺住性子吧！圣乐合唱也不会没完没了！也许这音乐美妙动听,只是我无此雅兴而已。哪来这个雅兴呢？一想到来这里是为了散散心解解闷……当初要是把票让给贝纳德克多好。他对音乐有兴趣；他自己就喜欢拉小提琴。可这么做会伤了柯波茨基的情。送票毕竟是他的一片好心,至少也是善意吧。柯波茨基是个正直的家伙,一个唯一能让人信赖的人……他妹妹也在台上的演唱队里。你瞧,少说有一百来个少女,全都是黑色装扮；要找出她来谈何容易？他自己干吗不来呢？更何况她们唱得如此悦耳动听。令人心旷神怡——没说的！棒极了！真是棒极了！……好啊,我们一起鼓掌喝彩吧。旁边这家伙鼓起掌来像发疯似的。难道他真的如此陶醉吗？——瞧,对面包厢里那个姑娘真讨人喜爱。她是在注视我呢,还是那个满腮黄胡子先生？……啊,独唱！是谁呀？女中音:瓦尔克尔小姐；女高音:米夏莱克……想必这是女高音吧……我好久不曾来过剧院了。在剧院里,我总会找到无穷的快乐,即使演唱索然无味。后天我还有机会去"特拉雅维塔"歌剧院。是的,后天我也许就成了一具僵尸！啊,一派胡言,鬼才相信呢！大夫先生,你只管等着瞧吧,恐怕你不会有如此大放厥词的机会了！我要叫你尝尝我的厉害……

要是能把对面包厢里那个姑娘瞧个仔细该有多开心呀！不妨借用一下身旁这位先生的看剧镜。不行,看他那如醉如迷的样儿,定会自讨没趣的……柯波茨基的妹妹站在哪儿呢？我找她干吗？我见过她两三面,最后一次是在军官俱乐部……这一百来个全都是些安分守己的姑娘吗？不见得吧！……"在歌唱协会的共同努力下！"——歌唱协会……滑稽！我还总以为歌唱协会跟维也纳女歌舞协会差不多,也就是说,我现在才明白了原来是两码事！……美好的回忆！当时正在演出《绿色的大门》……她叫什么呢？后来她还从贝尔格莱德给我寄来了一张明信片……那也是一个令人向往的地方！——柯波茨基倒挺消闲的,这会儿早在酒吧里叼上了他的弗基尼亚雪茄……

那个家伙老盯着我干什么？难道他看出我兴味索然,心不在焉……奉劝你换一副不那么放肆的面孔,不然幕间休息时让你在休息室里瞧瞧我的厉害！——他的目光移开了……我的目光使他们无不望而生畏……"你的眼睛美极了,我从未见过像你这样动人的眼睛！"斯泰菲最近这么说过……哎,斯泰菲呀,斯泰菲！——都怪你这个斯泰菲,弄得我不得不在此无病呻吟几个钟头。——咳,斯泰菲再三写信拒绝,实在叫人难以承受！要不今晚该是多么美好呀。我真想看看斯泰菲的那封信。它就带在身上,可要一旦掏出来,一定会惹恼旁边这个家伙的！——我委实知道信里写些什么……她不能来,要跟"他"去共进晚餐……啊,八天前,斯泰菲跟他在园林建筑公司里的样儿就够滑稽了。当时,我坐在柯波茨基对面;斯泰菲一个劲儿向我投来眉飞色舞的眼神,他竟一点儿也没有觉察到——简直令人难以置信！想必他是个犹太人。他肯定在一家银行里做事,留着黑胡子……据说他也是个预备少尉。嗯,他可别来我们团训练！总而言之,他们总是提拔那么多犹太人当军官——我对反犹太主义丝毫不感兴趣！最近在曼海姆家的一次聚会时,发生了那个大夫的事……据说曼海姆夫妇也是犹太人,不用说也施过了洗礼……可一点儿也看不出来——尤其是曼海姆夫人……满头金发,长得像画中人一般妩媚动人……时常谈笑风生。优越的膳食、上等的卷烟……咳,这帮人何时愁过没钱花呢……

138

好啊,好啊!音乐会马上就要结束啦?——是的,上面的人都站起来了……果然叫人大开眼界——真可谓壮观!——还有管风琴?……我很喜欢管风琴演奏……果真如此,令人心旷神怡——简直美极了!应该经常来听听音乐会……我要告诉柯波茨基,音乐会实在美极啦……今天会不会在咖啡馆里碰到他呢?——啊,我压根儿就没有兴致去咖啡馆;昨天让人扫兴得很,一下子就输掉了一百六十盾——倒霉透了!钱都跑进了谁的腰包?偏偏就跑进了那个不需要钱的巴莱特的腰包里——都怪巴莱特,我不得不来听这索然无味的音乐会……咳,要不我今天又可以去痛痛快快地玩一把,或许还能捞回来些。不过好在我自己发誓一个月不沾牌边……当妈妈收到我的信时又会蓦然失色,心神不安!——她应该去舅舅那里。舅舅挥金如粪土;几百个盾对他来说算得了什么。我要是能求得他定期的赏赐,那就再理想不过了……可是谈何容易,从他那儿要得到一个铜子都少不了苦苦哀求。他总是唠叨着:去年收成不好呀!……我想今年夏天要不要再去舅舅那里待上两个星期呢?要说在那儿也实在无聊得要死……不过要跟那位——她叫什么呢?该死,我连她的大名都没有记住!……哎,对啦:埃特卡。她一句德语都不会说,这也无关紧要……用不着交谈什么……对,呼吸十四天乡间空气,跟埃特卡或别的什么人过上十四个晚上,恐怕也是再好不过了……可是还得再去爸爸妈妈那里逗留上七八天……今年圣诞节时,妈妈的情绪就不大好……嗯,挫伤的感情现在可能已经恢复了。我要是她,会高兴爸爸退休的。——克拉拉还会得到一个男人……舅舅恐怕少不了要掏腰包的……二十八岁,这个年龄还不算大……斯泰菲也未必年轻些……说也奇怪:女人的风流年华要长些。仔细想来,莫不如此。最近出演《不知羞耻的女人》的玛莱蒂——她已经三十七了,可看上去……嗯,我不会说半个不字的,何乐而不为呢!——只叹她没有理睬我。

空气越来越浊闷。音乐会依然没完没了?啊,我多么渴望呼吸到新鲜的空气!去散散步,悠闲自在地走过环形道……就是说:今天早休息,养精蓄锐,明天下午就有充沛的精力了。可笑,我怎么很少考虑这事呢。难道对我就如此无所谓吗?第一次决斗时,我确实还有点儿紧张不安。倒不是我压根儿害怕;而是在决斗的前夜,我精神烦躁,夜不能寐……话说回来,中尉毕萨茨毕竟是一个久经沙场的厉害对手。——尽管如此,我安然无恙!不觉又过了一年半载。光阴似箭!连毕萨茨都不曾动我半根毫毛,那个大夫更是白日做梦,痴心妄想了。不过有备无患嘛,恰恰那帮未受过正规训练的剑手往往最危险。多辛茨基曾经对我说过,他险些儿叫一位初操军刀的家伙给刺死了。多辛茨基如今当上了后备军的击剑教官。当然——他当初是不是就掌握了那么多的技能呢……最根本的是:冷血。我内心全然不再有真正的怨愤,不过那的确是一种放肆行为——不可思议!要是他事先不曾喝香槟酒的话,谅他也不敢如此狂妄……那般狂妄放肆!肯定是个社会主义者!而今所有的社会主义者都是枉法者!是一个集团……他们恨不得立马废除掉整个军队;可是当中国人向他们席卷而来时,靠谁去解救他们呢,对此他们漠然置之。一伙白痴——必要时就得惩一儆百。我一点儿也没错,说来也问心无愧,我照章行事,一时一刻都不曾放过他。一想到这事,我就涌起一肚子的怒气。不过我行远自迩,很有分寸;上校也说我的言行举止是无可非议的。那事毕竟会对我有好处的。我深知有一些人,他们会让那小子滑过去的,首先就是米勒,他又会以满口客观对待之辞敷衍塞责,得过且过,或诸如此类的态度。谁要是持那样的客观态度,必定失掉体面……"少尉先生!"……唯其称呼"少尉先生"的神气就够狂妄自大厚颜无耻了……"你势必会向我承认……"我们的话题怎么转到这上面了呢?我怎么与那个社会主义分子搭上了话?事端到底是从何引发的呢?……我恍惚记得被我领到茶点铺的那个黑女人也在场……还有那个画狩猎图的年轻人——他叫什么来着?……天哪,全都怪他!他谈起军事演习的事,于是那个大夫接上了话茬,滥发了些不中我意的议论,说什么战争儿戏呀——可当时我没什么可说的……是的,接着谈到了军官学校……没错,是这样……我提起一次爱国节……然后那个大夫说——虽说不是接着我的话茬来的,可话题是由此引发的——"少尉先生,你势必会向我承认,你们一伙当兵,不都是为了尽忠报国!"如此胆大妄为!那家伙竟敢冲着一位军官口吐狂言,肆无忌惮!我怎么就想不起来当时回敬了些什么?……啊,对啦,就有那么一些人,他们喜欢对于自己丝毫不懂的事吹毛求疵,横加指责……对,没错……这时有一位先生插话了,他不住地流着鼻涕。他好心想调停争端……可是我气得火冒三丈,怒不可遏!听那个大夫的话音,好像完全是冲着我来的。只等他再亮出我从中学被赶出后无奈地钻进了军官学校……人们就是不能理解我们这班人,他们糊涂到家了……一想到我初穿军装的情形,真是情不自禁。这当然不是人人都能感受得到的……去年军事演习时——我多么盼望突然出现紧急情况……米罗维茨对我说他也一样。还有王子骑马视察前线以及上校发表简短讲话的情形,此时此刻,唯有那些地地道道的无赖汉才会无动于衷……就在这时,不知从哪儿冒出那么一条终日只知道钻书堆的墨鱼来,妄发了一通胡言……啊,好好地等着吧,亲爱的——直到你没有了好战的能力……是的,你应该变得没有了好战劲……

　　这会儿在唱什么呢?难道是音乐会马上就要结束啦?……"你们,上帝的天使,歌颂上帝……"不言而喻,这是最后的大合唱……美极啦,没得说。美极啦!——噢,对面包厢里那个女子呢?她早就开始卖弄风情了,我竟把她忘得一干二净……她已经走开了……瞧,那位也颇有姿色,妩媚动人……糊涂蛋,连看剧镜都不带。布隆塔勒就很机灵,他把望远镜总放在咖啡馆的收款台那里,况且又不碍什么事……坐在我前面的这个女子,哪怕只把身子转过来一下也好!她自始至终坐着一动不动,好乖呀。旁边那位一定是她妈妈。难道我还不该慎重地考虑一下婚事吗?维立成家时比我还小。像他那样,在家总守住一个漂亮的女人有什么意思呢……实在让人扫兴,斯泰菲偏偏今天没有空!我要知道她在哪儿的话,保准还坐在她对面。只要我中她的意,就有好事。于是,我就搂着脖子把她……回头一想,福利斯为了温特菲尔德费了多大的周折,吃了多少苦头!可她事事都蒙着福利斯。这样的事总会露马脚的,结果叫人不寒而栗……好极了,好极了!啊,结束了!……站起来动一动,好舒服呀……嗯,或许吧。这家伙拖拖沓沓的,连个望远镜都塞不进盒子里?

　　"劳驾,让我过去好吗?"

　　过道挤得满满的,我们最好让这些人先过去吧……摩登女人……这都是些货真价实的钻石吗？那个女子多可爱……瞧她打量我的神气！哎呀，我的小姐，我打心眼里乐意！……噢，瞧她那个鼻子！——是个犹太女子……又是一个……活像神话中的仙女。这里有一半是犹太人……连一次音乐会也不能让人安然地享受……好啦，我们跟着一块走……后边这家伙挤什么呢？我要教训教训他……啊，一位老先生！……是谁从对面向我打来招呼呢？……荣幸，荣幸！我不知道那是谁……最好这会儿就去对面莱丁格饭馆吃晚饭……或者去园林建筑公司看看？想必斯泰菲也在那儿？她到底为什么不写信告诉我，她随他去什么地方了？她自己大概也不知道。过着如此一种寄人篱下任人玩弄的生活，不免叫人替她担忧……可怜的东西！——好吧，这儿是出口……啊，这个女子活像画中的美人！独个儿吗？瞧她向我挤眉弄眼的样儿，不妨让我上前搭话试试！……对，现在下楼去……噢，第九十五团的一位少校……他十分和蔼地示礼……我倒不是唯一来听音乐会的军官……美人哪儿去了？噢，在那儿……就站在那边的栏杆旁……好吧，现在就是说还要去衣帽间……我真舍不得离开那个小美人……她却无动于衷，满不在乎！好一堆卖弄风情的烂货！她竟让一位先生给接走了，而且不住地朝着我挤眉弄眼！实在没有一个值钱的女人……天哪，衣帽间里挤得水泄不通……我们最好还是稍等片刻……等一等！莫非那个笨蛋要拿走我的东西？

"你的，224号！在那儿挂着呢！嗯，你没长眼睛吗？不是在那儿挂得好好的！谢天谢地！……那么请吧！"……这个胖家伙几乎堵住了进出衣帽间的通道……"劳驾！"……

"急什么，等一等！"

这家伙说什么呢？

"放耐心点好吗？"

我一定要回敬这家伙一下……"让开道！"

"嗯，你着什么急呀！"

他在说什么？是冲着我来的吗？简直太放肆了！哪能便宜了他！"别激动！"

"你这是什么意思？"

啊,这样一种口气?岂有此理。

"别挤来挤去!"

"你呀,住嘴!"我不该冒出这句话来,我也过于鲁莽了……哎,反正已经是泼出去的水了。

"什么?"

这时,他转过身来……这家伙我倒认识!——天哪,他不就是常去咖啡馆的那个面包师吗……他来这儿干什么呢?莫非他也有女儿或亲戚朋友在合唱团里……啊,这究竟是怎么回事?他到底要干什么?我觉着……天哪,他紧紧地抓住我的军刀不放……是的,这家伙疯啦?"你,先生……"

"少尉先生,你现在就放得乖乖的。"

他在说什么?天哪,当真无人听见吗?对,他说话的声音压得很低……他干吗抓着我的刀柄不放?该死的东西……啊,这就叫做气急败坏吧……他的手紧紧地攥着刀柄,我怎么也解不开……现在千万可别出丑!……那位少校不就紧跟着我吗?但愿没有人发现他抓着我的刀柄?他冲着我说!他说些什么呢?

"少尉先生,你要敢轻举妄动,我就从鞘中拔出刀,折断后送给你的团长。懂吗,你这个讨厌的无赖?"他在说些什么呢?我好像在做梦!他真是冲我说的吗?我要回敬他几句……可是这家伙声色俱厉——他果然正在抽刀,天哪——他动真格的了!……我觉着他正在抽。他到底说些什么?……天哪,千万可别丢丑——他还一个劲儿地说什么呢?

"不过我不想毁掉你飞黄腾达的前程……那么你就放得乖乖的!……就这样,不要怕,没人听得见……一切都无妨……就这样!我现在要跟你言归于好,免得让人以为我们发生过口角。——荣幸,少尉先生,你叫我好开心呀——十分荣幸。"

天哪,我做了一场梦?……他真的说了这些话?他哪儿去了?……那边走的不就是他吗……我恨不得抽出刀将他千刀万剐——天哪,难道真的没有人听见吗?……是的,他几乎是贴着我的耳朵说的……我为什么不上前去敲碎他的脑袋呢?……不,这样不行,这样不行……我真该立马收拾他……那我为什么没这样干

143

呢？……我实在没有下手的机会……他紧紧地抓住刀柄不放,而且要比我强壮十倍……我要是再多说一句话,不用说,他就会把刀折断……幸而他没有大喊出声。要是有一个人当场听见了,那我就不得不立马拿枪自杀……或许这实实在在是一场梦……站在柱子旁边的那位先生干吗这样打量我呢？——难道他听见了什么？……我过去问问他……问问？——发疯啦！——我的神色怎么样？——从我的脸上能看出什么？——想必我面色苍白。——这条狗躲到哪儿去了？……我要杀死他！……他走了……衣帽间空空如也……我的大衣呢？……已经穿在身上了……我一点儿也没有感觉到……是谁帮我穿上的？……啊,那一位……我要赏给他一枚铜子……好吧！……到底是怎么回事？难道确有其事发生了？难道真有一个人出言不逊吗？难道真有一个人放肆地骂我为"讨厌的无赖"吗？而我没有立马去狠狠地揍他？可我实在没有可能……他的拳头像钢铁一般,我木然站着,犹如钉在地上似的……不,我当时一定失去了理智。不然我就会来另一手……可这样一来,他就会拔出我的刀折断,那便意味着前功尽弃——一切全完了！等他离去后,一切都来不及了……我实在没有可能拔出刀从他的背后捅进去。

　　什么,我已经来到大街上了？我不知不觉地出了剧院？——多么清爽啊……和风徐徐……对面是些什么人？他们都朝我这边看？难道他们听见了什么……不,谁也不会听见什么的……我胸有成竹,事后我立刻向四周瞥了瞥。没有人留意,也没有人听见什么……即使没人听见,也不等于他没说过那些话;他的的确确说了,而我则呆若木鸡,逆来顺受,仿佛当头挨了一棒！……可我欲说不能,欲进不行;我无路可走,只能如此而已:放得乖乖的,放得乖乖的！耸人听闻,不堪忍受;无论在哪儿碰上他,我非揍死他不可！……有人居然桀骜不驯地冲着我说些不堪入耳的话！这样一个放肆的家伙！这样一条恶意伤人的狗！而且他认识我……该死的东西,他认识我,知道我是谁！……他会告诉所有的人他冲着我说了些什么！……不,他不会这样做的,不然他怎么会把嗓门压得那么低呢……他完全是有意讲给我一个人听的！……可是谁敢保证,他肯定不会去四处张扬,今天或明天,对他妻子,对他女儿,对他在咖啡馆的熟人。——天哪,我明天不又会碰到他吗？我明天去咖啡馆时,会看到他像往日一样,跟施莱辛格先生和那个塑料商一起打牌……不,不,这怎么行,这怎么行呢……我要是再看到他,就狠狠地揍他个半死,毫不迟疑！不,不能这样……要是当时教训他一顿就好了！事情一发生,随即去报告上校……对,去上校那儿……上校向来十分平易近人——我就对他说:上校先生,我衷心地向您报告,他抓住我的刀柄不放;我好像全然失去了武器……——上校会怎么说呢？——说些什么呢？——不过只有一条路:甘受耻辱——甘受吧！……对面那儿是些自愿兵？……成何体统,夜间他们竟乔装打扮成军官的模样,令人作呕……他们居然向我行起军礼！——他们要是知道了！……这儿是霍赫莱特纳咖啡馆……里面肯定还有同事在喝咖啡……或许还有我认识的……如果我把这事讲给遇到的第一个人的话,可是必须这样,仿佛事情发生在别人身上似的？……我简直给弄得神魂颠倒……撞来撞去,不知所措。在大街上发什么愣呢？——我该去往何处呢？不是想去莱丁格饭馆吗？哈哈,坐到人群里……我相信一定有人看得出我若有所思的神态……是的,不过有些事总归要发生……究竟会发生什么呢？……什么都不会,什么都不会——真的没人听见,真的没人知道……此间谁也不知道什么……要不我就去他家,恳求他别向任何人讲出去？……——啊,与其这样,倒不如立即照自己的脑袋开一枪！……这是再也明智不过的了！……再明智不过？再明智不过？——难道就没有别的办法了……死路一条……无论我去告诉上校或柯波茨基——或布兰尼——或弗利德迈尔,谁都会说:你别无选择！……跟柯波茨基谈谈怎么样？……对,这倒是个好主意……为了明天的事……对,不言而喻——为了明天的事……四点钟要到骑兵营……明天下午四点我要去决斗……可是我已经失去了决斗的资格,永远没有了决斗的可能……胡思乱想！胡思乱想！无人知道！无人知道！——有许多人,他们出了比我更严重的事,照样逍遥自在,行若无事……戴肯尔与雷德罗夫持枪决斗的事引得满城风雨……而仲裁委员会裁决容许那样的决斗……可当事情轮到我头上时,仲裁委员会又会做何裁决呢？——讨厌的无赖——而我却呆若木鸡,无动于衷？天哪,就是有人知道了,又有何妨呢？……我明白事情的根本所在！比起一个钟头前来,现在我好像判若两人——我知道没有了决斗的可能,因此非得拿枪自杀不可……要不我这辈子别想再有安宁的时刻了……免不了终日忧心忡忡,生怕人家知道这事……生怕什么时候会有人冲着我发泄出今晚所发生的一切！一个钟头前,我是一个多么幸福的人呀……奇怪,柯波茨基非得把票送给我不可,——而且斯泰菲又死心眼地拒绝我,这个轻佻的女人！——真是无独有偶……下午时分,一切还是美好的,而现在,我竟成了一个被遗弃的人,非得自杀不可……我干吗这样荡来荡去呢？一切都是无法摆脱的……打几点钟了？……1、2、3、4、5、6、7、8、9、10……11,11点……我该去吃夜宵了。无论如何也得去个地方……随便到一家小饭馆里,只要无人认识我就好——又何况人以食为天呢。哪怕在饭饱酒足后立刻自杀……哈哈,死亡不是什么儿戏……这话是谁最近说的？不过这也无所谓……

　　我不知道谁将最悲伤呢？……妈妈或者斯泰菲？……斯泰菲……天哪,斯泰菲……她绝对不会露出半点声色的。不然,"他"会抛弃她的……可怜的东西！——在团里——谁都弄不明白我为什么要这样了此一生……他们都会为此煞费苦心,绞尽脑汁……古斯特究竟因为什么走这条路呢？——谁也料想不到,我会因为一个可耻的面包师而非得自杀不可,那么一个偶尔占有强势的卑贱的面包师……实在糊涂至极！——像我这样一个人物,这样一个时髦的年轻人因此……是的,而后大家肯定都会说:他大可不必这样,就为那么一件区区小事,实在不值得！……可是我现在无论去问谁,只会得到一个回答……问自己,尽管如此……一切都见鬼去吧……我们对付小民百姓,全然无能为力……我们身上挎着军刀,人们总以为我们强人一等……可真要有谁动用了武器,攻击毁谤便潮水般地涌来,仿佛我们都是些天生的杀手……报纸上也会刊登出:"……一位年轻军官自杀……"报道无非是老一套,还能有什么新招？"……死因不明……"哈哈！"……棺旁致哀……"可这的确是真的……我总觉得好像是在给自己讲故事似的……可这是真的……我只有自杀,没有别的选择——我不能眼睁睁地看着柯波茨基和布兰尼明天一大早把他们的委任状交回来,并且对我说:我们不当你的决斗助手了！……

我要再去恳求他们,不就成了无赖吗……像我这样一个人物,如此木然不动,任人辱骂为讨厌的无赖……明天将无人不晓……一时间,我还以为这样的人是不会出去张扬的,糊涂虫……他少不了四处去声张的……现在他妻子已经知道了……明天整个咖啡馆就会议论纷纷……那些服务员将会知道发生的一切……还有施莱辛格先生……那个女出纳——即使他明天不讲,那么后天呢……后天不讲,一个星期后呢……要是他今晚中了风,一切便不言而喻……我知道……这种耻辱会无休止地缠绕着我,我不配继续披上这身军装,挎上这把军刀……别无选择,我只有如此而已,了结一生!——再说呢?明天下午,那个大夫或许会拿刀捅死我……这样的事已经在这儿发生过一次……那个农夫,一个可怜巴巴的家伙,得了脑膜炎,三天就没命了……布莱尼茨从马上坠落下来,摔断了脖子……归根结底:别无他法——对我来说别无选择,死路一条!——是有一些人,他们不以为然……天哪,什么样的人都会有的。林埃默根同一个熏肉师的妻子私通鬼混,被熏肉师当场抓住,挨了一记耳光,他恭恭敬敬地忍了。后来,他在乡下一个地方成了家,立了业……世上有的是女人就愿意嫁给那类货色!……天哪,他要是回维也纳来,我是不会跟他握手的……那么,古斯特,你听着吧:——完了,全完了,生命结束了!无可挽回地结束了!……好啦,现在我明白了,事情倒很简单……就是那么回事!我打开始就十分镇定自若……更何况我心里始终铭刻着:当死神有一天降临到我头上的时候,我将从容不迫,视死如归……可死神如此来临,这是我万万也没有想到的……我只有自杀了此一生,因为那样一个……或许我误解了他……最后他说的全都是另外的话……歌声加闷热弄得我彻底晕头转向了,失去了理智……也许怨我糊涂,一切全都不是真的?不是真的,哈哈,不是真的!——而那些话依然余音袅袅,萦绕在我的耳际……我只觉得自己的指头使劲地想把他的手从刀柄上弄开……他是一个大力士,一个雅格多尔式的彪形大汉……我的确也不是弱者,团里除了弗兰茨斯基外,就属我最强了……

　　阿斯佩恩桥……还要往哪儿走呢?——照这样下去,过不了午夜,我就会到卡格兰了……哈哈!上帝呀,去年九月,当我们行军到

147

卡格兰时,无不高兴至极。再走两个钟头就是维也纳……我们到达后,我累得筋疲力尽……整个下午睡得像死去一样。晚上,我们赶到了罗纳赫……柯波茨基、拉丁泽尔和……还有谁跟我们一起呢?对啦,那个在行军途中给我们讲犹太人逸事的志愿兵……那些见习一年的志愿兵,他们往往都是些十分可爱的小伙子……不过他们只能成为预备军官——说来有什么意思呢?我们含辛茹苦,煎熬数年,谋得一官半职,而那样一些家伙当兵一年就与我们并驾齐驱……这叫什么公平!——而这一切跟我有什么相干呢?——何必要替他人去鸣不平呢?——现在我连膳食科的一个普通兵都不如了……我彻底不是这个世界的人了……我全完了……丧失荣誉就意味着丧失一切!我实在别无选择,只有把手枪推上膛,并且……古斯特呀,古斯特,我觉得你始终还不大相信一切都是真的?放理智些吧……没有别的法子……你就是绞尽脑汁,终归也无济于事!——也就是说,在这最后的时刻,举止要得体大方,像个堂堂的男子汉,像个军官的样子。到时候上校就会说:他是个为人正派的家伙,我们深切地怀念他!……为一个少尉举行葬礼要出动几个连呢?按说这是我该知道的……哈哈!即使全营倾巢出动,或者整个卫戍部队,再鸣炮二十响,我则长眠不醒了!去年夏天,我有一次在咖啡馆与封·恩格尔先生坐在一起,那是在军团举行障碍赛马之后……奇怪,打那以后,我再也没有看见过那个家伙……他左眼为什么用绷带盖着?我一直想问问他,可是凑不上个机会……那儿有两个炮兵在闲荡……他们肯定想着我在追逐前面的女人……我要打量打量她……噢,真可怕!我真不明白,这帮女人靠什么生存呢……我倒心甘情愿……尽管如此,饥不择食吗……在卜策米斯尔时——我过后是那样忐忑不安,便下定决心,从此后决不再与女人来往了……那是在加里西亚度过的一段时光,一想起来就令人毛骨悚然……我们来到维也纳,算是莫大的幸运了。博柯莱至今还留在萨姆博尔,或许还要十年,直到鬓发苍苍……话说回来,要是我当初留在那里,便也不会发生今天的事……我宁可留在加里西亚到鬓发斑白,要比……比什么呢?比什么呢?——是的,究竟是怎么回事?究竟是怎么回事?——难道我神魂颠倒,如此健忘?——是的,天哪,我给折腾得时常健忘……你听到过吗,一个人在几小时后不得不让一粒子弹穿过自己的脑门,却还在无边无尽地考虑着所有与自己毫不相干的事?天哪,我正好感到自己像陶醉了似的!哈哈!一种美妙的陶醉!一种极大的陶醉!一种自杀的陶醉!——哈!我在开玩笑,这也没有什么不好。——是的,我情绪高昂,临危不惧——这样的性格无疑是天生的……真是这样,我无论对谁说,没人会相信的。——我觉着那玩意儿好像就带在身上……现在就只等着我去扣动扳机——刹那间,一切便尽然逝去……并非每个人的情况都这么好——有一些人,他们不得不长年累月地在痛苦中挣扎……我那可怜的表妹,一病卧床两年,动都不能动,受尽了巨大的折磨——多么不幸啊!要是自我了此一生,不就少受些罪吗?集中注意力就意味着瞄准,免得结果出现不愉快的事情,千万别像去年军校那个预备军官一样……那个可怜的家伙,人未死,两眼却瞎了……后来怎样呢?他现在住哪儿呢?叫人不寒而栗。如此一位风华正茂的小伙子,现在可能还不到二十岁……他打中了自己的情人……她当时就死了……这些人因此而自杀,实在难以置信!为人怎能一味嫉妒呢?……我生来对此是陌生的……斯泰菲这会儿在园林建筑公司里悠然自得,过后跟"他"一起回家……我什么都不在乎,全然视而不见,置若罔闻!她的房间摆设得好阔绰——小巧的洗澡间里也挂着红艳艳的灯笼。——瞧她身裹丝织绿色睡衣走来的神气……我再也看不到那绿色睡衣了——还有斯泰菲的身影……而且我将永远告别了古斯豪斯街上那座宽敞别致的楼梯……斯泰菲将会继续纵情寻欢作乐,仿佛什么都没有发生过……她也绝对不会向任何人吐露出她心爱的古斯特自杀了……可是她会流眼泪的——啊,是的。她定会流眼泪的……总而言之,有许多人会潸然泪下……天哪,妈妈!——不,我不能忧心忡忡。绝对不能缠绵悱恻……古斯特,别思家念亲,懂吗?——什么都别挂在心上……

不错,现在我来到了游乐园……午夜时分了……清早起来,我万万不会想到今天晚上会到游乐园里来散步……那位保安警察在想些什么呢?……嗯,我们只管往前走吧……一切都很美妙,令人心旷神怡……吃夜宵有什么意思,进咖啡馆有什么意思;空气清爽,夜色宁静,万籁俱寂……也就是说,我不久便会平静地得到这一切。多么宁静,如愿以偿。哈哈!——可我连气都喘不过来……我有什么好跑的呢,仿佛神志不清似的……放慢些,古斯特,要放慢些,你着什么急呀,还有什么好急的呢?——一点儿也没有,绝对没有!我觉得全身打起哆嗦来?——难道是激动了……再说我没有吃东西……哪儿飘来一阵特别的味儿?……不会是鲜花散发出的香味吧?……今天几号?——四月四号……自然啰,最近几天雨下得多……不过树枝几乎还都是光秃秃的……四处黑沉沉的,啊,令人不寒而栗……我平生只害怕过一次,当时还是一个孩子,而且是在树林里……不过也并不算小了……约莫十四五岁吧……已经过去几年啦?——九年……当然啰——我十八岁当预备军官,二十岁当少尉……明年我将成为……明年将成为什么呢?明年究竟意味着什么?下一周意味着什么?后天又意味着什么?……怎么啦?牙齿在格格打架?——哎,我们听任它们格格一阵吧……少尉先生,现在只你一个人,何必遮遮掩掩,躲躲闪闪……难受,实在不是滋味……

  我要坐到这长凳上去……啊,我来到什么地方了?——四周黑压压的。我刚走过的那家,想必是第二家咖啡馆吧……去年夏天,当我们的小乐队举办音乐会时,我曾经来过一次,跟柯波茨基和吕特纳——还有几位一起……——可是我累得不行了……像长途跋涉了十多个钟头似的……是的,似乎那么回事,就地宿营吧。——哈!一个无家可归的少尉……我应该回家去……回家干什么呢?难道在游乐园里就有事干吗?咳,我一点儿也不想直起身来,——就地入梦乡吧,永远也不醒来……对,这样果真要舒服些!——不,少尉先生,你哪来这么舒服的事……可又如何是好呢?——现在我终于可以把这事仔细地考虑一番了……凡事都得深思熟虑……人生莫不如此……那么我们就考虑吧……可究竟考虑什么呢?……——空气清爽宜人……夜晚时常来游乐园走走倒挺开心的……是的,要是早点想到就好了。而现在一切全完了,失去了这游乐园,失去了这清爽宜人的空气,也失去了这散步的悠闲……真不是滋味?——啊,抛开这顶烦人的帽子吧;我觉得它沉重地压抑着我的大脑……使我实在不能有条不紊地思考……是的,就这样……古斯特,现在集中理智吧……做出最后的抉择,别再优柔寡断,举棋不定!明天一早结束生命……明天早晨七点整……七点是一个美好的时刻。哈哈！——那么放在八点吧。学校一上课，一切便过去了……柯波茨基可能连课都上不下去了，他会感到极其悲痛……不过他或许还不会得到我死的消息……真也没有必要让人们听到枪声……马克斯·李佩伊清早开枪自杀，就没有人听见什么，直到下午人们才发现了他的尸体……话说回来，柯波茨基上不上课跟我有什么相干？……哈！——就定在七点吧！对……还有什么事呢？……别的就没什么可要考虑的了。我在屋里开枪自杀，就这么决定了。星期一举行葬礼……我知道，有一个家伙会幸灾乐祸的：就是那个大夫……由于决斗者一方自杀，决斗便没有可能进行……他们将在曼海姆家里议论些什么呢？——嗯，曼海姆先生对此不会太介意……而曼海姆夫人，那个漂亮的金发女人……本来和她是挺有缘分的……是啊，我觉得，要是我当初稍为留意的话，就会博得她的欢心……跟她打交道，可不比跟斯泰菲那玩意儿……毕竟来不得半点的怠慢……也就是说：求爱，送花，说话要理智……面对她可不能信口开河，随便讲什么"明天下午来兵营找我"诸如此类的话……是的，那样一个洁身自好的女人，我悔不该坐失良机。在卜策米斯尔时，我那个上尉的老婆可就不是什么正经东西……我可以断言，利比茨基和维尔穆特克以及那个好色的预备军官都跟她鬼混过……而曼海姆的妻子……跟她来往则迥然不同，那才算得上是真正的来往；跟她来往，几乎会让人来一个脱胎换骨的变化——变得彬彬有礼——这里有自尊可言——只可惜始终就是那帮轻佻货……我很年轻时就开始跟女人打交道了——当时我还是个小伙子，刚度第一次假，住在格拉兹父母那里……里德尔也跟着……那是一个波希米亚女人……年龄比我要大一半——我直到清晨才回家……父亲上下打量着我……还有克拉拉……面对克拉拉我羞得无地自容……当时她已订婚……不知为什么没有结成呢？我也无暇去过问她的事……可怜的小羔羊也从未有过幸福——而且现在又要失去唯一的弟弟……是的，你再也看不到我了，克拉拉——完啦！好姐姐，新年那天，当你陪我到车站时，你万万没有想到再也见不到我了？——还有妈妈……天哪，妈妈……不，我不能缠绵悱恻于其中而不能自拔……一味左思右顾，定会干出不光彩的事来啊……我可以先回一趟家……借口说休一天假……临终前再看爸爸、妈妈和克拉拉一眼……对,我可以乘七点整第一趟开往格拉兹的火车,下午一点就到家……上帝保佑你,妈妈……你好,克拉拉!你们身体都好吗?不,这样做太唐突……他们会察觉出来……就是爸爸妈妈不会……怎瞒得过克拉拉……肯定瞒不过克拉拉……她是个聪明绝顶的姑娘……她最近写给我的信是那么亲切,而我至今还没有回信——她不断地给我提出忠告……心地是多么善良呀……当初我要留在家里的话,一切会不会是另外的情形呢?那样我就会学了经济,去舅舅那儿……当我还幼小的时候,他们都这样寄希望于我……那我现在一定也有了家,娶到可爱善良的姑娘做妻子……也许是安娜,她对我那么钟情……直到现在,我还感觉得到那绵绵之情。我上次回家时,她已经有了丈夫和孩子……我看到了她注视着我的神态……而且她还总管我叫"古斯特"……当她得知我怎样了此一生时,准会悲痛欲绝,泣不成声——可她的丈夫会说:果然不出我所料,如此一个流氓恶棍!——大家都会以为我负债累累,所以才这样……想错了,完全不是那么回事,一切都付得清清楚楚的……只剩下最后一百六十盾了——这笔钱明天就到手……是的,我要想法使巴莱特得到这一百六十盾……临终前一定要写下来……可怕,实在可怕!……我最好是远走高飞——到美洲去,那里没有人认识我……也没有人晓得今天晚上发生的事……那里谁还有闲心关心这事……最近报纸上登了隆格伯爵的事,他干了不光彩的勾当,不得不背井离乡。他在那边开了一家旅馆,往日的一切荣辱全都抛到九霄云外了……而且过几年又可以回来……当然不会回维也纳……也不会回格拉兹……到那时我有了钱……只要我还活着,妈妈、爸爸和克拉拉就一万个高兴……别人跟我有什么相干呢?再说还会有谁对我抱有好感呢?——除了柯波茨基外,少了我,人家一点儿也不会在乎的……柯波茨基倒是唯一的知己……而偏偏就是他,今天非得把票给了我……一切都怪那张票……否则,我就不会去听音乐会,这事也就不会发生了……究竟发生了什么呢?……仿佛已经过去了一百年似的,其实还不过两个钟头吧……两个钟头前,有人辱骂我是"讨厌的无赖",而且要折断我的军刀……天哪,在这万籁俱寂的午夜时分，我真想大喊一声！究竟为什么发生了这一切呢？难道我就等不到衣帽间的人都离去吗？我何苦冲他说出"住嘴"的话呢！我怎么脱口说出了这话呢？我素来不是待人彬彬有礼吗……就是对待我的士兵，我也不曾这样粗鲁过……不过也不足为怪，我精神烦躁——伤心的事一件接一件……赌场上的倒霉和斯泰菲的再三拒绝——以及明天下午的决斗——最近又劳累过度——再加上兵营中那些令人伤脑筋的琐碎事——久而久之，怎么受得了呢！……是的，我迟早会病倒的——当初申请休段时间假该多好……现在没有必要了——要永久休假了——哈哈！……

　　我在这儿还要待坐多久呢？想必已经过了午夜……难道我没有听到钟声？——那边是什么呢……是一辆马车吗？在这种时候？是胶轮马车——我完全可以想象得出来……他们都比我活得快乐——或许那是巴莱特携着贝尔塔……干吗偏偏是巴莱特呢？——走你的路吧！——在卜策米斯尔时，时常可以看到王子那小巧别致的马车……王子总是驾车去城里看望罗森贝格……王子对臣下平易近人，笑容可掬——一位真正的伙伴，无论跟谁都称呼"你"……那段时间真叫人开心……不过……那个地方荒无人烟，凄凉得很。每到夏日，热得人连气都喘不过来……有一天下午，一下就有三个人中暑……其中有我连的那个下士——一个精明能干的家伙——一到下午，我们总是光着身子躺在床上。——有一次，维斯纳贸然闯进来找我。当时，我一定正在做梦，蓦地起来抽出放在身边的刀……想必可滑稽了……维斯纳捧腹笑个半死——他现在已经是骑兵上尉了……——可惜我没有去骑兵部队……不过老头子不同意——这似乎是开了一个代价极高的玩笑——现在一切无非都一个样……为什么？——不言而喻。我知道免不了一死，一死便一了百了——我免不了一死……可怎么个死法？——古斯特，你看，午夜时分你特意来到这游乐园里，万籁俱寂，无人打扰——你现在可以平心静气地考虑一切了……去美洲，不过是异想天开而已，忍气吞声吧，开始干点别的什么，而你又不是那块料——你就是活到百岁，也免不了耿耿于怀，有人要折断你的军刀，辱骂你为讨厌的无赖，你却站在那儿无以应对——不，没什么可考虑的——发生了就是发生了——替妈妈和克拉拉担忧也是多余的——她们终归会克服悲痛……人是可以忘怀一切悲痛的……当她弟弟去世时,妈妈悲痛欲绝——但四个星期后,她几乎就不再放在心上了……她去祭灵……起初每星期一次,后来就每月一次——而现在只是到了周年才去。——明天是我归天的日子——四月五日。——他们会不会把我运回格拉兹呢?哈哈!格拉兹那些蛆虫将会欣喜若狂!——可这跟我有什么相干——这可要让别人煞费苦心了……那么,到底什么事跟我有关系呢?……对,欠巴莱特的一百六十盾。这就是要做的一切——除此以外,无可料理。——写信?写什么呢?写给谁呢?……告别?——见鬼去吧!自杀不就意味着一了百了吗?——于是谁都会意识到已经告别了……要是人们得知这一切对我来说都无关痛痒的话,他们就不会为我感到惋惜——我倒也没有什么可以让人惋惜的……回首往事,有何感慨呢?——我多么渴望再经些世事,比如战争——可是这要等很久……别的一切,我都领受过了……管她叫什么斯泰菲或库尼君德,无非都一个样。说起最好的小歌剧院,无一我不熟悉——而且去过洛亨格林小剧院十二次,今晚又来听了圣乐合唱——一个面包师骂我是讨厌的无赖——天哪,这就够啦!——我从未好奇过那么我们回家去吧,慢点,尽量慢点……用不着着急。——在游乐园里再休息几分钟,躺在一条长凳上——无家可归——我算是跟床断了缘分——我有的是时间,要睡足。——啊。空气!——空气也将遗弃我……

　　真不是滋味?——嘿,约翰,给我来一杯可口的水……什么?……在哪儿呢……好啊,我做起梦来了?……我的脑袋……哎呀……费沙门德……我的眼睛简直无法睁开!——和衣躺着!——我这在什么地方呢?——老天哪,我睡着了!我怎么睡起觉来了。天已蒙蒙亮!——我睡了多久?——要看看表……什么也看不清楚?……我的火柴呢?……划上一根好吗?……三根……我得在四点钟去决斗——不,不是决斗——是开枪自杀!——现在还谈得上什么决斗;一个面包师骂我是讨厌的无赖,只有自杀罢了……难道真有其事发生了?——我觉得脑袋里古里古怪的……脖子好像夹到老虎钳里似的——动也不能动——左腿麻木。——起来!起来!……

啊,这样好些!——天色发亮了……而空气呢,就像我们当年所领受过的清晨的空气。当时,我们在前线当兵,时常在树林里露宿……可那是一种新的苏醒——是新的一天来到眼前……我觉得连自己也不大相信眼前的一切。——人行道上还一片灰暗,空荡荡的——毫无疑问,我现在是游乐园独一无二的游客。——我曾经在清晨四点来过这儿一次,与鲍辛格尔一道——我们是骑着马来的——我骑的是上尉的米罗维茨马,鲍辛格尔骑着他自己的劣马——那是在去年五月——正是鲜花盛开的时候——四处郁郁葱葱。现在一切还光秃秃的——不过春天也快来了——过几天就来了——铃兰花、紫罗兰——可惜我欣赏不到了——所有的无赖都能有所享受,而我却必须死去!这是莫大的痛苦!他们将聚集在葡萄园里吃晚饭,仿佛什么也没有发生过——就跟把李佩尹抬出去的当天晚上一样,我们大家依旧围坐在葡萄园里谈笑风生……何况李佩尹更讨人喜欢……他比我在团里有人缘……少了我,他们哪会没了去葡萄园的雅兴呢?——天气暖融融的——比昨天暖和多了——一股香气阵阵扑鼻而来,一定是鲜花开了……斯泰菲会不会给我送花来呢?这事她压根儿就想不到!……那个阿德勒,她一得知消息倒会立刻来的。如果还是她的话……那个阿德勒,不会吧。两年来,她好像不曾在我的脑海里闪现过……我还从未看到过一个女人像她那样痛哭流涕……她无疑是我交往过的女人中最有姿色的……那么有节制,那么容易满足。我可以断言,她真心爱我——她跟斯泰菲完全两样……连我自己也不明白为什么放弃了她……真是太愚蠢了!我感到太无聊了。对,这就是事情的全部……每天晚上总是领着一个女人出入社交场合……于是,我害怕自己永远摆脱不掉——那样一种苦恼——嗯,古斯特,你要是等一等多好——她确实是唯一真心喜欢你的女人……她现在干什么呢?将来呢?——也许她迫于无望嫁给了别的男人……当然,跟斯泰菲来往要随便些——跟她间或来往,背上全部烦恼的是别人,而我只讲痛快……因此我也不强求她去公墓……不到万不得已,谁愿意去呢!——或许只有柯波茨基吧,不会再有第二个人了!连一个知心人都没有,这还不叫人伤心吗……

纯属一派胡言乱语!不是还有爸爸、妈妈和姐姐吗……是的,我是做儿子的,当弟弟的……可我们的关系不就是仅限于这些吗?他们喜欢我——但毕竟对我了解多少?——他们心中的我不就是服役,赌钱,和女人鬼混而已……除此以外呢?——我有时也为自己不寒而栗,这个我倒没有写信告诉他们——咳,我觉得自己也根本不知如何是好——古斯特,怎么回事,你这时候还缠绵悱恻,不可自拔?你就只剩下哭鼻子了……呸,见鬼去吧!——正步走……就这样!无论是去约会还是去站哨,或者上战场……这话是谁讲的?……啊,对啦,是上校雷德勒尔在饭堂里讲的。当时,大家正在议论温格雷德在第一次决斗前脸色变得苍白——并且呕吐不已——……是的,无论是去约会,还是走向不可抗拒的死亡,真正的军官在步态和表情上是不会让人看出什么的!——古斯特——这可是上校雷德勒尔说过的话!哈!——

　　天越来越亮了……可以拿起书来读了……那边什么在鸣叫呢……啊,对面是火车北站……特格霍夫纪念碑……它看上去从来没有这么高过……那边停放着一排排车……街上除了清洁工外,一个人影也看不见……你们是我见到的最后几个清洁工呀——哈哈!一想到这些,总不免暗自发笑……连我自己也不理解……难道所有的人,当他们知道自己要死去时,都是这样吗?北站的时钟打了三点半……七点钟我就要开枪自杀,是以车站时间还是以维也纳时间为准呢?……难道就没有别的可能……我饿了一天了,肚子咕咕直叫——这并不奇怪……我已经多久没吃东西了?……打昨晚六点去咖啡馆到现在……是的!拿到柯波茨基送来的票后——我匆匆喝了一杯牛奶咖啡,填了两小块面包。——要是那个面包师知道我自杀后,他会说些什么呢?……那条该死的狗!——啊,因为什么,他心里一清二楚——他会茅塞顿开——他会意识到军官意味着什么!——像他那样的家伙,就是在大庭广众之下挨揍也是毫不在乎的,更不用说顾及什么后果了。而我们这等人则不同,哪怕是在没有人的场合受到侮辱,也会变成一具死尸……那个混蛋至少说有意决斗的话——可是不,他会更加小心的,他不敢冒任何风险……那个家伙要活着,要心安理得地活下去,而我——却必须死去!——当然是他害死了我……是的,古斯特,这你意识到了吗?——是他害死了你！难道能让他逍遥法外吗？——不,不能,绝对不能！我要写信给柯波茨基,说明事情的全部真相……或者最好写信给上尉,向团长打个报告……作为一份正式公务报告……别急,难道你相信这样的事能不透风吗？——你弄错了——这一切将刻入永久的记忆中,我倒要看看你还敢不敢再去咖啡馆——哈哈！——"我倒要看看"的话听起来挺亲切的！……我真渴望再经些世事,只可惜没有可能了——一切都完了！

这时,约翰走进我的房间,他发现少尉先生不在家——嗯,他什么都会想到,唯独想不到少尉先生在游乐园里过夜……哦,第四十四连！他们要开向靶场——我们让他们过去吧……好,我们躲到一边去——那边楼上有人打开了窗户——大美人——嗯,要走上前去的话,至少得遮掩一下……上星期天是最后一次……我做梦也没有想到斯泰菲会是最后一个——啊,天哪,这分明是唯一真正令人惬意的乐趣……好啦,两个钟头后,上校先生将威风凛凛地骑马赶来……那帮老爷们养尊处优——向右看！——好……你们要知道,我对你们这伙人不屑一顾！——啊,那个卡策尔叫起队来还挺有一手的……他什么时候调到了四十四连？——你好！——你在做什么鬼脸？……他干吗指着自己的脑袋呢？——亲爱的,你脑袋上有什么好让我感兴趣呢……啊,原来如此！不,亲爱的,你弄错了；我是在游乐园里过的夜……你今天就会在晚报上看到。——"不可能！"他会说,"今天清晨,当我们去靶场时,我在游乐园街上还碰到过他呢！"——谁将会接替我的职务呢？——会不会是瓦尔特勒呢？——嗯,到时候他们会有好戏看的——一个没有魄力的家伙,他本是块鞋匠的料子……噢,太阳已冉冉升起来了？——今天是个好天气——明媚的春光啊……见鬼去吧！——扬扬自得的车夫依旧是清晨八点出现在这个世间,而我……嗯,这意味着什么呢？咳,不言而喻——难道在这最后的时刻,还要因一位扬扬自得的车夫而失去风度……怎么回事,我的心突然怦怦直跳？——不会因为……不,不会的……我好久没吃东西了。——可是,古斯特,你不要自欺欺人:——你害怕——非常害怕,因为你还从未领受过它……不过害怕对你也无济于事,害怕帮谁解脱过呢。人人都免不了这一遭,不过这个早一点，那个晚一点罢了，而你正好早些轮到了……你向来没有得到过很多的尊敬，可临死时起码要拿出从容不迫的风度，我要求你这样！——那么现在也就是说要再三考虑了——可究竟考虑什么呢？……我总是执意要考虑些什么……不就很简单吗：它就放在床头柜的抽屉里，子弹已推上了膛，只待扣动扳机——这当然不需要什么技巧了！——

她们要去上班了……这帮可怜的姑娘！那个阿德勒曾经在一家公司里做事——有好几次，我晚上去接她回来……在商行里做事的姑娘不会变成那样的轻佻货……如果斯泰菲乐意让我独有的话，我就叫她成为女时装裁缝一类的人……她怎么会得知我死的消息呢？——从报纸上……她会生我气，怨我没有写信给她……我觉得自己依然还是神魂颠倒，思无头绪，虑无边际……她生不生气，跟我有什么相干……跟她打交道也不算短了吧？……从一月份以来？……啊，不对，肯定是圣诞节前的事了……我从格拉兹给她带去了糖，新年之际，她给我来了一封信……哎，我在家时收到的那些信全都该付之一炬，可惜不在这儿。再说法尔施泰纳的那封信——要是让人看到了……会给那小子惹来麻烦的……这的确是我的一个牵挂！嗯，说来也不费什么事……可是我没有可能再去翻找出那张纸片来。最好莫过于全部付之一炬……那么一堆废纸，也没有人用得上。我有几本书可以留给布兰尼。——《穿过黑夜与冰雪》……遗憾的是，我不再有可能读完这本书……最近我也难得有空读点书……管风琴的节奏声——啊，从教堂传来的……正在做早弥撒——我好久没有去做弥撒了……最后一次是在菲贝尔。当时，我所在的部队被调遣到那里……话说回来，做弥撒有什么用呢——我留意过我的士兵们，看他们是不是心地虔诚，行为安分……——你想进教堂去……说到底还是有好处的……嗯，今天吃过饭后，我便会一清二楚……啊，"吃过饭后"听起来多么称心如意！……那么要不要进去呢？——我相信，要是妈妈知道我去过教堂，对她会是个安慰！……而克拉拉不怎么会在乎的……好吧，我们进去吧——反正不会有什么坏处的！

管风琴——合唱——噢！——怎么回事？——我觉得晕头转向

的……噢,上帝呀上帝!临死前我多么盼着有个能说句话的人呀!——或许就是那么回事吧——去忏悔!我要是最后对神父说:尊敬的阁下,我感到荣幸之至,现在我就要去自杀了,他准会惊诧得瞪起眼来!……——我恨不得一下子倒在石板地上,假装号啕大哭……啊,不,千万不能那样做!但是哭往往会勾起人们的怜悯之心,产生好的效果……我们坐下来歇息一会儿吧——可别跟在游乐园里一样睡着了!……——这伙虔诚的人命运要好些……噢,我的手开始哆嗦……这样下去,最终连我也会厌弃自己,居然让那无端的耻辱弄得无地自容!——看那个老女人——她还在没完没了地祈求什么呢?我倒可以对她说一句:愿您也能为我一起祈祷吧,这兴许是个主意……我没有正规地学过祈祷……哈!我感到死神使人变得痴呆!——站起来吧!——这旋律又唤起了我什么呢?——天哪,昨天晚上!——走吧,快走吧!我一点儿也受不了啦!……嘘!别发出响声,别让军刀叮当作响——别打扰了陶醉于虔诚世界的人们——啊哈!——外面好舒服呀……晨光泛起……越来越逼近了——它即刻再逝去该多好啊!——我真该当机立断才好——在游乐园里……哪有没枪去寻死的呢……昨晚我手里要有一把枪就好了……真该死!——我这就去咖啡馆吃顿早餐……饥肠辘辘……过去,人家说被判刑的人清早还要喝他们的咖啡,抽他们的雪茄,我感到不可思议……哎呀,我倒从未抽过烟,丝毫也没有抽烟的兴趣!——奇怪:我似乎有兴致去我的咖啡馆……去就去吧,店门已经开了,里面现在还没有我们的人——即便有……大不了故作泰然自若的神态。"六点他还在咖啡馆里吃早点,七点就自杀了。"……我又完全恢复了平静……走起路来飘飘然的——最痛快的是没有人逼迫我——要说打定主意的话,现在还为时不晚,舍弃全部的家当,远走高飞……去美国……"家当",这意味着什么呢?什么又算做"家当"呢?我觉得自己精神失常了?……啊哈,我之所以如此平静,莫非自己总以为不必自杀了?……死定了!死路一条!不,我要自杀!——古斯特,难道你能不想一想脱去军装后的滋味吗?那条该死的狗会捧腹大笑——就连柯波茨基也不再愿意与你握手了……我觉得满脸涨红。——哨兵向我行礼……我得回礼……"早晨好!"我真的回了他一声"早晨好"！……这样总使得那帮穷鬼喜上眉梢……从来还没有人抱怨过我呢——除了公务之外,我向来平易近人和蔼可亲。——我们那次进行军事演习时,我把布里塔卡连的职务奉送给了别人；——一次持枪练时,我听见有人在身后说什么"该死的苦工"之类的话,我没有把那个家伙送交处理——只是对他说:"牢骚太盛防肠断,要是叫别人听见了——可有你好果子吃啦!"……皇宫大院……今天是谁值班呢？那些波斯尼亚人——他们显得挺威武的——上尉最近说过:当我们七八年屈居人下时,谁能相信,这帮人总有一天要归顺我们呢!……天哪,我多么渴望有机会参加这样的征战——他们都从长凳上站起来。——早晨好!——早晨好!——深为遗憾的是,我们从未有过那样的机会——在荣誉的战场上,为了祖国,要比这样光彩多了……好,大夫先生,你却溜之大吉了!……会不会有人接替我去决斗呢？——天哪,我要留言交代,让柯波茨基或瓦梅塔尔代替我去跟那个家伙决斗……对,不能让他那么轻而易举心满意足地溜掉！——啊,胡思乱想些什么呢！难道你还为身后要发生的一切牵肠挂肚吗？一切永远不得而知了！——这里的树枝开始发芽了……有一次,我在人民公园里跟一个女人搭上了话——她红装素裹——就住在施特罗兹胡同里——后来罗赫利茨把她弄到手了……想必她现在还是罗赫利茨的人,但再也没有听到他提过——或许他羞于说出口……斯泰菲这会儿准还在梦乡里……瞧她睡觉时的神态是那样甜蜜可爱……仿佛还是个天真无邪的小姑娘呢！——嗯,她们在梦乡里的神态都是一个模样儿！——按说我应该给她留下临终遗言,为什么不呢——我也要给克拉拉写封信,让她安慰一下爸爸妈妈——就得这样做！——还有柯波茨基……天哪,我想能向一些人直接说声再见不就省事多了吗……而且要给团长打个报告——还欠巴莱特一百六十盾……看来真的还有许多事情要料理……嗯,反正没有人给我规定非得在七点钟不可……八点往后,还怕没时间去死！去死,对——就是这个意思——没有别的出路……

环城路——马上就到了我的咖啡馆……我好像在期盼着这顿早点……叫人难以置信。——是的,吃过早点后,我抽上一支烟,然后回家去写信……对,首先给团长打个报告,再给克拉拉写信——还有柯波茨基——和斯泰菲……我要给卢德尔写些什么呢……"亲爱的宝贝,你大概没有想到吧……"——咳,写些什么呀,一派胡言乱语!——"亲爱的宝贝,我十分感谢你……"——"亲爱的宝贝,我临死之前不忍心不告而别……"咳,写信从来就不是我的长项……"亲爱的宝贝,你的古斯特最后祝你身体健康。……"——她会瞪起惊讶的眼睛!幸亏我没有爱上她……如果爱上了一个女人而这样做的话,那一定会叫人悲伤不已……嗯,古斯特,不用说:这样也够悲伤的了……在斯泰菲之后还会有别的女人登上门来的,终归也会有一个值得让人青睐的女子——一个腰缠万贯的富家闺秀——这是再美不过的好事……我要给克拉拉写信,详细说明我别无选择……"亲爱的姐姐,请原谅我,并安慰好亲爱的父母。我知道,我使你们忧伤,使你们痛苦。可相信我吧,我始终爱你们,也希望你获得新的幸福。亲爱的克拉拉,但愿你别把这个不幸的弟弟忘掉……"啊,我最好别给她写信!……对,这样会使我过分悲痛……一想到这些,眼睛就火辣辣的……我最多不过给柯波茨基写封信罢了——仅致以同事的祝愿,并让他转告大家……已经到了六点?——啊,不,五点半——五点三刻。——看那张脸蛋多迷人!……那个长着一对黑眼睛的小弗拉兹,我常在弗罗里安胡同里碰到她。——那个女子会说什么呢?——可她根本不知道我是谁——她只会感到奇怪,从此再也看不到我了……前天,我打定主意下一次跟她搭话。——她够卖弄风情的……那么年轻——说到底她还是个天真的家伙!……对,古斯特,你今天能办到的,就别拖到明天去!……那家伙一定也是通宵荡来荡去。——嗯,她现在要心满意足地回家去睡觉——我也回去吧!——哈哈!古斯特,现在到了严峻的时刻,对吗……就是谈不上有点害怕,也不会有什么好滋味受吧——归根结底,我必须告诫自己,要顾大体,保持尊严……啊,还要往哪儿走呢?这不就是我的咖啡馆吗……他们正在打扫卫生……嗯,我们先进去吧……

靠后边的那张桌子,是那帮人向来打牌的地方,……奇怪的是,我简直不敢想象,那个始终靠墙坐在后边的家伙竟是辱骂我的人……店里还没有一个顾客……那个服务员呢?……嘿!他正好从厨房里走了出来……他很麻利地穿上了招待礼服……说真的,不再有必要了!……唉,对他仍有必要……他今天还要招待其他顾客呢!——

"您好,少尉先生!"

"早晨好!"

"今天来得这么早,少尉先生?"

"啊,别问了——我的时间不多了。我穿着大衣坐下就是了。"

"请问少尉先生有何吩咐?"

"一杯牛奶咖啡。"

"少尉先生,马上就来!"

请,这儿有报纸……是今天的报纸?……难道已经见报了?……什么呢?——我仿佛要看看是否登出了我自杀的消息。哈哈!——我干吗老站着呢?……我们坐到靠窗的位子上去……他已经把牛奶咖啡端上来了……好吧,拉上窗帘。我讨厌有人探头探脑地向里面张望……此刻自然还不会有人经过……啊,这咖啡够味——这不是空虚的幻觉吧,是早点呀!……啊,简直判若两人——我没有吃夜宵,傻极了……那家伙又站在这儿干什么呢?——啊,他给我送来了小面包……

"少尉先生,您听到了吗?"

"听到什么呢?"天哪,他已经知道了?……胡思乱想,这不可能!

"哈贝茨瓦尔纳先生……"

什么?不就是那个面包师吗?……这家伙现在要说什么呢?难道那个面包师听完音乐会后来过这儿?难道他把一切都兜了出去?……他为什么不往下说呢?……他正在说……

"……昨夜十二点中风了。"

"什么?"……切莫如此激动……千万别叫人看出破绽……也许我在做梦吧……我再问问他……"是谁中风死啦?"好,好极了!——我完全无关痛痒地问了一句。——

"那个面包师,少尉先生!……您也许认识他……就是那个每天下午坐在军官先生们旁打一把牌的胖子……经常与施莱辛格先生和塑料花店主瓦斯纳先生对面！"我一下子醒了过来——一点不错——可我依然不能完全相信——我要再问他一遍……可要故作满不在乎的样子……

"他中风死啦？……怎么回事呢？您从哪儿知道的？"

"少尉先生，除了我们之外，谁还会这么早就知道呢——少尉先生，您现在吃的面包就是哈贝茨瓦尔纳先生做的。清晨五点半，那个给我们送来面包的小伙子说的。"

天哪，我可一点也不能流露出来……我恨不得大声喊出来……我真想放声大笑……真想去吻吻鲁道夫……不过我还得问个水落石出！……中风并不意味着死去……我要问清他是不是死了……千万可得镇定自若，免得叫人看出我与那个面包师有瓜葛——问服务员时我要佯装着看报纸……

"他死啦？"

"嗯，那还用问，少尉先生，他当即就断了气。"

噢，好，好极啦！——这就是最后的结局，亏得我去过教堂……

"他昨晚去听音乐会，回家时在楼梯上跌倒了——房东听见了响声……咳，他被抬进屋里，等到叫来大夫时，他早就断了气了。"

"叫人好不悲伤啊。他还正是年富力强的年龄。"——我此刻很得体地说了这句话——谁都不会看出什么来……我一定要克制自己，千万别叫出声来，更不能跳到台球桌上去……

"是的，少尉先生，让人十分悲痛。一位多么可爱的先生，而且跟我们打了二十余年交道——是我们店主的一位好朋友。可怜那苦命的妻子……"

我相信，在我一生中从来还没有这样高兴过……他死了——他死了！没有人知道什么；什么都没有发生！——我来咖啡馆，简直是莫大的幸运……要不，我不是白白地了此一生吗——这果真是命运的一次安排……鲁道夫在哪儿呢？——啊，他正在跟那个炮手聊天呢……——如愿以偿，他死了——他死了——这让我简直难以相信！我恨不得亲自去看个究竟。——也许他是强压着愤怒，气得中风送了命……哎，管他是怎么死的，这对我都无所谓！庆幸的是他死了，而我却可以活着，一切又属于我！……奇怪，我怎么把哈贝茨瓦尔纳先生做的面包往嘴里塞个不停,是给我做的!哈贝茨瓦尔纳先生,我觉得太好吃了,手艺不凡!——万事如意,我现在还想抽一支烟……

"鲁道夫!您呀,鲁道夫,您就把那个炮手交给我吧!"

"少尉先生,请吧!"

"来一支特拉布柯雪茄!……"——我是多么高兴呀!简直按捺不住……我真不知道做什么好呢?……别闲着,要不我也会因高兴过度而中风!……一刻钟后,我到对面的兵营去,好让约翰给我痛痛快快按摩一番……七点半武器训练,九点半步伐训练。——还要写信给斯泰菲,她今天晚上无论如何要留给我,哪怕去格拉兹!而下午四点……嗯,等着吧,亲爱的!我现在精神焕发,斗志昂扬……我要把你砸成肉泥!

韩瑞祥 译

# 瞎子基罗尼莫和他的哥哥

瞎子基罗尼莫从板凳上站起身,拿起放在桌子上酒杯旁的吉他。他听见了远处有几辆马车的轮子声。他用手摸着,向敞开的门口走去,出了门,走下狭窄的木阶梯,来到搭着顶棚的院子里。他的哥哥跟在他后面。一阵潮湿的冷风贴着又湿又脏的地面从大门吹进来。他们俩背冲着墙,在阶梯旁站好。

凡是越过斯蒂尔夫赛山口的车辆都得经过这家老饭店黑魆魆的门洞。这里是从意大利到蒂罗尔①去的旅客上山前最后一次歇脚的地方。这里相当平坦,不能远眺,大路从光秃秃的山丘间穿过,旅客们在这里都只稍事休息。夏天的这几个月,双目失明的意大利人基罗尼莫和他的哥哥卡尔洛在这里就像在家里一样。

邮车进了院子,接着又来了几辆别的车。大部分人裹着旅行毯和大衣,照旧坐在车子里;也有一些人下了车,在院子的左右两个门洞之间焦急地来回走动。天气越来越坏,下起一场冷雨。在连续晴了几天后,秋天突然降临,似乎比往年来得早。

瞎子一边弹着吉他,一边唱歌。他的声音忽高忽低,很不均匀,有时会突然变得很尖厉。他每次喝了酒唱歌都是这样。有时他翘首仰望,若有所求,但他脸上的表情却呆呆的。他满腮黑胡子楂儿,嘴唇微微发蓝。他哥哥站在他身旁,几乎毫无表情。当有人往他帽子里扔进一枚钱币时,他就点头致谢,迅速地向施舍人投去好似迷惑的目光。但接着,他就把目光移开,像他弟弟那样呆视着前方,心里似乎有些害怕。面对光明,他的眼睛好像觉得有愧,因为他不能分赠他那双目失明的弟弟一丝亮光。

"给我拿酒来。"基罗尼莫说。卡尔洛跟往常一样,顺从地走了。

---

① 奥地利州名。

卡尔洛走上阶梯，基罗尼莫又唱起歌来。他早就不听自己的歌声，所以就能注意听周围发生的事情。他听见附近有两个人在轻声说话，一男一女，都很年轻。他想，这两个人可能在这条路上来往过许多趟了。他看不见，有时朦朦胧胧地觉得南来北往经过的老是那些人。他认识这对年轻的夫妇已经很久了。

卡尔洛走下阶梯，递给基罗尼莫一杯酒。瞎子向着年轻的夫妇举起酒杯说："二位，祝你们幸福！"

男的说了声"谢谢"，年轻的妻子却把他拉开了，她觉得瞎子有些可怕。

现在又进来一辆车，车上吵吵嚷嚷，坐着六个人：父亲，母亲，三个孩子和一个保姆。

基罗尼莫对卡尔洛说："这是一家德国人。"

父亲给每个孩子一枚钱币，让他们扔进乞丐的帽子里。基罗尼莫每次都点头致谢。大孩子又好奇又害怕地看着瞎子。卡尔洛打量这个男孩子。每当看见这么大的男孩子，他就不由得想起往事。他弟弟遭遇不幸，眼睛瞎了的时候，正好也是这样大。事隔二十年，当年的情景还历历在目，记忆犹新。直到今天，小基罗尼莫在草地上跌倒时的尖厉喊叫声还在他耳边回响；直到今天，他似乎还看见那天的阳光在白色院墙上戏耍，还听见星期天教堂的钟声在耳边荡漾。那天，他和往常一样拿起气枪，向墙边的桦树射去，突然，他听到一声喊叫声，他心里马上想到，肯定打伤了小弟弟，小弟弟正好从墙边跑过。他立即放下气枪，从窗口跳到院子里，向小弟弟跑去。小弟弟两手捂着脸，躺在草地上又哭又喊，鲜血顺着他的右颊和脖子往下直淌。这时父亲正好从地里回来，他进了院子，父子俩手足无措，跪在又哭又叫的孩子身旁。邻居们都急急忙忙跑过来。瓦奈蒂老大娘费了半天劲才把小弟弟的手从脸上挪开。接着，铁匠也来了。当时，卡尔洛正跟着他学手艺。铁匠懂一点医，一看就知道，右眼已经完了。晚上，从波斯奇阿沃来了一位医生，他也无能为力。他还说，左眼也危险。果然被他说中了，一年以后，基罗尼莫完全瞎了，世界变成了永恒的黑夜。起初，大家还想法安慰他，说以后会治好的，他也好像相信。卡尔洛知道这已经不可能，整天整夜地在大路上、在葡萄园和树林里徘徊,几乎想自杀。他把这个想法告诉了牧师,牧师对他说,他应该活下去,把一生献给他的弟弟,这是他的责任。卡尔洛也认识到了这一点。他对弟弟无限同情。每当他和弟弟在一起,抚弄他的头发,吻他的前额,给他讲故事,带他在房后的地里或葡萄园之间散步时,他的痛苦才减轻一点。他不愿和弟弟分开,放松了学艺,到后来,尽管他父亲忠告他,为他感到忧虑,他也下不了决心去重操旧业。一天,他忽然注意到,基罗尼莫不再谈论他的不幸了。他很快就知道个中原因:瞎弟弟已经不抱希望了,他知道他再也看不见天空、山峦、街道、亮光,再也看不见人了。卡尔洛比以前更加痛苦,尽管他想,他并非有意造成这次不幸,并以此来安慰自己的心灵。有的时候,当他一清早看着躺在他身旁睡觉的弟弟,会突然感到一阵害怕,怕见弟弟醒过来。他赶紧跑到院子里去,他不愿看见那双死灰的眼睛日复一日地重新寻找那永远失去的光明。那时,卡尔洛想起,基罗尼莫有一副好嗓子,该让他去学音乐。多拉地方学校的老师有时星期天到他们村来,教他学吉他。当时,瞎子当然并未想到,音乐会成为他维持生计的技艺。

那悲惨的夏日好像成了老拉加蒂一家的灾星,从此灾祸不断。收成一年不如一年,老头子辛辛苦苦积攒下来的一笔钱又被一个亲戚骗了去。八月,有一天天气闷热,老头子在地里被雷电打死,给弟兄俩留下一大笔债。房屋田产变卖一空,弟兄俩无家可归,成了穷光蛋,离开了村子。

当时,卡尔洛二十岁,基罗尼莫十五岁。从此,他们开始行乞,到处流浪。起初,卡尔洛曾经打算去找个营生,养活自己和弟弟,但他没有找到工作。再说,基罗尼莫总也安不下心在一个地方久居,他要到处流浪。

他们在北意大利和南蒂罗尔一带的通衢大道、山隘关口流浪,至今已经整整二十年了。哪里过往旅客最多,他们就到哪里去。

以前,每当卡尔洛看见和煦的阳光,看见优美如画的风景就感到心如刀割。现在,时间久了,他心里虽然没有以前那样痛楚,但一种恻隐之痛始终在折磨他的心灵,这种痛楚像心脏的跳动和呼吸那样成为他生命的一部分。基罗尼莫喝醉酒,他就感到高兴。

那家德国人的车开走了。卡尔洛像往常喜欢做的那样,在阶梯的最下面两级坐下;基罗尼莫两臂无力地下垂,脑袋朝上,仍然站着不动。

女用人玛丽亚从饭馆里走出来。她朝下问弟兄俩:"今天赚得不少吧?"

卡尔洛连头也没有回。瞎子弯下腰,从地上拿起杯子,面朝玛丽亚一饮而尽。有的晚上,她在饭馆里坐在他身旁陪伴他一会儿,他也知道她很漂亮。

卡尔洛身子往前一倾,向大路上看去。外面刮着风下着雨,那由远而近的车轮声被风雨声吞没。卡尔洛站起身,又站到弟弟的身旁。

车子开进院子,基罗尼莫又唱起歌来。车子里只有一位旅客。车夫匆匆忙忙拴好马匹,就走进饭馆。那旅客裹着一件灰色雨衣,在车里又坐了一会儿;他好像压根儿没有听瞎子唱歌。过了一会儿,他从车上跳下,急匆匆地在车子附近来回走动。他不断地搓手取暖。现在他好像才看到那两个乞丐。他走到他们面前站住,打量了好一会儿。卡尔洛微微俯首,表示致意。那位旅客很年轻,清秀的脸庞没有一点胡子,眼神不安。他在乞丐面前站了好一会儿,接着又跑到大门口,看看烟雨蒙蒙的天空不耐烦地摇摇头。

"怎么样?"基罗尼莫问。

卡尔洛回答:"还没有给一点儿钱。他走的时候也许会给。"

旅客又走回车旁,靠在车辕上。瞎子又唱起歌。突然间,年轻人似乎听得津津有味。饭馆的男用人走出饭馆,套好马。这时,那年轻人好像才想起似的从口袋里掏出一个法郎,扔给卡尔洛。卡尔洛赶紧说:"噢,谢谢,谢谢。"

旅客上了车,用雨衣把身子裹起来。卡尔洛从地上拿起酒杯,走上木阶梯。基罗尼莫还在接着唱。旅客从车里探出身来,摇了摇头,他既感到优越,又感到悲伤。突然他灵机一动,想出一个招,暗自笑了起来。他对离他不到两米的瞎子说:"你叫什么名字?"

"基罗尼莫。"

"啊,基罗尼莫,你可别让人骗了。"这当口,车夫从里面出来,站在最上面的一级阶梯上。

"尊敬的先生,这话咋讲?"

"我给了你的同伴一个二十法郎的金币。"

"噢,先生,谢谢,真是谢谢您。"

"所以你要注意。"

"他是我的哥哥,先生。他不会骗我。"

年轻人愣了一会儿,他还在考虑说点什么,车夫就上了车,吆喝起来。年轻人靠回车座,脑袋一仰,似乎想说:咳,命该如此,顺其自然吧!马车走了。

瞎子挥动双手,向他致谢。这时他听见卡尔洛从饭馆里出来。哥哥对他喊了一句:"来,基罗尼莫,上面暖和,玛丽亚生火了。"

基罗尼莫点了点头,把吉他夹在腋下,摸着阶梯的栏杆往上走。还在阶梯上,他就高声喊道,"让我摸一摸!啊,我好久没有摸到金币了!"

卡尔洛说道:"什么?你说什么?"

基罗尼莫到了上面,两只手去摸他哥哥的头。每当他感到高兴或表示亲切时,他总要去摸哥哥的头。"卡尔洛,我亲爱的哥哥,天底下还是有好人的!"

卡尔洛接着他的话茬说:"当然有。到现在为止,我们已经得到两里拉三十分,还有奥地利钱,大约半里拉。"

"还有二十法郎!二十法郎!"基罗尼莫高声喊起来,"我知道!"他跟跟跄跄走进饭馆,一屁股坐到板凳上。

卡尔洛问:"你知道什么?"

"别开玩笑了!把钱放到我手里!多长时间我没有摸过金币了!"

"你到底要什么?我从哪儿去弄金币?总共只有两三个里拉。"

瞎子一拳打到桌子上。"够了,够了!你想瞒着我把钱藏起来?"

卡尔洛又惊又急,看了弟弟一眼,就在他身旁坐下,他靠近弟弟,抓住他的胳膊,安慰他说:"我什么也没有瞒着你。你怎么能相信这种话?谁也不会心血来潮,给我一个金币。"

"他可是亲口对我说的!"

169

"谁?"

"谁? 就是那个年轻人,他在院子里来回走着。"

"怎么? 我不懂你的话!"

"他先问我:'你叫什么名字?'然后他对我说:'注意,注意,你可别让人骗了!'"

"你肯定做梦了吧,基罗尼莫,这全是胡说八道!"

"胡说八道? 这是我亲耳听见的,我的耳朵很好使。他说:'别让人骗了,我给了他一个金币……'不,他是这样说的:'我给了他一个二十法郎的金币。'"

店老板走进房间,对他们说:"呐,你们怎么了? 不做生意了? 一辆四匹马拉的马车来了。"

卡尔洛大声说:"来,来!"

基罗尼莫坐着不动:"来干吗? 我来干吗? 对我有什么用? 你站在我旁边,却……"

卡尔洛摸了摸他的胳膊说:"安静点,快下来。"

基罗尼莫不说了,跟着哥哥往下走。还没有走下阶梯,他又开口说了一句:"以后再说,以后再说。"

卡尔洛不懂到底发生了什么事。难道基罗尼莫疯了不成? 就算他生了气,他也从来没有这样说过话。

刚进来的那辆车里坐着两个英国人。卡尔洛摘下帽子,向他们致意,瞎子唱起歌来。一个英国人下了车,往卡尔洛的帽子里扔了几个硬币。卡尔洛说了声"谢谢"。接着,他自言自语似的说:"二十分。"基罗尼莫绷着脸,又唱起另一支歌。两个英国人的车离开了。

弟兄俩默默无言地走上阶梯。基罗尼莫在板凳上坐下,卡尔洛在炉边站住。

基罗尼莫问道:"你为什么不说话?"

卡尔洛答道:"听我说,实际情况只能像我跟你说的那样。"他的声音有点颤抖。

"你说什么?"基罗尼莫问道。

"他大概是个疯子。"

"疯子! 你说得好极了! 有人说'我给了你哥哥二十法郎',你就说他是疯子,那我问你,他为什么说'别让人骗了'啊?"

"也许他没有疯……不过世上也确实有人拿我们穷人寻开心的……"

"嗳!"基罗尼莫喊起来。"寻开心?是的,你一定会这样说的,我早料到了!"他把面前的一杯酒一饮而尽。

"但是,基罗尼莫!"卡尔洛也提高了嗓门,他觉得他惊呆了,几乎说不出话来。"我干吗……你怎么能相信……"

"你的声音为什么发抖?嗳,为什么……"

"基罗尼莫,我向你保证,我……"

"嗳,我可不信你了!现在你笑了……我知道你在笑!"

饭馆的男用人在下面喊他们:"嘿,瞎子,有人来了!"

兄弟俩木然地站起身,下了阶梯。同时来了两辆车,一辆车上坐着三位先生,另一辆车上是一对老夫妻。基罗尼莫唱着歌,卡尔洛站在他身旁,惘然不知所措。他该怎么办?弟弟不相信他了!这怎么可能呢?他的弟弟声音撕裂,唱着歌,卡尔洛非常害怕地从旁边看着他。卡尔洛恍恍惚惚,似乎看见他从未见过的想法从弟弟的头上飘过。

两辆车子都开走了,但基罗尼莫还在唱。卡尔洛没有勇气去打断他。他不知道该说点啥,他怕自己的声音颤抖起来。这时,上面有人哈哈笑了起来,原来是玛丽亚,她朝下喊道:"你干吗还在唱?我可不给你一分钱!"

基罗尼莫正唱到一句歌词的中间,听见玛丽亚的话,就突然停住不唱,好像他的声音和琴弦同时断了。他又走上阶梯,卡尔洛跟着他。到了饭馆里,卡尔洛在他身旁坐下。他该怎么办?他只得再试一次,向弟弟解释,除此以外,他没有别的办法。

他对弟弟说:"基罗尼莫,我向你发誓……基罗尼莫,你好好想一想,你怎么能相信我会……"

基罗尼莫一言不发,他那一双无神的眼睛似乎望着窗外,看着那灰色的浓雾。卡尔洛继续说道:"他也不一定是疯子,他也可能搞错了……对,他搞错了……"但是,他很清楚,连他自己也不相信他说的话。

171

基罗尼莫听得不耐烦,往旁边挪了挪。卡尔洛突然激动起来,继续对弟弟说:"我干吗要……你知道,你吃多少我吃多少,你喝多少我喝多少,我添置新衣服,你也知道……我为什么要那么多钱?我要那么多的钱干什么?"

基罗尼莫从牙缝里挤出几个字:"你别说谎。我听得出来,你在说谎!"

卡尔洛惊愕地说:"我没有说谎,基罗尼莫,我句句都是真话!"

基罗尼莫吼道:"嗳!你是不是已经把钱给她了?还是以后再给她?"

"你说的是玛丽亚?"

"除了她还有谁?哼,你这个骗子,小偷!"基罗尼莫用肘把哥哥往旁边一推,好像不愿和他一起坐在同一张桌子上。

卡尔洛站起身。他对弟弟凝视了一会儿,就走出房间,来到院子里。他瞪大眼睛,看着笼罩在浓雾中的大路。雨已经小了一些。卡尔洛把手插进裤袋,向野外走去。他觉得好像弟弟把他赶走了。到底发生了什么事?……他始终琢磨不透。那年轻人到底是什么人?他明明给他一个法郎,却硬说二十!他这样做总得有个原因吧?……卡尔洛搜索枯肠,追忆往事,看看他是否在什么地方曾经得罪了什么人,如今仇家派人来报复……但是,就他记忆所及,他从未得罪过什么人,从来没有和别人吵过架。二十年来,他总是手拿帽子站在院子里或是大路旁,除此以外,别的事什么也没有做……难道有人为女人的事争风吃醋,和他过不去?……可是,他已经很长时间没有和女人来往了……拉罗萨的女招待是和他有点关系的最后一个女人,那是去年春天的事了……但是他很清楚,谁也不会为她而妒忌他的……简直不可理解!……外面的世界他不曾去过,真是什么人都有啊!……这些旅客哪儿来的都有……他哪里知道他们是什么人?……这个陌生人为什么要对基罗尼莫说,我给了你哥哥二十法郎,他总得有个道理吧?……真是的……可是现在该怎么办?……很明显,基罗尼莫不信他!……这一点他可受不了。他一定得做点什么事加以弥补……想到这里,他就赶紧往回走。

他走进饭馆,看见基罗尼莫躺在长板凳上,看来他没有听见哥哥进来。玛丽亚给他们送来饭菜和饮料。吃饭时,他们没有说一句话。玛丽亚来收拾碗碟时,基罗尼莫突然大笑起来,问玛丽亚:"你打算用这笔钱买什么?"

"你说什么?"

"你想买什么!是买条新裙子还是买耳环?"

玛丽亚对卡尔洛说:"他怎么回事?"

这当儿,下面院子里进来了几辆满载货物的马车,响亮的说话声传到了饭馆,玛丽亚赶紧跑下去。过了几分钟,三个赶车人走进饭店,在一张桌子上坐下。店老板走过去欢迎他们。他们骂起坏天气来。

其中一个人说:"今天夜里要下雪。"

另一个人说,十年前的八月中旬,他曾被大雪困在山隘里,几乎冻死。玛丽亚挨着他们坐下。男用人也凑过来,打听他父母的情况。他们住在下面波尔米奥。

又来了一辆车,带来几位旅客。基罗尼莫和卡尔洛走到院子里。基罗尼莫唱歌,卡尔洛向旅客伸出帽子,旅客给他们一点施舍。现在,基罗尼莫似乎十分平静。有时他问一声:"多少?"哥哥回答后,他微微点头。卡尔洛想集中思想,理出个头绪。但他只是模模糊糊地感到已经发生了可怕的事情,而他却无力抵御。

弟兄俩走上阶梯,听见车夫们在上面胡乱闲扯,又说又笑。年纪最轻的车夫冲着基罗尼莫说:"也给我们唱点什么,我们付钱。"他转向另外两个车夫说,"是不是?"

这时,玛丽亚正好拿着一瓶红葡萄酒走进来。她对他们说:"今天别去撩他,他情绪很坏。"

基罗尼莫一句话不答,站到屋子中间,唱起歌来。等他唱完,车夫们鼓起掌来。

一个车夫对卡尔洛说:"来,卡尔洛,我们也想跟那些人一样,把我们的钱扔进你的帽子。"说着,他拿出一枚硬币,举起手,要往卡尔洛递过来的帽子里扔。这时,瞎子抓住车夫的胳膊说道:"把钱给我,还是给我的好!扔不好,钱会落空的!"

"怎么落空?"

"咳,会掉到玛丽亚的怀里的!"

大家都笑起来,连店老板和玛丽亚也笑了,只有卡尔洛呆呆地站在那里,一动不动。基罗尼莫还从来没有开过这样的玩笑!

车夫们对基罗尼莫喊道:"坐到我们这里来!你真有趣!"他们往一起挤了挤,给基罗尼莫腾出了座位。他们东拉西扯,越说越响,越说越乱;基罗尼莫也跟着乱说一气,嗓门比以往大,情绪比以往高。他不停地喝酒。玛丽亚再次从外面进来时,他想把她拉到身边。一个车夫笑着对他说:"你大概以为她很漂亮吧?她是个又丑又老的婆娘。"

但是瞎子还是把她拉到怀里:"你们都是傻瓜。你们以为我需要眼睛才能看见?我知道,现在卡尔洛在哪里,喽,他现在站在炉子旁边,两手插在裤袋里笑呢。"

大家都朝卡尔洛看去。他正张开嘴巴靠在炉子上。真的,他脸上一动,挤出一丝苦笑,似乎他不能让人看出他弟弟在说谎。

男用人走了进来。他说,如果赶车人想在天黑前赶到波尔米奥的话,他们得赶紧动身了。他们站起身,吵吵嚷嚷地跟大家告别。饭馆里又只剩下弟兄俩。这时已经到了中午;以往到了这个时候,他们有时就上床睡觉去了。午后这一段时间,整个饭馆总是静悄悄的。基罗尼莫把头伏在桌子上,好像在睡觉。起初,卡尔洛来回踱步,然后坐到板凳上。他觉得十分疲倦,好像在做一场噩梦。他不由得想起往事,他和弟弟患难与共一起度过的日日夜夜又浮现在他的眼前,他想起那温暖的夏天以及和弟弟一起漫游过的白色大道,然而现在这一切都已成为遥远的过去,是那样不可理解,好像再也不会有了。

后半晌,从蒂罗尔来的邮车到了,接着又来了几辆马车,都是往南去的。弟兄俩又到院子里去了四趟。他们最后一次上来时,天已经黑了,挂在木头天花板上的小油灯发出吱吱的声响。在附近采石场工作的工人到饭店来了,他们在饭店下面几百步远的地方搭了木棚作为临时住房。基罗尼莫走过去和他们坐在一起,卡尔洛一个人留在原来的桌子上。他觉得他孤孤单单一个人已经好长时间了。他听见基罗尼莫在那边大声叙述他童年的经历。他说,他以前亲眼见过的人和事他都记得清清楚楚,他记得爸爸怎样在地里干活,记得他们家低矮的小房子,房前有个小院子,墙边种着一棵梣树;他还记得鞋匠的两个小女儿,教堂后面山坡上的葡萄园,连那镜子里他自己稚气的小脸蛋他也还记得。这些话卡尔洛不知听过多少遍,今天他却听不下去了。他觉得那声调与以往不一样,似乎话里有话,他弟弟说的每个字都有了新的含义,好像都是针对他的。他悄悄地走出屋子,来到漆黑的大路上。雨已经停了,空气很冷,他很想一直走下去,在深沉的黑夜中一直往前走,走到大路尽头就在路边水沟里一躺,从此一觉不醒。突然他听见一辆马车的轮声,看见两盏马灯闪着光,越来越近。车子从他身旁驶过,里面坐着两个人。一个脸瘦瘦的,没有胡子,就着车灯的亮光,看见黑暗中冒出个人影,吓了一跳。卡尔洛站着不动,挥了一下帽子。马车走了,灯光也随之消失。卡尔洛周围又是一片黑暗。突然,他害怕起来。在他的一生中,他感到黑暗的可怕,这还是第一次。他觉得哪怕只多待一分钟也受不了了。在他朦胧的意识中,此刻在黑暗中感到的害怕和对弟弟的同情奇怪地糅合在一起,驱使他往回走。

他走进饭馆时,看见刚才从他身旁过去的两位旅客坐在一张桌子上喝红葡萄酒,非常亲切地谈着话。他走进去时,他们连眼也没有抬。

基罗尼莫还跟先前一样,和工人们一起坐在另一张桌子上。

他进门时,店老板就问他:"卡尔洛,你到哪里去了?你怎么让弟弟一个人在这里?"

卡尔洛惊愕地问:"出什么事了?"

"基罗尼莫在请客呢。其实这不关我的事,可是你们得想想,很快就是淡季了。"

卡尔洛一步走过去,抓住弟弟的手,对他说:"来!"

基罗尼莫喊道:"你要我干什么?"

卡尔洛说:"睡觉去!"

"放开我,放开我!钱是我挣的,我爱干什么就干什么。嗳!你不能都装进自己的腰包!我是个瞎子,但天底下有好人,他对我说:'我给了你哥哥二十法郎!'"

工人们都笑起来。

"够了！来！"卡尔洛说。他拽着弟弟，把他拉上楼梯，拖进他们睡觉的空荡荡的阁楼。基罗尼莫一路走，一路喊："现在事情终于清楚了，现在我明白了！啊，你们等着瞧。她在哪里？玛丽亚在哪里？你是不是给她把钱存起来了？嗳，原来我是在为你唱歌拉琴，你靠我生活，你是个贼！"他往下一倒，躺在草袋上。

从过道里闪进一线微弱的灯光。那边厢，饭店的唯一的一间客房开着门，玛丽亚正在铺床。卡尔洛站在弟弟面前，弟弟仰面躺着，脸有些发肿，嘴唇微微发紫，汗湿的头发贴在前额上，看上去要比他的实际年龄老好几岁。卡尔洛慢慢地明白了。瞧弟弟怀疑他绝非自今日始，他对他的不信任肯定在心底埋藏了很长时间，只是没有导火线，没有勇气发作罢了。卡尔洛为他做的一切，他的悔恨，他一辈子为他做出的牺牲全都徒劳无益。现在他该怎么办？难道他还该日复一日、年复一年地陪伴弟弟，照顾他，为他讨饭，而得到的报答却是怀疑和咒骂？假如弟弟把他看作小偷，那么任何一个陌生人都能同样地照顾弟弟，甚至会比他做得更好。真的，永远离开他，让他一个人自己过，这是最聪明的办法。那时，基罗尼莫就会明白他做错了，他就尝到被偷被骗是什么滋味，孤苦伶仃是什么滋味。那么他自己又该怎么办呢？好在他还不老，他一个人没有拖累，还能做点事。至少他可以当仆人，到哪儿都能混碗饭吃。但是，当这些想法在他脑海中闪过时，他的眼睛却一直盯着弟弟。突然，他似乎看见他孤零零一个人，在阳光灿烂的大路旁，坐在一块石头上，一双白眼睛睁得大大的，凝望着不能使他目眩的天空，一双手向前面伸着，伸向永远伴随他的茫茫黑夜。他觉得，在这个世界上，正像他的弟弟只有他一个亲人一样，他也只有他弟弟一个亲人。他知道，对弟弟的爱是他生活的全部内容。他现在才第一次清清楚楚地感到，因为他相信弟弟原谅了他，以爱报爱，他才能这样忍受一切苦难。他不能一下子放弃这种希望。他感到，他少不了弟弟，弟弟也少不了他。他不能离开他，也不愿离开他。他只有两条路：要么忍受弟弟的猜疑，要么想办法说服弟弟，使他明白他的猜疑毫无根据……对了，要是能搞到一块金币就好了，明天一早他就可以对弟弟说："我只是把钱保存起来罢了；省得你跟那些工人一起把钱喝光。省得被人偷走。"或者说些其他诸如此类的话……

　　木楼梯上传来脚步声,两个旅客上楼睡觉来了。突然,他脑海中闪过一个想法:到那边去敲门,把今天的事情如实告诉陌生人,请他们赏赐给他二十法郎。但他立刻就明白,这样做一点希望也没有。他们根本不会相信他讲的事。而且,他还记得清清楚楚,当他在黑暗中突然出现在他们前面时,其中一位旅客曾吓得脸色发白。

　　他躺到草袋上。房间里一片漆黑。他听见工人们大声说着话,嘀嘀嗒嗒地走下木阶梯。接着,院子两边的大门关上了。男用人楼上楼下又走了一趟。然后就寂静无声了。卡尔洛听见基罗尼莫打着鼾。很快,他迷迷糊糊地做起梦来。他醒来时,还是一片漆黑。他朝窗户的地方看去。他睁大眼睛,看到漆黑的背景中有一块深灰色的方块。基罗尼莫喝醉了酒,睡得死死的。卡尔洛想到明天,不禁毛骨悚然。他想到明天夜晚,想到后天,想到将来,他非常害怕他面临的孤独生活。晚上他为什么胆子不大一点?为什么他不走到陌生人那里请他们给他二十法郎?也许他们会可怜他。不过——也许没有去求他们反而好些。那又是什么道理?……他一下坐起身,感到心在猛烈地跳动。他明白其中的原因:要是他们拒绝不给,他们就会怀疑他……而现在……他凝视着那灰色的四方块,那里正慢慢地亮起来……他脑中闪过一个违心的念头,啊,不行,不行,绝对不行!……那扇门肯定上了门闩……而且他们会醒过来……啊,窗户已经开始发白,新的一天就要开始……

　　卡尔洛起了床,好像有什么东西把他拉到那边去。他把前额贴在冰凉的玻璃窗上。他为什么起来?是为了考虑问题?……想去试一试?……试什么?……啊,不行,再说这是犯罪。犯罪?对这些不远千里来旅行游玩的人来说,二十法郎算得了什么?他们压根儿不会注意少了二十法郎……他走向房门,轻轻地把门打开。那边的房间离他们两步远,门关着。柱子的钉上挂着衣服。他把衣服口袋摸了一遍。……要是他们把钱袋留在口袋里,那他的生活就好过了,他就不用再去讨饭了……可是衣袋空空如也。现在怎么办?回到房间,躺到草袋上去?也许能想出别的更稳妥更合法的办法弄到二十法郎。他可以每次从施舍中留出几分钱,等到积够了二十法郎就去

177

买一个金币。……可是这要等多长时间啊,也许要等几个月,也许等一年。要是他有勇气就好了!他还站在过道里。他朝那扇门看去。……那从上往下垂在地板上的是什么东西?这可能吗?难道门没有上闩,只是虚掩着?……其实这有什么大惊小怪的。好几个月了,这扇门就没有锁过,干吗要锁呢?他记得,今年夏天,这里只住过三次人,两次是年轻的手工工人,一次住的是一位伤了脚的游客。门没有关,他只要有勇气就行,就能得到幸福!勇气?假如这两个人醒过来就糟了,不过他还可以找到借口。他通过缝隙往屋里看。里头很黑,他只能看到床上两个人的轮廓。他侧耳细听,他们的呼吸很平静均匀。卡尔洛轻轻推开门,光着脚走进屋子,没有一点声响。两张床靠着同一面墙,面对窗户。房间中央放着一张桌子,卡尔洛走近桌子。他用手在桌面上摸来摸去,摸到一串钥匙,一把小刀和一本书。别的什么东西也没有……桌子上哪里会有钱呢!……他只想到他们会把钱放在桌子上。好了,他可以走了!……慢着,也许他再找一会儿就能成功……他摸近门旁的那张床;椅子上放着什么东西,他摸了摸,原来是手枪……卡尔洛心里一毛……是不是趁早把手枪拿到手?这个人干吗带着手枪?要是他醒来发现他怎么办?……啊,不能拿,他可以对他们说:三点了,尊敬的先生,该起床了……他没有动手枪。

  他继续往里摸去。在另一把椅子上放着衣服,衣服下……天哪!他摸到了……这是钱包,他一把拿到手里!……正好这个时候,他听见床轻轻响了一下。他赶紧顺着床沿躺下……床又响了一下,床上的人重重地出了一口气,咳了一声,就又没有声音了。卡尔洛手里拿着钱包,躺着不动,等了片刻。一点动静也没有了。一丝微光从窗户照进了房间。卡尔洛不敢起身,他在地上向门边爬去。门开着,他爬出门来。他爬到过道里,才深深地吸了一口气,慢慢站起来。他打开钱包,钱包分三隔:左右两边只有一些小银币。中间那个袋还有一个滑盖,卡尔洛推开滑盖,摸到三个二十法郎的金币。开始,他想拿走两个,但很快他就克服了金钱的诱惑,只拿出一个金币,然后他把钱袋关好,跪下身子,通过门缝观察静悄悄的房间,把钱袋往里一扔,钱袋滑到第二张床底下。陌生人醒过来会以为钱袋是从椅子上掉下来的。卡尔洛慢慢站起来。地板轻轻地响了一声,这时他听见里面问了一句:"什么?怎么回事?"卡尔洛很快向后退了两步,屏住呼吸,闪进自己的房间。他到了安全地方了,他听着那边的动静……那边床又响了一声,然后就寂静无声了。他手里拿着那个金币。终于成功了!他有了二十法郎,可以对弟弟说:"你看,我不是小偷!"今天他们就启程,向南方流浪,先到波尔米奥,然后通过弗尔特灵继续往南方去……到蒂拉诺去……到埃多勒去……到勃莱诺去……像去年那样到伊塞奥湖去……这不会引起人家的怀疑,前天他已对店老板说过:"过两天我们就下山去。"

天越来越亮了,房间里灰蒙蒙的。啊,基罗尼莫醒过来该多好!清晨走路多么惬意!太阳上山前他们一定要启程。和老板、男用人、玛丽亚道声早安,然后就出发,离开这里……两个小时后快到山谷时,他再跟基罗尼莫说。

基罗尼莫在床上伸了伸四肢。卡尔洛叫了声:"基罗尼莫!"

"什么事?"基罗尼莫用两只手撑着,抬起身子。

"基罗尼莫,我们起床。"

"干吗这么早?"他的那双死眼睛对着哥哥。卡尔洛知道,基罗尼莫在想昨天的事,但他也知道,他在喝醉酒之前是不会说一个字的。

"天气冷起来了,基罗尼莫,我们该走了。今天天也不会转好,我想我们走吧。中午我们就能到波拉多勒。"

基罗尼莫起了身。整幢房子都醒了,听得见各种声响。下面院子里,老板正在和男用人说话。卡尔洛站起来,往下走到院子里。他向来醒得早,常常天蒙蒙亮就来到大路上。他走近老板,对他说:"我们要告辞了。"

店老板问:"怎么,你们今天就走?"

"是的,现在站在院子里,风一吹,冻得厉害。"

"那好吧,你到了波尔米奥,替我向巴尔代蒂问好,告诉他别忘了给我送油上来。"

"好的,我替你问候。另外,这是昨晚的房钱。"说着,他伸手掏钱。

店老板说:"算了,卡尔洛。这二十分我送给你弟弟;我也听他

179

唱歌了。再见!"

卡尔洛说:"谢谢,再说我们也没有这么急。你从工棚回来,我们还能见面。波尔米奥总在老地方,对吧?"他笑起来,走上木阶梯。

基罗尼莫站在房间中央,说道:"好,我已经准备好了。"

卡尔洛说:"马上就走。"

他从房角的旧五斗柜里拿出少得可怜的东西,包成一个包袱,对弟弟说:"今天天不错,不过很冷。"

基罗尼莫答道:"我知道。"两个人离开房间。

卡尔洛说:"走轻一点。昨天晚上到的那两位旅客睡在这里。"他们轻手轻脚走下楼梯。卡尔洛对弟弟说:"老板向你问好。他把二十分房钱送给我们了。现在他在外面工棚里,两小时后才回来。明年我们会再见到他。"

基罗尼莫一句话不答。他们走上笼罩在晨曦中的大路。卡尔洛抓住弟弟的胳膊,两个人默默无言地向山下走去。走了一会儿,大路开始弯弯曲曲地盘旋而下。雾霭朝着他们向上升起,他们头上的山峰好像被云裹住了。卡尔洛想,现在我要跟他说了。

但是卡尔洛没有说话,他从口袋里拿出那个金币递给弟弟。弟弟把金币夹在右手手指间,把它送到脸颊和前额上。他点了点头说:"我早就知道的!"

卡尔洛"啊"了一声,诧异地看着基罗尼莫。

"陌生人不跟我说,我也知道。"

"啊!"卡尔洛不知该说什么好了,"可是你知道,我为什么在上头当着别人的面……我怕你一次就把它全……基罗尼莫,你看,我想你该买件新上衣了,衬衣和鞋也该买了,所以我……"

瞎子摇摇头。他一边用手摸摸外衣,一边说:"买衣服干什么?这件还很好很暖和,现在我们又是向南方去。"

卡尔洛不懂,为什么基罗尼莫一点也不高兴,连一句抱歉的话也没有。他接下去说:"基罗尼莫,难道我做得不对吗?为什么你不高兴?现在我们不是有了金币?整整二十法郎。我要是在山上就告诉你,谁知道……也许……啊,没有告诉你倒反而好,一点没有错!"

这时,基罗尼莫大声喊起来:"你别说谎了,卡尔洛,我已经听够了!"

卡尔洛放开弟弟的手,站住了。"我没有说谎。"

"我可知道你在说谎!……你一向说谎……你已经骗了我一百次了……这次你也是想把钱留着自己用的,可是你害怕了,就是这么回事!"

卡尔洛低下头,没有回答。他又抓住瞎子的胳膊,领着他往前走。基罗尼莫说这样的话刺痛了他;可是他觉得很奇怪,为什么他没有变得更伤心。

雾开始消散。他们默默地走了很久。基罗尼莫说了句"天暖和了"。他说得漫不经心,很自然,他已经这样说过千百遍了。此刻,卡尔洛感到,对基罗尼莫来说,什么也没有变。在他眼里,他卡尔洛一直是个贼。

他问道:"你饿了吗?"

基罗尼莫点点头,从口袋里拿出一块面包和奶酪吃起来。他们继续往前走。

波尔米奥的邮车向他们迎面驶来,车夫对他们说:"已经下山来了?"接着又有几辆别的车过来,向山上驶去。

基罗尼莫说:"这是山谷里吹来的空气。"这时他们转了个弯,弗尔特灵展现在他们脚下。

卡尔洛想,真的,什么也没有变……我为他偷了东西……这也无济于事。

他们下面的雾越来越稀薄,灿烂的阳光透过雾气照射下来。卡尔洛想,这么快就离开饭馆,大概很不聪明……那个钱包掉在床底下,肯定引起人们的怀疑……咳,无所谓了! 难道还有更糟糕的事吗? 他使弟弟双目失明,而弟弟却不相信他,以为他欺骗了他,他过去这样看,以后还会这样看……难道他还能遭遇比这更糟糕的事情吗?

他们脚下那白色的旅馆沐浴在灿烂的朝霞中;再往下,山谷开始展宽,狭长的村子坐落在山谷中。两个人默默地继续往前赶路,卡尔洛的手一直扶着瞎子的胳膊。他们走过旅馆的停车场,卡尔洛看见身着夏装的旅客在平台上用早点。卡尔洛问道:"你想在哪儿

181

休息?"

"跟以往一样,到大鹰酒馆去。"

他们来到位于村子尽头的小酒馆,进去歇脚。他们在柜台前坐下,要了酒。

店老板问道:"这么早就到我们这里了?"

卡尔洛听到这么问,稍稍吃了一惊。"难道还早吗?今天都九月十日还是十一日了,对不对?"

"去年你们下山时,肯定比今年晚得多。"

卡尔洛说道:"上面太冷了。昨天夜里我们都冻坏了。对了,我要转告你,别忘了把油送上去。"

酒馆里的空气又浊又闷。卡尔洛觉得一阵不安,他宁可到外头去,到大路上去,到通往蒂拉诺,通往埃多勒,通往伊赛奥湖,通向远方的大路上去。他突然站起来。

基罗尼莫问道:"这就走?"

"今天中午我们要赶到波拉多勒,马车都在大鹿酒家歇脚,那是个好地方。"

于是弟兄俩又起身上路。理发师贝诺奇抽着烟站在店门前。他对他们喊道:"你们好!山上怎么样了,昨天夜里大概下雪了吧?"

卡尔洛答了句"对,对",加快了脚步。

他们走出了村子,一条白色大路在草地和葡萄园之间,沿着潺潺有声的河流,向远方延伸。蔚蓝色的天空万籁俱寂。卡尔洛心想,我为什么要那样做?他从侧面看着瞎子。他的脸色与往常有什么不同?他一直那样看我,他始终在恨我,我一直是孤零零一个人。他觉得他身上背着沉重的包袱,他在重压下艰难地往前迈步,他再也不能从肩上卸去这沉重的包袱;他似乎看见了基罗尼莫在他身旁跨过的沉沉黑夜,而这时,太阳正把那金色的阳光洒满了条条大道。

他们继续往前走,走了几个小时。基罗尼莫不时地在里程碑上坐下休息,有时他们靠在桥栏杆上歇一会儿。他们又经过一个村子。饭馆前停着马车,旅客们下了车,来回踱着步。两个乞丐却没有停留。他们穿过村子,又上了大路。太阳越来越高,肯定快到中午了。这一天平平常常,没有什么奇特的地方。

基罗尼莫说:"前面是波拉多勒的教堂钟楼。"卡尔洛抬头望去,果然不错,地平线上出现了波拉多勒教堂的钟楼。他非常惊奇,基罗尼莫怎么把距离算得这么准。远远的有个人影向他们走来。卡尔洛觉得,那个人原本在路边坐着,突然站了起来。那人越来越近。现在卡尔洛看清了,那个人是警察。他在大路上常常遇到警察,可是他心里还是有点发毛。警察走近了,卡尔洛认出他是比埃特罗·台奈里,这才放了心。今年五月,他们在莫里尼奥内村拉加奇的饭馆里还曾坐在一起聊过天呢。当时,他给弟兄俩讲了一个很可怕的故事,说他几乎被一个流浪汉刺死。

基罗尼莫说道:"前面有人站住了。"

卡尔洛回答:"是台奈里警察。"

他们向他走过去。

卡尔洛说:"早安,台奈里。"说着就在他前面站住。

警察说:"对不起,我要把你们俩暂时带到波拉多勒警察所去。"

瞎子喊了一声:"嗳!"

卡尔洛的脸色唰地白了。他想,这怎么可能?对,不会是那件事,山下的人还不可能知道。

警察笑着说:"看来你们也是去波拉多勒,你们跟我走,大概没有什么不方便的。"

基罗尼莫问道:"卡尔洛,你怎么不说话?"

"噢,对,我说……请问,警察先生,这怎么可能呢?……我们该……不,不,我该……真的,我真不知道……"

"事情是这样的。也许你没有罪。我也不清楚。我们收到了一个电报,叫我们拦住你们,电报说,山上有人被偷了钱,你们有嫌疑,而且嫌疑很大。当然,你们也可能没有罪。好,走吧!"

基罗尼莫又问了一遍:"卡尔洛,你怎么不说话?"

"我说,啊,我说……"

"快走吧!停在路上有什么用!太阳晒得厉害。走一个小时就到了。开步走!"

卡尔洛搀着基罗尼莫的胳膊,两人慢慢往前走,警察跟在他们后面。

基罗尼莫又问:"卡尔洛,你为什么不说话?"

"基罗尼莫,你要我说什么?我能说什么?过一会儿就会水落石出的,我自己也不知道……"

卡尔洛心里盘算着:出庭前,我是不是该对他说实话?……看来不行,警察在旁边听着……其实,听见又有什么妨碍?到了法院,反正我要说实话。我这样说:"法官先生,这不是一般的偷窃。事情是这样的……"他脑子里考虑着怎样说才能把事情说得清楚明白,"昨天有一位先生经过山口……他可能是个疯子……也许他搞错了……这个人……"

唉,说这些有什么用!谁会相信?法院甚至不会让他说这么多……谁也不会相信这种可笑的事……连他的弟弟都不相信……他从侧面看着他的弟弟。瞎子的头随着走路的节拍一上一下地动着,这是他走路时的老习惯。但他脸上毫无表情,一双没有眼珠的眼睛对着天空。卡尔洛突然知道,他弟弟在想什么……基罗尼莫肯定在想,喏,事情就是这样……卡尔洛不仅偷我的,还偷别人……是的,他蛮不错,他有一双好眼睛,他充分利用他的眼睛……对,这就是基罗尼莫的思想,他肯定这样想……即使他们在我身上找不到那块金币也无济于事了,不管在法院还是在基罗尼莫这里,这都帮不了我的忙。他们会把我关起来,也会把弟弟关起来——钱在他身上。他觉得心乱如麻,想不下去了。他对这件事好像一点也不懂,他只知道一点:要是基罗尼莫明白,他是为他才变成小偷的,他心甘情愿去坐一年牢,甚至十年。

突然,基罗尼莫站住了,卡尔洛也只好停下脚步。

警察生气地说:"怎么回事?快走,快走!"他很纳闷,他看见瞎子手一撒,吉他掉到地上;他抬起胳膊,两只手向哥哥的脸颊摸去。接着,他把嘴唇贴近卡尔洛的脸吻起来,卡尔洛开始时不知发生了什么事。

"你们疯了?"警察说道,"快走,快走!我可不愿意在太阳底下煎油。"

基罗尼莫一句话不说,从地上捡起吉他。卡尔洛长长地舒了口气,把手放到瞎弟弟的胳膊上。不是在做梦吧?弟弟不生他的气了?

他终于明白了？他疑惑不解地从侧面观察他的弟弟。

警察喊道:"快走！你们倒是快走啊!"说着,他在卡尔洛的后背上推了一把。

卡尔洛紧紧地拉着弟弟的胳膊,领着他向前走去。他比先前走得快多了。因为他看见基罗尼莫的脸上露出一丝幸福的微笑,只有在童年时,他才看见弟弟这样幸福地笑过。卡尔洛也微笑起来。他觉得,不管在法庭,还是在其他地方,他再也不会遭遇什么厄运了。他的弟弟又回到了他身边……不,他第一次有了弟弟!……

赵登荣 译

# 陌生的女人

早晨六点钟,阿尔贝特从梦中醒来。旁边的那张床空着,他妻子已经不见了。床头柜上压着一张字条。阿尔贝特伸手取来字条,读到下面的文字:"亲爱的朋友,我醒得比你早一些,再见,我走了,我也不知道是否还回来,你多保重,卡塔琳娜。"

阿尔贝特摇着头将字条扔在白色的被子上面。她今天是否回来,对他来说已经无关紧要。留言的内容和口气一点儿也不使他感到诧异,这件事情只不过比他预计的时间提前了一些。幸福仅仅持续了十四天,然而,这又有何妨?他已做好了一切准备。

他慢腾腾地下了床,披着睡衣,来到窗前,推开了窗户。在他的脚下是曙光普照的因斯布鲁克①,整个城市显得宁静安谧,远处的一座座挺拔突兀的山峰直刺淡蓝色的天空。阿尔贝特将胳膊交叉在胸前,凝视着远方。他心里非常难过,他想,纵然早有先见之明,甚至事先拿定了主意,也无法避免这种厄运,充其量只能对其保持冷静的态度。他有些迟疑。现在还等待什么呢?立刻结束这一切难道不是最好的选择吗?难道不正是折磨人的好奇心一次又一次地瓦解了他的意志吗?命中注定的事情必然是要应验的。在两年前的一次舞会上,当他第一次感觉到从她那两片神秘莫测的嘴唇中呼出的凉气接触到他的面颊时,这一切就已经是命中注定的了。

他还记得,那天夜里是和友人温岑茨一起回家的。他对温岑茨当时说过的话至今仍记忆犹新,他耳畔又回响起友人的谆谆告诫。温岑茨了解卡塔琳娜和她家的情况。她父亲是某炮兵团的上校,在波斯尼亚战役中被册封为男爵,后来死在叛乱者的枪下。她的兄弟是一个骑兵少尉,他很快就将父亲留给他的那份遗产挥霍一空。为

---

① 奥地利蒂罗尔州首府。

了不让儿子受罪,他母亲几乎倾家荡产,然而,这样也没能维持多久,这个年轻军官不久就开枪自杀了。从此以后,卡塔琳娜的未婚夫马斯布格男爵断了与他们家的来往。据说,这件事不仅与上面提到的家庭经济情况日渐衰败有关,而且还与葬礼上出现的一幕奇怪的场面联系在一起。当时,卡塔琳娜啜泣着倒在她兄弟的一个战友的怀里,就像他是她的密友或者未婚夫似的,其实,葬礼之前,她还根本不认识此人。一年以后,她狂热地爱上了著名的风琴演奏家巴纳蒂,然而,他们甚至还没有说过一句话,巴纳蒂就离开了维也纳。一天早晨,卡塔琳娜向母亲讲起她夜里做的梦:巴纳蒂来到她们家,在钢琴上演奏了巴赫的一支赋格曲之后,突然向后一仰摔倒在地上,立刻就咽了气,这时,天花板裂开了,钢琴缓缓飘上了天空。就在同一天,传来了巴纳蒂的死讯:在伦巴第①的一个村庄里,他从教堂尖塔上跳了下来,摔死在公墓里的一座十字架底下。在此之后,卡塔琳娜身上开始出现了忧郁症的某些症状,病情日渐严重,最后,她整天处于沉思之中。由于母亲的坚决反对以及她对卡塔琳娜康复的坚定信念,医生才放弃了把她送进医院的打算。卡塔琳娜孤独地度过了一年,白天,她总是默默地打发时光,夜里,她却常常从床上起来唱起一些从前爱唱的歌曲。她渐渐地从沉思中苏醒过来,医生们对此也感到非常吃惊。她好像重新获得了生命和欢乐,开始接受人们的邀请,最初只是在很小的范围之内,后来,她的社交圈子越来越大,当阿尔贝特在白十字架舞会上认识她的时候,她的情绪好极了,以至于阿尔贝特对温岑茨在回家的路上讲的一番话只能半信半疑。

  阿尔贝特·封·韦伯林过去很少与外界交往,但是凭借他家的名望和他在某部担任助理秘书的职务,他很容易就进入了卡塔琳娜的社交圈子。他每见到卡塔琳娜一次,都进一步加深了对她的爱慕之情。卡塔琳娜在穿着方面非常简朴,但是她那高挑的身材,尤其是她侧耳倾听别人说话时那种独特而高贵的举止,使她显得优雅出众。她很少说话,与别人在一起的时候,她的眼睛总好像是望着其他人难以企及的远方。她不屑理睬小伙子,相反倒更愿意和一些有地位和

---

① 意大利地名。

有名望的上了年纪的男人们交谈。在他们相识一年之后,阿尔贝特听说她与刚从西藏和土耳其斯坦①考察回来的鲁明斯豪斯伯爵订了婚。阿尔贝特当时觉得,卡塔琳娜出嫁之日将是他的生命结束之时;三十年来,他的生活从未受过任何外界的干扰,现在他突然一下子亲身体会到那种能够使最谨小慎微的人也陷入强烈的感情危机的狂热。他深信自己在卡塔琳娜面前是微不足道的。他虽然有固定的收入,作为单身汉也过得相当舒适,但是,他不可能从任何人那里得到一笔财富;他的前程虽有保障,但是他肯定不会官运亨通,飞黄腾达;他在衣着方面一向很讲究,但是绝不追求时尚;他谈吐机智洒脱,却又从来没有任何惊人之语;他总是受到人们的欢迎,但又从未成为大家注目的对象。然而,他又觉得,假如他想得到卡塔琳娜,那么肯定会有一个像卡塔琳娜一样的神秘人物,从另外一个世界降临到他的身边,她可以要求他对这种受之有愧的幸福付出高昂的代价。因为他已经准备做出任何牺牲,所以也就渐渐觉得自己也能配得上卡塔琳娜了。有一天早晨,他得知鲁明斯豪斯伯爵未作任何解释就去加里西亚②了。他认为这是一个合适的时机,于是他一反过去的作风,毅然决然地前往卡塔琳娜的家。

对他来说,那似乎是多么遥远的事啊!

他的眼前浮现出坐落在索腾大院里的那间屋子,屋顶很低,略呈拱形,室内陈设着精心擦拭过的老式家具,窗户旁边孤零零地摆着一张深红色的圈椅,钢琴开着盖,上面摊着一本翻开了的乐谱,桃花心木圆桌上放着一本珠光封面的影集和一只盛放名片用的古色古香的尼斯瓷碟。他还记得,他当时从楼上看见许多刚刚做完复活节前星期日弥撒的人正从对面的索腾教堂里出来,走进了这个宽敞的大院。教堂的钟声响了,卡塔琳娜搀着她母亲从隔壁房间走了进来,出乎阿尔贝特意料之外的是,她对他这次来访并不感到惊奇。她面带笑容地听完阿尔贝特的述说,欣然答应了他的求婚,她似乎一点儿也不激动,好像只是接受了一个参加舞会的邀请。她母亲默默地坐在角落

---

① 苏联地名。
② 波兰地名。

里的沙发上,脸上始终带着殷勤的微笑,她的听觉有些迟钝,时常把黑色的袖珍绢扇贴在耳背后面。屋子里很凉爽,使人感到一种星期日特有的宁谧。在整个谈话过程中,阿尔贝特始终有这样一种感觉:他是到了一个长期以来屡经疾风暴雨的侵袭,迫切希望得到安宁和休息的地方。他在走下灰白色的楼梯时,并不为自己的愿望得到了满足而感心情愉快,他意识到自己已经跨入了一生中的一个奇妙、神秘、充满未知因素的时期。整个星期日,他一直在户外闲逛,从一条大街走到另一条大街,穿过花园和林荫道,头顶上是春季晴朗的天空,许多兴高采烈、无忧无虑的行人擦肩而过,他感到,从现在起自己将不再是这些行人中的一员,主宰他的将是另外一种特殊的命运。

　　从此以后,阿尔贝特每天晚上都坐在楼上这间拱形屋顶的房间里。卡塔琳娜经常唱歌,她声音圆润甜美,但缺乏表现力,她唱的歌曲大部分是歌词简单的意大利民歌,阿尔贝特用钢琴为她伴奏。夜深人静,他俩还常常站在窗前,望着下面静悄悄的大院,院子里的树正在抽叶开花。下午,若是天气晴朗,他们有时就在贝尔韦德勒公园约会,卡塔琳娜总是提前来到约会地点,坐在那里看孩子们玩耍。看见阿尔贝特来了,她就站起身,然后两人沿着洒满阳光的石子路悠闲地散步。起初,阿尔贝特常爱谈起自己早年的生活经历,比如在格拉茨的父母家里度过的童年时代,在维也纳的大学生涯以及几次夏季的旅行。他感到奇怪的是,当他回忆往事的时候,就连这些过去的生活也显得虚无缥缈了,这也许因为卡塔琳娜对所有这些事情毫无兴趣吧。在这以后,发生了几件奇怪的事,虽然事情本身也许并不重要,但是毕竟一直没有人对此做出解释。一天中午,阿尔贝特在斯特凡广场看见他的未婚妻和一个身穿丧服的美男子在一起,他过去从未见过此人,就停住了脚步。卡塔琳娜冷淡地向他打了一个招呼,连话也没说上一句,就跟着那个陌生的男人走了。阿尔贝特尾随在他们后面走了一段路,看见那个人上了一辆停在街角的轿车。车开动之后,卡塔琳娜就回家了。晚上,阿尔贝特问起那男人是谁,卡塔琳娜诧异地望着他,说了一个他从未听到过的波兰名字,然后,她就进了自己的房间,整个晚上再也没有露面。还有一天晚上,她让阿尔贝特白白等了一场,大约十点钟才回到家里,手里握着一束野花。她说,她是去乡间游玩时在一片草地上睡着了,说罢将野花扔到窗外。还有一次,她和阿尔贝特去参观艺术之家。她在一幅油画前面伫立了很久,画上描绘的是偏僻山区的自然风光,绿草茵茵,白云悠悠。以后几天,她总是提到那个偏僻的山区,好像她真的去过那里,而且是在童年的时候与她已经去世的哥哥一起去的。阿尔贝特起初认为她只是开个玩笑,但是渐渐发现这幅画在她的记忆中确实栩栩如生。他当时觉得,他的惊讶之情逐渐开始转变成一种令人痛苦的恐惧。但是,她的行为愈加不可思议,他对她的眷恋却愈加迫切。有时,他设法让她谈起年轻时的生活。然而,她所讲述的一切,无论是对真实事件的叙述,还是对昔日梦幻的表白,都像笼罩在一层黯淡的光环之中,以至于阿尔贝特不知道在她的记忆中究竟还铭刻着些什么。是从教堂尖塔跳下来的管风琴演奏家,还是在普拉特大街上与她擦肩而过的年轻的蒙德纳公爵,或者是一个名叫范·迪克舍尔的少年,她在少女的时候曾经在列支敦士登美术馆看到过他的肖像。她整天浑浑噩噩地打发时光,似乎没有任何明确的目标。阿尔贝特感到,他在她的眼里无足轻重,充其量不过是在社交场合与她握手的许多男人中的一个。他没有力量改变她那种扑朔迷离的生活方式,甚至渐渐感到她那使人迷惑的气息已经使他麻木,因此,他慢慢开始按照自己的方式去思考和行动,并且放弃了日常生活中一些必不可少的东西。他开始为将来的家购置物品,这笔开销大大超出了他的积蓄,他还送给未婚妻一些相当珍贵的珠宝首饰。婚礼的前一天,他在市郊别墅区买下了一幢小楼,这是她在一次散步时亲自看中了的。当天晚上,他交给她一张赠予证明书,证明这幢别墅将归她一人所有。她仍然像当初答应他的求婚时那样心平气和、高高兴兴地接受了一切。她一定以为他要比实际上富有得多。阿尔贝特最初当然想过要跟她谈谈自己的财产情况,但是却一天一天地拖了下来,始终没有说出口,末了,他终于认为对这类事情再做任何说明都是多余的。卡塔琳娜每次谈起自己的未来,根本就不像一个在为今后的道路进行设计的人那样,在她的面前,似乎向来就存在各种选择的可能,她的行为表明,对她来说没有任何内部的或者外部的约束。有一天,阿尔贝特终于意识到,他面临的是短暂而又无把握的幸福,一旦卡塔琳娜离他而去,那么随之可能发生的一切对他来说将失去全部意义。没有卡塔琳娜的生活对他来说是不堪设想的。他已经拿定了主意,一旦失去卡塔琳娜,他也就准备离开这个世界。在做出这个决定之后,他在这段迷惘、思念的时间里也就找到了唯一而又可靠的精神支柱。

在举行婚礼的那天早晨,阿尔贝特感到,卡塔琳娜仍然像他们刚认识的那个晚上一样陌生。她没有激情,毫无反抗地委身于他。然后,两人一起去山里度蜜月,驱车穿越一道道深沟峡谷,在阳光明媚、波光粼粼的湖畔散步,在风声飒飒的林间小径探幽,倚在窗前眺望山下一座座令人陶醉的城市和一条条无声无息的街道,他们的视线随着充满奥秘的河流溯源而上,越过默默无言的山冈,射向云雾弥漫的天空。他们也像其他一些年轻的情侣那样手挽手地散步,在建筑物和橱窗前面伫立,谈天说地,尽情欢娱,开怀畅饮,脸贴着脸进入幸福的梦乡。但是,她有几次也撇下阿尔贝特一个人:在乡下客栈的小屋里,光线昏暗,充满了陌生的悲哀;在花园里的石凳上,听着人们津津乐道花开香飘的时节;在宏伟的大厅里,面对一幅画着农奴和圣母、色调暗淡的油画。在这些时候,他根本就不知道卡塔琳娜是否还会回来。他感到,从结婚的第一天起就什么都没有改变,她仍然像从前一样自由,他也一如既往地迷恋着她。这种感觉就像心跳一样在他心脏里时时出现,实实在在。

今天早上,在蜜月旅行进行了十四天之后,她终于消失了,留下了那封奇怪的信,虽然他大为震惊,但却丝毫也不感到突然。他以为,假如他去打听她的行踪,那么既是降低了她的身份,同时也贬低了自己。究竟是什么原因促使她离他而去,无论是心情,还是梦境,或是一个活生生的人,反正都已经无所谓了。她已经不再属于自己了,除此之外,他什么都不知道,而且什么也不需要知道。也许,这件不可避免的事情早些发生甚至还是一件好事。为买下那幢别墅,他的财产已经减少到最低限度,他们两个人仅仅依靠他的那一份微薄的薪水是生活不下去的。他觉得跟卡塔琳娜谈谈紧缩开支和日常生活中的烦恼简直是不可能的。突然,他的脑海里闪过一个念头:干脆跟她分手算了。他的目光落在被子上面的字条上,他想,可以在空白的那一面简单地写上一句说明原因的话,继而,他又清楚地意识到,这样的一句话对卡塔琳娜恐怕毫无意义,于是就放弃了这个念头。他打开手提包,将他的袖珍左轮手枪塞进兜里,他打算到城外找一个僻静的地方,体面地完成他的使命。

夏天的早晨,深蓝色的天空万里无云,闷热的天气提前来到了这座城市。阿尔贝特出了旅馆,朝前走了不到一百步,突然看见卡塔琳娜就在前面不远的地方,她手里打着一把灰色的丝绸遮阳伞慢慢悠悠地走着。阿尔贝特的第一个反应就是想赶紧拐入另一条大街,然而,有一股力量在他的心里油然生起,超过了他的所有的决心和考虑,催促着他紧随其后,以便能够搞清楚他在一分钟之前甚至还觉得无所谓的事情。他有些害怕,担心她会突然转过身来发现自己。卡塔琳娜朝着宫廷的花园方向走去,阿尔贝特跟在后面,始终保持一定的距离。这会儿,卡塔琳娜来到了宫廷教堂。教堂的大门开着,她走了进去。阿尔贝特稍稍迟疑了一下,然后也跟了进去,在入口处旁边光线最暗的地方停下脚步。卡塔琳娜慢慢地穿过教堂的中殿,中殿两边各有一排英雄和女神的雕像,突然她在一尊雕像前面停了下来。阿尔贝特离开刚才站的地方,绕了一大圈,悄悄地溜到耸立在教堂中央的马克西米连皇帝[①]的墓碑后面。卡塔琳娜一动不动地站在特奥德里希[②]的青铜雕像前面,这位英雄左手按着剑柄,两眼注视着前方,他的姿势既庄严又懒散,仿佛他知道自己的行动既伟大又毫无意义,好像他的全部自豪感都给忧郁吞没了似的。卡塔琳娜站在英雄铜像前面,久久地凝视着这位哥特人国王的脸。阿尔贝特在马克西米连皇帝的墓碑后面躲了一会儿,然后鼓足勇气走了出来。卡塔琳娜肯定听见了脚步声,但却没有转身,像着了魔似的站在原地动也没动。许多人拥进了教堂,这是一些外国人,手里拿着红色封面的导游手册,他们在卡塔琳娜身前身后大声交谈。卡塔琳娜根本没听他们在说些什么,等到教堂重新安静下来之后,她仍然像原先一样一动不动地站在原地,宛若一尊圣像。过了一刻钟,又过了一刻钟,卡塔琳

---

① 即马克西米连一世(1493—1519),曾是波希米亚国王和德意志神圣罗马帝国皇帝。
② 即特奥德里希大帝(471—526),东哥特国王。

娜仍然一动不动地站在那里。

阿尔贝特走出教堂，在出口处，他再次转过身去，只见卡塔琳娜凑近青铜雕像，用嘴唇轻轻地吻了一下英雄的脚。阿尔贝特匆匆离去，脸上带着微笑。他的脑海里突然闪过一个念头，他有些激动，也感到欣慰。现在，当他离开这个世界之前，他毕竟还可以为他所爱的人做点什么。他来到火车站大街的一家工艺美术品商店，想买一尊和真人一样大小的特奥德里希青铜雕像。他来得正巧，一个月以前刚刚做好了一尊和真人一样大小的特奥德里希青铜雕像，订户是一位勋爵，可他不幸去世了，他的继承人拒绝购买这件艺术品。阿尔贝特问了价钱，大约与他剩下的财产差不多。阿尔贝特留下了他在维也纳的住址，并且嘱咐商店派一个可靠的工匠把它安置在那幢别墅前面的花园里。然后，他离开了商店，穿过市区，走上了经过郊区维尔滕通往伊格尔斯的大道。在一片小树林里，他开枪结束了自己的生命，这时刚好是正午时分。

这次意外事件之后，大约过了几个星期，卡塔琳娜才回到维也纳。在此期间，阿尔贝特已经被安葬在格拉茨的家族墓地。在到家的当天晚上，卡塔琳娜在花园里的铜像前站了很久，在高大挺拔的树木衬托下，这尊塑像显得格外优美恬静。她回到自己的房间，给淮罗纳①的安德烈亚·盖拉尔迪尼写了一封留局待领的信。安德烈亚·盖拉尔迪尼是一个男人的名字，那天，她离开特奥德里希铜像之后，这个男人从宫廷教堂开始就一直跟在她的后面，现在，她肚子里正怀着这个男人的孩子。然而，卡塔琳娜永远也没有搞清楚，安德烈亚·盖拉尔迪尼是不是这个人的真实姓名，因为她一直也没有收到回信。

蔡鸿君 译

---

① 意大利地名。

# 希腊舞女

不管别人怎么说，反正我是不相信玛蒂尔德·萨莫德斯基夫人死于心力衰竭，因为我清楚她的真正死因。我没有走进那幢房子——她今天就是被人从那里抬了出来，送入她所渴望的安息之处。我也没有兴致，去见同我一样清楚她为何而死的那个人并和他握手致哀。

我走的是另一条路。尽管它远了点，但秋日美丽而宁静，更何况能一人独处，我感到非常快慰。我很快来到花园的栅栏后面，去年春天我就是在这里最后一次见到她的。别墅的百叶窗全都关着，鹅卵石路上铺满了殷红的落叶，透过树叶的缝隙，我从任何一个角度都能看到希腊舞女的白色大理石雕像在微微闪光。

今天，我要好好回想一下那个晚上。对我来说，这简直是命运的安排。那时，我还在最后犹豫要不要接受瓦滕海姆的邀请，因为我在最近几年时间里已经对各种社交活动完全失去了兴趣。或许是从山丘那边吹进城里来的温馨晚风把我诱惑到了郊外。再说，这是瓦滕海姆一家为庆祝他们的别墅落成而举行的游园会，所以也无须担心会有什么特别的拘束。奇怪的是，在去的路上我几乎没有想过有可能在郊外遇见玛蒂尔德。我也知道，这座出自萨莫德斯基之手的名为"希腊舞女"的雕像是瓦滕海姆先生专为他的别墅购置的；我还知道，瓦滕海姆夫人已经爱上了这位雕塑家，就像其他女人一样——对这方面的事情，我知道得不比别人少。但是，撇开这点不说，我也会想念玛蒂尔德，因为当她还是少女的时候，我曾经和她一起度过了许多美好的时光。尤其令我难忘的是，七年前在日内瓦湖畔的那个夏天，就是在她订婚的一年之前。尽管我那时头发已经灰白，但似乎仍显得有些自负，因为当她在订婚那年成为萨莫德斯基夫人的时候，我感到了几许失望，并且完全相信——不如说希望或许更贴切——她和他生活不会得到幸福。我又一次见到玛蒂尔德,是在格雷高尔·萨莫德斯基和她度完蜜月回来后不久,在他的古斯特豪斯胡同的雕塑工作室里举行的一次庆祝会上。在这个庆祝会上,所有的客人都得非常滑稽地穿着日本的或是中国的服装登场。玛蒂尔德落落大方地问候了我。她的举止行为给人的印象是她很安宁、快活。但是后来,当她和别人交谈的时候,偶尔向我投来异样的目光。我经过再三努力,才弄明白了那目光的含义。它好像是在说:"亲爱的朋友,您认为,他是为了钱才和我结婚的;您认为,他不爱我;您认为,我不幸福。但您错了,您肯定完全错了。您看到了吧,我的情绪是多么的好,我的眼睛在熠熠生辉。"

后来,我又碰到过她几次,但都非常匆忙。一次是在旅途中,我们乘坐的列车交会相遇。我和她以及她丈夫一起在车站饭店吃了顿饭。她丈夫讲了许多许多笑话,但我并不觉得十分有趣。还有一次是在剧场里,我和她搭讪了几句。这次是她和她母亲一起去的——老实说,母亲比女儿还漂亮几分……鬼知道,萨莫德斯基那时在什么地方。去年冬天,我在普拉特公园又见到了她。那天天气晴朗,但很冷。她和她年幼的女儿在光秃秃的栗树下的雪地上走着,马车慢悠悠地跟在她们后面。我走在车行道的另一边,一次也没有走到对面去过。这或许是因为当时我心里正在想着什么事情,也可能是玛蒂尔德不再使我产生特别的兴趣。倘若不是我那次在瓦滕海姆家里最后一次见到她,也许我今天对她和她的突然死去,就不会想这么多了。今天,我是带着一种奇特的,简直可以说是非常非常清晰的思维去回忆那个夜晚的,这有点像在回忆日内瓦湖畔的某些时光一样。那天,我出来的时候已是黄昏时分,客人们都在林荫道上散步,我向主人及几个熟人致了问候。掩映在小树林中的沙龙小乐队奏出了优美的旋律。我很快就来到了两侧被高高的树丛环抱着的小池塘边。池塘中间的黑色基座看起来好像浮在水面上一样,希腊舞女的雕像在上面闪烁发光。从房间里射出来的灯光,照得雕像带了几分戏剧性。我记得,一年前这座雕像在脱离派①中引起了轰动。虽然我对

---

① 脱离派(Sezession)是十九世纪末德国的一种艺术流派。

萨莫德斯基非常反感,但我也不得不承认,这座雕像倒是给我留下了一些好印象。尽管如此,我还是有一种特殊的感觉,觉得真正制作这些美妙艺术品的,并不是取得侥幸成功的他,而是附在他身上的那种捉摸不定的、强烈的、超乎寻常的东西。假如他突然失去他的青春和魅力,那么这一切将必定会不复存在。我认为,世界上存在着一些这种类型的艺术家。很长时间以来,这种情况的存在使我的内心获得了某种满足。

在池塘附近,我遇见了玛蒂尔德。她挽着一个大学生联谊会会员模样的青年在散步,她把我当作这一家的亲戚做了介绍。我们一行三人非常愉快地边聊天,边在花园里散步。花园里,到处都闪烁着灯光。当女主人和萨莫德斯基朝我们走来时,我们大家都停住了脚步,站立了片刻。使我自己都感到惊讶的是,我竟然对这位雕塑家的雕像《希腊舞女》说了些赞许的话。这确实完全不是我的过错,显然是因为在空气中弥漫着一种宁谧和欢乐的气氛,就像在春天的夜晚有时也会出现这种情景一样:百无聊赖的人们彼此互致衷心的问候,另一些有同感的人也感到兴奋得要从自己的心底里流泻出各种各样的感情来。过了一会儿,当我独自一人坐在凳子上吸烟的时候,有位我只有点头之交的先生挨着我坐了下来。接着,他忽然开始称赞起那些像我们的主人那样会积极地利用他们的财富的人。我完全赞同他的观点,尽管我认为瓦滕海姆先生只不过是个头脑简单的附庸风雅的人。尔后,我也竟毫无缘由地对这位先生谈了我对现代雕塑的看法——其实,我对这一门艺术所知并不算多。对我所谈的那些观点,他本来肯定是不会产生丝毫兴趣的,但在诱人的春夜感染下,他还是热情地对它们表示了赞同。后来,我碰到了主人的侄女们。她们觉得,这次游园会富有浪漫情调,这主要是因为树叶间有灯光在闪烁,远处有音乐之声。实际上,我们就站在乐队旁边。不过,即便如此,我觉得她们说的这些话也并不是毫无意义的。因此,我也一直站在那里,完全是因为被这种到处洋溢着的气氛所迷醉了。

晚饭是在阳台上吃的,那里放满了一张张小桌子。剩下的人则在紧挨着阳台的沙龙里用餐。三扇大玻璃门敞开着。我同主人的一个侄女露天坐在一张桌子旁,玛蒂尔德和那位看起来既像大学生联谊会会员,又像银行职员,或者像预备役军官的先生在我的旁边落了座。萨莫德斯基已经在我们对面的那个大厅里,在女主人和另外一个我不认识的漂亮女士中间坐了下来。他诙谐地、纵情地抛给他妻子一个飞吻;她对他点了点头,微微笑了笑。我没有任何目的地打量着他:他长得确实很漂亮,有一对湛蓝的眼睛,蓄着又长又黑的山羊胡子。我也不得不承认,有生以来,我还从未见到过一个男子,能像他今天晚上那样,把言谈、目光和表情这三者如此协调地结合在一起。开头,他的这一切看起来好像是自然而然地流露出来的,可是不久之后我便发现,他同女人们低声细语的说话方式,他那胜利者的目光,实在令人难以忍受。尤其不堪忍受的是坐在他旁边的那些女士们的兴奋神情,这种表面上似乎没有恶意的交谈,实际上却夹杂着一种神秘的火焰。当然,玛蒂尔德会把这一切都看在眼里的,并且比我更清楚其含义。但她仍然若无其事地一会儿和她的邻座聊天,一会儿又转向我。渐渐地,她就只同我一个人交谈了。她询问我日常生活中的各种事情,并且让我给她讲述我去年的雅典之行。接着,她谈起她的令人钦佩的年幼的女儿,她如今只要听一遍舒曼的歌曲,就能把它唱出来;她也谈起她的父母,他们为了安度晚年,在希青购买了一幢房子;她还谈到自己去年从萨尔茨堡买到的一套旧的教堂用具,还谈到了许多其他的事情。然而,在进行这番交谈的背后,我们之间却正在进行着完全不同的活动,进行着一场无声的,但却是激烈的交锋:她试图用她的平静使我对她的纯真的幸福表示信服,而我却拒绝相信她。我不由得又回忆起在萨莫德斯基的雕塑工作室里度过的那个"日本—中国"之夜。那天晚上,她用同样的方式进行了同样的努力。这一次她会感觉到,她取得的效果甚微。为消除我的疑虑,她必须想出别的更为奏效的方法来。于是,她想出了这么一个办法:让我自己注意到两位漂亮女士对她丈夫的亲热态度,并且开始对我谈起他从女人那里获得的幸福,就好像她作为他的姣好伴侣,对他的美貌和天赋既无不安,又无猜忌,只是感到非常高兴一般。但是,她越是努力装出满意和平静的样子,从她额头上掠过的阴影就越是浓重。当她有一次举起酒杯为萨莫德斯基祝酒的时候,她的手在颤抖。她想掩饰这一点,控制自己的手,但糟糕的是,不仅她的手,而且连她的胳膊,她的整个身体都在一瞬间不听她的使唤了。这几乎给我带来了一种恐惧。她重新稳住了神,从旁边乜视了我一眼。很明显,她感到自己的表演彻底失败了。突然,她开口说,犹如在作最后的、绝望的挣扎:"我敢打赌,您认为我爱吃醋。"我还没有来得及反驳,她马上就接着说,"噢,许多人都这么认为。起初,格雷高尔自己也这么认为。"她故意提高了嗓门,好让对面的人也能听清楚每一个词。"好啦,"她向对面望了一下又说,"如果一个人有这样一个丈夫:既漂亮又有名气……还有不特别好的名声……噢,您不用反驳我……我清楚,我自从生了女儿之后比以前更漂亮了。"她的话也许并不错,但对于她丈夫——格雷高尔·萨莫德斯基来说,她那标致的容貌从未有过特别的意义,对此我深信不疑。至于说她的身段,那少女般的苗条身材,或许早就失去了对他的特有魅力。不过,我还是言不由衷地附和了她。她也似乎为此感到非常高兴,并且怀着越来越大的勇气继续说:"我可没有一丁点儿吃醋的才能。这一点我自己也不是一下子就知道的,而是逐渐认识到的,确切地说,主要是几年前在巴黎……您还记得,我们曾经在巴黎待过?"

我也进入了回忆之中。

"格雷高尔曾在那里为勒·海尔侯爵夫人和乔凯大臣以及另外一些人塑过胸像。我们在那里的生活就像年轻人一样,过得非常舒服……这就是说我们还年轻……我的意思是,要是我们也偶尔进入社交界的话,还真像一对情侣呢……我们曾经在奥地利大使馆待过,我们还拜访了勒·海尔一家和另外几个人。但总的来说,我们并不很喜欢那种阔绰的生活。我们甚至就住在郊外蒙马特尔的一座相当破旧的房子里。另外,格雷高尔的工作室也在这里。我向您保证,在与我们交往的年轻艺术家中,有些人就根本没有料到我们已经结了婚。我和他走遍了各个地方。我经常和他,还有良德尔、卡拉宾及其他许多人,在雅典娜咖啡馆里闲坐。有时,在我们的交际圈中也会增加各色各样的女人。要是在维也纳,我或许就不会和她们交往……不过,最终……"她非常迅速地瞥了瓦滕海姆夫人一眼,便又马上接着说道,"有的还是十分美丽的。亨利·张伯伦的最后一个情妇也去过几次。张伯伦死后,她总是全身着黑,一个星期换一个情人。不过在这种时代,她必定尝尽苦头,这就要求她……要学会认识一些特殊的人物。您想想,在那里跟在我丈夫屁股后面的女人不会比其他地方少。这是有点可笑的。不过。由于我总是,或者说是大部分时间和他在一块儿,因而我被看成是他的情人,所以也就很少有人敢于过分靠近他……是啊,要是她们知道我是他的妻子就好了!有一次,我冒出了一个绝妙的念头,说出来您可能绝不会相信,这是我的主意。老实说,我自己今天对那时的勇气都还感到惊讶呢!"她呆呆地两眼出神,声音比刚才低了一些,"再说,这也可能与其他事情有某种关联,喏,您自己也可以想象得到。几星期前,我已经知道自己怀孕了。这使我感到一种难以言表的幸福。刚开始时,我不只是感到快活,而且比以前好动多了,这真有些奇怪,……喏,您想想,在一个美妙的夜晚,我穿上了男人的衣服,和格雷高尔踏上了冒险的征途。当然,我事先取消了他做出的不能勉强自己做任何事情的许诺……否则,喏,整个故事就失去意义了。况且,我打扮得非常绝妙,他们不会认出我来……谁也不会认出我。格雷高尔的一个朋友,名叫里昂斯·阿尔伯特的驼背年轻画家,那天晚上来接我们。那个晚上真是太美了……五月的天气……非常暖和……我是那样调皮。这是您难以想象的。您想想,我把我的外套,一件很时髦的黄外套,脱下来挎在胳膊上,就像男人们习惯做的那样……当时天已经完全黑了……我们在林荫道边上的一家小餐馆里吃了饭,便走进了轮盘赌场。当时,勒赫和蒙多娅正在那儿演唱《你先走》,您最近在这儿的维德纳剧院也可能听到过这首歌,是吗?"这时,她又匆匆瞥了一眼根本没有注意过这儿的丈夫,好像要和他分别一段时间似的。接着,她马上又越发带劲儿地,几乎可以说是口若悬河地说了起来。"在赌场里,紧靠着我们的前面,坐着一位非常时髦的女郎。她在向格雷高尔卖弄风骚……那种样子,喏,我可以向您保证,那种肉麻样子简直达到了难以想象的地步。我想,要是她丈夫在场,不当场把她掐死那才怪呢!我当时真该那样做。我相信,她是位公爵夫人……喏,您不要笑,她肯定是社交界的女士,尽管她的举止行为……这是可以判断出来的……我倒是真希望格雷高尔能认真对待这件事……我当然是很喜欢看到发生点什么的……我希望他塞给她一封信,或者是做点别的什么,就像在我成为他妻子之前,他在这种场合通常做的那样……是啊,我真希望这样,即使这样做会给他带来危险。显然,在我们女人身上潜伏着这么一种残酷的好奇……但是,感谢上帝,格雷高尔并没有那么做的兴致。不一会儿,我们就离开了那里,重新走进了那美妙的五月的夜晚。里昂斯一直和我们在一起,而且,他在那天晚上已经爱上了我,一反常态地变得彬彬有礼起来。他本来是个非常畏缩的人——由于他的外表……我对他说:'要向姑娘献殷勤,定要有套黄外衣。'我们就像三个大学生似的愉快地散着步。有趣的事情发生了,就是说在我们走进了'双色口红'舞厅之后。这是我们的又一个节目。要发生点什么也还真的不那么容易呢!直到现在我们还什么也没有看到过……只有我,您想想,只有我在街上曾和一个女人打过招呼。但这不是我的本意……我们来到'双色口红'舞厅已是一点钟了。这儿的气氛如何,想必您是知道的;我原先想这里会惹人生气的……开头,那儿还平安无事,看来我们的玩笑也开不出什么名堂来了。我有点恼火。'你真是个孩子,'格雷高尔说,'你倒是想想看,这怎么说呢?我们来了,可是他们却让我们白跑了一趟。'出于对里昂斯的礼貌,他用了'我们'这个词。对里昂斯来说,也谈不上白跑不白跑。但是,当我们大家正在认真考虑是不是要回家的时候,事情出现了转机。就是说,有个人引起了我——是我,的确是我的注意。她已经有好几次纯属偶然地在我们面前走过……她的表情十分严肃,看上去确实不同于在场的大多数女人。她的穿着并不显眼,一身素白……我发觉她根本不理睬那两三个想和她搭讪的男人。她简直是只顾走自己的路,连看都不看他们一眼。她只是看着大家跳舞,非常平静,也带着一点兴趣,我想说的是她很内行……里昂斯问了几个熟人——是我求他去问的——他们是否在其他什么地方见到过这位漂亮的女人。有个人回想起来,曾于去年冬天在拉丁区的一个星期四舞会上见到过她。里昂斯在离开我们有一段距离的地方和她说了话,她给了他回答。后来,他就和她一起走了过来。我们一块儿在一张小桌子旁坐下来喝香槟酒。格雷高尔对她漠不关心,好像她根本不存在似的,他只是和我聊天,一直在和我聊天……这似乎给了她特别的刺激。她变得越来越兴奋,越来越健谈,越来越随便,以至于她渐渐地给我们讲述了她的全部生活经历。这么一个可怜的女人能够经历的,或者是不得不经历的是些什么呀!人们经常在书本里读到这类事情,但是当你亲耳听到一个就坐在你身旁的人讲述一件件真人真事的时候,那感觉就完全不一样了。我还记得一些:她十五岁的时候,有人诱奸了她,后来又把她抛弃了。此后,她就当了模特儿。她还曾在一家小剧场里当过统计员。她给我们讲的那个剧场经理是个什么东西呀!要不是因为我喝了香槟酒,已带了点醉意,否则我真的会站起来跑掉。不久,她爱上了一个在解剖学研究所里工作的医科大学生。她有时是从停尸房里接他出来的……或是和他一块在那儿待上很久……不,要复述她对我们讲的一切简直是不可能的!当然,那个医科大学生也把她甩了。这使她不想再活下去了,就因为这件事!她自杀过,就是说,她曾尝试自杀,从中寻找乐趣……不过,只是做做样子而已!我好像还能听到她的声音……再没有比她的话更粗俗的了。她略微撩起她的上衣,让我们看她左边乳房上的一个小小的淡红色疤痕。当我们大家正在认真察看那个小伤疤时,她竟然说——不是说,而是突然对我丈夫大声喊道:'吻一下吧!'我对您已经说过,格雷高尔对她毫无兴趣,就是在她讲述自己的故事的时候,他也几乎没有听,他望着大厅,吸着烟。即使在这当儿,她这样喊他,他也毫无反应。我碰了碰他,拧了他一下。我真有点醉了……不管怎么样,那是我有生以来最奇妙的时刻。不管他愿意还是不愿意,他得对那个伤疤……就是说,他必须那样做。他轻轻地用嘴唇碰了碰那个地方。是啊,事情变得越来越滑稽和难以置信了。我从来没有像在那天晚上那样笑个不停,并且根本不明白究竟是为了什么。我从来不相信会有这种可能,一个女人——或者类似的一个人——在一个小时之内会发疯似的爱上一个男人,就像上帝的这个造物爱上格雷高尔那样。

她叫玛德兰娜。"

我不知道玛蒂尔德是不是故意把这个名字叫得这么响,反正在我看来,她的丈夫好像听到了这个名字,因为他的目光朝我们这边射过来。但奇怪的是,他并没有看他的妻子,而是我和他的目光相遇了,并且彼此凝视了好长时间。他的目光中并不含有多少特殊的意味。接着,他突然对他妻子莞尔一笑,她也朝他点了点头。他继续和他身边的女伴们交谈,她也向我转过头来。

"玛德兰娜后来说的话我当然不可能全部回忆起来,"她说,"一切都混杂在一起了。不过,我还是想坦率地说,有一瞬间我不十分愉快,就是当玛德兰娜拿起我丈夫的手吻的那个时刻。但这种不悦的情绪很快就消失了。因为,您想想,在这个时候我不得不为我们的小宝宝着想。而且我还感觉到,我和格雷高尔是多么难舍难分。那天晚上的一切不过是稍纵即逝的幻影,是区区小事,或者可以说是笑话一桩。后来,一切又都恢复了原样。我们在林荫道旁的一家咖啡馆里一直坐到天亮。我听见玛德兰娜请我丈夫陪她回家。他取笑了她。最后,为了让我们的玩笑有个良好的,在某种意义上来说是有个有益的结局——您知道,艺术家都是自私的,只要是涉及他们的艺术——简单地说,他告诉她,他是雕塑家,并且要她尽早到他那儿去,他想让她当模特儿。她回答说:'假如你是个雕塑家,那我就去上吊自杀!不过,我还是会到你那儿去的。'"

玛蒂尔德沉默了。但是,我还从来没有看到过一个女人的眼睛里会流露出,或者说是隐含着那么多的忧伤。后来,她接着刚才的话题,振作精神继续说:"格雷高尔执意要我第二天一定到他的雕塑工作室去。他甚至建议我藏在窗帘后面,如果她来的话。喏,有许多女人,这我知道,有许多女人会这样做的。但我觉得,不管别人信不信,我还是决定去相信。我不对吗?"她用睁大了的、带着疑惑的眼睛望着我。我只是点点头。她接着说:"当然,玛德兰娜第二天来了,并且从此以后常来常往……就像过去来的和以后来的其他人一样……而她是其中最漂亮的一个。这您可以相信。您今天就在她的面前,就在外面的池塘边,对她表示了赞叹。"

"那个舞女?"

"对,她就是玛德兰娜充当的模特儿。您想想,在这种情况下,我能不起疑心吗?我能不用这种生活来折磨他和我自己吗?我为自己没有吃醋的天赋而感到高兴。"

有个人站在敞开着的大门里面为主人祝酒,也许是他表现得非常滑稽,大家都开怀大笑起来。但我却在观察玛蒂尔德,她和我一样并没有注意听。我看到她朝她丈夫那边望去,那目光中不仅流露出无限的爱,而且还装出有着一种不可动摇的信赖,好像不容许用任何方式来干扰她丈夫享受生活是她真正而崇高的职责。他也感受到了她的目光,这是一种坦然自若的含着微笑的目光,尽管他比我更清楚,她在忍受痛苦,而且像动物一样,忍受了一辈子。

所以,我不相信她死于心力衰竭的传闻。在那天晚上,我非常清楚地了解了玛蒂尔德。并且我还坚信:她这样一个自始至终在丈夫面前扮演幸福妻子的女人,不仅受了丈夫的欺骗,而且还得了神经错乱。因此,在她最后结束自己生命的时候,她依然为丈夫演出了一幕自然的、合乎天意的死亡剧——她已失去了继续忍受下去的力量。他也忍受了这个似乎是冲他而来的最后打击。

现在,我又站在了花园栅栏的前面……百叶窗都紧紧地关着,这幢小小的别墅令人迷醉般地躺在泛着白光的黎明中,那边的大理石雕像在红色的枝条间闪烁着……

或许,我对萨莫德斯基有些不公正。最后他竟如此之蠢,对真情会真的没有一点儿预感。但是,对在冥府中的玛蒂尔德来说,没有比得知她的最后的欺骗获得了成功更加高兴的事了,想到这些不免令人伤心。

或许,是我完全误解了?那是一次正常的死亡?……不,我没有权利去恨玛蒂尔德曾经如此爱恋过的那个人。这也许会成为我很长一段时间内唯一的慰藉……

吕淑君 译　桂乾元 校

## 单身汉之死

有人敲门,虽然很轻,医生还是立刻醒了。他拉开灯,从床上下来,瞥了一眼仍在熟睡的妻子,披上睡衣,朝前厅走去。站在门口的是一个头上裹着灰色头巾的老年妇女,他没有立刻认出她是何人。

"我们仁慈的主人突然感到身体不适,想劳驾大夫立即去一趟。"她说。

医生这才根据来人的声音听出,她是他的那个迄今一直独身的朋友的管家。医生的第一个想法是:我的朋友已经五十五岁了,两年来心脏一直不好,这次情况恐怕不妙。

他说:"我立刻就去,您可以稍等片刻吗?"

"对不起,大夫。我还得赶紧去通知另外两位先生。"她说出了商人和作家的姓名。

"您找他们有什么事?"

"主人还想再见他们一面。"

"再见一面?"

"是的,大夫。"

医生心想,他让人请朋友们,肯定是因为感到自己快要不行了……医生问道:"现在谁陪着您的主人?"

老年妇女答道:"大夫,约翰始终守在那里。"说完她就走了。

医生回到卧室,动作迅速地穿着衣服,尽量不发出响声,这时一阵酸楚的感觉涌上他的心头。与其说他是为马上就会失去一位多年的好友而感到悲痛,倒不如说是为他们这些不久前还青春年少的人如今已近暮年而感到伤感。

春天的夜晚,气候温和,空气滞重。医生坐着一辆敞篷马车朝这座花园城市的近郊驶去,他的那个独身朋友就住在那里。他抬头望了望此人卧室的窗户,一束暗淡的灯光透过敞开的窗户射向黑夜。

医生走上楼梯，用人打开门，神情严肃地问候了一声，然后悲伤地垂下左手。

"怎么啦？"医生屏住呼吸问道，"我来晚了吗？"

"是的，大夫。"用人答道，"我的主人是在一刻钟之前去世的。"

医生长叹一声，走进了房间。已经咽气的朋友躺在那里，薄薄的嘴唇半张着，略微有些发紫，胳膊伸在白色的被子外面，稀稀拉拉的络腮胡子乱糟糟的，几绺花白的头发耷拉在苍白湿润的额头上。床头柜上的台灯罩着丝绸灯罩，在枕头上投下了一道红色的阴影。医生端详着死者。他想，他最后一次是在什么时候上我家的呢？记得那是一个下雪的晚上，也就是说是在去年冬天。最近一段时间，他们很少见面。

屋外传来了一阵马蹄声。医生把目光从死者身上移开，望着窗外纤细的树枝在晚风中轻轻摇曳。

用人进来了，医生问起了事情的全部经过。

用人向医生述说的是他熟悉的事情：突然感到恶心，呼吸困难，从床上跳了下来，在房间里来回走动，扑到写字台跟前，又跌跌撞撞地回到床上，口干舌燥，呻吟叹息，最后一次挣扎着想坐起来，然后重新跌在枕头上。医生点了点头，伸出右手摸了摸死者的额头。

一辆马车在屋前停了下来。医生走到窗前，朝外张望。车上下来的是商人，他朝医生投来询问的目光。医生也像起先为他开门的用人那样不由自主地垂下了左手。商人把头向后一仰，似乎不相信这么一回事儿。医生耸了耸肩膀，离开窗口，他突然感到筋疲力尽，颓然坐在死者脚头的一张椅子上。

商人走进了房间，黄色大衣敞开着。他把帽子放在靠门的一张小桌子上，然后同医生握了握手。"真可怕，怎么会发生这种事？"他说着用疑惑的目光凝视着死者。

医生把自己知道的情况告诉了他，然后又说："即使我及时赶到，仍然是无能为力的。""真想不到。"商人说道，"一周前的今天，我还同他在剧场谈过话。散场后我想和他一起去吃夜宵，可是他还要去赶赴一次秘密的约会。""他现在还一直有秘密约会？"医生面带颓丧的微笑问道。

外面又停下了一辆马车,商人走到窗口。他看见下来的是作家,就立刻缩回身子,因为他不愿意由他的表情来传递这个噩耗。医生从他的烟盒里取出一支烟,尴尬地在手里捏来捏去,然后抱歉地说:"自从进了医院以来,我就养成了这个习惯。夜里,我只要一走出病房,头一件事就是到屋外点上一支烟,也不管是刚给病人注射了吗啡,或是刚开出一张死亡证明。""您知道我有多久没有见过死人了吗?"商人说道,"十四年啦,自从我父亲躺在棺材里以后就没再见过。""可是您妻子呢?""我见过我妻子临终前的情景,但是死后的情景没有见过。"

作家走了进来,和另外两人握过手之后,疑惑地向床上扫了一眼,然后径直走到床前,神色严肃地端详着死者,嘴唇不无鄙夷地抽搐着。现在轮到他了。他在心里暗暗说道。他经常考虑一个问题:在他的亲朋好友中谁会首先踏上末日的旅程。

女管家走进屋来,满眼含泪地坐在床沿,呜咽啜泣,绞着双手。作家轻轻地拍了拍她的肩膀,安慰着她。

商人和医生站在窗前,黑夜的春风抚弄着他们的额头。

商人先开了腔:"他把我们大家都叫来了,真是有些奇怪。难道他要看见我们围在他的灵床四周吗?或者他有什么重要的事情要告诉我们?"

"依我之见,"医生面带一丝苦笑说道,"这一点儿也不奇怪,因为我是医生,您呢……"他把脸转向商人,"经常是他的生意方面的顾问,也许他想向您亲自交代临终的遗嘱。"

"这很有可能。"商人说道。

女管家走了出去,死者的朋友们听见她在门厅里与另一个用人谈话。作家仍然站在床边,与死者进行着无声的交谈。商人轻声对医生说:"作家近来与他交往频繁,也许他会知道此事的原委。"作家一动不动地站着,盯着死者紧闭的双眼,他的两手交叉背在身后,手里拿着一顶灰色的帽子。商人和医生有些不耐烦了。商人走了过去,清了清嗓子。"三天以前,"作家开始说道,"我和他一道在郊外葡萄园散步了两个小时。你们知道他谈了些什么吗?他谈起准备夏天去瑞典旅行,谈起伦敦沃森出版社新近出版的伦勃朗画册,还谈到桑托斯·杜蒙。他谈了许多关于由人操纵的飞艇的数学和物理方面的问题,坦白地说,我对此一窍不通。他当时绝对不会想到死,人们到了一定的年龄,就不会再想到死,情况恐怕就是这样。"

医生走进隔壁的房间,在这里他可以无所顾忌地点上一支烟。他看见写字台上青铜烟缸里的白色灰烬,觉得奇怪而又可怕。他在写字台前的椅子上坐下,心里在想:我为什么还要待在这里,我是被作为医生请来的,早就有理由离开这儿了。我们的交情并不怎么样。像我这样的人,到了这种年龄,恐怕不太可能与一个没有固定职业,甚至从未有过职业的人交朋友。假如他并不富有,他会干什么呢?也许他会去从事写作,他很聪明。医生想起死者许多刻薄而又尖锐的言论,尤其是对他们共同的朋友,那位作家的作品的评论。

作家和商人走了进来。作家看见医生坐在死者的写字台前,手里夹着香烟——虽然尚未点燃,脸上不禁露出了受到伤害的神情。他随手把门关上。这里毕竟是另外一个世界。"您有什么猜测?"商人问道。"哪方面的?"作家心不在焉地反问。"他为什么派人把我们叫来?恰恰是我们三个!"作家认为没有必要探究其中原因,他解释道:"我们的朋友感到死亡已经临近。虽然他一直过着孤寂的生活,但是,在最后的时刻,喜欢交际的人恐怕都会产生见上跟自己亲近的人的要求。""可是,他毕竟还有一个情妇啊。"商人说道。"情妇。"作家重复了一遍这两个字眼,轻蔑地扬起了眉毛。

这时,医生发现写字台中间的抽屉半开着,便说:"这里会不会有他的遗嘱。""这不关我们的事。"商人说道,"至少现在如此。不管怎么说,他还有一个结过婚的姐姐住在伦敦。"

用人进来了,询问了他们几位对于安放灵柩、葬礼、唁函等方面的意见。据他所知,主人有一份遗嘱放在公证人那里,但是里面是否就上述事项做了交代他也说不上。作家觉得房间里太闷,就拉开了厚厚的红色窗帘,推开窗户,春天的和风裹着夜色闯入屋里。医生问用人是否知道死者为何请他们来这儿,因为,如果没有记错的话,他已经有多年没有作为医生被请到这里出诊了。用人像是早已料到这个问题,从上衣口袋里掏出一个大得出奇的钱包,从里面抽出一张纸条,说他的主人早在七年前就写下了这几位他临终时想请的朋友的姓名。因此,如果主人失去了知觉,他也可以找到这几位先生。

医生从用人手里接过纸条,看到上面写着五个人的名字,除了在场的三个之外,有一个朋友在两年前已经去世,另外一个人他也不认识。用人说,此人是个工厂主,九年或者十年前与他的主人有过交往,但是他的地址弄丢了,也想不起来了。三位朋友你看看我,我看看你,忐忑不安又莫名其妙。商人问道:"这该怎么解释呢?难道他在临终时想发表一次演说?"作家插话说:"是为他自己致悼词。"

医生的目光已经转向写字台的那个开着的抽屉,突然他发现一个信封,上面用大写的罗马字母写着一行字:"致我的朋友们。""啊?"他惊呼一声,拿起信封,高高举起,让另外两个人看。"这是留给我们的。"他转身对用人摆了摆头,示意回避。用人走了出去。"留给我们的!"作家的眼睛瞪得滚圆。"这是毋庸置疑的,"医生说道,"我们有权把它拆开。""这是我们的责任。"商人说着扣上大衣的纽扣。

医生从玻璃托盘里取来一把裁纸刀,裁开信封,掏出信纸放在桌上,然后戴上眼镜,作家乘此机会拿过信纸,把它展开。"这是写给我们大家的嘛。"他漫不经心地说着,把身子支撑在写字台上,让台灯的亮光照在信纸上。商人凑到他的旁边。医生仍然坐着。"您最好大点儿声念。"商人说。作家开始念信:

"致我的朋友们。"他稍稍停顿了一下,微微一笑,"先生们,这里又这么写了一遍。"然后他用柔和自然的语调继续念信,"大约在一刻钟之前,我停止了呼吸,你们聚集在我的床前,准备一起来读这封信——假如我死之后它还存在的话。我之所以补充说明这一点,是因为我的情绪也许会好起来的。""什么?"医生问道。"我的情绪也许会好起来的,"作家重复了一遍,然后继续念道,"决定毁掉这封信,因为它对我毫无半点好处,相反倒会使你们在一段时间里感到不快,即使它不至于彻底毁掉你们当中这个人或那个人的一生。""毁掉一生?"医生再次说道,擦拭了一下镜片。"快一点儿念。"商人声音嘶哑地催促着。作家继续念道:"我扪心自问,究竟是何种奇怪的心绪驱使我今天坐到写字台前,写下这些文字,我根本不可能从你们的表情中看到它们所产生的作用。即使可以看到,这种乐趣也是微不足道的,它远远不能作为对我刚刚满怀快感干下的神话般的卑鄙行为的托词。""唉!"医生大叫了一声,那声音变得连他自己都听不出来了。作家生气地瞪了医生一眼,继续念信,速度比起先稍快,声音也变得单调乏味。"是的,这是心绪使然,而不是别的什么,因为我对你们各位绝无恶意。我按照我的方式喜欢你们,就像你们按照你们的方式喜欢我一样。我从来没有瞧不起你们,即使我有时会拿你们寻开心,那也毫无嘲弄之意,甚至就在你们产生痛苦而生动的联想时,我也绝无此意。既然如此,那种心绪从何而来呢?也许它是出于一种深沉的,就其本质来说高尚的愿望:不愿带着太多的谎言离开人世。我只要对人们称之为悔恨的东西有过一点儿感受,也会这样想的。""请您快念念结尾。"医生用一种变了样的腔调说道。作家感到手指有些发麻,商人从他手中抓过信纸,眼睛飞快地向下扫视,然后他念道:"我亲爱的朋友们,这是命运,我也无法改变。我曾经占有过你们的妻子,你们所有人的妻子。"商人突然停止念信,重新翻回第一页①。"您怎么啦?"医生问道。"这封信是九年前写的。"商人答道。"请继续念吧。"作家用命令的口气说道。商人念道:"当然,这种关系是因人而异的。我和其中一位像夫妻似的生活了好几个月。同第二个则是多少有些类似人们常说的那种疯狂的冒险。和第三个关系最深,我几乎想和她一起去死。第四个被我扔下了楼梯,因为她竟然和另一个男人合谋欺骗我。最后一个只是偶然一次做了我的情人。你们感到不安了吧,我亲爱的朋友们?你们千万别这样。这也许是我一生中最美好的时刻,也是她们一生中最美好的时刻,好啦,我的朋友们,我没有什么要告诉你们的了。我现在把这封信叠起来,放进写字台的抽屉里。它躺在这里,或者被我在心绪变化时毁掉,或者当我躺在灵床上时,由别人转交给你们。祝你们健康!"

医生从商人手里拿过信纸,从头到尾又读了一遍,神情显得非常认真。然后他抬起头,望着商人。商人抱着双臂站在那儿,居高临下地盯着医生,脸上带着讥讽的神情。"虽然尊夫人去年就去世了,可是这事毕竟有过。"医生平静地说。作家在屋里踱来踱去,脑袋痉挛

---

① 欧美人写信时将写信的日期放在信首。

似的左右摇晃了好几次,突然从牙缝里挤出了两个字:"流氓。"然后他呆呆地凝视前方,好像在追寻某件消失在空气中的东西。他试图重新想起那个年轻女人的形象,这是他的妻子,他曾经把她拥抱在怀里,然而浮现在他脑海里的却是其他女人的形象,是些他经常想起的却又以为早已忘却的女人,而他想要追忆的那个形象却没有出现。因为,他妻子的肉体已经干瘪,对他再也没有吸引力了,很长时间以来,她就不再是他爱恋的女人。对他来说,她已经变成了另外一个更重要、更高尚的人,变成了朋友和伙伴。她对他的成功感到自豪,对他的失望寄予同情,对他的内心世界了如指掌。在他看来,这个死去的老单身汉出于对朋友的妒忌,居心叵测地试图夺走他的伴侣,并不是完全没有可能的。所有其他的女人对他到底有什么价值呢?他想起一些风流韵事,有的发生在很久以前,有的就是最近的事。这样的事在他丰富多彩的艺术生涯中数不胜数,他妻子对此或者一笑了之,或者大哭一场。如今这些都在哪儿呢?一切都被淡忘了,他妻子毫不犹豫、不假思索地投入一个无足轻重的男人的怀抱,是多么遥远的事啊。一切都被忘得干干净净,一如这个躺在皱皱巴巴的枕头上的死者此时此刻的记忆。也许遗嘱中写的不过是些谎言?这个平庸可怜的家伙,会不会是明知自己注定会被人们遗忘,故而向即使是死亡也对他的作品无可奈何的、出类拔萃的人,施行最后的报复呢?这是完全有可能的。然而,即使信中所言确有其事,这种浅见卑琐的报复行为也是徒劳无功的。

　　医生凝视着摊在面前的信纸,想起正在家里熟睡的上了年纪的妻子,她温柔体贴,心地善良。他还想到他的三个孩子:长子正在部队服役,长女和一个律师订了婚,次女温文尔雅,美丽动人,在不久前的一次舞会上,有位著名画家请求为她画像。他想起自己舒适的家,在他看来,死者在信中提到的一切与其说并不真实,倒不如说更显得神秘、庄严、无足轻重。此时此刻,他几乎并不感到是听到了什么新鲜的事情,他想起自己生活中的一段不寻常的往事。那是在十四五年前,他在行医过程中遇到了一些麻烦,情绪沮丧,精神失常,曾经打算离开这座城市,抛下妻子儿女。与此同时,他开始了一种放荡轻浮的生活,他结交了一个性格古怪、歇斯底里的女人,她后来因为另外一个情人而自杀死亡。他的生活是怎样回到常轨，他现在已经记不起来了。那些倒霉的日子就像一场疾病，来了又去了，肯定就在那段时间里发生了妻子对他不忠的事。是的，肯定是这样。其实他心里明白，自己对此事早就一清二楚。有一次她不是差点儿就向他招供了这件事吗？她不是多次做过暗示吗？在十三四年前……那是怎样的一次机会呢？有一年的夏天，在一次度假旅行的途中，深夜，在一个旅馆的平台上……他徒劳地思考着那些早就被遗忘的话语。

　　商人站在窗前，凝视着柔和的略微泛白的夜空，他决意要回忆死去的妻子，但是无论怎样在心灵深处搜寻，他看见的始终是他自己：穿着一身黑衣，披着灰蒙蒙的晨曦，站在挂着帘子的门前，接待来宾，握手致谢，答复询问，一股石炭酸和花香混合的气味钻入了他的鼻孔。他渐渐地回忆起了妻子的形象，但是最初不过是一幅肖像画。这幅很大的镶在金边画框里的肖像画挂在他家客厅里的钢琴上方，这位神态傲然、身着舞会礼服的女士约莫三十来岁。接下来她在他的眼前变成了一个少女，那是二十五年前，她脸色苍白，忸怩腼腆地接受了他的求婚。他的眼前又出现了一个雍容华贵的女人，她神情端庄地和他一起坐在剧院的包厢里，眼睛凝视着舞台，心思却飞到了遥远的地方。他又想起一个朝思暮想的女人，每当他出远门回家的时候，她总是出人意料地热情欢迎他远道归来。他又想起一个神经质的、满面泪水的女人，她的眼角发青，目光黯然，她那变化无常的心绪使他对生活失去了乐趣。他的面前又出现了一个忧心忡忡、含情脉脉的母亲，她身着薄薄的晨衣，守候在一个病魔缠身、生命垂危的孩子的床边。最后，他看见了一个面色惨白的女人，她直挺挺地躺在一间充满乙醚气味的屋子里，嘴角痛苦地向下绷着，额头上渗出一颗颗汗珠，他的内心深处不禁对她充满了同情。他知道，所有这些形象以及其他数以百计的飞速从他脑海里闪过的形象，统统是同一个人。两年以前，她被送入了坟墓，他为她痛哭，在她死后，他又感到获得了解脱。他觉得必须从所有这些形象中挑选出一个，以便得到一种确定的感觉，因为此刻他因羞辱和愤怒而无所适从。他茫然失神地站在那里，望着对面花园里那些在月光中泛着黄色和红色晕光的房舍，它们看上去像是画出来的一堵堵墙壁，后面只有空气。

"晚安!"医生说着站了起来。商人转过身来:"我在这儿也无事可做了。"作家拿起那封信,不动声色地塞进上衣口袋,然后拉开隔壁的房门,缓慢地走到死者的床前。商人和医生看见他双手背在身后,默默地低头望着死者。随后他们两人走出了房间。

在前厅,商人对用人说道:"关于葬礼的事,公证人那儿的遗嘱可能会有较为详尽的指示。""请别忘了给主人在伦敦的姐姐发个电报。"医生补充说道。"不会忘的。"用人一边开门,一边答道。

作家在楼梯上赶上了医生和商人。"我可以用马车送你们两位。"医生说道,他的马车正等着他。"谢谢。"商人说,"我步行回去。"说罢同其他两位一一握手,沿着大街,朝市内走去,柔和的晨风吹拂着他。

作家和医生一起上了马车。花园里的鸟开始鸣啭。马车从商人身边驶过,三个人脱帽相互敬意,既彬彬有礼,又不免具有讽刺意味,大家脸上挂着相同的表情。"最近又可以看到您新上演的剧作了吧?"医生用他那种为人熟悉的腔调询问作家。作家叙述了上演他最新一部剧作时遇到的异乎寻常的困难,他声称,该剧向所有通常被人们视为神圣的东西进行了闻所未闻的攻击。医生不住地点头,其实并未认真倾听。作家也有口无心,那些经常出现的话语像是早已背熟了似的,从他的两片嘴唇中流出。

两位先生在医生家门前下了车。马车驶走了。

医生按响门铃。两人默默地站立着,当他们听见管家的脚步声时,作家说道:"晚安,大夫。"然后他翕动了一下鼻翼,缓慢地说道,"我不打算跟我妻子提起此事。"医生瞟了他一眼,会意地笑了。大门打开了,两人握手告别。医生走进过道,大门砰的一声关上。作家继续往前走去。

他伸手摸了摸胸前的口袋,那封信还在里面。他妻子会在他的遗物中发现这封妥善保存、还封着口的信。他凭借着突然之间具有的非凡的想象力,仿佛听见妻子在他的坟头低声哭诉:你是多么的高尚……多么的伟大……

蔡鸿君 译

## 卡萨诺瓦还乡记

卡萨诺瓦①到了五十三岁，驱使着他在世界上奔走的早已不再是青年时代的冒险的乐趣，而是老年将届的心绪不宁。他感觉心灵中对他出生的城市威尼斯的思念增长到如此猛烈的程度，乃至像一只从高空渐次下降的垂死的鸟开始围着这个城市转起圈来，而且圈子越转越小。在他被放逐的最后十年里，他已经多次向参议院递交申请书，请求允许他回归故里。过去在撰写这种他十分精通的申请文书时，驱使他握笔疾书的诚然是那种悖逆和固执的情绪，有时也渗入对这一工作本身的一种充满愤懑的乐趣，但最近一段日子，在他那些近乎苦苦哀求的言辞里却仿佛越来越明确地表达出一种痛苦的思念和真正的懊悔。在威尼斯的议员们看来，他早年所犯的罪过中显得最不容宽恕的不是大多带可笑性质的放纵、好斗和欺骗，而是思想自由化倾向，但随着他的罪过开始为人们淡忘，随着他在王侯宫廷中、贵族城堡里、平民餐桌上，以及臭名远扬的楼院里，无数次讲他奇迹般逃出威尼斯铅皮屋顶监狱的故事，供大家消磨时光，从而使与他的名字有关的其他一切丑闻相形见绌，这样就更有把握相信他的申请有获批准之望了。除此之外，在曼图亚逗留的两个月来，他收到权威人士的来信，他们使这个内心和外形的光辉都日渐消失的冒险者产生希望，他的命运将在短期内有个好的转机。

卡萨诺瓦由于钱袋渐空，所以决定在他往年运气较好时住过一次的那家虽然简朴，但还算体面的旅店里等候赦免的消息。这当儿，他既不想追求低级趣味以打发时间，但也不能完全无所消遣，于是主要以撰写声讨伏尔泰这个毁谤作家的檄文来打发日子，他想一俟回

---

① 卡萨诺瓦(1725—1798)，意大利教士、作家、士兵、间谍和外交官，主要以意大利冒险家和浪荡公子而为世人所知。

归故里，即靠发表这些文章在所有正直人士当中确立他在威尼斯的牢不可破的地位和威望。

一天早晨，他在城外一面散步，一面搜索枯肠，对一句可置这个目无上帝的法国人于死地的话作最后润色，这时，一种异常的，几乎引起肉体痛苦的不安情绪突然攫住了他。经过三个月，他已经勉强适应了这种难受的生活：早晨在城外的田间散步，晚上在据称是佩罗蒂男爵和他那麻脸的情妇那里玩牌，那个已经不很年轻，但感情仍然炽热如火的老板娘的爱抚，乃至他对伏尔泰著作的研究以及他自己的大胆的、自以为也相当成功的反驳文章；——在这个晚夏早晨的柔和而过于甜蜜的空气里，他觉得这一切都同样无聊而令人厌恶；他喃喃自语，咒骂了一句，但自己也不清楚究竟想骂谁或想诅咒什么东西；他握住佩剑的柄，向周围投去仇视的目光，仿佛在周围荒漠无人处有隐匿不见的眼睛正嘲讽地注视着他。突然，他向城里走了回来，打算就在此时此刻打点行装，准备立即动身。因为他深信不疑，只要他向他所思念的家乡再靠近几里路程，就会立刻觉得舒服一些。他加快步子，想在日落前向东行驶的快速邮车里及时占据一个座位；除此之外，他几乎没有什么别的事情要办了，因为他大概可以免去向佩罗蒂男爵告别的麻烦，而收拾全部行装半个钟头就完全足够了。他想到那两件穿旧了一点的衣服，其中一件较差一些的他总是贴肉穿着，他想到补过多次的、曾经十分讲究的内衣，这些衣服连同几个小圆盒、一只金链表、一些书，这就是他的全部财产了；他想起往昔生活阔绰的日子，那时他应有尽有，绰有余裕，甚至还有一个听差——不过此人多半是个骗子——他乘坐华贵的旅行马车周游。于是，无法控制的怒火使得他悲泪盈眶。一个年轻的女人，手握马鞭，赶着一辆小车从他身边驶过，车里，她沉醉的丈夫在大袋小袋和各种家庭用具之间正呼呼大睡。她见卡萨诺瓦扭歪着面孔，从牙齿缝里喃喃念出谁也无法理解的词句，沿着军队路，在花已凋谢的栗树下迈着大步走了过来。起初她以好奇的讥讽的目光注视着他的脸，但当她发觉惹来了愤怒闪烁的目光时，她眼睛里流露出惊恐的神色，后来，在她继续前行朝他回眸一顾时，她的眼神又转为一种悦人的充满情欲的表情了。卡萨诺瓦深知，在青年的本色中，愤懑和仇恨比温和和柔情更加持久。他当即认识到,只需他大胆地叫一声,就能让马车停下来,然后就可以跟那个少妇为所欲为了。不过,这个想法虽一时改善了他的情绪,他却觉得为了这么一桩小小的风流韵事就算只耽搁几分钟也是不合算的,所以他让那辆农户小车顺畅无阻地载着它的乘客在大道的烟尘中嘎吱嘎吱地继续赶路。

树荫并不能减弱多少上升着的太阳的热力,卡萨诺瓦不得不逐渐放慢脚步。大道的尘土非常密集地附着在他的衣服和鞋子上,让别人看不出他衣着的陈旧,所以从衣着和风度上看,人们完全可以把他视为一位有地位的先生,这位先生不过一时兴起,偶尔把他的华贵马车留在家里了。前面就是那座拱门,他住的旅店就在附近。这时,迎面摇摇晃晃地驶来一辆乡村式样的笨重马车,车里坐着一个胖胖的、衣着讲究的、相当年轻的男子。他把双手交叉地放在肚皮上,好像正眨着眼睛准备打盹儿,但当他的目光偶然扫过卡萨诺瓦时,眼睛闪起光来,显得意想不到的活跃,同时他整个外表也似乎处于一种欢快的激动状态之中。他过分迅猛地站起身来,立即又坐了回去,然后又站立起来,朝车夫背上猛击一下,让他把车停下来,在继续向前滚动的马车里他扭过头来,不停地瞅着卡萨诺瓦,用双手向他挥舞,最后用一种纤细而响亮的声音三次呼唤他的名字。听到声音,卡萨诺瓦才认出这个人来,他走向停下来的马车,微笑地抓住伸向他的双手,说:"能有这种事吗,奥里沃,是您?""是我,卡萨诺瓦先生,您认出我来了吗?""我哪能认不出来呢?我最后一次是在您结婚的那天见过您,自那以后,您虽然长胖了一点,可我在这十五年中间也变化不小啊,尽管变化的方式不同。""几乎没有什么变化,"奥里沃叫喊道,"简直一点变化也没有,卡萨诺瓦先生!已经过了十六年了,前几天满了十六年!您大概也可以想见,我们趁这个时机谈起了您,谈了好一阵子,阿玛丽娅和我……""真的吗,"卡萨诺瓦感动地说,"你们两位有时候还记起我来吗?"奥里沃的眼睛湿润了。他一直还抓住卡萨诺瓦的双手未放,这时不禁感动地紧捏了一下。"我们该怎样感谢您才好啊,卡萨诺瓦先生!要我们忘掉恩人吗?如果我们曾经……""别说这些了,"卡萨诺瓦打断了他的话,"阿玛丽娅太太身体好吗?我来曼图亚已经两个月了,尽管过着深居简出的生活,但按

215

老习惯散步却不少,怎么解释在这整整两个月里我一次也没有遇见您,奥里沃,一次也没有遇见过你们两位呢?""很简单,卡萨诺瓦先生!我们早已不住在城里了,我从来就不喜欢这个城市,阿玛丽娅也一样。请给我这种荣幸,卡萨诺瓦先生,请您上车吧,一个钟头我们就到家了。"卡萨诺瓦稍作推辞姿态。"您不要拒绝。阿玛丽娅再次见到您该会多么高兴,能让您看看我们的三个孩子她会多么自豪。是的,三个孩子,卡萨诺瓦先生。全是姑娘,十三岁,十岁,八岁……这就是说,还没有一个到了——恕我开个玩笑——能把卡萨诺瓦弄得神魂颠倒的年龄。"他好意地笑了笑,准备直接把卡萨诺瓦往车里拉。可是,卡萨诺瓦摇了摇头。因为他起先虽然几乎动心了,为一种可以理解的好奇心所驱使,想接受奥里沃的邀请,但他那不耐烦的情绪却重新猛然抬了头,支配了他。他向奥里沃保证:他深感遗憾,因有要事今晚之前他必须离开曼图亚。他去奥里沃家里又图个什么呢?十六年可是很长的一段时间啊!阿玛丽娅在这期间肯定不会变得比从前更年轻、更漂亮;在十三岁的大女儿那儿,以他的年龄是不会博得什么特殊好感的;而奥里沃先生本人呢,当年他是一个瘦小的、勤奋学习的少年,如今成了一位农夫模样的胖乎乎的一家之长,到乡村环境中去观赏这位先生,其吸引力并不足以诱使他推迟这次能让他向威尼斯再靠近十至二十英里的旅行。但是,奥里沃似乎并不打算就这么简单地接受卡萨诺瓦的拒绝,他坚持先用车把他载回旅店之后再说,卡萨诺瓦照理对这一点是不会拒绝的。几分钟后他们就到了目的地。老板娘是个三十五岁上下的大个子女人,她在大门口用一种特别的眼神向卡萨诺瓦打招呼,这种眼神叫奥里沃对存在于他俩之间的亲密关系也必然一目了然了。她把奥里沃看作一个老熟人,向他伸出手去表示欢迎,她随即向卡萨诺瓦解释说,她定期购买一种他的农庄出产的、价格非常便宜的、酸涩带甜的葡萄。奥里沃立即抱怨说,桑伽骑士(因为老板娘是这么称呼卡萨诺瓦的,所以奥里沃毫不犹豫地也使用这个称呼)如此残酷无情,乃至拒不接受一个久别重逢的旧友的邀请,所依据的可笑的理由是,他今天,不早不迟偏在今天,必须离开曼图亚。老板娘惊诧的表情立即告诉他,她对卡萨诺瓦的意图还一无所知。卡萨诺瓦因此觉得需要略作解释,他说,他为了不致因突然造访给朋友家里制造麻烦,那个旅行计划虽然不过是托词,但实际上他不得不甚至可以说是理应在今后几天里撰写一篇重要的作品。为了完成这一项工作,他觉得没有比这一家上等的旅店更合适的地方了,在这里他可以使用一个凉爽而安静的房间。听了这一席话,奥里沃明确表示,桑伽骑士如能驾临寒舍完成他的大作,将使蓬荜生辉;乡村的僻静环境只会有利于这项工作的进行;如卡萨诺瓦需用学术文献和参考书,也不会感到匮乏,因为奥里沃的侄女——他已故的异母哥哥的女儿——虽然年轻,却少年博学——几个星期以前,刚到他们家里,带来了满满一箱书籍。尽管晚上偶尔有客人来访,骑士先生完全不用理睬他们;除非他在一天工作和劳累之余,乐意轻松地谈谈天或打一圈牌,以消磨时光。卡萨诺瓦一听说有一个年轻的侄女,就决定到跟前去瞧瞧这个小东西。他起初表面上仍然迟疑不决,终于在奥里沃催促之下让了步,不过立即声明,他最多只能离开曼图亚一到两天,并恳请他那殷勤好客的老板娘把这期间寄给他的,或许极其重要的信件毫不延误地派人给他送去。在此事做了这种使得奥里沃非常满意的安排之后,卡萨诺瓦回房准备行装,一刻钟后他又回到客厅。奥里沃这时正与老板娘进行一场热烈的商务性质的谈话,他站起身来,站着把他那杯酒一饮而尽,心领神会地眨眨眼,答应她无论如何将把骑士——尽管明天或后天还不行——完整无损地奉还给她。卡萨诺瓦突然变得心不在焉,匆匆忙忙,极其冷淡地向那位友善的老板娘告别,以至于她到了车门口才得以在他耳边轻轻地说了声告别的话,这句告别的话当然不是什么甜言蜜语。

　　两人驱车沿着尘土飞扬的,给正午的阳光暴晒得炽热发亮的大道驶向农村。路上,奥里沃不厌其详、杂乱无章地谈他的生活情况:他结婚不久在城郊买下一小块地产,开始做小规模的蔬菜生意,然后逐步扩大了他的家产,并且开始经营农业。靠他本人以及他妻子的精明能干,托上帝的福,终于发达起来,能够在三年前从负债累累的马拉扎尼伯爵手里购得他的古老的、有些残破的宫殿连同附属的葡萄园,这么一来,他和妻子儿女就一道在贵族的土地上舒适地安了家,当然还远远谈不上过伯爵式的生活。这一切他应该归功于他的

217

未婚妻或者更确切地说未婚妻的母亲从卡萨诺瓦那儿得到的 150 块金币的赠款。如果没有这笔具有神奇效力的资助，今天他的命运可能和当年不会两样：给缺乏家教的顽童教文化。他很可能一直是个老光棍，阿玛丽娅则一直是个老处女……卡萨诺瓦让他说去，几乎没怎么听。他头脑里闪过了那桩风流韵事，这在当年并不是唯一的一桩，与此同时，他还卷入了其他一些更有韵味的爱情纠葛之中，相比之下，这一桩最微不足道，触动心灵甚微，事过之后也很少忆及。在一次从罗马去都灵或巴黎——他自己也记不起来了——的旅途中，当他在曼图亚作短暂停留时，一天早晨在教堂里见到阿玛丽娅，她漂亮的、苍白的、尚留若干泪痕的面孔很逗他喜爱，他向她提了一个以友好姿态献殷勤的问题。正如当时女人们都乐于跟他亲近那样，她也乐意向他倾诉内心的忧愁，这样他就得知她本人生活贫困，而且又爱上了一个穷教员。他的父亲和她的母亲都坚决不同意这一门毫无希望的亲事。卡萨诺瓦当即表示愿意妥善处理这件事。他首先让阿玛丽娅介绍他认识她的母亲，由于这位母亲是一个三十六岁的漂亮寡妇，正值尚可受人敬慕之年，所以卡萨诺瓦不久就跟她亲密到可以让她接受他的说项的程度。只要她放弃了拒绝的态度，奥里沃的父亲——一个破产的商人——也就不再拒不同意了，特别是被在作为未婚妻母亲的远房亲戚介绍同他见面的卡萨诺瓦慷慨地表示愿意承担婚礼费用和部分嫁妆的款项时，他更无话可说了。阿玛丽娅本人则只能按照她自己内心情感所驱使的方式，向这位在她心目中宛如上天使者的高贵恩人表示谢忱。在她于婚礼前夕双颊灼热地挣脱卡萨诺瓦最后一次拥抱时，她完全没有想到做了什么对不起她的未婚夫的事情，因为她的未婚夫毕竟也只能把他的幸运归功于这位了不起的陌生人的善意和慷慨。奥里沃事后是否曾听阿玛丽娅作过自白，从而了解到她对这位恩人的异乎寻常的感谢行为，他是否或许视她的牺牲为理所当然之举而事后毫无妒意，予以默认，或者甚至过去发生的事迄今对他仍然是秘密，对这些问题，卡萨诺瓦从来没有操过心，今天也不用操这份心。

暑气越升越高。弹簧粗劣、坐垫坚硬的马车格隆格隆地响个不停，没命地摇晃碰撞。奥里沃细声细气地、心地纯洁地闲谈着，絮絮不休地对他的伙伴讲述土地的富饶丰产，主妇的卓越才干，孩子们的良好教养，以及与左邻右舍的农户和贵族的有趣而率真的交往，他本意是想让卡萨诺瓦排遣时间，但却开始让他感到无聊起来。卡萨诺瓦气恼地自问究竟为什么居然接受了对他只可能意味着麻烦，而且到头来甚至会带来失望的这么一项邀请。他想念他在曼图亚的那个凉爽的旅舍房间，这一时刻他本来可以在那里安静地继续撰写批判伏尔泰的文章，他已拿定主意，在刚刚可以望见的最近一家酒店下车，随便雇一辆马车回城，可就在这时，奥里沃高叫了一声"喂"，按他的习惯挥动起双手，抓住卡萨诺瓦的手臂，指着在他们旁边像是约好了似的同时停下的一辆马车。从那辆车里一个接一个地跳下三个少女，她们当成座位坐的一块很窄的木板弹了起来，翻了个身。"这都是我的女儿。"奥里沃不无自豪地转过头来向卡萨诺瓦介绍。当卡萨诺瓦立刻做出起身离座的样子时，奥里沃说道："您尽管坐着，亲爱的骑士，再过一刻钟我们就到了，这段时间我们大家可以在我的车里挤一挤。玛利亚、纳妮塔、特烈丝娜，你们瞧，这就是桑伽骑士，你们父亲的老朋友，尽管过来吻吻他的手，如果不是他的话，你们可能……"他突然打住话头，对卡萨诺瓦耳语道，"我几乎说出一句蠢话来。"然后他大声地更正自己的话，"如果不是他的话，许多事情都会两样了！"这些姑娘像奥里沃一样，长着黑头发，眼睛是深色的。包括年龄最大的特烈丝娜在内，三个人看上去稚气十足，用毫无拘束的带农民气的好奇目光打量着这位陌生人，年龄最小的玛利亚遵照父亲的训示，准备认真地吻他的手。卡萨诺瓦却不让她这么做，他一个一个地捧着姑娘们的头，吻每个人的双颊。在此同时，奥里沃跟赶马车把孩子们送来的那个小伙子交谈了几句，这小伙子给马一鞭子，赶着车沿大道朝曼图亚方向继续驶去。

　　姑娘们一边大笑，戏谑地争吵着，一边在奥里沃和卡萨诺瓦对面后排座位上坐了下来。她们紧靠着挤坐在一起，三人同时说话，因为她们的父亲也没有停止说话，所以卡萨诺瓦起初难以从她们的话语听出她们彼此究竟想说些什么。他听出来了一个名字：罗伦齐少尉。特烈丝娜告诉大家，刚才他骑马从她们身边经过，说好晚上前来拜访，并让她转达对她父亲的衷心问候。接着孩子们报告说，妈妈起初也想乘车来接父亲,可是考虑到天气太热,她觉得还是在家里留在马可琳娜身边为好。在她们离开家的时候,马可琳娜还躺在被窝里;她们从花园里并着的窗户朝她扔浆果和榛子,不然她一直会睡到这个时辰。

"马可琳娜平常本来不是这个样子的,"奥里沃对客人说,"她多半六点钟或者更早些就坐在花园里了,一直学习到中午。我们昨天来了客人,比平时拖长了一些时间,还玩了一阵子牌——不是像骑士先生平素习惯的那种玩法——我们都是天真无邪的人,不想互相赢钱。既然我们尊敬的神甫也常常参加,您可以想见,骑士先生,我们玩牌就不是什么罪过了。"

谈起神甫,姑娘们大笑起来,天知道她们该有多少故事可讲啊,这么一来,笑料比先前就更多了。卡萨诺瓦只是心不在焉地点点头。他在幻想中见到了根本不认识的马可琳娜小姐,她躺在白色的床上,面对着窗户,被单下垂,她半裸着身体,睡意犹浓,双手遮挡着飞进来的浆果和榛子,一股无端的炽热激情闯入他的心里。马可琳娜是罗伦齐少尉的情人,对此他丝毫也不怀疑,就好像他亲眼见到他俩百般恩爱地紧紧拥抱在一起一样。随着对未谋一面的马可琳娜的思念的增长,他将随时准备以仇恨面对他尚不认识的罗伦齐。

在正午的仿佛震颤着的雾霭中,一座方形的小塔隐约可见,高耸于灰绿色的树丛之上。马车从大路拐进一条岔道。左边,种植葡萄的丘陵徐缓上升;右边,古树的枝头从花园围墙的边缘上垂下来。车停在一道大门前面,风雨剥蚀的两扇木门大开着,人们下了车,奥里沃打一个手势,赶车的遵命把车往马厩那边赶去。栗树下一条宽阔的路通向宫殿,初看上去,这座宫殿显得有些光秃秃的,甚至显现出一派衰落的样子。首先引起卡萨诺瓦注意的是二层楼上的一扇破窗户,建在楼房上面的宽大而低矮的塔显得形态粗笨,塔的平台上的镶边墙多处剥蚀,这也没有逃过他的眼睛。房屋的大门显示出一种高超的木雕工艺,走进前厅,卡萨诺瓦立即看出,房屋内部维护良好,无论如何比人们看了外表之后所想象的要好得多。

"阿玛丽娅!"奥里沃大声叫喊,声音在拱形墙内回响,"快点下来!我给你带来了一位客人,阿玛丽娅,多么好的贵客啊!"在这些刚从烈日中进入暗处的人们能看见她之前,阿玛丽娅已经出现在楼梯上了。卡萨诺瓦的锐利的眼睛还保留着甚至能透视黑夜的本领,他已先于她的丈夫看见她了。他微笑了,同时感到这微笑使自己的容颜显得年轻了一些。阿玛丽娅并没有像他担心的那样肥胖起来,而是显得苗条年轻。她一下子就认出他来了。"多么出人意料啊!多么令人高兴啊!"她大声叫喊,丝毫不感到窘迫,快步走下楼梯,伸过面颊来让卡萨诺瓦亲吻以示欢迎。于是他也就干脆像拥抱一个亲爱的女友那样拥抱了她。"难道我真该相信,"然后他说,"玛利亚、纳妮塔、特烈丝娜是您的亲生女儿,阿玛丽娅?时间虽然对头……""从别的方面看也是对头的,"奥里沃补充说,"您尽可放心,骑士!""你这么迟回来,或许该归咎于你遇上了这位骑士吧,奥里沃?"阿玛丽娅说道,又以沉浸于回忆中的目光看了客人一眼。"的确如此,阿玛丽娅,不过,尽管回来迟了,希望还有吃的东西吧?""马可琳娜和我尽管已经饿了,但我们俩都还没有自个儿坐上餐桌。""那么,您还可不可以稍待片刻,"卡萨诺瓦问,"等我把衣服和身上略微清除一下路上的尘土好吗?""我马上就领您去看您的房间,"奥里沃说,"希望您会满意,骑士,大体上满意……"他眨了眨眼睛,低声补充了一句,"像您在曼图亚的旅馆里一样,尽管或许缺少某些东西。"他在前面引路,沿着楼梯走上回廊,回廊呈四角形,围绕着大厅,在回廊的最远端的角落里有一段窄木梯弯弯曲曲通到上面去。到了上面,奥里沃打开通往塔室的门,他站在门槛上,说了许多恭维话,告诉卡萨诺瓦这就是他的客房。一个女仆随后送来了行李,和奥里沃一道走了。卡萨诺瓦独自站在这个不大的,只有必要的用具,显得空荡荡的房间里,从房间的四个又窄又高的拱形窗户可以向四面八方远眺,可以看到在阳光下发亮的平原,那里有绿色的葡萄园、五颜六色的农田、黄色的田野、白色的道路、浅色的房屋和深色的花园。卡萨诺瓦没有继续观望远景,迅速收拾停当,与其说是因为饥饿,倒不如说出于尽快和马可琳娜见面的一种折磨人的好奇心。他没有换衣服,因为他想晚上露面时再穿着华丽一些。

当他走进位于底层,墙上镶嵌有木板的餐厅时,看见围坐在摆得满满当当的餐桌旁的,除主人夫妇和三个女儿之外,还坐着一个身材窈窕的姑娘。她穿着一身暗光闪烁的、线条光滑流畅的灰色衣服,用毫无拘束的目光打量着他,仿佛他是这个家庭的一员或者至少已来这里做客数百次了。在她的目光里看不到什么特殊的光芒,对于卡萨诺瓦来说,这已不算是新的经历了,他只得默然忍受。今非昔比啦,过去,即使人家对他一无所知,但只要他带着青年的迷人的光泽或壮年的诱人的绚丽一露面,人家往往以放射异样光芒的目光迎接他。即使是不久前,只要提到他的名字,也多半足以在女人嘴上引起一番过时的赞美词或至少一种表示惋惜的轻微抖动,这表明了她们的心迹:如果能早几年相识该多好啊! 可是,现在奥里沃把他介绍给她的侄女,说这是卡萨诺瓦先生即桑伽骑士的时候,她只是很平常地微微一笑,就好像别人对她提到的是随便一个什么无关紧要的名字,在这个名字里并没有什么风流故事和秘闻的韵味。甚至当他在她身旁就座,吻她的手,他的眼里对她迸发出一阵兴奋和欲望的火花时,她的脸上也丝毫未表露出那种轻微的满意,这本来应该是对于如此火热的爱慕之情做出的起码的反应。

在说了几句客气的应酬话之后,卡萨诺瓦向他的邻座女宾表示,他已经听说了她在学术上的追求,并且询问她特别研究哪一门学问。她回答说,她主要学习高等数学,是博洛尼亚大学的著名教授摩尔加尼带她入门的。美貌少女对这么一门艰深而枯燥的学科居然感到异乎寻常的兴趣,卡萨诺瓦对此深表钦佩。但是,他得到的回答却是:按她的看法,高等数学是最富幻想的,甚至可以说,在一切科学中,从本质上来看是真正神奇无比的。在卡萨诺瓦请她就这个对他是全新的观点作进一步解释的时候,马可琳娜谦逊地推辞说,对于在座各位,特别是对她亲爱的叔父来说,听他久违了的这位浪迹天涯的朋友谈谈旅行见闻,一定要比听一段哲学性的交谈切合心意得多。阿玛丽娅热切地附和她的倡议,总是乐于满足这种愿望的卡萨诺瓦不假思索地说,近几年他主要承担秘密外交使命,来往于——只说大城市吧——马德里、巴黎、伦敦、阿姆斯特丹和彼得堡之间。他或庄或谐地讲述了与不同等级的男人和女人会面和交谈情况,他也没有忘记提到俄国卡塔琳娜女皇宫廷对他的友好接待,他十分诙谐地谈到,腓特烈大帝差一点任命他当帕默尔容克贵族军官学校的教官,然而他迅速逃脱了这一险境。他谈这一切以及一些其他故事的时候，那神情就好像这些事是刚刚发生似的，而不是已经过去几年，乃至几十年。有时他还虚构一些情节，对编造的或大或小的谎言甚至连自己也没有完全意识到，他为自己的良好心情和大家倾听的兴致感到愉快。在这么一边讲述往事、一边虚构故事的过程中，他简直觉得自己今天仍然还是那个受幸运宠爱的、无所顾忌的、容光焕发的卡萨诺瓦，还是那个携美女周游世界，荣获世俗王侯和宗教领袖恩宠的，用掉、输掉、送掉成千上万金币的卡萨诺瓦，而不是一个接受往日的朋友从英国和西班牙寄来的微薄资助的天涯沦落人，而且这种资助时有中断，他只得依靠从佩罗蒂男爵或他的赌客那儿赢到可怜的几个钱度日。他甚至忘了他心目中的最高目标是能够在他出生的城市，在这个先监禁他，在他逃走之后又剥夺他的公民权的城市里，成为一个最卑微的公民、一名录事、一个乞丐、一个毫无用处的人，并且这样结束他曾显赫一时的一生。

马可琳娜也留意听着，但是她的脸上毫无表情，仿佛在听人念一本仅供消遣的故事书而已。与她面对面坐着的是一个人，一个男人，是亲身经历了这一切和他还没有谈到许多别的事情的卡萨诺瓦本人，是成百上千个女人的情夫——她知道了这一切，但是脸上却不露声色。在阿玛丽娅的眼睛里却闪着异样的光芒。在她看来，卡萨诺瓦一如从前。她觉得他的声音还是和十六年前一样具有诱惑力，而他自己则觉得，只要他有此心愿，只需说一句话，根本不必花费什么，就可以与她重温旧梦。可是此时此刻，既然他对马可琳娜的占有欲之强烈远非对她之前的女人所可比拟，阿玛丽娅对他又有什么意义呢？透过那闪烁着暗光、线条光滑流畅的衣服，他仿佛看到她裸露的身躯；宛如花蕾的胸脯对他迎面开放，当她有一次弯下腰去拾起滑落在地上的手绢时，卡萨诺瓦竟异想天开，在幻想中赋予她的动作一种淫荡的意义，他几乎因此而晕了过去。他的讲述不由自主地中断了一秒钟，他的眼里闪出异样的目光，这些未能逃过马可琳娜的眼睛。同样，他也注意到她的眼里突然出现一种惊愕、拒斥、憎恶的神情。他迅即镇定下来，正准备以新的生动语调继续叙述时，一位体态丰腴的神甫走了进来，主人称他是罗西神甫，向他表示欢迎，卡萨诺瓦立即认出他来了。他记得二十七年前,在一艘从威尼斯驶往基俄嘉的商船上曾与他有过一面之缘。"您当时包扎着一只眼睛,"卡萨诺瓦很少放过任何一次炫耀他的极强的记忆力的机会,说道,"一个戴黄头巾的农妇向您推荐敷上一种很有疗效的药膏,有一个年轻的、声音沙哑的药剂师正好偶然随身带着这种药膏。"神甫点点头,讨人喜欢地笑了。接着他以一副狡黠的面孔凑近卡萨诺瓦,似乎有什么秘密要告诉他,然而却大声说道:"是您啊,卡萨诺瓦先生,当时您正陪伴着一对新婚夫妻……我不知道你们是萍水相逢,还是充当新娘的傧相,总之,我见那新娘瞧您的目光比瞧那新郎时要温柔得多……那时刮起了一阵风,几乎可以说是一场风暴,于是您开始朗诵一首不落俗套的诗。""骑士这么做,"马可琳娜说,"肯定只是为了平息风暴。""我从来就没有相信过我具有这种魔力,"卡萨诺瓦说,"我不想否认,在我开始念诗的时候,谁也不再为风暴担心了。"

　　三个姑娘向神甫围了过去。她们知道为什么要这样。因为他会从那些硕大无朋的口袋里掏出大量精美糖果,并用他粗壮的手指把糖果塞进孩子们的嘴里。与此同时,奥里沃十分详尽地告诉神甫他是怎样找到卡萨诺瓦的。阿玛丽娅神魂颠倒地用她那闪闪发亮的目光盯住贵客的威严的、褐色的前额。孩子们在花园里跑着,马可琳娜站起身来,从开着的窗户朝她们看。神甫转达彻尔希侯爵的问候,如果健康情况允许,今天晚上他和夫人一道想来拜访他尊敬的朋友奥里沃。"这正好合适,"奥里沃说,"我们马上就能组成一个小牌局,给骑士接风。我同样期待着利嘉棣兄弟的来访,罗伦齐也会来,孩子们在他骑马散步时遇见过他。"——"他还在这里吗?"神甫问,"一个星期前就听说他要动身回他的团队去了。"——"侯爵夫人,"奥里沃笑着说,"会在上校面前给他请到假的。"——"我觉得奇怪的是,"卡萨诺瓦插话,"曼图亚的军官们现在竟然有假期。"他接着又说,"我的两个熟人,一个是曼图亚人,另外一个是克雷孟纳人,夜间随各自的团朝米兰方向开走了。"——"打仗了?"马可琳娜从窗户那边问,她转过身来,她处于暗处的面部表情无法看清,在场的人中唯有卡萨诺瓦清楚地听出了她声音里的微弱的颤抖。"也许不会出大不了的事,"他顺口说道,"但由于西班牙人采取了一种咄咄逼人的姿态,总得提防着。"——"大家究竟知道不知道,"奥里沃煞有介事地皱起眉头问道,"我们将为哪一边打仗,是在西班牙一边呢,还是在法国一边?"——"这在罗伦齐少尉看来或许是一回事,"神甫说,"他只要终于找到考验他英雄气概的机会就成。"——"他已经考验过了,"阿玛丽娅说,"三年前他参加过帕维亚战役。"但马可琳娜却沉默不语。

卡萨诺瓦心里明白。他走到马可琳娜身边,放眼望去,花园一览无余。他看到的不过是广阔的荒芜草地,孩子们在草地上玩,一行高大茂密的树木在靠近围墙的地方把草地围了起来。"多么漂亮的产业啊,"他对奥里沃说,"我真想对它作进一步的了解。"——"而我呢,骑士,"奥里沃回答说,"巴不得带您看看我的葡萄山和我的田地,没有比这更叫我高兴的了。的确,说老实话,您问问阿玛丽娅吧,自从这个小庄园归我所有起,我最渴望的就是终于有一天能在我自己的土地上欢迎您来做客。我总有十次提起笔来准备致函邀您来访。可谁说得准,信能否送到您手里呢?如果有人说最近在里斯本见到您了——那么,您这期间肯定已动身上华沙或维也纳去了。而现在,在您正打算离开曼图亚的时候,我却奇迹般地重新找到了您,而且我又好不容易——这的确不容易,阿玛丽娅——把您引诱到这里来了,既然如此,您却吝惜时间,您只想——您会相信吗,神甫先生——他只想给我们两天时间!"——"骑士也许会听我们劝说,同意延长他逗留的时间。"神甫说,他正泰然自若地把一片桃子糖放在嘴里让它慢慢融化,同时迅速瞟了阿玛丽娅一眼。卡萨诺瓦从这眼神里体会到,她对她丈夫有所保留,反而对神甫公开了较多的内心隐秘。——"对我来说,这是不可能的,"卡萨诺瓦一本正经地回答,"因为不瞒各位关怀我命运的朋友说,威尼斯市民们正准备为他们多年前让我蒙受的冤屈向我赔礼道歉,这一行动虽然迟了一些,但却给予我更多荣耀,如果我不想显得忘恩负义,甚至怀恨在心,我对他们的一再恳求就不能再置之不理了。"他看见奥里沃正撮圆了嘴唇,准备提一个又好奇又崇敬的问题,便轻轻地挥挥手,把问题挡了回去,并迅即说道,"好吧,奥里沃,我准备好了。您让我看看您的小王国吧。"

"等凉爽一点了再去,岂不更好?"阿玛丽娅插嘴说,"骑士现在肯定想休息一会儿或在树荫下散散步了,是吗?"她的眼睛向卡萨诺瓦闪烁地表露出一种胆怯的恳求,仿佛在外面花园里作这样的散步的时候,她的命运会发生第二次决定性的转折。对阿玛丽娅的建议,谁也没有提出反对的理由,于是大家往外面走。马可琳娜走在众人前面,在阳光下跨过草地,走到正在那儿玩羽毛球的孩子们身边,并立即参加了她们的游戏。她身材比三个姑娘中最年长的高不了多少,看着她那蓬散鬈曲的头发在肩头纷飞的样子,她自己现在也像一个孩子。奥里沃和神甫在房屋附近林荫大道上的一张石凳上坐了下来。阿玛丽娅在卡萨诺瓦身边继续漫步,到了别人听不见他们谈话的地方,她开口说话了,还是当年的声调,好像她对卡萨诺瓦就从未用另一种声调说过话似的。

"你又来了,卡萨诺瓦!这一天我盼了多久啊!我早就知道这一天总会来的。"——"我这次来,完全是偶然的。"卡萨诺瓦冷漠地说。阿玛丽娅只是微笑着。"你想怎么说就怎么说吧,但你是来了!在这十六年里我梦想的就是这一天!"——"也许,"卡萨诺瓦回答说,"你在这期间也梦想过别的东西吧,甚至还不止于梦想哩。"阿玛丽娅摇摇头。"你是明白的,并非如此,卡萨诺瓦。你也没有把我忘掉,否则,你既然如此匆忙,急于要赶到威尼斯去,肯定是不会接受奥里沃的邀请的!"——"你究竟想到哪儿去了,阿玛丽娅?我来是为了给你那善良的丈夫扣上绿帽子吗?"——"你为什么这么说话呢,卡萨诺瓦?如果我再次让你占有,这既不是欺骗,也不是罪过!"卡萨诺瓦大笑起来。"不是罪过?为什么不是罪过?因为我老了吗?"——"你并不老。在我眼里,你永远不会老。在你的怀抱里,我第一次享受到了幸福——所以,命中注定,跟你一道我也要享受到最后一次幸福!"——"最后一次幸福?"卡萨诺瓦讥讽地重复了一遍,尽管他并非毫不动情,"对于这一点,我的朋友奥里沃想必是颇多异议的。"——"这个,"阿玛丽娅脸红起来,说,"这个是义务——我看,甚至是乐趣,但幸福却不是……从来就不是。"

他们没有走到林荫大道的尽头,似乎为了回避马可琳娜和孩子们玩耍的草地游戏场,他们不约而同地掉头,很快就沉默无言地又回到住宅边上了。在房屋较窄的一侧,楼下有一扇窗户开着。卡萨诺瓦在那个房间的幽暗深处看见一张撩起了一半的挂帘,可以看到那后面的床的脚头。那旁边的一把椅子上挂着一件轻薄如面纱的衣服。"是马可琳娜的房间吧?"卡萨诺瓦问。阿玛丽娅点点头。接着,她表面上轻松愉快,好像毫无疑心地问:"你喜欢她吗?"——"那是因为她长得美。"——"美而且品德好。"卡萨诺瓦耸耸肩,仿佛是说这并不是他所要问的。然后他说:"如果你今天是第一次见到我——你也会喜欢我吗,阿玛丽娅?"——"我不知道你今天的样子是不是和当年不同。我看到的——就是你当年的那个样子。从那以后,我见你也老是这个样子,即使在梦中也没有什么两样。"——"你看看我吧,阿玛丽娅!我额角上的皱纹……我颈上的褶子!从眼睛到太阳穴的深槽!而且在这儿——不错,在这儿的角落里还少了一颗牙齿。"——他冷笑地把嘴巴张得大大的。"还有这双手,阿玛丽娅!你好好看看吧!手指长得像兽爪……指甲上的小黄斑点……还有这儿的青筋——蓝蓝的,暴得高高的——老人的手啊,阿玛丽娅!"——他举起双手给她看,她也就这样把这双手抓住,在林荫大道的树荫下,她聚思凝情地一只一只地吻着。"今天夜里我还要吻你的嘴唇。"她以一种低声下气的柔情说,而这种表情激怒了他。

离他们不远的地方,在草地的尽头,马可琳娜躺在草地上,双手枕在头下,目光向上凝视,孩子们的球在她身上飞了过去。蓦地,她伸出一只手臂去抓其中的一个球。她抓住了,响亮地笑着,孩子们扑在她身上,她简直招架不住,她的头发在飞舞。卡萨诺瓦周身一阵震颤。"你既吻不到我的嘴唇,也吻不到我的双手,"他对阿玛丽娅说,"你等我算是白等了,梦见了我也算是白梦见了——除非我先占有了马可琳娜。"——"你疯了吗,卡萨诺瓦?"阿玛丽娅用痛苦的声音叫道。——"在这一点上,我们不必相互指责,"卡萨诺瓦说,"你才疯了,因为你以为找到了我这个老人就重新找到了青年时代的情人;我也疯了,因为我打定主意要占有马可琳娜。可是,也许我们两个命中注定都会恢复理智的。应当让马可琳娜使我重新年轻起来——为了你。那么,你就在她那儿为我出把力吧,阿玛丽娅!""你糊涂了,卡萨诺瓦,这是不可能的。她不想和任何男人来往。"——卡萨诺瓦大笑起来。"那么,罗伦齐少尉呢?"——"这与罗伦齐有什么关系?"——"他是她的情人,我知道。"——"你大错特错了,卡萨诺瓦。他向她求过婚,但她拒绝了。他年轻,他漂亮,的确,我简直觉得你还从来没有他那么漂亮过,卡萨诺瓦!"——"他向她求过爱?"——"你要是不信我的话,就去问奥里沃吧。"——"好吧,对于我来说,反正一样。管她是处女还是妓女,是未婚妻还是寡妇,这与我何干——我要占有她,我要她!"——"我没法把她给你,我的朋友。"他从她的语调里感觉得出来,她是在为他难过。"现在你看见了,"他说,"我成了一个多么可鄙的家伙,阿玛丽娅!如果十年乃至五年前,我也不会需要任何人帮忙,也不需要托人说情,哪怕马可琳娜就是品德女神也罢。而现在我却要你给我拉皮条。假如我富有就好了……不错,如果有一万杜卡特的话……可是,我连十个也没有。我是一个乞丐,阿玛丽娅。"——"即使出十万杜卡特,你也得不到马可琳娜。财富对她会有什么价值?她爱书籍、天空、草地、蝴蝶,喜欢和孩子们玩耍……凭她得到的那笔小遗产,她自给有余。"——"唉,假使我是一个王侯该有多好!"他喊道,略带朗诵的腔调,过去碰上真正激情使得他心潮翻腾的情况,他往往也会这样,"假如我有下令监禁人、处决人之权,该有多好……但我什么也不是。一个乞丐,而且还是一个撒谎欺世之徒。我向威尼斯的显贵们乞求一个职位、一块面包,乞求他们让我回归故里!我成了一个什么东西啊?你不厌恶我吗,阿玛丽娅?"——"我爱你,卡萨诺瓦!"——"那么,帮我把她弄到手,阿玛丽娅!这全靠你了,我知道。你想对她怎么说就怎么说。告诉她,我威胁过你们。我会放火烧掉屋顶的,这种事你相信我做得出来!告诉她,我是一个疯子,一个危险的疯子,是从疯人院里出来的,但拥抱一个处女能使我恢复健康。对,就这么对她说。"——"她不相信奇异的事情。"——"怎么?不相信奇异的事情?这么说,她也不相信上帝了。这更好!米兰的大主教对我十分器重!把这一点告诉她!我能毁掉她!我能毁掉你们大家。这是真的,阿玛丽娅!她读的是些什么书?那里面准有教会的禁书。让我瞧瞧那些书。我要造一份书单。只需我说一句话……"——"别出声,卡萨诺瓦!她从那边来了。别暴露你的心思!留神你的眼睛!我从来没有,卡萨诺瓦,从来没有,你好好听着,我从来没有见过比她更纯洁的人了。假如她猜想到我刚才被迫听到的那些话,她会感到自己受到玷污。你不管在这里还要待多久,都别想再见到她了。跟她谈谈。对,跟她谈谈,然后,你就会向她、也向我道歉了。"

马可琳娜同孩子们一道走过来了,孩子们从她身边跑过,进屋去了,而她本人,好像是想向客人表示一点客套,在他面前停住了脚步,而在此同时,阿玛丽娅好像是故意地离开了。现在卡萨诺瓦确实感觉到,仿佛从这两片苍白的、半开的嘴唇之间,从这镶着高高别起的、暗金黄色头发的光滑前额上,对他迎面吹来一股严峻和贞洁的轻风,一种摒除一切欲望的虔诚奉献的感情流过他的心灵,对于别的女人,他很少有这样一种感情,即使对于她,先前在四壁之内也没有这种感情。他以审慎的态度,甚至用人们爱对出身高贵者表示恭敬、逢迎的那种语调问她是不是打算把今晚的时光也用来学习。她回答说,在乡下她根本就不习惯有规律地工作,但她无法制止正在研究的某些数学问题在休息时间里对她穷追不舍,刚才她躺在草地上仰天凝视之际就遇上这种情形。可是,当卡萨诺瓦在她这种友好态度的鼓励之下,开玩笑地询问那究竟是一个怎样的高深而又如此讨厌、竟然缠住她不放的问题时,她却用略带讥讽的口吻回答说,这与听说桑伽骑士做出过卓越贡献的那一门著名的犹太数字秘学却风马牛不相及,所以他恐怕是摸不着头脑的。她用如此露骨的拒斥态度谈犹太数字秘学,这可惹他生气了,虽然他自己在极少的内心自省的时刻里,也意识到那种被称为"加巴拉"的数字特异秘术完全没有意义,也没有什么根据,在一定程度上可以说,它在自然界根本不存在,只是被骗子和爱说笑逗乐的人用来欺蒙轻信者和傻瓜,而他自己轮换扮演这两种角色,总是演得那么逼真,演技超群,但是,他现在却违背自己的良知,在马可琳娜面前,把"加巴拉"当作一种放之四海而皆准的严肃科学加以辩护。他谈到七这个数字的神圣本性,《圣经》里早就暗示它的存在,谈到数字棱锥体的深邃而带预见性的意义,他本人曾按照一种新体系传授绘制这种数字棱锥体的方法,谈到他建立在这一体系基础上的预言屡试不爽。难道不就是他在几年前在阿姆斯特丹靠绘制了这么一个数字棱锥体促使银行家荷柏承接了一艘公认已无法救助的商船的保险事务,从而让他赚了二十万金盾吗?他宣讲起他那些用来骗人的炫示才智的理论来,仍然还是那么灵巧,乃至和过去屡次发生的情形一样,对他宣讲的一切荒诞不经的东西,他自己也开始相信起来,声称与其说"加巴拉"是数学的一个分科,倒不如说它是使数学在形而上学上臻于完善的一门学问,他甚至敢于以这一论断为他的宣讲作结。马可琳娜一直很留意地、显然十分当真地倾听着,现在突然抬起头来以一种半遗憾、半顽皮的目光望着他,说:"我尊敬的卡萨诺瓦先生(她现在似乎故意不称他是'骑士'),您有心让我欣赏您世界闻名的消闲才能的一个精选片断,我衷心感谢。可是,您自然同我一样明白,'加巴拉'不仅与数学毫不相干,而且正好意味着对它的本质的一种亵渎;它跟数学之间的关系,同诡辩家们的混乱或骗人的胡言乱语跟柏拉图和亚里士多德的明彻而高深的学说之间的关系没有什么两样。"——"无论如何,"卡萨诺瓦迅即反驳说,"您得承认,美丽而博学的马可琳娜,人们如果听信您那种过分严厉的裁判,准会以为诡辩学家们都是一文不值的、愚不可及的家伙,其实他们绝不该当此恶名。举一个现代的例子吧。譬如人们根据伏尔泰的思想和写作方式肯定可以称他为诡辩学派的代表人物,尽管如此,谁也不会,连我也不会——我自认是他的坚决反对者,不瞒您说,我正在撰写批判他的一篇文章——连我也不会想到要拒绝恰如其分地肯定他异乎寻常的天赋。我要即刻说明的是,我并没有因伏尔泰先生十年前乘我访问费尔雷之机向我表示的那种过分的殷勤而让他收买过去。"——马可琳娜微笑了。"您为人真是十分厚道,骑士,竟然对本世纪最伟大的思想家——作如此温厚的评判。"——"一个伟大的思想家甚至是最伟大的?"卡萨诺瓦大声叫道,"别的姑且不论,他尽管才华出众,却是一个目无上帝的人,地地道道的无神论者,只为这一点,我就觉得不该这么称呼他。一个无神论者绝不可能是一个伟大的思想家。"——"依我的看法,骑士先生,这丝毫也不意味着存在矛盾。可是,您首先得证明可以把伏尔泰称为无神论者。"

这下子,卡萨诺瓦可真是驾轻就熟了。他在论战文章的第一章里,从伏尔泰的著作,特别是臭名昭著的《普切尔》中搜集到他认为尤其适于证明他不信上帝的大量文句,而现在依仗着他极好的记忆力,他能够逐句地引述,并加上自己的驳斥观点。但是,他发现马可琳娜是一个对手,她不但在知识上,而且在思想敏锐方面不会比他逊色多少,此外,尽管不是在口齿伶俐方面,但在她真正的辩论技巧方面,特别在表达明确方面,却远优于他。卡萨诺瓦试图解释为伏尔泰讥讽成癖、怀疑一切以及目无上帝的佐证的那些段落,经过马可琳娜熟练而机敏的诠释,却都成了这个法国人从事科学事业和写作的天才以及不倦而热切追求真理的证据。她直言不讳地说,怀疑、讥讽,甚至不信上帝,只要它与丰富的知识、绝对的诚实和高度的勇气结合起来,较之于虔诚者的恭顺,必定更合上帝的心意,因为在这种恭顺的背后多半只不过隐藏着薄弱的逻辑思维能力,甚至常常也隐藏着怯懦和虚伪,这方面是不乏事例证明的。

卡萨诺瓦倾听着,越听越感惊讶。他自觉无力说服马可琳娜,特别是他越来越清楚地认识到,对于他近年的某种动摇不定的心态他已惯于理解为对上帝的信仰,现在经马可琳娜略作反驳,这种心态有彻底瓦解之势,于是他搬出一种人们普遍持有的观点来做挡箭牌。他说,马可琳娜方才表达的见解不仅足以危及教会领域的秩序,而且对国家的基础也具有高度危险性,说到这里,他灵巧地一下子跳到政治领域中去,他估计凭他的经验和见识在这个领域里可能占有一定优势。然而,尽管她在这方面欠缺对人的了解,而且对于宫廷和外交活动的见识也很贫乏,因而即便在她觉得他立论不尽可信之处,也无法在细节上一一予以反驳。但卡萨诺瓦觉得她的话无可辩驳地说明,她既不把世界上的君侯尊如君侯,也不把国家这种结构视为国家,因而对之怀有特殊敬意,她深信这个世界不论在微观方面抑或在宏观方面均未获得利己主义和权势欲之利,反倒是大受其害,给弄得混乱不堪。这样一种自由的思想出现在女人身上,卡萨诺瓦很少见过,尤其是出现在想必还不到二十岁的一个少女身上,他更是见所未见、闻所未闻。他不无伤感地忆及胜过今日之往昔,当时,他自己的精神世界以一种自觉而相当自满的勇气走着,如今他目睹马可琳娜正走着的这同一条道路,只不过她似乎根本没有意识到她的勇气罢了。他有感于她的思想方式和表达方式的特异,不禁心神俱往,几乎忘记了他正在一位年轻美貌而极其令人垂涎的女子身边信步而行,尤其令人惊异的是,他和她单独散步的林荫道这时已经完全处于树荫之下,离住宅已相当远了。马可琳娜猛然打断自己刚刚开口想讲的一句话,活泼地,简直是欢悦地叫了起来:"我叔父来了!"……卡萨诺瓦却好像要追回错过的良机似的,对她悄悄地说:"多可惜啊!我多么想和您再谈几小时啊,马可琳娜!"——他自己也感觉到在说这些话的时候他眼睛里开始再次放射出情欲的光芒。于是,在起先的交谈中极尽挖苦之能事、装出近乎亲切模样的马可琳娜,立即恢复了一种较为冷淡的态度,她的目光表露出今天曾一度如此深深地刺伤过卡萨诺瓦的那种拒斥,甚至是厌恶。我真的是这么叫人讨厌吗?他恐惧不安地问自己。不,他自己回答。原因不在这里。马可琳娜——她不是一个女人。就算是一个学者、一个哲学家、一个世间奇人吧——但不是一个女人。——然而他同时也明白,他这只不过是试图欺骗自己,安慰自己,挽救自己而已,但这种尝试是枉然的。奥里沃站在他们面前。"怎么样?"他对马可琳娜说,"我到底还是顺着你从博洛尼亚你的那些教授那儿带来的习惯,给你请来一个可以在一块儿说几句有头脑的话的人,我这不是做了一件大好事吗?"——"即使在那些教授中间,亲爱的叔父,"马可琳娜回答,"也没有一位敢于要求和伏尔泰本人决斗的!"——"哦,伏尔泰?骑士向他挑战?"奥里沃莫名其妙地喊道。——"奥里沃,您诙谐的侄女说的是我近来撰写的论争文章。那是空间和时间的消遣。从前我可以做比这有意思得多的事情。"马可琳娜不理会他说的话,说:"您散步会觉得空气舒适、凉爽。再见。"她微微地点了一下头,跨过草地向住宅那边走去。卡萨诺瓦克制住自己,没有跟着瞧她的背影。他问:"阿玛丽娅太太会来陪伴我们吗?"——"不,我敬爱的骑士,"奥里沃回答,"她在家里有各种各样的事要做,而且现在正是她通常给女孩子们上课的时间。"——"一个多么能干而又循规蹈矩的主妇和母亲啊!您真值得羡慕,奥里沃!"——"的确,我每天对自己也是这么说的。"奥里沃回答说,他的眼睛湿润了。

他们沿着房屋较窄的一侧走。马可琳娜的窗户像先前一样开着,在房间的晦暗的背景上,薄如面纱的浅色衣服闪闪发光。他们走过宽阔的栗树大道,到了完全处于树荫下的大路上。他们徐缓地沿着花园的墙走上去,在墙拐一个直角的地方,葡萄园就从这里开始了。在悬挂着沉重的、深蓝色的葡萄浆果的枝蔓之间,奥里沃引着客人走上山坡,用一个心满意足的手势,指着现在在下面相当低的地方的住宅。卡萨诺瓦觉得在塔室的窗框里见到一个女人的身影晃来晃去。

太阳西斜,但仍然热得够呛。汗珠在奥里沃的面颊上流淌,而卡萨诺瓦的额头却还完全是干的。他们慢慢往前走,现在又跨着大步往下走到茂密的草地上了。葡萄藤枝攀缘在橄榄树间,高大的黄穗在一行行树木之间摇晃。——"太阳的恩赐,"卡萨诺瓦说,好像是在赞扬,"千姿百态。"奥里沃又一次而且比上次更加详尽地叙述他是怎样逐步购得这一份漂亮的产业的,几个幸运的丰收年景又是怎样让他变成殷实大户,乃至成为富翁的。可是卡萨诺瓦却只顾想他自己的,只是偶然抓住奥里沃一词一句,插进去提一个客气的问题,来证明他是在留意听着。一直到奥里沃在无所不谈的过程中,终于谈起他的家庭,谈到马可琳娜的时候,他这才留心起来。但在已知事实之外,他所获不多。她父亲是奥里沃的同父异母哥哥,早年丧偶,在博洛尼亚行医。在她童年还和父亲生活在一起的时候,就以其早熟的理解能力惊动四邻,所以人们有充裕的时间熟悉她的习性。几年以前她父亲死了,她从此生活在博洛尼亚高等学校的一位著名教授,也就是那位摩尔加尼的家里,这位教授大言不惭,竟说要把他的这个女弟子培养成为一个大学者。夏天,她总是在叔父家里做客。对于一些求婚者,如博洛尼亚的一个商人、附近的一个农场主,最后是罗伦齐少尉,她都一一谢绝,看样子好像确实有志把一生奉献给科学事业。在奥里沃讲述这些的同时,卡萨诺瓦一边听着,一边觉得自己的欲望膨胀到了不知天高地厚的地步,但这种欲望既愚蠢又毫无希望,他有鉴于此,懊恼欲绝。正当他们从田地和草场走上大路时,从越来越近的一团尘土云雾里,向他们迎面传过来呼喊声和问候声。这时他们看见一辆马车,车上坐着一位穿着讲究的上了年纪的先生,他旁边是一位年岁小一些的、体态丰盈的、薄施脂粉的女士。"侯爵,"奥里沃对他的同伴耳语说,"他是到我这儿来的。"

马车停了。"晚上好,我的好奥里沃,"侯爵叫道,"我能请您介绍我认识桑伽骑士吗？我十分荣幸,站在我面前的准是他了。"——卡萨诺瓦微微躬身为礼。"正是我。"他说。——"我是彻尔希侯爵,这是侯爵夫人,我的妻子。"夫人把手指尖伸向卡萨诺瓦,他用嘴唇碰了一下。

"这么说,我最好的奥里沃,"侯爵说,他那目光刺人而略带绿色的眼睛上丛生着红色浓眉,因而蜡黄的狭窄的面孔显得并不那么和蔼可亲,"我最亲爱的奥里沃,我们走的是一条路,就是说,都到您那儿去。去那儿用不了一刻钟,所以我想下车同您一道步行。你想必不会反对单独乘车走这一小段路吧,"他问侯爵夫人,而卡萨诺瓦自始至终都在用贪婪的目光注视着她。侯爵不待他夫人作答,就向车夫打了一个手势,车夫立即发狂似的猛击辕马,仿佛出于某种理由需要尽快载着女主人离开此地。马车立即消失在一团尘土的后面。

"在我们这个地区,大家都听说,"侯爵说,他比卡萨诺瓦还高几寸,而身材却瘦得很不自然,"桑伽骑士到这里来了,在他朋友奥里沃那里下榻。必然要有一种崇高的感情,才配得上这么一个荣誉称号吧。"

"您太客气了,侯爵先生,"卡萨诺瓦回答说,"我虽然还没有放弃争取获得这样一个称号的希望,但目前却相距甚远。我正在撰写的一本著作可望使我向目标靠拢一步。"

"我们可以在这里抄近道,"奥里沃说着走上一条直通他的院墙的田间小道。"著作?"侯爵以一种琢磨不透的表情重复了一遍,"可以问问您说的是哪一类著作吗,骑士?"——"您既然问到这件事,侯爵先生,我就不得不反过来问一句,您先前提到的是怎样的一种荣誉?"这时,他高傲地直视侯爵的那双目光刺人的眼睛。他明白,不论是他的幻想小说《伊科沙麦隆》,还是他的三卷本的《对威尼斯政府编造的阿默洛特故事的驳斥》,都未能帮他获得值得一提的作家名声。但是,他认为其他名声都毫无意义,他只承认这一种荣誉才是他梦寐以求的,所以他有意地误解侯爵一切别的小心试探性的话语和影射。侯爵也许能够想象卡萨诺瓦是知名的引诱女人的人、赌徒、生意人、政治密使以及其他各色各样的人,只是绝非作家,而且由于从来就没有不论是涉及对阿默洛特作品的驳斥,还是有关《伊科沙麦隆》的任何信息传入他的耳朵,所以他就更加无法想象卡萨诺瓦是个作家了。于是他最后以一种彬彬有礼的尴尬表情说:"毕竟只有一个卡萨诺瓦啊。"——"这也是一种误会,侯爵先生。"卡萨诺瓦冷冰冰地说道,"我有兄弟姐妹,我有一个兄弟是画家弗朗切斯科·卡萨诺瓦,他的名字在一个行家听起来是不会感到生疏的。"

看起来,侯爵在这一行里也非行家,于是他把话题转到在那不勒斯、罗马、米兰和曼图亚和他同住过的熟人上来,他想卡萨诺瓦过去可能偶然跟他们见过面。他也提及佩罗蒂男爵的名字,但带有若干鄙夷的语调,卡萨诺瓦只好承认,他有时在男爵宅邸里玩玩小牌"作为消遣",他补充说:"睡前玩半个钟头。除此之外,我差不多已洗手不干这种消磨时间的玩意儿了。"——"果真如此,我就深感遗憾了。"侯爵说,"因为,不瞒您说,骑士先生,我一生的梦想就是要跟您较量——既在玩牌方面较量,在我年轻一些的时候也想在别的方面较量。此外,您想,我——那是多少年前的事了?——正好在您离开斯帕的那一天、那一个小时到达斯帕。我们的车擦肩而过。在雷根斯堡我同样倒霉。我在那里甚至就住在您一小时前离开的那个房间里。"——"真是不幸,"卡萨诺瓦说,不管怎样多少有点受到恭维的感觉,"在人生中,有时候的确相见恨晚。"——"还不太晚,"侯爵热情地说,"在许多别的方面,我愿意事先就认输,我不大在乎,可是就玩牌而言,我亲爱的骑士,我俩或许旗鼓相当。"

卡萨诺瓦打断他的话:"旗鼓相当——也许是吧。但可惜的是,正好在玩牌这个领域里,我再也不能指望有幸与您这种身份的人较量了,因为我"——他说话的语调好像一个废黜了的公侯——"因为我尽管名满天下,我尊敬的侯爵先生,迄今除落得个乞丐的下场之外,几乎一事无成。"

侯爵在卡萨诺瓦的自豪的目光下不由得垂下了眼帘,然后好像听到一个古怪的笑话似的只是怀疑地摇摇头。奥里沃一直都在专注地听他们交谈,并对他这位特殊的朋友所做的巧妙而漂亮的回答不断首肯,但听到这里,却忍不住表露出大吃一惊的样子。他们全都站在花园后墙边一扇窄木门的前面。奥里沃一面用一把钥匙嘎吱嘎吱地把门打开,让侯爵领头走进花园,一面抓住卡萨诺瓦的手臂,悄悄对他说:"您收回了您最后那句话,骑士,才能再进我的屋子。我欠了您十六年的那笔钱放在这里,供您使用。我只是不敢……您问阿玛丽娅吧……一五一十数得清清楚楚放在那儿。在分别时我会冒昧地……"卡萨诺瓦温和地打断了他的话。"您没有欠我的债,奥里沃。那几块金币……这您是知道的……是我作为阿玛丽娅的母亲的朋友赠送的结婚礼物……可是,还提它干啥。我要那几块金币有什么用处?我正处于我的命运的转折点。"他故意高声补充了这么一句,让走了几步停下来的侯爵听见。奥里沃和卡萨诺瓦交换了一下眼色,为的是征得他的同意,然后对侯爵说:"因为骑士奉召回威尼斯,过不了几天就要动身回归故里了。"——"更确切地说,"在大家逐渐走近住宅时,卡萨诺瓦说,"他们召唤我回去已有相当长的一段时间了,而且越来越迫切。但我觉得参议员先生们拖延得够久了。好吧,那就让他们捺着性子等等吧。"——"您的这种自尊心,"侯爵说,"是极其有理的,骑士!"

当他们从林荫道上走出来,踏上已全处于浓荫下的草地时,看见住宅附近聚集了一小群人正迎候他们。大家起身向他们迎了过来,首先是神甫,他走在马可琳娜和阿玛丽娅之间,跟着是侯爵夫人,她身边是一个身材高大的、没有蓄胡须的青年军官,穿着一身红色有银色绦带装饰的制服,脚上的马靴闪闪发光,他可能就是罗伦齐。瞧他对侯爵夫人说话的样子,边说边用目光扫视她的落了白粉的双肩,仿佛这是一种大家熟悉的美丽的饰物;伯爵夫人用半睁半闭的眼睛含笑地向他仰望的神情,即便让经验不多的人看了,对他们之间现有关系的性质也一目了然,同样毫无疑问的是,他们无意对任何人保守秘密。到他们与走拢来的人们已经面对面站着的时候,他们才中断了悄悄而又活跃的谈话。

奥里沃介绍卡萨诺瓦和罗伦齐相识。两个人以短促而冷漠的目光彼此打量了一下,好像是为了证实彼此的确是怀有反感的,然后他们两人浅笑了一下,鞠躬为礼,但没有握手,因为如要握手他们得彼此靠近一步。罗伦齐长得很漂亮,面孔窄小,虽年轻,但容貌却显得很老成;在他眼睛的背后有某种不可捉摸的东西在闪烁,对于阅历丰富的人,这是告诫多加提防的信号。卡萨诺瓦仅仅思索了一秒钟,就明白罗伦齐让他想起了谁：站在他面前的是年轻了三十岁的他自己的形象。难道我借体还魂了吗？他自问。那么，我就该先死了啊……想到这里他不禁全身震颤。我难道不是早就死了吗？我身上哪里还有一点那个年轻、漂亮、幸福的卡萨诺瓦的影子呢？

他听见阿玛丽娅的声音。虽然她就在他身旁，那声音却像是从远方传来的。她问他觉得散步是否愉快，他用大家都听得见的声音，高度赞扬他同奥里沃一道漫步走过的这个富饶而管理得极好的农庄。在此同时，女仆在草地上摆了一张长桌子，奥里沃的两个大些的女儿帮忙从屋里捧出餐具、玻璃杯和别的必需品，一边搬着东西，一边咻咻地笑个不停，故意出了许多洋相。暮色渐浓，一阵轻轻的凉风吹过花园。马可琳娜赶到桌边，去把孩子们和女仆一道开了个头儿的活儿干完，并且纠正做得不尽周到之处。其余的人无拘无束地在草地和林荫道上漫步。侯爵夫人对待卡萨诺瓦彬彬有礼，她也希望听他讲讲逃出威尼斯的候审监狱的著名故事，她意味深长地微笑着补充说，她并不是不知道他有过比这危险得多的经历，不过讲那些事情可能比较容易惹出麻烦。卡萨诺瓦回答说：尽管他参加过一些艰险的活动，其中有需认真对待的，也有叫人开心的——可是，在其意义上和本质上意味着危险的那种生活，他却从来没有真正领教过；因为他虽然在动荡的年代里，在许多年以前，曾在科孚岛上当过几个月的兵——他为命运所驱使，世上有哪一种职业他没干过?!——但却从来没有福气去参加像罗伦齐即将参加的那么一次真正的征讨行动，因此他简直有些嫉妒他了。"这么说来，您知道的比我还多了，卡萨诺瓦先生，"罗伦齐以一种响亮而狂妄的声音说，"甚至比我的上校知道的还多哩，因为我刚刚获准无限期延长我的假期。"——"果真如此！"侯爵怒不可遏地喊道，他还讥讽地加上一句，"不过，您得考虑考虑，罗伦齐，我们——倒不如说是我的夫人，早已料定您要动身，所以她邀请了我们的一位朋友、歌唱家巴尔底于下周初来访问我们的宫殿。"——"这真是巧极了，"罗伦齐无动于衷地说，"巴尔底和我是好朋友，我们会相处得很好的。不是吗？"然后，他转向侯爵夫人，露齿而笑。"我会教你们两位好好相处的。"侯爵夫人快活地微笑着说。

说着,侯爵夫人首先就座,她的一侧坐着奥里沃,另外一侧坐着罗伦齐。在她对面,阿玛丽娅坐在侯爵和卡萨诺瓦中间。在卡萨诺瓦旁边,在桌子狭窄的一端坐着马可琳娜;在另一端,在奥利沃身边,是神甫。这一餐饭像午餐,虽则简单,但人们吃得津津有味。奥里沃的两位大些的女儿,特烈丝娜和纳妮塔,递送盘碟,给客人斟上用奥里沃葡萄园出产的葡萄酿造的美酒。侯爵和神甫都用戏谑的、粗俗的爱抚动作向姑娘们表示谢意,如果是一个比奥里沃严厉一些的父亲,或许早已进行干预,不许他们这么做了。阿玛丽娅似乎什么都不注意,她面色苍白,目光阴沉,那样子仿佛是一个因青春已失去一切意义而决心早日衰老的妇人。难道这就是我全部威力之所在吗?卡萨诺瓦一边从侧面瞧着她,一边痛心地想。不过也许是由于光照的缘故,阿玛丽娅的容貌才发生如此可悲的变化吧。只有一条宽阔的灯光从房屋里照射到客人们身上,在其余地方,人们只好将就着坐在天空映照下的苍茫暮色里。树冠以轮廓清晰的黑色线条截断了全部远景,卡萨诺瓦觉得回忆起了他多年前夜候情人的某一个神秘的花园。"穆兰若。"他悄声自言自语,全身为之一震。然后他大声说:"威尼斯附近的一座小岛上有一个花园,一个修道院花园,我最后一次到那里是几十年前的事了。那儿在夜间散发出一种芬芳,跟今天这里一模一样。"——"您或许也做过修道士吧?"侯爵夫人开玩笑地问。——"差不多。"卡萨诺瓦含笑回答,他如实告诉大家,在他十五岁时,威尼斯大主教曾授予他低级圣职,可是他未成年就认定还是脱掉圣袍为好。神甫提到附近的一座女修道院,他力劝卡萨诺瓦去访问一次,要是他还没去过的话。奥里沃热烈赞同,他赞美那幽暗的古老建筑、优美的环境,以及到那儿去一路上千变万化的景色。神甫继续说:那个女修道院的院长,塞拉芬纳修女——一个极有学问的女人,出生公爵家庭——写信给他(之所以书面表示,是因为那一所修道院里立有永守沉默的誓言),由于听说马可琳娜的博学,她希望能亲自结识她。——"我希望,马可琳娜,"罗伦齐说,这是他第一次直接对她说话,"您是不会受到诱惑而在各方面都去仿效这位公爵兼女修道院院长的。"——"我又为什么要去仿效她呢?"马可琳娜爽朗地回答,"不立誓言也同样可以维护自己的自由——而且可以更好地维护,因为誓言就是强制。"

卡萨诺瓦坐在她旁边。他连轻轻碰碰她的脚或用膝头去挤挤她的膝头都不敢:如果他这么做,肯定还会第三次见到她目光里那种惊恐和憎恶的神情,而这必然会驱使他做出一种丧失理智的行动来。随着餐事的进行,以及干杯数量的增加,交谈越发活跃起来。这时候,卡萨诺瓦又听见仍然像是从远方传来的阿玛丽娅的声音。"我跟马可琳娜谈过了。"——"你跟她谈过……"一种狂热的希冀在他心中燃起。"别出声,卡萨诺瓦。没有谈你,只是谈她和她未来的打算。我再一次告诉你:她永远也不会属于任何一个男人。"奥里沃已经喝了相当多的酒,意外地站了起来,把杯子拿在手里,笨嘴笨舌地说了几句话,他说他的寒舍因他敬重的朋友桑伽骑士来访而蓬荜生辉,无上荣幸。

"您说的桑伽骑士在哪里,我亲爱的奥里沃?"罗伦齐以他那响亮的、骄矜无忌的声调问道。卡萨诺瓦一时冲动,真想把他斟满了的酒杯往这个骄横无礼的家伙的头上砸过去。阿玛丽娅轻轻地碰了一下他的手臂,说:"许多人,骑士先生,一直到今天还只知道您过去的比较著名的名字卡萨诺瓦。"

"我原先不知道,"罗伦齐以蓄意羞辱的严肃神态说,"法兰西国王原来已授予卡萨诺瓦贵族称号了。"

"我可以给国王省掉这种麻烦。"卡萨诺瓦镇静地说,"但愿您,罗伦齐少尉,能满足于一种解释。我曾有幸在一个无关紧要的场合向纽伦堡市的市长做过这种解释,而他提不出什么反对的理由。"大家都全神贯注地倾听,沉默不语,"大家知道,字母表是公共财产。我选出了一些我喜欢的字母,自封为贵族,而不必对几乎无法满足我的要求的一位王侯承担什么义务。我是桑伽骑士卡萨诺瓦。如果这个名号得不到您的赞许,罗伦齐上尉,我就为您感到惋惜了。"——"桑伽——一个美妙的名字。"神甫说,并且重复几次,好像在用嘴唇品尝它的余味。"而且世上没有人,"奥里沃叫道,"比我高贵的朋友卡萨诺瓦更有权利自称为骑士了!"——"一旦您的名望,罗伦齐,"侯爵夫人补充说,"也和桑伽骑士卡萨诺瓦的美名一样传播得那么远,我们也会毫不迟疑地称您为骑士的,只要您愿意。"卡萨诺瓦对来自四面八方的违背他心愿的支持感到心烦,他正准备谢绝这种支持,让他本人来捍卫他的事业,这时从花园的暗处走出两位衣着整洁的老先生来,他们走到桌子旁边。奥里沃热情而大声地欢迎他们,十分庆幸这一场叫人担心的、势必败坏今晚兴致的争吵因而得到缓解。新来的是利嘉棣兄弟俩,都是单身汉,卡萨诺瓦听奥里沃说过,他俩从前见过大世面,从事过各种事业,可是运气欠佳,最后回到邻村他们的出生地,租了一间残败小屋住了下来。古怪而又老实的人。利嘉棣兄弟俩对于能重新见到他们多年前曾在巴黎偶遇的骑士,表示由衷的喜悦。卡萨诺瓦却记不起来了,也许是在马德里吧?……"这是可能的。"卡萨诺瓦说,但他明白,他从未见过这两个人。只有显得年纪小些的那一个说话,另外那一个看上去已有九十岁了,在他弟弟说话时不断点头,露出一脸迷惘的傻笑。

人们离席了。孩子们早已不见了。罗伦齐和侯爵夫人在暮色中散步,在草地上走了过去。马可琳娜和阿玛丽娅很快就在大厅里露面了,她俩看样子是在为牌局做一些准备。这一切意味着什么?卡萨诺瓦问自己,他独自站在花园里。他们以为我是富翁吗?他们想赢我的钱吗?因为在他看来,所有这些准备的架势,包括侯爵夫人的彬彬有礼,甚至还有神甫的过分殷勤,利嘉棣兄弟的出现,总显得有些可疑。罗伦齐会不会也卷进了这场阴谋呢?还有马可琳娜?甚至还有阿玛丽娅?一个念头在他头脑里忽闪了一下:难道这件事完全是我的敌人的恶作剧,为的是增加我返回威尼斯的困难——乃至最后使我无法返回威尼斯?但是,他不得不立即自我否定:这种念头完全是胡思乱想,别的理由姑且不说,首先就是因为他连敌人也没有一个了。他是一个不会危及任何人的、沦落的老傻瓜。他回威尼斯究竟会碍谁的事呢?他从开着的窗户望进去,只见那些先生们围坐在桌旁,忙个不停,桌上纸牌准备停当,斟满的酒杯也摆好了,这时他疑云消散,知道在这里筹划的不过是一场平平常常的牌局而已,而玩牌始终是欢迎一个新牌友的。马可琳娜在他身边擦身而过,祝他好运。"您不留下来?不至少看看吗?"——"我在这里干什么?晚安,桑伽骑士——明天见!"

户外听见里面在呼唤。"罗伦齐。"有人在叫,"骑士先生,我们在等着哩。"卡萨诺瓦站在房屋的阴影里,看见侯爵夫人正把罗伦齐从草地上往树林的暗处拉。到了那里,她充满激情地扑向他,罗伦齐却不顾一切地挣脱她的怀抱,匆匆向屋子这边走了过来。他在门口碰见卡萨诺瓦,以一种讥讽的彬彬有礼的姿态让卡萨诺瓦先行,卡萨诺瓦接受了他的礼让,但没有道谢。

侯爵做第一个庄家。奥里沃、利嘉棣兄弟和神甫下的赌注极小,所以尽管卡萨诺瓦今天的全部财产只是几杜卡特,但他仍然觉得这整个赌局不过是一种儿戏而已。他觉得尤其可笑的是,侯爵以如此了不起的神态收钱付钱,仿佛这是一个巨额赌资的赌场。突然,一直只是旁观的罗伦齐投下一杜卡特,赢了,他这样加倍下注,赢了第二次、第三次,就这样一直赌下去,只是偶然稍作间歇。这当儿,其余的先生们照旧下着小赌注,特别是利嘉棣兄弟俩觉得侯爵对他们不像对罗伦齐少尉那么经心,于是露出极为恼怒的神色。两兄弟共同押一张牌,收牌的是哥哥,他额角上汗珠滚动,弟弟站在他身后,不停地对他面授机宜,好像他出的主意是输赢攸关而且万无一失的。见他沉默无言的哥哥收账,他的眼睛就闪闪发光,不然的话,双目就绝望地仰视天空。一般来说,神甫显得相当冷漠,只是时而念出格言式的句子,以飨诸位赌客,如"运气和女人无法强求"或"地圆天远"——时而又以狡黠鼓励的目光看看卡萨诺瓦,接着又看看坐在卡萨诺瓦对面,她丈夫身边的阿玛丽娅,仿佛他有意重新撮合这一对老情侣。但卡萨诺瓦却什么都不想,只想着马可琳娜现正在她房里徐徐脱衣,如果窗户开着,她那白色的皮肤闪闪发出微光,透入外面的黑夜。一股情欲攫住他的心灵,搅乱他的理智,他想从侯爵旁边的座位上站起离开,但侯爵却把这个动作理解为决心参加赌局,他说:"好,总算行动起来了。我们知道您是不会袖手旁观的,骑士。"他分了一张牌在他面前,卡萨诺瓦把身边所带的钱全部押上,实际上,这也大体上是他的全部财产,约莫十杜卡特,他数也不数,把钱袋倒在桌上,心里但愿孤注一掷,一下子输个精光:那就会是一个预兆,一个好运的预兆——但他并不十分明白究竟预示什么好运,是预示他很快会回到威尼斯呢,还是预示他即将一睹脱光衣服的马可琳娜的芳容。可是,不等他拿定主意,侯爵已经输了,他赢了这一局。卡萨诺瓦仿照罗伦

241

齐先前的做法,让钱留在桌上作为加倍赌注,而赌运正如对少尉一样,对他也忠诚不变。对其余的人,侯爵全不放在心上了,沉默的利嘉棣哥哥觉得受到怠慢,站立起来,弟弟则拧着双手——然后他们兄弟俩像受到致命打击似的,一起站在大厅的一个角落里。神甫和奥里沃比较容易接受命运的安排,神甫吃着甜食,重复着他的格言,奥里沃则激动地瞧着发牌。最后,侯爵输了五百杜卡特,由卡萨诺瓦和罗伦齐瓜分了。侯爵夫人起身,向少尉递了一个眼色,然后离开了大厅,阿玛丽娅伴她而去。侯爵夫人扭动着腰肢,卡萨诺瓦看了十分反感;阿玛丽娅无声无息地在她身边走着,好像一个低三下四的老妪。由于侯爵的现金输光了,卡萨诺瓦接过来做庄家,他坚持要请其余的人重新参加牌局,惹得侯爵老大不高兴。利嘉棣兄弟呼之即来,既贪婪又激动;神甫摇摇头,他已经玩够了;奥里沃之所以继续参加,不过是为了迎合贵宾的愿望,觉得却之不恭罢了。罗伦齐继续走运,在他总数赢足四百杜卡特之后,站起身来说道:"明天我愿奉陪,给各位一个翻本的机会。现在请允许我骑马回家。"——"回家,"侯爵嘲笑地喊,他这时已赢回了几杜卡特。"这可不坏呀!因为少尉就住在我家里!"他对旁边的人说,"而我的夫人已先回家去了。祝您快活,罗伦齐!"——"您十分明白,"罗伦齐回了他一句,面容丝毫不改,"我这是径直骑马回曼图亚去的,而不是上您的宫殿去,昨天承您好意,容我在您府上住了一宿。"——"您愿上哪儿就上哪儿,我看您就见鬼去吧!"——罗伦齐极为有礼地向其余在场的人告别,他没有给侯爵一句适当的答语就走了,这使卡萨诺瓦感到惊诧。他继续发牌,又赢了,以致侯爵不久就欠他几百杜卡特了。为了什么?卡萨诺瓦起初这么自问。但牌局的魅力却逐渐又迷住了他的心窍。形势不坏,他想……快要上千了……也可能赢上两千。侯爵会还债的。带着一笔小小的财产回到威尼斯,那还真不错。不过为什么要去威尼斯呢?又富有了,又年轻了。财富就是一切。这么一来,我至少又能把她买到手了。谁?除了她,我谁都不要……她伫立窗口,一丝不挂——这是确定无疑的……毕竟是在等候啊……知道我是要来的……伫立窗口,让我看了发狂。而我终于来了。他边想着,边继续发牌,面容纹丝不动,不仅发给侯爵,也发给奥里沃和利嘉棣兄弟,他有时也顺手推送一个金币给他们,虽说他并不欠他们的账。他们也乐得照收不误。静静夜里传来一阵声响,好像是大路上奔马的蹄声。那是罗伦齐,卡萨诺瓦想……花园墙上响起回音,然后蹄声和回音逐渐消失。可是从这时起,幸运和卡萨诺瓦作对了。侯爵下大赌注,越下越大;到了半夜,卡萨诺瓦就跟他先前一样穷了,甚至还要穷些,他连自己原有的几个金币也输掉了。他把纸牌推开,含笑地站起身来。"谢谢,先生们。"

奥里沃朝他伸开了双臂。"我的朋友,我们要玩下去……150杜卡特……您忘了吗?……不,不是150!我所有的一切,我所值的一切……一切……一切!"他嗫嚅地说,因为整个晚上他都没有放下酒杯。卡萨诺瓦用一种过分高雅的手势表示拒绝。"女人和运气无法强求。"他向神甫鞠了一躬。神甫满意地点点头,鼓起掌来。"那么,明天见,我尊敬的骑士,"侯爵说,"我们要共同从罗伦齐少尉手里把钱赢回来。"

利嘉棣兄弟坚持要玩下去。侯爵兴致很好,让他们下注。他们把卡萨诺瓦让他们赢去的几个金币拿了出来。侯爵在两分钟内把这几个金币全赢去了,而且坚决拒绝继续跟他们玩,要是他们掏不出现钱给大家瞧瞧的话。他们绞着双手。哥哥孩子似的哭了起来。弟弟吻着他的双颊,好像为了抚慰他。侯爵问他的车是不是回来了。神甫做了肯定的答复,他半小时前听见马车回来的声音。侯爵邀请神甫和利嘉棣兄弟乘坐他的马车,他可以把他们搭到他们的住宅门前放下来。所有的人都离开了这所房屋。

别的人离去之后,奥里沃抓住卡萨诺瓦的手臂,声声带泪地反复向他保证,这屋子的一切都属于他卡萨诺瓦,他可以随意支配一切。他们从马可琳娜的窗户旁边走过。窗户不仅紧闭了,前面还加上了铁栅栏,里面放下了一层窗帘。在有些时候,卡萨诺瓦想,这一切都毫无用处,或者没有任何意义。他们走进屋子。奥里沃坚持陪客人走上嘎吱作响的楼梯,一直送到塔室里,他在那里拥抱客人,向他告别。"好吧,"他说,"我们会安排您明天去参观修道院的。您只管安心睡觉,我们不会动身太早的,总之完全随您的便。晚安。"他轻轻关上身后的门,走了,可是他走过楼梯的脚步声却在整个屋子里

243

震响。

卡萨诺瓦独自站在他这个由两支蜡烛照明的房间里,举目逐一环视方向不同的四个窗户。在带蓝色的天穹光照之下,景色依稀可辨,每一面几乎是同一幅图画:辽阔的平原,略有丘陵起伏,只在北方呈现出模糊的山影,有些地方能见到孤立的房屋、院落,也有大一些的楼房,其中有一座位于地势较高处,那里面一灯微明,往这边闪烁着,卡萨诺瓦猜想那就是侯爵的宫殿。房间里,除了那张宽阔的空床之外,只有一张长桌子,两支蜡烛就在那上面燃着,还有几把椅子,一个五斗柜,那上面装着一面镶着金框的镜子,房间经过细心整理,他的旅行包也给打开了。桌上放着上了锁的旧皮包,里面装的是卡萨诺瓦的文稿和他工作必需因而随身带着的几本书,文具也备好待用。由于他毫无睡意,就从皮包里把原稿拿了出来,在烛光下念念他最后写的那一部分。他上次是在一句中间停笔的,所以不难就地接着写下去。他拿起笔来,匆匆写了几句,猛然又停下笔来。这为了什么?他问自己,好像心灵获得一种无情的启示,恍然醒悟。即使我知道我这里已写或将写的东西会成为光辉无比的作品,就算我真能毁掉伏尔泰,使得我的名声光芒万丈,让他相形见绌,但是,只要我有幸就在此时此刻拥抱马可琳娜,难道我不会高高兴兴地把所有这些文稿付之一炬吗?即使他们钟鼓齐鸣,热烈欢迎我返回威尼斯,难道我为了同样的报酬而不愿发誓永世不再踏上威尼斯的土地吗?威尼斯!……他重念了一次这个名字。它仍带着其全部光辉璀璨在他耳边震响,瞬即恢复了能左右他的旧有威力。他青年时代的城市在他眼前升起,记忆的神奇烟云在它四周缭绕,他心潮澎湃,思乡之情激荡,此情充满痛苦,强烈至极,他觉得这是他有生以来从未感受过的。要他放弃回归故里的希望,他觉得这是命运要求他做出的一切牺牲中最难办到的。没有了终有一日重见他热爱的城市的希望和信念,他在这个惨淡无色的世界上生活下去还有什么意义?在漫游、历险数年乃至数十年之后,在历尽一切幸福和不幸之后,在饱尝各种荣辱、成败之后,他毕竟要有一个栖息之所,有一个故乡。除了威尼斯,他还有别的故乡吗?除了意识到又有了一个故乡,还有别的幸福可言吗?在异乡,他早已无力强使一种幸福长留身边了。偶尔,他还具备伺机捕捉幸福的力量,但要让幸福长驻,他已无能为力了。他左右人们——不论是女人还是男人——的力量已一去不复返了。只有在他还存留在人们的记忆中的场合,他的话语、他的声音、他的目光还有魅力;他本人到场却无法引起任何反应。他的时代已成过去!现在,他对别人尽管仍企图百般隐讳,但对自己却只好承认,即使是他写作的成绩,甚至他寄以最后希望的声讨伏尔泰的檄文,也绝不会取得深远的成功。要取得成功已为时太晚。的确如此。如果他在比较年轻的年月有时间和耐心认真撰写这类著作,他深信可以做出与这一专业中之佼佼者,与诗人和哲学家们相媲美的成就来;同样,如果他禀性较为坚忍和慎重,去充任财政资助人或外交家,他也有能力干出一些登峰造极的成就。可是,每当一桩新的风流韵事向他招手,他的一切耐心和谨慎,他的一切终身大计都销匿何方?女人——到处是女人。为了她们,他每一瞬间抛弃一切;为了高贵的和平凡的,为了热情的和冷酷的;为了处女和娼妓;为了与新欢共度一宿,今世的一切荣誉和来世的一切福祉于他无一不可出卖。不过,由于这种永无休止的寻求和永无所获(或随时均有所获),由于从性的欲望到性的满足,从性的满足到性的欲望的这种既凡俗而又神奇的逃遁,他可能在生活的其他方面已经错过了许多机会,难道他会因而悔恨吗?不,他毫不悔恨。他的生活过得跟谁都不同,而且,难道他今天不是仍然按照他的方式在生活吗?在他生活道路上仍然到处是女人,当然她们已不像往日那样如痴如狂围着他转了。阿玛丽娅?他可以随时占有她,就在此时此刻,在她那醉倒了的丈夫床上;至于曼图亚的老板娘,难道她不是柔情而又嫉妒地迷恋着他,就好像迷恋着一个漂亮的男孩吗?而佩罗蒂那个麻脸的、但体态匀称的情妇——她醉心于卡萨诺瓦的名字,仿佛觉得他对她迸放出千夜的情欲——难道她不是哀求他就只赐给她一夜之欢,而他不是像一个仍然有权按自己的口味做出抉择的男人那样对她不屑一顾吗?诚然——马可琳娜——像马可琳娜这样的女人,他现在已是可望而不可即的了。不过,如果过去有幸相逢,她从来就是可望而不可即的吗?的确,这一类的女人也是有过的。他或许早年偶遇过这么一个女人,但由于同时总是另有一个更乐于就范,他也就从不虚度时光,作一日之空叹。

因为连罗伦齐都未能征服马可琳娜——她甚至还让这个人碰了一鼻子灰,而他像卡萨诺瓦青年时代一样漂亮,一样骄横无忌——所以马可琳娜实际上可能就是他一直怀疑世上是否存在的那个怪物——有德行的女人。不过,现在他却高声大笑起来,笑声在房里回荡。"笨蛋,傻瓜!"他大声叫喊,在这样自言自语时他往往会这么大声叫喊。"他不懂得利用时机,也可能是侯爵夫人抓住他不放,或者是在他捞不到马可琳娜这位学者——哲学家时才要下了侯爵夫人的?!"突然,他产生了一个念头:我明天给她念我声讨伏尔泰的檄文!我相信她是对这篇文章具有起码的理解力的唯一的人。我要使她信服……她会钦佩我的……自然她会……"妙极了,卡萨诺瓦先生!您的文风光辉夺目,老先生!上帝作证……您打倒了伏尔泰……天才的老翁!"他这么说着话,他这么嘶嘶作声地自言自语,在房里跑来跑去,好像在一个兽笼里一样。无边的怒气充塞了他的心胸,他痛恨马可琳娜,痛恨伏尔泰,痛恨自己,痛恨整个世界。他竭力克制,才没有咆哮起来。最后他衣服也不脱,倒在床上,就这么躺着,双眼圆睁,仰望天花板的横梁,他这时在梁柱之间个别地方看见蜘蛛网在烛光下闪烁着银光。然后,正如他有时在赌局结束后,入睡之前遇到的情形一样,纸牌图形以奇幻无比的速度在他眼前飞奔而过,他后来终于真正陷入一种无梦的沉睡状态中,但这只持续了一会儿。现在,他谛听着四周的神秘的静谧。塔室朝东和朝南的窗户开着,花园和田野里的各种柔和的、甜美的芬芳,周围的无法确定的声响,都向他透了进来,这预示天将破晓,通常这个时光会把这种声响从远近各处传送过来。卡萨诺瓦再也躺不住了,一种思变的冲动攫住了他的心灵,引诱他到户外去。鸟的歌唱从外面向他呼唤,凉爽的晨风抚摩他的额头。卡萨诺瓦轻轻地开门,小心地走下楼梯,以他屡试不爽的灵巧使得木阶梯在他脚下丝毫不发出声响,然后跨过石梯级到达底层,又走过餐室,在那里桌上还放着盛有残酒的玻璃杯,最后来到花园里。由于他的脚步在小石路上沙沙作响,他随即走上草地,这时,在清晨微明里,草地向虚幻的远方扩展开去。然后他蹑手蹑脚地走进林荫道,走到马可琳娜的窗户必然会映入眼帘的那一边。窗户仍像他先前看见的那样,加了铁栅栏,上了锁,挂了窗帘。在离房屋不到五十步的地方,卡萨诺瓦在一条石凳上坐了下来。院墙外边,他听见一辆马车驶过,然后一切又归于寂静。从草地的地表里面升起一阵轻微的灰色烟雾,仿佛那里是边缘模糊的一个又透明又混浊的池塘。卡萨诺瓦再次想起青年时代在穆兰若修道院花园里的那个夜晚——或许是在另外一个公园里——另外一个夜晚吧,他不记得是哪一个夜晚——也许是上百个夜晚在他记忆里融合成一个夜晚了,正如有时他爱过的上百个女人在记忆里变成了一个女人一样,这个女人以其谜一般的形象在他疑云重重的思绪里浮现。到头来,难道不是这一夜如同那一夜吗?这个女人如同那个女人吗?特别是当这已成过去的时候?"过去"这两个字在他的太阳穴边不断地敲击着,好像这两个字注定从现在起要成为他无可挽回的这一辈子的脉搏。

他觉得身后有什么东西沿着墙边发出窸窣的声响。或许不过是一种回声吧?对了,声响是从房屋那边传过来的。马可琳娜的窗子一下子开了,铁栅栏给推到一边,窗帘朝一侧撩了起来。从房间的暗处有一个影子般的人形站了起来。这是马可琳娜本人,她身穿高领的白睡袍走到栏杆旁,好像是来呼吸早晨的柔和的空气的。卡萨诺瓦迅速从石凳上滑了下来,他沿着石凳的边缘,透过林荫道上的树枝出神地凝视着马可琳娜,她的目光仿佛漫无思想地,甚至漫无方向地沉浸在朦胧曙光中。过了几秒钟之后,她似乎才能振作起那仍然给睡意弄得迷迷糊糊的心神,凝聚成目光,徐徐向左右扫视。然后她向前弯下身躯,似乎在石子路上搜寻什么,随即把披着乱发的头抬了起来,转向楼上的一扇窗户。然后她又一动不动地站了一会儿,用手往两边支撑在窗框上,那样子就像给钉在一具看不见的十字架上了。到了这个时候,她体内仿佛突然给照亮了,在卡萨诺瓦看来,她的朦胧的面容才变得清晰起来。微笑在她嘴边浮现,但随即凝滞。这时她放下双臂,她的嘴唇古怪地移动着,好像她在悄声祈祷,她的目光再次慢慢地搜索着扫过花园,然后快捷地点点头,就在这一瞬间,有个人跃过栏杆,跳到户外来,这个人刚才一定是一直趴在马可琳娜的脚下的,那是罗伦齐。与其说他是在走,不如说他是在飞,越过鹅卵石路向林荫道飞了过去,在离敛气屏息躺在石凳下的卡萨诺瓦不到一步远的地方跨过林荫道的另一侧,在沿墙向前延伸的一条狭窄的

247

草地上，摆脱了卡萨诺瓦的视线，匆匆向后逸去。卡萨诺瓦听见一扇门的铰链发出叹息般的声响——那只能是他自己同奥里沃、侯爵昨天晚上一道回花园来的那个门——然后一切归于寂静。在整个过程中，马可琳娜始终丝毫不动地站在那儿，等她知道罗伦齐已安全离去之后，这才深深地呼了一口气，关上栅栏和窗户，窗帘好像自动下垂，一切又恢复原样。在这当儿，白昼似乎觉得再也无须迟疑，在房屋和花园上铺展开来。

卡萨诺瓦照旧躺在石凳下，双手伸向身前。过了一会儿，他往前爬，爬到林荫道的中央，然后继续四肢并用，往前爬行，一直爬到一个不论是从马可琳娜的窗口还是从另外一个窗口都看不见的地方。这时他才站起身来，感到背部疼痛，于是挺直腰杆，伸展四肢，终于恢复了思维能力，甚至可以说这才恢复了知觉，仿佛他从一条挨了打的狗重新变成了一个人，此后不再感到挨打是一种肉体痛苦，而是一种深深的耻辱。他自问：我为什么在窗户还开着的时候没有跑过去呢？为什么没有跨过栏杆跑到她房间里去呢？——她这个伪君子、说谎者、娼妓，难道可能、难道敢于反抗吗？他把她骂个不停，似乎他有这种权利，似乎她曾对他像对情人一样山盟海誓要忠诚到底，但却欺骗了他。他对自己发誓要当面责问她，在奥里沃面前，在阿玛丽娅面前，在侯爵面前，在神甫面前，在男女仆人面前，当面斥责她不过是一个淫荡的小娼妇而已，其他都是假的。好像是为了练习，他淋漓尽致地给自己讲述他刚才见到的一切，而且添油加醋，杜撰各种各样的情节，让她受到更深的屈辱，以此自得其乐。譬如，她当时是赤身裸体地站在窗前的，她在晨风吹拂中让情人对她进行猥亵的玩弄。他初步这么勉强发泄了他的怒气之后，考虑是否可以用他已知的内幕去干点更好的事情。难道他现在不是已经把她抓在自己手心里了吗？他能用威胁的手段强迫她违背心愿地对他施以恩宠吗？但这个卑劣的计划立即宣告破产，倒不是因为卡萨诺瓦见其卑劣而却步，而是因为正好在这件事上，他不得不认识到这个计划无法实现，毫无意义。马可琳娜既没有对谁作解释的义务，她还会在乎他的威胁吗？她毕竟狡黠过人，在关键时刻，是会指斥他为诽谤者和勒索者而把他赶出大门的。即使他出于某种原因表示愿意用以身相许的代价赎买她与

248

罗伦齐暧昧关系的秘密（不过，他明白，这是在琢磨完全不可能的事），难道这种胁迫得来的享受不会必然变成不可名状的、终究会驱使他走向疯狂和自我毁灭的一种苦楚吗？因为当他爱一个人的时候，他给予人幸福的欲望比取幸福于人的欲望要热切千百倍。他突然发觉自己已来到花园门边。门上了锁。这就是说，罗伦齐有一把自配的钥匙。现在他猛然想起，在罗伦齐离开牌桌之后，究竟是谁趁黑夜骑马飞奔而去？显然是一个待命的男仆。——卡萨诺瓦不禁佩服地笑了……马可琳娜和罗伦齐，一个哲学家和一个军官，他们俩可真是匹配得恰到好处。他们俩前程似锦。马可琳娜的下一任情人会是谁呢？他问自己。她寄居的那位博洛尼亚教授？唉，我这个傻瓜。他早就是啊……还有谁呢？奥里沃？神甫？为什么不会呢?! 甚至是昨天我们乘车来到时站在门口瞪着眼睛呆望的那个年轻的男仆？所有的人！我知道。可是罗伦齐不知道。在这一点上我可就比他略高一筹了。——虽然他内心深处相信，罗伦齐是马可琳娜的第一任情人，他甚至猜想，今天是他承恩获宠的第一夜，但这却并不能妨碍他一边沿墙围绕花园走着，一边继续玩着他这种既恶毒又淫乱的思想游戏。这样，他又回到他先前从那里走出来而没有关上的大厅门口，他认识到眼下无事可做，只能避开人家耳目，回到塔室中去。他极其小心地溜了上去，到上面后，在他先前坐过的靠背椅上沉重地坐了下来；椅子在桌子前面，桌上的原稿散页好像正静候着他的归来。他的眼睛不知不觉地落到他原先写了一半突然中辍的那个句子，他念道："诚然，伏尔泰会永垂不朽；但他要用他永垂不朽的那一部分作为代价，方可购得他的永垂不朽；才智耗尽了他的感情，怀疑侵蚀了他的灵魂，因此……"在同一瞬间，朝阳的红光潮水般涌了进来，把他手里拿的那一页纸映得通红，他仿佛吃了败仗似的，把手一松，让这张纸落到桌上纸堆中去。他猛然觉得嘴唇干燥，从桌上的一只瓶子里给自己倒了一杯水，水温热而带甜味。他厌恶地把头转向另一边，从墙上和五斗柜上的镜子里映出一张没有血色的、苍老的脸，一头蓬乱的头发从额角上披散下来，正对着他呆望。他以自我折磨为乐，让嘴角更加松弛地下垂，好像现在就是要扮演舞台上的一个无聊的角色，他把手指伸进头发里，把头发弄得更乱一些，对着镜中尊容伸出舌头,有意用一种嘶哑的声音呱呱地胡诌一连串咒骂自己的话,最后像一个顽皮孩子似的一口气把原稿纸从桌上吹了下去。然后他又骂起马可琳娜来,在他用最下流的话把她骂了一通之后,在牙齿缝里吱吱地说:你以为欢乐会长久吗?你会跟同你一样年轻过的别的女人一样发胖,满面皱纹,衰老下去,变成一个乳房松弛下垂,头发干燥发白,牙齿脱落,浑身发臭的老婆子……而你终于是要死的!甚至年轻的时候你也会死!而且会腐烂!变成蛆虫的食物。——作为对她最后的报复,他尽力想象她已死亡。他见她身穿白色衣服躺在开着盖的棺材里,可是他没法想象她身上有什么遭受损毁的痕迹,她那真正非凡的美反而激起了他新的狂怒。在他合上了的眼里,棺材变成了新婚的床,马可琳娜含笑躺在床上,眨着眼睛,用她那双纤细白净的手,好像嘲弄别人似的,在她娇嫩的胸脯上把白衣服撕得粉碎。可是在他伸手臂抓她,要扑过去拥抱她的时候,幻象却消失得无影无踪了。——有人敲门,他从昏昏沉沉的睡眠状态中惊起,奥里沃站在他面前。"怎么,就伏案工作了吗?"——"我习惯把清晨的时光用于工作,"卡萨诺瓦立即镇定下来,回答说,"大概是几点钟了?"——"八点,"奥里沃回答,"早餐已经在花园里摆好了。您一下命令,骑士,我们就动身去修道院。可是,我看是风把您的稿纸吹散了!"他动手把纸张从地上拾起来。卡萨诺瓦让他去拾,因为他这时已经走到窗前,见到摆在屋荫下草地上的餐桌旁围坐着阿玛丽娅、马可琳娜和三个小姑娘,都穿的是白衣服。他们大声呼唤着,问候他早上好。他只看着马可琳娜,她以明亮的眼睛仰头对他友好地微笑,手捧着一碟早熟的葡萄放在膝头上,把葡萄一颗接一颗地塞进嘴里。一切轻蔑、一切愤怒、一切仇恨在卡萨诺瓦的心里都烟消云散了,他只明白一点:他是爱她的。仿佛为她的秀色所陶醉,他退回房里。奥里沃仍然跪在地板上,把分散在桌子和柜子下的纸页找出来。卡萨诺瓦请他不要费心了,他希望单独待一会儿,以便收拾收拾,准备跟大伙一道乘车出游。"不用忙,"奥里沃说,一边掸掉他裤腿上的尘土,"我们回来吃午饭,时间绰绰有余。此外,侯爵派人来请我们今天下午早一点开始玩牌,他显然想在日落前赶回家去。""我倒不大在乎什么时候开始玩牌,"卡萨诺瓦边说边把稿纸收拾到皮包里去,

"我反正决不参加,""您要参加,"奥里沃一反他一贯的作风,坚决地说,同时把一包金币放在桌上,"我欠的债,骑士,偿还迟了,但内心感激不尽。"卡萨诺瓦推让着。"您必须参加,"奥里沃极力劝说,"如果您不想让我遭受奇耻大辱的话。附带告诉您,阿玛丽娅昨夜做了一个梦,这个梦会使得您——不过,她该亲自给您讲。"接着他匆忙离去。卡萨诺瓦还是把金币数了一遍,一共一百五十块,正好是他十五年前送给新郎或新娘或她妈妈——他自己也记不清了——的那个数目。他思忖,现在最合情合理的做法本该是:我把钱装进口袋里,告辞离去,尽量不要再见到马可琳娜。可是,我做过一件合情合理的事吗?——这期间会不会来了威尼斯的消息呢?……虽然我那位宝贝老板娘答应过我,有消息就毫不迟延地转给我……

这时,女仆送上来一大瓦罐清泉般的凉水,卡萨诺瓦把全身洗了一遍,精神为之一爽,然后他穿上那套漂亮一些的,类似节日盛装的衣服,昨天他要是有时间换衣服,本来就该穿上它了。不过,他今天能比昨天穿得更讲究一些,甚至以一种新的姿态出现在马可琳娜面前,因而感到十分惬意。

他身穿灰色闪光绸料的上衣,那上面有刺绣和宽条的西班牙式银色花边,还穿着黄色的背心和樱桃红的绸裤,体态高贵轩昂,却又不显得过分骄矜,嘴边露出虽则自负,却又和蔼可亲的微笑,目光炯炯有神,仿佛燃着永不熄灭的青春之火,他就是以这般神态步入花园的。令他失望的是,他暂时只看见奥里沃在那里。奥里沃请他在他身边就座,将就吃点简单的早餐。卡萨诺瓦津津有味地享用着牛奶、黄油、鸡蛋、白面包,然后还品尝了他觉得从未吃过的那么美味的桃子和葡萄。三个姑娘越过草地跑了过来,卡萨诺瓦全都吻了一下,在十三岁的大姑娘身上,他并没有仿照神甫昨天的样子下那种爱抚功夫,可是,卡萨诺瓦一眼就看得出来,她眼睛里闪烁的火花表露出一种绝非童稚无知的嬉戏所能点燃的欢乐。奥里沃见骑士善于和孩子们周旋,觉得很高兴。"您真打算明天就离开我们吗?"他畏怯而又温情地问。"今天晚上,"卡萨诺瓦说,同时开玩笑似的眨着眼睛,"您是知道的,我最好的奥里沃,威尼斯的参议员们……""他们不值得您的眷顾,"奥里沃带着强烈的感情打断了他的话,"让他们等着吧。您在我们这里待到后天,不,再待一个星期。"卡萨诺瓦徐缓地摇头,同时他抓住特烈丝娜的双手,把她夹在双膝间,好像把她监禁起来似的。她微笑着,轻柔地摆脱他的钳制,但这时,在她的微笑里,再也见不到一点稚气的影子了。就在这个时候,阿玛丽娅和马可琳娜从屋里走了出来,两人都穿的是浅色衣服,不过前者围着一条黑色围巾,后者则围的是一条白色围巾。奥里沃请她们两个跟他一起挽留客人。"那是不可能的。"卡萨诺瓦见阿玛丽娅和马可琳娜谁也不出声支持奥里沃的邀请,于是在语调和措词上都表露出一种故作姿态的强硬。

在他们沿着栗树林荫道往大门走去的时候,马可琳娜对卡萨诺瓦说,奥里沃告诉她,他在早晨天已大亮时见他还在伏案工作,想必一夜之间他的著作大有进展吧?卡萨诺瓦想这就给她一个叫她目瞪口呆而又不暴露自己隐私的,既含意双关,又包藏祸心的回答,但考虑到仓促从事可能惹祸,于是压抑着他的俏皮话,彬彬有礼地回答道:他不过做了若干修改罢了,这还亏得昨天与她一席话所获得的启示哩。他们上了那辆外表粗笨,坐垫坚硬,但在别的方面却很舒适的马车。卡萨诺瓦坐在马可琳娜对面,奥里沃坐在他妻子对面。这辆车宽敞得很,尽管左右摇晃颠簸,乘坐的人之间却不至于发生无意的碰撞。卡萨诺瓦请阿玛丽娅把她做的梦讲给他听。她对他和善地,简直可说是宽厚地微笑着,她面容上一点见怪或怨恨的痕迹都见不到了。于是她开始讲:"我看见您,卡萨诺瓦,乘一辆由六匹深色马拉着的车,驶到一座明亮的大楼前面。更确切地说,马车停了,而我还不知道谁坐在里面——这时,您下了车,穿着一身华丽的、白色绣金的衣服,看起来比您今天的打扮几乎还要华丽一些(她面容上表露出一种友善的嘲讽)。您还佩戴着——一点不错,您正好佩戴着您今天佩戴的同样的窄金链,这种金链我的确还从未见您佩戴过!(这条带金表的链子以及卡萨诺瓦刚刚拿在手里把玩的一只镶有宝石的金盒,是他明智地保存下来的最后两件略有价值的饰物。)一个年老的、外表十分可怜的人打开了车门——那是罗伦齐,而您呢,卡萨诺瓦,您却是年轻的,很年轻,比您当年还要年轻。(她用了'当年'这个词,尽管她所有的回忆伴随此词鼓翼呼啸而至,她也顾不了那么多了。)尽管周围老远不见一个人影,您却向四面八方行礼致意,然后由大门走了进去。门在您身后猛然关上,我不知道是狂风吹的,还是罗伦齐猛推了一下。门关得很猛,惊得马匹拖着车狂奔而去。这时我听见小巷里传来好像是惊慌逃避的人的一声叫喊,随即寂静无声了。而您却在那座房屋的一个窗口出现了,我现在知道了,那是一家赌场,您往下向各方面打招呼,而实际上一个人也没有。然后您转头向后,好像房间里在您身后有谁站着,可是我知道,那里也没有人。这时我突然见您出现在另外一个窗口,在高一层的楼上,在那里您又照样做了一遍,然后又高了一层,又高了一层,大楼似乎无止境地上升。您到处都向下面打招呼,跟您身后站着的人说话,而这些人却实际并不存在。罗伦齐老在楼梯上跟着您跑,却老也跟不上。因为您没有想到给他一点施舍……"

"后来呢?"在阿玛丽娅沉默不言的时候,卡萨诺瓦问。"后来大概还发生了各种各样的事情,可是我都忘了。"阿玛丽娅说。卡萨诺瓦感到失望。如果处在她的位置,他一定会设法给故事编一个结尾,赋予它一种意思,过去每逢这种情况,不论是梦,还是真实的事,他都是这么做的,所以他不大满意地说:"这个梦可把什么都颠倒过来了啊。我成了富翁,而罗伦齐却成了乞丐和老人。"——"罗伦齐的财富,"奥里沃说,"没有什么了不起,他父亲虽相当有钱,但跟他儿子相处得并不太好。"不劳卡萨诺瓦多问,他就知道了,他们认识罗伦齐是由侯爵介绍的,他几星期前有一天直接把他带到奥里沃家里来。至于这位年轻的军官与侯爵夫人的关系如何,对于像骑士这样一位熟谙世事者,就不必明言了;做丈夫的既然觉得无可指责,外人同样可以泰然处之。

"您似乎觉得侯爵是首肯的,奥里沃,究竟是否如此。"卡萨诺瓦说,"我表示怀疑。您没有注意到他是以怎样一种交织着蔑视和愤恨的心情对待这个年轻人的吗?我不相信这件事会有什么好结果。"

就是到了这时候,马可琳娜的面部表情和姿态也没有丝毫变化。看上去,她对整个有关罗伦齐的这一席话一点也不感兴趣,她只是静静地观赏着自然景色。车行在一条多弯的、徐缓向上的大道上,在一片橄榄和冬青树林中穿过。这时,车道坡度较大,马只能慢步前进,卡萨诺瓦觉得下车与车并肩而行更好。马可琳娜谈起博洛尼亚四周的美丽景色,还谈到她常和摩尔加尼教授的女儿一道在傍晚散步。她也提到打算明年到法国去结识现在已有通信来往的巴黎大学的著名数学家苏格仁。"或许我会有兴致,"她含笑地说,"中途在费尔雷略作停留,听听伏尔泰亲口说他是怎样看待他最危险的对手桑伽骑士的檄文的。"卡萨诺瓦的手搭在车边的扶手上,紧挨着马可琳娜的手臂,她的鼓起的衣袖在他手指上擦来擦去。他冷冷地回答:"关键倒不一定在伏尔泰先生,而在后世如何看待我的文章,因为后世才有权做出最后的裁决。"——"您以为,"马可琳娜认真地说,"对于我们在这里讨论的问题能够做出任何最后的裁决吗?"——"这个问题出自您的口,真叫我吃惊,马可琳娜,在我看来,这种观点本身在哲学上,以及——如果这个词在这里还算得体的话——在宗教上绝非无可辩驳,可是它却在您的灵魂里(假如您认为灵魂是存在的话)似乎完全根深蒂固了。"马可琳娜不顾卡萨诺瓦的话里面的蓄意影射,安详地抬头望着树梢上面扩展开去的深蓝色的天空,回答道:"有时候,特别在像今天这样的日子里,"——只有卡萨诺瓦这个知情人才听得出,在"今天"二字中有发自她觉醒了的少妇内心深处的一种至诚在震颤,在共鸣——"我觉得,仿佛一切被称为哲学和宗教的东西不过是文字游戏而已,与所有其他东西比较起来,虽则高贵一些,但也无聊一些。我们始终无法理解无终极和永恒,我们的道路从出生通向死亡,除按照植入我们每个人内心的法则或有时也违背这一法则生活之外,我们还有别的抉择吗?因为反抗和屈服同样来自上帝。"

奥里沃以畏怯的钦佩心情瞧着他的侄女,然后又忧心忡忡地望望卡萨诺瓦。卡萨诺瓦正在找话反驳马可琳娜,让她明白,正如人们常说的,她是在同一瞬间既证明又否定上帝的存在。对她来说,上帝和魔鬼是一回事。但他感到,除了空话之外,他拿不出别的什么来对付她的这种感情,今天他甚至连空话也想不起来了。可是,他脸上那种古怪地扭曲着的表情却似乎重新唤起阿玛丽娅对于他昨天所发出的混乱的恫吓的回忆,所以她赶忙说:"可是马可琳娜却是虔诚的信徒啊,请您相信我的话,骑士。"——马可琳娜若有所思地微笑着。"我们虔诚的方式不同,然而虔诚则一。"卡萨诺瓦有礼貌地说,眼睛凝视前方出神。

大道拐了一个急弯,修道院出现在他们眼前。柏树的修长的顶端从高高的围墙上伸了出来。辚辚车声越来越近,大门应声打开了,蓄着白色长须的守门人恭恭敬敬地行礼致意,把客人让了进去。他们走过一条敞开的拱廊,从两边的圆柱间可以见到一座草木丛生的、呈暗绿色的花园,逐渐接近修道院楼房本身,那堵灰色的、没有任何装饰的、监狱般的墙向他们散发出一股阴森的凉气。奥里沃拉了拉门铃绳,里面发出尖厉的铃声,铃声随即停止,一个戴着厚厚的面罩的修女一言不发地把门打开,陪着客人走进宽敞而空荡荡的客厅,那里面只摆着几把简陋的木椅子。客厅后部给一排粗铁杆栅栏隔断了,在栅栏那边,室内晦暗,模糊不清。卡萨诺瓦内心满怀苦楚,想起他迄今仍以为是他所经历过的最美妙的风流韵事之一,就是在非常类似的环境中开始的:穆兰若的两个修女的形象在他的心里升起,她俩爱上了他,成了他的情妇,共同奉献给他无比美好的欢乐时光。奥里沃开始用耳语的声调讲起这儿的修女应遵循的严格教规,她们一旦穿上修女服,就不得脱下面罩,向任何男人露出本来面目。此外,她们受戒终身沉默不言。听到这里,卡萨诺瓦的嘴角抽搐了一下,露出一丝笑意,但这笑意随即又收敛起来了。

女修道院长站在他们中间,仿佛是从幽暗之中显现出来的。她无声地欢迎客人们,当卡萨诺瓦对于也允许他进来参观表示谢忱时,她那戴着面罩的头极其友善地深深一低。可是,她却拥抱了本想吻她的手的马可琳娜。然后她打了一个手势,请大家跟她走,带领他们经过一间小厢房,走进呈四角形围绕着一座鲜花盛开的花园的一条回廊。与外面的那座芜杂的花园形成对照,看起来,这座花园是有人精心照料的,那许许多多繁茂的、给太阳照得光灿夺目的花坛上,有的花开得火红,有的花渐次凋谢,都放射出奇色异彩。但花萼里散发出来的炽热的、几乎叫人心醉的香气里,却仿佛渗入了一种特殊神秘的芬芳。卡萨诺瓦在记忆里找不到可与之相比拟的香气,可是,当他正想对马可琳娜就此说句话的时候,却发觉这种神秘的、令人心荡神驰的香气原来是从她身上发出的。她把一直戴在肩头上的围巾取下搭在手臂上,于是从她宽松的衣服领口里,升起她躯体的芬芳,好像是一种与自然有着亲缘关系而又十分独特的香气,渗入混杂在千百种花香之中。女修道院长一直沉默着,领着客人们在花坛间狭窄而弯曲的小径上走来走去,好像正从一座小巧玲珑的迷宫中穿过。从她轻盈而迅捷的步履可以看出,她向别人展示她花园的五光十色时所感到的喜悦,好像她是一场快活的轮舞的领舞者,有意要弄得他们头晕目眩。她越走越步履匆匆,老是走在他们前头。可是蓦地——卡萨诺瓦有从一场混乱的梦中初醒的感觉——他们又都回到了客厅里。铁栅栏的那边,暗影幢幢,谁也无法辨认,在密密的铁栏杆后面有如惊起的精灵来回晃动的,究竟是三个、五个,或二十个戴面纱的女人,只有卡萨诺瓦的夜猫眼总算还能在深沉的暮色中辨认出人的轮廓来。女修道院长陪客人们走到门口,默默地做了一个送客的手势,随即隐身不见了,客人们甚至来不及按礼仪向她道谢一声。突然,正当他们想离开大厅的时候,从铁栅栏那边响起了一个女人的声音:"卡萨诺瓦!"只叫了这一声,那充满情感的叫唤,卡萨诺瓦觉得是从未听见过的。究竟是一个过去的情人,还是一个素昧平生的人刚才违背了神圣誓言,最后一次或破天荒第一次轻轻地对着天空呼喊他的名字。在声音里震颤的情感,究竟是意外重逢的幸福,抑或感叹爱情一朝失去、永不复回的悲痛,还是因久远的热望实现得如此之晚,实现了也是枉然而发出的哀鸣。卡萨诺瓦无法解释,他只明白一点:以往,该有多少次,有人在柔情万般时,悄悄呼唤过他的名字;在热情激荡时,期期艾艾叫过他的名字;在幸福无比时,欢呼过他的名字,但他的名字今天才第一次伴随着爱情的完美音响进入他的心房。可是,正因为如此,他觉得抱着好奇心,进一步去探问,就显得不正派,而且没有意义。就在他永远也无法解开的谜的后面,门关上了。假若别人不是以躲躲闪闪的目光彼此暗示他们也都听见了一瞬即逝的这一声呼唤的话,每个人自己也会以为是一种感官的幻觉。他们在经过圆柱拱廊往大门走去的时候,谁也不吭一声。卡萨诺瓦走在最后,垂着头,仿佛刚才是一次意义重大的离别。

看门人站在大门口,领受给他的施舍。客人们上了车,车没有再耽搁,径直往家里奔去。奥里沃显得惶惑,阿玛丽娅出神发呆,马可琳娜看上去却完全无动于衷。卡萨诺瓦觉得马可琳娜显然是故意挑起话头,想和阿玛丽娅谈些家务事,但奥里沃却不得不替他太太搭茬儿。不久,卡萨诺瓦也参加了谈话,他精通有关厨房、地窖之类的问题,觉得不必对他在这方面也具有的知识和经验藏而不露,好像是为了给他的博学多才提供新的证明。这时,阿玛丽娅也从沉思中觉醒。在他们经历了几乎像童话一样美妙,但却叫人感到压抑的离奇事情之后,现在才刚刚浮上了人世间,大家,尤其是卡萨诺瓦,倍感这尘世的日常气氛亲切宜人。马车在奥里沃的屋前停了下来,屋里透出的烤肉和各种香料的诱人香味扑鼻而来。这时,卡萨诺瓦正在令人垂涎欲滴地讲述一种波兰肉馅食品,就连马可琳娜也带着亲切的、家庭主妇般的兴趣倾听着,卡萨诺瓦感到她这种态度对他是一种恭维。

然后,他以一种连他自己也感到惊异的特别宁静的、近乎轻松愉快的心情,同别人一道围桌而坐,同时以一种开玩笑似的高兴姿态向马可琳娜大献殷勤,那样子是颇为符合一位高贵的上了年纪的先生在一个出身殷实大户的,教养有素的年轻姑娘面前献媚的规矩的。她也逢场作戏,乐于接受他的献媚,对他的奉承举动报之以完美无缺的妩媚。他很难想象,坐在他旁边的这位有教养的女子,竟然是他今天凌晨亲眼见到一个年轻军官逃出其窗口、他在那一秒钟前显然还在她怀里躺过的那同一个马可琳娜。同样难以想象的是,这位喜欢跟其他未成年的女孩子在草地上打滚的温柔小姐,竟然与巴黎著名学者苏格仁保持着学术上的通信关系,与此同时,他又因他想象力的这种可笑的惰性而责备自己。难道他不是无数次地体验过,不同的甚至表面上相互敌对的因素以最为和平的方式共存于每个真正活人的灵魂里吗?他本人不久前还是一个在内心深处狂涛汹涌的、一个绝望的,甚至可说是一个随时准备作恶的人,而他现在不是温柔、友善,而且兴致极高,开起玩笑来,逗得奥里沃的小女儿们有时笑得前仰后合吗?但是,在剧烈的冲动之后他总是遭到异乎寻常的饥饿的袭扰,只在这一点上,他自己认识到,他心灵的秩序远未完全恢复。

在上最后一道菜时,女仆带来一封信,这是从曼图亚来的一个听差刚刚给骑士送来的。奥里沃见卡萨诺瓦激动得脸色发白,于是盼咐给听差端去酒菜,然后对他的客人说:"您别受我们的干扰,骑士,安心地看您的信吧。"——"要是您允许的话。"卡萨诺瓦回答说,微鞠一躬,从桌旁站起身来,走到窗口,毫无破绽地装出一副无所谓的神态,把信拆开了。信是布拉加底诺先生写的,他青年时代的一个父亲般的朋友,一个老单身汉,已经八十多岁了,十年前成为参议院的议员,他似乎在威尼斯为卡萨诺瓦的事奔走比其他靠山都要卖力。信的笔迹极其秀丽,但是有些颤抖,全文如下:

"我亲爱的卡萨诺瓦,今天我终于能够愉快地给您发出一个信息,它在主要方面可望能满足您的愿望。参议院在昨晚举行的最近一次会议上,不仅宣布准备允许您回到威尼斯,而且甚至希望您尽快回来,因为您在多次来信中曾允诺以实际行动表达您的感激之情,而人们现亟欲得到此项实惠。您或许不知道,我亲爱的卡萨诺瓦(因为我们已这么久无缘见您一面了),最近这个时期中,我们亲爱的城市内部在政治和道德两个方面都出现了若干令人忧虑的情况。存在着反对我们的国家宪法的秘密团体,它们甚至有计划进行暴力颠覆的迹象。根据事物的本性,这主要是某些主张思想自由的、反宗教的、在各方面都不受管束的分子,他们参加这种团体(严厉一些说,我们也不妨称之为阴谋集团),活动特别猖獗。就我们所知,他们在公共广场,在咖啡馆里——至于在私人活动场所就更不用说了——进行着最骇人听闻的,简直就是叛国的谈话。但是,当场捕获罪犯或抓住他们犯罪的确凿证据的情况却极为罕见,因为正是某些酷刑逼出的供词后来发觉非常不可信,以致我们参议院的几位议员主张将来最好不要采用这种残酷而又常导致错误结论的调查方法。诚然,愿报效政府、为捍卫公共秩序和国家利益出力者不乏其人,正是这种人中的大多数因忠心耿耿拥护现行宪法名闻遐迩,以致别人在他们面前不会因一时冲动而轻易失言,甚至发出叛国谬论。在昨天的会议上,有一位议员——我姑隐其名——发表意见说,如有某个过去已有违背道德准则以及思想放纵的恶名的人——简而言之,就是像您卡萨诺瓦这样的人——一旦在威尼斯重新露面,无疑将立即在这些可疑人士中引起同情,如他略施小技,不久定可赢得毫无保留的信任。愚意以为,参议院出于对国家利益之不懈关注,亟欲逮捕归案,惩一儆百的那些分子,将必然麋集于您之周围,此亦自然法则所使然,如您愿按上述要求于归来后立即设法联系具有明显特征的这类分子,以倾向相同者的面目出现,以友善方式向他们靠拢,与他们打成一片,而特别将您觉得可疑的情况或其他值得通报的情况向议会作毫不延宕的、详尽的报告,果能如此,我们不仅将视之为您的爱国热情之明证,我亲爱的卡萨诺瓦,且必将视为您痛改前非,决心完全背离错误倾向之明证。您当年曾因这种倾向在铅皮屋顶监狱中受缧绁之苦,处罚虽重,然亦非全然罚不当罪,如我们能视您来信中之保证为可信,则您今实亦已明鉴及此。为酬答您的效力,我们愿允诺暂给您支付月薪二百五十里拉,如遇个别特殊要案,则另付额外报酬。至于您执行任务中所需费用(如请个别人吃饭饮酒,给女人赠送小礼品等),自然如数报销,决不留难,亦不予斤斤计较。我决不讳言,您在决定按我们的愿望行事之前,需克服某些疑虑,但作为您真诚的老朋友,一个自己也曾年轻过的老朋友,我请您考虑:为保障亲爱的祖国的生存,在必要时奉献力量,决不可以被视为耻辱,虽则在思想浅薄而无爱国心的市民看来,某种行为常显得有失体面。我还想补充一句:您卡萨诺瓦是善于识别人的,必能区分轻率失足者与罪犯,说风凉话者与异己分子,所以您自己能权衡轻重,对可酌情处理者,从宽处理,而始终仅处罚其当罚者。您首先应考虑,如果您拒绝参议院的宽容的建议,您回归故里这个迫切愿望的实现可能长期地,我担心甚至会遥遥无期地受到延搁,而且,容我顺便提及,我本人已是八十一岁老人,按人世之常理,恐怕也只得放弃在有生之年与您重逢之望了。由于您的聘任出于可理解的原因不宜公开,具有秘密性质,所以我请您将复信寄我亲收,因为我承担了在一星期后举行的下次会议上向参议院报告您的复信的义务。请尽速复信,因为我上面已提到,每天都有由于热爱祖国而自愿报效者的申请送到我们这里来,其中有一部分人是极可信任的人士。然而,亲爱的卡萨诺瓦,若论经验及才智,则此辈中鲜有能与您较量的人。若您也能对我的眷注之情略加考虑,则您之乐于响应来自如此高层,而且恩宠有加的召唤,想必无多大疑问。我对您的友谊始终不渝。您忠诚的布拉加底诺。

附言。一俟您告知决定之后,我将乐于立即向曼图亚哇洛利银行开出数额为二百五十里拉的汇票一张,以充川资。又及。"

卡萨诺瓦早已看完了信,却还老是把信纸举在面前,不让人家瞧见他那扭歪变形的、死人一般苍白的脸。与此同时,餐桌上盘碟碰撞和酒杯叮当的声响不绝于耳,但谁也不说一句话。最后阿玛丽娅才怯生生地说:"盘里的菜要凉了,骑士,您不想用饭吗?"——"谢谢。"卡萨诺瓦说着把信从脸前拿开,由于他伪装有术,这时又能在脸上扮出一种心平气和的表情。"我从威尼斯得到的是极好的消息,我得马上发出回信。因此如果我现在就退席的话,还请各位原谅。"——"您觉得怎样方便,就怎样做吧,骑士。"奥里沃说。"可是您别忘了,牌局一小时后就开始了。"

卡萨诺瓦回到房间里,在椅子上沉重地坐了下来,周身直冒冷汗,打着寒战,身体晃动不安,恶心的感觉一直上升到他的喉头,以致觉得非就地窒息而死不可。他一时无法理出一个清楚的思绪。他使出全身力气克制自己,但却说不出如不克制他会做出什么事来。在这间屋子里,他对谁也不能把他那无边的愤怒发泄出来。他曾经有过一种模糊的念头,觉得马可琳娜对于他所遭受的无名羞辱应承担某种责任,现在他意识到这是一种癫狂的表现。他勉强能够集中思绪之后,首先考虑的是要对那些以为能雇他充当警察密探的恶棍们进行报复。随便伪装成什么人都行,他要潜回威尼斯去,以一种狡诈的方式要所有这些浑蛋的命——至少要那些想出这个鬼主意的人的命。甚至也许就是布拉加底诺本人吧。为什么不会呢?一个老头儿成了无耻之徒,竟敢写这封信给卡萨诺瓦,他如此糊涂,竟然认为卡萨诺瓦——他过去知之甚深的卡萨诺瓦——是当密探的好材料!哎,他恰恰是不认识卡萨诺瓦了!谁也不认识他了,威尼斯如此,其他地方也如此。人们应该重新认识他。诚然,他已不再那么年轻美貌,足以引诱一个品行端庄的少女,他也没有那么灵活敏捷,能从监牢里逃出,能在屋脊上做体操运动——可是仍旧聪明过人!只要他能回到威尼斯,他就能在那里翻云覆雨,为所欲为,关键只在于终究能回得去!到那时也许根本无须要谁的命,有各种各样复仇的方式,比寻常的谋杀行为要机智得多,恶毒得多。如果我表面上接受这些先生们的提议,那么要毁掉那些我想毁掉的人就是世界上最容易的事情,同时又无损于参议院矛头所向的那些人,那些人无疑是所有威尼斯人中最有勇气的分子! 为什么呢? 因为他们是这个卑劣的政府的敌人,因为他们被视为异端分子,就该在他二十五年前受过折磨的同一铅皮屋顶监狱里坐牢,甚至要死于刀斧之下吗? 他对政府的痛恨百倍于那些人,而且他有更充分的理由,他一辈子都是,迄今仍然是异端分子,而且比他们那些人怀有更加神圣的信念! 最近几年,他不过是表演一出难演的喜剧骗骗自己而已——出于无聊和厌恶。他信上帝? 那算是哪一门子上帝,他只喜欢青年人,而把老年人扔到一边去。这个上帝,只要他高兴,就摇身一变,成为魔鬼,变富为贫,变祸为福,变乐为悲。你拿我们寻开心,而我们却该向你祈祷吗?——要不亵渎你,我们唯有一法,即怀疑你! ——但愿你不存在! 因为,如果你存在,我就必然诅咒你! 他朝天空握紧双拳,他挺直身躯。一个可恨的名字不知不觉浮现到他嘴边。伏尔泰! 对了,他现在的身心状态正适宜完成声讨费尔奈的老智者的檄文。完成? 不,现在该从头写起。一篇新的! 另外一篇! 在这篇檄文里,这可笑的老头儿该受到应得的谴责……为了他的谨慎,他的不彻底,他的卑躬屈节。他是一个不信上帝的人? 这位最近屡次听说跟牧师的关系好得不得了,而且上教堂做礼拜,甚至在节日去忏悔的先生吗? 他是一个异端邪说者吗? 一个夸夸其谈的人,一个讲大话的懦夫——别的什么都不是! 但现在可怕的清算时刻临近了,经过清算,这位伟大的哲学家将荡然无存,只剩下一个小小的、微乎其微的录事罢了。他可真会摆出一副煞有介事的样子啊,这位好伏尔泰先生……"哎呀,我的好卡萨诺瓦先生,我真生您的气。麦尔林先生的著作于我何干? 我把四个钟头花在蠢事上面了,这应归咎于您。"——各有所好嘛,我最好的伏尔泰先生! 在普切尔早已被人忘却之后,还会有人读麦尔林的作品哩……我的十四行诗,您不置可否,却面带一种厚颜无耻的微笑给我退了回来,但将来也许还会受到高度评价哩。这些都是小事。我们可别因作家的敏感而搅乱了一件大事。事关哲学——事关上帝! ……我们交锋吧,伏尔泰先生,只求您千万别死得太早。

他想立刻就开始工作,但忽然想起听差还在等候回信。于是他挥笔如飞地起草了一封给老糊涂布拉加底诺的信,里面表达的全是虚伪的卑躬屈节和假装的高兴:他以愉快的感激心情接受参议院的赦免,期待着下一个邮班就把汇票送到,让他能尽快拜倒在他的恩主们,尤其他最尊敬的父亲般的朋友布拉加底诺的脚下。他正准备给信封口之际,有人轻轻敲门,奥里沃的十三岁的长女走了进来,传话说,参加牌局的人已到齐,正心急地期待着骑士到场。她眼里闪耀着奇异的光辉,她的两颊发红,那成年妇女般的浓发披散在她肩头,黑中带蓝,孩子般的嘴巴半开着。"你喝了酒吗,特烈丝娜?"卡萨诺瓦问,向她跨进一大步。——"是喝了,骑士先生一下子就发觉了吗?"她脸红得更厉害了,好像一时窘迫,不知所措,舔着下嘴唇。卡萨诺瓦抓住她的双肩,对她的脸轻轻哈气,拖曳着她,把她甩在床上。她睁大眼睛看着他,眼睛里的闪光熄灭了,充满了不知如何是好的神色。可是当她张口好像要叫喊的时候,卡萨诺瓦扮出一个威吓的面孔,差不多把她吓呆了,于是只好让他为所欲为了。他柔情而又狂热地吻着她,并悄声地说:"你对神甫不必提这件事,特烈丝娜,做忏悔的时候也不必说。如果你今后有了一个情人或未婚夫,甚至一个丈夫,他也不必知道这件事。总而言之,你应该老是扯谎;就是对父亲、母亲、妹妹们你也应当面扯谎;为了你能在人世间过得幸福,你好好记住。"——他说着这类亵渎神明的话,特烈丝娜准把他对她说的话当作了对她的祝福,因为她拿起他的手虔诚地吻着,仿佛是在吻一位牧师的手。他大声笑了起来。"来吧,"然后他说,"来吧,我的小姑娘,让我们手挽着手到楼下大厅里去跟大家见面吧!"她虽然稍作忸怩态,但微笑着,并无不满的表情。

他们走出房门正是时候,不能再迟了,因为奥里沃正从楼梯上跑了上来,跑得周身发热,双眉紧锁。卡萨诺瓦立即猜想到,侯爵或神甫对于小女孩去了这么久还不回来说了什么颇不文雅的笑话,引起了他的怀疑。当他看见卡萨诺瓦开玩笑似的挽着大女儿的手臂站在门槛上的时候,他的面容立即开朗了。"请原谅,我最好的奥里沃,"卡萨诺瓦说,"我让您久等了,我得先写完这封信啊。"他对着奥里沃举起那封信,好像把它当作物证。"把它拿着,"奥里沃对特烈丝娜说,同时为她把有点散乱的头发抚平,"交给那个听差。"——"我这里有两个金币,"卡萨诺瓦补充说,"你拿去交给那个人,跟他说:他该赶快走,让这封信今天就能稳妥地从曼图亚送往威尼斯——还要他传话给我的老板娘,就说我……今天晚上回去。"——"今天晚上?"奥里沃叫道。"不成!"——"那么,我们等会儿再说吧。"卡萨诺瓦以对下人施恩惠的口气说。——"我这里还有一个金币给你,特烈丝娜,"他不顾奥里沃反对,说道,"把它放在你的储蓄罐里,特烈丝娜,你手里拿的信值几千金币。"特烈丝娜跑了,卡萨诺瓦心满意足地点点头;他曾占有过这小丫头的母亲和祖母,而现在他又当着她亲生父亲的面掏钱偿付她对他的恩宠,这叫他感到特殊的快乐。

卡萨诺瓦和奥里沃一道走进大厅的时候,牌局已在进行。他以轻松愉快的尊严神态回答别人的殷勤问候,在坐庄的侯爵对面坐了下来。面对花园的窗户开着,卡萨诺瓦听见越来越近的人声,马可琳娜和阿玛丽娅走过这里,往大厅里看了一眼,随即消失,再也不露面了,在侯爵发牌的同时,罗伦齐非常客气地对卡萨诺瓦说道:"我向您致敬,骑士,您的消息比我灵通:我们营于明天傍晚前开拔。"侯爵似乎感到惊诧:"您现在才告诉我们,罗伦齐?"——"这恐怕不那么要紧吧!"——"对我关系不大,"侯爵说,"可是对我太太就不同了!您觉得是吗?"他沙哑地笑了,那笑的样子叫人憎恶。"不过说起来,对我还是有点关系!因为我昨天输给您四百杜卡特,到头来却还来不及把这笔钱赢回来哩。"——"少尉也赢了我们的钱。"利嘉棣弟弟说,沉默不言的哥哥转过脸去,抬头朝跟昨天一样站在他背后的弟弟望去。——"幸运和女人……"神甫又开始念念有词了。侯爵替他说完这句谚语:"谁想要,谁就强求。"——罗伦齐好像漫不经心地把他的钱往前撒去。"钱在这儿。您如果同意,下在一张牌上,侯爵,这么一来,您就不必老跟在您的钱后面追赶了。"卡萨诺瓦突然产生了对罗伦齐的某种同情,但他自己也难以解释。因为他对自己的预感能力是估价颇高的,所以他确信少尉在面临的第一个战役中就会阵亡。侯爵不接受这笔高额赌注,罗伦齐也不坚持,由于别人也像前一天那样做着小本买卖,所以赌局暂时只以不高的赌注进行着。在接下去的一刻钟里,赌注就提高了;而在下一刻钟过去之前,罗伦齐已把他的四百杜卡特输给侯爵了。运气对卡萨诺瓦似乎并不关注,他的运气以可笑的规律性更迭着,赢了又输,输了又赢。罗伦齐的最后一个金币滚到侯爵那边去了之后,他松了一口气,站了起来。"谢谢各位先生,这可能是我在这个好客的家庭里,"他犹豫了一下,"在今后很长一段时间里玩的最后一次牌了。好吧,尊敬的奥里沃先生,在我骑马进城之前,还请容许我和女士们告别,我想在日落前赶到城里做好明天的准备。"无耻的扯谎之徒,卡萨诺瓦想。夜间你又来了,而且——在马可琳娜那儿!他心里重新燃起了怒火。"怎么?"侯爵不高兴地喊道,"到傍晚还有几个钟头,赌局就这么散了吗?如果您有此愿望,罗伦齐,我的马车夫可以赶车回去给侯爵夫人捎个口信,就说您迟点去。"——"我骑马到曼图亚去。"罗伦齐不耐烦地回了他一句。侯爵不理睬他的话,继续说:"时间还够,您自己的钱即便再少,也只管拿出来吧。"说着他给他扔过去一张牌。"我一个金币也没有了。"罗伦齐疲倦地说。"果真如此!"——"一个也没有了。"罗伦齐好像厌恶地说。——"这又有什么呢?"侯爵以一种突如其来的,叫人感到不那么愉快的友好姿态喊道,"我觉得借给您十杜卡特是没问题的,如果必要,多借点也可以。"——"好吧,借一杜卡特。"罗伦齐说着把牌拿了起来。侯爵用他的牌赢了这张牌。罗伦齐继续赌着,仿佛这已成了一件不言而喻的事,不一会儿他就欠了侯爵一百杜卡特。卡萨诺瓦接着坐庄,他的运气比侯爵还要好些。逐渐又成了三人赌局,今天利嘉棣兄弟也心甘情愿地站在一边,他们毫无异议地同奥里沃和神甫成了欣赏的看家。谁也不说一句话,只有纸牌发言,而纸牌的发言是够明确的了。牌局的偶然性决定了全部现金流向卡萨诺瓦,一个小时过去了,他虽从罗伦齐那儿赢来两千杜卡特,可是钱都来自侯爵的口袋,侯爵现在坐在那儿,身无分文。卡萨诺瓦表示他想借多少就借多少,侯爵摇摇头,说:"谢谢,现在玩够了。对我来说,牌局已经结束。"从花园那边传来孩子们的笑声和叫声。卡萨诺瓦听得出特烈丝娜的声音,他背靠着窗户坐着,没有转过头去。他再次试图劝说侯爵玩下去,这是为了罗伦齐,但他自己也不明白为什么要这样做。侯爵只是更加坚定地摇了摇头,作为对他的答复。罗伦齐站起身来:"侯爵先生,请允许我把欠您的款项于明天中午十二点钟前亲自交到您手里。"侯爵微微一笑:"我真想知道您怎样去筹款,罗伦齐少尉先生。在曼图亚或别的任何地方,连十杜卡特也不会有人借给您,更不用说两千了,特别是在今天,因为您明天就要上战场了,而您是否回来,还在未定之数哩。""您明天早上八点钟会收到您的钱的,侯爵先生,拿我的荣誉担保。"——"您的荣誉,"侯爵冷冰冰地说,"在我看来一杜卡特也不值,更谈不上两千了。"别人都屏住了呼吸。罗伦齐内心深处显然并不那么激动,只是回答说:"您要向我赔礼道歉,侯爵先生。"——"我乐意这么做,少尉先生,"侯爵说,"只要您还清了我的债。"奥里沃内心里感到十分难堪,有点结结巴巴地说:"我给这笔款子担保,侯爵先生。可惜我手头的现金不够,不能即刻……可是我的房屋、我的财产。"他说着就向周围打了一个笨拙的手势。"我不接受您的担保,"侯爵说,"这是为您好,您会丢掉您的钱的。"卡萨诺瓦看见大家的眼睛都盯着他面前的金币。要是我为罗伦齐担保的话,他想。要是我替他还债……侯爵是不会拒绝的……难道这不差不多也就是我的义务吗?这可就是侯爵的金币呀。然而他沉默不语。他感觉他脑子里有一项计划隐隐约约正在形成,他首先得从从容容地让这项计划显露出清晰的轮廓来。"您今天入夜之前就可得到您的钱,"罗伦齐说,"一小时后我就到曼图亚了。"——"您的马会跌断脖子的,"侯爵回他一句,"您自己也一样……甚至是故意的。"——"无论如何,"神甫不高兴地说,"少尉是无法给您变出钱来的。"利嘉棣兄弟笑了起来,但随即收住了笑声。"很显然,"奥里沃对侯爵说,"您得首先让罗伦齐少尉离开一下啊!"——"要有抵押品。"侯爵喊道,双目闪闪发光,好像这个偶然产生的念头使他特别高兴。"我觉得这倒不坏。"卡萨诺瓦有点漫不经心地说,因为他的计划正逐步成熟。罗伦齐从手指上褪下一只戒指,扔到桌上。侯爵把它拿在手里。"这可以抵得上一千金币。"——"那么这个呢?"罗伦齐把第二个戒指扔到侯爵面前。侯爵点点头,说:"也值这么多。"——"您现在满意了吗,侯爵先生?"罗伦齐说完准备离去。"我满意了,"侯爵回答,心中有所领悟地微笑着,"尤其是因为这戒指是偷来的。"罗伦齐迅即转过身来,隔着桌子举起拳头,准备往侯爵身上猛击过去。奥里沃和神甫死死抓住他的手臂。"我认识这两颗宝石,"侯爵说,坐在他的位置上一动不动,"虽然是新镶嵌上去的。你们看,先生们,这颗绿宝石有一点瑕疵,否则它的价值本来可以高出十倍。这颗红宝石完美无瑕,但不很大。两颗宝石原先都是在我本人曾经送给我太太的一副首饰上的。因为我无法想象侯爵夫人会为了罗伦齐少尉特意请人把这两颗宝石镶成戒指,所以这宝石——显然这整副首饰只能是偷来的。——就这样吧——我觉得抵押品是够了,少尉先生,下一步再瞧。"——"罗伦齐!"奥里沃叫道,"我们大家可以保证:刚才在这里发生的事任何人永远也不会知道。"——"不管罗伦齐先生干了什么坏事,"卡萨诺瓦说,"您侯爵先生却是比他更坏的恶棍。"——"但愿如此,"侯爵回答说,"一个人活到我们这把年纪,桑伽骑士先生,至少在恶棍行径方面不能让人家超过。晚安,先生们。"他站起来走了,谁也没有回答他的问候。一时如此寂静,从花园里传来的孩子们的笑声又听得见了,不过她们好像故意提高了调门。罗伦齐仍然像先前那样高举手臂,临桌而立。谁又能在此时此刻找到一句能够说到罗伦齐心坎上的话呢?卡萨诺瓦是唯一坐着没动的人,他对罗伦齐这种虽然已经失去意义的,可说僵化了的,但却既咄咄逼人又显得高贵的姿势不禁产生了一种艺术上的好感,这个姿势似乎把这个年轻人变成了一座雕像。终于,奥里沃好像以一种安慰的姿态向他转过身来,利嘉棣兄弟也靠拢过来,神甫则似乎想要发表一篇演说。这时,罗伦齐的四肢突然短促地震颤起来,他做了一个不容分说的气恼的动作,表示拒绝任何人试图进行干预,然后有礼貌地点点头,不慌不忙地离开了大厅。在这当儿把面前的金币收拾在一条丝巾里的卡萨诺瓦在同一时刻也站了起来,紧跟着他走出去。他不看别人的面孔也感觉得到,他们都以为他现在正赶忙去做他们一直期待于他的那件事,即把赢来的钱交给罗伦齐支配。

在从房屋通向大门的栗树林荫道上,他赶上了罗伦齐,用轻快的语调说:"罗伦齐少尉先生,您能让我跟您一道散步吗?"罗伦齐看也不看他一眼,用一种高傲的、简直与他目前处境完全不相称的语调回答:"随您的便,骑士先生,不过我担心您会觉得我是一个不健谈的伴侣。"——"而您呢,罗伦齐少尉,或许会因而更加觉得我是个健谈的伴侣哩!"卡萨诺瓦说,"如果您同意,我们就走葡萄山这条路,这样我们可以不受干扰地谈谈。"他们从车道拐上卡萨诺瓦一天前同奥里沃一道沿着院墙走过的那条狭窄的小路。"您猜想得完全正确,"卡萨诺瓦就这么谈了起来,"我决心向您提供您欠侯爵的这笔钱,不是借给您,因为——请原谅我这么说——我觉得那会是一桩太冒险的交易,而是把它当作对于您也许能给我帮个忙的报酬,自然啰,是十分微薄的报酬。""我在听哩。"罗伦齐冷漠地说。"在我往下讲之前,"卡萨诺瓦用同样的语调说,"不得不提一个条件,我是否说下去取决于您是否接受这个条件。"——"您把条件提出来吧。"——"我要求您以荣誉担保,静听我说,不要打断我的话,哪怕我要对您说的话会引起您的惊讶或反感,甚至您的愤慨。我的建议是不寻常的,对于这一点我丝毫不抱幻想。至于您听了之后愿不愿意接受我的建议,全由您来决定,罗伦齐少尉先生。可是我期待您给我的答复只是一个:行或不行。不论答复如何,两个也许都是输家的正直人之间在这里商谈的事情将来永远不会有人知道。"——"我准备听您的建议。"——"接受我的先决条件吗?"——"我不会打断您的话。"——"除回答行或不行之外再不说别的话吗?"——"只说行或不行,不说别的话。"——"那就好。"卡萨诺瓦说。他们头顶着闷热的下午的天空,在葡萄架之间徐缓地登山,这时,卡萨诺瓦开口了:"如果您让我们按照逻辑法则来处理这件事,我们就能最好地相互理解。对您来说,显然没有在限期之前筹措欠款的可能性;而假定您不付款给他,同样毫无疑问的是,他是决心要毁掉您的。因为他对您的情况了如指掌,比他今天向我们透露的要多(卡萨诺瓦尽管不得不说些大胆假设的话,但在这里却走得更远了,可是他是喜欢在一条预先已谋划好的道路上采取这种并非完全安全无虑的冒险行动的),所以您实际上已完全掌握在这个恶棍的手心里了。您本来命中注定是当军官、当贵族的料。这是事情的一个方面。但是只要您还清了欠债,把那两只不管是怎样成为您的财产的戒指重新捞到手,那么,您就得救了,而这对于您在这种情况下就不折不扣地意味着,您的简直可说已经完结了的前程又重新归您所有了。更具体地说,由于您年轻漂亮,又敢作敢为,这个前程是充满光辉、幸福和荣誉的。在我看来,这样一个前程显然是够美妙的了,为了获得它,值得牺牲掉并非我们本身所固有的一种偏见,尤其是见到从另外一方面向您招手的除一种无声无息的,甚至是可耻的毁灭之外一无所有,这前程就显得更加美妙了。我知道,罗伦齐,"他急忙补充说,好像预料到他会反驳,因而抢先答辩,"您根本就没有偏见,正如我现在没有、过去也从未有过偏见一样。我要求于您的,也正是我自己处于您的位置在同样情况下不假思索就会去做的,而在实际上,如果迫于命运或只是一时兴起,我也从来没有在恶棍行径或只不过是世界上的傻瓜惯于这么称呼的那种行径面前裹足不前。但是,和您一样,罗伦齐,我也时刻准备为了不值一争的小事拿性命作孤注一掷,这又弥补了一切。现在我也准备这样做,要是您不喜欢我的建议的话。我们是同一种材料做成的,罗伦齐,我们在精神上是兄弟,所以我们的灵魂可以抛弃虚伪的羞耻心,自豪而赤裸裸地面对面站着。这里是我的两千杜卡特——确切地说是您的——如果您能促成我取代您跟马可琳娜度过今宵。我们别站住,罗伦齐,我们继续散步吧。"

他们在田野上,在低矮的果树下走着,挂满葡萄的葡萄藤蜿蜒攀缘于果树之间。卡萨诺瓦不停地说下去。"您现在不必答复我,罗伦齐,因为我还没有说完。假如您打算娶马可琳娜为妻,或者马可琳娜本人有这种意愿,我这种狂妄的要求自然就……倒不一定是可鄙的,但自然就是无望的,因而也就是毫无意义的。但正如刚刚过去的那个爱情良宵是您的初夜一样(他把这个揣测也说得像一件确凿无疑的事情),同样,按世间常理估计,也按您自己的以及马可琳娜的预计,今夜注定了是您在很长的时期内的——很可能是一生中的最后的良宵。我完全相信,马可琳娜本人为了挽救情人免于必然的灭亡,会干脆按照他的愿望毫不犹豫地表示乐意把这一夜献给他的救命恩人。因为她也是个明白人,因而跟我俩一样是完全不受偏见羁绊的。不过我虽然确信她会经受住这次考验,但我不打算把这次考验强加于她。因为占有一个不心甘情愿的女人,一个心怀抵触情绪的女人,在这个具体情况下正好是不能满足我的要求的。我不仅要作为一个去爱的人,而且要作为一个被爱的人享受这种幸福,毕竟只有这种幸福我才会感到伟大,我虽用生命报偿,也死而无悔。请好好体会我的意思,罗伦齐。因此,马可琳娜丝毫也不应该疑心她拥抱在她那美妙无比的胸脯上的原来是我;她倒应该确信她拥抱在怀里的是您,而不是别人,准备造成这种错觉,是您的事情,保持这种错觉是我的事情。您要她理解您非在天亮前离开不可,不会有特别的困难;您也不会找不到一个借口,让她相信这一次只有无言的爱抚才能叫她幸福。此外,为了排除事后暴露的任何危险,我会在特定时刻装出好像听见窗前有一种可疑的响动的样子,拿起我的大衣——更确切地说,您的大衣(为了这个目的,您自然得把大衣借我一用)——从窗口溜走,永不再见。因为我当然在表面上今晚就已经动身了,然后推说忘了重要文件,叫车夫中途把车往回赶,我从后门——罗伦齐,请您把自配的钥匙借给我——溜进花园,溜到马可琳娜的窗前,这窗户会在午夜打开的。我的衣服,包括鞋袜在内,我都会在车里脱掉,只穿大衣,所以在我逃似的匆匆离去时不会留下可能暴露我或你的东西。不过,大衣,同时还有那两千金币,您要在明天早晨五点钟到曼图亚我的旅馆里去领取,这样您就能在预定的期限之前把钱扔在侯爵的脚下。对于这一点您可以接受我的神圣誓言。好,我现在说完了。"

他突然停住了脚步。太阳偏西,即将落山,一阵轻风拂过黄色的麦穗,微红的晚霞映照在奥里沃住宅的塔楼上。罗伦齐也站住了,他苍白的面孔上没有丝毫动静,他目不转睛地越过卡萨诺瓦的肩头直视远方。他的双臂松弛下垂,卡萨诺瓦准备应付一切意外,他的手好像偶然地握住剑柄。几秒钟过去了,罗伦齐还没有改变他那僵硬的姿态,也没有打破沉默。他似乎已陷入宁静的沉思中。可是,卡萨诺瓦没有放松他的警觉,他左手握住包钱的丝巾,右手放在剑柄上,说:"您作为正人君子履行了我提出的先决条件。我明白,这件事对您来说是不那么容易的。因为我们的生存空间受到偏见的毒害如此深重,即使我们没有偏见,我们也是无法完全摆脱其影响的。因为您,罗伦齐,在最后一刻钟里不止一次几乎要跳起来卡我的脖子,所以请让我向您承认,我有一阵子曾在考虑把这两千杜卡特送给您,好像送给一个……不,我把您当作我的朋友而把钱送给您。罗伦齐,我很少对一个人在见面的第一瞬间就像对您那样产生了这么一种谜一般的同情。但是,如果我顺从这种慷慨的一时冲动去做,在接下来的那一秒钟里我就会深深后悔,正如您,罗伦齐,在对自己脑袋射进一颗子弹之前的那一秒钟里绝望地认识到您当了最大的傻瓜,您舍弃了您与不断更新的女人度过上千良宵的机会,只为了得到唯一的一夜,这之后没有第二夜——也没有第二天了。"

罗伦齐仍然沉默着,他的沉默持续了几秒钟、几分钟。卡萨诺瓦在问自己,他还能容忍多久。他正准备简单打个招呼就转身而去,表明他认为他的建议已遭拒绝,就在这时,仍然沉默着的罗伦齐做了一个缓慢的动作,把右手向后伸进外衣后摆的口袋里;卡萨诺瓦一直准备着应付一切紧急情况,就在同一瞬间向后倒退一步,好像要弯下腰去。罗伦齐掏出花园门的钥匙递给他。卡萨诺瓦的举动毕竟是一种内心恐惧的表现,罗伦齐嘴唇边浮现一丝讥讽的笑意,但笑意随即消失。卡萨诺瓦明白,如果让自己上升着的怒火真的爆发的话,就会前功尽弃,于是他巧妙地把怒火压了下去,也可说是掩盖起来,微微点了一下头,把钥匙接了过来,只是说:"我也许可以把这理解为同意吧。从现在起再过一小时——到那时您大概和马可琳娜已达成谅解——我在塔室里等您,在那里我将在您把大衣借给我的条件下当场交给您那两千金币。第一点是为了表示我的信任,第二点,因为我的确不知道在夜间怎样保管这些金币。"他们不拘礼仪地分了手,罗伦齐沿着两个人走来的路回去,卡萨诺瓦则沿着另外一条路走进村子,在酒店里出一笔优厚的定金预订了一辆马车,车定于夜间十点在奥里沃住宅门口等候,准备驶往曼图亚。

他在把金币暂时藏在塔室的安全地点之后,走进了奥里沃的花园,他在那里见到的景象本身决无特别之处,但由于他此时此刻的心情却使他受到非同一般的感动。在草地边缘的一张长凳子上,奥里沃坐在阿玛丽娅身边,用手臂搂着她的肩头;三个姑娘围聚在他们脚下,好像是下午玩累了;最小的女孩玛利亚把头搁在妈妈怀里,似乎在打盹,纳妮塔在她脚边伸直了躺在草地上,双臂枕在脖颈儿下面;特烈丝娜靠在父亲的膝头上,父亲的手指温柔地插在她的鬓发里。在卡萨诺瓦走拢来的时候,特烈丝娜用眼神向他打招呼,但绝非他无意中所期待的那样一种充满情欲的心照不宣的目光,而是表达孩子的亲密情感的坦率的笑意,仿佛就在几小时前在她和他之间发生的事情不过是一种毫无意义的儿戏而已。奥里沃的脸上发出亲切的光辉,阿玛丽娅以一种充满感激的发自内心深处的感情向慢慢走近的客人点头。卡萨诺瓦确信不疑,他俩是把他当作确实做了一件高尚的事,但同时也希望人家出于细腻感情避免用只言片语提及此事的人来接待的。奥里沃问:"您真的还是想明天就离开我们吗,尊敬的骑士?"——"不是明天,"卡萨诺瓦回答,"我已经说过了,是今天晚上。"在奥里沃要再次提出异议的时候,他抱歉地耸耸肩,说,"我今天接到的威尼斯来信让我无法做出别的决定,十分遗憾。他们对我发出的邀请从哪一方面说都是我无上的光荣,所以如果我回去的事耽搁了,那就会意味着对我的那些高贵的恩人是一种恶劣的,甚至不可饶恕的失礼行为。"他同时请他们允许他先回房去准备行装,然后才能在他这些亲热的朋友中间安心地度过他在这里的最后时光。

他不顾一切反对意见,走进屋去,沿楼梯走上塔室,主要是脱下华丽的外衣,重新换上较为简朴的服装,穿这种服装上路已经是够好的了。然后,他收拾行李袋,一分钟比一分钟更紧张地留心倾听,是不是终于传来了罗伦齐的脚步声。时间还未到就有人短促地敲了一下门,罗伦齐身穿一件宽大的深蓝色骑兵大衣走了进来。他一言不发,动作轻快地让大衣滑下肩头,这样,这件大衣就好像一块不成形的布料堆在两人之间的地板上。卡萨诺瓦从床垫下面取出金币,倒在桌子上。他当着罗伦齐的面仔细地数着。他很快就数完了,因为其中有许多币值高于一杜卡特的金币。他先把钱按议定的数目分装在两个袋子里,然后把它交给罗伦齐,自己还剩下大约一百杜卡特。罗伦齐把钱装进他两边的外衣后摆里,就想无言地离去。"停一下,罗伦齐,"卡萨诺瓦说,"我们重逢总还是可能的,但愿重逢时彼此都无怨恨。这是一桩普通的交易,与别的交易没有什么不同,我们收付两讫。"他向他伸出了手。罗伦齐不去握那伸出的手,却在这时讲了第一句话。"我不记得,"他说,"我们的协定里居然还有这么一条。"他转身走了。

难道我们那么认真吗,我的朋友?卡萨诺瓦想。这么说来,我就更要当心,可不能到头来还受你的敲诈了。不过,他从来没有认真考虑过这种可能性,他根据自己的经验知道,罗伦齐这种人有他们的一种特殊的荣誉,其准则无法形成条文,但在每个具体情况下都有其准则,则是毋庸置疑的。他把罗伦齐的大衣放在旅行袋的最上层,然后锁上,他把剩下来的金币带在身上,在这个他可能不会再来的房间里举目四望,然后带着佩剑和帽子,以随时准备上路的姿态来到大厅里。他看见奥里沃和妻子、孩子们一道已围坐在摆好餐具的桌旁了。马可琳娜从另一侧花园里与他同时走了进来,卡萨诺瓦把这解释为命运的好兆头,她无拘束地点点头作为对他的问候的回答。晚餐端上来了。起初,交谈进展缓慢,好像受到离愁别绪的压抑,几乎很难谈得起来。阿玛丽娅故作姿态,围着孩子们团团转,老是担心她们盘子里的食物放得太多或太少。奥里沃看不出来有什么必要,却无端谈起他跟一个相邻的庄园主打赢的一场没有多大意义的官司,又谈及他即将作一次业务旅行,到曼图亚和克雷孟纳去。卡萨诺瓦表示希望能在不太久远的未来在威尼斯欢迎他这位朋友。刚好就只有那个地方,奥里沃还从来没有去过,实在是一件特别偶然的事情。阿玛丽娅多年以前还是一个孩子的时候,见过这座奇妙的城市,她是怎么去的,她已经说不上来了,只记得一个全身裹在一件鲜红的大衣里的老人,他从一艘长长的黑船里走了出来,给绊了一下,挺直地倒在地上。"您也不熟悉威尼斯吗?"卡萨诺瓦问马可琳娜,她正好坐在他对面,眼睛从他肩头上方朝花园里深沉的黑暗中望着。她无言地摇头。卡萨诺瓦想:要是我能带你看看我度过青年时代的城市,该有多好!唉,要是你年轻时跟我在一起……他又产生了一个想法,几乎比先前那个想法还要荒谬:假设我现在就把你带去呢?可是在所有这些思绪默默地闪过他心灵的同时,他以即使在极其强烈的内心激动的时刻也能保持的那种轻松语调,开始谈起他青年时代的城市来。他的谈吐那么富有艺术性,那么冷静,好像他在刻意描述一幅油画。直到后来他不知不觉地渐渐谈起他自己过去的生活,这时,他的语调才情不自禁地有了热情。他自己的形象突然出现在图画的中心,于是这整幅图画开始有了生命,才闪耀起光辉来。他谈起他的母亲这位著名的演员,伟大的哥尔多尼是她的崇拜者,曾经为她写了他的杰出的喜剧《受监护的人》;他叙述了他在吝啬的郭兹博士开办的公寓里的那一次令人沮丧的逗留;他谈到他对花匠的小女儿的幼稚的爱情,后来她同一个男仆私奔了;他谈起年轻时担任神甫时所做的第一次布道，在布道之后他掏教堂司事的口袋，结果不仅找到了通常的钱币，而且见到几封含情脉脉的短信；他讲到在充当圣萨穆勒剧院管弦乐队的提琴手时和几个志趣相投的同事，在威尼斯的小巷里、酒店里、歌舞厅里，有时戴假面具，有时不戴假面具所干的无赖勾当；他也讲述了这些轻浮放荡的，有时甚至相当成问题的胡闹，但在讲述时却一个有伤风化的词句都不用，甚至采取一种充满诗情画意的、化腐朽为神奇的方式，仿佛他考虑到在场的还有孩子们，因为孩子们——马可琳娜也不例外——都在饶有兴致地静听着他的讲述。然而，时间渐晚，阿玛丽娅要打发女儿们睡觉去了。她们临去时，卡萨诺瓦极其柔情地吻了她们，和吻两个小妹妹一样地吻了特烈丝娜，她们都得答应他，不久就同父母一道去威尼斯看望他。孩子们走后，他大概不用那么拘束了，可是他讲述这一切时都不作任何淫秽的暗示，尤其力戒任何沾沾自喜的情绪，使得大家觉得与其说是在听一个既危险又狂热的勾引女人者和冒险家讲他的冒险经历，倒不如说是在听一个满怀感情的爱情痴汉说他痴情的往事。他谈起装扮成军官一连几个星期跟他一起到处游逛，一天早上突然从身边消失的那个了不起的陌生人；他说到马德里的那个出身贵族的补鞋匠的女儿，她在两次拥抱的间隙还一再试图劝说他做一个虔诚的天主教徒；他谈到都灵的漂亮的犹太女人丽雅，她骑在马上比任何女公侯都要神气；谈到他差一点就娶了妩媚而贞洁的马侬·芭乐蒂；谈到华沙的那个低劣的歌唱演员，他对她嘘嘘连声，大喝倒彩，结果不得不跟她的情人王室将军布朗尼茨基决斗并从华沙逃走；谈到那个恶毒的莎碧莉昂，她在伦敦把他愚弄得够惨的；谈到他几乎送了命的一次顶着风暴的夜间航行，那次他要连夜穿过许多环礁湖到穆兰若去见他所倾心的修女；谈到赌徒克罗斯，此人在斯帕输了一大笔家产之后，在马路上热泪盈眶地向他道别，然后动身上彼得堡去了——他当时站在那儿的样子还历历在目，下穿丝袜，上穿一件苹果绿的丝绒外衣，手握一枝小藤杖。他谈到女演员、女歌唱演员、女裁缝、侯爵夫人、舞女、侍女；他谈到赌徒、军官、公侯、公使、金融家、乐师和冒险者。现在，就连他本人的心灵，也给他重新感受到的自己过去的这种神奇魅力，如此不可思议地迷住了，所有这种辉煌的、但已一去不复返的过去之优于可怜的无声无息的现在，又是如此之不可以道里计，所以他忘乎所以，准备给大家讲一个漂亮的、面色苍白的姑娘的故事，她在曼图亚附近的一个教堂里的阴暗处私下向他倾诉了爱情的苦恼，甚至不顾这个姑娘现在年龄大了十六岁，已是他朋友奥里沃的妻子，现在跟他面对面地坐在这桌子旁边。就在这个时候，侍女踏着笨重的脚步走了进来，报告说大门口马车准备好了。卡萨诺瓦具有一种别人无法与之比拟的才能，不论梦中或醒时他均能在必要时毫不迟延地明辨方向，他立即站起身来告别。他再次衷心邀请这时已感动得说不出话来的奥里沃带妻小去威尼斯看他，并且拥抱了他。他靠近阿玛丽娅，本想也拥抱她，可是她轻轻地推辞了，只把手递给他。他恭敬地吻了她的手。当他转向马可琳娜的时候，她说："您今天晚上给我们讲的这一切——还有许多没有讲的——您该把它写下来，骑士先生，像您过去写逃出铅皮屋顶监狱的经过那样写法。"——"您这可是当真，马可琳娜？"他以一个年轻作者的腼腆态度问。她面带讥诮的微笑。"我猜想，"她说，"这样的一本书比您声讨伏尔泰的檄文更能给人消遣哩。"这倒也不难做到，他想，但没有说出来。谁知道我会不会照你的主意试试呢？而你自己，马可琳娜，是要成为最后一章的，这最后一章的体验将在今宵。这个突然产生的念头，更确切地说，这个想法使得他的眼睛发出奇异的闪光，乃至马可琳娜把伸出来给他吻别的手，在他还来不及弯腰去亲吻的时候就缩了回去。卡萨诺瓦不管内心是失望也好，是恼怒也好，反正也不外露，转身就走，同时他做出他独有的那种简单明确的姿势，向人们暗示他不要任何人送，奥里沃也不例外。

他以迅捷的步伐匆匆走过栗树林荫道，给搬行李上车的侍女一个金币，上车走了。

天空布满阴云。村子里，在贫寒的窗户后面间或闪烁着两三灯火。车子把村庄甩在后头了，只有安装在前面车辕上的黄色马灯的光线透入黑夜。卡萨诺瓦打开脚下的旅行袋，取出罗伦齐的大衣，先把它披在身上，然后在它的遮盖下极其小心地脱衣服。脱下的衣服连同鞋袜，他一并锁进旅行袋里，把自己紧紧地裹在大衣里。现在他叫马车夫："喂，我们还得回去！"车夫不高兴地转过头来。"我把文件忘在他家里了。你听见了吗？我们非得回去不可。"那车夫是一个心情不好的、胡须灰白的瘦个子,他看样子有点犹豫,卡萨诺瓦于是说:"我当然不让你白干。拿着!"说着,他塞了一个金币在他手里。车夫点点头,喃喃地说了些什么,完全不必要地抽了马一鞭子,把车掉了头。当他们重又驶过村子的时候,一幢幢房子悄然无声,灯火全熄。他们又沿着大路走了一段,这时车夫正要往那条较窄的、缓缓上坡的通向奥里沃庄园的道路拐进去。"停下!"卡萨诺瓦喊了一声,"我们不要走得那么近,不然我们会吵醒那些人的。就在这拐角的地方等着。我很快就回来……如果拖长了时间,每个钟头付一杜卡特!"这时候,那人大体明白了他的意图,卡萨诺瓦从他点头的姿态可以看得出来。他下了车,匆匆往前走,很快摆脱了车夫的视线,走到锁着的大门前,从门边走过去,沿着墙根一直走到围墙往上拐的直角处,然后穿过葡萄山上的路,这条路他白天走过两趟,所以已是熟门熟路了。他靠近墙边走,到了墙在大约山腰处又以直角拐弯的地方,他仍然沿着它朝前走。在这里,他在柔软的草地上,在黑暗的夜幕掩盖下继续走着。一定要小心,不能错过了花园门。他沿着光滑的石头边框摸索前进,一直到他的手指感触到了粗糙的木头,接着他也能清楚地看见门的狭窄的轮廓了。他很快就找到的锁孔,把钥匙塞了进去,把门打开,走进花园,随手又把门锁上。他觉得,草地那边建有塔楼的房屋,仿佛远得难以置信,耸立在那里,也高得难以置信。他静静地站了一会儿,看了看周围。在别人看来可能还是一团漆黑,而在他眼睛里却显得不过是一种颜色深沉的朦胧状态而已。他没走林荫道,因为那上面的小石子刺痛他的脚,而是壮着胆量继续走在吞没了他的脚步声的草地上。他觉得有一种悬空飘浮的感觉,他的步子轻快到了这种程度。在我三十岁走上同样的途径的时候,我想,我的心情有所不同吗?我现在不是同当年一样感到全部欲望之火和全部青春之液在我血管里奔流吗?我今天之为卡萨诺瓦难道和当年之为卡萨诺瓦不是一样吗?……我既然是卡萨诺瓦,为什么别人需受其支配的那种可悲的法则——衰老的法则在我身上就不会失灵!他越来越觉得大胆无畏,自问道:为什么我要戴假面具上马可琳娜那儿去?难道卡萨诺瓦不比罗伦齐更有价值,即使他年纪大三十岁?她这个女人不是能理解无法理解的事物吗?……难道一定要

275

去做一件小的无赖事,才能诱发别人去做一件更大的无赖事吗?稍微耐心一点不是也能达到同样的目的吗?罗伦齐明天走了,我是可以留下来的……三天……五天……她就属于我了……心甘情愿地归我所有了。他紧贴在房屋的墙站着,在仍然紧闭的马可琳娜的窗户旁边,他的思绪继续飞驰。要这么干,现在已为时太晚了吗?……我可以再来,明天,后天……然后着手进行引诱的工作——作为一个所谓的正人君子,今夜可算是未来无数夜的预支。马可琳娜甚至根本就不必知道我今天曾经来过——或者以后再告诉她——很久以后。

窗户仍然紧闭,那后面也毫无动静。大概只差几分钟就到半夜了吧。他该不该弄出一点什么响动来引起注意呢?轻轻地敲敲窗户?由于预先没有商定这种做法,那样反而会引起马可琳娜生疑。那就只好等了。不会过多久的。她会在他行动之前立即就认出他来的,识破这个骗局。这个念头在他脑子里已经不是第一次出现了,但都是一闪即逝,他只是自然地、常识性地当作遥远的、趋于不现实的一种可能性予以考虑,而没有作为一种理应认真对待的担忧。他忽然记起迄今已有二十年的一桩有点好笑的情事:他与娑罗吐恩的一个丑陋的老妇度过了一个良宵,原以为占有了一个衷心倾慕的美貌少妇,更有甚者,这个老妪第二天竟给他写了一封厚颜无耻的信,嘲笑他中了她卑鄙的诡计,认错了人,使她如愿以偿了。他回忆及此,不禁憎恶地摇头。这件事正好是他现在不该想起来的,他尽力驱散这幅讨厌的图景。现在不是终于到了半夜吗?他紧靠在墙上,感到深夜寒气阵阵袭人,究竟还要站多久呢?白花了两千杜卡特?罗伦齐和她一起待在窗帷后面?正在嘲笑他?他不觉地把佩剑握得更紧了,他的剑是一直藏在大衣底下紧贴肉放着的。对于罗伦齐这一类的家伙毕竟得提防他做出某种叫人难堪的意外事情来。可是……就在此刻,他听见轻轻的喀嚓一声,他知道,这时候马可琳娜的窗户栅栏给推到后面去了,两扇窗门随即敞开,但窗帘仍然是拉拢的。卡萨诺瓦一动不动地待了几秒钟,一直到有只无形的手把窗帘向一边撩了起来?这是给卡萨诺瓦的一个信号,他跃过栏杆进入房间,立即把身后的窗门和栅栏关好。原已撩起的窗帘又顺着他的肩头落了下来,所以他不得不从那下面爬进去。这时他本来应该是站在一团漆黑之中的，可是在不可知的远处，即使不是房间的深处，仿佛由他自己的目光诱发了一种微弱的反光在给他指路。他只走了三步——满怀思念之情的手臂就张开来拥抱了他。他放下手中的剑，让大衣从肩头滑落在地，投身到他的幸福之中。

他很快就从马可琳娜的呻吟销魂之态，从他吻掉的她面颊上的幸福之泪，从她为接受他的柔情不断燃起的新的热情之火，看得出来她共享着从未感受过的这种全新的，高于而且异于历次的欢乐。情欲使他心神俱往，最深沉的陶醉反而使他无比清醒；在这里他才终于体验到过去常愚不可及地自以为已经体验到，而实际上却从未真正体验过的东西——满足表现在马可琳娜的心里。他把这女人抱在怀里，他可以在她身上恣意用情，以获得自身力量永不衰竭的感觉；在她胸脯上，最后的满足和新的欲求在同一瞬间汇流为无法想象的心灵极乐。在这嘴唇上，生和死、时间和永恒难道不是同一的吗？难道他不是一个神吗？青年和老年难道不过是人们杜撰的一个神话吗？如果一个人是卡萨诺瓦而他又找到了马可琳娜，那么，家乡和异土、显赫与窘迫、声名赫赫和默默无闻，这些永远不得安宁者、孤寂者、追求虚名者的用语中所做的虚妄的区别难道不就毫无意义了吗？他先前在胆怯时决心在这个奇迹般的夜里一言不发，隐姓埋名，像个贼似的逃走，但现在觉得仍不改初衷，照此行事，实在有损尊严，而且越想越觉得可笑。他的感觉没有欺骗他：他既感受到幸福，同样也给人幸福，他觉得自己已决心铤而走险，公开自己的名字，尽管他仍然明白这下的是一笔大赌注，如果他输了，就得准备用性命偿付。他周围仍是漆黑一片，他可以把他的自我表白推迟到最初的曙光透过厚厚的窗帘的时候，而马可琳娜是否接受他的自白则是他命运之所系，甚至是他生命之所系。但是，难道不正是这种无言而幸福的，在甜蜜中忘乎所以的短暂聚会使他有机会一吻再吻马可琳娜并把她和自己不可分离地联系在一起吗？精心策划的骗局不是在今夜的不可名状的欢乐中变成了现实吗？的确，她这个受骗者、这个情人、这个唯一的心上人自己难道不也隐约感到此人不是罗伦齐那个年轻人，不是那个无赖，而是一个男人——是她销魂于其神奇欲火中的卡萨诺瓦，因而浑身发颤吗？他开始觉得完全可以避免既盼望又害怕的自我坦白的这一关,他幻想着,马可琳娜自己会震颤地、着魔似的、喜获解救似的面对着他悄悄呼唤他的名字。如果她这么宽恕了他——不,如果她这么得到他的宽恕——他就会立即,就在此时此刻带着她走,同她一道在灰蒙蒙的晨光中离开这座房子,同她一道登上等在外面大路拐角处的马车……同她一道驱车而去,把她永远留在身边。在别人准备度过忧郁的垂暮的年纪,他却以永不腐灭的人品所具有的巨大力量赢得了这个年轻的、美丽的、聪明的女人的心,使她永远归他所有,这将是他一生事业的顶峰。因为只有她才是他的,她之前的任何女人都不是。他跟她一道轻快地溜过神秘的狭窄的运河,走在宫殿之间,在宫殿的阴影里,他仿佛觉得旧地重游,他们在拱桥下面走着,桥上人影幢幢,倏忽来去,有些人凭栏向他们挥手,但面目尚未看清,随即隐去。这时,游艇靠岸了,花岗岩的石级通向布拉加底诺参议员的豪华住宅,唯有这所房屋华灯通明,如过节日一般。用面具严严实实遮住面孔的人们沿石级匆匆上下——其中有些人好奇地停住了脚步,可是谁能认出戴假面具的卡萨诺瓦和马可琳娜来呢?他和她一道走进大厅。这里正开着一场大赌。所有参议员,包括布拉加底诺,身穿紫红袍,围坐在桌旁。卡萨诺瓦进去的时候,他们好像极度惊恐地低声说着他的名字,因为他们从他的眼睛透过面具迸发出来的闪光认出他来了。他没有坐下,也没有要牌,但他却参加了赌局。他赢了,他赢得了桌上所有的金币,可是现钱太少了,参议员们只好开具票证,他们输掉了他们的财产、他们的宫殿、他们的紫红袍……他们成了乞丐,他们衣衫褴褛,在他周围爬行,他们吻他的手,在隔壁的一个暗红色大厅里,人们正随音乐翩翩起舞。卡萨诺瓦正想跟马可琳娜跳舞,可是她却走了。参议员跟先前一样,又穿着紫红袍围桌而坐;卡萨诺瓦这时明白了,现在要决定的不是纸牌的命运,而是被告、罪犯和无罪者的命运。马可琳娜在哪儿?他不是一直抓住她的手腕没放的吗?他奔下阶梯,游船在等着。再往前,再往前,划过纵横交错的运河,划船的人自然是知道马可琳娜待在什么地方的。为什么他也戴着假面具呢?威尼斯过去可是不时兴这玩意儿的啊。卡萨诺瓦想要他做出解释,可是却不敢。一个人老了难道就变得这么胆怯了吗?不断往前划——威尼斯在这二十五年里成了一个多么巨大的城市啊！这时，房屋终于后退了，运河宽阔起来——他们在小岛之间滑行，那边高耸着马可琳娜曾经逃进去过的穆兰若修道院的围墙。游船不见了，现在只好游泳，这该有多美啊！与此同时，威尼斯的孩子们在用他的金币赌钱。他要钱何用？……水时暖时凉，在他往墙边爬过去的时候，水从他的衣服上往下滴。马可琳娜在哪里？他仿照王侯发问的气派，在接待厅里大声问，声震屋瓦。我会去叫她的，公爵夫人兼修道院院长说，然后陷入地下不见了。卡萨诺瓦走着，飞着，扑着双翼飞来飞去，老是沿着栅栏的铁杆飞，好像一只蝙蝠。要是我早知道自己会飞该有多好。那么，我会教马可琳娜也能飞。铁杆后面的女人的身影在浮动。那是修女——可是她们穿的都是世俗服装，他知道这一点，而且他也知道她们是谁，尽管他根本就没有看见她们。那是他不认识的亨丽特，还有舞女珂蒂杰丽，新娘子克利丝蒂娜，漂亮的杜波伊丝，来自娑罗吐恩的那个该死的老婆子，曼侬·芭莱蒂……还有上百个别的女人，只有马可琳娜不在里头！你骗了我，他冲着在下面游艇里等候的船夫喊；他还从来没有像恨他那样恨过世上任何人，他暗自发誓要以一种特殊的方式对他进行报复。不过，马可琳娜是上伏尔泰那儿去了呀，而他却在穆兰若修道院里找她，他该不是又干了一件蠢事？他能飞，这样有多好啊，如果雇车，他还没法付钱哩。于是他游水离开了，但这时游水已经不是他先前想象的一件那么幸运的事了。天冷起来了，而且越来越冷，他在公海上漂流，远离穆兰若，远离威尼斯。周围没有一只船，他沉重的绣金衣服把他往下拖，他试图把它脱下来，但是不行，因为他手里拿着他一定要交给伏尔泰先生的原稿。他嘴里、鼻子里进了水，死的恐惧攫住了他，他伸手周围乱抓，喉头发出垂死挣扎的呼噜声，他叫喊着，艰难地睁开了眼睛。

从窗帘和窗沿之间的一条窄缝里透进了一线朦胧的曙光。马可琳娜裹在她白色的睡衣里，用双手把它紧紧地合拢在胸前，站在床的脚头，用一种无法形容的恐惧的目光瞧着卡萨诺瓦，这种目光使他立即完全清醒了。他不自觉地用一种恳求的姿势向她伸出了双臂。马可琳娜的反应则是用左手做了一个抵挡的动作，同时用右手把衣服更加死死地抓在胸前。卡萨诺瓦用双手撑在床上，半坐了起来，盯着她看。他无法把目光从她身上移开,她同样不能把目光从他身上移开。在他的目光里是愤怒和羞耻,而她的目光里则是羞耻和惊恐。卡萨诺瓦明白她会对他怎么看的。他仿佛正对着空中的镜子瞧着自己,瞧见自己跟昨天在塔室里挂的那面镜子里看到的一模一样:一副难看的黄面孔,上面布满深陷的皱纹,长着薄薄嘴唇,发出灼人的目光,并且还受到昨夜的纵欲、今晨的噩梦和醒后可怕的暴露这三重摧残。他在马可琳娜的目光中所看到的,不是他更愿意看到的那种诅咒:小偷——好色之徒——流氓;他所看到的只有两个字——而这两个字却把他打翻在地,比一切别的辱骂之词叫他蒙受更大的耻辱——他看到的这两个字是最可怕的,因为这是对他的最后判决:老人。如果此时此刻他有能力念一句咒语把自己毁掉,他会这么干的,这样他就不必从被子里爬出来,赤身裸体地站在马可琳娜面前,她准会觉得这副模样比一种可恶的动物的样子更加令人恶心。可是,她好像逐渐恢复了理智,显然也感到需要尽快给他做绝对必要的那些事情的一个机会,所以她把脸转了过去,面对着墙。他利用这个时间下了床,从地上拾起大衣,裹在身上。他把佩剑也立即藏在身上,这时,他觉得至少已经摆脱了极其羞辱和可笑的处境,于是就动起脑筋来,考虑是否可以用平时相当得心应手的花言巧语,把这使他如此难堪的整个事件说成另外一个样子,甚至给它一个有利于自己的解释。罗伦齐把马可琳娜出卖给他了,根据事态判断,这一事实对他来说是毋庸置疑的了。不过,不论她这时如何痛恨那个卑鄙的家伙,卡萨诺瓦觉得他这个胆怯的贼在她心目中一定显得更可恨千百倍。另外一种做法或许倒较有可能取得满意的效果:用充满影射的,既讥讽又色情的语言侮辱马可琳娜。不过,这个阴险的念头在她的目光注视之下也随即化为乌有,她惊恐万状的眼神逐渐转变为一种无限的悲哀,仿佛卡萨诺瓦玷污的不仅是马可琳娜的少女之身。——不,在这一夜里,诡计对于信任,性欲对于爱情,老年对于青年,好像也犯下了不可名状的、无法弥补的罪过。这种目光把卡萨诺瓦内心里尚未丧尽的天良重新点燃了一会儿,让他遭受到极大的苦楚,在这种目光注视之下,他只得把脸掉向一边。他不再回头瞧马可琳娜一眼,走到窗前,把窗帘撩到一边,打开窗门和栅栏,向似乎还在沉睡的花园瞟了一眼,跳过栏杆,来到户外。他估计房屋里可能有人已经醒了,会从某个窗口瞧见他,所以他避开草地,接受林荫道上树荫的庇护。他从花园门走出去,刚把身后的门锁上,就见一个人迎面走来,挡住了去路。船夫……这是他脑子闪过的第一个念头。因为现在他突然意识到梦中划游船者不是别人,正是罗伦齐。站在这儿的就是他。他那件有银色绦带装饰的红色军服在晨光中映得火红。多么富丽堂皇的制服啊,卡萨诺瓦的大脑混乱而疲惫,他想,它看上去不是像新的一样吗?准是没有付钱……这些就事论事的思考使他完全清醒过来,而他一旦意识到自己的处境之后,反而感到高兴。他摆出最骄傲的姿势,紧握藏在裹住身子的大衣底下的佩剑的柄,用极其客气的语调说:"您难道不觉得,罗伦齐少尉先生,想到这一点已为时太晚了吗?"——"一点也不晚,"罗伦齐回答说——在这一瞬间,他比卡萨诺瓦见过的任何人都要漂亮,"因为我们中间只有一个能活着离开这个地方。"——"您这么心急,罗伦齐,"卡萨诺瓦用一种几乎可以说是柔软的语调说,"我们至少把事情搁到曼图亚去解决不好吗?我将很荣幸地用我的车把您搭去。车等在大路的拐角处。讲究礼仪总还是有其好处的……尤其在我们这种情况下。"——"不需要什么礼仪。不是您,卡萨诺瓦,就是我。一切都决定于此刻。"他拔出了剑。卡萨诺瓦耸耸肩。"按您的意见办,罗伦齐。可是我还是想请您考虑,我很遗憾,不得不穿一件完全不成体统的衣服上场。"他双臂一挥,把大衣敞开甩掉,一丝不挂地站在那儿,把剑握在手里,好像玩耍一样。在罗伦齐的眼睛里涌起仇恨的浪潮。"我也不让您吃亏。"他说着迅速地脱掉所有的衣服。卡萨诺瓦掉过头去,又裹上他的大衣等候着,因为尽管太阳正逐渐穿透晨霭,喷薄欲出,但他这时却感到凉气袭人。山冈上的稀疏树木向草地上投下长长的阴影。有一阵子卡萨诺瓦想,会不会有什么人从这里路过?通过花园后门的这条沿墙小径大概只有奥里沃和他家里的人走。卡萨诺瓦忽然想到,他现在也许是在活他一生的最后几分钟了,他感到惊讶的是,他的心情十分平静。伏尔泰先生真有运气,他匆匆地想;可是,归根结底,对他来说,伏尔泰完全可有可无,但愿此时此刻能用什么法术,在他心里变出比这个耍笔杆的老头子那叫人恶心的尖下巴脸优美一些

281

的图景来。墙那边的树梢上竟没有鸟叫,你说怪不怪?天气兴许要变了。可是,天气跟他有什么相干?他倒宁愿想想马可琳娜,想想他在她怀抱里享受到的欢乐,而他现在要为之付出极高的代价了。极高的代价?——够便宜的了!老年的几年寿命,生活在贫贱之中……他在世上尚有何求?……毒死布拉加底诺先生?值得下这番气力吗?什么都不值得下气力……山冈上的树木长得多么稀疏啊!他开始数它们。五株……七株……十株——我难道不该找些更有意义的事做吗?……"我准备好了,骑士先生!"卡萨诺瓦迅速转过身来。罗伦齐和他面对面站着,他那裸体的样子漂亮极了,简直像个年轻的神。他脸上一切粗鄙的神色俱已褪尽,他看来已有了准备,要么杀人,要么自己死去。——假如我把我的剑扔掉呢?卡萨诺瓦想。假如我拥抱他呢?他让大衣从肩头滑了下去,像罗伦齐一样地站在那儿,身材细长,一丝不挂。罗伦齐按照击剑的规则将剑下垂为礼,卡萨诺瓦回礼,紧接着,他们举剑厮杀,银白的晨光在钢刃和钢刃之间跳跃、闪烁。卡萨诺瓦想,我前一次持剑与人对峙到现在已有多久了?可是他怎么也想不起来任何一次认真的决斗,而只能想起他十年前常跟他的男仆哥斯达在一起练习击剑的情景,那个流氓后来携带十五万里拉现款潜逃了。卡萨诺瓦想,无论怎样,他毕竟是一个击剑能手。我并没有荒疏学过的东西!他的手臂稳定,他的手感轻松,他的眼睛和以往一样锐利。青年和老年,这是一种神话,他想……难道我不是一个神吗?难道我们两个不都是神吗?真该有人现在来瞧我们斗剑!有些贵妇人是愿花钱看这玩意儿的。剑刃卷了,剑锋颤鸣;每逢剑刃碰撞,晨风随之吟唱。是一场决斗?不,是一场竞技……为什么要露出这种惊恐的目光,马可琳娜?难道我们两个不都值得你爱吗?他不过年轻罢了,但我却是卡萨诺瓦!……这时罗伦齐倒下了,他心脏正中间挨了一剑。剑从他手里滑落,双目圆睁,仿佛极其惊讶,再次抬了抬头,嘴唇痛苦地扭曲着,他垂下了头,鼻孔张得大大的,喉头微弱地呼噜了一声,他死了。——卡萨诺瓦向他弯下腰去,在他身边跪下,只见几滴血从伤口渗透出来,他把手伸到死者嘴边,他的手感觉不到任何生命的气息。一阵寒战掠过卡萨诺瓦的四肢。他站起身来,把大衣披上。然后又走到尸体旁边,低头瞧着这个青年的身躯,他的躯体直挺挺地躺在草地上,无比美丽。寂静中听见一阵轻轻的簌簌声,那是晨风,它在墙那边的树梢间吹拂而过。怎么办呢?卡萨诺瓦问自己。叫人吗?奥里沃?阿玛丽娅?马可琳娜?有什么用呢?谁也无法叫他死而复生了!他以一生中每逢最危难的时刻所特有的冷静思考着。等到别人发现他,可能要过好几个小时,可能要到晚上,甚至更久。我要赢得那之前的时间,而一切均系于此。他一直仍握剑在手,血在剑上闪着微光,他在草地上把它擦掉。他脑子里忽然闪过给尸体穿衣服的念头,可是那会占去他宝贵而无法追回的几分钟时间。他好像要给死者作最后一点奉献,再次弯下身去,给他合上了眼睛。"走运的人。"他自言自语地说着,仿佛处于梦幻般迷糊状态中,他吻了吻死者的额头。然后他迅速站立起来,快步沿着墙走,转弯,往下拐,奔向大路。马车仍在十字路口原地未动,车夫在御台上熟睡。卡萨诺瓦不想把他吵醒,非常小心地上车,然后才大叫他:"咳!睡够了吗?"并且推了推他的背。车夫惊醒了,张望四周,见天已大亮,大吃一惊,然后他给马猛击一鞭,车开走了。卡萨诺瓦尽量往后靠,深深地埋进座位里,裹在原本属于罗伦齐的大衣里。村子里只有几个小孩在大道上,男人和女人显然都已下田干活去了。当房屋在车后消失了之后,卡萨诺瓦才松了一口气,他打开旅行袋,把衣服拿了出来,开始在大衣的掩盖下穿衣服。至于车夫会不会转过头来,对这位乘客的异样举动起疑心呢,他是不无顾虑的。可是什么事都没有出,卡萨诺瓦能不受干扰地换好装,把罗伦齐的大衣藏在旅行袋里,披上自己的大衣。他看看天,天空这时阴沉下来。他并不觉得疲倦,反而极度紧张,非常清醒。他综观自己的处境,跟每次观察自己的处境时一样,他所得出的结论是:处境虽有几分可虑,但并不如胆小怕事的人想象的那么危险。别人虽则很可能立刻疑心是他杀害了罗伦齐,但谁也不能怀疑这是在诚实的决斗中发生的事情,更为有利的是,他受到了罗伦齐的袭击,是被迫参加决斗的,任何人也不能把他进行自卫当作犯罪。但他为什么让他像一条死狗一样躺在草地上呢?对于这一点也没有人能指责他:迅速逃离是他无可争辩的权利,简直可以说是他的义务。如果罗伦齐处在他的位置,也不会有别的做法。不过,威尼斯不会把他交付审判吗?

283

他到达后要立即置身于他的恩人布拉加底诺的庇护之下。但这么一来,他不是等于指控自己犯下到头来也许永远不会给人发现的,或虽然发现,却不会让他承担罪责的一桩罪行吗?难道有一条指控他的证据吗?难道他不是奉召赴威尼斯的吗?谁能说这是逃亡呢?也许是在大路上等了半夜的这个车夫吧?再给他几个金币,他的嘴巴就给塞住了。他的思绪就这么转悠。突然他觉得好像听见背后有马蹄声。这么快,这是他的第一个想法。他把头伸出车窗朝后看,大路上空无一人。他们先前驶过了一个庄稼院落,他听见的是自己的马的蹄声。这一场虚惊使他宽心了好一阵子,仿佛现在一切危险都已一去不复返了。曼图亚的高耸的尖塔已看得见了……"往前走,往前走。"他自言自语地说,因为他根本不想让车夫听见。可是车夫在接近目的地的时候,主动地赶着马越跑越快。很快他们就到了城门口,卡萨诺瓦还是在不到两天前同奥里沃一道经过这个门离开这座城的。他告诉车夫他下榻的旅馆,只过了三两分钟,金狮招牌就出现了,卡萨诺瓦从车上跳了下来。老板娘站在门口,精神焕发,满脸含笑,看起来,她迎接卡萨诺瓦时的心情不坏,那样子就像迎接一个日夜思念的情人在被迫离家之后回家团聚。可是,他不高兴地朝车夫那边使了一个眼色,那意思仿佛是说:你得留神,这里有一个讨厌的见证人哩。然后他叫车夫尽情享用美酒佳肴。"您有一封威尼斯来的信,昨天晚上到的,骑士先生。"老板娘说。"还有一封?"卡萨诺瓦问,跑上楼去,走进他的房间。老板娘跟着他。桌上放着一封封着口的信件。卡萨诺瓦内心非常激动地拆了封。收回成命?他害怕地想。可是当他看过信之后,他的脸开朗起来。那是布拉加底诺写的,寥寥几行字,附着一张二百五十里拉的汇票,便于他一旦下定决心之后连一天也不必耽搁即可动身。卡萨诺瓦转过身,对老板娘装出一副气恼的面孔,向她解释说,他的朋友布拉加底诺在威尼斯给他弄到了一个职位,上百个求职者争夺着这个职位,如果他不想冒失去它的风险,就非在此时此刻继续往前赶路不可,这当然是令人遗憾的。他见老板娘的额头上阴云密布,咄咄逼人,便立即补充说,他不过是先去把职位弄到手,领到他的委任状——就是担任威尼斯参议院的秘书——然后,一旦走马上任了,他就会立刻请假回曼图亚处理他的事务，他们自然是无法拒绝他的请求的。他甚至准备把他大部分的财物都留在这里——然后呢，然后就只取决于他亲爱的、迷人的情人了，看她愿不愿意放弃这里的旅店生意，随他上威尼斯去当他的夫人……她一下子搂着他的颈项，热泪盈眶地问，她在他动身之前是否至少可以给他送一份美美的早餐进房来吃。他明白这意思是要给他饯行，他虽然没有一点胃口，但却表示同意，以便最终一劳永逸地摆脱她。她下楼去了之后，他把一些最急需的换洗衣服和书籍装进旅行袋里，然后走进客厅，见车夫正在享用丰盛的早餐，于是问他如果得到高出一般价格一倍以上的酬金，是否愿意立即用原来的马车把他送到朝威尼斯方向去的下一个驿站。车夫二话不说就同意了，这样卡萨诺瓦面临的最大忧虑就解除了。老板娘走了进来，满面通红，怒气冲冲，问他是不是忘记了早餐已经摆好，在房间里等着他哩。卡萨诺瓦以极其自然的姿态回答说，他绝没有忘记，同时又请她到承兑他的汇票的银行去，凭他递给她的汇票要银行付给他二百五十里拉，因为他时间不够了。在她跑着去取钱的同时，卡萨诺瓦回到房间，开始以一种真正野兽般的食欲吞食摆在桌上的食物。在老板娘出现的时候，他仍然只顾自己一个劲儿地吃喝，只是迅速地把她拿来的钱塞进口袋。他吃完后，转向那个妇人，她这时已经温柔地凑到他跟前了，以为她快活的时候终于来临，以不容误解的方式朝他张开双臂——他以猛烈的动作拥抱她，吻她的双颊，紧紧把她搂在怀里，正当她已做出准备听任他摆布的样子的时候，他说了声："我得走了……再见！"然后猛地松开她，她向后倒在沙发的一角。她的面部表情里混杂着失望、愤怒而又无可奈何的情绪，显得非常滑稽，叫人忍俊不禁，以致卡萨诺瓦在关上身后的门的同时，忍不住高声大笑起来。

他的乘客急着要走，这一点是瞒不过车夫的眼睛的，但他不必妄动脑筋去揣测其原因，总之，在卡萨诺瓦走出旅店大门时，他已坐在御台上，准备起行，等卡萨诺瓦一上车，他即猛击辕马一鞭。他认为正确的行车路线是不走市中心，而是绕道而行，在它的另一端重新走上大路。太阳还不高，到中午还有三个钟头。卡萨诺瓦想：人们很可能根本就还没有发现罗伦齐的尸体。他并没有充分意识到是他杀害了罗伦齐这一事实,他只是庆幸距曼图亚越来越远了,他终于获得了一会儿的安宁……他陷入他一生中最深沉的睡眠状态中。从某种意义说,他一直睡了两天两夜,因为换马所必需的短暂间隙,以及他在间隙中或坐在小酒馆里,或在驿站前踱步,或与驿站站长、酒店老板、税务官、旅客闲聊,这些细枝末节他是不可能记在脑子里的。后来,对于这两天两夜的回忆与他在马可琳娜床上所做的梦汇流到一处,两个赤身裸体的人在晨曦里的绿色草地上决斗也好像是这个梦的一部分,在这个梦中,他有时不可思议地不是卡萨诺瓦,而是罗伦齐,不是胜利者,而是战败者,不是逃跑者,而是死者,孤寂的晨风抚弄着死者惨白的年轻躯体。他和罗伦齐两人,与身穿紫红袍、乞丐般地跪倒在他面前的参议员们相比较,并不显得更真实,与依靠在桥栏杆上的那个老头儿——他在暮色苍茫中曾从车里朝他扔过去几个施舍钱——相比较,也并不显得更虚幻。如若不是卡萨诺瓦借助他的判断力能够区别实际经历和空幻梦境,他也许会想象他是在马可琳娜的怀抱里坠入纷乱的梦境,一直到了瞧见威尼斯的教堂钟塔时才大梦方醒。

那是他登上旅途的第三天早晨,从悔斯特勒望过去,在情思萦回二十多个春秋之后,他第一次重新见到了钟塔。钟塔是一座灰色的石头结构,它孤零零地高耸在朦胧的晨光之中,好像它是从遥远的地方突然浮现在他面前的。他明白,现在距他度过青年时代,并且一直热爱着的那座城市只剩下两小时的路程了。他付给车夫车钱,也不知道他从曼图亚出发之后这是跟第四个、第五个还是第六个车夫算账,他身后跟着一个男孩,给他背着行李。他匆匆走过贫寒的街道,到港口去赶集市船,跟二十五年前一样,集市船今天仍然是六点钟起航,开往威尼斯。船似乎就只等他一个人,他刚混杂在运货进城的女人、小商人、手工匠中间,在一张窄凳上坐了下来,船就开动了。天空昏暗,烟雾笼罩在环礁湖上,到处都可以闻到污水、潮湿的木头、鱼和新鲜水果的气味。教堂尖塔越伸越高,别的高塔在空中显露出身影,一些教堂的圆顶也清晰可见了,从那儿的一个屋顶上,从两个屋顶上,从许多屋顶上朝他迎面射来朝阳的灿烂光芒。房屋彼此挪开了,长高了;船,大的和小的,从雾中显露出来;互道早安之声此起彼落;

他四周的闲谈声更大了;一个小姑娘向他兜售葡萄;他吃着蓝色的葡萄,照着他同胞的样子把葡萄皮往身后吐到船外去。他同一个什么人扯了起来,那人对于天气现在似乎终于好起来了感到满意。怎么,这里一连下过三天雨?他没听说过,他从南方,从那不勒斯,从罗马来……船已经航行在郊区的运河中了,肮脏的房屋仿佛正在用痴呆的、陌生的眼光盯着他,窗户里面黑洞洞的。船停靠了两三次,几个年轻人下去了,其中有一个夹着一个大皮包,还有几个提着篮子的女人也下了船。这时,船驶过的地区已经不那么难看了。这不是玛尔婷娜做过忏悔的那座教堂吗?在这座房屋里他不是按他的方式让面色苍白、病入膏肓的娅迦特重又面色红润、恢复健康了吗?他不是在那座房屋里曾把迷人的茜尔薇娅的流氓哥哥揍得鼻青脸肿吗?在那边的河汊里有一座黄色的小屋,在河水冲刷的台阶上站着一个赤脚的胖女人……他还来不及想起该给这幅图景配上他遥远的青年时代的哪一个倩影,船就拐进了一条大运河,船这时继续缓缓地行驶在宽阔的水道上,行驶在宫殿之间。他像从梦中醒来,恍惚有昨日曾游之感。他在里亚尔托桥畔下了船,因为他想在拜谒布拉加底诺先生之前,先在只记得地方,但忘了名称的一家便宜的小旅店里放下行李,预订一个房间。他觉得那房屋比他记忆中的样子残破一些,或者至少维护得差一些。一个郁郁不乐、没有修面的茶房把他带到一个冷冰冰的房间里,从这里只能看见对面房屋的一堵没有窗户的墙。卡萨诺瓦不想浪费时间了,况且他的现金在旅途中几乎耗尽,反而觉得这里房价低廉,很合心意,所以,他决定权且在此安身。他洗掉身上长途跋涉的尘土,考虑了一会该不该穿上华丽服装,后来觉得还是以穿着朴素一些为妥,然后离开了旅店。只需走百来步,穿一条窄巷,再过一座桥,就到了布拉加底诺住的那座小小的、讲究的宫殿式建筑。一个放肆无礼的年轻男仆答应为卡萨诺瓦通报,他那样子就好像从未听过这个著名的名字似的,不过从他主人房间里出来的时候,他的表情友善了一些,他请客人进去。布拉加底诺正坐在靠近开着的窗户的一张桌子上用早餐,他想站起身来,但卡萨诺瓦不让。"我亲爱的卡萨诺瓦,"布拉加底诺大声叫道,"又见到您我真高兴!可不是吗,谁会想到我们还能见面呢?"他向他伸出双手。卡萨诺瓦抓住他的手,好像想吻一吻,但又没有这么做,他以热情感激的言辞答谢他的衷心欢迎,在这类场合,他的表达方式难免带些虚浮矫饰的色彩。布拉加底诺请他就座,首先问他吃过早餐没有。听卡萨诺瓦说还没有吃,他摇铃叫来仆人,向他一一做了交代。仆人走后,布拉加底诺对卡萨诺瓦毫无保留地接受参议院的建议表示满意,说他决心报效祖国,准不会吃亏。卡萨诺瓦说,他如能让参议院满意,将感到十分荣幸。他一面这么说着,一面想着自己的心事。当然,对布拉加底诺的痛恨,他内心里是一点也感觉不到了;对于坐在他对面的白须稀疏、眼眶发红、瘦削的手端着茶杯颤抖的这位头脑变得痴憨的耄耋老人,他倒感到有些心酸。卡萨诺瓦最后一次见到他的时候,布拉加底诺大约有卡萨诺瓦今天这么大的年纪,当然,在卡萨诺瓦看来,他当年已显得十分苍老了。

男仆这时给卡萨诺瓦把早餐端了上来,他不用别人多劝,就津津有味地吃了起来,因为在旅途中他只是偶尔匆匆微进一点儿食物。的确,他是日夜兼程从曼图亚驱车赶来的,他是那么迫不及待地要向参议院表达他请缨报国之心,向高贵的恩主表示他永不磨灭的感激之情。他用这一席话来为他啧啧有声地啜饮热气腾腾的巧克力牛奶时的那种近乎失礼的贪馋之态辩解。大小运河里的千万种熙来攘往之声从窗口传了进来;划游船者单调的呼喊声在空中回荡,压倒了所有别的声音;在不太远的什么地方,也许就在对面的宫殿里——那不是福加扎里的宫殿吗?——有一个美妙的女高音在唱着花腔?这个女人显然很年轻,在卡萨诺瓦逃出铅皮屋顶监狱的年月,她肯定还没有出生。他吃着抹上牛油的烤面包片、鸡蛋、冻肉,一再为他这总也填不饱的肚皮向高兴地瞧着他吃的布拉加底诺表示歉意。"我喜欢年轻人胃口好!"布拉加底诺说,"就我记忆所及,我亲爱的卡萨诺瓦,您的胃口从来就没有坏过!"他回想起他们相识之初和卡萨诺瓦一起吃过的一顿饭,与其说在一起吃,倒不如说他跟今天一样惊羡地瞧着他这年轻的朋友吃,因为他本人当时身体还没有怎么康复,那时候正是卡萨诺瓦把老是给布拉加底诺放血、几乎送了他的命的那个医生赶走不久……他谈起过去的岁月,是的,当年威尼斯的生活比今天美。"不是什么地方都如此。"卡萨诺瓦说着用微妙的一笑影射那铅皮屋顶监狱。布拉加底诺摆摆手,表示不喜欢这个话题,仿佛现在不是回忆这类叫人心烦的小事的时候。他布拉加底诺当时也曾竭力营救,免他受刑罚之苦,但可惜营救无效。可不是吗,如果他当时听从了十人团的劝告,就不会有后来的事了!

他们就这样谈起了政治事务,老人给自己的话题燃起了热情,似乎重新找到了他往年的机智和全部活力。卡萨诺瓦从他那儿了解到许许多多古怪的事,说明部分威尼斯青年近来信奉某些可疑的思潮,也说明存在着一些危险的活动,种种确凿的迹象已开始发出预报?当天晚上,卡萨诺瓦把自己关在他那个可怜巴巴的旅店客房里,整理并焚毁了部分文稿,这不过是为了慰藉他那掀起了层层波澜的心灵而已。就在这天晚上,他来到位于马库斯广场上的嘉特利咖啡馆,这时,他已经有了相当好的思想准备。这家咖啡馆被视为自由思想分子和颠覆分子的主要聚集地。他立即认出一个老乐师,此人曾在卡萨诺瓦三十年前演奏小提琴的那家圣萨穆勒剧院任过乐队队长,通过他的介绍,卡萨诺瓦以极其自然的方式认识了一伙人,其中多半是年轻人,他记得早上与布拉加底诺谈话时听过这些名字,据说这些人是特别可疑的。但他自己的名字在这些人身上却似乎根本没有产生他本有充分理由预期的那种强烈反应,大多数人只听说过卡萨诺瓦很久以前由于某种原因,也可能完全无辜地给关在铅皮屋顶监狱里,然后冲破各种难关得以逃脱,除此之外,对他显然一无所知。他多年前对他越狱作过如此生动描述的那本小册子虽非湮没无闻,但看来谁也没有认真读过。是不是让这些年轻的先生们人人都尽快地亲身体验一下威尼斯的铅皮屋顶下的生活条件以及越狱的艰难,这完全取决于卡萨诺瓦。思念及此,他暗自欣喜,但他绝不喜形于色,尽管有一个如此恶毒的念头,他却丝毫不露声色,更不会让人猜想到。他善于在这种场合也扮演一个心地善良、待人和气的角色。不多一会儿他就按他特有的方式,以讲述从罗马到这里来一路上遇到的各种逗笑的历险故事来给大家消遣。这些故事虽从总体来说相当真实,但实际上毕竟是十五至二十年前的事了。在大家还在兴奋地听他讲故事的同时,有谁从外面带来了一些新闻,有一则消息说,曼图亚的一个军官在他曾去做客的一个朋友的庄园附近给人杀害了,尸首上的衣服给强盗扒得一干二净。由于当时这类袭击和谋杀案件并不罕见,这件事就是在这一伙人中间也没有引起特别的轰动,卡萨诺瓦从给大家打断了的地方把故事继续讲下去,好像这事对他跟对别人一样无关。他感到一阵子心神不宁,只是没有公开承认罢了,但摆脱了这种不安情绪之后,他的词语却更加逗人发笑,更加狂妄无忌了。

他匆匆告别他的新相识,独自一人走了出来,来到宽广的寥无一人的广场,这时,午夜已经过去,广场上空烟雾沉沉,看不见星星,天空不安地闪着微光。他以一种梦游者的准确无误的方向感,穿行在小巷里。他完全没有意识到,他这是在四分之一世纪之后第一次重新走这条路,小巷两边是黑暗的墙壁,他走过狭窄的小桥,桥下黝黑的运河流向永恒的大海。他来到那家贫寒的旅店,经多次敲打,门房才在他面前懒洋洋地、不高兴地打开了门。三四分钟后,他感到一阵痛苦的倦意死死地压着他的四肢,他仿佛觉得从内心深处有一种苦味泛上他的嘴唇,于是他只脱了一半衣服就一头扎在一张硬邦邦的床上,想在被放逐了二十五年之后第一次在家乡睡上渴望已久的这一觉。天将破晓时,睡意终于怜悯这个落魄江湖的老人,让他无梦地、昏沉沉地入睡了。

## 后　　记

实际上,卡萨诺瓦曾在费尔奈访问过伏尔泰,但上面这篇中篇小说里所有与之相联系的推论,特别是卡萨诺瓦曾撰写声讨伏尔泰的檄文一节,与历史上的真实情况丝毫无关。但是,卡萨诺瓦在五十和六十岁之间被迫在他的故乡威尼斯充当密探,这却是符合历史事实的;本篇小说中顺便提到的这个有名的冒险家的一些其他早期经历,也同样可以在他撰写的《回忆录》中找到更详尽、更忠实的记载。顺便交代一句,《卡萨诺瓦还乡记》这篇故事完全是凭空杜撰的。

阿·施

张佳珏　译

# 埃尔泽小姐

"你真的不再玩了吗,埃尔泽?"——"不了,保尔,我不能再玩了。Adieu①。再见,亲爱的夫人。"——"啊,埃尔泽,您叫我茜希夫人——或者最好简单叫茜希好了。"——"再见,茜希夫人。"——"可您为什么现在就走,埃尔泽?离吃饭还有整整两个小时呢。"——"您和保尔玩单打好了,茜希夫人,我今天真的没有什么兴致了。"——"让她走吧,亲爱的夫人,她今天心绪不佳。——埃尔泽,你都挂在脸上了,我是说心绪不佳。——红色套头衫更好一些。"——"保尔,但愿你穿蓝色的心情会更好一些。Adieu。"

这样分手太好了。但愿他俩不要认为我在嫉妒他们。——茜希·莫尔和表弟保尔,他俩之间一定有些什么关系,我可以赌咒。世上没有什么比这更令我无所谓的了。——现在我再次回过身去向他们挥手。挥手和微笑。现在我看起来高兴了吧?——啊,上帝,他俩又玩起来了。我玩得本来就比茜希·莫尔要好;保尔也不是玩得怎么了不起。可是他看起来蛮漂亮——大翻领和坏孩子似的脸。要是再少一些忸怩作态就好了。埃玛姨妈,你没有什么可害怕的……

这是一个多么美好的傍晚!今天的天气是本该到罗赛塔茅屋那儿去旅行的。西蒙纳崖那么挺拔地直耸向天空!——早晨五点钟就该上路。一开头我当然会像通常那样,觉得不愉快,但是这会消失的啊。——再没有比在黎明中漫游更惬意的了。——那个独眼的美国人在罗赛塔看起来像一个拳击手。他的眼睛也许就是在拳击时被人打出来的。我倒是十分愿意到美国去结婚,可不是和一个美国人。

---

① 法语:再见。

或者我同一个美国人结婚,可我们得在欧洲生活。在里维拉①有一幢别墅。大理石台阶一直伸入海里。我一丝不挂地躺在大理石上。——我们在梅东住过,到现在有多久了?七年或者八年。我十三岁或者十四岁。是啊,那个时候我们的家境还很好呢。——推迟这次远游,真是毫无道理。否则,无论怎么说我们现在也回来了。——四点钟,我去打网球的时候,妈妈电报告知的那封信还没有到。谁知道现在是不是到了。我本来还能再打一局的。——为什么这两个年轻人向我打招呼?我根本不认识他们。他们是昨天住进饭店的,吃饭时坐在左边窗户那儿,过去那儿是几个荷兰人坐的。我这样想不友好吧?或者是太傲慢了?我根本不是这样的。在看完《科里奥兰》回家的路上,弗莱德是怎么说的来着?心情愉快,不,是快乐自信。您是快乐自信,不是刚愎自用,埃尔泽。——一个多美的词儿。他总是找到美的词儿。——我为什么走这么慢?说到底是我害怕妈妈的信?当然啦,信里不会有什么愉快的事。快信!也许我又得返回去。噢,痛苦啊。这是什么样的生活——虽说有丝制的套头衫和丝袜子。三双!穷亲戚,得到有钱的姨妈的邀请。她现在一定后悔了。尊敬的姨妈,我该给你写信说我在梦中没有想到保尔?啊,我什么人也不想。我现在没有爱上什么人,不爱任何人。我过去也没有爱过。就是阿尔伯特我也没有爱过,尽管有八天的时间我以为自己爱上他了。我相信,我不能爱上什么人。这确实是奇怪的,我肯定是充满了欲念。但是我也是快乐自信的,心绪不佳,上帝保佑。也许十三岁那年我是唯一的一次爱上了人。爱上了万戴克——或者爱上了修道院长德·格里欧,也爱上了雷纲尔德。我十六岁的时候,是在威尔特湖。——不,这不算什么。我为什么去想这些,我又不是去写回忆录。也从不像贝尔塔那样去写日记。弗莱德是引起我好感的,仅此而已。若是他再漂亮一些,也许会的。我真是一个装腔作势的人。爸爸是这样说我的,并嘲笑我。啊,亲爱的爸爸,你太使我操心了。他是不是欺骗过妈妈一次?肯定欺骗过。经常欺骗。妈妈太傻了。她对我一无所知。对别人也是这样。弗莱德呢?——也就是

---

① 法国南部滨海区,为疗养胜地。

知道一点。——多美的傍晚。饭店看起来富丽堂皇。可以感觉到：那些喧闹的人都无忧无虑，心满意足。以我为例吧。哈哈！太遗憾了。我要是生来就过一种无忧无虑的生活就好了。那就会这样美好。太遗憾了。——西蒙纳崖披上一层红色的光辉。保尔会说：阿尔卑斯在燃烧。早就没有阿尔卑斯的燃烧。笑起来就美了。啊，为什么一定要返回城里！

"晚安，埃尔泽小姐。"——"您好，亲爱的夫人。"——"打网球了？"——她看出来了，可为什么她还要问？"是的，亲爱的夫人。我们几乎玩了三个小时。——亲爱的夫人，还要去散步？"——"是的，我习惯傍晚散散步。在罗尔大道。在草地中间散步真美，白天时散步太阳太厉害了。"——"是啊，这儿的草地真是好极了。在月光下从我的窗户看特别美。"——

"晚安，埃尔泽小姐。——您好，亲爱的夫人。"——"晚安，封·道斯戴先生。"——"打网球了，埃尔泽小姐？"——"您的眼光多么犀利啊，封·道斯戴先生。"——"您不要取笑，埃尔泽。"——他为什么不说"埃尔泽小姐"了呢？——"若是拿着网球拍看上去能如此娇美，那某种程度上人们也可以把它当作装饰品戴上了。"——这蠢驴，我根本不去回答他。"我们玩了整个下午。遗憾的是只有三个人。保尔、莫尔夫人和我。"——"我以前是一个非常喜欢打网球的人。"——"现在不再喜欢了？"——"现在我年纪太大了。"——"怎么说太大呢，在玛里恩利斯特，有一个六十五岁的瑞典人，他每天晚上从六点一直打到八点。一年以前他甚至还参加了一次比赛呢。"——"喏，上帝保佑，我现在还不到六十五岁，但遗憾我也不是一个瑞典人。"——为什么说遗憾呢？也许他认为这样说是俏皮。最好我客气地笑笑，然后走开。"你好，亲爱的夫人。再见，道斯戴先生。"他把腰弯得这么低，眼睛睁得这么大。牛眼睛。我提起那个六十五岁的瑞典人，这难道伤害了他？没有什么了不起的。魏纳沃夫人一定是个不幸的女人。肯定快五十岁了。那对泪囊——像是经常哭似的。啊，这么苍老，太可怕了。道斯戴先生照顾着她。他走在她旁边。他留着灰白的尖胡子，可看起来还一直很帅。但是他不讨人喜欢。装腔作势，您的这身上好服装有什么用，封·道斯戴先生？

道斯戴！您肯定过去叫别的名字。——茜希的小女儿和她的保姆来了。——"您好,弗莉茨。晚安,小姐。您好吗?"①——"谢谢小姐。您也好吧?"②——"弗莉茨,你这是怎么了,拿一根登山杖。难道你要登上西蒙纳崖?"——"不是,还不许我上那么高。"——"明年你就可以了。弗莉茨。一会儿见,小姐。"——"晚安,您好,小姐。"③

一表人才。她为什么是一个保姆?而且还是在茜希家。命真不好啊。上帝,我将来也会变得这样。不,无论如何我得好些。好些?——多美的夜晚。空气像香槟酒,昨天瓦尔德伯格大夫这样说。前天也有一个人说过。——为什么这么好的天气人们都坐在大厅里?不可理解。或者是每个人都在等一封快信?门房已经看见我了;若是有我的一封快信的话,那他会立刻就给我送来的。那么说是没有啦。感谢上帝。在晚饭之前我还可以躺一会儿。为什么茜希说晚饭这个词用"晚餐"④?愚蠢的装腔作势。茜希和保尔,这两个人太般配了。——啊,信若是到了就好了。反正在晚饭时会到的。若是它不到的话,那我这一夜不会安生的。可是昨天夜里我睡得太糟了。当然啦,这些天来都是这样。就是因此腿才抽筋。今天是九月三日。那么说也许要在九月六日到了。今天我要服安眠药。噢,我不会养成习惯的。不,亲爱的弗莱德,你不必操心。我脑子里总是由于你才想到它的。——人总得什么都试试——就是大麻也要尝尝。我想,海军中士布兰德尔是从中国把大麻带回来的。大麻是喝还是抽?这东西说是会使人产生美妙的幻觉。布兰德尔曾邀请过我同他去喝大麻,或者是去抽。这是一个不要脸的家伙。但是长得漂亮。

"小姐,您的一封信。"——门房!那么说真有信了!我非常从容地转过身去。也可能是卡洛琳来的信,或者是贝尔塔或者是弗莱德或者是杰克逊小姐来的信?"谢谢。"真的是妈妈来的信。快信。他为什么不立刻就说是一封快信?"噢,一封快信!"我回房间再拆

---

① 原文为法文。
② 原文为法文。
③ 原文为法文。
④ 原文为英文。

开它,安安静静地读。——侯爵夫人。她在暮色朦胧中显得多么年轻。肯定有四十五岁了。我四十五岁时会在什么地方呢?也许早就死了。但愿如此。她朝我微笑,像通常一样地可亲。让她从身边走过去,稍微点点头——不要以为一个侯爵夫人朝我微笑,我就会把这看成是一种了不起的光荣。"晚安。"①她向我说"晚安"。现在我至少总得躬身答礼了。是不是身躬得太低了?她年纪比我大很多。她的举止是多么优雅。她离婚了吗?我的举止也是很美的。但是——我是知道的。是啊,这就是不同之处。——一个意大利人可能对我是危险的。可惜,那个长着罗马人脑袋的黑人又走开了。他看起来像一个滑头,保尔这样说。啊,上帝,我对这个滑头没什么恶感,正相反。——到了。七十七号。这是一个幸运的数字。漂亮的房间,松木家具。那儿是我的处女之床。——阿尔卑斯山真的是在"燃烧"。可我不能向保尔承认。保尔是个怕羞的人。一个医生,还是一个妇科医生!也许正是因为这样。前天在森林里,我们已走得很远了,他本来是可以胆子大些的。但这样也许对他没什么好处。还没有人对我放肆过呢。顶多说是三年前在威尔特湖浴场里的那次。大胆吗?不,他不规矩。但是多好啊。伯尔维德的阿波罗。我当时真的不完全明白是怎么回事。噢,是啊,我才十六岁。我那美丽的草地!我那——!若是能把它带回到维也纳就好了。轻柔的薄雾。秋天?是啊,九月三日,在高山地带。

　　喏,埃尔泽小姐,难道您没有下定决心读这封信吗?它一定是与爸爸没有关系的。难道不可能与我的哥哥有关?也许他与他的一个情人订婚了?与一个合唱队的歌女还是与一个手套铺里的姑娘。啊,不,他在这种事情上是有主见的。再说我对他的事知道得根本不多。我十六岁他二十一岁的时候,我们有一段时间相处得很好。他向我谈了许多关于一个名叫绿蒂的姑娘的事。随后他突然就不再谈起了。这个绿蒂一定伤害了他。从那以后他就再也不跟我谈什么了。——喏,信打开了,我根本没有注意到就把它打开了。我坐在窗台上,读信。注意,我可别摔下去。从圣玛帝诺我们得知,在那儿的

---

① 原文为意大利文。

弗拉塔查饭店发生了一桩可悲的不幸事故。埃尔泽·T小姐,一位十九岁的漂亮姑娘,著名律师之女……当然会说是,我由于不幸的爱情而轻生,或者说我因为怀有身孕。不幸的爱情,啊,不。

"我亲爱的孩子……"——我得先看看结尾。——"再说一遍,不要生我们的气,我亲爱的好孩子,千万……"上帝啊,他们并没有自寻短见呀!若果真这样的话,那卢狄会发一个电报来的。——"我亲爱的孩子,我打搅了你美好的假期,你该相信我,我是多么痛苦……"仿佛我总是在度假似的,遗憾的是并非如此,"……给你带来了这样一个令人不愉快的消息。"——妈妈的文风真是可怕。——"但经过深思熟虑,我的确舍此无他。简短地说吧,爸爸的事情变得危急了。我不知道怎么办,也无法可想。"——干吗说这话?——"事关一笔相当可笑的款项:三万古尔登。"——可笑?——"必须在三日之内筹措到,否则一切都完了。"上帝啊,这是什么意思?——"你想想看,我亲爱的孩子,霍宁男爵……"——是那个检察官?——"今天清晨召你爸爸前去。你是知道的,男爵是何等敬重爸爸,甚至可以说是热爱的。在一年半之前,那时,也是事临紧急关头,他亲自与主要债权人磋商,在最后的瞬间把事情安排停当。可这次,如果钱不能筹到,那一切就无法可想了。我们不仅完全破产,而且这是前所未有的一件丑闻。你想想看,一个律师,一个著名的律师,他——不,我根本无法写下去。我一直在与眼泪作斗争。你是知道的,孩子,你是聪明的,我们过去,上帝啊,也有几次陷入类似的境地,家族总是予以救助。最近一次是一笔十二万古尔登。但是那时他必须签署一份保证书,他不能再去求助亲属,特别是伯恩哈特叔叔。"——喏,继续下去,继续下去,要写到哪儿呢?要我做些什么呢?——"还能想到的唯一的一个人是维克多叔叔,可不巧的是他正在北岬或苏格兰旅行……"——是啊,他倒好,这个令人作呕的家伙。——"……根本无法联系上,至少在眼下。至于向同事们,特别是S博士,他多次帮助过爸爸……"——我们怎么到了这种地步。——"……自从他重新结婚之后,业已是不再可能的了。"——那么,你们究竟,究竟是要我做什么呢?——"收到了你的来信,我亲爱的孩子,你在信中提到一些人,其中有道斯戴,他也住在弗拉塔查,这简直像命运在朝我们示意。你是知道的,早年他经常到我们家来。"——喏,太经常了。——"近两三年他很少露面,这纯粹是偶然的;应当与他有相当密切的联系——在我们中间,是没有什么避讳的。"——为什么是"在我们中间"?——"在首都俱乐部爸爸每个星期四还一直同他玩惠斯特牌,去年冬天他在一次控告另一个艺术古玩商的案件中,爸爸为他挽救了一笔可观的金钱。再说,你为什么不该知道,他过去曾救助过爸爸。"——难道我这样想过吗?——"当时是一笔区区小数:八千古尔登——但归总说来:三万对道斯戴也是小事一桩。因此我在想,你是否看在我们的面上去同道斯戴谈谈。"——什么?——"他对你一直怀有特殊好感。"——我从来没有注意到。他曾抚摩过我的面颊,那时我十二岁或是十三岁:是个大姑娘了。——"好在爸爸从那次八千古尔登之后再没向他求助过。他不会拒绝这次帮忙的。最近他把一幅卢本斯①的画卖到美国,仅从这上面就赚了八万古尔登。当然你不必提及这件事。"——妈妈,难道你认为我是一个笨鹅?——"但其他事情你完全可以和他坦率地交谈。就是霍宁男爵召见爸爸的事,倘若有机会,你也可以谈。有了三万古尔登就能防止最坏的局面,不仅是在眼下,而且,上帝保佑,是永远。"——妈妈,你真的相信吗?——"因为埃尔伯斯哈依默的诉讼案,正在顺利地进行,爸爸肯定会得到十万古尔登,当然他在这个阶段是不能向埃尔伯斯哈依默提出什么要求的。孩子,我请你同道斯戴谈谈。我向你保证,不会有什么问题的。爸爸本想简单地给他打个电报,我们经过再三的考虑,孩子,如果能同他亲自面谈,那事情就会变得全然不同。这笔钱必须在六日十二点汇到。费博士……"——费博士是谁?啊,是费阿拉。——"……是不讲情面的。当然这其中也有私人的好恶成分在内。但不幸的是此事涉及被监护人的财产……"——我的上帝!爸爸,你都干了些什么呀?——"对此人们是无能为力的。如果费阿拉在五日中午十二时收不到这笔钱的话,那就要发出逮捕令,拖到这个时间是霍宁男爵所能办到的。这就是说,道斯戴必须把这笔钱通过他的银行电汇给费

---

① 卢本斯(1577—1640),佛兰德斯画家。

博士。那时我们便得救了。否则,会发生什么事,那只有上帝知道了。我亲爱的孩子,相信我,你不会失去任何体面的。爸爸起初考虑过了。他甚至在两个不同方面做过努力,但却失望而返。"——爸爸居然会感到失望?——"也许从来不是因为金钱的缘故,而是因为人们待他太下流了。其中一个曾是爸爸最好的朋友。你可以想到我指的是谁。"——我根本什么都不想。爸爸有过那么多要好的朋友,可实际上却一个也没有。也许指的是瓦伦斯多夫?——"爸爸是一点钟回家的,现在是清晨四点。他现在终于睡着了,上帝保佑!"——若是他一睡不醒的话,那对他也许是最好的了。——"我一大清早亲自到邮局发这封信。快信,这样你在三日上午就可能收到。"——妈妈怎么会这样想?她在这一类事情上向来是一无所知的。——"你马上同道斯戴谈,我恳求你了,立刻电告结果。你千万不要让埃玛姨妈看出什么来,在这样一种情况下不能去求助自己的亲姐妹,这已经就够可悲了的,求助她不如去求助一块石头。我亲爱的孩子,在你年轻轻的岁月,我就不得不把你扯进这类事情里,我感到非常抱歉,但相信我,爸爸本人对此是没有多少过错的。"——那又是谁的过错呢,妈妈?——"喏,让我们祈求上帝,埃尔伯斯哈依默诉讼案在任何一种意义上为我们的生活开辟一个新的阶段。我们必定能度过这一两个星期。若是因为这三万古尔登而发生一种不幸的话,那不就成了一种真正的嘲弄?"——她真的不认为,爸爸这个人……但就算这样的话,换一种样子还能更坏吗?——"我的孩子,我就此搁笔了,我希望,无论如何……"——无论如何?——"……你能在圣玛帝诺度完假日,至少逗留到八日或九日。向姨妈问好,对她要好一些。再说一遍,不要生我们的气,我亲爱的好孩子,千方……"——是啊,我已经知道了。

这么说,我要去向道斯戴先生借钱了……简直是发疯。妈妈这是怎么想的?为什么爸爸不直接乘上火车到这儿来?——这难道不是跟快信一样快吗?也许是他们看到他在火车站会怀疑他要逃跑……可怕,可怕!就是有了三万古尔登我们也不会得救的。总是这一类的事情!七年了!不——还要长些。有谁在我脸上看得出来呢?没有人从我脸上看得出来,就是在爸爸脸上也看不出来。可是所有人都知道。不可理解的是我们还一直维持到现在。人们对什么都习以为常了!我们生活得还蛮不错。妈妈真是一个艺术家。去年新年举行了十四人的宴会——无法理解。但是我为了买两双舞会用的手套,竟大闹了一场。卢狄需要三百古尔登,这几乎使妈妈哭了起来。可爸爸倒一直兴致勃勃。一直是?不。不是这样。那次看歌剧《费加罗》时,他的目光——突然完全发呆了——我惊慌起来。他变得像一个陌生人。可随后我们在大饭店用餐,他又完全像以前一样兴致勃勃起来。

我手里拿着这封信。这封信简直是胡闹。我要去同道斯戴谈?那我会羞死的——羞,我害羞?为什么?这并不是我的过错。——若是我同埃玛姨妈谈呢?胡闹。她看来根本就没有这么多的钱。姨夫是个吝啬鬼。上帝,为什么我没有钱?为什么我还什么也赚不到?为什么我什么都不会?噢,我学过点什么!谁敢说我什么都不会呢?我会弹钢琴,我能说法语、英语,也会说一些意大利语,听过艺术史课。——哈哈!就算我学得再精通,那对我又有什么用呢?我绝对积蓄不了三万古尔登。——

阿尔卑斯山的"燃烧"已经熄灭了。傍晚不再是那么美好了。周围的一切是可悲的。不,不是周围的一切,但生活是可悲的。我安静地坐在窗台上。爸爸该被关起来。不,决不,永远不。不能这样。我要救他。是的,爸爸,我会救你的。事情很简单。一两句漫不经心的话,这就是我要做的,"快乐自信"——哈哈,我去同道斯戴先生打交道,仿佛他借给我们钱这对他是一种荣誉似的。这也确实是一种荣誉。——封·道斯戴先生,也许您有时间和我谈谈吗?我刚从妈妈那里收到一封信,她眼下正处于窘境之中——也许该说是爸爸。——当然了,小姐,非常高兴效劳。究竟是多少呢?——若是他对我不怀好意呢?还有,他是怎样用眼睛看我的。不,道斯戴先生,我不相信您的文雅,不相信您的单眼镜,不相信您的高贵。您能买卖破烂衣服像买卖古画一样。——埃尔泽!埃尔泽,你想到哪里去了。——噢,我可以这样去想。没有人能从我脸上看出来。我甚至是金发,带点红的金发,卢狄看起来像一个贵族。妈妈看起来也是一样,至少在言谈上。爸爸却完全不是这样。再说他们也该看到。我决不否认,卢狄也不会。恰恰相反。若是爸爸被关了起来,卢狄会怎样呢?他会自杀?胡思乱想!开枪和犯罪,根本就没有这类事情,只是报纸上才有。

空气像香槟酒一样。再过一个小时就要吃晚饭了,"晚餐"。我不喜欢茜希。她根本就不关心她的女儿。我穿什么样的衣服?蓝色的还是黑色的?也许今天穿黑色更好些。太露了吧?在法国小说里叫做"袒胸露背的服装"①。若是我同道斯戴谈话,反正得穿得诱人。在晚饭之后,装作无所谓的样子。他的眼睛会盯住我的袒露之处。讨厌的家伙。我恨他。我恨所有的人。为什么偏是道斯戴?难道在这个世界上就真的只有这个道斯戴才有三万古尔登?若是我同保尔谈呢?若是他同姨妈说,他输了钱,那她肯定会给他弄到钱的。——

天就要黑了。夜,坟墓之夜。我最好是死掉。——这样根本不是真的。若是我现在就下楼去,在晚饭前和道斯戴谈呢?啊,这多么可怕!——保尔,若是你能给我弄到三万古尔登,那你想从我这里要什么我都给你。这又是一本小说里的故事。高贵的女儿为了所爱的父亲而出卖自己,最终皆大欢喜。见鬼!不,保尔,你就是有三万古尔登也不能从我这里得到什么。没有人能够。但是一百万呢?——一座宫殿呢?一串珍珠项链呢?若是我结过婚了,那我也许要价便宜一些。事情真的就那么糟?芳妮到最后也是出卖了自己。她自己跟我说过,她在她丈夫面前害怕。喏,爸爸,若是我今天晚上拍卖自己,你看怎样?为的是把你从监狱里救出来。耸人听闻吧!我发烧了,肯定是发烧了。要不是我不舒服了?不,我是发烧了。也许是由于空气的缘故。像香槟酒。——若是弗莱德在这儿,他能给我出主意吗?我不需要任何主意。也根本没有什么主意好出。我要去同来自埃培里斯的道斯戴谈,去向他借钱,我,一个快乐自信的人,一个贵族,一个女侯爵,一个女乞丐,一个赌徒的女儿。我怎么落到这步田地?我怎么落到这步田地?没有一个女人爬山能像我这样的,没有

---

① 原文为法文。

一个女人有像我这样的胆量——运动员型的少女①,在英国我早该出人头地或者成个女伯爵了。

衣服都挂在柜子里!妈妈,那件绿罗登绒衣服付过钱了吗?我想只是付了定金。我穿那件黑的。他们昨天朝我瞪大了眼睛。就是那位戴着一副金丝夹鼻眼镜的面色苍白的矮小绅士也是如此。我固然不漂亮,但是动人。我真应该去做演员。贝尔塔有三个情人,没有一个认为她有什么不好……在杜塞尔多夫的那个是经理。在汉堡她同一个结了婚的男人在一起,住在亚特兰大饭店,开了一套有浴室的房间。我甚至相信她为此感到骄傲呢。他们所有的人都是愚蠢的。我会有一百个情人,一千个,为什么不呢?领口还不够低;若是我结婚了,可以再低一些。——很好,封·道斯戴先生,我见到了您,我刚刚从维也纳收到一封信……这封信我无论怎样是要带在身上的。我该摇铃叫侍女吗?不,我自己来穿戴好了。穿这套黑色衣服不需要别人。我若是有钱的话,那我旅行时是不会不带女仆的。

我得点上灯。天变得凉起来了。关上窗。要把窗帘拉上吗?——多此一举。在那边山上不会有人带望远镜的。遗憾。——偏赶上收到一封信,封·道斯戴先生。——也许在晚饭后谈好一些。那时气氛比较轻松。就是道斯戴先生也是一样——事先我先喝上一杯酒。但若是事情在晚饭前谈妥的话,那晚饭就会更合我胃口。布丁好极了,奶酪加水果的②。若是封·道斯戴先生说不行呢?——或者他动手动脚呢?啊,不,还没有人敢跟我动手动脚过。这是说,只有那个海军少尉布兰德尔,但那没有什么恶意。——我又瘦了一些。我更苗条了。——黄昏从外面盯着我。它像一个幽灵死盯着我。像成百个幽灵。幽灵们从我的草地上升起来。维也纳离这有多远?我离开那里有多久了?我在那儿多么寂寞!我没有女友,我也没有男友。他们大家都在哪儿?我会同谁结婚?谁会和一个赌徒的女儿结婚?——我刚收到一封信,封·道斯戴先生。——根本不成问题,埃尔泽小姐,昨天我刚卖掉了一幅伦勃朗的画,您不要害羞,埃

---

① 原文为英文。
② 原文为法文。

尔泽小姐。现在他从他的支票簿上撕下一张,用他的包金的自来水笔签上他的名字;明天一早我带着这张支票回维也纳。不管怎样;没有支票我也回去。我不再待在这儿了。我不能够,我不可以。我在这儿生活得像一个高贵的年轻夫人,可爸爸却一只脚踏在坟墓里——不,是踏在监狱里。除了这双丝袜还只剩一双了。正好是膝盖下有一条小裂缝,不会有人看见。不会有人?谁知道呢。可不能马虎大意,埃尔泽。——贝尔塔可是一个滑头。难道克里斯蒂涅就好一点吗?她的未来丈夫为自己感到庆幸。妈妈肯定一向是一个忠实的妻子。我不会忠实的。我快乐自信,但我不会忠实。滑头们对我都是危险的。侯爵夫人肯定有一个滑头做她的情夫。若是弗莱德真的了解我的话,那他对我的尊敬便化为乌有了。——小姐,您有多方面的才能,能成为一个钢琴家,一个会计,一个演员,您有许多机会。但是您的生活一向过于优越了。过于优越了。哈哈。弗莱德对我的评价过高了。我根本就没有什么才能。——谁知道?我也能像贝尔塔那样。但是我缺少力量。出身上流人家的年轻女人。哈哈,上流人家。父亲盗用了保证金。你为什么对我来这一手,爸爸?这对你有什么好处!把钱全都输光了!值得吗?这三万古尔登也不会有什么帮助。也许一个季度之内还行。到最后他还是控制不住自己的。过一年半事情又会到这种地步的。又是来了救助。但这种救助总会有一天没有的——那我们会怎么样呢?卢狄会前往鹿特丹,去万代尔胡斯特银行。可是我呢?跟有钱人结婚。噢,若是我愿意的话,那会的!我今天真的漂亮极了。这一定会引起轰动的。我这么漂亮为了谁?若是弗莱德在这儿的话,那我会更快乐吗?啊,弗莱德我根本就看不上眼。他不是一个滑头!可若是他有钱的话,那我就挑选他。随后会来一个滑头——于是不幸就会结束了。——您愿意成为一个滑头,封·道斯戴先生?——从老远的地方看,您也像个滑头。像一位色眯眯的子爵,像一个唐璜——戴着您的样子愚蠢的单片眼镜,穿着您那身法兰绒服装。但是您还远够不上是一个滑头。——我穿戴完了吗?能去吃晚餐了吗?——若是我遇不到道斯戴先生,那这一个钟点我可以做什么呢?若是他同那个不幸的魏纳沃夫人去散步呢?啊,她根本不是不幸的,她不需要三万古尔登。那么我就到大厅去,堂而皇之地坐在靠背椅上,看画报上的新闻和《巴黎生活》,把一条腿搭在另一条腿上,这样膝盖下面的那条裂缝就看不见了。也许正巧来了一位百万富翁。——披它还是什么也不披。——我披这件白色披肩,配我正好。我随便地把它披在我那漂亮的双肩上。我这漂亮的肩膀是为谁准备的?我能使一个男人非常幸福呢。若是有个中意的男人在这儿就好了。可是我不要有孩子。我不是做母亲的材料。玛丽·魏尔是做母亲的材料。妈妈是做母亲的材料,伊琳娜姑妈是做母亲的材料。我有一个高贵的前额和一副标致的体形。——埃尔泽小姐,若是允许的话,我真想给您画像。——好啊,您想得倒不错。他的名字我再记不起来了。肯定他不叫提香①,这样说是一种无礼。——我刚收到一封信,封·道斯戴先生。——脖颈上要扑上香粉,手帕上要滴上一滴香水,把衣柜关上,把窗户重新打开,啊,多美啊!真想哭。我神经病了。啊,在这情况下可不应该发神经病。装"味罗那"②的小盒放在衬衣旁边。我也需要新的衬衣。买新衬衣,这又要成为一桩大事哩。啊,上帝呀。

　　阴森森的,矗立的西蒙纳像是要朝我倒下来似的!天上还没有星星。空气像香槟酒。草原的芬芳!我要到乡下生活。我同一个地主结婚,我不要生孩子。弗罗利普博士也许是唯一会使我感到幸福的人。那连续的两个晚上是多美,第一个晚上是在酒吧里,第二个晚上是在艺术家舞台上。为什么他突然就不见了呢?——至少是为了我吧?也许是因为爸爸?可能。在我下楼置身在这群无赖中间之前,我想向空中致意。可这是向谁致意呢?我是孤身一人。我是如此可怕的孤身一人,没有人能想象得出。向你致意,我亲爱的。是谁?向你致意,我的未婚夫!是谁?向你致意,我的朋友!是谁?——是弗莱德?——可是没有任何迹象。好了,让窗户就这样开着。天气凉也没关系。把灯关掉。好了。——对,那封信。不管怎样我得把它带在身边。床头柜上的那本书,今天夜里还要读《我们的心》,绝对要读,不管发生什么。晚安,镜中娇美的小姐,愿我给

---

① 提香(1490—1576),意大利文艺复兴时期的著名画家。
② 一种镇静剂,安眠药。

您留下好的印象,再见……

我为什么把门关上?这儿可没什么好偷的。茜希是不是夜里不关门?或者当他来敲门时她才把门开开?真的是这样吗?当然啦。然后他俩一起躺在床上。令人恶心。我是不会与我的丈夫和我那成千个情人同一个卧室的。——楼梯上空无一人!在这个时候总是这样。我的脚步在响。我现在在这儿已经三个星期了。我是在八月十二日从格蒙顿动身的。格蒙顿单调乏味。爸爸是从哪儿弄的钱把我和妈妈打发到乡下来?卢狄甚至做了四周的旅行。上帝才知道是从哪儿弄到的。在这段时间他就写了一封信,连第二封都没有。我不明白我们的境况是怎么回事。妈妈再也没有首饰了。为什么弗莱德只在格蒙顿待了两天?肯定他也有了一个情人!可我想象不出。我根本什么也想象不出。有八天了,他没有给我写信。他信写得很美。——坐在那儿小桌旁边的是谁?不,不是道斯戴。上帝保佑,现在在晚饭前同他谈点什么是不可能的。——为什么门房那么奇怪地看着我?难道他也读了妈妈的来信?我觉得我是发疯了。下次我一定得再给他一笔小费。——那个金发女人也是穿戴好来吃晚饭。怎么可以长得这么胖呢!——我得到饭店外边走走。或者到音乐室去?那儿不是有人在弹琴吗?一首贝多芬的奏鸣曲!怎么能在这儿弹贝多芬的奏鸣曲!我荒废了我的钢琴。在维也纳我还要按时练习。得开始一个新的生活。我们大家都必须这样。再不能这样继续下去了。我得跟爸爸严肃地谈一谈——只要有这样的机会。会有的,会有的。我为什么还没有这样做过?在我们家里,一切都毁在嘻嘻哈哈上,谁也没有这份开玩笑的心情。每个人都害怕别人,每个人都是孤独的。妈妈是孤独的,因为她太笨了,对别人一无所知,对我是这样,对卢狄是这样,对爸爸也是这样。她什么都觉察不到,卢狄也是什么都觉察不到。他是一个可爱的英俊小伙子,二十一岁时就看出他大有出息。若是他到荷兰去,那对他会有好处的。可是我到哪儿去?我到远方去旅行,愿做什么就做什么。若是爸爸到美国去,那我陪着他。我简直是糊里糊涂了……门房看到我坐在靠背椅上两眼发呆,那他会把我看成是疯子。我要给自己点上一支烟。我的香烟盒放到哪里去了?楼上。可在哪儿?镇静剂我是和衬衣放在一起的。可是我把烟盒放到哪儿了？茜希和保尔来了。是啊，他们总得吃晚饭时换衣服，否则他们会一直玩到天黑的。——他们没有看到我。他在跟她说些什么？她为什么这样傻笑？若是给她丈夫写封匿名信寄到维也纳，那倒好玩呢。我能做这样的事？不会。谁知道呢？现在他们看到我了。我朝他们点头。我看起来这样标致，这使她感到恼火。她是多么窘迫不安。

"喂，埃尔泽，您已经准备好去吃晚饭了？"——她为什么晚饭这个字不用英文了。她这个人从不前后一致。——"是这样，茜希夫人。"——"你看起来真迷人，埃尔泽，我真的想能得到你的欢心。"——"你别费力气了。保尔，最好你给我一支烟。"——"非常高兴。"——"谢谢。单打的结果如何？"——"茜希夫人一连三局都把我击败了。"——"他完全是心不在焉。埃尔泽您知道明天希腊王储到达此地的事吗？"——希腊王储与我有何相干？"这样，真的吗？"嗷，上帝啊——道斯戴和魏纳沃太太在一起！他俩致意。他们继续走了。我回答他们的致意过于谦恭了。是啊，完全与往常不一样。嗷，我成了一个什么人。——"埃尔泽，你的烟没有点上？"——"那再给我个火儿。谢谢。"——"您的披肩真漂亮，埃尔泽，跟您的黑色衣服太相称了。我现在也得去换衣服了。"——她最好现在不要走开，我害怕道斯戴。——"我约好了女理发师等我，她能干极了。她冬天在米兰。再会，埃尔泽，再会，保尔。"——"再见，亲爱的夫人。"——"再会，茜希夫人。"——她走了。好呀，至少保尔还留在这儿。"我可以在你身边稍坐一会吗，埃尔泽？或者我打扰了你的清梦？"——"为什么说我的清梦？也许是我的现实。"这根本没有什么。他最好是走开。我必须要同道斯戴谈。他还一直同那个不幸的魏纳沃夫人站在那儿，他感到无聊，我看得出来，他要向我这儿走来。——"难道有那种你不会受到打扰的现实吗？"——他说些什么？他应该见鬼去。为什么我朝他这样微微媚笑？我这根本不是对他的。道斯戴正斜眼看我。我是在哪儿？我是在哪儿？——"你今天怎么了，埃尔泽？"——"我能怎么呢？"——"你那么神秘，富有魔力，充满诱惑。"——"别讲蠢话，保尔。"——"若是人们看到你，那一定会发疯的。"——他在想些什么？他在对我怎么讲话啊？他蛮可爱。我喷出的烟雾都缠绕到他的头发上了。可我现在不需要他。——"你怎么眼睛连看都不看我。为什么这样,埃尔泽?"——我不予回答。我现在不需要他。我做出他令我讨嫌的表情。现在不同他交谈。——"你的思想完全跑到别处去了。"——"这倒是对的。"对于我来说他是空气。道斯戴注意到我在等他吗?我不去看他,但是我知道他在看我。——"算了,再见吧,埃尔泽。"——谢天谢地。他吻了我的手。往常他不这样做的。"再见,保尔。"我的声音怎么这样圆润?他走了,这个说谎者。也许他今天晚上同茜希有什么约会。祝他愉快。我用披肩围住肩膀,站了起来,朝饭店前走去。气候当然有些冷了。遗憾的是我把我的大衣……啊,我今天早上把它挂在门房那儿了。我觉察道斯戴的目光透过披肩看到了我的颈部。魏纳沃夫人现在到楼上自己的房间去了。我怎么知道是这样?心灵感应。"劳您驾,门房先生。"——"小姐需要大衣?"——"是的,劳驾。"——"晚间有点凉了,小姐。这在我们这儿很突然。"——"谢谢。"我真的该到饭店前去吗?肯定,要不怎么办?不管怎么说也得朝门那儿走去。现在人都一个接一个回来了。那个戴金边夹鼻眼镜的绅士。穿绿背心长有满头金发的男人。他们都在看我。这个日内瓦小姑娘蛮可爱。不,她是来自洛桑。天气本来就一点不凉。

"晚安,埃尔泽小姐。"——上帝啊,果然是他。我不提爸爸的事。一句也不提。到饭后再说。或者我明天回维也纳去。我亲自去找费阿拉博士。我为什么不一开始就想到呢?我转过身去得带着一种我不知道是谁站在我身后的表情。"啊,封·道斯戴先生。"——"您还打算散一会儿步,埃尔泽小姐?"——"喏,不是散步,只是晚饭前稍微走动走动。"——"离吃饭还有一个小时呢。"——"真的?"天一点也不凉。山都是蓝色的。若是他突然向我求婚,那倒是蛮好玩的。——"在世界上没有一个地方能像这儿这样美。"——"您是这样认为,封·道斯戴先生?但是,您不要说这儿的空气像香槟酒。"——"不,埃尔泽小姐,我是指两千米高的地方。而我们站的这儿还不到海拔六百五十米。"——"这会有这么大的区别?"——"当然。您到过恩卡汀?"——"没有,还没有到过。那么说那儿的空气真的像香槟酒了?"——"几乎可以这样说。但是香槟酒并不是我喜欢喝的。我喜欢的是这个地方。是因为这片美妙的森林。"——他是多么令人乏味。难道他没有发觉这点吗?他明显地不知道他该跟我谈些什么。若是跟一个结了婚的女人谈,那当然简单得多了。说几句无伤大雅的粗话,聊聊天。——"埃尔泽小姐,您还要在圣玛帝诺待很长时间吗?"——笨蛋。我为什么这样讨好地看着他?他已经微笑了。不,男人们是多么愚蠢。"这部分取决于我姨妈的安排。"这话根本不是真的。我能自己一个人回维也纳。"也许要待到十号。"——"妈妈还在格蒙顿吧?"——"不,封·道斯戴先生。早已在维也纳了。都三个星期了。爸爸也在维也纳。他度了还不到八天的假。我想埃尔伯斯哈依默案子费了他不少力气。"——"这我可以想象得到。可是您的爸爸是唯一能把埃尔伯斯哈依默救出火坑的人……把这个案子变成一项民事案,这已是一个成就了。"——这很好,这很好。"听到您也有这样乐观的预感,使我感到愉快。"——"预感?到什么程度?"——"是啊,爸爸会在这个案子上胜利的。"——"这我不想把话说死。"——怎么,他后退了?不能让他得逞。"噢,我有某种预感和猜想。您想吧,封·道斯戴先生,正巧我今天收到一封家信。"这不是太聪明。他的表情显得有些惊讶。继续说下去,不要停住。他是爸爸的一个老友,好友。前进。要不现在讲,要不就不讲。"封·道斯戴先生,您刚才那样亲切地谈到了我爸爸,如果我对您不完全坦率的话,那我就太可鄙了。"他怎么瞪大了牛一样的眼睛?噢,糟糕,他看出来了。继续下去,继续下去。"在信中也提及了您,封·道斯戴先生。这封信是妈妈写的。"——"是这样。"——"这是一封十分可悲的信。您对我们家的情况是熟悉的,封·道斯戴先生。"——我的上帝,怎么搞的,我说话带有哭声了。前进,前进,现在是无路可退了。上帝保佑。"简短地说,封·道斯戴先生,我们又一次陷入了窘境。"——他现在最好是一走了之,"这是小事一桩。真的只是一桩小事,封·道斯戴先生。可是,正如妈妈信中所说,事关重大。"我讲得这么傻,像条蠢牛。——"您不要激动,埃尔泽小姐。"——这句话他说得蛮亲切。但是我不需要他因此而来摸我的胳膊。——"埃尔泽小姐,那究竟是怎么回事?

妈妈的那封可悲的信中都说了些什么?"——"封·道斯戴先生,爸爸他……"两个膝盖在发抖,"妈妈告诉我,爸爸他……"——"上帝啊,埃尔泽,您怎么啦?您是不是最好——这儿有把椅子。我可以把大衣给您披上吗?天有些凉了。"——"谢谢,封·道斯戴先生,噢,没什么,真的没什么大不了的。"我突然地坐在椅子上。朝这边走来的那个女人是谁?我根本不认识她。我若是不继续讲下去就好了。他在怎么看我呀!爸爸,你怎么能要求我做这种事?你这样做是不对的啊,爸爸。事已至此。我本应当等到饭后讲的。——"喏,还有什么,埃尔泽小姐?"——他的单片眼镜摇晃起来。这看起来是一副蠢相。我要回答他吗?我必须回答。越快越好,说完了,事情也就过去了。能把我怎么样吗?他是爸爸的一个朋友。"上帝啊,封·道斯戴先生,您可是我们家的一位老朋友。"我这句话说得非常得体,"如果我告诉您,我爸爸再次处于一种不愉快的境地,那您也许不会感到意外的。"我的声音听起来多么奇怪。说话的人难道是我吗?也许我在做梦?我的面孔现在肯定与往常大不一样。——"我当然不会感到过分意外。您说得对,亲爱的埃尔泽小姐——我为此也深为遗憾。"——我为什么这么祈求地望着他?微笑,微笑。行了,就这样。——"我对您的爸爸和您的全家怀有诚挚的友好之情。"——他不应该这样看我,这是不礼貌的。我要换种态度对他讲话,不要微笑。我必须举止更为端庄。"喏,封·道斯戴先生,现在您有机会表示您对我父亲的友谊了。"谢天谢地,我的声音又和过去一样了,"事情是,封·道斯戴先生,我们的亲戚朋友……大多数都不在维也纳——否则的话,妈妈大概是不会想到……前不久我在给妈妈的信中偶然地提到了您在圣玛帝诺这儿——当然也提到了其他人。"——"我马上猜到了,埃尔泽小姐,我绝不是您和妈妈通信中的唯一的话题。"——他站在我的面前,为什么用他的膝盖挤压我的膝盖?啊,就让他这样好了。这有什么关系!当一个人陷入如此狼狈的境地又能怎样。——"事情是这样的。费阿拉博士这次好像对爸爸特别为难。"——"啊,费阿拉博士。"——显然他也知道,这个费阿拉是怎样的人。"是的,是费阿拉博士。所涉及的这笔钱应当在五号,也就是后天中午十二点,汇到他的名下,若不是霍宁男爵的

308

话——是啊,您想想看,男爵叫人请爸爸到他那儿去,私下会面,他是非常看重爸爸的。"我为什么谈起霍宁了,这根本没有必要。——"您是想说,埃尔泽,否则逮捕是不可避免的了?"——他为什么说得这样冷酷?我不回答,我只点点头。"是的。"我还是说了句是的。——"喏,这事不妙,这事确实是非常的——这个有才能的、有天分的人。——究竟是一笔多大数目的钱,埃尔泽小姐?"——为什么他微微一笑?他觉得事情糟糕就笑了。他的这种微笑是什么意思?多少钱,这是无所谓吗?他若是说不就好了!若是他说不的话。那我就去自杀。那么说,我应当把数目说出来。"怎么,封·道斯戴先生,我还没有说出是多少吗?一百万。"我为什么这样说?现在不是开玩笑的时候嘛。若是我告诉他的数目比实际的要少一些,那他一定会高兴的。他把眼睛瞪得多大呀!难道他真的会认为爸爸要他帮助一百万……"请您原谅,封·道斯戴先生,我在这种时刻开了个玩笑。我现在确实没有心情开玩笑的。"——好啊,你啊,你就把膝盖挤紧吧,你可以允许自己这样做。"数目当然不会是一百万,是三万古尔登,封·道斯戴先生,这笔钱必须在后天中午十二点寄到费阿拉博士的手里。是啊。妈妈写信给我,爸爸业已四处想方设法,然而,如信中所说的那样,能指望的亲朋好友眼下都不在维也纳。"——噢,上帝啊,我多么卑下啊。——"否则的话爸爸不会想到求助于您,封·道斯戴先生,确切地说由我出面。"——他为什么不说话?为什么他一点表情都没有?他为什么不说是?支票簿和钢笔在哪儿?看在上帝的分上,他不会说不吧?我应把我的膝盖伸到他的面前吗?噢,上帝!噢,上帝。——

"您是说,在五号,埃尔泽小姐?"——上帝啊,他说话了。"是的,后天,封·道斯戴先生,中午十二点,时间很紧迫了——我想写信几乎都来不及办了。"——"当然来不及了,埃尔泽小姐,我们必须通过电报这个途径……"——"我们",这好,这很好。——"喏,至少得这样。埃尔泽,您说是多少?"——他已经听我说过了,为什么他折磨我?"三万,封·道斯戴先生。区区小数。"我为什么要这样说?太蠢了。但是他微笑了。他在想,蠢丫头。他笑得可爱。爸爸得救了,他本该向他借五万,我们反正是有用的。我要给自己买些新的衬衣,我多么下贱啊。变成了这样。——"不完全是区区小数,亲爱的孩子……"——为什么他说"亲爱的孩子"?这是好还是不好?——"……这您可以想象得到。就是三万古尔登也得去赚啊。"——"请您原谅,封·道斯戴先生,我不是这样的意思。我只是想,爸爸因为这样一笔数目,因为这样一件无足轻重的小事而……这是多么可悲。"——啊,上帝,我怎么颠三倒四起来。"您想象不出,封·道斯戴先生——如果您对我们的处境也有一丝了解的话,那您就知道这对于我,特别是对于妈妈该是多么可怕。"——他把一只脚放到长椅上。这是时髦还是什么?——"噢,我能够想象得到,亲爱的埃尔泽。"——他的声调怎么变样了,奇怪。——"我有时想到,这个有才能的人令人感到惋惜,感到惋惜。"——他为什么说"惋惜"?难道他不想借这笔钱,不,他只是就一般而论罢了。他为什么始终不说好呢?或者他认为这是理所当然的?他在怎么看着我呀!他为什么不继续说下去了?啊,因为两个匈牙利女人正在旁边路过。可他至少重新站得规矩一些了,脚不再放在长椅上。一个这样大年纪的人戴这样一副领带太刺眼了,是他的情妇给他挑选的吧?妈妈在信中说,"在我们之间"是没有什么可避讳的。三万古尔登!我朝他微笑起来。我为什么要微笑呢?噢,我怯懦了。——"我亲爱的埃尔泽小姐,真的可以认为这笔钱会有什么用处吗?但是——您是一个聪明过人的人,埃尔泽,这三万古尔登是什么呢?杯水车薪。"——我的上帝啊,他不想借这笔钱?我不应当流露出如此惊讶的表情。事到紧急关头了。现在我必须说得理智,说得坚决有力。"噢,不,道斯戴先生,这次可不是杯水车薪。封·道斯戴先生,您不要忘记,埃尔伯斯哈依默案件进展顺利,胜利在望。您本人也是这样认为的,封·道斯戴先生。爸爸也还有别的案子要办。除此,我要同爸爸,您不要笑,封·道斯戴先生,我要同爸爸谈一谈,非常严肃地谈一谈,他是信赖我的。我可以这样说,如果有人对他有一定影响的话,那这个人就是我了。"——"埃尔泽小姐,您真是一个动人的、妩媚的人儿。"——他又来了这种语调。在男人们那儿若是开始用这种语调讲话,是多么令我反感。就是弗莱德这样我也不喜欢。——"一个妩媚的人儿,真的。"——为什么他说"真的"?无聊。这种话只能在城堡剧院才听到。——"我很愿意和您一样乐观——现在事情已落到如此难堪的地步。"——"他不是这样的,封·道斯戴先生。若是我不相信爸爸,若是我不是完全确信,这三万古尔登……"——我不知道我该继续说些什么。我总不能毫不掩饰地乞求啊。他在考虑。明显看得出。也许他不知道费阿拉的地址?傻话。这种情况是不可能的。我坐在这儿像一个可怜的罪人。他站在我面前,透过单片眼镜直盯住我的额头,一声不响。我现在要站起来,这是最明智的了。我不能让人这样对待我。爸爸是要我死啊。我这也是自己找死啊。一种耻辱,这种生活。最好是从那儿的山崖上一跳了事,一切就都结束了。理该如此。我站了起来。——"埃尔泽小姐。"——"请您原谅,封·道斯戴先生,在这种情况下我为您添了不少麻烦。我当然完全能够理解您的拒绝态度。"——就这样,完了,我走了。——"您等一等,埃尔泽小姐。"——他是说,您等一等?我为什么要等一等?他要给钱了。肯定是这样。他必须答应。但是我不必再次坐下来。我站着,仿佛只准备半秒钟的样子。我的个子比他高一点。——"您还没等我把话说完,埃尔泽。我曾一度,请您原谅,埃尔泽,在这种场合下提起这件事……"——他不必老是说埃尔泽嘛。——"……帮助过您的爸爸从窘迫的境地中脱身,当然是一笔比这次更加微不足道的区区小数,而我亦不存有重新得到这笔钱的希望——这当然不是我对这次帮助保持沉默的理由。又何况是像您,埃尔泽,这样一位年轻的姑娘,亲自在我的面前提出请求……"——他要干什么?他的声调不再是那样的了。或者变了样。他在用什么眼光看我?他该当心!!——"这样吧,埃尔泽,我准备——费阿拉博士后天中午十二点收到三万古尔登——但有一个条件。"——他不该再讲下去,他不该再讲了。"封·道斯戴先生,我,我本人为此作保,一旦我父亲从埃尔伯斯哈依默拿到报酬的话,他一定会归还这笔钱的。埃尔伯斯哈依默直到现在还什么都没有付过。连一笔预付金都没交。妈妈本人在信中告诉我……"——"您不必说了,埃尔泽,一个人绝对不能为别人打保票——连为自己都不能的。"——他要什么?他的声调又变得那种样子了。从没有人这样盯着我。我猜想,他要摊牌了,这个坏家伙!——"一小时之前,在这种情况下我会想到提出一个条件吗?我认为是不可能的。现在我要这样做了。是啊,埃尔泽,我毕竟是一个男人,而您是如此之美,那这不是我的过错,埃尔泽。"——他要什么?他要什么?——"或许我该在今天或明天向您提出我现在要提出的请求,即使是您希望于我的不是一百万,请原谅,而是三万古尔登。但是,当然啰,在其他的情况下,您大概几乎不会给予我这样一种荣幸,如此长时间里私下交谈。"——"噢,我确实过多地占用了您的时间,封·道斯戴先生。"我说这句话很得体。弗莱德会满意的。这是怎么啦?他要抓我的手?他在想些什么?——"难道您不早就知道了嘛,埃尔泽。"——他该放开我的手?喏,上帝保佑,他放开了。不要这样近,不要这样近。——"埃尔泽,如果您看不出来的话,那您就不是一个女人啰。我非常想你①。"——他这句话本可以用德语说嘛,子爵先生。——"难道我还要说得更多吗?"——"您说的已经够多的了,道斯戴先生。"我还站在这儿。为什么?我走了,不打招呼就走。——"埃尔泽!埃尔泽!"——他又到了我跟前。——"请您原谅我,埃尔泽。我也只是开个玩笑,正如您刚才说一百万古尔登时一样。我提出的要求也并不像您所担心的那么高——我感到抱歉,不得不说出来——那更低一些的要求或许您会愉快地感到意外吧。埃尔泽,请您留步。"——我真的停下了脚步。为什么呢?我们面对面站着。我要直接打他一记耳光该多好!现在还有时间这样做?两个英国人走了过来。现在正是时候。正赶上有人在场。我为什么不这样去做?我怯懦,我被击败了,我被打垮了。那么他不是一百万的要求是什么呢?也许是一个吻?让他讲下去好了。一百万同三万之比就像——可笑的等式。——"如果您真的需要一百万的话,埃尔泽——我虽然不是一个富翁——那我们倒要想想办法。但这次我像您一样,容易满足。这次我不要求别的,埃尔泽,只是要——看看您。"——他发疯了?他不是在看我吗?——啊,他是那个意思,是这样!我为什么不打他一记耳光,这个流氓!我脸是变红了还是变白了?他是要看我的裸体?有些人喜欢这样。我裸体的时候是漂亮的。我为什么不打他的耳光?他的脸那么大。

---

① 原文为法文。

为什么站这么近,你这个流氓?我不要你的呼吸碰到我的面颊。我为什么不让他一个人站在这儿?是他的目光吸引住我?我们像死敌一样看着对方。我想骂他一声流氓,但是我不能。或者我不想?——"埃尔泽,您这样看我,好像我发疯了似的。我也许是有一点发疯,因为从您身上散发出一种魔力,埃尔泽,这是您本人所想象不出的。您必须认为,埃尔泽,我的请求绝不意味着是一种侮辱。对,我是说'请求',即使是这种请求会被怀疑为一种敲诈的话。但我不是一个敲诈者,我只是一个人,一个有着某些经验的人——这其中我懂得,世界上的任何东西都有它的价格,任何一个人,如果他能得到报酬可却白白花掉他的金钱的话,那他是一个十足的傻瓜。再说,我这次要给自己买到的,埃尔泽,不管它是多么多,您却绝不会因此而使您出卖的东西有一丁点减少。这将成为您我之间的一个秘密,这一点我向您发誓,埃尔泽,您的裸露,这种魅力定会使我欣喜。"——他从哪儿学会这样讲话?听起来像是从一本书里。——"我也向您发誓,我决不利用这个机会做我们协定之外之事。除了在您的艳美之前有一刻钟的时间凝视之外,我对您没有任何其他要求。我们的房间同在一层,埃尔泽,是六十五号,很容易记住。那个您今天谈起过的瑞典网球运动员不正是六十五岁吗?"——他疯了!我为什么还让他继续讲下去?我麻木了。——"但是,如果您出于某种理由觉得不宜到六十五号房间去拜访我,埃尔泽,那我建议您在晚饭后作一次短暂的散步。在林中有一块空地,这是近来我偶尔发现的,离我们旅馆几乎用不到走五分钟的时间。——今晚会是一个奇妙的夏夜,几乎可以说是温暖的,星光将成为您华丽的衣服。"——他像是在对一个女奴说话。我要往他脸上吐唾沫。——"您不要马上回答我,埃尔泽。您考虑考虑。在晚饭后您可以从容地把您的决定通知我。"——为什么他说"通知"?这是一个多么讨厌的字眼:通知。——"您要三思。您也许会觉得,我向您提出的,不单纯是一笔交易。"——那能是什么,你这个坏蛋!——"您最好这样去想,同您讲话的这个人,是十分寂寞的,而且并不怎么幸福,这个人也许是值得同情的。"——装腔作势的流氓。说起话来像一个蹩脚的演员。他那修饰过的手指看起来像是利爪。不,不,我不愿

313

意。我为什么不说出来？爸爸，你自杀吧！他拿起我的手，要做什么？我的胳膊完全瘫软了。他把我的手放到他的嘴唇上。炙热的嘴唇。呸！我的手是冰冷的。我真想把他的帽子打掉。嗨，那该会多么可笑啊。吻够了吗，你这个流氓？——饭店前的弓形路灯已经亮了。四层楼中的两扇窗户敞开着。那面窗帷在动的是我的房间。衣橱顶上有什么在闪闪发光。上面没有什么，那只是黄铜饰片。——"那么，再见吧，埃尔泽。"——我什么也没有回答。我一动不动地站在这儿。他直盯着我的双眼。我的面孔是无从捉摸的。他什么也看不出来。他不会知道我是去还是不去。我自己也不知道。我只知道，一切都完了。我已经半死不活了。他走了。稍微躬着身。流氓！他感觉我是在望着他的后背。他在向谁打招呼？两位太太。他那样致意，仿佛是一位伯爵似的。保尔应该向他挑战，把他杀死。要不就是卢狄。他究竟在想些什么呀？这个不知羞耻的家伙！不，永远不。爸爸，你无路可走了，你必须自杀。——这两个人显然是郊游回来。两个人都很漂亮，男的和女的。他们还有时间晚饭前换装吗？他俩肯定是蜜月旅行，或者根本就没有结婚。我不会有蜜月旅行的机会了。三万古尔登。不，不，不！难道在这个世界上就没有三万古尔登？我要到费阿拉那儿去。我还来得及。求求您，求求您，费阿拉博士。很高兴，我的小姐。请您到我的卧室里去。——保尔，行行好事，从你父亲那儿要三万古尔登。你就说你赌博时输了钱，否则就得自杀。很愿意，亲爱的表姐。我的房间号码是多少多少，午夜时我等着你。噢，封·道斯戴先生，您多么谦逊啊。暂时的。现在他换上了衣服。晚礼服。那么说我们是定下来了。是在月光下还是在六十五号房间？他要穿晚礼服陪我到林中去？

到晚饭还有一段时间。散一小会儿步，静下来把事情考虑考虑。我是一个孤独的老人，哈哈。空气像香槟酒。不再那么清凉了——三万……三万……我现在必须在这辽阔的大自然里显出非常妩媚的样子。遗憾的是，外面不再有什么人了。树林旁边的一位先生很明显地十分喜欢我。嗳，我的先生，我裸着身体会更美丽，可这只值一笔可笑的价钱，三万古尔登。也许您能把您的朋友带来，那能更便宜一些。但愿您的朋友都是英俊的，会比封·道斯戴先生英俊得多、年轻得多吧？您认识封·道斯戴先生吗？他是一个流氓,一个卑劣的流氓……

那么考虑,考虑……这关系到一个人的生命。爸爸的生命。不,他不会自杀,他宁愿让人关进监狱。三年徒刑或者五年。有五年或者十年的时间他一直生活于这种没完没了的恐惧之中……由监护人保管的被监护人的财产……妈妈是这样。我也是这样。——下一次我又该在谁的面前脱光衣服？或许为了省事起见就在道斯戴先生面前？私下里说,他现在的情妇并不标致。他当然是会更喜欢我了。问题完全不在于我是否更标致。埃尔泽小姐,这是不高尚的,我能谈谈关于您的一些故事……比方说您做的一次梦吧,这种梦您已经做过三次了,可您连跟您的女友贝尔塔一次都没有谈过。可她却是猜得出的。我高贵的埃尔泽小姐,那次在格蒙顿清晨六点钟时您在阳台上干什么来着？难道您没有注意到小船上两个注视您的年轻人吗？他们当然从湖上看不清我的脸,但是我穿着内衣,这他们是看清了的。我很高兴。啊,比高兴还要更甚。我像着迷一样。我用两只手抚摸着自己的臀部,我自己这样做,仿佛不知道有人在注视我。小船在那儿纹丝不动。是啊,我是这样一个人,我是这样一个人。一个轻佻的人,是啊,他们大家都觉察到了。保尔也觉察到了。当然了,他是一个妇科医生。那个海军少尉觉察到了,那个画家也觉察到了。只有弗莱德,这个蠢家伙,他没有觉察到。因此他爱上我。但是我却在他面前不愿赤身裸体,不,永远不。我根本没有兴趣。我感到羞愧。但是在那个长有罗马人脑袋的滑头面前呢……我太高兴了。最喜欢在他的面前。即使随后我不得不死也愿意。但是随后就去死,这大可不必。能活下去。贝尔塔活得更长。当保尔溜过房门到茜希那儿时,她肯定也是赤身裸体的,就像我今天晚上要溜进封·道斯戴先生那儿去时一样。

不,不。我不愿意。在其他人面前,但是不在他的面前。我愿意在保尔面前。或者今天晚饭时我给自己找一个。反正都是一样的。但是我却无法对每个人说,我为此需要三万古尔登！那我就成了凯特涅尔大街上的女人了。不,我不出卖自己。永远不。我将来也不出卖自己。我奉献出我自己。是的,如果我找到合适的,那我奉献出我自己。但是我不出卖我自己。我要成为一个放荡的女人,但是我不做妓女。您打错了算盘,封·道斯戴先生。爸爸您也错了。是啊,他也打错了算盘。他在事前就应当看到这点。他是懂得人的嘛。他该清楚封·道斯戴先生的为人。他是能想到道斯戴先生是无利不起早,没有好处他是分文不出的……否则他就会给他打电报或者亲自前来的。这倒是舒舒服服安全便当啊,不是吗,爸爸?若是有这么一个漂亮的女儿,那还用得着去监狱里散步兜风?还有妈妈,蠢到了极点,坐在那儿就把信写了。爸爸是不敢这样做的。这我立刻就看得出来。但你们是不会成功的。不,爸爸,你在用你女儿的温柔顺从进行投机,你就那么有把握,认为我宁愿自己去忍受任何一种下流行径,而不会让你去承担你犯罪般的轻率所造成的恶果?你是一个天才。封·道斯戴先生这样说,所有其他人也这样说。但这对我毫无用处。费阿拉是个零,但是他不挪用被监护人的钱财,甚至瓦尔德海姆也无法与你相提并论……是谁这样说来着?是弗罗里普特博士。您的爸爸是个天才。——我有一次听到他讲话!——去年在刑事陪审法庭的大厅里——第一次,也是最后一次!精彩极了!我的眼泪夺眶而出。那个可怜的汉子,那个他为之辩护的汉子,被宣判无罪释放。他也许根本就不是那么可怜。不管怎样,他只是进行过偷盗,而没有盗用被监护人的金钱去进行赌博,去交易所进行投机。现在爸爸本人站到了陪审官的面前。登在所有的报纸上,人们都能读到。第二次开庭;第三次开庭;辩护律师起来进行辩护。谁会做他的辩护律师呢?没有天才了。什么也救助不了他。一致认为他有罪。判处五年徒刑。石头,囚衣,被剃光了头发。一个月只能去探视一次。我同妈妈外出,乘三等车。我们没有钱。没有人借给我们。住到云雀地大街的狭小住房里,就像我十年前去过的那间女裁缝住的房子一样。我们给他送点吃的。可从哪儿来钱?我们自己也什么都没有了。维克多叔叔会给我们一笔年金。每月三百古尔登。卢狄会到荷兰万代尔胡斯特银行去——若是他们要他的话。徒刑犯的孩子!泰麦尔的三卷本的长篇小说。爸爸穿着囚衣会见我们。他看起来并不恼怒,只是悲哀罢了。他看起来根本就不恼怒。——埃尔泽,当时你要是能筹借到钱就好了,他会这样想的,但他不会说出来的。他不忍心责备我。他是一个心地善良的人,只是轻率而已。他的不幸在于嗜赌如命。他无法控制自己,这是一种疯狂。也许会因为他是疯子而无罪开释他的。就是这封信他事先也没有考虑过。也许他根本就没有想到道斯戴会趁机向我提出这样下流的要求。他是我们家的一个好朋友,他曾借给爸爸八千古尔登。怎么会是那样一个人呢?起初爸爸向各处筹借,想过办法。他不知碰了什么样的钉子,这才让妈妈给我写这封信。从这一个人到另一个人,跑来跑去,从瓦特多夫到布林,从布林到维特哈姆斯坦,上帝知道他还到谁那儿去了。他肯定也到卡尔叔叔那去了。所有的人都对他置之不理。这就是所谓的朋友。于是道斯戴就成了他的希望,他最后的希望。若是弄不到这笔钱,他会自杀的。他肯定会自杀。他绝不会让人关进监狱里去。拘捕,审讯,刑事陪审法庭,被判入狱,囚衣。不,不!一旦逮捕令传到时,他不是开枪自杀就是上吊而死。他会吊在窗楣上。对面楼房的人会来通知,锁匠打开门锁,而罪过在于我。现在他和妈妈坐在同一间房子里,而后天他就要吊死在这里,一支哈瓦那雪茄还在冒烟。他从哪儿还能弄到哈瓦那雪茄?我听他说话,他在安慰妈妈。你放心好了,道斯戴会汇钱来的。你想想吧,冬天时由于我的干预而为他挽救了一笔很大数目的金钱。再说埃尔伯斯哈依默案子现在进行得……——真的。——我听到他在说话。心灵感应!奇怪。在这瞬间我也看到了弗莱德。他同一个姑娘在城市公园里,他们从疗养所旁走了过去。她穿了一身浅蓝色的连衣裙和一双色泽明亮的鞋,她的声音有些嘶哑。这一切我知道得是那么准确。等我回维也纳时,我要问问弗莱德,他是否九月三号这天,在七半点到八点之间同他的恋人在城市公园里来着。

　　我还要走到哪儿去?我这是怎么了?天快完全黑了。多美啊,多安静啊。四下里空无一人。他们都在吃晚饭。心灵感应?不,这还不是心灵感应。早些时候我还听到鼓声。埃尔泽在哪儿,保尔会想到的。若是我在餐前小吃时还没有出现,那他们都会注意到的。他们会派人叫我。埃尔泽怎么了?往常她一向是准时的嘛。靠窗户的那两位先生会想:那位满头红金头发的漂亮年轻姑娘今天哪儿去了?封·道斯戴先生会感到恐惧。他一定是个胆小鬼。放心吧,封·道斯戴先生,您不会发生什么事的。我是那么蔑视您。若是我愿意的话,那您明天晚上就会成为一个死人。——我肯定保尔会同您决斗,若是我把事情讲给他听的话。我饶您一条命,封·道斯戴先生。

草地一望无际,群山黑魆魆,那么高大。几乎没有一颗星星。还是有啊,三颗,四颗——越来越多。我身后的树林是如此寂静。坐在树林边的条椅上,真美啊。饭店是那么遥远,那么遥远,它闪烁着童话般的光辉。那里面都坐着一群什么样的流氓啊。啊,不,是一群人,一群可怜的人,我真为他们感到难过。我也为那位侯爵夫人感到难过,我不知道为什么,还有魏纳沃太太和茜希的保姆。她没有坐在餐桌旁,她已经提前和弗莉茨吃完饭了。茜希会问,埃尔泽怎么了?什么,她也不在自己的房间里?他们都为我担心起来,肯定是这样的。可我一点也不担心。是啊,我在第·卡斯特洛查的圣玛帝诺,坐在树林边的一张长椅上,空气像香槟酒一样,我觉得我哭了。是的,可我为什么哭呢?没有理由去哭嘛。这是神经质。我必须控制自己。我不可以这样听其自然。但是哭泣可不是不舒服啊。哭使我感到愉快。过去我去医院探望我们的那个年老的法国女友,她后来死了,当时我也哭过。在祖母的葬礼上,贝尔塔去纽伦堡旅行期间,阿卡塔的小孩死时,在剧院看《茶花女》演出时,我都哭过。当我死的时候,有谁会哭呢?噢,去死是多美啊。我被搁放在大厅的灵床上,燃起蜡烛。长长的十字架。十二支长长的蜡烛。下面是灵车。人们伫立在房前。她多大岁数?才十九岁。真的才十九岁?——您想想吧,她的爸爸在监狱里。她为什么要自杀呢?是因为不幸地爱上了一个滑头。可你们想到哪去了?她是因为生孩子。不对,她是从西蒙纳山上摔下来的。是一次不幸的事故。您好,道斯戴先生。您也要向小埃尔泽表示最后的哀悼。小埃尔泽,这个老女人是这样说的。——可为什么呢?当然啰,我必须向她表示最后的哀悼。我也是最先对她施加侮辱的人。噢,这是值得的,魏纳沃太太,我还从来没有见到过这样美丽的肉体。我只花了三万。一幅卢本斯的画要比这贵两倍呢。她是服了大麻而死的。她本来只是寻求美的刺激,可她服过量了,于是就再没有醒过来。这位道斯戴先生,为什么戴的是红色的单片眼镜?他用手帕在同谁打招呼呢?妈妈从楼梯上走下来,吻他的手。呸,呸。现在他俩在窃窃私语。我什么也听不懂,因为我躺在灵床上。我额头上的紫罗兰花冠是保尔放的。饰带一直垂到地上。没有一个人敢进入房内。我最好是站起来,向窗外眺望。多么美的一个蓝色的大湖啊!数以百计的船,黄色的帆——波浪在粼粼闪光。那么多的太阳。划船比赛。男运动员都穿着紧身衣。女运动员都穿游泳装。这是不礼貌的。他们以为我赤身裸体。他们多愚蠢啊。我是穿着黑色的丧服的,因为我是死人。我要向你们表明这点。我要立即重新躺倒在灵床上。可灵床哪去了?它没有了。人们把它抬走了。有人把它侵占了。爸爸就是因为侵吞钱财而被关了起来。可他们判他缓刑三年。陪审官都接受了费阿拉的贿赂。我现在得赤着脚到墓地去,妈妈可以省掉一笔葬礼费。我们必须节约。我走得这样快,没有一个人能跟上。啊,我走得多么快啊。他们都站在马路上,感到惊奇。怎么可以这样看一个业已死了的人呢!这太过分了。我宁愿在田野上走,那上面的勿忘我和紫罗兰是那样的一片澄蓝。海军军官们列队两旁。早安,先生们。请您开开门,斗牛士先生。您不认识我了?我现在是一个死人……因此您不必吻我的手了……我的墓穴在哪儿?难道有人也把它侵占了吗?上帝保佑,这根本不是墓。这是蒙托纳的公园。我没有被埋葬,爸爸一定会高兴的。我不怕蛇。只要别咬我的脚就行了。噢,痛啊。

　　这是怎么了?我这是在哪儿?我是睡着了?是的。我是睡着了。我甚至做了梦。我的脚怎么这样凉。我觉得是右脚凉。是怎么回事?是袜子上的踝骨部位的那个小洞。我为什么还坐在树林里?晚饭的铃声早就响过了。晚饭。

　　噢,上帝,我这是在哪儿?我走了这么远。我梦见了什么?我相信,我已经死了。我再没有什么犹豫了,不必再绞脑汁了。三万,三万……我还没有弄到。我必须自己去赚这笔钱。我独自一人坐在树林边。饭店的灯光直照到这里。我必须回去。我不得不回去,这太可怕了。但现在不能再耽误时间了。封·道斯戴先生在等我的决定！决定。决定！不。不,封·道斯戴先生,一句话,不。您在开玩笑,封·道斯戴先生,真的。对,我要这样对他说。嗷,这妙极了。您的玩笑太不高雅了,封·道斯戴先生,但是我可以原谅您。明早我打电报给爸爸,封·道斯戴先生,说钱会准时汇给费阿拉博士。妙极了。我这样对他说。这样他除了必须汇钱之外,无路可走。必须?他必须?为什么他必须汇钱?如果他这样做了,那他必然会设法报复的。他会把钱晚些时候寄出。或者他会汇出这笔款,然后就到处宣扬,说他得到了我。但是他根本就不会寄出这笔钱的。不,埃尔泽小姐,我们不是这样讲定的。您要给您爸爸打电报,这随您的便,但是我是不寄这笔钱的。您不要打错算盘,埃尔泽小姐,我不会受这样一个小姑娘的蒙骗的,我是埃彼利斯的子爵。

我走路得小心。路很黑。真奇怪,我觉得现在比刚才好受多了。情况一点也没有变化,可我好受多了。我梦见了什么呢?梦见一个守墓人?一个什么样的守墓人?离饭店这样远,比我想的远多了。他们一定都还在吃晚餐。我要静静地走到饭桌旁坐下,对他们说我刚才偏头痛,吃饭时来晚一些。封·道斯戴先生饭后会单独到我跟前,对我说,这一切都只是开开玩笑而已。埃尔泽小姐,请您原谅,请您原谅我开的这个粗俗的玩笑,我已经给我的银行发了电报。但是他不会这样说的。他没有发电报。一切仍如从前一样。他在等待。封·道斯戴先生在等待。不,我不要见到他。我不能再见到他。我不要见到任何人。我不要再进到饭店里去,我不要再回到家里,我不要回维也纳,我不要见任何人,谁都不见,不见爸爸,不见妈妈,不见卢狄,不见弗莱德,不见贝尔塔,不见伊伦娜姨妈。她是个好人,会理解这一切的。但是我同她,同任何人都再没有什么关系了。若是我会魔术,那我就到世界的另一个地方去。在地中海上乘一艘华丽的船,但不是独自一人。比方说和保尔在一起。对,这我完全可以想象得出的。或者我住在海滨的一座别墅里,我们躺在通向海水的大理石台阶上,他紧紧地用胳膊搂住我,咬着我的嘴唇,就像两年前阿尔伯特在钢琴旁做的那样,这个不知羞耻的家伙。不。我可以单独一个人躺在海边的大理石台阶上等待。总归是会来一个人或一群人的,那我可以选择,至于其他让我甩掉的,他们由于绝望而纷纷跳进海里。或者他们得耐心等到第二天。啊,这该是多么美好的生活。我美丽的双肩和漂亮细长的大腿是干什么用的呢?我来这个世界是为了什么呢?他们,他们所有的人就是在教我去出卖自己,他们觉得这样才称心。他们对戏剧一无所知。他们笑我。在去年,若是我和就要五十岁的威罗米切博士结婚,那他们会感到心满意足的。只是他们没有劝说我。爸爸是感到难堪的。但是妈妈却做了不少暗示,意思十分清楚。

饭店立在那儿是多么巨大,像一座硕大无朋的魔堡。一切都是这样巨大。群山也是如此。真叫人感到可怖。它们从没有这样一团漆黑过。月亮还没有出来。它在演出的时候才升起,当封·道斯戴先生让他的女奴裸身跳舞时,这是草地上的一场伟大的演出。道斯戴先生与我有何相干?喏,埃尔泽小姐,您这是玩的什么名堂?您是准备好了成为许多陌生男人的情妇的,从一个男人那里再到另一个男人那里。而封·道斯戴先生向您要求的区区小事又何足为虑?为了一串珍珠项链,为了漂亮的衣服,为了一座海滨别墅,您不是准备出卖自己吗?难道您父亲的性命对您来说不是值得更多?这或许恰巧是正确的开头。随之其他的一切都可以找到辩解的理由了。你们等着吧,我要说,是你们把我弄到这步田地的,我变成这样的人,那是你们所有人的过错,不仅是爸爸,不仅是妈妈。卢狄也是有错的,还有弗莱德和所有的人,所有的人,因为没有人关怀另一个人。当人的模样长得可爱时,那就显得温柔,当他在发烧时,那就显得忧心忡忡,他们把一个人送到学校念书,在家学习弹琴,学习法语,过生日时得到礼物,吃饭时他们东拉西扯。可是我心里在想什么,什么在使我伤脑筋,什么使我畏惧,你们关心过吗?爸爸的目光里有时有所流露,但转瞬即逝。随之又是职业上的事务,忧虑和交易所的赌博——也许还非常秘密地养着某一个女人,"在我们之间是没有什么避讳的",于是我又孤独一人。喏,若是我不在这儿,爸爸,你干什么呢?你今天在干什么呢?我站在这儿,是呀,我站在饭店门前。——真可怕,得从这儿进去,看到所有的人,看到封·道斯戴先生,姨妈,茜希。刚才,我死去的时候,坐在林边的条椅上多美啊。守墓人——若是记起来就好了,什么呢……一场划船比赛,对,我从窗户朝外望。可那个守墓人是谁？——若是那时我不这么疲惫就好了，我疲乏得要命啊。难道我要站在这儿直到深夜，然后偷偷地溜进封·道斯戴先生的房间不成？或许在过道里遇上茜希。当她到他那儿，她睡衣里面穿什么了吗？若是在这种事情上没有过经验，那可真难为情哪。我应该去茜希那儿求教？当然我不会说是去道斯戴那儿，但是她一定会想到，我是同这儿饭店里的一个英俊的年轻人夜间幽会。比如说同那个有着长长的金发和一双炯炯有神的眼睛的人。但是那个人已经不在这儿了。他突然就消失不见了。可是我直到刚才那一瞬间，还根本没有想到过他。真遗憾，不是那个有着长长的金发和一双炯炯有神眼睛的人，也不是保尔，而是封·道斯戴先生。我该怎么做呢？我对他说什么？就简单地去了？我不能到道斯戴先生的房间里去。他一定在盥洗台上放着别致的香水瓶，房间里充满着法国香水的味道。不，就是死也不到他那儿去。宁愿到外面去。他与我毫不相干。天空是那么高，草原是那么大。我根本不该去想道斯戴先生。我连一眼都不要看他。若是他敢于动我的话，我就用我光着的脚踢他。啊，若是另一个人就好了，任何另外一个人都好。任何一个人，在今天夜里，一切都可以从我这里得到，谁都行，就是道斯戴不行。可偏偏是这个人！偏偏是这个人！他的眼睛死死地盯着我。他会戴着单片眼镜站在那儿狞笑。不，他不会狞笑。他会做出一副高贵的表情。优雅。他对这种事情习以为常。他已经看过多少人了？一百或者一千？难道我就是这其中的一个？不，肯定不。我将对他说，他不是第一个这样看到我的人。我将对他说，我有一个情人。当他把三万古尔登寄给费阿拉时，我才让他看。然后我会对他说，他是一个傻瓜，用这样一笔钱他本来是可以得到我的。——我已经有了十个情夫了，二十个，一百个。——但是他不会什么都相信我的。——就算他相信我了，这对我有什么帮助吗？——只要我能败坏他的兴致就好了。若是还有一个人在场呢？为什么不呢？他并没有说过他只能与我单独在一起嘛。啊，封·道斯戴先生，我怕您呀。难道您不能对我友好一些，允许我带一个好朋友来？噢，这并不是毁约，封·道斯戴先生。若是按我的意愿，我可以把整个饭店的人都请来，即使如此，您也有义务寄出三万古尔登。但是我只要把我的表弟保尔带来就满意了。或者您宁愿挑选另外一个人？那个满头长长金发的人遗憾地不在这儿了，那个长着罗马人脑袋的滑头也不在了。但是我还能找到另外的人。您害怕事情泄露出去？这是无关紧要的。我不怕泄露出去。若是一个人到了像我这种地步，那一切也都无所谓了。今天只是一个开始，或者您认为，在这次事情之后，我重新回到家中还装作是良家闺秀？不，既非良家亦非闺秀。这都完结了。我现在是靠自己。我有漂亮的大腿，封·道斯戴先生，您和这次约会的其他参加者不久就会有机会看到的。事情一切就绪，封·道斯戴先生。十点钟，当所有的人还坐在大厅里时，我们在月光中越过草地，穿过树林，前去您发现的那块著名的空地。不管怎样，您得把发给银行的电报带来。因为像您这样一个无赖，我大概是可以要求您做出保证的。在午夜时分您重新回到您的房间去，我要在月光中同我的表弟或者别的什么人留在草地里。您没什么可反对的吧，封·道斯戴先生？您根本不应反对。若是清晨我偶然死了的话，那他们就没什么大惊小怪的。随后保尔会把电报发出。这是要做好安排的。但是，您千万不要认为，是您，可怜的家伙，把我逼上死路的。我老早就知道我会是这样一个结局。您不妨问问我的朋友弗莱德，我是不是经常对他提起过这事。弗莱德，也就是弗里德里希·温克海默先生，他是我生平所认识的唯一的正派人。他是我应该去爱的唯一的人，若是他不是那样一个正儿八经的人就好了。是啊，我成了这样一个卑贱的人。我命中注定不会有一个资产阶级的生活，我也没有才能。对我们这样的家庭来说，最好是让它死绝了。卢狄也是要倒霉的。他会为一个荷兰歌女而负债累累，随之会侵吞万代尔胡斯特银行的钱款。我们家就是这样的。父亲的最小的弟弟，十五岁时就自杀身亡。没有一个人知道是为什么。我没有见过他。要拿照片给您看吗，封·道斯戴先生？我们在一本相册里有照片……我看起来和他相似。没有人知道他为什么要自寻短见。也没有人知道我为什么。绝对不是因为您，封·道斯戴先生。我不会给您这份光荣的。不管是十九岁还是二十一岁，这都是一样的。我做一个保姆兼教师还是一个电话接线员？同维罗米策先生结婚还是受您赡养？这都同样令人作呕，我绝不同您一道去草地。不，这太强人所难，太愚蠢，太使人厌恶了。若是我死了,您会发善心,给我爸爸寄去一两千古尔登,因为当人们把我的尸体运回维也纳那天,他恰巧在同一天被捕,那是够悲惨的了。但我会留下一封信,附有我的遗嘱:封·道斯戴先生有权利看我的尸体。我美丽的、一丝不挂的少女尸体。这样您就不必抱怨,封·道斯戴先生,说我欺骗了您。您毕竟有所得,没有白花钱。一定得我活着时才算,这一点并没有列入我们的契约。噢,不。这都没有写下来。那么就这样,我的遗嘱是艺术商人道斯戴得以欣赏我的尸体,弗莱德·温克海姆得到我十七岁时写的日记——以后我没有继续写下去——我在年前从瑞士带回的五枚二十法郎的硬币留给茜希家的保姆。它们放在书桌里,在书信旁边。我的那身黑色晚礼服留给贝尔塔。所有的书送给阿卡塔。而我的表弟保尔,他得以在我苍白的嘴唇上印上一吻。茜希得到我的网球拍,因为我是高尚的。人们应该把我就埋葬在这儿,卡斯特洛查的圣玛帝诺,葬在一座漂亮的小公墓里。我不要再回到家里。就是死了也不要再回到家里。爸爸和妈妈不必伤心。我的日子比他们好过。我原谅他们。没有什么可为我感到惋惜的。——哈哈,这是一个多么滑稽可笑的遗嘱。我真的感动了。当我想到,明天的这个时候,他们都坐下用晚餐时,而我业已死去,该是怎样的情形?——当然啰,埃玛姨妈不会下来吃晚饭,保尔也不会。他们会让人把饭送到房间去。茜希会是什么态度,这太令人好奇了,我真想知道。遗憾的是我无从得知了。或者只要没有被埋葬,那也许还什么都能知道?归总说来我只是装死。当封·道斯戴先生靠近我的尸体时,我会苏醒过来,睁开眼睛,他会吓得把单片眼镜掉到地上。

但遗憾的是这一切都不是真实的。我不会装死,也不会死去。我根本不会自杀,我太胆小了。即使我是一个敢于攀高的人,那我还是胆怯啊。也许我没有一次服了足量的味罗那。究竟该服几包药粉?六包,我想是。但是十包那肯定是保险的。我想,还有十包,是呀,这够用的了。

绕着饭店我现在已经走多少遍了?现在怎么办?我站在门前。大厅里空无一人。当然啰——他们都还在用晚餐。大厅里一个人没有,显得很古怪。那边的扶手椅上放着一顶帽子,一顶旅行帽,蛮可

324

爱的。漂亮的雄羚羊毛①。那儿靠背椅上坐着一位老先生。他也许没有什么胃口。他在读报。他过得蛮惬意。他没有苦恼。他安静地读报,可我却在绞尽脑汁,怎么才能给爸爸弄三万古尔登。不对。我知道怎么去弄。这太简单了,简单得令人可怕。我该怎么办?我该怎么办?我在大厅里做什么呢?他们马上都会从饭厅里回来的。我该怎么办呢?封·道斯戴先生肯定是如坐针毡。他在想,她在哪儿呢?难道她真的自杀了?或者她在找人来谋害我?或者她在鼓动她的表弟保尔来向我挑衅?封·道斯戴先生,您不必害怕,我不是这样一个危险人物。我是一个渺小的下贱女人,除此什么也不是。为了您的恐惧,您也应当得到您的报酬。十二点,六十五号房间。到林中空地我觉得太凉了。封·道斯戴先生,从您那儿出来,我直接就到我的表弟保尔那里去。您不会反对吧,封·道斯戴先生?

"埃尔泽!埃尔泽!"

怎么?什么?这是保尔的声音。晚餐已经结束了?——"埃尔泽!"——"啊,保尔,有什么事,保尔?"——我装作一副天真烂漫的样子。——"你躲到哪儿去了,埃尔泽?"——"我能躲到哪儿?我刚才散步去了。"——"现在,在晚饭的时候?"——"喏,那什么时候?这可是最好的时候。"——我在讲傻话。——"妈妈什么可能的地方都想过了。我到过你的房门那儿,敲过门。"——"我什么也没听到。"——"说真的,埃尔泽,你怎么能这样使我们不放心呢!你至少应该告诉妈妈你不去吃饭。"——"你说得对,保尔,但是你要知道我头痛得多么厉害就好了。"我说得这么动听,噢,我这下贱的女人。——"你现在好一点了吧?"——"还不能这样说。"——"那我先要告诉妈妈……"——"算了,保尔,先不要,请为我在姨妈那儿道歉,我要在自己房间里待几分钟,稍微打扮一下。随后就立刻下来,吃点东西。"——"埃尔泽,你脸色怎么这样苍白?——要我叫妈妈到你那儿去吗?"——"保尔,别做傻事了,不要这样看我。难道你还从来没有见过患头痛的女人吗?我肯定要下楼来。十分钟以后。再见,保尔。"——"那好,再见,埃尔泽。"——上帝保佑,他总算走了。

---

① 雄羚羊毛用于做帽饰。

愚蠢的孩子,但是可爱。门房找我有什么事?怎么,一封电报?"谢谢。门房先生,电报是什么时候来的?"——"在一刻钟之前,小姐。"——他为什么这样看我,这样——怜悯地。上帝啊,电报上写的什么?我得上楼再打开它,要不我也许会瘫倒在地的。爸爸——若是他死了,那就一了百了,那我就不必同封·道斯戴先生到草地去……噢,我这不幸的人。亲爱的上帝,保佑我爸爸活着。因为我的缘故而被捕,只是不要死。若是电报里没有什么坏消息,那我愿意做出牺牲。我去做保姆,去某间办公室找个职业。爸爸,你不要去死。我做好了准备。只要你要我做,那我什么都干……

　　上帝保佑,我到了楼上。打开灯,打开灯。天气变得冷了起来。窗户开得时间太长了。鼓起勇气,勇气。哈,也许电报里说事情都已解决了。也许伯恩哈特叔父给了一笔钱,他们打电话通知我:无须同道斯戴相商。我马上就能看到。若是我望着天花板,那我当然是不能看到电报上写的什么。鼓起勇气,勇气。一定是这样的。"再次恳求与道斯戴相商。数目不是三万,而是五万。否则于事无补。仍寄费阿拉。"——而是五万。否则于事无补。勇气,勇气。五万。仍寄费阿拉。当然啰,不管是五万还是三万,这已经都无所谓了。就是对封·道斯戴先生也是一样。味罗那放在衬衣里面,以备万一。我为什么不说五万。我当时确实是想过的!否则于事无补。那就下楼去,快一点,不要老是坐在床上。一个小小的错误,封·道斯戴先生,请您原谅。不是三万,而是五万,否则于事无补。仍寄费阿拉。——您大概把我当成傻瓜了,埃尔泽小姐?绝对不是,子爵先生,我怎么会呢。若是五万那我无论怎样会相应地要求更多了,小姐。否则于事无补。仍寄费阿拉。随您的意,封·道斯戴先生。请吧,您只要下个命令就行。但首先您得写下发给您的银行的电报,当然啰,否则我没有把握。——

　　是的,我要这样做。我要到他的房间里去,只有他当着我的面拟好电报——那我才脱光衣服。我要把电报拿在手中。哈,多么倒胃口啊。那我该把我的衣服挂到哪儿呢?不,不,我在这儿就脱光,披上那件黑色的长大衣,它会把我完全裹住的。这样更舒服些。对双方都同样。仍寄费阿拉。我的牙齿在发抖。窗户还开着。关上。到林中空地去？那我宁愿死去。流氓！五万。他不能说不。六十五号房间。但是事前我要告诉保尔，他要在他的房间里等我。从道斯戴那儿我直接到保尔那里，把一切都告诉他。随后让保尔去打他的耳光。对，就在今天晚上。多么丰富的节目。然后味罗那上场。不，为什么这样做呢？为什么要死呢？毫无迹象嘛。高兴，高兴，生活现在才开始呀。你们应该有你们的乐趣。你们应该为你们的宝贝女儿感到骄傲。我要成为一个下贱的人，世界还没看到过的一个下贱的人。仍寄费阿拉。你会得到这五万古尔登的，爸爸。但是我以后赚到的钱，我要为自己买新的睡衣，有花边的，完全透明的，买昂贵的长袜。人只能活一次。一个人长得像我这样美丽是为了什么呀。打开灯——我把镜子上的灯打开。我的金发和我的双肩是多么漂亮；我的眼睛也不难看呀。嘘，它们多么大啊。我若是死了，人们会为我感到惋惜。服味罗那总是来得及的。——但是我得下楼去了。到下面去。道斯戴先生在等待，他还不知道，这期间已变成五万了。是的，封·道斯戴先生，我的价格涨了。我得把电报拿给他看，要不他无论如何是不相信的，还会以为我在拿这种事做生意哩。我叫人把电报送到他的房间，上面写上几句。我深为遗憾，现在数额已改为五万，封·道斯戴先生，这对您反正是无所谓的。我肯定地认为，您提出的要求绝不是那么认真的。因为您是一位子爵，一位绅士。明晨您会把这笔事关我父亲生命的五万古尔登直寄费阿拉。我相信您。——毫无疑问，小姐，我无论如何会立即寄出十万古尔登，不要任何报答，除此之外，从今天起我负有赡养您的全家的义务，偿还您爸爸在交易所的债务，并补偿上挪用的全部保证金。仍寄费阿拉。哈哈哈，哈哈！对，这才像埃帕利斯的子爵。这全都是胡思乱想。我还有什么路好走？我只能同意，我只能这样去做，封·道斯戴先生要求什么，那我就得做什么，这样爸爸明天才能有钱，这样他才不会被关进监狱，这样他才不会自杀。我也会这样去做的。是的，我会去做的，尽管这一切都是白费劲。过不了半年我们又会像今天一样！用不了半年，四个星期！——但到那时一切就与我无关了。我成了一个牺牲品——再就没有什么了。不，不，决不能再这样。对，我要告诉爸爸，一回到维也纳就告诉他。然后我就离家出走，不管到哪儿。

我要同弗莱德结婚。他是我唯一真正喜欢的人。但是我现在还没有走得这么远。我不是在维也纳,我还在卡斯特洛查的圣玛帝诺。还什么事没有发生。那么怎么样呢?什么?电报。我拿这封电报怎么办呢?我已经知道该怎么办了。我必须让人把电报送到他的房间里去,是呀,我要给他写点什么呢?请在十二点等我。不,不,不!不应该让他得到这种胜利,我不愿意。不愿意,不愿意。感谢上帝,我还有药粉。这是唯一的救星。放到哪儿了?上帝呀,可不要被人偷走啊。没有,它们在这儿。在小盒里。它们还都在吧?是的,它们都在。一包,两包,三包,四包,五包,六包。我要看看它们,可爱的药粉。它不负有责任。就是我把它倒进玻璃杯里,它也不负有责任,一包,两包——我这肯定不是自杀。这根本不是去想死。三包,四包,五包——这也还是死不了人的。若是我手头没有味罗那,该是多么可怕。那我就得从窗户里跳下去,可我没有这份勇气。这味罗那——慢慢地入睡,不再醒来,没有苦恼,没有痛苦。躺到床上去,一口把它喝下去,进入梦乡,一切就都结束了。前天我也服过药粉,甚至服了两包。嘘,不要告诉任何人。今天服的量多了一些。这只是为了以防万一。若是发生了什么事,那定会使我感到害怕的。但是这会使我感到害怕吗?若是他碰我,那我就往他的脸上吐唾沫。很简单。

可是我怎么能使他收到这封电报和信柬呢?我总不能让女仆送一封信给封·道斯戴先生。最好是我下楼同他谈,把电报拿给他看。无论怎样我得下楼。我不能总是待在上面自己的房间里。三个小时,直待到那个时刻,毕竟不是回事呀。就是为了姨妈的缘故我也得下楼。哈哈,姨妈与我有何相干。这些人与我有何相干。你们看吧,先生们,这儿的玻璃杯里有味罗那。现在我把它拿在手里。现在我把它放到唇边。对,每一瞬间我都可能到彼岸去,那儿没有姨妈,没有道斯戴,没有父亲,侵吞保证金的父亲⋯⋯

但是我不自杀。我没有必要自杀。我也不到封·道斯戴先生的房间去。我根本不想去。我不愿为了五万古尔登赤身裸体地站在一个老花花公子面前,以此去挽救一个无赖的名声。不,不,既不那样做——也不这样做。怎么能是封·道斯戴先生呢?偏偏是他?若是

328

一个人看到了我,那另外的人也可以看。是呀!——多么了不起的念头!——所有的人都可以看。整个世界的人都可以看。随后呢,是味罗那。不,不是味罗那——为什么要这样呢?!随后是带有大理石台阶的别墅,英俊的年轻人,自由和广阔的世界!晚安,埃尔泽小姐。我真喜欢你。哈哈。在楼下,他们认为我成了疯子。但是我还从来没有这样理智过。所有的人,所有的人都该看我!——以后就没有退路了,不能回家去看爸爸,去看妈妈,去看叔叔伯伯,去看婶婶姨妈。以后我就不再是要介绍给某一个维罗米策博士的埃尔泽小姐了;我把他们所有的人当作傻瓜玩弄——首先是那个流氓道斯戴——我第二次来到这个世界……否则于事无补。——仍寄费阿拉。哈哈!

不能再耽误时间了,不能再怯懦了。脱下衣服。谁会是第一个呢?会是你吗,保尔表哥?那个长着罗马人脑袋的人不在这里了,这是你的幸运。你今天晚上会亲吻这美丽的乳房?啊,我是多么漂亮。贝尔塔有一件黑色的丝衬衣。精致。我会有更为精致的。富丽的生活。脱掉这双袜子,这不像样子。脱光,完全脱光。茜希该会怎么嫉妒我啊!其他的女人也会嫉妒。但是她们不敢。她们都喜欢这样。给你们做个榜样。我,处女,我敢。我会把道斯戴嘲笑死的。这就是我,封·道斯戴先生。快到邮局去。五万。花这么多钱值得吧?

美,我多美!夜,你看我吧!山,你看我吧!天空,你看我吧,我是多么美。可你们都是瞎子。我向你们有何求呢。楼下的那些人才有眼睛呢。我要把头发散开?不,那样我看起来就像一个疯子了。但你们不应该把我当成疯子。你们只能把我看成不知羞耻,看成是一个贱货。电报在哪儿?上帝啊,我把电报放哪儿了?在这儿啊,放在味罗那旁边,一动不动。再次恳求——五万——否则于事无补。仍寄费阿拉。是啊,这就是电报。这是一张纸头,上面有字。四点半发自维也纳。不,我没有做梦,这一切都是真实的。他们在家里等着这五万古尔登。封·道斯戴先生也在等。让他等好了。我们有时间。啊,脱光了在房间里走来走去,这多么惬意啊。我真的像镜子里那么美?啊,您走近一些,美丽的小姐。我要吻您的血红的嘴唇。我要把你的乳房紧压在我的乳房上。多么遗憾,这镜子,这冰冷的玻璃把我们隔开。若是我们俩彼此订立个协定就好了。不是吗?我们不需要别的什么人。也许根本就没有别人。只有电报、饭店、车站和树林,可却没有人。我只是梦到了他们。只有费阿拉博士和他的地址。老是这同一个东西。噢,我真的没有疯。我只是稍微有些激动。在一个人第二次来到世界之前,这完全是不言而喻的。因为从前那个埃尔泽已经死了。对,我肯定是死了。这就不需要味罗那了。我不该把它倒掉吗?侍女会由于疏忽而把它喝掉。我要放上一张纸条,上面写着:毒品;不,最好写上:药品——这样侍女就不会出事了。我多么高尚啊。对,药品,画上两条横线,打上三个惊叹号。现在不会出事了。等我上来,没有兴趣自杀,而只是想睡觉时,那我就不要把它全部喝掉,只喝四分之一或者更少一些就行了。很简单。一切都由我掌握。还要简单的是我跑下去,就这个样子,穿过走廊和楼梯。但是不,那我在跑下去之前,就会被拦住——我得有把握,封·道斯戴先生在场才行!否则他当然是不会寄钱的,这个下流坯。——但是我还必须给他写个纸条。这是至关紧要的。噢,椅背是这么凉,但是很舒服。若是我的别墅坐落在意大利海滨,那我就老是脱得光光的在我的庭院里散步……自来水笔我留给弗莱德,若是我死了的话。但眼下我可有比死更要紧的事去做。非常尊敬的子爵先生——埃尔泽,可要理智啊,不要写什么称呼,既不写得非常尊敬也不写得非常卑贱。您的条件,封·道斯戴先生,得到了满足。——在这一瞬间,即在您读这个字条的时候,封·道斯戴先生,您的条件得到了满足,即使是不完全按照您预想的方式。——不,爸爸会说,这个姑娘真会措辞。——因此我认为,在您那一方面应履行诺言,会立即将五万古尔登电汇已告知的地址。埃尔泽。不,不要写上埃尔泽。完全不要落款。就这样。我的漂亮的黄色信纸啊!这是我圣诞节得到的。可惜了的。这样——现在把电报和信都放进信封里去。——封·道斯戴先生,六十五号房间。干吗要写房间号码呢?我在路过时放在他的门前就行了。但是我不必这样。我根本就不必这样做。若是我高兴的话,我现在就躺在床上睡觉,我什么也不去操心。长条的囚服也很时髦呢。自杀的人多着呢。再说我们所有的人都是要死的。

但是眼下你确实是没有这种必要,爸爸。你有一个长得这样出色的女儿,地址仍寄费阿拉。我要,去募集。我端一个盘子到每人面前去。为什么只该封·道斯戴先生一人付钱?这是没有道理的。每个人都要尽力而为。保尔会放多少钱到盘子上?那个戴金丝夹鼻眼镜的会放多少?但是你们不要梦想会长时间地大饱眼福。我要立即重新围上大衣,跑上楼,回到自己的房间,把自己关在里面。若是我高兴的话,我就一口把整杯药喝下去。但是我不高兴这样做。这会是出于胆怯吗?你们根本不配受人尊敬,流氓们。在你们面前感到羞耻?我会在某一个人面前感到羞耻?我根本就大可不必。美丽的埃尔泽,你再次看看自己吧。若是有人靠近跟前的话,你该瞪大眼睛!我要,我要其中一个人吻我的眼睛,吻我血红的嘴唇。我的大衣还不到踝骨。你们会看到我是光着脚的。这有什么,他们还要看得更多呢!但是我没有这份义务。在我还没下楼之前,我可立刻就返回来。到一楼时还能返回来。我根本就不必下楼去。但是我要去的。我高兴这样做。在我整个一生中我不是一直就有这种希望吗?

我还等什么呢?我已经准备好了嘛。表演可以开始了。不要把信忘掉。弗莱德说过,一种贵族式的文体。再见吧,埃尔泽。你穿着大衣显得多美。那些佛罗伦萨女人就是这样让人画像的。在画廊里挂着她们的画像,这对于她们是一种荣誉。——我穿着大衣,他们什么也看不出来。只有脚,只有脚。我穿一双漆皮皮鞋,那他们就会认为我穿的是一双肉色的袜子。我就这样穿过大厅,不会有一个人想到大衣里面我一丝不挂,赤身裸体。然后我就一直向上走……谁在下面弹钢琴,弹得那么好呢?肖邦的曲子?——封·道斯戴先生的神经会有些紧张的。也许他害怕保尔。只要忍耐,忍耐,一切都会顺利的。我还什么都不知道,封·道斯戴先生,我自己也紧张得要死。关上灯!我房间里都一切正常吧?永别了,味罗那,再见。永别了,我酷爱的镜中的我。你在暗中闪闪发亮。我已经习惯了,光着身子穿大衣。非常舒适。有谁知道,是不是某些女人坐在大厅里也是这样,没有一个人会知道吧？是不是某些女人也是这样上剧院,这样坐在她们的包厢里——出于开心或者另有原因。

我要把门关上吗？为什么？这儿没有什么可偷的。即使有——我也不再需要什么了。算了……六十五号在哪儿？过道上一个人也没有。都在下面吃晚饭。六十一……六十二……摆在门前都是些大得出奇的登山鞋。衣钩上挂着一条裤子。多么不雅观。六十四……六十五。就是这里。他就住在这儿,子爵……我把信立在下面,靠着门。那他就会马上看到的。不会有人把信偷走吧？好了,放在这儿……没关系……我还是能够想做什么就做什么。我简直把他当成傻瓜了……只是现在别在楼梯上遇见他。那儿他来了……不,那不是他！——这个人比封·道斯戴先生可爱多了,非常时髦,留着小黑胡子。这个人是什么时候来的？我可以做一个小小的试验——把大衣稍微敞开一点。我对此的兴趣蛮大。您看看我,先生。您不会想到谁在您的身边走过。真遗憾,您现在上楼了。您为什么不留在大厅里？您错过了机会。一场伟大的演出。您为什么不拦住我？我的命运掌握在您的手里。如果您向我打招呼,那我就返回去。您朝我打招呼嘛。我看您非常可爱……他没有朝我打招呼。他从我身边走了过去。他转过身来,我觉察到了。您喊呀,您打招呼呀！您救救我！也许对我的死你是有罪的,我的先生！但是您永远不会知道。地址仍寄费阿拉……

我在哪儿？已经到大厅了？我怎么来到了这儿？这么少的人,那么多不认识的人。或者是我看不清楚？道斯戴在哪儿？他不在这儿。这难道是命运的示意？我要回去。我要给道斯戴另写一封信。午夜时分我在自己的房间里等您。把您发给您的银行的电报带来。不。他会把这看成是一个陷阱。也可能是一个陷阱。我可以把保尔藏在我这儿,他能够用手枪逼他把电报交给我们。敲诈。一对罪犯。道斯戴在哪儿？道斯戴,你在哪儿？也许他因为我的死感到负疚而自杀？他会在娱乐室里。肯定在那儿。他会坐在一张桌旁玩牌。那我就在门口用眼睛向他示意。他会当即立起身来。我在这儿,小姐。他的声音会很响亮。道斯戴先生,我们稍微散一会步好吗？埃尔泽小姐,很高兴。我们穿过玛丽大道,向树林走去。我们单独在一起了。我敞开大衣。五万古尔登就到手了。空气很凉,我得了肺炎,死了……为什么那两个女人看我?她们发现了什么?我为什么在这儿?我疯了不成?我要回到我的房间里去,马上穿上衣服,那套蓝色的,再把大衣套上,像现在一样,但要敞开,这样就不会有人相信,我刚才里面一丝不挂……我不能回去。我也不要回去。保尔在哪儿?埃玛姨妈在哪儿?茜希在哪儿?他们大家都在哪儿?没有一个人会觉察出来……人们根本觉察不到。谁弹得那么好?肖邦?不,舒曼。

我像是一只蝙蝠在大厅里撞来撞去。五万!时间过去了。我必须找到这个该死的封·道斯戴先生。不,我必须回到我的房间……我去喝味罗那。可只喝一小口,那我就能睡个好觉……工作之后要好好休息……可我工作还没有做呢……若是这个侍者把黑咖啡端给那边的那位老先生,那就意味着一切顺利。若是他把咖啡端给角落里的那对年轻夫妇,那一切就完了。怎么?这说明什么?他把咖啡端给了老先生。胜利了!一切顺利。哈,茜希和保尔!他们在饭店外面,在门前走来走去。他们谈得多么开心。我头痛时他并不显得特别不安。骗子!……茜希可没有像我这么美的乳房。当然了,她已经有了一个孩子……这两个人讲些什么?若是能听到就好了!他们讲什么与我有何相干?但是我也能到饭店外去,向他祝个晚安,然后走下去,越过草地,向树林走去,向上走,攀登,越来越高,直爬到西蒙纳顶端,躺在那儿,睡过去,冻死。维也纳社交界一个年轻的姑娘神秘地自杀身亡。只穿一件黑色的大衣,美丽少女的尸体是在西蒙纳顶峰一个人迹罕见的地方发现的……但是也许人们找不到我……或者在下一年才发现。或许还要更晚。腐烂了。一副骷髅。在这儿灼热的大厅,不要冻死,这更好一些。喏,封·道斯戴先生,您到底藏到哪儿去了?我有义务等您?该您来找我,而不是我找您。我还要到饭厅里看一看去。若是他不在那儿,那他就丧失了他的权利。我给他写信:找不到您,封·道斯戴先生,您自愿放弃了;这并不能取消您立即寄钱的义务。钱。这是一笔什么样的钱?这与我有何相干?他寄钱还是不寄,这对我无所谓。我对爸爸再没有丝毫同情。我对任何人都没有同情。就是对自己也没有。我的心已经死了。我相信,它根本就不再跳动了。也许我已经喝了味罗那……为什么那一家荷兰人这样看我?他们是不可能觉察出来的。那个门房也那样狐疑地看我。也许又来了一封电报?变成八万?十万?地址仍寄费阿拉。若是有电报的话,那他会告诉我的。他那么尊敬地看着我。他不知道我大衣里面一丝不挂。没有人知道。我现在回自己房间去。回去,回去,回去!若是我在楼梯上跌倒了,那倒是要出大笑话的。三年前在沃尔特湖就有一个女人脱光了游泳。但就在同一天下午她就动身走了。妈妈说,那是一个从柏林来的轻歌剧歌唱演员。舒曼?对,是他的《狂欢节》。弹得真不错,是女的还是男的?右边可是娱乐室。最后的机会了,封·道斯戴先生。若是他在那儿,那我就用目光示意他到我这儿来,告诉他,午夜时分我到他那儿去,您是个流氓。——不,我不说他是流氓。但是事后我要对他说……有人跟在我后面。我不要转身。不,不。——

"埃尔泽!"——上帝呀,是姨妈在叫。继续走,继续走!——"埃尔泽!"——我必须回过头来,这对我毫无用处。"噢,晚安,姨妈。"——"埃尔泽,你这是怎么啦?我正要到上面看你去。保尔告诉我……是啊,你脸色怎么这样?"——"我脸色怎么啦,姨妈?我很好。我也吃了一点东西。"她觉察出什么了,她觉察出什么了。——"埃尔泽——你怎么——没穿袜子啊!"——"你说什么,姨妈?天啊,我没有穿袜子,不——!"——"你不舒服,埃尔泽?你的眼睛——你在发烧。"——"发烧?我不相信。我只是头痛得厉害,一生中还从没有这样厉害过。"——"你得马上卧床休息,孩子,你苍白得要命。"——"这是灯光的关系,姨妈。在大厅里,这儿所有的人看起来都是这样苍白。"她那么奇怪地朝下看我。她不会发觉什么吧?现在只要保持镇静就行了。若是我控制不住自己,那爸爸就算完了。我必须谈点什么。"你知道我在维也纳发生的一件事吗,姨妈?我有一次上街一只脚穿黄鞋一只脚穿黑鞋。"这是在说假话。我必须讲下去。我讲什么?"你知道吗,姨妈?我在偏头痛之后,有时就出现这种精神恍惚的情况。妈妈以前也有过这样的事情。"一句话也不是真的。——"不管怎样我得叫个医生来。"——"我求求你,姨妈,饭店里没有医生。那得到另一个地方去请。因为我没穿袜子而让人把他请来,那他会发笑的。哈哈。"我不该这样大声地笑。姨妈的脸由于恐惧而扭曲起来。她觉得事情可怕。眼睛瞪得要掉出来。——"埃尔泽,告诉我,你没有看到过保尔吗?"——啊,她要找人帮忙了。镇静,事到紧急关头。"若是我没有看错的话,他和茜希·莫尔在饭店门前散步。"——"在饭店前面?我要他俩进来。我们一起喝茶,好吗?"——"好的。"她做出一副多么愚蠢的表情。我朝她非常亲切而无邪地点了点头。她走了。我现在要回自己的房间去。不,我回自己的房间做什么?最后关头,最后关头。五万,五万。我为什么要跑呢?要慢,要慢……我要什么呢?这个人叫什么?封·道斯戴先生。滑稽的名字……这是游艺室。门上挂着绿色的门帘。什么也看不到。我踮起脚尖。玩惠斯特牌。每天晚上都玩。那儿有两位先生下棋。封·道斯戴先生不在这儿。胜利啦。得救了!为什么呢?我得继续找下去。我命中注定要去寻找封·道斯戴先生,直到我生命的终结。他肯定也在找我。我们老是相互错过。也许他在楼上找我。我们会在楼梯上相遇的。那些荷兰人又注意起我了。他们的女儿长得蛮漂亮。那个老先生戴着一副眼镜,一副眼镜,一副眼镜……五万。并不是那么多。五万,封·道斯戴先生。舒曼?对,是他的《狂欢节》……我有一次也弹过。她在弹。为什么是她?也许是一个男的在弹。也许是一个女演奏家?我要到音乐室去望一眼。

这儿是门。——道斯戴!我晕了。道斯戴!他站在窗前在听。这怎么可能呢?我瘫软无力了——我要发疯了——我死了——他在听一个陌生的女人弹钢琴。那边沙发上坐着两位绅士。黄头发的今天才到。我看见他走出车门的。这个女人根本就不年轻了。她来这儿已经两三天了。我不知道她竟然琴弹得这样好。她过得快活。所有的人都过得快活……就是我在受罪……道斯戴！道斯戴！真的是他吗？他没有看到我。现在他看起来像一个正人君子。他在听。

　　五万！要么现在,要么永远不。轻轻开开门。封·道斯戴先生,我在这儿！他没有看到我。我现在只要朝他示意一下,然后我就把大衣敞开少许,这就够了。我毕竟是一个年轻的姑娘,是出身名门的一位端庄少女。我不是妓女……我要离开。我要服味罗那,要入睡。您错了,封·道斯戴先生,我不是妓女。永别了,永别了……哈,他看见我了。封·道斯戴先生,我在这儿。他是怎样的目光啊！他不会想到,我大衣里面一丝不挂。您放我走,您放我走！他的眼睛在冒火。他的眼睛在威胁。您要我做什么？您是一个流氓。除了他没有人看我。他们在听。封·道斯戴先生,您来呀！您什么也觉察不出来？那儿在靠背椅上——上帝啊;在靠背椅——就是那个滑头！老天,我感谢你。他又来到这儿,他又来到这儿！他是在旅游！现在又回到这儿。长有罗马人脑袋的又在这儿了。我的未婚夫,我的情人。可他没有看见我。他也不应当看见我。封·道斯戴先生,您要什么呢？他在注视我,仿佛我是您的女奴似的。我不是您的女奴。五万！封·道斯戴先生,我们的协议有效吧？我准备好了。我在这儿。我非常平静。我在微笑。您懂得我的目光吗？他的眼睛在向我说：来吧！他的眼睛在说：我要看你的裸体。喏,你这个流氓,我是裸体的。你还要什么？发出电报……马上……我的皮肤在发颤。那个女人在继续弹琴。

皮肤颤抖得多么舒适。裸着身体是多么美妙。那个女人在继续弹,

她不知道这儿发生了什么事。没有人知道。还没有一个人看到我。那个滑头,那个滑头!我裸着身体站在这儿。道斯戴瞪大了眼睛。现在他终于相信了。那个滑头立起身来。他的眼睛在闪光。你理解我,漂亮的小伙子。"哈哈!"那个女人不再弹了。爸爸得救了。五万!地址仍寄费阿拉!"哈哈哈!"是谁在笑?是我自己?"哈哈哈!"我周围都是些什么样的面孔呀?"哈哈哈!"真蠢,我怎么笑了起来。我不要笑,我不要。"哈哈!"——"埃尔泽!"——谁在喊埃尔泽?这是保尔。他一定是跟在我的身后。我觉得一股气浪吹过我赤裸的后背。我的耳朵里嗡嗡直响。也许我已经死了?封·道斯戴先生,您要什么呢?您为什么这么高大,冲我而来,跌倒在我的身上?"哈哈哈!"

我究竟干了些什么?我干了些什么?我干了些什么?我栽倒了,一切都过去了。为什么音乐没有了?一条胳膊挽住了我的颈部。这是保尔。那个滑头在哪儿?我躺在这儿。"哈哈哈!"大衣盖在我的身上。我躺在这儿。人们认为我昏厥过去了。不,我没有昏厥。

我非常清醒。我上百倍,上千倍地清醒。我得永远大笑。"哈哈哈!"现在你遂了愿,封·道斯戴先生,您必须把给爸爸的钱寄出去。马上。"哈哈哈哈!"我不要叫喊,我不得不永远叫喊。我为什么一定得叫喊?——我闭起眼睛。没有人能看到我。爸爸得救了。——"埃尔泽!"——这是姨妈的声音。——"埃尔泽!埃尔泽!"——"找个医生来,找个医生来!"——"快到门房那儿去!"——"发生了什么事?"——"这简直不可想象。"——"可怜的孩子。"——他们在这儿讲些什么?他们在这儿嘟囔些什么?我不是一个可怜的孩子。我是幸福的。那个滑头看见了我的裸体。啾,我真羞死了。我做了些什么?我再不要睁开眼睛。——"请把门关上。"——为什么要关上门?干吗吵吵嚷嚷的。有上千人围着我。他们都认为我昏厥过去了。我没有昏厥。我只是在做梦。——"您镇静些,尊敬的夫人。"——"去派人找医生了吗?"——"这是昏厥。"——他们怎么都离那么远。他们都是在西蒙纳山下说话。"不能让她躺在地上。"——"这儿有条毛毯。"——"一条被。"——"被和毯子都一样。"——"请安静。"——"放到沙发上。"——"请把门关上嘛。"——"不要这样神经质,门已经关上了。"——"埃尔泽!埃尔泽!"——姨妈干吗不安静安静!——"你听到我说话吗,埃尔泽?"——"你看到了,妈妈。她已经昏厥过去了。"——是呀,上帝保佑,在你们看来我昏厥过去了。那我就昏厥过去好了。——"我们得把她送回自己的房间去。"——"发生了什么事?我的上帝啊!"——是茜希。茜希怎么到草地来了。啊,这不是草地。——"埃尔泽!"——"请安静。"——"请往后退一退。"——手,我身下的手。他们要干什么?我多么重啊。保尔的手。走了,走了。那个滑头在我身边,我感觉到了。道斯戴离开了。必须找到他,在寄出五万古尔登之前,他不可以自杀。诸位,他欠我钱。抓住他。——"保尔,你知道电报是谁打来的吗?"——"晚安,先生们,女士们。"——"埃尔泽,听到我说话吗?"——"您让她安静,茜希太太。"——"啊,保尔。"——"经理说,得等四个小时大夫才能来。"——"她好像睡着了。"——我躺在沙发上,保尔握住我的手,他在摸我的脉搏。对,他是医生啊。——"没有任何危险,妈妈。一种突然发作的昏厌。"——"在饭店我一天也不要住下去了。"——"妈妈,求你。"——"明天一早我们动身。"——"直接走仆役们用的楼梯。担架马上就来了。"——担架?我今天不是在担架上躺过一次了吗?难道我没有死?我必须再死一次?——"经理先生,难道您不能让人离开门远一些吗?"——"妈妈,你不要激动。"——"怎么这样不识相。"——为什么他们都窃窃私语?像在停尸间,担架马上就到。打开门,守墓人!——"过道可以走了。"——"这些人总得识相一些嘛。"——"妈妈,我求你,你别激动。"——"请吧,尊敬的夫人。"——"茜希夫人,您能稍微照顾一下我的母亲吗?"——她是他的情人,但是她没有我漂亮。又怎么了?这儿发生了什么事?他们带来担架。我闭着眼睛就看到了。这是担架,他们用它抬不幸的人。西格蒙第博士也被放到这上面。他是从西蒙纳跌下来的。现在我要躺在这上面了。我也是跌下来的。"哈!"不,我不要再叫喊了。他们在窃窃私语。谁俯在我的头上。有手在我的后背上,在我的大腿上。走了,走了,不动我了。我是裸体的。呸,呸。你们要干什么?让我安静。这都是为了爸爸。——"请小心,慢一点。"——"毛毯?"——"对,谢谢,茜希夫人。"——他为什么要谢谢她?她做了什么事?我这是怎么啦?啊,好极了,好极了。我飘了起来。我飘了起来。我飘过去了。他们抬着我,他们抬着我,他们抬我到坟地。——"我能行,经理先生。我抬过更重的呢。去年秋天有一次上面同时放两个人。"——"嘘,嘘。"——"茜希夫人,也许您能先走几步,去看看埃尔泽房间里是不是一切整顿好了。"——茜希到我的房间里干什么?味罗那,味罗那!它们可不要倒掉。那样我就不得不跳窗户了。——"谢谢,经理先生,您不必再麻烦了。"——"请允许我过会儿再来探问。"——楼梯嘎嘎在响,抬担架的人都穿着沉重的山地长靴。我的漆皮鞋在哪儿?留在音乐室里了。那会被人偷走的。我要把它遗赠给阿卡塔。自来水笔留给弗莱德。他们抬着我,他们抬着我。送葬的队伍。道斯戴在哪儿,这个杀人犯?他跑掉了。那个滑头也走了。他又漫游去了。他这次回来只是为了看一看我的乳房。现在他又走掉了。他走在悬崖和深谷之间的一条令人头晕目眩的路上——永别了,永别了。——我在飘,我在飘。他们抬着我向上,一直向上,直到房顶,

339

直到天空。这么舒服呀。——"我看出来了,保尔。"——姨妈看出来什么啦?——"最近这几天我看出来情况有些不对头。她反常得很。当然得把她送进医院里去。"——"妈妈,现在不是谈这种事的时候。"——医院——? 医院——? ——"保尔,你不要指望我会同她坐同一节车厢回维也纳。那人们该瞧热闹了。"——"妈妈,不会有任何一点事情发生的。我向你保证,你不会有任何麻烦的。"——"你怎么能够保证?"——不,姨妈,不会给你添任何麻烦的。任何人都不会有麻烦的。封·道斯戴先生也不会的。我们这是在哪儿? 我们停下了。我们是在二楼。我眯缝眼睛看。茜希站在门口同保尔说话。——"请抬到这儿。谢谢。把担架靠近床边。"——他们抬高了担架。他们抬起了我。我又回到房间了。啊!——"谢谢。对,就这样。请把门关上。——劳您的驾,请帮我一下,茜希。"——"噢,好的,大夫先生。"——"慢些,请慢些。这儿,请吧,茜希,请您按住。按住腿。注意。喏——埃尔泽——? 你听到我说话吗,埃尔泽?"——我当然听到你了,保尔,我什么都听到了。但是你们与我有什么相干。昏厥过去,这多美啊。啊,随你们的便吧。——"保尔!"——"尊敬的夫人,您有何——?"——"你真的相信她失去了知觉,保尔?"——你? 她对他称你。这下我可抓住你们了! 她对他称你! "对,她完全没有知觉了。这类昏厥之后通常是这样的。"——"不对,保尔,若是你长大了这样做医生,那会叫人笑死的。"——我抓住了你们,一对骗子! 我抓住了? ——"别说话,茜希。"——"为什么? 若是她什么也听不到,那怕什么?!"——发生了什么事? 我躺在床上,盖一条被,身上一丝不挂。他们怎么把我弄成这样? ——"喏,怎么样了? 好些了吧?"——这是姨妈的声音。她在这儿要干吗? ——"还一直没有醒过来吗?"——她到了我脚尖那儿。她见鬼去吧。我不要被人送进医院去。我没有神经错乱。——"不能使她恢复知觉吗?"——"她会很快就醒过来的,妈妈,现在她不需要别的,就需要安静。你也需要安静,妈妈。你不要去睡觉吗? 绝对没有任何危险。夜里我同茜希一道照看埃尔泽。"——"是的,尊敬的夫人,我是个女卫兵。或者埃尔泽是呢。"——这个可悲的女人。我躺在这儿昏迷不醒,可她却在开心取乐。——"保尔,等医生来了,你到时要把我唤醒。"——"妈妈,医生不会一清早就来的。"——"看样子她好像睡着了。呼吸很平稳。"——"这也是一种睡眠呢,妈妈。"——"我还一直没法理解,保尔,这是一种丑闻!——你会看到,要上报纸的!"——"妈妈!"——"她没有知觉,那她是什么也听不到的。我们讲话的声音很轻。"——"在这种情况下,感官有时是异常敏锐的。"——"尊敬的夫人,您有一个如此学识渊博的儿子。"——"妈妈,请你睡觉去吧。"——"不管怎样,我们明天动身。在波森我们给埃尔泽找一个女看护。"——什么?一个女看护?这你们可错了。——"这些事我们明早谈,妈妈。晚安,妈妈。"——"我要让人送杯茶到房间去,一刻钟之内我再来看一看。"——"这毫无必要,妈妈。"——不,这没有必要。你该见鬼去。味罗那在哪儿?我必须等待。他俩把姨妈送到门口。现在没有人看我。药一定是放在床头柜上,那个装味罗那的杯子。当我一饮而尽,那一切就结束了。我立刻就喝。姨妈走开了。保尔和茜希还站在门口。哈!她在吻他。她吻他。我躺在这儿一丝不挂。难道你一点都不感到羞耻吗?她又吻他了。难道你们不感到羞耻吗?——"你看,保尔,现在我知道了,她是没有知觉的。否则的话,她一定要跳起来扼住我的喉咙的。"——"茜希,你做点好事,别说话好吗?"——"你要做什么,保尔?她要不是真的没有知觉,那她就在把我们当傻瓜。她没有知觉,那她什么也听不到,什么也看不到。她要是把我们当傻瓜,那说明发生在她身上的事是正常的。"——"有人敲门吧,茜希?"——"我也觉得是有人敲门。"——"我轻轻开开门,看看是谁。——晚安,封·道斯戴先生。"——"请您原谅,我只是想问问,病人怎么样了……"——道斯戴!道斯戴!他真的敢来?所有的禽兽都放走了。他在哪儿?我听见他们在门口悄声讲话。保尔和道斯戴。茜希站在穿衣镜前。您在镜子前做什么?那是我的镜子。——我的影像还在里面吗?保尔和道斯戴,他们在门外讲些什么?她要做什么?为什么她靠得那么近?救命啊!救命啊!我喊了起来,可没人听我的。茜希,您在我床边要做什么?!您为什么俯下身来?您要掐死我?我不能动弹。——"埃尔泽!"——她要做什么?"埃尔泽!您听到我讲话吗,埃尔泽?"——我听到了,但是我不说话。我昏厥过去了,我必须沉默。"埃尔泽,您可真把我们吓了一跳。"——她在同我说话。她在同我说话,好像我是醒着似的。她要做什么呢?——"埃尔泽,您知道您干了些什么吗?您想一想,只穿了一件大衣就进了音乐室,突然就一丝不挂地站在众人面前,随后您就昏厥过去。人们会说这是一种歇斯底里发作。可我一个字也不相信。我也不相信您失去了知觉。我敢打赌,我讲的每句话您都听得清清楚楚。"——对,我听到了,对,对,对。但是她听不到我说的话。为什么听不到?我的嘴唇不能动弹。因此她听不到我说的话。我不能动弹。我这是怎么了?我死了?我这是装死?我在做梦?味罗那在哪儿?我想喝我的味罗那。可我不能把胳膊伸出来。茜希,您走开吧。她为什么俯在我身上?走开,走开!她绝不会知道我听见她说什么。没有人会知道。我不会再告诉给另一个人的。我不会再醒过来的。她到门口去了。她又一次转过头来看我。她开开了门。道斯戴!他站在那儿。我闭着眼睛就看见了他。不,我真的看见了他。我睁开了眼睛。门虚掩着,茜希也到了门外。他们在轻声低语。我孤独一人。若是我现在能动就好了。

哈,我能动,对,我能动。我活动一下手,我动动手指,我伸伸胳膊,我把眼睛睁得大大的。我看到了,我看见了。我的杯子在那儿。快,在他们重新回到房间之前,我拿到手。药粉的分量够吗?!我绝不可以再醒过来。在这个世界上我必须要做的,我已经做了。爸爸得救了。我再不能够在人们中间走动了。保尔从门缝往里看。他认为我还是昏迷不醒。他没有看到,我的胳膊几乎伸了出来。他们三个人又都站在门外边,杀人犯!——他们都是杀人犯。道斯戴,茜希,还有保尔,弗莱德也是一个杀人犯,妈妈是一个杀人犯。他们杀害了我,可装作什么也不知道。他们会说,是她自己自杀的。你们杀害了我,你们,你们所有的人,你们大家。我终于拿到杯子了吗?快,快!我必须拿到。一点也别洒出来。就这样。快。味道很好。喝下去,喝下去。这根本不是毒药。我还从来没喝到这么好喝的东西!晚安,我的杯子。当啷一声!怎么回事?杯子掉在地上了。它在下面。晚安。——"埃尔泽!埃尔泽!"——你们要做什么?——"埃尔泽!"——你们又回来了?早安。我昏迷不醒躺在这儿,闭起双眼。你们再不会看到我的眼睛。——"她一定动弹过了,保尔,要不杯子怎么会掉到了地上?"——"一种无意识的动作,这是可能的。"——"若是她没有醒过来,那当然是的。"——"你想到哪儿去了,茜希。你倒看看她嘛。"——我喝了味罗那。我要死去。可是感觉跟刚才完全一样。也许是药量不够……保尔握住我的手。——"脉搏平稳。不要哭,茜希。可怜的孩子。"——"若是我在音乐室一丝不挂地站在那儿,你是不是也叫我是一个可怜的孩子?"——"别说话,茜希。"——"完全听你的好了,我的先生。也许我应当离开此地,留下你和裸体的小姐在一起。但是请你不要感到不自在。你就权当我不在好了。"——我喝了味罗那。这很好。我会死去。感谢上帝。——"再有,你知道我是怎么想的吗?这位封·道斯戴先生爱上了这位裸体的小姐。他是那么激动,好像这件事与他本人有关似的。"——道斯戴,道斯戴!这是,是五万!他会把钱寄出吗?上帝啊,若是他不寄呢?我一定把这件事告诉他俩。他们必须向他施加压力。上帝啊,若是这一切都没用呢?现在他们还是能把我救过来的。保尔!茜希!为什么你们听不见我说话呢?你们不知道我死了吗?但是我什么也感觉不到。我只是疲倦。保尔。我的嘴唇张不开。我的舌头不能动,但是我还没有死,这是味罗那,你们在哪儿?我就要睡过去了。那时就太迟了!我根本听不见他们讲话,他们讲话,可我不知道讲的什么。你们的声音嗡嗡在响。救救我啊,保尔!我的舌头是那么重。——"我相信,茜希,她不久就会醒过来!好像她在费力要张开眼睛。但是茜希,你做什么?"——"喏,我拥抱你。为什么不呢?她也不会在意的。"——对,我是不会在意的。我一丝不挂站在许多人面前。只要我能讲话,那你们就懂得为什么了——保尔!保尔!我要你听到我说话。我喝了味罗那,保尔,十包药粉,一百包。我不想这样做的。我疯了。我不想死。你应该救救我,保尔。你是医生啊。救救我!——"现在她好像又完全平静下来。脉搏——脉搏相当正常。"——救救我,保尔。我向你发誓。不要让我死去。现在还来得及。但是我会睡过去的,那你们就不会知道了。我不要死。救救我吧。这都是因为爸爸。道斯戴要我这样做,保尔!保尔!——"你看,茜希,你不觉得她在微笑吗?"——"保尔,你老是这样温柔地握住她的手,那她为什么不该微笑呢?"——茜希,茜希,我做了什么对不起你的事,你对我这样凶。抓紧你的保尔好了——但是不要让我死啊。我还这样年轻。妈妈会伤心的。我还要爬许多山。我还要跳舞。我也要结一次婚。我也要旅行。明天我们在西蒙纳山上聚会。明天是一个好日子。那个滑头也一道来。我谦卑地邀请他。跟上他,保尔,他走的是一条这样令人头晕目眩的路。他会碰上爸爸的。地址仍寄费阿拉,别忘了。只要五万,那一切就安然无事了。他们全都穿着囚服,唱着歌。开开门,守墓人!这一切只是一个梦。弗莱德同一个嘶哑的小姐在那儿,钢琴就放在光天化日之下。钢琴调音师住在巴尔顿斯坦大街,妈妈!你为什么不给他写信,孩子?你把一切都忘掉了。您应当多练习音阶,埃尔泽。一个十三岁的姑娘应当更勤奋些。——卢狄在化装舞会上,直到早晨八点才回到家里。你给我带回来了什么,爸爸?三万个木偶。我需有一座自己的房子。它们也能在庭院里散步。或者与卢狄一道去参加化装舞会。欢迎你,埃尔泽。啊,贝尔塔,你又从拿波里回来了。对,从西西里。请允许我向你介绍我的丈夫,埃尔泽。非常高兴,先生。——"埃尔泽,你听到了我的说话吗,埃尔泽?我是保尔。"——哈哈,保尔。你为什么玩旋转木马时骑在长颈鹿上? ——"埃尔泽,埃尔泽!"——你不要就这样离开我。若是你这样快穿过林荫大道,那你就听不到我的声音了。你应当救救我。我喝了味罗那。它已经到了大腿上,左边的,右边的,像蚂蚁一样。对,要抓住他,封·道斯戴先生。他在那儿跑,难道你看不见他?他跳过池塘。他谋害爸爸。跟住他。我要一同去。他们把我背朝下捆在担架上,可我还是要去。我的乳房在颤抖。但是我要一同去。你在哪儿,保尔?弗莱德,你在哪儿?妈妈,你在哪儿?茜希呢?为什么你们要我独自一人穿越沙漠?我单独一个人感到害怕。我最好是飞。我知道了,我能飞。

"埃尔泽!"……

"埃尔泽!"……

你们在哪儿?我听到了,可我看不见。

"埃尔泽!"……

"埃尔泽!"……

"埃尔泽!"……

这是什么？一个完整的合唱队？也有管风琴？我要一同唱。这是首什么歌？大家都唱起来。森林也在唱，还有群山和星星。我从没有听到这么美的歌。我还从没有看见这样明亮的夜。给我手，爸爸。我们一起飞。人若是能飞，那世界是多么美好，不要吻我的手，我是你的孩子呀，爸爸。

"埃尔泽！埃尔泽！"

他们从那么远喊我！你们要做什么？不要喊醒我。我睡得这么好。明天清晨。我做梦，我在飞。我飞……飞……飞……睡眠，做梦……飞……不要喊醒……明天清晨……

"埃尔……"

我飞……我做梦……我睡……我做……做梦……我飞……

**高中甫 译**